Monica Dickens

Die Follyfoot Farm

Aus dem Englischen übertragen
von Egon Strohm, Olga und Erich Fetter

KOSMOS

Umschlaggestaltung von Atelier Reichert, Stuttgart,
unter Verwendung einer Illustration von
Milada Krautmann, Stuttgart

Aus dem Englischen übertragen von Egon Strohm (Band 1),
Olga und Erich Fetter (Band 2, 3 und 4)

In diesem Buch sind folgende Bände enthalten:
Monica Dickens: Follyfoot, die Pferdefarm
Monica Dickens: Die Kinder auf Follyfoot
Monica Dickens: Die Pferde auf Follyfoot
Monica Dickens: Ein Fremdling auf Follyfoot

Dieses Buch folgt den Regeln der neuen
deutschen Rechtschreibung.

ISBN 978-3-440-09829-5

Produktion: Ralf Paucke
Gesamtherstellung: Edith Mocker, Eichenau
Printed in The Czech Republic / Imprimé en Republique Tchèque

Follyfoot, die Pferdefarm

1

An den ersten Frühlingssonntagen kamen gewöhnlich ein paar Besucher auf die Farm Follyfoot oben auf dem Hügel.

Die meisten von ihnen waren Stammgäste, Pferdeliebhaber und Kinder, die Mohrrüben, Äpfel und Zucker für alle Pferde und Leckerbissen für ihre besonderen Lieblinge brachten. Pfefferminz für Cobbler's Dream. Weiche Kekse für Lancelot, der zu alt war um noch gut beißen zu können.

Einige, die den Hof durch den Torbogen betraten, waren vorbeifahrende Fremde, die das Schild »Gnadenhof für Pferde« erblickt hatten und anhielten, um sich anzusehen, was es da gäbe.

»Was soll denn das heißen?« Die beiden Burschen, die auf einem Motorrad heraufgebraust kamen, waren anders als die Leute, die üblicherweise auf den Hof kamen. Hier war nichts los. Verrückt eigentlich der ganze Laden. »Was soll das bloß heißen?« Der größere Junge stolzierte durch den Garten, als wäre er hergekommen, um das Grundstück zu kaufen. Er trug eine aufgeplatzte Lederjacke, an der die Hälfte der Nietnägel fehlte, und ausgetretene Stiefel. Sein kümmerlicher Bart wollte offenbar nicht wachsen.

»Lebenserhaltung«, murmelte Paul, doch nicht so laut, dass die beiden es verstehen konnten. Diese Burschen würden es sowieso nicht verstehen. Paul fegte mit gesenktem Kopf das Steinpflaster; dunkles gelocktes Haar fiel ihm über die Augen.

»Waas?« Der kleinere dickere Junge sah aus, als ob seine Mutter ihm die Polypen schon längst hätte herausnehmen lassen sollen.

»Pferde, die zu alt zum Arbeiten sind oder zu schlecht behandelt wurden – wir geben ihnen einen schönen Lebensabend.«

»Verrückt, was?« Die Jungens gingen spottend auf die offenen Boxen zu, die drei Seiten des Hofs begrenzten.

»Willy. Spot. Ranger. Wonderboy.« Der jüngere, etwa sechzehnjährige Bursche mit dümmlicher Hängelippe buchstabierte die Namen über den Stalltüren, um zu zeigen, dass er lesen konnte. »Cobles Dram. Wer hat je einen solchen Namen gehört?«

»Cobbler's Dream.« Callie kam aus dem Stall, in dem sie den Dreck aus dem Fell des kastanienbraunen Ponys gebürstet hatte, dessen bevorzugte Plätze zum Spielen ein Flusspferd entzückt hätten.

»Jeder hat von ihm gehört. Er war im Fernsehen. Er stand in allen Zeitungen, weil er einen Pferdedieb gefangen hat.«

»Schauermärchen.« Als der Junge seinen dicken Kopf mit dem kurzgeschnittenen Haar senkte und ihr einen trägen Blick zuwarf, glaubte sie einen Augenblick, sie kenne ihn. Wo hatte sie das breite, fahle Gesicht mit den dicken Wulstlippen, die offen standen, weil er durch seine Knollennase nicht atmen konnte, schon gesehen?

Einer der Jungen riss die Hand hoch, und das Pony schnellte die Ohren zurück und ruckte mit dem Kopf.

»So geht man nicht mit einem Pferd um«, sagte Callie. »Besonders nicht mit Cobby. Er ist halb blind.«

»Erzähl mir nichts von Pferden«, knurrte der Junge. »Wir haben Dutzende davon zu Hause.«

»Pech für sie.« Normalerweise war Callie höflich zu den Besuchern. Ihre Mutter war mit dem Captain verheiratet, der diese Farm leitete, und Callie liebte es, die Besucher durch die Ställe oder auf dem Feldweg zu den Koppeln zu führen und ihnen die Geschichte eines jeden der zwanzig Pferde zu erzählen, so viel sie davon hören wollten.

Diese Jungens jedoch wollten gar nichts hören. Als sie ihnen von Wonderboy, dem berühmtesten Jagdpferd ihres Vaters vor dessen Tod, und von Ranger mit dem ruinierten Maul und von Spot, dem Zirkuspferd mit dem riesigen Hinterteil, zu erzählen begann, sagte der größere Junge: »Ach, hör auf, dumme Gans«, und der jüngere stellte Callie ein Bein, als sie sich umdrehte, um zur Box des Maultiers zu gehen.

»Was, zum Teufel, treibt ihr hier?« Paul war blitzschnell da, den Besen wie eine Waffe in der Hand, und seine klaren blauen Augen blitzten vor Zorn.

»Fass mich nicht an«, winselte der Junge, »oder ich rufe die Polizei.«

»Ich werde sie selber rufen, wenn ihr hier nicht verschwindet.«

»So lange können wir nicht warten«, sagte der ältere Bursche. »›Besucher willkommen‹ steht auf dem Schild. Das ist vielleicht ein Willkommen! Los, Lewis.«

Willy, der Maulesel, starrte traurig über sein Gatter hinweg, eine Lufttasche in der Unterlippe, schlappe Hängeohren. Callie, die ihre aufgeschrammten Hände nach Blut untersuchte und enttäuscht war, keines zu entdecken, schrie hinter ihnen her, als sie durch den Torbogen verschwanden: »Lasst euch hier nicht wieder sehen!«

»Keine Sorge!«, rief Lewis über die Schulter zurück. Ja … irgendetwas an ihm kam ihr bekannt vor. Wo, zum Kuckuck …?

»Lewis.« Sie wischte die Hände am Hosenboden ihrer geflickten Jeans ab, als ob sie diesen ekelhaften Lewis wegwischen wollte.

»Laus«, sagte Paul.

Das Motorrad knurrte heiser, spuckte stinkenden Qualm aus und knatterte davon.

2

Dora, das Mädchen, das mit Paul in den Ställen arbeitete, war über das Wochenende zu Hause gewesen, kam jedoch mit einem frühen Bus zurück, um beim Füttern zu helfen. Sie war auf jeden Fall lieber hier als zu Hause. Der Captain musste sie zwingen, gelegentlich ein Wochenende bei ihren Eltern in der sich immer mehr ausbreitenden Industriestadt im Tal zu verbringen, damit ihre Mutter nicht zu ihm den Berg heraufkam, um sich zu beklagen.

Pauls Mutter kam niemals, und einen Vater hatte er nicht. Dies war sein Heim, war seine Familie. Cobbler's Dream, das Pony, das er vor den Launen eines verwöhnten und bösartigen Kindes gerettet hatte, war sein liebstes Pferd.

Es würde eine feuchte Nacht werden, deshalb holte Dora die anderen alten Pferde von der Koppel herein. Sie kam um die Stallecke mit den beiden Shetlands, in jeder Hand eine zottige Mähne, als ein Wagen auf der Straße hielt und ein Mann den Garten betrat. Ein hagerer Jockei-Typ mit O-Beinen und magerem, lederbraunem Gesicht.

»Tut mir leid, Besuchszeit ist vorbei.« Dora schob eines der Shetlands mit einem Klaps auf sein unruhiges Hinterteil in seine Box und grapschte gerade nach dem langen, geflochtenen Schwanz des anderen, als sich dies unter ihrem Arm wegduckte und auf den Futterstall lossteuerte.

»Tür zu!«

Der Mann machte eine schnelle Bewegung und schlug Jock die Tür vor der Nase zu. Dora legte dem Pony die Arme um den Hals und zog es fast zu der offenen Box, die es mit Jamie und dem winzigen Esel teilte. Dort standen Kübel auf dem Boden, weil die Krippe zu hoch war, und die Tiere drängten sich gegenseitig von Kübel zu Kübel wie Gäste an einem kalten Büfett.

»Ich möchte den Chef sprechen«, sagte der o-beinige Mann.

»Den Captain?« An Sonntagnachmittagen sollte man sagen, er sei nicht zu Haus, aber Dora hielt sich immer an die Wahrheit, selbst wenn sie unhöflich klang. »Er ist da, aber Sie können ihn nicht sprechen.«

»Warum nicht?«

»Er schläft wahrscheinlich.«

Der Mann biss sich auf die Lippe, die rissig und trocken war wie schlecht gepflegtes Leder. »Vielleicht ginge es doch. Es ist dringend, wegen eines Pferdes.«

»Ein neuer Pflegling?« Callie tauchte auf. Die Ställe des Hofes waren zwar alle besetzt, aber sie wollte immer noch mehr Pferde.

»Ein schwerer Fall.« Der Mann sah betrübt aus. Er wirkte angeschlagen, als hätte er eine Menge Enttäuschungen erlebt und könnte keine mehr verdauen. »Die Stute ist böse dran.«

»Ich werde den Captain holen«, sagte Dora, doch Callie

meinte: »Lass mich. Er lässt sich ungern wecken, aber ich tu's wenigstens sanft.«

Der Captain kam mit seinem Hund, einer gelben Promenadenmischung, durch die Hintertür und zog sich seine abgetragene Tweedmütze über die verschlafenen Augen. Er war ein großer dünner Mann mit einem leichten Hinken als Kriegsandenken und einer Narbe neben dem Auge als Folge eines Pferdetritts, so dass er die rechte Gesichtshälfte besser als die linke bewegen konnte und man nicht immer wusste, ob er es ernst meinte oder ob er scherzte. Er hinkte in Strümpfen über den Schlackenweg, weil er keine Schuhe hatte finden können, ging dabei auf den Fersen, die Zehen nach oben, denn der Boden war feucht.

Er und der o-beinige Mann standen an Pfosten gelehnt da, Hände in den Taschen, und unterhielten sich ruhig. Callie stellte einen Schubkarren in einen Türeingang und tat so, als ob sie Lancelots sauberen Stall reinigte, damit sie mithören konnte.

»... aber ich kann nichts mehr tun«, sagte der Mann, »weil ich meine Stellung verloren habe.«

»Das tut mir leid.« Der Captain wartete. Er war ein guter Zuhörer.

»Unten im Pinecrest.«

Das Pinecrest, Tannenhügel genannt, war ein wenig einnehmendes schäbiges Hotel außerhalb der Stadt, ohne eine einzige Tanne in der Nähe und keineswegs auf einem Hügel, sondern in einer sumpfigen Talmulde gelegen, durch die träge ein schmutziger Bach rann, der durch die Küchenabfälle, die der Koch des Pinecrest durch die Hintertür warf, noch trüber wurde.

»Ich habe dort in den Ställen gearbeitet. Sie vermieten Reitpferde.«

»Ja, ich weiß.« Der Captain machte ein Gesicht, als ob er es lieber nicht wüsste.

»Es hat mich sehr bedrückt«, sagte der Reitknecht. »Ich habe mein Bestes für die Pferde getan, aber die haben immer das Letzte aus den Gäulen herausgeholt, doch dafür sind sie nicht stark genug.« Der Captain wartete ab. »Man kann eben nicht mehr verfüttern, als der Besitzer einkauft, nicht wahr? Die Weide ist vollständig abgegrast, und was er an Heu kaufte – nicht mal als Streu würden Sie's verwenden.«

»Haben die eine Lizenz für den Reitstall?«

»Müssen sie wohl, sonst wären sie nicht im Geschäft. Ich weiß nicht, wie sie's geschafft haben, vielleicht haben sie die Behörden bestochen, was ich ihnen durchaus zutrauen würde.«

»Warum haben Sie da gearbeitet?«

»Nicht leicht, Arbeit zu finden.« Der Stallknecht zuckte die Schultern. »Ich hielt meinen Mund, denn ich brauchte den Job, und meine Pferde brauchten mich. Aber dann konnte ich mich nicht mehr beherrschen. Als ich ihren Knaben verprügelte – hat Glück gehabt, dass ich ihn nicht getötet habe –, sagten sie: ›Packen Sie Ihre Sachen und verschwinden Sie.‹«

»Was ist passiert?«

»Sie haben da eine alte Stute, verstehen Sie? War früher mal gut. Die haben sie von der Aschenbahn 'runtergenommen, weil sie nicht mehr laufen wollte, und haben sie knapp gehalten, damit sie ruhig wird beim Reiten. Ruhig! Das arme Vieh kann kaum einen kurzen, leichten Galopp einlegen. Natürlich ist sie vom Sattel wund gerieben, mit dieser dünnen Vollbluthaut und kein Fleisch auf den Knochen. Tja, da habe ich also meinen freien Tag, und so eine dicke Dame kommt ins Hotel. ›Ich möchte Beauty Queen reiten‹, sagt sie. So nennen sie sie, Beauty Queen. Ich komme gerade frühzeitig mit einem Sack Hafer zurück, den ich bei einem Freund von mir organisieren konnte, der ein bisschen Federvieh hält, und irgend jemand ruft: ›He, Sie! Satteln Sie Beauty für diese Dame!‹ – ›Ihr Rücken ist noch nicht geheilt‹, sage ich und schließe schnell meine Wagentür, damit die den Sack Hafer nicht bemerken und Porridge für die Gäste daraus machen. ›Satteln Sie sie, sage ich Ihnen!‹ Es war ihr ältester Sohn, Todd mit Namen, ein mieser Typ. Als ich mich weigere, nimmt er selbst den Sattel und wirft ihn der armen alten Stute über den Rücken« – der Stallknecht zuckte zusammen, als fühlte er selbst den Schmerz – »und führt sie hinaus. Ich packe den Zügel und will sie wieder hineinführen, und als der Junge in die Tür tritt, um mich aufzuhalten, stoße ich ihn zur Seite.«

»In den Misthaufen, hoffe ich.«

Callie hörte jetzt ganz offen zu, stand in Lancelots Tür, einen Fuß auf dem Schubkarrengriff und das Kinn auf der Heugabel.

»Richtig.« Zum ersten Mal lächelte der Stallknecht, wandte sich dann mit seinem langen Gesicht wieder an den Captain. »Worauf ich meinen Job verlor, und die Pferde verloren mich, und Beauty – na ja, Gott allein weiß, was mit der passieren wird.«

»Und was ist mit dem Tierschutzverein?«

»Der Inspektor ist nicht da. Ich kann nicht warten, weil ich gleich morgen nach Schottland fahre. Hab' einen Freund da, der vielleicht einen Job für mich hat. Also kam ich zu Ihnen, weil ich hörte, was Sie für Pferde tun. Wollen Sie helfen?«

»O Gott«, sagte der Captain. »Ich werd's versuchen.« Er hasste Scherereien, und das hier sah genau danach aus. Aber für ein Pferd war er bereit, mit beiden Füßen in einen Streit zu springen. Erst im letzten Jahr, auf der Westerhamer Messe, war er zusammengeschlagen worden, weil er sich mit einem Riesenkerl angelegt hatte, der eine trächtige, an die Ladeklappe eines Lkw gebundene Stute wegzerrte.

3

»Wissen Sie noch, wie Sie diesen Burschen aus dem Führerhaus zogen und dann erst merkten, wie groß er war?« Paul lachte in der Erinnerung daran, als sie am nächsten Tag die langen Windungen des Hügels hinunter in Richtung des Pinecrest Hotels fuhren. Der Captain grinste mit seiner heilen Gesichtshälfte.

»Ich hätte ihn mir nicht vorgenommen, wenn ich's gewusst hätte.«

»O doch, hätten Sie.« Paul fuhr schnell und vergnügt. Er fuhr den kleinen Sportwagen gern, den der Captain nicht zu schätzen wusste, weil er ihn nie voll ausfuhr, und er liebte es geradezu, auf so eine Bergungsfahrt zu gehen. Das ließ seine Nerven prickeln und gab ihm ein Gefühl von Leichtigkeit und Stärke zugleich. Wenn er in alten Zeiten gelebt hätte, wäre er mit einem doppelhändigen Schwert auf Drachenjagd gegangen.

»Nicht so schnell«, sagte der Captain. »Ich muss erst nachdenken, wie ich die Sache anpacke.«

»Wie wär's, wenn wir einfach hineinmarschierten, die Pferde zu sehen wünschten, und wenn der Zustand der Stute so schlecht ist, wie der Reitknecht sagte, nehmen wir sie glatt mit? Ich könnte mich mit ihr schon auf den Heimweg machen, während Sie den Transportwagen holen.«

»Und eine Anzeige kriege wegen – Augenblick: Hausfriedensbruchs.« Der Captain zählte an den Fingern ab: »Hausfriedensbruch – das heißt, wenn's eine Schlägerei gibt –, unerlaubte Handlung, Pferdediebstahl. Nein, Paul, wir müssen sehr vorsichtig sein und die Gesetze genau beachten.«

»Ach so«, Paul rückte ungeduldig auf seinem Sitz. Als er noch jünger war, bekam er öfters Schwierigkeiten, weil er sich einen Dreck darum kümmerte, was Gesetz war und was nicht. »Der Stute geht's schlecht. Das zählt.«

»Wir müssen es richtig machen.« Der Captain knabberte an seiner Fingernagelhaut, eine Unart, die Callies Mutter Anna ihm abzugewöhnen versucht hatte, seit sie mit ihm verheiratet war. Jetzt wurde er sich dessen plötzlich bewusst, und er steckte die Hand in die Jackentasche. »Ich habe noch an zwanzig andere Pferde und Ponys zu denken. Denen würde es nichts nützen, wenn man mir den Stall schlösse.«

»Niemand täte das. Jeder ist stolz auf die Farm.«

»Du würdest dich wundern, Paul. Hier in der Gegend gibt es Leute, die sich freuen würden, wenn wir unser Geschäft aufgäben. Sie halten die Farm für eine Geld- und Landverschwendung. Unproduktiv. Unter den Pflug nehmen und Weizen für die hungernden Millionen anbauen.«

»Auf unserem kreidehaltigen Boden würde nicht viel Weizen wachsen.«

»Trotzdem, rechne damit, Paul«, sagte der Captain verdrossen, wieder an den Nägeln kauend. »Es gibt Leute, die Pferde nicht mögen. Unglaublich, aber wahr. Pferde riechen, ziehen Fliegen an, verursachen Asthma. Das eine Ende schlägt aus, und das andere beißt. Sie schlängeln sich durch Heckenlücken und trampeln über anderer Leute Äcker.«

»Der alte Beckett.«

»Wenn ein Brauereigaul mit Hufen von der Größe unseres Strollers über *deine* Salatsetzlinge stapfte, wärst du auch nicht so pferdenärrisch. Diese Leute vom Pinecrest kommen mir sehr raffiniert vor. Ich kann keinen Ärger riskieren. Also unterstütze mich, Paul, und benimm dich wie der Assistent des Grafschaftsinspektors für Landwirtschaft und Haustiere.«

»Wer ist denn das?«

»Ich habe ihn gerade erfunden.«

»Einen schönen guten Morgen!« Der Captain war stets am höflichsten, wenn er nervös war. »Spreche ich mit der Dame des Hauses?«

Die über ein verunkrautetes Blumenbeet vor dem Hotel gebeugte ältliche Frau blickte auf und strich sich ihr unordentliches graues Haar zurück.

»Wenn Sie Mrs. H. meinen«, sagte sie, »die ist, glaube ich, in der Küche und bespricht die Speisekarte mit dem Koch. Passen Sie auf – Sie werden gleich Teller und Kochtopfdeckel herumfliegen hören. Ich wohne hier nur. Aber es gibt nichts zu tun, und der Garten ist so verwildert, so dacht ich, mach ich wenigstens ein bisschen Gymnastik.«

Langsam richtete sie sich auf, griff sich in den Rücken, stöhnte, und der Captain half ihr galant auf die Füße.

»Wenn Sie wegen eines Zimmers hergekommen sind …«, misstrauisch beäugte sie den Captain und Paul.

»Nein, wir – äh – wollten nur …«

»… dann rate ich Ihnen, vergessen Sie's.«

Und sie watschelte in grauen Turnschuhen, Zehen nach auswärts gedreht, davon. Die Hoteltür hatte sich geöffnet, und eine besorgte kleine Frau mit nervösen Händen und zuckendem Mund trat heraus.

»Die liebe Mrs. Ogilvie.« Sie versuchte zu lachen. »Ein Spaßvogel. Kümmern Sie sich nicht um das, was sie sagt. Sie ist ein bisschen – na ja.« Sie tippte sich an den Kopf mit den rötlichen Wickellöckchen.

»Nur zu wahr.« Mrs. Ogilvie fuhr herum. »Wer in diesem Saftladen bleibt, muss es sein.«

»Sie ist schon fünf Jahre hier«, flüsterte Mrs. Hammond. »Wir können sie einfach nicht aus dem Hochzeitszimmer 'rauskriegen. Aber treten Sie ein, bitte. Ich darf Sie doch nicht draußen stehen lassen. Sieht nach Regen aus.« Sie streckte die Hand aus und zwinkerte misstrauisch zu dem unschuldig blauen Himmel empor. »Kommen Sie ins Büro, und dann wollen wir sehen, was wir für Sie tun können.«

Sie floss über vor Freundlichkeit und Lächeln, ebenso wie ihr Mann, der ins Büro kam, nachdem ein Hausmädchen, das die Tür geöffnet, ihm zugerufen hatte, dass er vorne im Büro verlangt werde.

Nach dem, was der Reitknecht ihnen erzählt hatte, waren Paul und der Captain überrascht, in ihm einen ganz angenehmen Mann zu finden, etwas schmeichlerisch zwar und zu glatt lächelnd, mit einer Haartolle und kleinen spitzen Zähnen, aber nicht der schäbige, rohe Tyrann, den sie erwartet hatten.

Der Captain war aus dem Konzept gebracht. Er plauderte höflich über dieses und jenes, und obgleich er versuchte, seine vorbereitete Erklärung vom Grafschaftsinspektor für Landwirtschaft und Haustiere vorzubringen, bekam er sie einfach nicht über die Lippen. Statt durch die lächelnden Hammonds gelockert und gelöst zu werden, wurde er immer nervöser. Er zuckte mit den Füßen hin und her, putzte sich die Nase, kaute an den Nägeln – er verriet sich. Paul wollte ihm auf die Hand schlagen, wie Anna es getan hätte.

Als Mr. Hammond endlich aufhörte, sich über das Wetter und die Steuern auszulassen, und ihn fragte: »Was kann ich für Sie tun, Sir?«, verlor der Captain völlig die Beherrschung und platzte heraus: »Nun – es ist so…Ich komme von der Follyfoot-Farm oben auf den Hügeln.« Das verdarb alles. Paul hatte ihm mindestens schon zweimal gesagt:

»Sprechen Sie nicht von der Farm, bevor wir die Stute gesehen haben.« Aber Mr. Hammond sagte, immer noch lächelnd: »Das weiß ich natürlich.«

»Sie kennen den Captain?«, fragte Paul erstaunt.

»O ja, ich habe schon eine Menge vom Major gehört.«

Mr. Hammond stufte ihn absichtlich einen Rang höher ein. »Sie leisten eine wundervolle Arbeit da oben.«

»Ja, wahrhaftig, wundervoll. Die armen stummen Viecher.« Mrs. Hammonds besorgte Augen trübten sich ein bisschen unter den Löckchen.

»Natürlich«, sagte der Captain und versuchte, die Unterhaltung auf sein Thema zu bringen, »sind die meisten meiner Pferde nicht mehr arbeitsfähig, aber in einem Stall wie dem Ihrigen müssen sie ihren Unterhalt verdienen.«

»Sie haben den Nagel auf den Kopf getroffen, Major.« Mr. Hammond machte ihm ein Kompliment, als ob er etwas ganz besonders Gescheites gesagt hätte. »Ich bin kein reicher Mann, aber ich verfüttere das Beste. Kräftige Nahrung, fleißige Pflege, anstrengende Arbeit, und was kriegt man?«

Die Augen des Captains wurden glasig. Sie setzten sich alle und machten es sich bequem. Mrs. Hammond hatte das laute Hausmädchen nach Kaffee weggeschickt. Würden sie jemals in die Ställe kommen?

»Was kriegt man? Ich werde Ihnen sagen, was man kriegt.« Mr. Hammond mit seinen langen fettig-glänzenden Koteletten und seinen lächelnd entblößten scharfen Zähnen war ein nicht zuzudrehender Hahn von Pferdegeschwätz.

»Man kriegt ein tüchtiges Pferd, wie ich und Sie, Sir, sehr wohl wissen, was? Was, Junge?« Er zwinkerte Paul zu, als handelte es sich um ein Geheimnis unter dicken Freunden.

Der Captain räusperte sich verzweifelt. »Wie steht's mit Stallhilfen? Sind heutzutage schwer zu bekommen.«

»Sie haben den Nagel wieder auf den Kopf getroffen, Major. Ich bin kein reicher Mann, doch ich zahle die besten Löhne. Aber die Leute wollen ja nicht arbeiten, so sieht's doch aus. Erst neulich musste ich so einen Burschen 'rauswerfen. Faul! Sie haben keine Ahnung. Und als mein Sohn ihn zur Rede stellte, weil er die Pferde vernachlässigte, ging er auf den Jungen los. Wie ein Verrückter, Major. Er musste gehen. Jetzt führe ich den Stall allein mit meinen Jungs, wenn der eine auch noch zur Schule geht. Zuviel für mich, dazu noch das Hotel, aber die Pferde kommen zuerst.«

»Ich würde sie gerne sehen.« Der Captain stand schnell auf und ging auf die Korridortür zu, aber Mr. Hammond war rascher.

»Sehr schmeichelhaft, Major.« Er trat wie zufällig, aber behende vor die Tür. »Ein Mann mit Ihrer Erfahrung, interessiert an unseren bescheidenen ...«

»Bin ich«, sagte der Captain fest. »Schauen wir sie uns an.« Immer noch ölig lächelnd, brachte es Mr. Hammond fertig, abzulehnen, ohne nein zu sagen. »Fütterungszeit ... hochempfindliche Tiere ... nervös, wenn sie gestört werden ...« Und wie auf ein Stichwort kam der Kaffee, und der Captain und Paul mussten sich wieder setzen und ihn trinken. Er war so ölig wie sein Besitzer, mit Milchschaum und bitterem Satz. Pauls Tasse hatte Lippenstift am Rand.

Sie gingen schließlich in einem Wirbel von Lächeln und Höflichkeitsfloskeln. »Reizend, dass Sie hereingeschaut haben ... immer nett ein Pferdegarn zu spinnen ...«, und von der grauhaarigen Dame, die wieder im Blumenbeet kauerte und alles mit einer rostigen Schafschere herunterschnitt, kam der Ruf: »Hab' nicht geglaubt, dass Sie bleiben würden!«

Paul fuhr durch das Hintertor hinaus, an den Ställen vorbei, einer zusammengeflickten Reihe ungleichmäßiger, gebrechlicher Schuppen mit einigen mageren Pferden in einem Außenhof, die traurig in dem zertrampelten Lehm herumschnüffelten.

In einer offenen Scheune waren muffige Heuballen aufgeschichtet. Ein Junge lehnte dagegen, eine Zigarette an der Hängelippe.

Es war Lewis, der Callie im Hof der Farm ein Bein gestellt hatte.

4

»Er hat mich übertölpelt«, sagte der Captain.

»Das war nicht schwer«, entgegnete Paul mürrisch.

»Rede nicht so mit dem Captain«, sagte Anna, und der Captain meinte: »Er hat Recht. Ich war ein Versager.«

Sie saßen alle um den Küchentisch im Farmhaus und versuchten, sich über den nächsten Schritt klar zu werden. Anna, die Frau des Captains und Callies Mutter, die ihr langes hellblondes Haar in einem aufgetürmten Knoten trug. Callie in ihrer Schuluniform, die versuchte, Schularbeiten zu machen und sich gleichzeitig an der Unterhaltung zu beteiligen. Paul, angewidert, aber eine Scheibe selbst gebackenes Brot nach der anderen verschlingend, so wie Anna sie herunterschnitt. Dora, derbes Gesicht, braungebrannt, mit unordentlichem Haar, zwei schnarchende Hündchen im Schoß. Der kleine Slugger Jones, Exjockei, Exboxer, der mit Paul und Dora in den Ställen arbeitete.

»Er will keinen Ärger an den Hals kriegen«, sagte Slugger. »Das ist es.« Er war in seiner Boxerzeit so oft verprügelt worden, dass er niemanden mehr direkt anreden, nur Selbstgespräche führen konnte.

»Das nützt dieser armen Stute auch nichts«, sagte Dora.

»Schon wieder die alte Leier.« Slugger kaute Kuchen mit dem Zahnfleisch. Er verlor seine Zähne und Haare im gleichen Verhältnis. »Ganz aufgeregt wegen eines Geredes, eines Gerüchts.«

»Slugger könnte Recht haben, wisst ihr«, sagte der Captain. »Manchmal hat er Recht. Woher wissen wir, dass der Stallknecht die Wahrheit gesagt hat?«

»Natürlich hat er. Du hast ihn doch gehört.« Callie unterstrich sorgfältig die Überschrift ihres Hausaufsatzes, aber mehr fiel ihr zu dem Thema nicht ein.

»Angenommen, er versuchte, sich an ihnen zu rächen, weil sie ihn gefeuert haben?«

»Aber *angenommen*« – Callie hatte eine Idee –, »angenommen, diese Jungs kamen gestern mit dem Motorrad herauf, weil sie glaubten, der Reitknecht sei vielleicht hier?«

»Meine Güte, sie ist genial !«, sagte Dora.

Paul meinte: »Nicht unwahrscheinlich.«

»Dieser Bursche, den Paul im Pinecrest sah. Lewis. Laus. Ich habe ihn auch schon gesehen, komme bloß nicht darauf wo. Der taugt nichts. Oh, Captain.« Callie nannte ihn immer noch so, obgleich er ihr Stiefvater war. »Bitte – du musst noch mal hin!«

»Wenn der Mann vom Tierschutzverein zurückkommt ...«

»So lange dürfen wir nicht warten!«

»Die unglückliche Stute ...«

»Eine entzündete Wunde bei einem Vollblut ...«

Die ganze Runde bestürmte ihn, Dora, Paul, Callie, sogar Anna, deren Mitleid immer schnell geweckt war.

»Ich komme nicht hinein. Er wird mir den Weg mit den Zähnen versperren.«

»Gib vor, du willst ein Pferd mieten.«

»Geht nicht. Die kennen mich doch.«

»Aber mich kennen sie nicht.« Dora stand auf und ließ die schläfrigen Hündchen fallen. »Ich war nicht da, als die Jungens kamen. ›Guten Morgen, Mr. Hammond, ich möchte einen Gaul mieten.‹ (Hat jemand Geld?) ›Aber gerne, Madam.‹ – ›Zeigen Sie mir alle Ihre Pferde, dann werde ich wählen.‹«

»Sie werden dich durchschauen«, sagte Paul. »Ein Blick auf deine Hände, und sie werden wissen, dass du in einem Stall arbeitest.«

»Keine Spur. Ich werde mich wie eine dieser albernen Frauen anziehen, die von sich behaupten, reiten zu können, und dann nicht mal wissen, wie man die Zügel hält. Anna – leih mir deine rosageblümten Hosen.«

»Ja und die Nylonbluse mit den Rüschen.«

»Und was an die Füße?«

»Die Plastiksandalen, die Corinne daließ.«

»Lange baumelnde Ohrringe.«

»Viel Make-up.«

»Nagellack.«

»Parfüm. Mein ›Passion Flowers‹.«

»Glasperlen.«

»Ein Haarband.«

»Ihr bringt mich um meinen Tee.« Dora schob ihren Teller weg. »Aber ich tu's. Für die arme alte Beauty Queen tu ich's.«

Paul fuhr sie in einem Farmlaster zu einer Straßenkreuzung eine halbe Meile vom Pinecrest Hotel entfernt und holte ihr Fahrrad hinten heraus.

»Warte hier unbedingt auf mich«, sagte sie zu ihm. »Ich werde auf diesem Ding da nicht zehn Meilen nach Hause und den Berg hinauf fahren. Besonders nicht in diesem Aufzug.«

Dora trug nie etwas anderes als Jeans und Sweaters und alte, in der Wäsche eingegangene Hemden von Paul. Sie hatte einen einzigen Rock für Besuche bei ihrer Mutter. Sie kam sich in der geblümten Hose und mit den Ohrringen, mit dem auffallenden Augen-Make-up, der hellrosa Lippenfarbe und dem Silber-Nagellack, womit Anna und Callie sie so sorgfältig zurechtgemacht hatten, wie einen aufnahmebereiten Filmstar, lächerlich vor. Der ›Passion-Flowers‹-Duft verursachte ihr leichte Übelkeit. Pferdegeruch war ihr übliches Parfüm.

Sie ging zögernd auf die Ställe des Pinecrest zu, doch der Mann, der herauskam, grüßte sie, ohne Überraschung zu zeigen.

»Suchen Sie jemanden, meine Liebe?«

»Ich möchte ein Pferd zum Ausreiten mieten«, antwortete Dora im Tonfall von jemandem, der in einem solchen Aufzug reiten würde.

»Aber gern, gutes Kind«, sagte der Mann, immer noch ohne Überraschung. Erster Minuspunkt für ihn. Hielte er sich einen anständigen Reitstall, hätte er sie nach Hause geschickt, um sich angemessen anzuziehen.

»Mein Freund erzählte mir, Sie hätten schöne Tiere hier.« Mädchen, die so aussahen, hatten immer ›einen Freund‹, der ihnen solche Phantasiegeschichten vorerzählte. Der Mann grinste, als ob ihm Mädchen gefielen, die so aussahen, deshalb riskierte Dora ein verführerisches Lächeln und die Andeutung von Hüftschwingen beim Gang über den schmutzigen Hof.

»Könnte ich sie alle sehen?«

»Kommen Sie nur mit, meine Liebe.«

Paul hatte ›Puh!‹ gesagt, als Dora mit ihm in den Lastwagen geklettert war, aber Mr. Hammond (›nennen Sie mich Sidney‹) schien sie göttlich zu finden.

Die Ställe waren so, wie man es von einer zweitklassigen Reitschule erwarten konnte, die gerade noch durch die Maschen des Gesetzes geschlüpft war. Draußen ein schäbiger Sattelplatz mit einem zerstampften Ring und einigen dürftigen Hürden aus Ölfässern und alten Türen. Drinnen fensterlose, schäbig gebaute offene Boxen und schmale Stehboxen mit festgestampftem löchrigem und höckrigem Lehmboden. Die Holzteile aus Langeweile oder vor Hunger angeknabbert. Dürftige, schmutzige Streu. Fliegen. Magere Pferde mit staubigem Fell, viele mit verräterischen weißen Stellen, wo das Haar eine alte Wundstelle überwachsen hatte. Soweit Dora es erkennen konnte, brauchten die meisten auch neuen Beschlag.

»Was für ein hübsches Pferd. Oh, mir gefällt das gefleckte dort. Warum bewegt es so den Kopf hin und her? Was will es sagen? Ach, das winzige Pony. Hat ein bisschen die Motten, was?«

Während Sidney Hammond sie durch den Stall führte, machte sie dumme Bemerkungen, um ihre Gedanken zu verbergen. Einige Pferde waren ziemlich dick, die klobige, untersetzte Art, die nicht einmal Gewicht verlieren würde, wenn man sie mit Diätpillen fütterte; aber bei vielen staken die Rippen und Knochen heraus, sie waren ruiniert bis auf den Grund, und in ihren Augen konnte man lesen, dass sie alle Hoffnung verloren hatten. Dora hätte am liebsten allen die gerissenen und zusammengeknüpften Strickhalfter abgenommen, sie hinausgelassen und langsam zur Farm getrieben, auf dem Rad hinter ihnen herzuckelnd. Aber, wie der Captain sagte: »Finde dich damit ab, nicht jeder ist wie wir. Wenn wir uns jedes Pferdes annähmen, das nicht nach unseren Maßstäben gehalten wird, hätten wir die Hälfte der Pferde aus der Grafschaft hier oben.«

Aber sie war hier, um sich Beauty Queen anzusehen. Das war ihre Aufgabe.

Sidney Hammond jedoch, obgleich ohne Pferdeverstand und wahrscheinlich knickerig, war ganz nett zu seinen Pferden. Er klopfte ihnen auf das knochige Hinterteil und den dünnen Hals und erzählte großsprecherisch Geschichten über ihre Zucht und Leistung.

»Dieser kleine Graue. Irische Rasse. Ein wirklich guter Geländegänger! Das hier ist eine braune Stute. Perfektes Damenpferd. Würde Ihnen vollauf zusagen. Todd!« Er brüllte zum Futterraum hinüber, wo ein Transistorradio dudelte. Ein großer, klapperdürrer Junge mit schwachem Bartwuchs tauchte im Türrahmen auf. »Was willst du?«, brüllte er zurück. Er musterte Dora von Kopf bis Fuß und beehrte sie mit einem leisen Pfiff.

»Bring das Zaumzeug für Penny.«

»Oh, einen Augenblick, da ist ein Pferd, dem ich noch keinen Zucker gegeben habe.« In einer dunklen Eckbox hatte Dora ein unverkennbares Vollblut hinter den spinnwebenbedeckten Stallbalken erspäht. Sie rannte stolpernd in ihren offenen Sandalen durch den verschmutzten Gang. Bevor Sidney sie einholen konnte, hatte sie den Bolzen zurückgeschoben und betrat die Box, in der eine magere, kastanienbraune Stute, eine zerrissene Wolldecke auf dem Widerrist, ein Hinterbein im schmutzigen Stroh abstützte.

»Warum trägt sie einen Schlafanzug?« Dora blickte unschuldig zu Sidney auf. Anna hatte ihr soviel schwarzes Zeug auf die Augenlider aufgetragen, dass sie kaum sehen konnte.

»Um sie warm zu halten, meine Liebe.«

»Aber sie schwitzt. Lassen Sie mich …«

»Kommen Sie ihr lieber nicht zu nahe«, sagte Sidney schnell. »Sie ist nervös.«

»Oh, ich habe keine Angst vor ihr.« Sie langte nach oben und schlug die Decke rasch, jedoch behutsam zum Hals der Stute zurück, die vor Schmerz zur Seite sprang.

Kein Wunder. Die vom Sattel durchgescheuerte Stelle auf ihrem Widerrist war zwei bis drei Zoll breit, entzündet, und die Wunde nässte.

»Mein Gott!«, sagte Dora mit ihrer normalen Stimme, aber Sidney war zu sehr mit Erklärungen beschäftigt, um es zu bemerken.

»Sieht schlimmer aus, als es ist. Alles Schuld meines Stallknechts. Ich gab ihm den Laufpass, weil er es so weit hatte kommen lassen. Wird schon besser mit der neuen Salbe.«

»Haben Sie den Tierarzt kommen lassen?«

»Natürlich, Liebste.« Während er eine ganze Skala von Lügen auftischte, lächelte er mit dem Mund weiter, jedoch nicht mit den Augen.

»Er kann nicht viel taugen. Ich kenne jemanden, der helfen könnte.«

»Ich bin kein reicher Mann, verstehen Sie. Diese riesigen Honorare kann ich mir nicht leisten.«

»Nein, ich meine auf der Farm da oben. Wo die alten Pferde leben.«

»Aber Beauty Queen ist nicht alt.« Wenn Mr. Hammond eine Beziehung zwischen Dora und dem Captain vermutete, sein öliges Lächeln zeigte es nicht.

»Vielleicht nimmt man sie trotzdem. Ich kenne einen Jungen« – Dora senkte züchtig die schweren Augenlider –, »einen Jungen, der dort arbeitet. Soll ich fragen?«

Mr. Hammond seufzte und gab auf. »Wenn es das Beste für Beauty ist. Mir wächst die Arbeit über den Kopf, zu wenig Leute, die vielen Tiere und ein vollbesetztes Hotel…«

Er wollte den Rücken der Stute wieder bedecken, doch Dora sagte: »Nehmen wir die Wolldecke ab und tun Salbe und einen sauberen Lappen oder so etwas drauf.«

»Sie sind ein tolles Mädchen.« Sidney drückte ihr die Hand. »Eine richtige kleine Samariterin.«

Als sie die Box verließen, hing die kastanienbraune Stute matt am Halfter, und ein scheußlicher alter Sattel gab die Erklärung für Beautys Rücken.

»Gezahlt wird im voraus«, sagte Sidney lächelnd.

»Wie viel?«

»Für Sie fünfzehn Shilling, meine Liebe.«

»Oh, ich fürchte, das ist zu viel.«

Einige andere Leute waren zum Reiten gekommen, drei Frauen in engen langen Reithosen, offenbar Hausfrauen, die hofften, dadurch abzunehmen, und andere Pferde wurden gesattelt.

Sidney senkte seine Stimme. »Also dann zehn Shilling, aber behalten Sie's für sich.«

»O nein«, erwiderte Dora, froh über diesen Ausweg, die arme Penny nicht reiten zu müssen, wenn sie sie auch nur um die nächste Ecke geführt und eine Stunde hätte grasen lassen. »Das wäre nicht fair Ihnen gegenüber. Ich werde wiederkommen, wenn ich nicht so pleite bin wie gerade jetzt. Ich werde die Farm wegen Beauty anrufen.«

Sie duckte sich unter Pennys steifen Zügeln hindurch und steuerte auf den Garten zu, wo eine der Hausfrauen bereits ihre dicken Schenkel auf ein zottiges Halbblut, dessen Augen halb geschlossen waren, geschwungen hatte.

Dora blieb kurz stehen, um dessen Kandare um zwei Glieder zu lockern, und rannte – platsch, platsch – in den Plastiksandalen zu ihrem Rad zurück.

»Vergessen Sie nicht, wiederzukommen, meine Liebe!« Sidney Hammond stand winkend und lächelnd im Torbogen des Stalles.

5

»Und vielleicht werde ich es tun«, sagte Dora. »Lacht nicht, aber ich mochte ihn ganz gern. Er war nett zu mir.«

Beauty Queen war auf die Farm gebracht worden. Sidney Hammond war verschwenderisch umgegangen mit Dankeschöns, Segenswünschen, Versprechungen, zu zahlen, so viel er nur konnte (»obgleich ich kein reicher Mann bin«), und Stiftungen, die er in seinem Testament machen wollte.

»Da muss ich ja lachen«, sagte Paul. »Du hast ihn in die Enge getrieben, und er wusste es. Er musste nett sein.«

»Er mochte mich.«

»Ha!«, sagte Paul. »Hör dir das an, Callie. Kaum habt ihr sie aufgedonnert, und schon passiert es.«

»Das war das ›Passion Flowers‹.« Callie stand auf einer Kiste und strich behutsam die vom Tierarzt verschriebene Salbe auf den Rücken der kastanienbraunen Stute.

»Es ist ihr zu Kopf gestiegen.«

»Ja, ja, es ist ihr zu Kopf gestiegen.«

Callie hatte von ihrer Mutter eine natürliche Begabung für die Pflege kranker oder verletzter Tiere geerbt. Beauty Queen, in Miss America umbenannt, stand im Fohlenstall hinter der Scheune, und da Paul und Dora und Slugger reichlich beschäftigt waren, oblag es Callie, die Wunde mit warmem Wasser und Wasserstoffsuperoxyd zu säubern und Salbe und antiseptischen Puder aufzutragen.

Sie stand früher auf, um Miss zu versorgen, ehe sie zur Schule ging, und rannte sofort zur Stute zurück, sobald sie mit dem Bus heimkam, so dass ihre Schuluniform immerzu voller Salbe und Puderflecken und ihre Schuhe mit Streu bedeckt waren.

Als Anna sich darüber beklagte, sagte Callie: »Dann schick mich nicht in die Schule.«

Sie hatte die große, hässliche Schule am Rand der weiter draußen im Tal gelegenen Fabrikstadt nie gemocht; doch war diese Schule die einzige weit und breit, sonst hätte sie auf ein Internat gehen müssen, und Callie wollte auf keinen Fall die Farm verlassen.

Dieses Jahr war es schlimmer denn je in der Schule. Da war eine niederträchtige Bande älterer Jungens, die immer Streit suchten. Sie schlugen den langweiligen Tag tot, indem sie die jüngeren Kinder terrorisierten. Die kriecherischen Kinder petzten und wurden verprügelt. Die mutigen Kinder schlugen zurück und wurden in Ruhe gelassen. Und andere versuchten einfach, sich von den Raufbolden fern zu halten. Callie war eine dieser anderen.

Eines Tages jedoch saß sie lesend auf der Mauer des Spielplatzes, weil sie körperliche Bewegung auf der Farm zur Genüge hatte und Ballspiele wegen ihrer Kurzsichtigkeit hasste; da schoss plötzlich ein Fuß unter dem offenen Buch hoch und kickte es davon.

Drei große rohe Jungens balgten sich darum, boxten sich gegenseitig nieder, und als sie mit sinnlosem Hyänengeheul wieder hochkamen, waren Buch und Einband zerfetzt.

Es war ein Buch aus der Bücherei, und Callie würde es bezahlen müssen.

Sie ging stumm davon und zwang sich, ihre Tränen zu rückzuhalten.

»He!« Eine Hand packte ihren Arm und wirbelte sie herum. »Ich kenn dich, blöde Heulsuse!«

»Lass mich los. Oder ich schreie.«

»Versuch's doch.« Der Junge lachte schallend. »Wir werden dir was verpassen, damit du Grund zum Schreien hast.« Er hatte ein breites, dummes Gesicht mit Knollennase und dicker Hängelippe. Es war Lewis, die Laus. Hier also hatte sie ihn schon früher gesehen. Beim Herumlungern mit der üblen Bande. Diese Schule war so riesig, dass man nicht alle Namen kennen und auch nicht alle Gesichter behalten konnte.

»Tja.« Er ließ ihren Arm fallen, starrte sie an. »Ich kenne dich. Du wohnst auf dem Hügel, wie?«

Callie nickte; ihr war ganz übel vor Angst. Die drei großen Jungens umringten sie. Bei so viel Geschrei und Tumult auf dem Schulplatz würde niemand sehen oder hören, was sie mit ihr machten.

»Du gehörst zu diesem Kerl mit dem Hinkebein – ha, ha, reizende Schau und all so 'n Mist.« Die Laus versuchte, die hochgestochene Redeweise eines Offiziers nachzuäffen. Schlecht natürlich.

»Meine Mutter ist mit dem Captain verheiratet.«

»Ach nein! Wie romantisch.« Lewis schniefte mit seiner schrecklich verstopften Nase. Dann beugte er sich vor und schob sein Gesicht so dicht an das von Callie, dass sie sämtliche Pickel und offenen Poren sehen konnte. »Du weißt, wer ich bin, nicht wahr?«

Sie nickte und starrte ihn furchtsam wie ein Kaninchen an.

»Deine Verwandtschaft versuchte, uns Ärger zu machen. Vergesst das nicht, Jungs.« Er ruckte mit dem Kopf zu seinen Freunden hin, die noch hässlicher und dümmer als er waren. »Wir können diese Person nicht austehen.«

»Aber ich kümmere mich um euer Pferd!« Callie wurde kühner, als sie an die arme Miss America dachte, die zur Zeit ihr Lebensinhalt war.

»Ganz recht«, sagte Lewis, »ganz recht. Und wir werden uns um dich kümmern. Vergiss das nicht.«

Er schnippte seinen dicken schmierigen Finger in Callies Gesicht und schlenderte mit seinen Freunden davon.

Wenn Callie wirklich außer Fassung war, konnte sie sich nicht aussprechen. Ihr blieb nichts anderes übrig, als am nächsten Tag über grässliche Kopfschmerzen zu klagen. Anna bestand darauf, dass sie im Bett blieb und erlaubte ihr nicht, in den Stall zu gehen und sich um Miss America zu kümmern.

Anna wusste, dass Callie keine Kopfschmerzen hatte. Deshalb verhielt sie sich so. Und weil sie wusste, dass sie keine Kopfschmerzen hatte, setzte sie sich an jenem Abend an Callies Bett und fragte sie, was los sei.

»Oh – nichts. Es ist bloß die Schule.« Callie warf sich hin und her, und das am Fußende des Bettes liegende Kätzchen purzelte auf ihre Zehen. »Gab es Ärger mit der Arbeit oder was?«

Sonst konnte Callie es nicht ausstehen, wenn man ihr Haar berührte, wenn aber ihre Mutter nachts darüber strich, war es etwas anderes. Sie schüttelte den Kopf unter der streichelnden Hand. Warum musste man ausgerechnet weinen, wenn jemand einem Mitgefühl zeigt? Mangel an Mitgefühl sollte einen zum Weinen bringen.

»Was dann?«

Callie schniefte. »Es ist nur – ach, ich hasse die Jungens.«

»Hast du keine Freunde da?«

»Ich schließe nicht so leicht Freundschaften, du weißt es ja. Alle meine Freunde sind hier. Die meisten sind Vierbeiner.«

»Du solltest Freunde in deinem Alter haben.« Alle Mütter fürchten einmal, dass ihre Kinder ›anders‹ als andere sind, obgleich es ihnen in Wirklichkeit nicht gefiele, wenn sie es nicht wären. »Vielleicht sollten wir uns das mit dem Internat überlegen.«

»Mutter, du hast mir dein Wort gegeben.«

»Wollen sehen, wie es weitergeht.«

6

Aber es wurde nicht besser. Es wurde schlechter. Wohin Callie auch ging, Lewis und seine Bande erwarteten sie schon. Sie verhöhnten sie, lauerten ihr auf, sprangen hinter Spinden hervor, rissen sie am Zopf.

Als sie eines Tages von einem Klassenzimmer ins andere die Treppe hinaufging, kam Lewis herunter und prallte so heftig gegen sie, dass er sie die Treppe rücklings hinunterstieß. Sie erwischte das Geländer und stützte sich gegen die Wand. Die anderen aus ihrer Klasse gingen weiter die Treppe hinauf. In dieser Schule verdrückte man sich, wenn man sah, dass sich etwas zusammenbraute.

»Was willst du?« Callie stand mit ausgebreiteten Händen an der Wand, als ob sie erschossen werden sollte. Wenn sie sich fürchtete, schlug ihr das auf den Magen. Sie fürchtete, ihr Lunch käme ihr hoch und sie müsste sich über die Stiefel der Laus übergeben.

»Keine Angst, kleines Mädchen.« Er setzte ein boshaftes Grinsen auf, das er für ein Lächeln hielt. »Ich hab' ein Geschenk für dich.«

Callie brachte es fertig, »Oh?«, zu sagen, und schluckte ihren Lunch wieder hinunter.

»Da ich weiß, wie sehr du unsere vierbeinigen Freunde liebst« – hinter dem Rücken holte er ein in Zeitungspapier eingewickeltes Päckchen hervor –, »hab' ich dir das da mit gebracht.«

Callie nahm es, behielt ihn dabei im Auge.

»Na los. Mach's auf. Es wird dir bestimmt gefallen.«

Es roch eigenartig. Callie wickelte das Zeitungspapier behutsam ab und sah, dass sie den Huf eines Pferdes in der

Hand hielt. Die Schnittstelle war mit geronnenem schwarzem Blut und Schmutz überzogen.

Sie wickelte alles rasch wieder zu und gab es Lewis zurück. Sie konnte nicht sprechen.

»Erkennst du ihn nicht?«, fragte er höhnisch. »Müsstest du aber. Ich dachte, du hättest die arme alte Beauty Queen so gern gehabt.«

»Du konntest doch nicht …«, flüsterte sie.

»Es ist immer noch unser Pferd, oder? Zu schade, dass du es nicht besser gepflegt hast, denn wir haben es heute früh töten lassen müssen. Sehr human. Ein Gnadentod.« Er schob das Bündel Callie wieder in die Hände und rannte fort.

Sie konnte es nicht glauben. Und doch musste sie es glauben. Es war ein schmaler Rassehuf von jener blassen Farbe, die zu dem hellen Bein eines Braunen passte. Sie wollte ihre Mutter anrufen. Aber sie durfte sie nicht anrufen. Solange sie die Wahrheit nicht hörte, brauchte es nicht wahr zu sein.

Nachdem sie sich in der Toilette übergeben hatte, ging sie in den Heizungskeller, holte sich eine Schaufel und begrub den Huf mitsamt Zeitungspapier unter dem Buschwerk hinter den Fußballtorpfosten. Dann ging sie in ihre Klasse zurück.

»Wo, um Himmels willen …«, begann Miss Golding, dann sah sie Callies Gesicht.

»Mir war schlecht.«

In der Klasse entstand sofort Tumult. »Ich wusste doch, dass die Wurst verdorben war.« – »Es waren die Kartoffeln, die kochen sie im Spülwasser ab.« – »Mich kriegst du nicht mehr dazu, die Sirupbrötchen zu essen.«

»Möchtest du dich hinlegen? Soll ich zu Hause anrufen?«

»Alles in Ordnung.«

Callie setzte sich.

Nach Schulschluss ging sie wie eine Schlafwandlerin zum Bus und setzte sich, geradeaus starrend, nach hinten, blickte nicht wie sonst aus dem Fenster, um in Gedanken einen Querfeldein-Ritt neben der Straße zu machen. Der

Bus fuhr den Hügel hinauf und hielt am Eingangstor der Farm.

»Grüß mir die alten Pferde«, sagte der Fahrer wie immer.

»Danke«, sagte Callie wie immer. Sie ging durch den Torbogen und über den Hof auf das Haus zu. Ihre Mutter würde gerade das Essen zubereiten. Sie würde sich am Herd umdrehen, und Callie würde sofort in ihrem Gesicht lesen können, ob es wahr sei oder nicht.

Mehrere Pferde wieherten ihr entgegen. Cobbler's Dream in der Eckbox trat gegen die Tür und schwang seinen Kopf mit dem grellweißen Fleck auf und ab, um sie auf sich auf merksam zu machen. Sie war schon fast an der Hofecke, wo der Weg vom Haus her einbog, als Paul rückwärts mit einer beladenen Schubkarre aus Weavers Stall kam.

»Hei!«, rief er. »Willst du dir nicht deinen Patienten ansehen?«

Callie drehte sich langsam um.

»Ihr Rücken sieht heute viel besser aus. Du machst deine Sache gut.«

Callie rannte los. Erst als sie in der offenen Box war und ihren Kopf an Miss Americas schlanken Vollblüterhals legte, begann sie zu weinen.

Als die Osterferien begannen, sagte Callie ihrer Mutter, dass sie nicht mehr in dieser Schule bleiben könne.

»Dann werde ich mich nach einem geeigneten Internat umsehen.«

»Das können wir uns nicht leisten.«

»Nein.« Anna lachte. »Aber du könntest dich um ein Stipendium bewerben.«

»Ich bin nicht begabt genug.«

»Das werden wir sehen.«

Sie sprachen nicht mehr darüber. Warum die Ferien verderben? Der Himmel war blitzblau mit wenigen Schlagsahnewölkchen. Die alten Pferde schwelgten in der Sonne, die auf ihre trägen Rücken schien. Callie ritt auf Cobbler's Dream und auf dem Maulesel und auf Hero, dem Zirkuspferd, und auf allem, was sich reiten ließ, und sie, Paul und

Dora zuckelten die höher gelegenen Hügel hinauf, wo der Rasen mit Ringen von weißen und gelben Blumen wie von Spiegeleiern gesprenkelt war.

Miss Americas Rücken war geheilt, und sie konnten auch auf ihr reiten. Mit Fleisch auf den Knochen und gut genährt, war sie ein angenehmes Reittier, obgleich ihr rassiger Gang durch das Trotten über Straßen steif geworden war, und aus der Art, wie sie den Kopf hochwarf, konnte man schließen, welche Hände an ihren Zügeln gezerrt hatten. Sie ritten sie sattellos an der Trense, um sie nicht zu verletzen, und die Stute blühte auf im warmen Frühling.

»Aber irgendwo steckt immer der Wurm«, meinte Dora. Der Wurm war Sidney Hammond, der mit einem wackligen Anhänger, dessen hintere Klappe mit einem Strick festgebunden war, heraufkam, um seine Stute zurückzuholen.

»Lassen Sie sie nicht fort.« Paul und Dora bedrängten den Captain im Futterstall, als er einen Halfter holte.

»Es ist sein Pferd. Wir haben getan, was wir ausgemacht hatten. Er hat sehr viel zu tun, sagte er. Eine Menge Leute kommen aus der Stadt, Sekretärinnen und so was, die zum Wochenende ausreiten wollen. Er braucht die Stute.«

»Sie ist noch nicht wieder gesund.«

»Dora, quäle mich nicht.« Auch der Captain wollte Miss America nicht fortlassen.

Mr. Hammond lächelte und war einnehmend wie je; kein Wunder, denn er hatte trotz seiner Segenswünsche und Versprechungen keinen Penny für den Unterhalt der Stute bezahlt.

Dora ließ sich nicht in seiner Nähe blicken, für den Fall, dass sie sich wieder mit den rosa Hosen und dem ›Passion Flowers‹-Parfüm tarnen müsste, um nach Miss America zu sehen, wenn sie als Beauty Queen wieder im Pinecrest war. Paul half Mr. Hammond beim Verladen der Stute und deckte mit viel Aufwand die morsche Ladeklappe mit Stroh ab.

Als der Wagen mit dem Anhänger davonrollte, sagte er: »Was für ein verlotterter Saukarren«, laut genug, dass Mr. Hammond es hören konnte, doch der lächelnde Sidney winkte nur und grinste, beugte sich aus dem Wagenfenster und rief noch einmal: »Ich kann Ihnen nie genug danken, Major!«

»Ich schicke Ihnen die Rechnung!«, rief der Captain hinter ihm her, doch nicht laut genug, dass Mr. Hammond es hören konnte.

»Wird er nicht tun«, brummte Slugger, der den alten Mist wegfegte, den Paul aus dem Transporter gekickt hatte, ehe er Miss America einlud. »Er ist zu gutmütig gegenüber dieser Bande. Die könnte sehr wohl bezahlen, als Ausgleich für die, die's nicht können.«

»Halten Sie den Mund, Slugger«, sagte der Captain. »Sie wissen, dass wir von den Leuten nur verlangen, was sie aufbringen können.«

»Der da könnte es gut aufbringen.«

»Ich sagte, ich werde ihm eine Rechnung schicken.«

»O ja, wie er dem Brennholzhändler eine Rechnung geschickt hat, der das Pony bloß für zwei Wochen herbrachte, und wir hatten es dann den ganzen Winter auf dem Hals. Die machen uns noch bankrott, diese Leute. O ja, sagt er, ich schicke die Rechnung, sagt er …« Slugger verschwand brummend, mit kurzen gereizten Stößen den Kies fegend.

7

Dora hatte Geburtstag. Sie hätte ihn gern auf der Farm verbracht, aber ihre Mutter wünschte, dass sie nach Hause käme, also musste sie ihren Rock anziehen und in die Stadt hinunterfahren.

Ihre Mutter, die immer noch hoffte, dass sie den Pferden entwachsen würde, obgleich das bei ihren siebzehn Jahren nicht mehr zu erwarten war, hatte eine Gruppe ›interessanter‹ Leute eingeladen, um ihr zu zeigen, was sie eigentlich entbehrte. Ein Mädchen von einer Kunstschule, ausgehungert und blass, mit einer runden, Wagenrad großen Brille, in einem langen, faden Kleid mit heruntergetretenem Saum. Zwei ernste junge Männer mit buschigen Bärten, die schwierigen Kindern beibrachten, ihre Schwierigkeiten durch

Schreien und Sich-Verhauen loszuwerden. Einige Erwachsene, deren Münder sich auch noch öffneten und schlossen, lange nachdem Dora ihnen nicht mehr zuhörte.

Sie langweilte sich so sehr, dass sie, um die Zeit tot zu schlagen, zuviel aß, auf dem Heimweg im Bus einschlief und über das Dorf hinaus fuhr, in dem sie in einen anderen Bus hätte umsteigen müssen.

»Wo sind wir?« Sie wachte mit einem Ruck auf, als der Fahrer in einer scharfen Kurve bremste.

Er stoppte an der nächsten Kreuzung und zeigte ihr einen Feldweg, der zur Hauptstraße führte, wo sie einen anderen Bus zurück bekommen könnte.

Es war Spätnachmittag, das Zwielicht senkte sich über die knospenden Hecken des Tals, und aus dem frischen Frühlingsgras stieg Dunst auf. Dora lief seitlich der Straße und bekam feuchte Füße. Sie war sich nicht sicher, wo sie sich befand, aber als sie über eine Brücke ging, glaubte sie, den trägen braunen Fluss zu überqueren, der am Pinecrest-Hotel vorbeifloss. Wenn es auf der Hauptstraße keine Busse gäbe, würde sie sich vom ersten Wagen, der anhielt, mitnehmen lassen.

»Die kommt eines Tages mit durchschnittener Kehle zurück, bestimmt«, brummelte Slugger Jones immer, wenn Dora in einem fremden Auto oder auf dem Soziussitz eines Motorrades aus der Stadt zurückkam.

»Heutzutage laufen sonderbare Gestalten herum«, sagte Anna warnend, doch Dora entgegnete: »Nicht sonderbarer als ich«, und fuhr weiter per Anhalter.

Sie hatte versprochen, zum Abendessen zurück zu sein. Nach diesem Lunch würde sie keinen Bissen mehr hinunterkriegen. Aber Anna hatte einen Kuchen gebacken. Und es waren bestimmt keine ›interessanten‹ Leute mit ›anregendem‹ Gespräch da. Nur Menschen, die sich gut kannten und sich mochten. Hinter sich auf dem Weg hörte sie das Klapp-Klapp eines trabenden Pferdes, jenes immer wachrüttelnde Geräusch, das die Leute ans Fenster oder vor die Türen treibt, sogar wenn sie eigene Pferde haben.

Dora drehte sich um und blieb stehen, wartete. Als Mann und Pferd aus dem Halbdunkel in Sicht kamen, sah Dora, dass es Miss America war. Dora trat in die Mitte der Straße und hielt die Hand wie ein Schülerlotse hoch.

Die Stute blieb aus eigenem Antrieb stehen. Sie wurde nicht geritten, vielmehr trug sie einen unsicheren Reiter, der dem Pferd fast über den Kopf flog, als es stehenblieb.

»Hoppla.« Er umklammerte Miss Americas Hals und lächelte Dora, die sah, dass er betrunken war, dümmlich an. Sie sah auch, dass der Sattel, in dem er nur lose hing, schwer und kaputt war und auf den knochigen Widerrist der Stute drückte.

Dora sah rot. Sie packte den Arm des Mannes und zog ihn vom Pferd. Er war sowieso schon halb unten.

»Danke.« Mit dem Glück des Betrunkenen landete er auf den Füßen. »Ich habe mir überlegt, ob ich auf den Boden oder auf den Sattel zurück soll.«

»Auf *diesen* Sattel nicht.«

Dora schnallte wütend den Gurt auf und hob den Sattel herunter. Der empfindliche Rücken war wieder wund und blutete.

Dora fluchte. »He – einen Augenblick ....« Der Mann torkelte auf sie zu, doch sie trat an den Straßenrand und warf den scheußlichen alten Sattel über eine dichte Hecke in die Büsche.

»Was machen Sie denn da !« Das rote Gesicht des Mannes war bekümmert. »Wie soll ich auf dem Biest nach Hause reiten?«

»Sie werden nicht reiten«, sagte Dora.

»Dann muss ich laufen.« Nachdem er sich mit einem kräftigen Schluck aus einem Fläschchen in der Tasche seiner Reithose gestärkt hatte, schlang er die Zügel um den Arm und marschierte die Straße hinunter. Die Stute lahmte etwas.

Dora folgte den beiden in kurzem Abstand. Der Mann ging in Schlangenlinie in dem schwindenden Licht die Straße entlang, stolperte ab und zu, wobei er sich mit der Hand am Hals der Stute stützte. Als er auf die Hauptstraße kam, stand er eine Weile da und sah den vorbeifahrenden Autos nach, den Kopf hin und her drehend, als befände er sich bei einem Tennismatch.

Dora beobachtete ihn. Schließlich schien er einen Entschluss zu fassen. Er hob die Zügel über Miss Americas Kopf und band sie sorgfältig um einen Wegweiser. Dann trat er mit erhobenem Arm auf die Straße, wo er sich schwankend gegen das Licht der Scheinwerfer abzeichnete. Das Glück des Betrunkenen war ihm immer noch hold. Ein Wagen hielt, er stieg ein und wurde mitgenommen.

Dora band die Stute los, und sie stapften neben der Straße durch das Gras, bis sie zum Dog & Whistle kamen, von wo aus Dora Paul anrufen konnte, er solle sie mit dem Pferdetransporter abholen.

Callie begrüßte sie im Farmhaus. »Ich habe ein Geschenk für dich. Möchtest du es sehen?«

»Danke. Ich habe auch eines für dich. Möchtest du es sehen?«

»Wo?«

»Im Fohlenstall.«

»Ein neuer Kunde!«

Callie rannte hinaus.

Dora fragte Anna: »Ist – äh, ist der Captain gut gelaunt?«

»Er war's«, erwiderte Anna. »Was hast du mit nach Hause gebracht?«

»Miss America«, sagte Dora. »Ihr Rücken ist wieder durchgescheuert.«

Der Captain sagte nichts. Er wartete ab, was geschehen würde. Als nichts geschah, rief er das Pinecrest Hotel an. »Guten Morgen, Major. Nett, wieder von Ihnen zu hören.«

»Ich habe Ihre Stute.«

»Das ist großartig von Ihnen.«

»Ihr Rücken ist wieder fast so schlimm wie vorher.«

»Dieser Bursche – der blöde Säufer –, es ist alles seine Schuld. Ich sage Ihnen, Major, die Reitschule bringt einem nur Kopfschmerzen ein.«

»Was ist passiert?«

»Wenn ich das nur wüsste. Er kam hierher zurück mit einem Kater und einer verlogenen Geschichte, er habe den Sattel verloren und das Pferd an einen Wegweiser gebunden. Er sei zu allen Wegweisern an allen Abzweigungen der Hauptstraße zurückgelaufen, und als die Stute nicht dort und auch nicht hier im Stall gewesen sei, dachte er, er hätte sich die ganze Sache nur eingebildet, und schwor, Antialkoholiker zu werden.«

»So.« Der Captain wartete.

Mr. Hammond wartete auch. Schließlich sagte er: »Ich dachte mir, die Stute könnte zu Ihnen gelaufen sein, nachdem sie es bei Ihnen so gut hatte. Ich bin Ihnen dankbar, Major.«

»Wollen Sie, dass ich sie hier behalte?«

»Sie wissen ja, dass ich knapp an Arbeitskräften bin.«

»Ich auch.«

»Aber Ihr Personal ist zuverlässig. Ich schinde mich ab, aber ich muss eine Menge meinen Jungs überlassen, und – na ja, Sie wissen, wie die heutzutage sind. Man kann ihnen nichts anvertrauen. Besonders nicht ein wertvolles Pferd wie Beauty.«

Er hielt nicht einmal zu seiner eigenen Familie. »Ich zahle Ihnen, was Sie wollen, Major, wenn Sie mir den Gefallen tun könnten.«

»Sie haben die letzte Rechnung noch nicht bezahlt«, murmelte der Captain, ohne die Lippen zu bewegen. Er hasste es, über Geld zu sprechen.

»Der Scheck ist unterwegs.«

Mr. Hammond hängte heiter, mit frohen Osterwünschen für alle, ein. Der Mann war unglaublich. Er hatte überhaupt kein Schamgefühl.

»Aber die Stute bekommt er nicht zurück«, sagte der Captain. »Wahrscheinlich will er sie gar nicht mehr haben.«

»Ich mache mir Sorgen um seine anderen Pferde«, sagte Dora stirnrunzelnd. »Ich begreife nicht, wie der eine Reitstall-Lizenz bekommen konnte.«

»Vielleicht hat er keine«, meinte Paul. »Warum fragen Sie nicht beim Grafschaftsrat nach, Captain?«

»Die werden glauben, ich hätte einen Verdacht.«
»Na und, haben Sie doch.«

Beim Grafschaftsrat sagte man ihm, dass der Antrag des Pinecrest für eine Reitstall-Lizenz bei den Akten läge und eine Besichtigung vorgesehen sei.

»Unser Sachbearbeiter ist krank. Ich frage mich, Captain – ich weiß, Sie sind sehr beschäftigt, aber Sie sind voll qualifiziert, und ich bin sicher, das Hotel möchte die Sache noch vor dem Sommer geklärt haben.»

Also suchten der Captain und Paul das Pinecrest Hotel wieder auf. Er weigerte sich, Dora in Sandalen und Ohrringen mitzunehmen, aber Paul nahm er mit, für den Fall, dass es Ärger gäbe.

Es gab keinen Ärger. Er hatte die schriftliche Vollmacht, den Stall zu besichtigen.

Er verbrachte einen halben Tag dort, Sidney Hammond begleitete ihn freundlich auf der Runde und dankte ihm zum Schluss mit einem breiten Lächeln für seinen Aufwand an Zeit und Mühe.

Der Captain verfasste einen gewissenhaften und eingehenden Bericht. Über die Erteilung der Lizenz hatte er nicht zu entscheiden.

8

Im vergangenen Jahr hatte Paul, nachdem Cobbler's Dream einen Dieb gefangen und sein eigenes Leben durch einen Sprung über den Eisenspitzen bewehrten Parkzaun gerettet hatte, das Sprungtraining mit ihm wieder aufgenommen.

Cobbler war einst ein berühmtes junges Dressur-Reittier gewesen. Als das Mädchen, das ihn trainierte, zu groß geworden war, kam er in den Besitz eines Kindes, das ihn mit harter Hand ritt und in ihm nur ein Mittel sah, Meisterschaften zu gewinnen, und nicht ein Pony zum Liebhaben. Paul arbeitete damals für den Vater des Kindes. Er musste mit ansehen, wie das hervorragende Pony durch falsches

Reiten Fehler machte, und schließlich musste er miterleben, wie das Pony durch einen Peitschenhieb auf einem Auge blind wurde; da hatte er Cobbler fortgenommen, ihn auf die Farm gebracht, und beide waren dageblieben, Cobbler wurde auch auf dem anderen Auge halb blind, aber er hatte sich so gut angepasst, dass er fast so sicher wie früher war, und sein fantastischer Sprung über den Parkzaun des Gutshauses hatte bewiesen, dass er eine Art sechsten Sinn erworben hatte, einen Sprung abzuschätzen. Er würde über alles springen, wenn man ihm Zeit ließ, Gefühl dafür zu entwickeln.

Paul stellte einige Schafhürden auf einem der Äcker auf, und er und Dora machten aus einer Leiter, durch die sie Stechginster steckten, eine Buschhürde. Die meisten anderen Pferde waren zu alt und steif zum Springen, deshalb nahm sich Dora den Maulesel Willy vor, der überhaupt keine Lust hatte und seine Sprünge entweder überstürzt ausführte oder bockig stehen blieb und Dora ohne ihn springen ließ.

Paul und Dora hatten einen freien Nachmittag, deshalb ritten sie mit Cobbler und Willy durch den Wald auf der anderen Seite ihres Hügels, wo gefällte Baumstämme quer über den Reitwegen lagen. Cobby übersprang sie alle, ohne seinen kurzen Galopp zu unterbrechen, spannte die Muskeln, krümmte den Rücken und landete sanft, die Ohren für den nächsten Sprung gespitzt. Willy sprang über die kleineren Bäume. Wenn sie nicht über den ganzen Weg reichten, flitzte er mit offenem Maul um sie herum und zerrte am Zügel. Waren die Hindernisse hoch, spreizte er die Vorderhufe gegen den Boden, Dora musste absteigen und ihn hinüber führen. Er pflegte mit der Vorderhand hinüberzuspringen, blieb dann erstaunt stehen, den Baumstamm unter seinem Bauch, und hievte dann die Hinterhand mit einem Grunzen hinüber, wie ein alter, aus der Badewanne steigender beleibter Mann. In der Nähe des anderen Waldrandes verminderte Cobby seinen Schritt und lief mit hochgerecktem, zur Seite gedrehtem Kopf lauschend weiter.

»Was hört er?«

Manchmal kamen Leute zur Jagd auf Hasen und Füchse und alles, was sich bewegte, in den Wald. Sie schossen sogar einmal aufeinander.

Paul und Dora blieben stehen und lauschten. Nur das Seufzen des durch die Baumkronen streichenden Windes war zu vernehmen.

»Ich höre nichts.«

»Aber Cobb hört etwas. Sein Gehör ist schärfer, seit er nicht mehr viel sehen kann. Auch seine Nase.«

Das braune Pony hatte die Nüstern gebläht, als empfinge es eine Botschaft.

Paul trieb es zu zwei weiteren Sprüngen an, aber es verlangsamte wieder lauschend den Schritt.

»Da ist etwas. Lassen wir ihm die Führung.«

Sie ritten aus dem Wald und am Rand eines Kornfeldes entlang. Auf einem Feldweg hinter der Hecke graste ein graues Pferd in einem Kleefeld.

Es war ein ruhiges Pferd. Es stand still und tauschte schnaubende Atemstöße mit Cobby aus, danach das rituelle Wiehern und Ausschlagen. Der Maulesel legte wie ein Hase die langen Ohren zurück und rührte sich nicht. Er misstraute fremden Pferden. Wenn er mit einem neuen auf die Weide getrieben wurde, verkehrte er in den ersten Wochen nur mit den Hinterhufen mit ihm.

Das graue Pferd trug ein Kummet. Es duldete, dass Paul seinen Gürtel durch den Zugring zog, und trabte ruhig neben Cobby zur Farm zurück.

Der Captain kannte das Pferd nicht. »Irgendjemand wird sich jedoch Sorgen darum machen«, sagte er. »Es ist ein hübsches und gepflegtes Pferd.« Der Graue sah wie ein Jagdpferd aus, Fell glänzend und seidig, Schopf und Fersen sauber getrimmt, Schwanz und Mähne einwandfrei geschnitten. »Ruf lieber die Polizei an, Paul.«

Sergeant Oddie sagte sofort: »O nein! Lassen Sie mich bloß mit dem Grauen zufrieden. Ich muss mich um eine große Hochzeit kümmern, zwei Mann sind auf einer Rauschgiftrazzia, ein Zusammenstoß von drei Autos auf der Marston Road, und ein paar junge Kerle haben die Buswartehalle angezündet. Dieses Pferd ist das letzte, was ich brauchen kann ...«

»Ist es schon öfter ausgerückt?«

»Immer wieder. Die Nachbarn liegen mir Tag und Nacht damit in den Ohren. Regelrechtes Wespennest, das da in Aufruhr ist. Passen Sie auf, ich gebe Ihnen die Telefonnummer von Mrs. Jordan, und ich hoffe, Sie können ihr erklären, wie man eine Umzäunung baut, aus der ein Pferd nicht ausbrechen kann.«

»Aber wir haben eine«, antwortete Mrs. Jordan. »Es ist nicht unsere Schuld oder die des Pferdes. Du liebe Zeit! Ich werde es abholen.«

»Ich werde es hinüberreiten, wenn Sie mich zurückbringen könnten«, sagte Paul.

Das graue Pferd machte den Eindruck eines erstklassigen Reitpferdes, und das war es auch. Gut geschult, bewundernswert im Gang, rasche Reaktion, und man konnte es mit einer Beugung des Handgelenks anhalten.

Paul war überrascht, als er sah, woher es kam. Das Haus der Jordans am Rand einer kleinen Stadt hatte offensichtlich einst inmitten von Feldern gestanden, aber dicht herum waren neue Häuser gebaut worden, und die eingezäunte Koppel war nicht viel größer als ein Tennisplatz. Der Zaun war stark und hoch genug. Das Tor sah intakt aus.

»Diese Leute machen das«, berichtete Mrs. Jordan Paul. »Früher haben sie es nachts gemacht, aber jetzt werden sie dreister und machen es auch tagsüber, wenn ich fort bin.«

»Wer macht was?«

»Die Nachbarn. Die Leute in dem rosa Haus da drüben, die Zwerge im Garten und Plastikblumen in den Blumenkästen haben. Die öffnen das Tor und lassen David hinaus, dann rufen sie sofort die Polizei an und beschweren sich, dass das Pferd frei herumläuft und in anderer Leute Gärten herumtrampelt.«

»Woher wissen Sie das?«

»Oh, ich weiß es genau.«

Mrs. Jordan war eine verwelkte, einst schöne Frau, deren Gesicht mit den großen melancholischen Augen und den herabgezogenen Mundwinkeln von Linien harter Arbeit und Sorge gezeichnet war. »Als die Polizei das letzte Mal hier war – anfangs waren sie nett, aber jetzt haben sie's satt –, sah ich, dass sich der Vorhang vorn bewegte, und ein andermal zeigte sich die Frau ganz offen am Fenster und lachte.«

»Warum bringen Sie denn kein Vorhängeschloss am Tor an?«

»Haben wir getan. Aber irgendwie löste sie nachts die Riegel und brachte sie dann wieder an, nachdem sie David hinausgejagt hatte. Sie ist es, nicht ihr Mann. Er ist nicht übel, aber sie ist eine Fanatikerin. Sie hasst Pferde, weil sie glaubt, dass sie ein Zeichen von Reichtum seien. Reich! Sie ist viel besser gestellt als wir. Ihr Mann ist Klempner. Aber sie gehört zu der Sorte von Menschen, die Leute nicht leiden können, die etwas besitzen, was sie nicht haben, auch wenn sie es gar nicht besitzen wollen. Sie möchte das Stück Land kaufen, auf dem Davids Koppel liegt, und Chinchillas züchten.«

»Chinchillas!« Sie blickte Paul mit ihren schwermütigen Augen an. »Auf unserem früheren Rasen hinten, auf dem die Mädchen ihr Sommerhäuschen und ihre Schaukeln hatten.«

Nachdem sie das graue Pferd in den offenen Stall in der Ecke der Koppel geführt hatten, bat Mrs. Jordan Paul zu einem Imbiss ins Haus, ehe sie ihn heimführe. Sie schien einsam zu sein und froh, dass sie mit jemandem sprechen konnte. Er saß in einem bequemen, abgenutzten Sessel und hörte zu. Er hatte vom Captain gelernt, dass die Leute, wenn man ihnen schweigend zuhört, über Dinge sprechen, die sie keinem erzählen, der sich selber gerne reden hört.

Es war eine traurige Geschichte. Ihr Mann war Trainer und Pferdezüchter gewesen. Bei einem Autounfall starb ihre jüngere Tochter, und er war lange Zeit arbeitsunfähig geworden. Sie mussten Geld auf ihr Haus und Land aufnehmen. Ihre andere Tochter Nancy verließ das College und ging arbeiten, und Mrs. Jordan bekam eine Stellung in einem

Altenpflegeheim; aber sie konnten die Hypothekenzinsen nicht bezahlen. Vier Morgen Land wurden gepfändet und an den Bauunternehmer verkauft, der alle diese scheußlichen kleinen Häuser dort errichtet hatte, wo einst die Weiden und Ställe gewesen waren.

Alle Pferde waren natürlich verkauft worden, außer David, der der verunglückten Tochter gehört hatte.

»Wie könnten wir ihn verkaufen! Nancy reitet ihn manchmal, aber sie hat so wenig Zeit und ist immer so müde. Wir sind alle müde, Paul. Mein Mann hat jetzt eine Halbtagsstellung, aber sie bringt nicht viel ein, und er ist nicht einmal gesund genug dafür. Ich liege jede Nacht wach und grübele, was geschehen wird, wenn man uns schließlich auch unser Haus wegnimmt und diese schreckliche Frau Davids Koppelt bekommt – unser letztes bisschen Land –, um da ihre ekelhaften Chinchillas in Käfigen zu halten.«

»Sackgasse.« Paul nickte. »Gibt nur einen Ausweg.«

»Ich hasse sie.«

»Ich auch«, stimmte Paul mit Nachdruck zu, obgleich er die Frau mit den Gartenzwergen nie gesehen hatte.

»Sergeant Oddie rief mich an, nachdem er mit Ihnen gesprochen hatte, und sagte, wenn das Pferd noch einmal ausbräche, müssten wir es abschaffen.«

»Ich dachte, der Sergeant wäre so beschäftigt«, sagte Paul.

»Nicht zu beschäftigt, um mir das zu sagen. Und genau das will diese Frau.»

»Warum zeigen Sie sie nicht an?«

»Ich kann ihr nichts beweisen. Sie ist zu schlau. Es ist mir nie gelungen, sie zu ertappen.«

»Hätten Sie was dagegen, wenn ich's versuche?«

»Es hat nicht viel Zweck.«

»Sie gehen alle mal an einem Abend aus und machen viel Krach bei der Abfahrt, so dass sie es merkt. Aber ich werde hier bleiben. Ich werde mit David im Stall sein.«

Es war nicht nötig, dem Captain davon zu erzählen. Nicht, dass er etwas dagegen gehabt hätte, aber … war nicht nötig, ihn zu beunruhigen.

»Ich kann keinen Ärger riskieren«, hatte er gesagt. Er hatte seine eigenen Probleme mit Nachbarn. »Wir müssen uns nach dem Gesetz richten.«

Nun, das tat er, aber ... nicht nötig, es ihm zu erzählen.

Paul erzählte auch Dora nichts oder irgendjemandem sonst auf der Farm.

9

Am nächsten Abend, nachdem die Pferde mit Streu versorgt, gefüttert und getränkt worden waren, fragte Paul, ob er den Lastwagen benutzen könnte.

»Natürlich«, sagte der Captain. »Wofür?«

»Ich gehe aus.«

»Mit wem?«

Doras Wuschelkopf tauchte über einer Stalltür auf, wo sie Liniment in einen von Dollys chronisch kranken Vorderfüßen einrieb.

»Mit einem Mädchen, das ich kenne.«

»Du kennst keine Mädchen.«

»Woher weißt du das?«

»Du würdest mir's erzählen.«

Dora stützte das Kinn auf die Tür. Die alte Dolly streckte ihren Kopf neben ihr hinaus und legte die Ohren zurück, als sie Paul sah. Sie war einmal von einem Mann so entsetzlich misshandelt worden, dass sie nur noch Frauen leiden konnte. Dolly war es, die dem Captain einen Tritt gegen den Kopf versetzt hatte.

»Du wärst die letzte, der ich es erzählen würde.« Paul lachte. »Du würdest mitkommen wollen und zwischen uns sitzen und während des ganzen Films schwatzen.«

»Geht ihr ins Kino?«

»Ja.«

»Ich möchte mitkommen.«

»Nein«.

»Wie heißt sie?

»Nancy.«

»Ich glaube nicht, dass du mit einem Mädchen ausgehst«, sagte Dora mit wachsendem Zweifel.

Als er abfuhr, saß Dora auf der Mauer neben dem Tor und polierte ein Trensengebiss, wobei sie mit den Hacken gegen die Ziegelsteine hämmerte. Ihr Gesicht war verschlossen und mürrisch, die Unterlippe vorgeschoben. Paul winkte. Sie winkte weder zurück, noch blickte sie auf.

Mr. Jordan war ein grauer, gebeugter Mann, dessen Mund durch körperliche und seelische Schmerzen hart geworden war. Nancy war ein Mädchen mit blanken Wangen, dichtem Haar und kräftigen Beinen, die Art Mädchen, mit der Paul ins Kino gegangen wäre, *wenn* er überhaupt mit einem Mädchen ins Kino gegangen wäre.

Sie machten den nötigen Krach bei ihrem Aufbruch. Motor hochjagen, Türen zuschlagen, schnell noch einen Mantel holen, rufen, dass sie zu spät kommen würden.

»Der Film fängt um acht an!«, rief Mrs. Jordan vom Steuer her, um ihre Nachbarn wissen zu lassen, dass sie mindestens zwei Stunden fort wären.

In dem rosa Haus mit den Blumenkästen voller unmöglicher Blumen, die weder im Frühling, noch in England überhaupt blühten, bewegte sich ein Schatten hinter dem Vorhang.

Paul saß im Stroh des offenen Stalles und sprach mit dem grauen Pferd und dachte an längst vergangene Dinge. An abenteuerliche Nächte, in denen man mit gespannten Nerven und prickelnder Kopfhaut gewartet hatte, an die Nacht, in der er Cobby gestohlen und in Sicherheit gebracht hatte, um die Hufe Sackleinwand gewickelt.

Gegen neun Uhr dreißig, die Familie war noch im Kino, hob David den Kopf vom Heu und stellte seine schmalen Ohren nach vorn. Paul lauschte mit angehaltenem Atem.

Waren da Schritte auf dem weichen Boden? Ließ die nächtliche Brise diesen Strauch erzittern, oder versteckte sich jemand dahinter? Paul wartete regungslos in der dunklen Ecke.

David, der Menschen mochte, stapfte strohraschelnd aus dem Stall auf die Koppel. Eine mollige Frau in engen Hosen kletterte durch die Umzäunung. Als das Pferd auf sie zu ging, streckte sie die Hand aus und gab ihm etwas. In der stillen Nacht hörte Paul das Mahlen seiner Zähne auf Zucker. Es folgte der Frau, die sich rasch durch die schmale Koppel auf das Tor zubewegte.

Paul wartete. Es war zu dunkel, um viel zu erkennen. Sie stand mit dem Rücken zu ihm, aber er hörte das Klirren der Kette am Tor. Er stand schnell auf, trat leise hinter sie und sagte ihr ins Ohr: »Kann ich Ihnen helfen?«

»O mein Gott!«

Die Frau fuhr herum, eine Hand auf dem ausladenden Busen. Als sie sich bewegte, war Paul fast sicher, dass ihre Faust ein Stück Metall umspannte, das ein Schlüssel sein konnte.

»Was wollen Sie?« Sie atmete schnell, und er konnte hinter dem dunklen Ponyhaar die Schlagzeilen von morgen, die sie sich entsetzt vorstellte, förmlich sehen.

Frau erwürgt aufgefunden. Hausfrau im Nachbargarten ermordet. Vorstadtmord, Rätsel wird größer.

»Was – was tun Sie hier?« Nach allem, was sie bisher getan hatte, musste die Frau unerschrocken sein, aber jetzt zuckte ihr Mund vor Nervosität, weil Paul drohend vor ihr stand.

»Ich bin ein Freund der Familie«, sagte er. »Das Pferd sah so aus, als ob es eine Kolik bekäme, deshalb habe ich aufgepasst, dass es sich nicht hinlegte. Irgendjemand hat ihm vielleicht heimlich etwas gegeben. Die Leute hier haben Scherereien gemacht, es ist kaum zu glauben.«

»Oh, ich weiß.« Die Frau beruhigte sich. »Die armen Jordans, es ist schrecklich für sie, auch das noch zu all ihrem Unglück. Ich versuche, ein bisschen aufzupassen, wenn sie nicht da sind. Deshalb kam ich heraus, um das Torschloss zu kontrollieren.«

»Ach so«, sagte Paul. »Das Tor kontrollieren.«

»Jawohl.« Die Frau bewegte sich wieder auf ihr Haus zu. »Das Tor kontrollieren.«

»Sie passen auf. Das ist nett.«

»Nun«, erwiderte sie, »man tut, was man kann. Wir sind in diese Welt gesetzt, um einander zu helfen, das ist meine Meinung.«

»Meine auch.«

Eine Hand auf dem Hals des grauen Pferdes, beobachtete Paul, wie die Frau durch den Zaun der Koppel kletterte und mit wackelndem Hintern in ihr eigenes Haus ging, rechtschaffen wie eine gute Nachbarin, die ihre Pflicht getan hat.

»Das müssten Sie also tun«, schlug Paul den Jordans vor. Sie blickten sich an.

»Ich bin unbegabt für Elektroarbeiten.« Der Vater sah verwirrt aus.

»Ich werde es machen.«

»Man wird Sie sehen.« Mrs. Jordan warf einen Blick zu dem rosa Haus hinüber. »Die sieht alles.«

»Ich werde es nach Dunkelwerden machen. Um diese Zeit scheint kein Mond. Nach dem Schreck von heute Abend wird sie morgen nichts unternehmen. Wenn ich einen Gummihammer benutze, kann ich die Isolatoren befestigen, ohne Krach zu machen, und die Batterie werde ich hinter dem Stall anbringen, so dass sie das Ticken nicht hören kann.«

Am nächsten Tag erbot sich Paul, für Anna Besorgungen in der Stadt zu machen, und kaufte dabei die Batterie, dünnen Draht und die Isolatoren.

Als er abends beiläufig um den Lastwagen bat, fragte ihn Dora nicht, wohin er ginge. Sie hatte sich gezwungen, nicht nach dem Film von gestern Abend zu fragen, was ein Glück für ihn war, denn er hatte vergessen, sich nach dem Kinoprogramm zu erkundigen.

Spätabends brachte er bei den Jordans zwei Stränge Elektrodraht dicht zwischen den Koppelquerstangen an, so dass man sie nicht sehen konnte. Dann schaltete er die Batterie ein und wartete auf der Stallseite.

Er schnalzte leise. Das Pferd kam zu der Querstange, streckte seine Nase vor, sprang dann zurück und schnaubte.

»Tut mir leid, David.« Das graue Pferd stand in der Mitte der Koppel und schien sehr beleidigt. »Ich musste es ausprobieren.«

Zwei Nächte wartete Paul im Stroh, die leise tickende Batterie befand sich an der anderen Stallseite. Er döste, wachte auf und döste wieder ein, doch tagsüber war er schläfrig, und Dora machte bissige Bemerkungen über Leute, die abends so lange mit Mädchen ausgingen, dass sie ihre Arbeit nicht mehr ordentlich verrichten konnten.

Warum erzählte er ihr nicht alles, und warum ließ er sie im Stall nicht mitwachen und am Abenteuer teilnehmen? Nun, weil sie ihn unaufhörlich aufzog!

»Wann werden wir diese famose Nancy denn kennen lernen? Nicht, dass mir was daran liegt. Oder ist sie zu hässlich, um sie vorzuzeigen?« Solche Reden brachten sie um das Abenteuer.

»Im Gegenteil, sie ist großartig«, erwiderte Paul gereizt. »Herrliche Beine.«

Er zwinkerte Slugger zu.

»Ist immer ein gutes Zeichen.« Slugger zwinkerte auf das Pferd hinunter, das er striegelte. »›Will man eine Frau oder ein Pferd beurteilen, muss man zuerst auf die Beine schauen.‹ Hat mein Opa immer gesagt.«

»Jeder kann gute Beine haben.« Doras ziemlich muskulöse, knabenhafte Beine steckten in zerrissenen, ausgebleichten Jeans, die sie Anna weder flicken noch umsäumen ließ.

In der dritten Nacht ging Paul früh schlafen – »Was ist los? Hat sie dich schon satt?« – und stand um Mitternacht wieder auf, als alle fest schliefen. Er hielt den Lastwagen schon in einiger Entfernung von dem Jordan-Haus an, ließ ihn dort stehen und ging geräuschlos durch den Garten um die Hausseite herum zum Stall.

Als er flüsterte, um sich dem Pferd bemerkbar zu machen, antwortete ihm eine Stimme.

»Nancy?«

»Ich konnte nicht schlafen.« Sie lag im Stroh vergraben, nur Gesicht und Haar waren zu sehen.

»Das wollte ich allein erledigen.« Paul kam herein und setzte sich neben sie.

»Warum?«

»Es war meine Idee.«

»Es ist mein Pferd.«

Sie lagen Seite an Seite im Stroh und unterhielten sich leise. Nancy erzählte ihm von dem Arbeitskollegen, den sie zu lieben glaubte. Mädchen fingen immer an, von anderen Männern zu erzählen, wenn man sich gerade für sie zu interessieren begann.

Paul wand die Finger durch das Stroh, um ihre Hand zu suchen.

»Aber er ist beinahe so alt, dass er mein Vater sein könnte«, meinte Nancy.

Paul nahm ihre Hand, und in diesem Augenblick gellte ein entsetzlicher Schrei von der anderen Seite der Koppel.

David sprang zurück. Paul und Nancy rappelten sich hoch. Die mollige Frau in den engen Hosen saß auf der Erde, die Arme wie in einer Zwangsjacke um den Leib geschlungen, und wankte stöhnend vor und zurück.

»So schlimm kann es auch wieder nicht gewesen sein.« Paul und Nancy schlüpften vorsichtig durch den Zaun und gingen zu ihr hinüber.

»Oh, ich bin verunglückt«, stöhnte die Frau. »Oh, mein Herz ...«

»Wollten bloß das Tor kontrollieren, was?«

Sie sah zu Paul hoch. Ihr vom Bett verwuscheltes Haar stand wild ab, als wäre der elektrische Strom hindurchgegangen.

»Ja«, krächzte sie. »Man tut, was man kann. Aber es gibt Menschen« – sie funkelte Nancy an, immer noch sich wiegend und die Arme um den Leib haltend, als könnte sie auseinander brechen –, »die die Bedeutung des Wortes Dankbarkeit nicht kennen.«

Nach diesem Ereignis brachte Paul am Wochenende Nancy nun doch auf die Farm, um ihr die Pferde zu zeigen.

Der Captain war entzückt von ihr. Er führte sie persönlich

herum; in soldatischer Haltung. Auch Callie gefiel sie, weil Nancy verständige Fragen stellte. Außerdem sagte sie noch, als sie Miss America besuchten, die ganz allein im Obstgarten »Grande dame« spielen durfte, weil die übrigen Pferde nicht an ihre Wunden kommen sollten: »Was für ein Glück für Miss, dass Callie sich um sie kümmert.«

Dora war ziemlich schroff. Sie warf einen langen Blick auf Nancys Beine und verschwand dann, um eine gerade ankommende Familie zu begrüßen, die sie geschäftig in allen Ställen herumführte.

Diese Familie, die nur gekommen war, um sich den Esel anzusehen, der früher ihrem Onkel Fred gehört hatte, sagte mehrere Male: »Wir müssen jetzt aufbrechen«, aber Dora schleppte sie von Pferd zu Pferd, nur um nicht mit Nancy sprechen zu müssen.

Bald danach bekam Paul einen Brief von Mrs. Jordan. Ihr Telefon war gesperrt worden, weil sie die Rechnung nicht bezahlen konnten.

Sie berichtete, dass die mollige Frau und der Klempner das rosa Haus zum Verkauf ausgeschrieben hätten und schon fortgezogen seien. Zwei Tage später – *›Hätte sie nur noch zwei Tage gewartet, hätte sie sich mit ihren Chinchillas rächen können‹* – war Mr. Jordan von einem Freund in Australien eingeladen worden, zu ihm auf seine Pferderanch zu kommen. Mrs. Jordan fuhr fort: *»Wir wandern also alle aus, Paul. Ein neues Leben. Freie Überfahrt, wenn wir zwei Jahre dort bleiben; sie können dieses armselige Haus nun haben und daraus ein Pub oder eine Bingo-Halle machen oder was sie sonst wollen. Kein Bedauern. Außer Davids wegen. Wir fahren nächste Woche. Bitte besorgen Sie ihm ein gutes Heim und nehmen Sie den Verkaufserlös für die Farm. Nur in beste Hände geben. Ich vertraue Ihnen.«*

Da David nachts auf der Weide draußen bleiben konnte, erlaubte der Captain, dass Paul ihn auf die Farm brachte.

»Was ist denn das?« Dora schnitt ein Gesicht, als der Graue geschickt rückwärts den Pferdetransportwagen verließ und dann, den edlen Kopf hochgereckt, dastand, Mähne und Schwanz stolz wie bei einem Araber, und zu einigen der alten Pferde hinüberblickte, die auf dem Feld in Reihe aufmarschiert waren und ihn beobachteten.

»Es ist das Pferd, das wir neulich auf der anderen Seite vom Wald fanden. Du weißt doch.«

»Nancys Pferd.«

»Ja«, sagte Paul. »Sie ...«

»Der Rücken ist zu lang«, sagte Dora, »und mir gefällt das kurze Sprunggelenk nicht.«

»Jordans wandern nach Australien aus. Mit Nancy.«

»Aber andererseits ist es das bestaussehende Pferd, das wir je hatten.« Dora grinste. »Können wir ihn reiten?«

»Bis wir das geeignete Heim für ihn gefunden haben!«

»Dann suchen wir nicht gleich eins.«

»Wir müssen noch ein bisschen mit ihm arbeiten«, erzählten sie dem Captain. »Er hat so lange nicht gearbeitet, dass wir ihn trainieren müssen, ehe wir ihn jemandem vorführen können.«

Und jeden Tag, wenn der Captain bei seiner Morgenrunde fragte: »Habt ihr einen Interessenten für David gefunden?«, antworteten sie: »Er ist immer noch etwas schwierig. Er muss vollkommen sein.«

David war bereits vollkommen. Nie hatten sie ein solch herrliches Reitpferd gehabt. Sie würden es nicht so schnell fortlassen.

10

Callie grauste es, wieder in die Schule gehen zu müssen, aber als das Sommerhalbjahr begann, schien Lewis durch die Weihe des Osterfestes bekehrt worden zu sein, denn er ließ Callie in Ruhe und schikanierte sie nicht.

Sie beobachtete ihn aus der Ferne. Er war merkwürdig ruhig. Er fiel nicht über die Neuen, Jüngeren her wie sonst, verdrehte ihnen nicht die Arme, um zu sehen, ob sie weinen würden, und rempelte sie in der Cafeteria nicht an, so dass sie ihre Teller fallen ließen.

»Die Schule ist nicht so übel«, sagte Callie zu Anna. »Vielleicht bleibe ich.«

»Mach in jedem Fall die Prüfung für ein Stipendium.«

Anna kannte Callies häufige Meinungsumschwünge. Morgen könnte sie die Schule wieder scheußlich finden.

Am nächsten Tag hatte Callie tatsächlich eine Unterhaltung mit Lewis, der Laus.

Sie trafen sich in der Bücherei, in der man nicht sprechen sollte, aber sie standen hinter einem Bücherregal, und Mrs. Dooley war am hinteren Schreibtisch beschäftigt.

Lewis hatte ein Buch herausgenommen und schlug es auf, aber er schien es nicht lesen zu können. Callie suchte etwas in einem Index. Sie merkte, dass Lewis sie beobachtete, deshalb blickte sie auf und lächelte nervös.

Zu ihrer Verblüffung lächelte er zurück. Seine Unterlippe hing durch wie eine Hängematte, und seine Zähne waren so spitz wie die seines Vaters, jedoch hatte er einige davon bei Schlägereien eingebüßt.

»Was haste in den Ferien getan?«, fragte er.

Callie war so überrascht und verblüfft, dass ihr nichts einfiel. »Ach – nicht viel. Ich bin geritten. Ich habe fast die ganze Zeit in den Ställen gearbeitet. Ich half Paul, ein Tor zu bauen.«

»Wer ist Paul?«

»Der Junge, der auf der Farm arbeitet.«

»Ach so, ja.« Lewis erinnerte sich und nickte.

»Er hat was Fabelhaftes gemacht.« Callie quatschte darauflos, weil sie glaubte, sie könne sich jetzt bei der Laus beliebt machen. »Er hat einer Frau das Handwerk gelegt.«

»Handwerk gelegt?« Lewis sperrte den Mund auf. Sein Sprachschatz war nicht sehr groß.

Callie erzählte ihm von der Frau, die David heimlich aus dem Tor hinausgelassen hatte und dann die Polizei rief. Seine trägen, dummen Augen folgten den Bewegungen ihres Gesichtes, und er atmete durch den Mund wie ein Patient unter der Narkose.

»Wer redet da?« Mrs. Dooley erschien am Ende des Bücherregals. Lewis war verschwunden. Nur Callie war noch da. Sie bekam einen Tadel.

Zwei Nächte später fand man die Tür an der Box des mongolischen Pferdes offen, und man sah Trotzki über ein Feld mit jungem Weizen wandern und mal hier und mal dort etwas fressen. Schließlich legte er sich hin, um sich zu wälzen.

»Ein Glück, dass er nicht beschlagen ist«, sagte der Captain verlegen zum Bauern.

»Ein Glück, dass ich nicht mit dem Gewehr draußen war«, erwiderte der Bauer grimmig.

Trotzki war gerissen genug, um einen Schnappriegel öffnen zu können, wenn die Riegel nicht befestigt waren.

»Ich weiß genau, dass ich Trotz' Tür verriegelt hatte«, sagte Dora. »Auch mit dem Riegel unten, er hat nämlich nach mir geschnappt, als ich mich bückte.«

»Dann hat jemand die Tür geöffnet«, sagte Paul. »Wie die Nachbarin der Jordans.«

Callie hielt ihren Mund, wie sie ihn hinter dem Büchereiregal hätte halten sollen. Sollte sie tatsächlich diese Anregung zu neuem Ärger Lewis' selbst gegeben haben?

Er ließ sie in Ruhe. Sie sagte zu ihrer Mutter, dass sie endgültig keine Prüfung machen würde. Als Lewis merkte, dass sie in ihrer Wachsamkeit nachließ, lud er sie eines Tages zu einem Schokoladeneis ein bevor sie zu ihrem Bus musste.

Sie ging mit. Sie kamen aber nicht bis zum Eiswagen. Sowie sie um die Ecke des Schulgebäudes gekommen waren, zog Lewis sie in den verwilderten Garten eines leerstehenden Hauses und stieß sie rückwärts in die Büsche. Als sie sich aufrappelte und fortrennen wollte, packte er sie.

»Das is nur der Anfang.« Die widerliche Fratze starrte sie an.

»Weshalb?«

»Ihr seid schuld, dass wir keine Lizenz kriegen.«

»Was meinst du damit?«

»Dein Stiefvater. Der Sergeant, der Bootsmann oder wie dieser blöde Kerl heißt. Der ist schuld.«

»Das hatte nichts mit dem Captain zu tun. Er hat für den Grafschaftsrat nur einen Bericht über euren Stall gemacht.«

»Der kann ja noch nicht mal 'n Stallende vom andern unterscheiden.« Lewis packte sie so fest am Arm, dass sie hätte schreien können. »Von Pferden versteht er schon gar nichts.«

»Lass mich los!«

»Er hat was gegen uns. Versucht, 'n ehrlichen Mann davon abzuhalten, sein Brot zu verdienen, sagt mein Papa. Wir haben 'ne Menge Absagen gekriegt, verstehste?« Seine Gorillabraue senkte sich drohend. »Die Leute kommen zum Reiten zu uns.«

»Warum schafft ihr nicht Ordnung bei euch und beantragt eine neue Lizenz?« Callie biss sich auf die Lippe. Ihr Arm wurde langsam starr. Sie würde nicht schreien.

»Bei uns is alles in Ordnung«, knurrte Lewis. »Dein Stiefvater isses, der isses, bei dem was nich stimmt. Wir sollten ihn auch geschäftlich kaputtmachen. Vielleicht tun wir's. Jawohl.« Er ließ ihren Arm fahren und runzelte die Stirn unter der Anstrengung des Denkens. »Vielleicht tun wir's. Mein Papa sagt, es issen Verbrechen, die armen alten Pferde gegen ihren Willen am Leben zu lassen.«

»Es ist nicht gegen ihren Willen!« Callie hätte jetzt fortrennen können, aber sie blieb da, um ihre Meinung zu sagen, rieb sich den Arm. »Sie sind alle gesund genug, um noch Freude am Leben zu haben. Der Captain sagt, es ist unrecht, einem Tier das Leben zu nehmen, solange es noch Freude hat.«

»Ein Verbrechen gegen die Natur.« Die Laus betete offensichtlich seinen Vater nach. »Sollte nich erlaubt sein.«

»Wir retten Pferde! Wir retteten euer Pferd, weil ihr alle zu grausam und dumm wart ...«

Lewis holte aus und versetzte ihr mit voller Wucht einen Schlag. Sie rannte durch die Büsche davon, bis sie auf der menschenbelebten Straße war.

Als sie nach Hause kam, rollte sie den Ärmel über dem blaugequetschten Arm nicht hoch und erklärte ihrer Mutter, dass sie auf halbem Wege aus dem Bus gestiegen sei und sich die vielen Kratzspuren hügelaufwärts in den Brombeeren geholt habe.

Dem Captain erzählte sie, dass dem Pinecrest Hotel die Lizenz für einen Reitstall verweigert worden sei.

»Gott sei Dank«, meinte der Captain. »Im Rathaus hat man also doch noch etwas Verstand.«

»Ich wette, die würden dich am liebsten auch ruinieren.« Callie beobachtete sein Gesicht, gespannt, wie er das aufnehmen würde.

»Oh, das glaube ich nicht.« Trotz all der Grausamkeit und Dummheit, die er in den Jahren seiner Arbeit mit den Pferden kennen gelernt hatte, hielt der Captain immer noch das Beste von den Menschen bis zum Beweis des Gegenteils.

»Und ich habe beschlossen«, erklärte Callie Anna und dem Captain – der Schmerz in ihrem Arm erinnerte sie unaufhörlich daran –, »auf die andere Schule zu gehen.«

»Dein Name steht noch auf der Prüfungsliste«, sagte Anna. »Ich habe Miss Crombie nicht gebeten, dich zu streichen, weil du dauernd deine Meinung änderst.«

»Und was ist, wenn ich kein Stipendium kriege?«

»Miss Crombie glaubt, dass du eine sehr gute Chance hast.«

11

Ostern war übrigens Anlass zu einem Geschehen, das eine Familie in der Stadt in Szene gesetzt hatte.

Die kleine Tochter dieser Familie war in Pferde »vernarrt«, und als sie am Ostermorgen aufwachte, stand das Auto auf der Straße, und in der Garage ein Pferd.

Zwar war es kein besonderes Tier. Die Familie hatte es ganz billig auf einer Versteigerung erworben. Es hatte einen großen, plumpen Kopf, Verdickungen an den Beinen, Mähne und Schwanz waren schütter, und die breiten flachen Hufe hatte lange kein Hufschmied mehr beschlagen.

Gleichzeitig mit dem Pferd hatte man auch noch Zaumzeug gekauft, aber in der Familie wusste keiner, wie man es dem Pferd anlegen sollte. So brachte man das Stirnband an der Stelle an, wo der Kehlriemen hätte sitzen müssen, kreuzte die Zügel unter dem Hals, und das kleine Mädchen kletterte auf das Pferd, ritt die Straße hinunter und fiel aus dem Sattel, ehe es die nächste Ecke erreicht hatte. Es schlug mit dem Kopf auf und musste die beiden nächsten Wochen im Bett liegen; das Pferd aber fiel in Ungnade und wurde zurück in die Garage gebracht.

Ab und zu, wenn es jemandem einfiel, bekam es eine Suppenschüssel voll Hafer, den es nicht richtig kauen konnte, weil es einen langen lockeren Zahn hatte, der ihm seitlich aus dem Maul hing. Es bekam kein Heu, weil die Leute glaubten, dass Heu nur im Winter verfüttert werde, und keine Streu, weil sie nichts von Streu wussten. Hinter der Garage war ein kleiner Grasflecken, den das Pferd kahl fraß und dann die Erde aufleckte. Als es dem kleinen Mädchen besser ging, stieg es mit einer Freundin wieder auf das Pferd, und beide ritten auf einem Stück Brachland herum, klammerten sich an die Mähne und aneinander und quietschten vor Vergnügen. Schließlich stolperte das Pferd und stürzte, die Kinder purzelten hinunter, für sie offenbar die leichteste Art abzusteigen, und außerdem machte es großen Spaß.

Der Garagenboden war aus Beton, die Wände bestanden aus Zementblocks und schwitzten kalte Feuchtigkeit aus. Wenn das Pferd sich hinlegte, was es mit zunehmender Schwäche immer öfter tat, rieb es sich die Gelenke wund. Wenn die Kleine aus der Schule kam und das Pferd lag, hielt sie ihm die Suppenschüssel mit Hafer hin, aber auf Armeslänge. Stand es dann auf, nahm sie den Hafer fort und legte den Zügel an.

»Vor dem Essen erst mal arbeiten, Rusty-Liebling«, sagte sie zu ihm, und sie und ihre Freundin führten Rusty zum Zirkus-Spielen auf das Stück Brachland.

Sie war liebevoll zu dem Pferd, trällerte ihm etwas vor. Sie machte Gänseblumenketten und hängte sie ihm übers Ohr. Sie bürstete es mit ihrer alten Haarbürste, aber es wurde nicht sauber genug. Weil sie den Stallgeruch nicht mochte, säuberte sie die Garage nicht, obgleich sie ihrem Vater erzählte, dass sie es täte.

Der Vater sah sich das Pferd kaum an, obwohl er sehr stolz darauf war und jedem Arbeitskollegen erzählte, wie sehr sich sein kleines Mädchen in die Welt Rustys einlebte und wie herzerwärmend das wäre.

Auch die Mutter kümmerte sich nicht viel um das Pferd, sie hatte Angst vor Pferden und sagte, dass sie allergisch gegen sie sei, das hielt sie für etwas ganz Besonderes, und auch sie mochte den Geruch der Garage nicht.

Aber ihr kleines Mädchen war glücklich, und die Mutter fand es wunderschön für ein Kind, ein treues Haustier zu haben.

Das treue Pferd war immer wieder bereit zu laufen, obwohl es immer magerer wurde und ihm das Haar büschelweise ausfiel. Es dörrte aus, weil es nur wenig Wasser zu trinken bekam, das das kleine Mädchen ihm in einem Spieleimerchen brachte.

Eines Tages, als sie und ihre Freundin stolz mit ihm durch die Straße zum Briefkasten ritten, ihm in die Rippen klatschten, damit es weiterliefe, blieb es stehen und legte sich mit der Schnauze auf den Randstein der Straße. Alles Jammergeschrei und die Küsse und Klapse der Kinder, die Zurufe einiger in der Nähe arbeitender Maurer und der Ratschlag von Hausfrauen, die aus ihren Häusern kamen und mit den Schürzen wedelten, konnten es nicht hochbekommen.

Zufällig waren der Captain und Anna auf dem Heimweg aus der Stadt. Sie fuhren einen Umweg, um den Stoßverkehr zu vermeiden, und kreuzten dabei diese Straße. Sie sahen die Menschenansammlung und fuhren die Straße hinauf, um zu sehen, was los war.

Der Captain ging durch die kleine Menschenmenge und stand einen Augenblick mit den Händen in den Hosentaschen da, beobachtete die kleinen Mädchen, die wie aufgestörte Bienen um das Pferd herumschwärmten, es tätschelten und küssten und anflehten: »Rusty-Liebling, steh auf.«

Der Captain blickte das Pferd an, und das Pferd blickte den Captain an, und eine Botschaft ging zwischen ihnen hin und her wie unter alten Freunden.

Nachdem der Captain ermächtigt worden war, das Pferd mitzunehmen, rief er Paul an und bat ihn, mit dem Pferdetransporter zu kommen.

»Ich verstehe das einfach nicht.« Die Mutter hatte das kleine Mädchen nach Hause gebracht, der Vater war von der Arbeit zurückgekommen und stand verwirrt auf der Straße, in der die Laternen angingen. Die Maurer hatten ihre Tagesarbeit beendet, und die Hausfrauen und die anderen Kinder waren nach Hause gegangen. »Sie liebte das Pferd wie einen Bruder. Hielt ungeheuer viel von ihm, es war herzerwärmend.«

»Es tut mir leid.« Der Captain saß in seinem besten Anzug, den Kopf des Pferdes im Schoß auf dem Randstein. »Aber einem kleinen Kind kann man es nicht überlassen, sich um ein Pferd zu kümmern.«

»Aber das haben wir doch nicht gewusst!«

»Ja, ja, das sagt man so«, murmelte der Captain. »Wer nichts von Pferden versteht, sollte sich Goldfische halten.«

»Das ist eine gute Idee.« Der Mann fand schnell zu seiner guten Laune zurück. Auf jeden Fall war er froh, sein Auto wieder in die Garage stellen zu können. »Ich werde ihr morgen ein Glas mit hübschen Fischen kaufen. Um sie abzulenken. Kinder vergessen schnell.«

Er brach auf, um Frau und Tochter von der neuen Idee zu erzählen. Der Captain zog das Jackett seines besten Anzugs aus und breitete es über den Rumpf des Pferdes, das wie ein Haufen Sand im Licht der Laternen lag.

Auf der Farm zog der Captain Rustys losen Zahn. Zunächst rieb er das Zahnfleisch auf der anderen Seite, um diese empfindlicher zu machen, dann entfernte er den Zahn mit einem schnellen, leichten Hammerschlag.

»Jetzt Kleienbrei?« Paul ließ die bläuliche Zunge los, die er seitlich herausgezogen hatte, um das Maul des Pferdes offenzuhalten.

»Gib ihm, was er fressen will, wenn er überhaupt frisst.« Der Captain erhob sich vom Stroh, auf dem Rusty lag. »Er macht es nicht mehr lange.«

»Wird er sterben?« Von der Türöffnung her blickte Callie durch einen glitzemden Tränenschleier auf das Pferd.

Der Captain nickte. Das war die Botschaft, die zwischen ihm und dem Pferd auf der Straße ausgetauscht worden war.

Ich sterbe.

Du sollst in Frieden sterben.

12

Lewis schikanierte wieder die Jüngeren, und Callie mied ihn. Wenn sie ihm bis zum Semesterende ausweichen konnte, wäre sie in Sicherheit und frei.

In der Woche vor der Stipendiumsprüfung ging sie früher in die Schule, um mit Miss Crombie einige Stunden extra zu arbeiten. »Nicht, dass ich dich nächstes Jahr verlieren möchte, Callie, aber ich werde begeistert sein, wenn du es schaffst.« Miss Crombie errötete und kratzte sich den Kopf mit einem Bleistift, den sie wie Madame Butterfly durchs Haar gesteckt trug. Sie hatte ein ziemlich langweiliges Leben und nicht gerade viel, wofür sie sich begeistern konnte.

Als Callie im Umkleideraum war, hörte sie Geschrei und Gerenne im Hof. Die größeren Jungen kamen eigentlich nie so früh, aber das klang nach einem ganzen Rudel, das gleich Hunden hinter einem Fuchs über den leeren Hof herhetzte. Sie konnte nicht sehen, wer gejagt wurde, doch der Verfolgte war in den Fahrradschuppen geschlüpft und hatte die Tür verriegelt. Tobend und brüllend attackierten die Jungen den Schuppen mit Füßen, Steinen und Knüppeln. Einer von ihnen zertrümmerte ein Fenster. Das war natürlich Lewis, der auf den Fahrradständer kletterte und mit dem Stiefel das Glas eintrat.

Callie sah wie gelähmt zu. Sie hatte von einem Mädchen in New York gehört, das auf der Straße erstochen worden war, während die Menschen vorbeihasteten oder von den Fenstern aus zusahen und nichts unternahmen, um ihr zu helfen. Jetzt war sie genauso feige. *Lass dich nicht hineinziehen. Halt dich 'raus.*

Lewis war zu groß, um durch das Fenster zu klettern. Er und die anderen gingen hinter den Schuppen, um von dort aus anzugreifen. Als Callie das Glas des Rückfensters splittern hörte, flog die Tür des Schuppens auf, und ein kleiner, spindeldürrer Junge, dessen Beine wie die Speichen eines Rades wirbelten, rannte um sein Leben über den Hof. Die Jungen waren schon wieder um den Schuppen herum und rückten ihm bedrohlich näher, als er eine Tür aufriss und in die Schule stürzte.

Hilf ihm, Callie. Aber sie konnte sich nicht rühren. Die Jungen waren an der Außentür, als der kleine Junge keuchend und mit wildem Blick in den Umkleideraum schoss.

»Sie sind hinter mir her!« Er konnte kaum sprechen.

Lass dich nicht hineinziehen. Halt dich 'raus. »Ich kann nicht – dies ist doch die Mädchengarderobe …«, begann sie, aber er stammelte: »Rette mich«, und ohne zu denken, stieß sie ihn in ihr offenes Spind und warf die Tür zu. Sie schloss automatisch. Es war ein winziger Raum, aber das Kind war auch winzig, und oben waren Löcher, damit die Turnschuhe auslüften konnten.

Füße trampelten auf den Steinstufen, und Lewis stand mit drei oder vier grinsenden Kannibalen hinter sich im Umkleideraum.

»Ach, wer ist denn hier?« Lewis begann Mäntel und Schals auf der Suche nach dem kleinen Jungen durcheinander zu werfen.

»Macht, dass ihr 'rauskommt.« Callie nahm sich zusammen, damit das Zittern ihres Körpers nicht in ihrer Stimme zu merken war. »Ihr dürft hier nicht herein.«

»Quatsch!« Lewis begann die Schranktüren zu untersuchen, schmiss Sachen aus den offenen Spinden, während seine Kumpane Kleider von den Haken rissen und Schuhe und Tennisschläger herumwarfen, einfach aus Zerstörungswut.

»Wo ist dieser Dreckskerl?« Lewis blickte durch die Luftlöcher der Spinde. Was würde geschehen, wenn ein Paar entsetzte Augen auf die seinen träfen? Was würde geschehen, wenn er merkte, dass es Callies Spind war, und er sich auf sie stürzte, um den Schlüssel zu bekommen? Er hing an einer Schnur um ihren Hals. Wahrscheinlich würde er sie erdrosseln.

»Was hat er getan?« Wenn sie ihn nur mit Reden ablenken könnte, irgendjemand würde schon kommen.

»Er hat uns bei einem Lehrer verpfiffen. Wir haben Ärger gekriegt.«

Ein Turnschuh, ein Geldbeutel, ein Stoffbär flogen aus einem Spind über seine Schulter.

»Warum?«

Als Antwort riss er das Foto eines Jungen von der Innenseite einer Tür, knüllte es zusammen und warf es ihr ins Gesicht.

Er kam in die Nähe ihres Spindes. Ihre Hand fuhr hoch an die Schlüsselschnur, die um ihren Hals hing.

»Da ist …«, sagte sie, »das ist niemand.«

»Halt's Maul.« Lewis packte Callies lange Zöpfe, wickelte sie ihr um die Kehle und zog die Enden zusammen.

Callie glaubte zu ersticken und blickte verzweifelt aus dem Fenster.

Da geschah ein Wunder genau vor ihren angsterfüllten Augen. Die kräftige, unerschrockene Betty Rundle, Torwart der Eishockey-Mannschaft, kam frühzeitig über den Schulhof angetrabt. Die Jungen sahen sie auch. Lewis ließ Callies Haar los, und alle rannten davon. Hustend zog Callie das Kind aus ihrem Spind und hinter sich her den Gang hinunter – es hatte einen Krampf und konnte kaum laufen –, dann um eine Ecke, ehe Betty Rundle die Außentür aufstieß und pfeifend die Treppe herunterkam.

Miss Crombie war zornig und hatte ein fleckiges Gesicht. »Was hat es für einen Sinn, dass ich so früh hier bin, wenn du es selbst nicht für nötig hältst, früher hier zu sein?« Sie war morgens nie gut gelaunt.

»Der Bus hatte Verspätung«, erwiderte Callie matt. Ihre Kehle schmerzte immer noch.

»Es geht um dich, nicht um mich«, fuhr Miss Crombie fort, ohne zuzuhören. »Jetzt beeile dich, damit wir die französische Übersetzung noch einmal durchgehen, bevor die wilde Horde hereinplatzt.«

Während Callie laut las und sich dabei manchmal versprach, dachte sie daran, wie sie den kleinen Jungen in einem leeren Klassenzimmer allein zurückgelassen hatte; dort saß er hinter einem großen Pult verschanzt, als wäre es eine Festung. In abgerissenen Worten hatte er Callie erzählt, wie alles gekommen war. Er hatte dem Lehrer gestanden, dass seine Bücher in den Teich geworfen worden seien. Danach hatte ihm Lewis an einem Morgen der letzten Woche aufgelauert und ihn hinter der Buswartehalle verprügelt. Seitdem kam der Junge früher zur Schule.

»Aber immer noch nicht früh genug«, hatte er Callie erzählt.

Er hieß Toby. Er war ungefähr zehn Jahre alt – niemand bei ihm zu Hause wusste seinen Geburtstag genau –, aber winzig klein für sein Alter, mit schwachen, mageren Beinen und großem, struppigem Kopf, von dem die Ohren wie die Henkel eines Kochtopfes abstanden. Er sah sonderbar, wie ein kleiner Kobold aus, und Callie hoffte, dass sie nichts mehr mit ihm zu tun bekäme.

»Lass mich nicht allein«, hatte er jedoch gesagt, als sie ihn in sein Klassenzimmer schob.

»Du wohnst oben auf dem Berg, nicht wahr?« Sein spitzes, großäugiges Gesicht hatte dem eines Krallenäffchens geglichen. »Ich auch. Mit welchem Bus fährst du heim?«

Nachdem sie es ihm gesagt hatte, meinte er: »Ich werde nach meiner letzten Stunde warten und mit dir zusammen fahren.«

»Also hör mal.« Sie wollte doch wirklich mit diesem Jungen *nichts zu tun haben*.

»Mit dir wär ich sicher, verstehst du?« Er hatte an dem für ihn zu großen Pult gesessen und vertrauensvoll genickt, als wäre Callie so kräftig wie Betty Rundle und ebenso mutig.

Er wartete tatsächlich auf sie.

Er wartete jeden Tag und plapperte neben ihr im Bus. Morgens saß er mit ungewaschenem Gesicht im Frühbus, ungestopfte Strümpfe an den baumelnden Beinen, seine Bücher auf dem Sitz neben sich, um einen Platz für sie freizuhalten.

Er plapperte, während sie versuchte zu lesen, erzählte ihr von zu Hause und seinen Katzen und Brüdern und Schwestern, die alle – auch die jüngeren – größer waren als er, weil er krank gewesen war.

»Sie hatten mich schon aufgegeben«, sagte er fröhlich. »Das haben sie im Krankenhaus gesagt. Ich habe es gehört.«

Nur noch zwei Tage bis zur Prüfung. Callie büffelte unentwegt.

»Warum liest du immerzu?«, fragte Toby, als sie auf seine zwanzigste Frage nach den Pferden auf der Farm, die es ihm angetan hatten, nur grunzte.

Sie erzählte ihm vom Stipendium. »Wenn ich es bekomme, bin ich im nächsten Semester diese Drecksschule los.«

Toby sagte nichts. Dies war so ungewöhnlich, dass Callie ihn anblickte. In seinen großen Augen standen Tränen, und seine Mundwinkel hingen herunter.

Warum fühlte sie sich auf einmal schuldig? Es war ihr Leben, nicht seins. Und doch war ihr unbehaglich zumute. Bevor sie oben auf dem Berg ankamen, sagte sie zu ihm, er könnte mit ihr aussteigen und sich die Pferde ansehen.

Paul war sehr nett zu Toby. Er hob ihn hoch, damit er über die Halbtüren blicken konnte. Er nahm ihn huckepack auf die Felder hinaus, ließ ihn die Tore öffnen und sie für die durchkommenden Pferde offen halten. Als Cobbler's Dream kam, legte er ihm Sattel und Zügel an und ließ Toby auf dem Sprungacker reiten.

Auf dem Boden wirkte der Junge mit seinem übergroßen Kopf missgestaltet, doch auf dem Pony sah er überhaupt nicht sonderbar aus. Instinktiv saß er richtig, hielt die Zügel, wie man es ihm sagte, und passte sich der Gangart des Ponys an, nachdem Cobby einige Male an der Laufleine vorsichtig im Kreis getrabt war.

»Nie jemanden gesehen, der so schnell begriffen hat.«

Toby grinste. Als Paul ihn heruntergehoben hatte, schmiegte er sich an den Hals des braunen Ponys, ging mit ihm in den Stall, drückte seinen riesigen Kopf an dessen kräftige Brust, während es fraß, und musste gewaltsam von ihm weggerissen werden, damit Paul ihn nach Hause bringen konnte.

Callie begleitete sie. Toby lebte in einem baufälligen Bauernhaus, um das magere Katzen strichen, und draußen sah man außer welkem Gemüse eine Ansammlung von Plunder, alten Kochtöpfen und zerbrochenen Möbeln, als hätte es hier gebrannt.

Seine Mutter kam mit einem Baby auf dem Arm heraus, dem es aus Mund und Nase tropfte. »Wo, zum Teufel, bist du gewesen?« Ihre Stimme prasselte auf Toby herab, ehe er das nur noch in einer Angel hängende, quietschende Gartentor geöffnet hatte.

Paul erklärte alles. Die Mutter sah immer noch böse aus, vielleicht, weil sie ihr Gebiss nicht eingesetzt hatte.

»Er kann jederzeit wieder zu uns kommen«, sagte Paul.

»Mal sehen«, erwiderte seine Mutter ungnädig.

Am nächsten Morgen im Bus las Callie im Geschichtsbuch.

»Ich hoffe, du kriegst in jedem Fach schlechte Zensuren«, sagte Toby.

»Dann würde ich mich aufhängen.«

»Ich würde mich aufhängen, wenn du fortgehst«, sagte er nicht in jammerndem Selbstmitleid, sondern einfach als Feststellung.

Als der Prüfungstag nahte, war es so, als würde ein Pferd für eine Schau vorbereitet. Am vorhergehenden Abend gab es ein besonders gutes Essen. Callie wusch sich die Haare, schnitt sich die Fußnägel und ging früh ins Bett, nachdem sie ein Glas heiße Milch getrunken hatte. Ihre Mutter stand früh auf, um ihr ein kräftiges Frühstück zuzubereiten, und alle kamen aus den Ställen, um sich von ihr zu verabschieden. – »Als ob ich zu meiner Hinrichtung ginge.«

Toby benahm sich tatsächlich so. »Das ist der schlimmste Tag für mich«, sagte er immerzu. »Das ist der verdammt schlimmste Tag in meinem Leben.«

Als Callie ihn vor seinem Klassenzimmer verließ, wohin sie ihn Lewis wegen immer bringen musste, sagte sie: »Wünsch mir Glück«, doch Toby blickte sie nur an, als wäre sie eine Verräterin.

»Viel Glück!« Miss Crombie klopfte ihr vor dem Prüfungszimmer auf den Rücken. »Ich weiß, dass du's gut machen kannst.«

Und als Callie den ersten Fragebogen sah, wusste sie das auch.

Das Warten auf die Prüfungsfragen ist mit das Schlimmste im Leben, man fühlt sich verloren, krank, das Gehirn ausgeleert von allem, was man je gelernt hat. Die Bogen werden ausgeteilt. Du drehst sie um. Die Augen überfliegen sie rasch, und du siehst, ja, ja, eine Frage nach der anderen, die du beantworten kannst, Themen, die du immer wieder durchgearbeitet hast, Lieblingsthemen – zwei, von denen du nie etwas gehört hast, aber du hast genügend Auswahl-, und dies ist dein Tag.

Es war Callies Tag. Sie griff nach dem Federhalter, setzte sich in Positur, lächelte die Aufsicht an, die aus Angst getäuscht zu werden, nicht zurücklächelte, und schrieb säuberlich ihren Namen oben auf den weißen Bogen. *Frage Nr. 1: Nenne die Namen der sechs Frauen Heinrichs des Achten und erzähle, was du von jeder Frau weißt.*

Leicht, leicht. Katharina von Aragonien, Anna Boleyn, Johanna Seymour, Anna von Cleve, Katharina Howard, Katharina Parr. Sie konnte sie im Schlaf aufsagen.

Sie begann zu schreiben: *Katharina von Aragonien, Anna Boleyn, Johanna Seymour …*

Vor sich auf dem weißen Bogen sah sie Tobys Gesicht, abgehärmt, blass, schmuddelig, die großen Krallenaffenaugen und das spitze Kinn.

»Ich würde mich aufhängen, wenn du fortgehst.«

Callie seufzte, strich ihre ersten Wörter aus und schrieb von neuem

Katharina Taragon, Ann Seymour, Marie Antoinette, Katharina die Große, Maria die Blutige, Katharina Dubarry.

Niemand konnte es begreifen. Sie sagten, es sei Pech, ein schlechter Tag, Lampenfieber. Miss Crombie war sogar so außer Fassung, dass sie sie anschrie:

»Du kanntest die meisten Fragen. Sie waren auf dich zugeschnitten.«

»Ich habe den Kopf verloren.«

»Und das Stipendium auch.« Miss Crombie war bitterenttäuscht.

»Es macht mir wirklich nichts aus, ich wollte nie aufs Internat gehen.«

»*Mir* macht es was aus«, entgegnete Miss Crombie. »Und es tut mir auch leid deiner Mutter wegen.«

»Sie wollte ja eigentlich nicht, dass ich fortgehe.«

13

Toby sagte: »Ich wusste, du würdest es nicht bekommen. Und ich bin froh darüber.«

Callie wusste nicht, ob sie froh oder traurig sein sollte. Sie hatte ihre Chance vertan – aber war es das wert? Sie konnte Toby in der Schule kaum beistehen. Es war sogar schlimmer für ihn, mit jemandem befreundet zu sein, den Lewis so hasste wie Callie.

Einmal als Lewis Toby im Korridor ein Bein stellte, gelang es Toby ihn zu beißen, während er sich aufrappelte. Die Laus hatte Bissstellen auf der Hand.

Callie sah sie und rief höhnisch: »Er hat Tollwut, wusstest du das nicht? Ooh, sieh mal – du hast schon Schaum vor dem Mund!«, und tauchte in der Menge unter.

Toby kam nun ziemlich oft zum Reiten auf die Farm. Cobby konnte sich wie ein wild gewordener Mustang aufführen, wenn Paul ihn zum Springen animierte, aber er wusste genau, wann er bei einem Reiter achtsam sein musste. Er hatte früher einmal einem gelähmten Mädchen gehört und hatte sich stets von sich aus in eine Vertiefung gestellt, so dass sie sich aus eigener Kraft aus ihrem Rollstuhl auf seinen Rücken heben konnte.

Wenn Paul auf David ritt, nahm er Toby mit auf die Hügel, durch die Wälder und Felder und über farnbewachsene Pfade, wo der Kleine nie zuvor gewesen war, weil ihn seine Beine nicht so weit tragen konnten. In seine Wangen kam Farbe, und seine Muskeln wurden kräftiger. Selbst seine Mutter, die niemals Optimismus zeigte, musste zugeben, dass ihm das neue Leben vielleicht gut täte.

Eines Abends, als Callie ihn zur Farm mitnahm, erklärte er, nicht reiten zu können. »Ich habe mir die Hand verletzt«, sagte er. Er drückte sie in der Tasche seiner schlotternden Shorts, die einer, der größer war als er, abgelegt hatte.

»Lass mal sehen.« Paul zog die Hand heraus.

»Nichts Besonderes.«

Paul wickelte behutsam das blutgetränkte Taschentuch ab. Ein Fingernagel war bis zum Nagelbett abgerissen.

»Warum bist du nicht zur Krankenschwester gegangen?«, fragte Anna, als sie den Finger säuberte und verband.

»Weiß nich.« Er hielt die Augen gesenkt.

»Hat das Lewis getan?«, fragte Callie.

»Wer ist Lewis?«, fragte ihre Mutter.

»Dieser Junge aus dem Pinecrest. Du weißt schon. Der unser Feind ist wegen Miss America und der Reitlizenz. Er ist auch Tobys Feind.«

»Er würde doch bestimmt einem kleinen Jungen nicht so etwas antun?« Wie ihr Mann hatte Anna ein unerschütterliches, manchmal unberechtigtes Vertrauen in die menschliche Natur.

Der Tag, an dem er wie ein Tier gejagt worden und um sein Leben in den Fahrradschuppen gerannt war, hatte Toby gelehrt, Erwachsenen gegenüber verschwiegen zu sein. Aber er erzählte Paul, wie Lewis ihn auf einer der Schaukeln erwischt und ihn so lange herumgewirbelt hatte, bis seine Finger zwischen den Ketten gequetscht wurden.

Als Paul am nächsten Tag seine Morgenarbeit in den Ställen beendet hatte, fuhr er zur Schule hinunter.

Callie hatte ihm erzählt, dass sich einige der großen Jungens nach dem Lunch zu einer Zigarettenpause am hinteren Ende der Spielplätze trafen. Paul versteckte sich in den Büschen, massierte sich die Knöchel.

Da kam auch schon ein halbes Dutzend Jungens angerannt, lümmelte und grunzte eine Weile herum, lachte schallend und machte dreckige Witze über die Lehrer. Paul erkannte die Stimme der Laus wieder. Er duckte sich, schoss dann plötzlich vor und packte Lewis. Völlig überrumpelt fiel Lewis hin; beide rollten boxend, tretend und kratzend über den Boden und bearbeiteten sich dann gegenseitig mit den Fäusten. Wie Paul erwartet hatte, waren die anderen Jungens zu feige, sich einzumischen. Sie sahen eine Weile zu und umkreisten den wilden Kampf wie Hunde. Sie rannten fort, als Lewis zu schreien begann, weil Paul über ihm war und seinen Kopf gegen den Boden stieß. Fluchend, mit dreck- und blutverschmiertem Gesicht, kam Lewis wieder hoch. Ehe er flüchten konnte, verpasste ihm Paul noch einen Kinnhaken, und die Laus ging wie ein gefällter Baum zu Boden.

Paul wischte sich das Gesicht am Ärmel ab, rieb seine Hände im Gras sauber und strich über sein Kraushaar. Auf ein Stück Papier, das er in seiner Hosentasche fand, kritzelte er die Worte »Willst du mehr von dieser Sorte? Dann brauchst du bloß noch mal etwas mit den kleinen Kindern anzufangen.«, und steckte es dem schnaufenden Jungen hinter das Ohr.

14

Eine Weile geschah nichts. Die Laus fehlte den Rest der Woche in der Schule. Paul hatte ein zerkratztes Gesicht und eine Menge blauer Flecken, und Callie stand früher auf, machte die Stallarbeit für ihn und brachte ihm einen Becher Tee ans Bett.

Die graue Stallkatze bekam drei Junge. Sie behielten das hübscheste mit den weißen Flecken auf der Brust, und für die beiden anderen wurde ein Heim in einem Kolonialwarenladen des nächsten Dorfes gefunden, dessen Lagerraum Mäusefänger brauchte.

Sonntagabend verstaute Paul die Kätzchen in einem Schultersack und ritt in der anbrechenden Dämmerung mit Cobby neben der Straße her in das Dorf.

Die Ladenbesitzer bestanden darauf, ihm einen Imbiss zu geben – er gehörte zu jenen Jungen, die von Frauen instinktiv gepäppelt werden, nicht etwa um sie zu mästen, sondern um sie zu bemuttern –, und es war beinahe dunkel, als er sich auf den Heimweg machte.

Dunkelheit, Licht, Sonnenschein, graue Schatten, das machte für den halb blinden Cobbler keinen Unterschied, vor allem nicht auf einer Straße, die er so gut kannte. Er trabte ruhig, die Ohren ständig in Bewegung, eins wachsam nach vorn, das andere nach hinten gelegt, weil so viel von seinem Gehör abhing.

Paul ritt halb träumend, die leere Tasche wippte an seiner Hüfte. Er war so vertraut mit den Bewegungen des Ponys, dass sie ihm fast wie die seines eigenen Körpers vorkamen. Er saß entspannt mit lockeren Zügeln, dachte nicht daran, den sanften Trab zu beschleunigen, stellte sich vor, er wäre ein Cowboy, die Beine in dicken Lederhosen, die Schultern locker, allein auf sich gestellt in der einsamen Steppe hinter einer brüllenden Viehherde, die gemächlich zum Wasserloch trottete.

Das Motorrad kam aus dem Nichts, ohne Licht. Es schoss an Pony und Reiter aus einer Kurve kommend vorüber und donnerte so dicht vorbei, dass Paul das Gesicht des Fahrers erst in dem Augenblick erkannte, als Cobby sich aufbäumte, auf der Straße ausglitt, schwer stürzte und Paul unter sich begrub.

Sein Bein war unter dem Sattel wie festgenagelt. Das Pony wälzte sich hin und her, kam aber schließlich hoch, und so wurde er von dem Gewicht befreit. Paul versuchte nicht einmal, aufzustehen. Er versuchte auch nicht, das Bein zu bewegen. Er fror und schwitzte zugleich, etwas lag ihm wie Blei im Magen, es wurde ihm schwindlig, und er wusste, dass er sich etwas gebrochen hatte. Er hob den Kopf und schielte auf sein Bein hinunter, sah den Fuß in einem seltsamen Winkel abstehen, dann drückte er schnell den Kopf zu Boden und hielt ihn so, bis er das Blut in den Ohren sausen hörte, und wusste, dass er nicht ohnmächtig werden durfte.

In Romanschilderungen kommt – wenn der Reiter verletzt daliegt – sein treues Pferd zurück, senkt den Kopf, stupst ihn sanft an, und der Reiter flüstert ihm ins Ohr: »Lauf nach Hause!«

In Wirklichkeit spielt sich das jedoch ganz anders ab. Cobbler's Dream stand einige Schritte neben der Straße, die Zügel zwischen den Hufen und rupfte das lange Gras ab, als hätte er seit Wochen kein anständiges Futter bekommen.

Paul pfiff nach ihm. Es graste zufrieden weiter. Es war jetzt beinahe dunkel. Paul konnte kaum noch die runden Umrisse seiner Kruppe erkennen, die sich stetig weiter entfernten.

Nicht ein Auto kam vorbei. Zuerst war Pauls Bein durch den Schock taub gewesen, aber nun kam das Gefühl zurück, und der Schmerz setzte ein. Wenn nicht bald ein Wagen anhielte, müsste er schreien. Wenn der große Bruder der Laus auf dem Motorrad zurückkäme, um sich zu überzeugen, welchen Schaden er angerichtet hatte, müsste er ihn um Hilfe bitten.

Irgendjemand musste helfen. Egal wer. Helft mir. »Cobby!«, schrie er verzweifelt.

»Wer ist da?« Eine hohe, nervöse Stimme etwas weiter unten auf der Straße.

»Hilfe!«

Ein kleiner Hund kläffte. Schritte auf der Straße. Schritte hielten an – »Hilfe!« –, waren wieder wieder zu hören. Dann leckte eine heftige Zunge über sein Gesicht, und Paul zog den kleinen Hund fest an sich vor Angst, dass er an sein Bein kommen könnte, und der Schweiß brach ihm aus.

»Was ist passiert?« Eine Frau, die Hand vor dem Mund, stand vor ihm und starrte auf ihn hinunter. Auch sie hatte Angst.

»Ich habe mir das Bein gebrochen.«

Die Frau zog den Atem ein und kniete nieder.

»Nicht anfassen!«, schrie Paul auf. Sie zog die Hände zurück und stand auf.

»Ich werde zurücklaufen und Hilfe holen. Ich wohne ganz in der Nähe. Bleiben Sie hier«, fügte sie unnötigerweise hinzu und rannte los, die Schritte wurden leiser, der Hund kläffte und jaulte, als ob er etwas Herrliches erlebt hätte.

Paul schloss die Augen und begann zu stöhnen.

Er lag in einem kleinen Krankenhaus der gleichen Stadt, in der die Jordans zwischen den lästigen neuen Nachbarn gewohnt hatten. Sein Bein war bis zur Hüfte in Gips. Es war sehr unbequem. »Ja, es tut weh«, antwortete er auf die immer gleichlautende Frage von allen.

Der Captain war wütend. Er, der sonst nachsichtig war, geradezu ein Friedensstifter. Doch nachdem, was Paul ihm erzählt hatte, wollte er geradewegs ins Hotel Pinecrest stürmen und dem öligen Sidney Hammond klar machen, was er von seinem niederträchtigen, bösartigen, widerwärtigen Sohn Todd hielt.

»Bitte nicht.« Paul schloss die Augen. Er bekam immer noch Kopfschmerzen, wenn jemand die Stimme hob. »Es war ein Unfall.«

»Du hast mir etwas anderes erzählt, als du aus der Narkose erwachtest. Du sagtest, es sei Absicht gewesen. Er sei ohne Licht auf dich zugekommen und habe das Pony praktisch über den Haufen gefahren. Wahrscheinlich fuhr er es tatsächlich um.«

»Es rutschte aus.«

»Kein Unterschied.« Der Captain griff nach Mütze und Stock. »Ich werde diesem doppelgesichtigen Schwein erzählen …«

»Dann wird er Ihnen erzählen, was ich – was ich –, oh verdammt – was ich getan habe.«

»Was hast du getan?« Die Stimme des Captains sank vom Aufschrei der Empörung zu geduldiger Resignation.

»Es war Rache. Ich hatte seinen jüngeren Bruder verprügelt. Sie wissen doch«, fügte er voll Hoffnung hinzu, als könnte er dem Captain einreden, er hätte schon von der Schlägerei gehört und nichts daran auszusetzen gehabt.

»Ich dachte, du wolltest dich nicht mehr in Schlägereien einlassen, Paul.«

»Jetzt kann ich's sowieso nicht.« Paul schloss wieder die Augen und lag wie ein Toter im Sarg da. Der Captain legte ihm die Hand auf die Stirn und ging.

15

Als Paul das Krankenhaus verließ, steckte sein Bein noch in einem dicken Gipsverband, der mit Widmungen von den Schwestern vollgekritzelt war.

»Benimm dich – Cathy.«

»Viel Glück – Rosalita.«

»Mary Ellen – komm nicht wieder.«

»Stets die Deine – Susie«, dazu ein Herz mit einem Pfeil.

Mit Krücken konnte er mühsam herumlaufen. Einen Tag verbrachte er im Garten, saß dort mit seinem Radio und verschiedenen Hunden und Katzen, die froh waren, Gesellschaft zu haben, und Anna brachte ihm zu essen und zu trinken.

»Ein prima Leben«, sagte er zu ihr, doch am nächsten Tag humpelte er zu den Ställen und versuchte, seine Arbeit wieder aufzunehmen.

»Nicht, lass mich.« Dora rannte hinzu, als sie ihn am Wasserhahn draußen sah.

»Geh weg. Ich werde der einzige Mann auf Krücken sein, der je einen vollen Wassereimer getragen hat.«

Er nahm die Krücken unter die Arme, bückte sich mit Mühe, versuchte den Eimer zu heben und mit derselben Hand den Griff der Krücke zu packen und taumelte in einem

Guss verschütteten Wassers vorwärts, als Dora ihn noch rechtzeitig auffing.

»Vorsicht.« Sie lehnte ihn gegen Gingers Stall. Ihr Gesicht war ernst vor Sorge, deshalb lächelte sie rasch. »Das ist doch kostbarer Gips.«

Nach und nach fand Paul heraus, was er machen konnte. Es gelang ihm, einen Futtereimer zu transportieren, wenn er ihn sich mit einem Drahtbügel um den Hals hängte. Dann musste er eine offene Box betreten, das Pferd mit der Schulter beiseite schieben, eine Krücke gegen die Mauer an der Krippe lehnen, den Eimer vom Hals nehmen, ohne dass das Pferd die Nase hineintauchte und ihn strangulierte, und das Futter in die Krippe kippen, ehe das gierige Pferd den Eimer umtrat und das ganze Zeug in die Streu schüttete. Er konnte ein bisschen fegen und Pferde striegeln, wenn er sich gegen ein ruhiges Pferd lehnte. Er säuberte das ganze Gerät, wofür ja sonst kaum Zeit war, und wichste das Geschirr, das Cobby trug, um den blauen Karren auf die Felder zu ziehen. Aber viel mehr konnte er nicht tun, und so saß er öfters auf dem Meilenstein (166 Meilen nach Tyburn), der als Steigstein diente und spielte für Dora und Callie Gitarre.

Die Shetlands und der Esel waren wieder in das Sommer-Kinderlager gegangen, und eines der ganz alten Pferde war gestorben, aber fünf zum Skelett abgemagerte Tiere aus dem Stall eines Mannes, der, um seiner Verhaftung zu entgehen, flüchtig geworden war und sie im Stich gelassen hatte, waren neu hinzugekommen. Dora, der Captain und Slugger hatten mehr Arbeit, als sie bewältigen konnten.

Pauls Gipsverband würde nicht vor einem Monat abgenommen werden, hatte der Arzt nach der letzten Röntgenaufnahme gesagt. Deshalb rief der Captain das Arbeitsamt an und fragte nach einer Stallaushilfe.

»Ich meine eine echte Hilfe. Lieber niemanden als ein ungeschicktes Mädchen, das sich den großen Zeh kaputt treten lässt, oder einen Faulenzer, der die Pferde anschreit und sich mit einer brennenden Zigarette ins Heu legt.«

Nach einigen Tagen erschien Mac. Er kam in einem ziemlich anständigen Wagen, aber in entsetzlich alter Kleidung, ein stämmiger Mann mit struppigem Haar und grauen Bartstoppeln, etwas über Vierzig.

»Ich suche Arbeit.« Er kam ziemlich schüchtern auf den Hof. »Man hat mich hierher geschickt.«

»Verstehen Sie etwas von Pferden?«

»Nicht viel.«

»Mögen Sie sie?«

»Ich denke doch.« Er war Amerikaner.

»Schon mal mit Pferden gearbeitet?«

Pause. »Äh … aber ich kann es lernen.«

»Zeugnisse?«

Der Mann lächelte und zuckte mit den Schultern. Er hatte ein wettergegerbtes, zerfurchtes Gesicht, nachdenkliche, scharfe Augen, die dazu geschaffen waren, weite Horizonte abzusuchen oder ein Gesicht zu erforschen. Er gefiel dem Captain, und er stellte ihn ein.

Mac, in seinen schmutzigen alten Hosen und dem gelb grauen Pullover, der früher einmal weiß gewesen sein mochte und an dem dicke Wollfäden herunterhingen, packte sofort zu und half bei der Abendfütterung.

Am gleichen Abend zog ein Sturm auf. Man konnte die Gewitterwolken weit unten im Tal sehen, wie sie böse auf die Hügel zutrieben, deshalb waren alle Pferde hereingeholt worden.

Mac warf Heu vor und trug Wassereimer, tat, was man ihm sagte, stellte keine Fragen und sprach nicht über sich, ging ruhig mit den Pferden um, obgleich er nichts von ihnen zu verstehen schien. Als Dora sagte: »Zwei dort drüben brauchen Wasser – der Graue und der Rotschimmel. Sie wissen, was ein Rotschimmel ist?«, dachte er einen Augen blick nach, lächelte dann. »Tut mir leid.«

Als er lächelte, hoben sich seine breiten gegerbten Wangenknochen, und seine Augen verengten sich zu einem grauen Glitzern.

»Eine Art rötlich gefleckten …« Dora blickte ihn scharf an. »Ich habe Sie schon irgendwo gesehen.«

Mac schüttelte den Kopf. Er hatte Heu in Haar und Bart. »Das haben Sie geträumt.«

»Was halten Sie von ihm?«, fragte Dora Slugger Jones, als er zu seinem Häuschen jenseits der Straße aufbrach.

»Was ich von ihm halte, fragt das Mädchen. Hab' Leute kommen sehn, hab' Leute gehn sehn. Meist gehn sehn.«

»Ich hoffe, Mac bleibt.«

»Nennen Sie mich Mac, sagt er, kommt aus 'm Nichts. Hab' sie kommen sehn, hab' sie gehn sehn«, brummelte Slugger vor sich hin, schnippte mit den knotigen Fingern nach seinem Terrier und schlenderte durch das Tor.

Als die Arbeit getan war, machte Dora eine Runde mit Mac zu allen offenen Boxen, nannte ihm die Namen und erzählte ihm die Geschichte der Pferde.

»Cobbler's Dream.« Jedermann begann mit Cobbler's Dream in der Eckbox. Er war so eindrucksvoll mit seiner leuchtend weißen Blesse, den Kopf immer über der Tür, beobachtend, Aufmerksamkeit heischend, jetzt sein Heu kauend, von dem er etwas in den Hof fallen ließ. Mac las das Heubüschel auf und hielt es ihm wieder hin. Cobby drehte den Kopf, um ihn mit seinem guten Auge zu beobachten.

»Er wurde auf den Kopf geschlagen«, erklärte Dora. »Von einem verzogenen, widerlichen Balg mit einer Peitsche. Er war ein glänzendes Turnierpferd. Könnte es immer noch sein, obwohl er nicht viel sehen kann. Aber wir nehmen nicht an Vorführungen teil.«

»Warum nicht?«

»Wir sind nicht gut genug. Außerdem könnten wir uns die Turnierausrüstung nicht leisten. Und – ach, ich weiß nicht. Ein Pferd spielt sich zwar ganz gern mal auf, aber perfekte Kunststücke vorführen, genau auf Befehl, nach unserem Willen, nicht nach seinem …«

»Vielleicht mag es das.«

»Woher weiß man das?« Dora sah zu ihm auf. »Wir sagen, ein Pferd springt gern, wenn es sich aufgeregt zeigt, aber vielleicht ist es bloß nervös. Sehen Sie das hier – Wonderboy. Es gehörte Callies verstorbenem Vater. Es lief gern Rennen, heißt es, aber woher *wissen* wir das?«

Mac brummte »hm« in seinen Bart. Dora fragte sich, ob sie ihn langweilte.

»Ich hätte zu gern gewusst, ob Spot gerne beim Zirkus war.« Sie zeigte Mac den Zirkusgaul mit dem breiten Rücken. »Drei mollige Damen in Silberperücken und flitterbesetzten Trikots hatten gleichzeitig auf ihm getanzt, behauptet der Captain, doch ist mir nicht klar, woher er das weiß, denn er geht nicht in den Zirkus. Anna, seine Frau ging einmal mit Callie hin, und sie sahen Hero.« Sie führte ihn über den Hof zu dem braunen hirschhalsigen Pferd, das Callie gerettet hatte. »Sein Reiter hat es gezwungen, sich hinzulegen und den Kopf so weit herumzudrehen, bis es nicht mehr ging, und wenn es sich weigerte, schlug er es. Da hat Callie es gestohlen.«

»Wie hat sie denn das angestellt?«

Mac schien sich dafür zu interessieren. Vielleicht war er auch ein Dieb?

Er erzählte nichts von sich. War er auf der Flucht? Unter falschem Namen? Der Bart sah ziemlich frisch aus, und das Auto war zu teuer für seine Kleidung. Wenn er es gestohlen hatte, sollte er es lieber von der Straße wegholen. Sie zeigte ihm die Neuankömmlinge, die im Stich gelassenen jammervoll abgemagerten Pferde, am Kopf angebunden und fast verhungert.

»Der Besitzer war irgendeine Unterwelttype – Spieler –, er hatte sich nur ein großes Haus und Pferde gekauft, um sich in der Nachbarschaft den Anschein von Ehrenhaftigkeit zu geben. Er verschwand über Nacht, er ...«

Sie schwieg jäh und starrte Mac an. Wenn nun er es war? Im Bruchteil einer Sekunde war der Gedanke in ihr aufgetaucht und wieder verschwunden. Sie lachte.

»Was ist denn komisch?« Mac, krumm in dem scheußlichen Pullover dastehend, blickte stirnrunzelnd auf das schwarze Pferd mit der Wunde an dem knochigen Kopf.

»Was man so für fantastische Sachen denkt.«

»Zum Beispiel?«

Dora sagte immer, was sie dachte. »Eine Sekunde dachte ich, wenn Sie nun dieser Mann wären?«

»Was würden Sie tun?«

»Sie wahrscheinlich umbringen. Das Halfter dieses Pferdes saß so fest, dass es ins Fleisch einschnitt. Der Tierarzt musste es unter Narkose herausschneiden. Selbst wenn es heilt, wird für immer eine Scharte zurückbleiben. Alle Pferde hatten Halfterwunden und nichts zu fressen bekommen. So hatten sie alles Holz in Reichweite abgekaut.«

»Unglaublich«, sagte Mac.

»Aber wahr.«

Dora zeigte ihm Fanny, die eine leere Augenhöhle hatte, und Ranger und Prince, deren Mäuler durch Zaumzeugdraht von der »Nachtreiterbande« völlig zerschnitten waren. Sie zeigte ihm Pussycat, die auf dem Weg von Schottland nach London mit einer Bittschrift an die Königin zusammengebrochen war, das Brauereipferd und das alte Polizeipferd und den hässlichen Ginger, der die Milchrunde gemacht hatte, ehe die Molkerei motorisiert worden war.

»Er sollte getötet werden, aber die Frauen aus der Straße taten sich zusammen und kauften ihn. Sie nannten ihn Peregrine. Sie glaubten, er sei schön. Und Sie?«

»Ich könnte das eine Pferd nicht vom anderen unterscheiden«, erwiderte Mac.

Schwere Tropfen begannen wie Bleikügelchen vom Himmel zu fallen. Der Himmel verdunkelte sich mit großer Geschwindigkeit, es schien, als ob das Ende der Welt nahte. Dora schüttelte ihr kurzes Haar zurück und streckte die Unterlippe vor, um den Regen aufzufangen. Mac zog den Kragen seines ausgebeulten Pullovers hoch und vergrub seinen Bart darin.

Anna rannte mit einem Mantel über dem Kopf aus dem Haus. »Kommt herein!«, rief sie. »Kommen Sie herein und essen Sie mit uns«, bat sie Mac.

»Danke«, sagte er. »Ich werde mir etwas besorgen. Ich muss mir ein Zimmer suchen.«

»Sie können hier wohnen.«

»Danke.« Er trat zurück. »Geht schon in Ordnung!«

Der Regen stürzte plötzlich wie ein Wasserfall herunter. Mac rannte platschend zu seinem Wagen.

Anna lief mit Dora ins Haus. »Wovor hat er Angst?«

»Ich weiß nicht«, sagte Dora. »Ich glaube, den sehen wir nicht wieder.«

16

Am nächsten Morgen war er wieder da. Er arbeitete ruhig und gut. Er kam pünktlich. Er ging später, wenn Extraarbeiten zu machen waren. Er wurde Teil der Farm. Nach einer Weile gab er seine Unterkunft auf und zog in das kleine Zimmer hinter dem Futterraum.

Es war Platz für ihn im Farmhaus oder jenseits der Straße bei Slugger Jones und seiner Frau, aber er zog das kleine stickige Zimmer vor, das in die eine Seite des Steinganges hineingebaut war und nach Leder, Pferden und seinem Pfeifentabak roch und nach den Suppen, dem Hammelfleisch und den Bohnen, die er auf einem kleinen Ofen kochte.

Anna hätte ihn gern beköstigt, aber er wollte allein sein. Er wurde nervös zwischen vielen Menschen. Wenn Besucher kamen, beschäftigte er sich in der Scheune oder auf den Feldern. Manchmal unterhielt er sich mit Paul oder Dora oder Callie, wobei er sehr wenig von sich erzählte, und das wenige jedesmal anters.

Er sagte, er wäre im Gefängnis gewesen, in der Armee, auf See, wäre nach Australien gegangen, hätte alles bei einer Überschwemmung verloren, hätte zwei Jahre im antarktischen Eis gelebt. Er gab groteske Auskünfte über sich und erwartete nicht, dass man sie glaubte, und niemand glaubte sie ihm.

Er sagte immer noch, dass er nichts von Pferden verstünde, aber er ging instinktmäßig gut mit ihnen um und schien lieber mit ihnen als mit Menschen zusammen zu sein. Der Captain meinte, er könnte früher mal auf einer Ranch gearbeitet haben. An manchen Tagen lief er wie ein Cowboy, und wenn es regnete, trug er einen alten Hut, den er in der Scheune gefunden hatte, ins Gesicht gezogen wie einen breit randigen Stetson.

Außer dem Wagen schien er nicht viel zu besitzen. Er hatte sehr wenig Kleidung, einige Paperback-Bände, aber keine Fotos. Überhaupt keine Bilder von Angehörigen.

»Sind Sie nie verheiratet gewesen?«, fragte Callie. Sie und Toby durften als einzige in sein Zimmer kommen. Waren die Abende kühl, machte er manchmal Feuer in dem rauchigen Kamin und kochte etwas Herrliches in dem schwarzen Eisentopf – Bohnen und Würstchen und Sirup und Zwiebeln und scharfes Paprikaketchup, und über alles wurde Bier gegossen. Es schmeckte viel besser als das häusliche Essen. Sie saßen auf dem Boden und aßen aus dem Topf.

»Wie im Wilden Westen«, meinte Toby. »War'n Sie mal im Westen, Mac?«

»Hör zu, Junge, ich bin überall gewesen.« Er sagte immer so etwas, um Fragen abzuschneiden.

»Wie war es da?«

»Wie überall – lausig.« Auch so etwas sagte er immer.

Während sie die herrlichen Bohnen aßen, trank er Whisky aus einem Becher, und hinterher legte er sich auf das niedrige, durchgelegene Bett und schlief. Er schlief stundenlang. Sie kannten keinen Mann, der so viel schlief.

Lancelot, ein alter gebrechlicher Schecke, der vor dem Los der Verschiffung als Schlachttier ins Ausland gerettet worden war, stand als ältestes Pferd im Stall. Der Captain schätzte sein Alter auf über Dreißig. Wenn Dora oder Paul ihn Besuchern zeigten, fügten sie immer ein paar Jahre hinzu, damit die Leute staunten und ihm Extrazucker gaben: »Ach, der arme alte Kerl!«

»Wieso armer Kerl?« Slugger war immer empört. »Leben wie im Himmel hat er. Braucht nichts als essen und schlafen, und 'n Haufen Dreck räumen *wir* ihm weg jeden Tag.«

Man musste immer erst in Lancelots Kornkrippe schauen, ehe man das Futter hineinkippte. Sein Vorderteil war noch ziemlich kräftig, aber wie die meisten alten Pferde wurde er in den Lenden schwach, deshalb lehnte er sich gegen seine hölzerne Krippe.

Eines Nachts brach die Krippe zusammen.

Paul, der mit seinem unbequemen Gipsverband steif im Bett lag, hörte das splitternde Krachen vom Stall her. Es klang, als ob ein Baum durch das Dach gestürzt wäre.

Ehe er sein schweres Bein auf den Boden gehievt und nach seinen Krücken unter dem Bett getastet hatte, hallte der obere Flur des Farmhauses schon von laufenden Füßen wider. Als er im Stall anlangte, waren alle da – der Captain, Anna, Dora und Callie, die Lancelot, der wie ein Hund auf dem Boden saß, schoben und zogen.

Schließlich bekamen sie ihn auf die Füße, er stand zitternd da wie ein alter Mann mit Schüttelfrost.

»Dasselbe noch einmal, und er kommt nicht wieder hoch«, sagte der Captain. »Ich werde von Mac eine Stange quer über die Ecke anbringen lassen. Darauf kann er sich stützen.«

»Wo ist eigentlich Mac?« Paul stand auf seine Krücken gestützt in der Türöffnung und fühlte sich gar nicht wohl als Zuschauer.

»Schläft fest.« Callie hatte durch sein von Spinnweben überzogenes Fenster geblickt. »Da könnte die ganze Farm abbrennen, er würde nichts merken.«

Der Arzt im Städtischen Krankenhaus machte sich Sorgen über Pauls letzte Röntgenaufnahme. Das Bein schien nicht richtig zu heilen, und er wollte Paul nach London schicken, um den Rat eines Spezialisten über eine eventuelle zweite Operation einzuholen.

»Nur über meine Leiche«, sagte Paul. »*Das* mach ich nicht noch einmal durch.«

»Willst du etwa den Rest deines Lebens hinken wie ich?«, fragte der Captain.

»Scheint Sie nicht zu stören.«

»Und steif werden und nicht mehr reiten können?« In seiner Militärzeit war der Captain fabelhaft gewesen, hatte an internationalen Rennen für die Armee teilgenommen und ein Jahr mit einer Olympia-Mannschaft gearbeitet.

»Diese verfluchte Kröte.« Wenn Paul an Todd Hammond und was er angerichtet hatte, dachte, kochte er vor Wut, und es zuckte ihm in den Händen, ihn an der Gurgel zu packen.

»Ich hätte seinen lausigen kleinen Bruder zusammenhauen sollen. Werd ich auch, wenn mein Bein wieder heil ist.«

»Ich fahre dich nach London«, sagte der Captain.

Anna kam mit, und Callie bat, zwei Schultage versäumen zu dürfen, damit sie auch mitfahren konnte.

Die Schule war sowieso eine Farce. Sie hatte so schwer für die Stipendiumsprüfung gebüffelt, dass ihr Gehirn sich einfach weigerte, alles für die Sommerschlussprüfung noch einmal durchzunehmen.

Miss Crombie war sehr von ihr enttäuscht. »Du bist schlecht geworden«, sagte sie und sah Callie missbilligend an.

»Was werde ich zwei Tage ohne dich anfangen?« Toby setzte seine mitleiderregende Miene auf, riesengroße Augen, den Mund zum Flunsch verzogen, die großen Fledermausohren im rechten Winkel abstehend.

»Dora nimmt dich zu einem Ritt mit.«

Dora hatte die Absicht, mit ihm zum Park des verlassenen Gutshauses hinüberzureiten und ihm den berühmten eisernen Staketenzaun zu zeigen, über den Cobbler's Dream einst so heldenhaft gesprungen war. Sie ritten am gleichen Abend los, als die anderen nach London abfuhren.

Paul schmiegte sich an Cobbys kräftigen, gebogenen Hals und verabschiedete sich von ihm, wie er es immer tat, wenn er irgendwo hinging. Dann setzte er sich mit Callie in die Rücksitze des Autos und verstaute mühsam und vor Schmerz zusammenzuckend sein unförmiges Bein.

Dora und Toby ritten durch den Torweg hinaus, Toby Kopf hoch, Rücken kerzengerade, die kurzen Beine tadellos, mit einem Lächeln auf dem kleinen dreieckigen Gesicht, das nie verschwand, bis er am Ende des Rittes vom Pferderücken herunterkrabbelte.

»Pass auf den Cobbler auf, Toby!« Paul beugte sich aus dem Wagenfenster.

»Der soll auf Toby aufpassen«, sagte Dora. »Dir liegt mehr an diesem Pferd als an irgendjemand anderem.«

»Warum nicht? Cobbler liegt auch mehr an mir, als sonst jemand an mir gelegen ist ...«

»Willst wohl Komplimente hören!«

Callie zog Paul in den Wagen zurück, der Captain schaltete knirschend die Gänge, und sie fuhren davon.

Mac wollte mit seinem Wagen zum Park des Gutshauses fahren.

»Wenn Sie bloß reiten lernen wollten«, sagte Dora, »dann könnten Sie mit uns kommen.«

»Ich hätte zuviel Angst.«

»Sie könnten Willy reiten. Jeder kann einen Maulesel reiten.«

»Jeder, außer mir.«

Langsam fuhr er die Zickzackstraße entlang auf dem Hügel oben hinter ihnen her, an der Rennbahn vorbei, wo einige Männer für das Geländejagdrennen die Bahn absteckten. Dann fuhr er voraus, um die Viehhürden an der Gutshaus-Auffahrt zu öffnen, damit sie im Park reiten konnten.

Weil er zusah, gab Dora mit David ein bisschen an: leichter Galopp und Achterfiguren mit wechselnder Gangart, Drehungen auf der Hinterhand – oder was sie für eine Drehung auf der Hinterhand hielt. David war gut geschult, brauchte viel Beinarbeit und viel elastische Führung. Seine Achterfiguren waren schnell und ausgreifend, und er war nicht immer in der richtigen Gangart, aber das konnte Mac natürlich nicht wissen.

»Sehen Sie?« Dora hielt den Grauen vor Mac an. »Es ist leicht. Ist er nicht ein großartiges Pferd?«

»Nur dass er die hintere Gangart nicht immer so gut wechselt wie die vordere.«

»Woher wissen Sie das?« Er hätte es gar nicht sehen sollen. »Ich dachte, Sie verstünden nichts vom Reiten.«

»Tu ich auch nicht.« Mac steckte den Kopf unter Tobys Satteltasche und schnallte den Gurt enger. »Ich schätze, ich las es in einem Buch, lernte daraus, man solle viel mehr mit dem Schenkel arbeiten.«

»Nun, dann haben Sie es *falsch* gelesen.« Dora riss David herum. Schon Paul sagte ihr dauernd, sie benutze nicht genug die Schenkel, aber von Mac würde sie sich das nicht auch noch anhören; der hatte ja keine Ahnung, wovon er redete.

Sie nahm Toby mit zu dem unteren Hang im Park hinunter, wo der schreckliche Zaun über das brombeerverfilzte Unterholz deutlich zu sehen war; ein Graben am Absprung, auf der anderen Seite eine Senke in die Straße hinaus.

Als der Anführer der »Nachtreiter« der Verhaftung zu entgehen versuchte, hatte er Cobby geritten und ihn zu dem unmöglichen Sprung veranlasst; es war ihm gleich gewesen, ob er das Pony auf den rostigen Spitzen aufspießte.

Toby und Mac besahen sich voll Ehrfurcht den verruchten Zaun.

»Über den könnte ich springen, wett ich«, prahlte Toby, aber es klang nicht überzeugend.

Mac entgegnete: »Du wärst verrückt, es auch nur zu versuchen.«

Sie kehrten durch das Tor auf die andere Seite des Zaunes zurück, wo Cobbys damaliger Reiter aus dem Sattel gefallen und bewusstlos mit aufgerissener Gesichtshälfte gefasst worden war.

»Genau an dieser steinigen Stelle«, sagte Dora. »Wenn man sucht, kann man wahrscheinlich noch ein paar Zähne finden.«

Toby stieg sofort ab, um nachzusehen. Sie ließen ihn ein paar Minuten suchen und zwischen den Steinen herumkratzen wie einen Grabräuber, aber es wurde allmählich spät, so dass Mac ihn wieder aufs Pony hob, dann kehrten sie alle heim.

Nachdem Toby das Hindernis gesehen hatte, das inzwischen zu einer berühmten Legende geworden und unter den Leuten am Ort als Cobbler's Sprung bekannt war, war er stolzer auf das Pony denn je. Dora ließ ihn es absatteln und füttern, und er blieb in der offenen Box, bürstete und fuhrwerkte herum und pfiff durch die Zähne wie Slugger, während Dora und Mac die anderen Pferde versorgten. Als Dora einen Blick über die Tür warf, fraß Cobby immer noch.

»Wieviel hast du ihm gegeben? Inzwischen müsste er fertig sein.«

»Bloß ein kleines bisschen extra.« Toby deutete das bisschen mit Daumen und Zeigefinger seiner vogelartigen Hand an. »Weil er so gut war.« Zu Hause bekam Toby nie genug zu essen, deshalb war für ihn Füttern ein Liebesbeweis.

»Hoffentlich nicht zuviel.« Dora trat nicht ein, um es nachzuprüfen. Toby streckte die Arme aus, und sie hob ihn ohne Anstrengung über die Halbtür und trug ihn zum Wagen hinaus, weil er müde war.

Cobby fraß immer noch.

17

Als sie vom Cottage zurückkamen, konnte Dora nicht umhin, Mac zu fragen: »Wollen Sie nicht heraufkommen?« Es kam ihr seltsam vor, ihn für sich allein kochen zu lassen.

»Mmm-hmm«, sagte er, und sie wünschte, sie hätte ihn nicht gefragt. »Ich werde etwas trinken und dann ins Bett gehen. Mir reicht's. Wollen Sie einen Schuss Scotch?«

Dora antwortete: »Nein, mag ich nicht«, und kam sich kindisch vor. Sie hätte sein Angebot annehmen sollen.

Ihre Mutter hatte ihr immer eingeschärft: »Trink ein Glas Wein. Lerne zu Hause trinken.« Als Dora das letzte Mal nach Hause gefahren war, hatte der Vater ihr ein Glas gereicht, dessen Inhalt sie für Wasser gehalten, der sich aber als Wodka entpuppt hatte. Dora hatte sich übergeben müssen.

Auch sie ging früh zu Bett und sah Macs Licht ausgehen, als sie am Treppenfenster vorbeiging.

Sie wurde aus ihrem ersten tiefen Schlaf durch Lärm aus den Ställen aufgeschreckt. Schlagen und Bumsen, Hufe gegen Holz. Sie setzte sich auf. Es war besser, hinauszugehen und nachzusehen. Was nützte es, dass Mac da draußen schlief, wenn er die Pferde nie hörte? Der arme alte Lancelot hockte womöglich die ganze Nacht in den Trümmern seines Futtertrogs, ehe Mac aufwachte.

Dora zog sich einen Sweater über ihren Schlafanzug und trat in ihre abgetragenen Turnschuhe. Als sie durch die Hintertür den Pfad hinunterrannte, sah sie, dass die Lichter in einer Stallreihe brannten.

Mac war in Cobbys Eckbox. Das Pony lag am Boden, stöhnte, warf den Kopf hin und her und stieß mit den Hufen gegen die Wand.

»Kolik.« Schnell ging Dora hinein.

»Yeah. Wir müssen ihn hochbringen.« Mac fasste das Pony am Halfter und zerrte am Kopf. »Los, Junge – hopp, hopp! Komm schon – steh auf! He, Dora, Sie ziehen an diesem Ende, und ich versuche, es hinten hochzuhieven.«

Sie mühten sich ab, stießen und zogen, aber das unglückliche Pony war so schwer wie der große Brauereigaul.

»Ich dachte, Sie würden nie aufwachen«, sagte Dora keuchend.

»Konnte nicht schlafen. Meine Vergangenheit machte mir zu schaffen. Gut so. Wenn dieses Biest nicht aufsteht, kriegt es Darmverschlingung, und wir verlieren es. Versuchen Sie's mit dem Besen.«

Ohne zu fragen, warum Mac plötzlich so gut Bescheid zu wissen schien, rannte Dora nach dem Besen und stieß Cobby mit dem Borstenende in die Seite, versuchte, ihn hochzubringen. Das Pony stöhnte, schwenkte den Kopf herum und stieß mit der Schnauze gegen seinen aufgeblähten Bauch.

»Ja, ich *weiß*«, keuchte Dora. »Ich weiß, was dir fehlt.« Sie stieß fest zu, und das Pony schnappte nach dem Besen und bleckte die Zähne. »Wenn dir etwas zustößt, wird Paul – o Cobby, steh *auf!*«

»Gehen Sie mal zur Seite.«

Mac zog den Fuß zurück, um das Pony in die Rippen zu kicken.

»Nein!« Dora stieß nach Mac. »Wissen Sie denn nicht, dass sein Magen voller Gas ist? Wissen Sie denn gar nichts?«

»Nicht viel«, sagte Mac sanft und verließ die Box.

Na schön, sie hatte ihm einen Fußtritt gegeben. Sowieso war er nicht viel nutz. Sie zerrte weiter an dem Halfter in hoffnungsloser Raserei. Cobby würde sterben. Paul würde zurückkommen, und Dora musste ihm von Toby und der Fütterung berichten.

Ihre Schuld, ihre Schuld. Halb schluchzend begann sie, das Pony anzuschreien.

»Versuchen wir's doch noch mal mit was anderem als mit Anschreien.«

Mac war wieder in der Box, kniete im Stroh neben Cobbys Kopf, der steif vorgestreckt war, die Kinnbacken gegen das Zerren des Halfterseils zusammengebissen.

»Halten Sie ihn so – fest.« Mac hatte einen Becher in der Hand. Er packte Cobbys Ohr und goss schnell etwas hinein. Im nächsten Augenblick war Cobby auf, mühsam und taumelnd, den Kopf zurückwerfend und die Ohren hin und her bewegend, wütend, unglücklich, den Leib geschwollen – aber er stand.

»Warmer Kaffee.« Mac leerte den Becher ins Stroh aus. »Hab' das von einem alten Pferdedieb in Nevada.«

Den Rest der Nacht führten sie, sich gegenseitig ablösend, Cobby im Hof herum. Es ging ihm noch nicht besser: Sie mussten ihn dauernd in Bewegung halten. Als Dora den Tierarzt anrief, sagte dessen Frau, er sei unterwegs bei einer fohlenden Stute. Er werde kommen, sobald er könne. Sie hatte keine Ahnung, wie lange es dauern werde.

Sie hatten alles versucht. Kolik-Arznei. Paraffinöl. Eine riesige Dosis Aspirin in Coca Cola. Das meiste rann Dora in die Ärmel, als sie den Kopf Cobbys hoch hielt. Wenn er nicht laufen wollte, trat sie mit dem Besen hinter ihn. Er hatte immer noch Schmerzen, schnappte, schlug aus, schwenkte den Kopf herum wie eine Keule. Er würde sich sofort hinlegen, wenn sie es zuließen.

»Wird er sterben?« Dora hatte endlich kapiert, dass Mac wirklich wusste, was er tat.

»Vielleicht.«

»Wir können doch nicht … o Mac, tun Sie was, um Himmels willen!«

»Wollen noch was versuchen.« Er gab ihr das Seil und lief über den Hof in sein Zimmer. Als er zurückkam, hatte er eine seiner flachen Whiskyflaschen, mit Heftpflaster um wickelt, in der Hand.

»Halten Sie ihn fest. Will nichts davon verlieren.« Sie schoben Cobby rückwärts in eine Ecke, Dora packte seine Zunge, und Mac goss ihm den ganzen Whisky in den Hals.

18

Als Paul zurückkam, war Cobby wieder der alte. Der Whisky hatte fast sofort gewirkt, hatte die schmerzende Stauung in seinen Gedärmen gelöst.

»Mac hat ihm das Leben gerettet«, sagte Dora. »Warum tat er so, als verstünde er nichts von Pferden?«

»Vielleicht war er ein Groom und wurde wegen Saufens 'rausgeworfen.«

Nach der heldenhaften Nacht versuchte Dora, den einsamen Mann zum Sprechen zu bewegen.

»Wenn man über etwas reden kann, ist alles nur halb so schlimm«, sagte sie.

»Es ist nicht schlimm«, erwiderte Mac. »Gehen Sie, Dora, seien Sie so nett und lassen Sie mich in Ruhe.«

»Dann kommen Sie wenigstens zum Reiten. Wird Ihnen gut tun. Ohnehin glaube ich nicht mehr, dass Sie nicht reiten können.«

»Ich möchte nicht, dass man mir einen Gefallen tut. Ich möchte in Ruhe gelassen werden.«

»Ich wollte Sie fragen, ob Sie mit mir ins Kino gehen wollen.«

»Machen Sie Witze?«

»Warum?«

»Ich sagte Ihnen doch, ich hasse Kinos.«

»Es gibt einen alten Cosmo-Spence-Film. Er ist gut.«

»Tolle Sache.«

Dora ging mit Callie ins Kino und sah sich einen ziemlich alten, vor Jahren gedrehten Film an. Es ging um einen Centurio aus dem alten Rom, der Tausende von Meilen ohne Sattel ritt, auf der Suche nach seiner Freundin, die von Barbarenhorden entführt worden war. Wie üblich in einem Film mit Cosmo Spence waren die Pferdeszenen das Beste. Er ritt einen großen gelbweißen Araber und führte unglaubliche Reitkünste vor.

»Die Reitszenen macht er selbst«, flüsterte Callie Dora in der Dunkelheit zu. »Kein Double.«

»Woher weißt du das?«

»Ich las es in einem Magazin. So wurde er berühmt. Schließlich ist er als Schauspieler nicht überwältigend. Braucht man auch nicht, wenn man so aussieht, hieß es in dem Magazin.«

»Braucht man nicht, wenn man so reiten kann.« Dora blickte voll Neid auf die Leinwand.

Das letzte Jagdrennen der Saison war spät in diesem Jahr, weil eine Hustenseuche in mehreren Ställen ausgebrochen war.

Ein Teil der Rennstrecke ging über Mr. Becketts Land. Er wurde fuchsteufelswild, wenn eines der Pferde des Captains sich auf seinen Grund und Boden verlief, aber ein Rennen war für ihn etwas anderes. Er bekam Geld dafür, und seine Gemüsebeete und seine Tannenschößlinge wurden geschont.

Auf einem Punkt lief die Route an der unteren Weide der Farm vorbei. Wenn man sich auf den Zaun setzte, hatte man einen ungestörten Blick über das Gelände. Man konnte beobachten, wie die galoppierenden Pferde das Hindernis auf dem Berg nahmen, an der Fahne wendeten, dann langsam über die gepflügten Felder zum Steinwall, und wieder über die Weiden liefen, bis sie hinter dem Wald außer Sicht kamen. Nach der zweiten Runde konnte man den Berg hinauf laufen, dort standen die ersten beiden Hindernisse, und weiter entlang der mit Zuschauern umstandenen Einlaufbahn, um das Finish zu sehen.

Es regnete den ganzen Tag. Wie immer. Diese Bahn war als ›Der Morast‹ bekannt. Aber alle von der Farm gingen zu den Rennen, außer Mac, der neuerlich in seiner Freizeit irgendwohin gefahren war, statt sich in seinem Zimmer aufs Ohr zu hauen.

Letzte Woche war er jeden Nachmittag weg gewesen. Man glaubte, er habe vielleicht eine Freundin, aber niemand wusste etwas Genaues, und keiner fragte ihn.

Nach dem zweiten Rennen blieben Callie und der Captain auf dem Berg, um die nächste Gruppe Pferde auf den Sattelplatz kommen zu sehen. Keines der Pferde war große Klasse, mit Ausnahme eines großen Braunen, der mit seinem

Groom daherstolzierte, als gehörte ihm die Rennbahn. Er schnappte nach seiner Trense, schwang den Schweif, und seine herrlichen Muskeln spannten sich unter dem glänzenden Fell.

»Dieses Pferd aus dem Dixon-Stall sieht gut aus«, sagte der Captain. »Ich glaube, ich werde auf den Braunen setzen.«

»Verschwenden Sie Ihr Geld nicht, Major.«

Er drehte sich um und sah den lächelnden Sidney Hammond neben sich, mit blitzenden Zähnen, eine sportliche schwarzweiß karierte Mütze über ein Auge gezogen, die ihm das Aussehen eines gewiegten Pferdekenners gab.

»Dieser Rotbraune da. Das ist der Richtige.«

»Der Klepper? Der taugt doch nichts.«

»Irren Sie sich nur nicht, Major.« Mr. Hammond zwinkerte mit dem unter der karierten Mütze sichtbaren Auge. »Diese Gäule muss man genau kennen.«

»Ich kenne die meisten«, wollte der Captain schon sagen, aber Mr. Hammond hatte bereits seine Wettkarte vorgeholt und kreuzte Pferde in anderen Rennen an, die »unmöglich verlieren konnten«.

Um ihn loszuwerden, gingen sie, ehe die Jockeis auf den Sattelplatz kamen.

Als sie auf die Reihe der Buchmacher, die unter ihren tropfenden farbigen Schirmen saßen, zugingen, sagte Callie: »Wenn der wirklich etwas wüsste, würde er dir nur die Nieten nennen.«

»Er scheint ganz hilfsbereit zu sein.«

»Irren Sie sich nur nicht, Major.« Callie blickte zu ihm auf und zwinkerte. »Er würde dich ruinieren, wenn er könnte. Die Laus hat's gesagt, und ich glaube es.«

Sie gingen zum Weidezaun zurück und beobachteten das große Feld der über das dichte Buschhindernis ankommenden Pferde, die Reiter lehnten sich zurück, weil vor ihnen nun das Gelände steil abfiel. Blau mit weißem Kreuz, rote und gelbe Flecke, Orange mit grünen Ärmeln und grüner Mütze. Ihre Farbenpracht donnerte zu schnell vorüber, drängte sich um die Flagge und spritzte über das lehmige Ackerland davon.

»Dixons Pferd läuft gut.« Der Captain hatte seinen Feldstecher vor den Augen. »Hat sonst noch jemand darauf gesetzt?«

Niemand antwortete. Sie starrten alle den Pferden nach. »Ich sagte ›noch jemand‹.« Die Pferde verschwanden über dem Wall und hinter dem Wald. Der Captain nahm seinen Feldstecher herunter und sah sich um.

»Was ist denn los?«

»Hast du's nicht gesehen?«, sagte Callie schließlich. »Dieser Mann auf dem klapprigen Rotbraunen mit der goldenen Jacke und der blauen Mütze?«

»Er fiel mit seinem Pferd zurück. Schon auf dem Sattelplatz wusste ich, dass – «

»Aber hast du ihn denn nicht gesehen? Es war Mac.«

Als das Feld das zweite Mal herankam, war Mac weit hinten, der Rotbraune schwarz vor Schweiß, die Nüstern gebläht und scharlachrot. Er stampfte mehr durch das Buschwerk, als dass er sprang, landete mit gesenktem Kopf und wurde nur durch Macs straffe Zügelführung vor dem Sturz bewahrt.

Als er zum Acker kam, nahm Mac die Zügel kurz und wendete das Pferd. Langsam ritt er zurück, die Zügel jetzt lose, in den winzigen Rennsattel geduckt, die blaue, seidenüberzogene Mütze tief auf sein dichtes Haar gedrückt, Kinnriemen um den Bart gezurrt. Er sah eher nach einem Motorradfahrer als nach einem Jockei aus.

»Hallo«, sagte er, als er näher kam.

»Gutes Rennen«, sagte der Captain höflich. »Bis Sie aufgaben wenigstens.«

»Er ist nicht ganz fit, aber ein Freund von mir hätte einen Käufer für ihn, schade, wenn er gut gelaufen wäre. Mein Freund hat sich letzte Woche das Schlüsselbein gebrochen und konnte nicht reiten. Er bat mich, auszuhelfen. Schöne Aushilfe.«

»Er ist kein Steher«, sagte der Captain, »aber Sie haben ihn weitergebracht, als die meisten es gekonnt hätten.«

Mac lachte. »Ich habe ihn praktisch getragen.«

Sie fachsimpelten regelrecht, als ob nichts Außergewöhnliches passiert wäre.

Mit seinem schäbigen alten Regenmantel über der schmutzigen geliehenen Seidenjacke und in den Stiefeln kam Mac ins Haus hinauf, um ein heißes Bad zu nehmen. Er blieb zum Abendessen, ging aber ehe es beendet war. Von dem Rennen sprach er nicht mehr, und niemand fragte ihn, obgleich sie alle vor Neugier förmlich barsten und vieles wissen wollten.

Als er gegangen war, sagte der Captain: »Wisst ihr, er kommt mir eigentlich recht bekannt vor unter all dem Bartdickicht. Und vom Reiten versteht er was. Vielleicht war er Trainer, der wegen Rauschgift oder so was ausgeschlossen wurde.«

»Ich glaube, es steckt etwas Tragisches dahinter«, sagte Anna. »Vielleicht ist er gekommen, um zu vergessen.«

»Vielleicht ist er ein Mörder«, meinte Dora.

»Ein Spion«, sagte Paul, und Callie sagte: »Oder er ist aus dem Zug gefallen und hat sein Gedächtnis verloren.«

Mac tat seine Arbeit. Was machte das schon aus?

Da sie nun aber wussten, dass er reiten konnte, fing er an, David zu reiten. Er arbeitete täglich mit ihm, schulte ihn auf dem Sprungfeld, während Dora, Callie und Paul zusahen und sich wunderten, was er mit dem Grauen alles anstellen konnte.

»Das wird seinen Preis um hundert Pfund heraufsetzen.« Der Captain war hocherfreut. »Ich bin froh, dass ich mit dem Verkauf gewartet habe.« Obgleich er David schon längst verkauft hätte, wenn Paul und Dora ihn gelassen hätten. »Ich werde bei einigen dieser Dressurleute nächstens ein Wort über das Pferd fallen lassen. Wir müssten einen wirklich guten Preis erzielen.«

»Könnten wir vielleicht …« Mac gab Dora Unterrichtsstunden, und auf einmal lief David auch unter ihr gut. »Ich brauche das Geld«, sagte der Captain, »für die anderen Pferde, die uns brauchen.«

»… bloß noch den Sommer über?«

»Ich kann es mir nicht leisten, ihn zu behalten.«

19

Der Captain war immer knapp an Geld. Der Ruhesitz für Pferde wurde vorwiegend von Geldspenden unterhalten. Selbst die Leute, die etwas für den Aufenthalt ihrer alten Pferde bezahlten, entrichteten nicht genug.

Sidney Hammond hatte nicht einen Penny für Miss America, die immer noch auf der Farm war, bezahlt; und bei ihrem gemächlichen Leben, das sie auf saftigen Weiden führen durfte, wurde sie ziemlich fett und behäbig. Eine mächtige Narbe verunstaltete noch ihren Rücken.

Die Preise für Futter, Heu und Streu stiegen jedes Jahr. Reparaturen waren teuer. Alle Dachrinnen mussten erneuert werden. Das neue Stalldach würde viel mehr kosten, als Davids Verkauf einbrächte.

Der Captain würde bald mit dem Finanzkomitee sprechen müssen. Er hasste das ebenso, wie sie es hassten, ihn anhören zu müssen.

Und gerade zu diesem Zeitpunkt erschien eine Filmassistentin auf dem Hof. Sie fragte den Captain, ob er bereit sei, in einem historischen Film, der in der Nähe gedreht wurde, in der Schlachtszene von »Marston Moor« zu reiten. Sie bot ihm so viel Geld, dass er am liebsten geweint hätte.

Statt dessen aber lachte er. »Ich? Eine Kiesgrube hinunter reiten und über einen Bach springen mit einem Verwundeten quer über dem Sattel? Großer Gott, nein. Das würde mich umbringen.«

»Aber ich hörte, Sie wären der beste Reiter hier in der Gegend. Olympia-Mannschaft und so weiter.«

»Oh, damals konnte ich schon ein bisschen reiten.« Der Captain zog die eine Gesichtshälfte hoch, wie immer, wenn ihn seine Bescheidenheit in Verlegenheit brachte. »Aber das ist längst vorbei. Das verdammte Knie ist zu steif. Schauen Sie her.« Er beugte das lahme Bein so weit es ging. »Kaum mehr Gelenkigkeit als bei diesem Jungen da drüben.« Er nickte zu Paul hinüber, der mit Callie auf seinen Krücken im Hof Himmel-und-Hölle spielte.

Pauls Gipsverband war am Knie leicht gebogen, so dass er sitzen konnte. Er hatte herausgefunden, dass er mit ausgestrecktem Gipsbein ohne Steigbügel auf Cobbler's Dream aufsitzen konnte. Seitdem der Londoner Spezialist eine weitere Operation nicht für nötig gehalten hatte, riskierte Paul mehr.

»Oh, das tut mir leid.« Die Filmassistentin war klein und dunkel, hatte eine lebhafte Art und strahlende schwarze Augen. Sie sah wie eine Italienerin aus, hieß jedoch Joan Jones.

»Mir auch«, erwiderte der Captain. »Damit hätte ich die nächste Winter-Heurechnung zur Hälfte bezahlen können.«

»Und wir hätten diese Woche unsere Außenaufnahmen beenden können. Wir haben schon zu viel Zeit verschwendet. Wir müssen die Schlachtszenen abgedreht haben, bevor das Wetter umschlägt.«

»Marston Moor?«

»1644.« Callie war herübergesprungen, um zuzuhören.

»Erste Niederlage der Königlichen«, sagte Joan Jones, um zu zeigen, dass sie auch einiges wusste. »Michael Fox spielt Fürst Rupert vom Rhein, der das Kommando über König Karls Leute führt, und wenn sie von Cromwell und seinem Haufen in die Flucht geschlagen werden, ist niemand da, der den verwundeten Kavalier rettet, deshalb nimmt Rupert ihn auf sein Pferd.«

»Und bricht sich selbst den Hals«, sagte der Captain.

»Nein.« Callie hatte den Bürgerkrieg für die Stipendiumsprüfung gebüffelt. »Rupert lebte noch jahrelang, nachdem Karl I. der Kopf abgeschlagen worden war.«

»Das hätten Sie dem Double sagen sollen«, meinte Joan Jones. »Als wir es das erste Mal versuchten, fiel er herunter, brach sich zwei Rippen und ließ den Kavalier ins Wasser fallen.«

»Sie haben mir nicht erzählt, dass Sie es bereits versucht haben«, sagte der Captain.

»Ich wollte es Ihnen erst sagen, nachdem Sie angenommen hatten. Wir haben genau den richtigen Ort, auf der anderen Talseite, diese herrliche Strecke finsteres Heidemoor und den plötzlichen jähen Abfall in den Steinbruch. Vom Standort unserer Kamera aus sieht es doppelt so hoch und steil aus.«

Mac hatte mit David auf dem Feld hinter den Ställen gearbeitet. Er kam um den Stall herum, das Pferd ging entspannt und locker, und der Mann passte seine Bewegungen mühelos Davids langem schwingendem Schritt an.

Als er in den Hof kam, rannte eines der Hündchen von irgendwoher auf ihn zu und bellte zu seinen Füßen. David scheute heftig, drehte sich ruckartig um und wollte mit hochgerecktem Kopf durchgehen.

Mac bewegte sich kaum im Sattel, verlagerte nur sein Gewicht leicht rückwärts, parierte das Pferd durch und wendete es ruhig, und es sah aus, als täte er nichts.

»Mein Gott!« Das Drehbuch-Mädchen stand mit offenem Mund und erstauntem Blick im Hof und starrte ihn an. »Cosmo Spence.«

»Was? Das ist einer meiner Leute«, sagte der Captain. »Mac – bringen Sie das Pferd hier herüber.«

»Er ist das lebende Ebenbild von Cosmo Spence. Gleiche Gestalt. Die Augen. Die lässige, anmaßende Art, auf dem Pferd zu sitzen. Ohne das Haar und den Bart hätte ich geschworen …«

»Ich habe für ihn gedoubelt«, sagte Mac, »in meiner Filmzeit. Es hieß, ich sähe ihm ähnlich, aber das ist, glaube ich, eine Beleidigung für mich.«

»Er war immer sein eigenes Double«, sagte Joan Jones. »Wer sagt das? Er hatte einen guten Publicity-Mann.« Mac grinste, und seine Zähne blitzten im struppigen Bart. »Bin 'ne Menge in den Staaten damals für ihn geritten.«

»Waren Sie es«, fragte Callie, »in *Wenn Engel reiten*, wo der Centurio glatt über den Ochsenkarren setzte, durch das Zelt und auf der anderen Seite wieder hinaus?«

»Uff.«

»Und in *Die wilden Reiter*, wo er der einzige war, der das schwarze Pferd reiten konnte? Und in *Das blaue Band*, wo er gegen die Uhr springt und die Taschenlampe ausgeht und das Pferd die Sperre durchbricht?« Callie hatte beinahe alle Cosmo-Spence-Filme gesehen.

»Mmm-hmm. Ich brach mir dabei einen Fußknöchel, und ich musste 'rauf- und 'runtergehoben werden.«

»Hören Sie«, sagte das Drehbuch-Mädchen aufgeregt, möchten Sie eine Menge Geld verdienen?«

Mac schüttelte den Kopf. Geld interessierte ihn nicht. Er ließ sich vom Captain nicht einmal die Überstunden bezahlen, wenn er abends arbeitete und Türen strich.

»Schade.« Sie wandte sich ab. »Der Captain hätte das Geld im Gegensatz zu Ihnen gut gebrauchen können.«

»Was hätte ich zu tun?«

»Eine Tagesarbeit.« Sie fuhr sofort herum. »Anstelle von Michael Fox reiten. Fürst Rupert vom Rhein in der Schlacht von Marston Moor. Langes Lockenhaar, eine Rüstung und diese weichen Stiefel. Er wurde *Der verrückte Kavalier* genannt.«

»Michael Fox, dieser Knilch.« Vom Pferd herunter spie Mac auf die Erde, eine schlechte Angewohnheit, die er in seinen Westerner-Tagen angenommen hatte. »Der könnte nie einen Kavalier spielen, normal *oder* verrückt. Warum gibt man eine solche Rolle einem Burschen, der noch nicht einmal Rad fahren kann, von Reiten ganz zu schweigen? Warum haben Sie nicht Cosmo engagiert?«

»Haben Sie nichts davon gehört? Er hatte einen Nervenzusammenbruch. Sehr schlimm. Seine Frau verließ ihn, und er begann zu trinken. Ich fürchte, er ist erledigt.«

»Sie sind Cosmo Spence, nicht wahr?« Paul, Dora und Callie waren in Macs Zimmer eingedrungen mit einer Schüssel Hühnersuppe – Reis und Sellerie und Zwiebeln und große Stücke Huhn. Man konnte die Suppe fast mit der Gabel essen. Sie kamen so rasch hinein, dass er sie nicht aufhalten konnte, und stellten sich mit dem Rücken zur Tür, so dass er nicht öffnen und sie hinauswerfen konnte.

»Was glaubt ihr?«

»Ich wusste es schon lange«, begann Callie, schüttelte dann aber den Kopf. »Nein, stimmt nicht. Aber als wir diesen Film sahen, hat es mir keine Ruhe gelassen. Er kam mir bekannt vor, dieser Cosmo. Ich meine, bekannter als nur durch die anderen Filme.«

»Wenn ich Cosmo Spence wäre«, meinte Dora, »läge mir daran, dass jeder es wüsste.«

»Das ist es ja gerade.« Er – Mac – Cosmo – saß auf der Bettkante und aß die Suppe aus der Schüssel, stach dabei mit dem Löffelstiel in seinen Bart. »Zu viel Leute wussten es. Und sie kriegten einen satt. ›Es gibt jetzt so viel guten Nachwuchs‹, hieß es. Mein Agent rief mich jeden Tag an; Ferngespräch und R-Gespräch, Hollywood-New York – egal, wo ich war. ›Du musst dir ein neues Image schaffen. Du musst eine neue große Rolle kriegen, oder du bist draußen‹.«

Er stellte die Schüssel auf den Boden, wischte sich den Mund mit einem schmutzigen Handtuch ab und warf es in eine Ecke. »Ich machte Fernsehen: Eine blöde Western-Serie mit einem fetten Kerl und einem kleinen schwarzen Mädchen. Drei Filme hintereinander hatte ich gedreht, alle waren Mist. Ich hatte es so gottverdammt satt. Meine Frau blieb in New York. Nie kam sie zu Außenaufnahmen mit. Ich rief sie täglich an. Ich war einsam. Ich hatte nur noch falsche Freunde, keinen wirklichen mehr – außer Elsa, meiner Frau. Aber, nachdem unser – nun, wir hatten ein kleines Mädchen, es starb.«

Keiner sagte etwas. Er hatte nie vorher über sich geredet. Jetzt schien es, als könnte er nicht aufhören.

»Das Kindermädchen traf keine Schuld.« Er fuhr mit den kräftigen Händen durch seinen Bart und das dichte Haar, ließ sie fallen und schlug gegen die Bettkante. »Wir gingen auf eine Party. Das Kind erstickte in seinem Bettchen. Danach ging ich nie mehr auf Parties. Ich mochte sie sowieso nicht. Nur noch Pferde bedeuteten mir etwas. Ich hatte einmal zehn, als ich noch in Wyoming lebte. Das war – ach, ich weiß nicht – als Elsa mich zum ersten Mal verließ. Sie kam immer wieder nach kurzer Zeit zurück, und wir begannen immer wieder von Neuem. Auf Wunsch meines Agenten fuhr ich hierher zu einer Filmbesprechung. Ich sollte eine widerliche Rolle spielen! Aber es folgten lustige Probetage. Ich trug Cape und Biberhut und sah zum Kotzen aus!

Doch da kam ein Brief von Elsa. Sie hatte in Mexiko die Scheidung eingereicht. Ich brach zusammen. War restlos fertig. Nervenzusammenbruch, versteht ihr?«

Er blickte zu ihnen auf. Sie standen an der Tür und nickten, obgleich sie sich nicht vorstellen konnten, wie es sein musste, wenn die Nerven plötzlich durchgingen, so dass man nicht mehr mit sich oder anderen fertig wurde.

»Jedesmal, wenn ich mit jemandem sprechen musste, weinte ich. Ob Hoteldiener, ob Taxichauffeur – Gott verdammteste Sache, die es je gab. Man wollte mich in eine Klinik bringen. Ich zog Leine, setzte mich in einen Zug irgendwohin, nahm mir ein Zimmer – ich wusste nicht einmal, in welcher Stadt ich war –, kapselte mich völlig ab, ließ mir Bart und Haare wachsen und tauchte erst wieder auf, als ich restlos pleite war.«

»War das, als Sie zu uns kamen?«, fragte Dora.

»Yeah. Ich war zum Arbeitsamt gegangen, um eine Beschäftigung als Bauarbeiter oder so was zu finden, aber da sprach jemand von Pferden, und so brauste ich geradewegs hierher. Bin froh, dass ich es tat.« Er grinste sie an.

»Hat es – ich meine – hat es Ihnen geholfen?«

»Das kann man wohl sagen. Ich glaube, ich beginne wieder ich selbst zu werden. Ich glaube, ich werde zum ersten mal seit Jahren wieder ich selbst.«

»Mr. Spence, hätten Sie etwas dagegen«, fragte Callie höflich, »wenn wir weiterhin Mac zu Ihnen sagten?«

Er lachte. »Schönste Sache, die ich je gehört habe!«

20

Als Mac die Kiesgrube, die er laut Anweisung des Regisseurs hinunterreiten sollte, sah, und das mit einem schlaffen Mann vor sich quer über den Sattel, und dazu das mittelmäßige Pferd, das er dabei reiten sollte, sagte er: »Kommt nicht in Frage. Nicht auf diesem schwerfälligen alten Klepper.«

»Das Double brachte ihn okay hinunter.«

»Und fiel in den Bach, Mann. Hat man mir erzählt.«

»Es ist das beste Pferd, das wir haben. Es ist trainiert.«

»Ich habe eins zu Hause, das besser trainiert ist. Ich hab' eins, das überall mit mir hinreitet *und* auf seinen vier Füßen bleibt.«

»Bringen Sie es morgen mit, und wir werden die Nahaufnahmen mit Michael noch einmal machen.«

Doch der Captain sagte nein. »Nicht mit David. Ist mir zu heikel. Das Geld spielt nicht die erste Rolle. Es ist das Risiko nicht wert.«

»Es gibt kein Risiko. Ich habe ihn steilere Abhänge als diesen da hinuntergeritten. Er ist so sicher auf den Füßen wie eine Katze. Und der Bach – ich wäre nicht mit dem alten Gaul, den die da angebracht haben, in seine Nähe geritten, aber David fürchtet sich nicht vor Wasser. Er wird weit springen, und er wird glatt springen.«

»Mit einem Mann quer über dem Sattel?«

»Es handelt sich um einen kleinen Burschen. Ich habe ihn gesehen. Seine Rüstung ist aus Aluminium, leicht wie eine Feder.«

»Ich weiß nicht.« Der Captain kaute an seiner Nagelhaut. »Es ist zu weit, um David hinzureiten, und Paul kann ihn nicht fahren.«

»Mac kann den Pferdetransporter selbst fahren«, warf Paul ein.

»Und ich nehme Cobbler.«

»Wofür?«

»Es werden noch einige Statisten, die Kavaliere darstellen, gebraucht. Herzog von Newcastles Weißröcke.«

»Mit einem gegipsten gebrochenen Bein.«

»Ich werde eine Rüstung tragen und einen Riesenstiefel über dem Gips. Die sind damals sowieso alle mit gestreckten Beinen geritten. Ich bekomme elf Pfund dafür. Ich werde sie in die Sammelbüchse stecken.«

»Versuch nicht, mich zu bestechen.«

Schließlich willigte der Captain ein, dass Mac David ritt, wenn die Beine des Pferdes gewickelt würden. Sie nahmen die Bandagen, die Old Flame tragen musste, weil sie sich mit den Hufen immer in die Fesselgelenke trat, und die

Garderobenleute malten sie grau an, so dass sie wie Teile der Rüstung aussahen.

David trug auch einen Brustpanzer, und über der Mähne einen Gliederpanzer, ähnlich dem einer Garnele, dazu eine Stahlplatte über der Stirn. Zaumzeug und Zügel waren aus hellfarbigem Leder, mit blankem Metall beschlagen. Als er hoch oben über dem Steinbruch stand, den Kopf gereckt und mit wehendem Schweif, sah er wie ein Schlachtross aus dem siebzehnten Jahrhundert aus. Mac, in Rüstzeug und Stiefeln, mit langhaariger Perücke, gekräuseltem Kinnbart und gezwirbeltem Schnurrbart, glich dem Bild eines Kavaliers.

»Cosmo Spence, wie er leibt und lebt.« Joan Jones stand in der Gruppe bei den Kameras.

»In seinen besseren Tagen«, sagte jemand. »Armer alter Cosmo. Ihn hat's restlos erwischt, heißt es.«

»Ich hörte, er sei tot«, sagte der Kameramann.

Der verwundete Kavalier, ein in sein Schicksal ergebener junger Mann mit kastanienbrauner Perücke und einem Van-Dyck-Bart, lag am Rand des Steinbruchs, helmlos, das Gesicht über und über mit Blut beschmiert. Die Kameras waren so eingestellt, dass man, wenn Mac vorbei galoppierte, nicht sehen konnte, dass es nicht Michael Fox war. Mac saß auf dem Pferd, gab ihm leichten Schenkeldruck, zügelte es etwas, um es auf den Vorderbeinen zu halten.

»Aufnahme!«

Vom Dach des auf der Straße stehenden Pferdetransporters sahen Callie, Dora und Toby zu, wie Mac David herumschwenkte, ganz wie Michael Fox es getan hatte, beobachteten, wie er ihn ein wenig vorn hochkommen, dann auf der Stelle treten ließ und dann im Handgalopp davon preschte, was im Film später gerafft werden würde. Hinter ihm ritt eine Gruppe von Cromwells Reiterei. Der verwundete Junge lag wie eine Puppe am Rand des Steinbruchs. Die steile Senke unter ihm war der einzige Fluchtweg.

Mac brachte David auf allen vier Füßen gleichzeitig zum Stehen, und es sah aus, als ob es am äußersten Rand des Steinbruchs wäre. Er sprang ab, hob den jungen Mann vor sich auf den Sattel, schwang sich hinter ihm hinauf, blickte schnell zu seinen erbarmungslosen Verfolgern zurück, trieb David über den Rand und ließ ihn auf der Hinterhand hinunterrutschen.

Den letzten, flach abfallenden Teil des Hanges jagten sie hinunter. Der Bach unten hatte feste Ufer, und Mac, den Arm um den Jungen gelegt, gab David drei Schrittlängen, und drüber war er, genau, wie er es gesagt hatte, weit und glatt, und galoppierte über die Heide auf eine verstreute Schar von Weißröcken am Fuße des niedrigen Hügels zu.

Auf dem Hügelkamm hob sich als Umriss ein Junge auf einem braunen Pony ab, der grüßend einen federgeschmückten Hut schwenkte. Sein gegipstes, ausgestrecktes Bein war von der Kamera abgewandt.

Sehr viel später, als der Film endlich im Kino anlief, sahen Dora und Callie ihn sich eine Woche lang jeden Tag an.

David war herrlich, obgleich von Mac nicht viel zu sehen war, weil Michael Fox, als er erfuhr, dass es sich um Cosmo Spence handelte, die paar Stellen hatte herausschneiden lassen, die dessen Gesicht zeigten.

Doch gegen den Horizont stand unverkennbar Cobbler's Dream, den Kopf hoch im Wind, und von seinem Nacken strömte die lange Mähne herunter. Der junge Kavalier auf seinem Rücken hob sich leicht in einem Steigbügel und schwenkte seinen federgeschmückten Hut gegen den Himmel, um Fürst Rupert vom Rhein zu grüßen.

21

Das war etwas, worüber man in der Schule reden konnte.

»Unsere Pferde spielen in einem Film mit«, sagte Callie jedem, der's hören wollte. Im Allgemeinen redete sie nicht viel in der Schule. Es war sicherer, den Mund zu halten, so dass niemand ihre wahre Natur ausfindig machen und sie dann attackieren konnte.

»Unsere Pferde sind in einem Film«, sagte sie zu Rosa Duff, ihrer Bankgenossin.

»Erzähle«, sagte Rosa.

»Er heißt *Der verrückte Kavalier*. Du musst ihn sehen.«

»Ist es ein Horrorfilm?«

»Nein.«

»Oh.«

Toby, der geborene Schwätzer, der nie gelernt hatte, den Mund zu halten, selbst wenn man ihn aufzog, prahlte vor den Jüngeren.

»Mein Pferd spielt in einem Film mit.«

»Dein Pferd. Du hast kein Pferd.«

»Doch habe ich eins. Ich reite es.«

»Es gehört nicht dir.«

»Woher weißt du das?«

»Weil ich's weiß.«

»Nun, dann ist das alles, was du weißt, weil's doch meins ist.«

Die Argumente gingen hin und her, wie jeden Tag unter den kleinen Jungen. Tobys Geschichte von dem Film ging in einem Tumult von Armen und Beinen unter.

»Aufhören, aufhören!« Zwei oder drei Große schlenderten über den Schulhof und drängten sich zwischen die Kleineren. Wenn man sich nicht verdrückte, wurde man beiseite geschoben.

»Toby ist 'n Filmstar!« Einer der kleinen Jungen hüpfte auf und ab wie ein Frosch, zeigte auf Toby, versuchte, sich bei Lewis Hammond durch seine Höhnerei Liebkind zu machen.

»Ich habe nicht gesagt – «

»Sag lieber nix.« Lewis stieß sein Gesicht ganz nahe heran und fuhr mit seiner schrecklichen Nase auf Tobys Gesicht so fest auf und ab, dass dem die Tränen in die Augen traten.

Die Laus spielte weiter den starken Mann.

Der Froschjunge hüpfte immer noch albern auf und ab, stach mit dem Finger auf Toby.

»Toby ist 'n Lü-gner«, sang er. »Wo ist Tobys Va-ter?«

Tobys Vater saß im Gefängnis, aber er glaubte nicht, dass sie das wussten.

»Halt's Maul!«, schrie er mit vor Wut und Schmerz tränenden Augen. »Du glaubst, du seist so groß, aber wir haben einen berühmten Filmstar auf unserer Farm, das stopf dir mal ins Maul.«

Er war so viel auf der Farm, dass es »unsere Farm« war, wie die Pferde »unsere Pferde« waren.

»Was du nicht sagst.« Der Junge stand still.

»Wer ist es denn?« Die anderen, die der Firma Laus & Co. nachgerannt waren, drehten sich um und kamen zurück.

»Cosmo Spence.«

»Wer ist das?«

»Nie von ihm gehört.«

»Seit Jahren tot.«

»Verzeihen Sie, dass ich's vergessen habe.« Toby erzählte Mac, dass er in der Schule das Geheimnis ausgeplaudert hatte.

»Ich sagte dir doch, du solltest es niemandem erzählen.«

»Oh, es ist in Ordnung«, sagte Toby fröhlich. »Die meisten hatten noch nie von Ihnen gehört, und die anderen glaubten, Sie seien tot.«

Statt ihn aufzuheitem, brachte dies Mac mehr aus der Fassung als der Verrat seines Geheimnisses.

»Siehst du«, sagte er, »ich bin erledigt. Die kennen mich nicht mehr, die Kinder.«

»Ich dachte, Sie wollten nicht bekannt sein.«

»Nur, wenn *mir's* passt. Nicht, wenn's *denen* passt.«

Den ganzen Nachmittag war er verdrießlich, murmelte etwas von völlig erledigt sein, er habe den Menschen die besten Jahre seines Lebens gegeben, und niemand kümmere sich um ihn.

Aber gegen Abend gab es draußen auf der Straße einen Heidenkrach. Drei Wagen auf einmal fuhren vor, und eine Schar wild gestikulierender Frauen stürzte in den Hof. »Wo ist er? Wo ist er?«

Die Schulkinder hatten ihren Müttern von Cosmo Spence erzählt, und die waren alle gekommen, das Idol ihrer Jugend zu sehen.

»Cosmo!«

Sie liefen ihm entgegen wie eine Meute kläffender Spürhunde.

Dora sah Mac an und merkte, dass er entsetzt war. Er war blass und zitterte, konnte sich nicht bewegen. Sie drängte ihn in einen Stall und schob den Riegel vor die Tür.

Seine Fans drangen durch den Bogengang. Dora war gerade dabei den Hof abzuspritzen. Der Schlauch war noch da. Sie packte ihn, drehte die Düse voll auf und zielte auf die Frauen. Ihr Gekicher verwandelte sich in schrille Schreie. Sie rannten über die Pflastersteine zurück, während Dora vor der Stalltür stand, hinter die Mac sich geduckt hatte; sie hielt den Schlauch wie ein Feuerwehrmann, scheuchte eine Frau hinter einem Schubkarren hervor und drängte sie hinter den anderen her, durch den Torbogen und in die Autos.

»Danke, Kamerad.« Mac richtete sich auf und blickte vorsichtig über die Tür.

»Wollen Sie immer noch bekannt sein?«

»Nein. Es kam alles wieder. Das Zittern. Himmel, ich wäre ein Nervenwrack, wenn ich je noch mal zu einer Premiere gehen müsste. Die reißen einem die Gedärme heraus. Es ist entsetzlich. Die fressen einen lebend.«

»Wie Vampire«, sagte Dora.

»Yeah. Sie saugen einem das Blut aus.«

Am nächsten Morgen trafen sie ihn in seinem Zimmer an, die paar Kleider und das wenige Hab und Gut, das er besaß, packend.

»Es tut mir leid, dass ich Sie im Stich lassen muss«, sagte er zum Captain, »aber nachdem, was sich gestern hier getan hat, kann ich nicht bleiben.«

»Wo gehen Sie hin?«

»In die Staaten zurück, denke ich.«

»Nach Hollywood?«

»Nein, Sir. Mein Aufenthalt auf der Farm hier hat mich eine ganze Menge gelehrt. Er hat mir gezeigt, wie ich leben möchte. Ich werde mir irgendwo eine Ranch anschaffen und einen Ruhesitz für alte Pferde, wie Sie ihn hier haben, in den

Staaten einrichten. Werd mir ein paar gute junge Menschen anheuern, die bei mir arbeiten – «

»Ich komme mit«, sagte Callie.

»Später vielleicht.« Er lächelte sie mit seinen sehr weißen Zähnen an, die in seinen Filmstartagen Jacketkronen bekommen hatten. »Ich werde lange Zeit dort sein. Auch so ein alter Gaul, den man auf die Weide geschickt hat, meine liebe Kleine.«

22

In den Sommerferien arbeitete Callie härter, als sie es je in der Schule getan hatte, aber es kam ihr nicht wie Arbeit vor. Es schien ihr der wirkliche Lebenszweck.

Da die Pferde meist auf den Feldern waren, fiel nicht so viel Stallarbeit an, aber der Sommer war die Zeit für Reparaturen, fürs Anstreichen und Ausbessern von Zäunen, fürs Stutzen von Hecken und das Pflügen des Landes. Von dem Geld, das Mac ihnen von seiner Filmgage gegeben hatte, konnte der Captain einen kleinen Traktor kaufen, um einen Teil der Weide umzupflügen, zu eggen und neu zu säen.

An den langen Abenden ritten Paul, Dora und Callie über die schönen, federnden Wiesen der Bergkuppen oder, ohne Sattel, barfuß in Shorts zum Fluss hinunter. Sie ritten die Pferde ins Wasser und banden sie dann an, um sie auf der saftigen Wiese grasen zu lassen, während sie auf der von Mücken umschwärmten Böschung ihr Abendbrot aßen.

Eines Abends kam der Captain in die Küche, wo Dora gerade belegte Brote zurechtmachte.

»Wenn ihr ausreiten wollt«, sagte er, »dann nehmt nicht David. Es kommt jemand herüber, um ihn zur Probe zu reiten.«

»Werden Sie ihn wirklich verkaufen?«

»Ich muss, Dora. Ich kann mir's nicht leisten, dass ein tüchtiges junges Pferd mir hier den Platz wegnimmt. Ohnehin werden wir im Winter mit Neuankömmlingen überfüllt sein.« Er ging in sein Büro.

Dora legte das Messer wütend hin, warf das Brot in den Kasten zurück und gab das Schinkenende dem Hund, der hinter ihr saß, wie immer ein Hund oder eine Katze hinter ihr saßen, wenn sie am Küchentisch arbeitete.

Sie, Paul und Callie blieben zu Hause, um sich diesen Eindringling anzusehen, gegen den sie von vornherein eingenommen waren.

Es war ein ruhiger junger Mann in gutgeschnittener Reithose und anständigen Stiefeln mit einem Bauerngesicht und ziemlich einsilbig. Er stand an der Tür der offenen Box und sah sich David lange an, ohne ein Wort zu sagen.

Der Captain genauso. Beide kauten auf einem Heuhalm. Dann trat der junge Mann an David heran, klopfte ihm beiläufig den Hals und sprach leise zu ihm. Er fuhr mit der Hand an den Beinen des Pferdes hinunter, hob einen Fuß und ging dann zum Captain zurück, und beide besahen sich wieder das Pferd.

Der Pferdehandel ist ein seltsames, langsames und schweigsames Geschäft.

»Sollen wir ihn satteln?«, fragte der junge Mann schließlich.

»Wenn Sie wollen«, entgegnete der Captain, als ob der junge Mann nicht zu dem alleinigen Zweck gekommen wäre, David zu reiten. »Paul?«

Paul nahm sich Zeit. Langsam lief er auf seinen Krücken davon, obgleich er jetzt schon ganz gut mit ihnen umgehen konnte, und kam mit dem Sattel auf dem Kopf zurück. Er brachte den schlechtesten Sattel und musste zurückgeschickt werden, einen anderen zu holen. Er brauchte lange zum Auflegen, versuchte die Backenriemen enger und weiter zu schnallen und endete schließlich im selben Loch, da es Davids Zaum war, der ihm ohnehin passte. Der junge Mann sah zu. Ein weiteres ungeschriebenes Gesetz beim Pferdehandel lautet, dass man beim Satteln des Pferdes keine Hand mit anlegt, selbst wenn der Groom sich das Bein gebrochen hat.

»Gehen Sie sanft mit ihm um«, sagte Paul, als er ihm den Grauen zum Aufsteigen hielt. »Er ist sehr nervös.«

»Scheut ein bisschen, was?« Der junge Mann setzte sich seitwärts, um einen Steigbügelriemen nachzustellen.

»Nein«, sagte der Captain, und Paul sagte: »Ja, er scheut oft. Es ist ein sehr nervöses Pferd.«

Er zeigte ihm, wo er David ausprobieren könnte, und verschwand. Er brachte es nicht über sich, zuzusehen.

Der junge Mann ritt eine Weile ruhig im Ring der Reitbahn, nahm ein paar Hindernisse und trabte dann den Heckenweg zu dem großen Feld hinunter, wo er galoppieren konnte.

Als er fast am Tor war, ließ Paul plötzlich hinter der Hecke den Traktor mit explosionsartigem Donnern anlaufen. David scheute heftig – jedes Pferd hätte das getan –, schoss mit gerecktem Kopf los, sprang mit reichlichem Abstand über das hohe Tor und galoppierte davon, ehe der junge Mann ihn unter Kontrolle bekommen hatte.

»So, *der* ist bedient«, sagte Paul zu Dora hinter der Hecke.

Eine Weile arbeiteten sie mit dem Traktor, und als sie zum Haus zurückkehrten, sagte der Captain: »Der Bursche holt David morgen ab. Er ist sehr angetan. Er glaubt, er kann ein Sportpferd aus ihm machen, wenn er ihn unter Dressur genommen und seine Springtechnik entwickelt hat.«

Sie starrten ihn an. »Kann er denn mit ihm umgehen?«

Der Captain lächelte. »Müsste er eigentlich. Er war Sieger in der Sprungdressur des Pony-Clubs vor zwei Jahren. Pech, Paul.«

Pech, weil das Pferd verkauft war, oder weil der Trick nicht gewirkt hatte, oder beides? Beim Captain war man nie ganz sicher, wieviel er wusste.

Anfang August fuhren zwei Mädchen in einem roten Mini Austin vorüber, sahen das Schild am Tor und kamen herein, um die Pferde zu besichtigen. Es waren Sekretärinnen aus London im Urlaub.

»Zum mindesten waren wir im Urlaub«, erklärten sie Anna, die sie begrüßte, da alle anderen auf der Heuwiese waren. »Aber dieses Jahr ist alles schiefgegangen.«

Auf eine Zeitungsanzeige hin hatten sie Zimmer im Pinecrest Hotel gebucht.

»Täglich reiten«, hatte man ihnen versprochen. »Gepflegte Reitpferde. Schöne Landschaft.«

»Als wir hinkamen«, die blonde Vollschlanke war überall rund, runde Augen und runde Rosawangen wie polierte Äpfel, »war der Stall fast leer. Bloß zwei magere alte Klepper standen darin. Aber diese armen Dinger wollten Jane und ich nicht reiten.«

»Die Leute waren ganz nett, aber wir wollten doch nicht bleiben. Wir sind wegen der Pferde gekommen. Sie wollten uns unser Geld nicht zurückzahlen.« Jane war die Dunkle mit Brille. »Wir versuchten zu protestieren, obgleich Lily und mir so etwas nicht liegt, aber sie machten uns auf einen kleingedruckten Absatz am Ende ihres Briefes aufmerksam.«

Sie fummelte in ihrer Schultertasche herum und zeigte Anna den Brief, der die kleingedruckte Mitteilung enthielt: *»Anzahlungen werden unter keinen Umständen zurück erstattet.«*

»Auf jeden Fall«, sagte Lily, »ist es jetzt zu spät, noch irgendwo unterzukommen, wo Pferde sind. Auf dem Heimweg sahen wir Ihr Schild und wollten bloß mal hereinschauen. Mehr werden wir von Pferden diesen Sommer nicht zu sehen kriegen.«

Als Anna ihnen die Pferde im Obstgarten und auf dem oberen Feld gezeigt hatte, halfen Lily und Jane ihr kalten Tee und Korinthensemmeln zur Heuwiese hinunter zu tragen. Cobbler's Dream stand mit dem Karren im Schatten einer Hecke, und sie überfielen ihn mit zärtlichen Rufen und sanften Liebkosungen. Sie waren frustrierte Pferdeliebhaberinnen, hatten immer in der Großstadt gelebt und konnten bloß Polizeipferde tätscheln und die Lifeguards ansehen. Während die Gehilfen Tee tranken und eine Ruhepause einlegten, packten die Mädchen die Heugabeln und begannen, das Heu mit mehr Energie als Geschick zu wenden.

Anna sprach mit dem Captain und sagte dann zu Lily und Jane: »Warum verbringen Sie Ihre vierzehn Urlaubstage nicht hier? Sie können bei Mrs. Jones gegenüber ein Zimmer bekommen. Paul wird der Gipsverband erst in ein oder zwei Wochen abgenommen, Sie könnten also als Gegenleistung für einen kostenlosen Urlaub bei uns ein bisschen aushelfen. Wenn Sie wollen.«

»Und ob wir wollen!« Sie ließen ihre Heugabeln fallen, Zinken nach oben, typische Anfänger, und umarmten Anna vor Freude.

23

Sie waren keine große Hilfe, weil sie nicht viel verstanden, aber es waren reizende und liebenswerte Mädchen. Sie betonten immer wieder, es wäre der glücklichste Urlaub, den sie je gehabt hätten.

Für die Morgenfütterung waren sie nie zeitig genug aus dem Bett zu kriegen. Sie warfen volle Mistkarren mitten auf dem Hof um, brachten Pferde in die falschen Ställe. Sie gingen barfuß und wurden auf die Zehen getreten. Sie ließen den Rasenmäher ohne Öl laufen, ließen Kartoffeln auf dem Herd stehen, bis sie anbrannten. Lily verlor die Drahtschere im Heuschober. Jane ließ ihre Brille in den Teich fallen und konnte kaum mehr sehen. Sie vergaßen, an einem Tor die Kette vorzulegen, und Weaver, der dauernd an allem herumkaute, schnippte den Verschluss hoch und entkam mit Stroller in Mr. Becketts Kleefeld hinaus.

Es war gerade Mondschein, und glücklicherweise machten Lily und Jane einen späten Spaziergang mit Sluggers Terrier. Vor Mitternacht konnten sie nie einschlafen. Aus diesem Grunde konnten sie auch niemals früh aufstehen.

Der kleine Foxterrier drängte sich durch eine Hecke und und fing an laut zu bellen, was von den Hunden der näheren und ferneren Umgebung gebührend beantwortet wurde, bis die ganze Gegend hellwach geworden war.

Als der Terrier weder aufhören noch durch die Hecke zurückkommen wollte, liefen Lily und Jane die Straße hinunter zum Tor und entdeckten, dass Weaver und Stroller sich in aller Ruhe an dem reifen Klee gütlich taten.

Die Mädchen saßen im Mondlicht auf dem Tor und fanden es zu nett, den lieben alten Pferden zuzusehen, wie ihnen ihre saftige Mahlzeit schmeckte.

Der Terrier bellte immer noch, und die anderen Hunde auch. Ein Licht im oberen Stock des Beckettschen Farmhauses ging an, dann eins im unteren Stock.

»Sag mal«, meinte Lily zu Jane, »wenn dieses Feld nicht dem Captain gehört, sollten wir die Pferde wohl lieber hier wegholen.«

Jane trug einen Gürtel. Sie versuchten ihn Weaver um den Hals zu schlingen, aber der trat immer ein paar Schritte beiseite. Sie bekamen Stroller zu fassen, zerrten ihn, flehten ihn an und tätschelten ihm sanft die breite Kruppe, aber seine riesigen Hufe staken fest im Klee, und er rührte sich nicht von der Stelle.

Der Gürtel riss. Während Lily und Jane dastanden und die Pferde beobachteten und beratschlagten, was sie tun sollten, hörten sie Slugger am anderen Ende des Feldes seinen Terrier heranrufen. Der gehorchte ihm sofort, und als Slugger die Pferde sah, kam er keuchend durchs Feld herauf.

»Was ist denn das, was ist das? Komm schon, du alter Dussel. Raus hier.«

Hatten die Mädchen Weaver nicht fassen können, so trat Slugger mit Leichtigkeit an ihn heran, packte ihn an der Mähne und zog ihn fort, dem Tor zu.

»Wenn diese dummen Weibsleute einmal hinter diesen Karrengaul träten und ihm einen Grasbrocken auf die Kruppe würfen, würde er folgen«, brummte er.

»Es ist aber schade, wo er doch so schön futtert«, meinte Lily.

»Schön futtert? Haben Sie noch nie was von Koller gehört?«, fragte Slugger angewidert den Mond.

Er brachte die Pferde auf ihr eigenes Feld zurück, ehe Mr. Beckett in seinem Land-Rover mit seinen beiden großen, immer noch bellenden Hunden auf dem Rücksitz den Heckenweg herunterkam. Er sah den zertrampelten Klee und die Hufspuren und setzte sich in Richtung Farm in Marsch.

»Es war unsere Schuld«, sagten die Mädchen zu Slugger »Wir werden mit ihm reden.«

»Na, *denen* wünsch ich Glück.«

Slugger pfiff seinem Hund und humpelte zu seinem Cottage davon.

»Es tut uns so leid.« Keuchend liefen sie zu Mr. Beckett. »Es war schrecklich von uns.«

»Wir haben vergessen, die Torkette vorzulegen, wissen Sie.«

»Es soll nicht wieder vorkommen.«

»War's nicht ein Glück, dass sie keinen Kobler bekamen?«

»Koller, Lily!«

»Aber der Klee hat ihnen geschmeckt. Er steht sehr gut«, sagte Lily so herablassend wie die Königin-Mutter, die einen Cottage-Besitzer zu seinen Tomaten beglückwünscht.

Mr. Beckett, in Stulpenstiefeln und einem Regenmantel überm Schlafanzug, stand da und kratzte sich den borstigen grauen Kopf, während sie ihn mit freundlichen Entschuldigungen bombardierten. Er wusste nicht, was er sagen sollte. Selbst seine Hunde bellten nicht mehr.

»Seien Sie uns bitte nicht böse. Es tut uns schrecklich leid, dass wir Sie aufgeweckt haben, aber jetzt ist alles in Ordnung, und Sie brauchen sich keine Sorgen mehr zu machen.«

»Ich hab' dem Captain gesagt, wenn seine Pferde noch *einmal* auf meinen Grund und Boden kämen …«

»Oh, aber hören Sie. Sie haben ja keinen Schaden angerichtet. Der Klee wird wieder nachwachsen.«

»… würde ich sie erschießen.«

»Aber das kann doch nicht Ihr Ernst gewesen sein, sicherlich nicht.« Lily strahlte ihn mit ihren blanken Augen an, und Jane lud ihn zu einer Tasse Tee ins Cottage ein.

»Euch beide habe ich hier noch nicht gesehen, oder?« Mr. Beckett blickte sie misstrauisch an. »Sind Sie mit den Leuten hier verwandt, oder was?«

»O nein, wir arbeiten in den Ställen. Wir sind Grooms.«

»Wir versorgen die Pferde.«

»Oje – oje«, sagte Mr. Beckett. »Der Captain muss aber knapp an Arbeitskräften sein.«

Er ging zu seinem Land-Rover zurück, verwünschte die schlafenden Hunde und fuhr ab.

Lily und Jane wollten leidenschaftlich gern reiten; als Dora sie es mit dem Maulesel versuchen ließ, stieg Lily verkehrt herum auf, und Willy lief mit Jane direkt in seinen Stall zurück, fast hätte sie sich den Schädel an der Tür eingeschlagen.

»O Willy, das war aber nicht sehr nett.« Lily führte ihn wieder hinaus.

»Wie hättet ihr im Pinecrest jeden Tag reiten können, wenn ihr nicht einmal wisst, wie?«, fragte Dora.

»Gerade deswegen wollten wir ja jeden Tag reiten. Wir wollten es lernen. Dreh ihn 'rum, Jane! Lass ihn nicht wieder zurücklaufen. Zieh am linken Riemen.«

Dora ließ sie eine Weile mit Willy herumalbern. Das langmähnige Maultier stand entweder wie ein Fels, ein Mädchen auf dem Rücken und das andere mit einen Stück Zucker in der Hand vor ihm hertanzend, oder lief plötzlich auf seine geschlossene Stalltür, auf den Futterschuppen, die Heuscheune zu und schließlich durch den Torbogen hinaus.

Janes Stimme schrillte wie eine Eisenbahnpfeife. Ein von der Straße kommender Mann und ein Junge packten die Zügel und brachten den Maulesel in den Hof zurück.

»Wo brennt's denn?« Der Mann lachte Jane mit blitzenden Zähnen an.

Der schlaksige Junge mit Pickeln im Gesicht und langem, schmierigem Haar blickte unverschämt drein, sog die Luft durch die Zähne und musterte Jane von oben bis unten.

»Ich wollte gerade ausreiten, vielen Dank.« Jane stieg, wie sie glaubte, würdevoll ab, wären bloß ihre Knie bei der Berührung mit dem Boden nicht eingeknickt, so dass sie am Arm des Mannes Halt suchen musste.

»He da, Missy!«, sagte der.

Kurzsichtig blickte sie ihn an. »Ich kenne Sie doch, nicht wahr?«

»Müssten Sie eigentlich.« Es war Sidney Hammond, Besitzer des Pinecrest Hotels.

»Nun – äh – entschuldigen Sie mich, ich muss gehen.« Lily war ins Haus gerannt. Jane überließ Todd Hammond den Maulesel und folgte ihr. Auch Dora war verschwunden, als sie sah, wer es war, um zu vermeiden, dass man sie als das Mädchen mit den rosafarbenen Slacks und dem ›Passion-Flowers‹-Parfüm erkennen würde.

Sie schickte den Captain zu ihnen hinaus.

»Freut mich, Major«, sagte Sidney ganz freundlich, obgleich seine Zähne fast knirschten. »Wie ich sehe, haben Sie zwei meiner jungen Damen hier. Ich wusste gar nicht, dass Sie ins Hotelgeschäft eingestiegen sind.«

»Wer –? Wen –? Ach die. Die arbeiten bei mir. Sie hatten etwas Pech gehabt, sie – äh – o ja.« Jetzt erinnerte sich der Captain.

»Zwei Zimmer für zwei Wochen hatten sie bestellt«, sagte Mr. Hammond. »Plus alle Mahlzeiten, ganz zu schweigen davon, was diese Sorte an der Bar ausgibt, wenn sie in Urlaubsstimmung ist. Das ist ein ganz schöner Verlust für mich, werden Sie zugeben.«

»Sie wollten zu Pferden«, sagte der Captain. »Nicht meine Schuld.«

»Und doch, wenn ich mich richtig erinnere – korrigieren Sie mich, wenn ich mich irre – machten Sie vor nicht allzu langer Zeit einen kleinen Rundgang durch meine Ställe.«

»Ach, das.«

»Ja, das.«

»Das hatte nichts mit mir zu tun«, wandte der Captain ein, aber Sidney Hammond hob die Hand.

»Bitte, mein lieber Major, lassen wir Vergangenes ruhen. Ich hör mir kein Wort mehr darüber an.«

Ganz gut so, da der Captain ziemlich verlegen war und nichts mehr zu sagen wusste.

Willy löste die Spannung, indem er nach Todd schnappte, der ihn auf die Schnauze schlug. Der Maulesel fuhr herum und schlug hinten aus, als Todd, die Kröte, beiseite sprang.

»Mit Mauleseln muss man sich vorsehen.« Der Captain packte Willy.

»Ist das der Grund, weshalb Sie diese dummen Mädchen ihn haben reiten lassen?«, fragte Sidney Hammond. »Ich hoffe bloß, Sie haben eine gute Haftpflichtversicherung abgeschlossen, Major, haha.«

Miss America war wegen der mittäglichen Mücken in ihrem Stall, und nachdem der Captain Willy abgesattelt hatte, traf er Mr. Hammond und Todd an, wie sie sie inspizierten.

»Meine Stute sieht fabelhaft aus.« Ganz der alte lächelnde Sidney. »Ich muss sagen, Sie haben großartige Arbeit geleistet.«

»Danke.«

»Ich kam her, um Ihnen zu sagen, dass ich sie morgen mit dem Anhänger abholen werde.«

»Ich dachte, Sie – ich dachte, Sie hätten Ihren Stall aufgegeben.«

»Geschäftlich ja. Es hat sich nicht rentiert; was wir für diese Pferde ausgeben mussten, kam einfach nicht herein«, sagte der aalglatte Sidney, als hätten sie sich nicht noch vor fünf Minuten über die Reitstall-Lizenz unterhalten. »Aber wir behalten noch ein paar Lieblinge zum persönlichen Gebrauch. Meine Jungs sind große Reiter. Beauty Queen wird eine Menge Arbeit kriegen, keine Sorge.«

»Ihr Rücken wird keine Arbeit aushalten«, sagte der Captain, »so wie das Narbengewebe aufgeschwollen ist. Wenn Sie darauf einen Sattel legen, bricht es wieder auf.«

»Oh, ich *weiß*. Wir wollen sie ja nur als Spielkamerad, und ich werde meine kleine Enkelin darauf herumführen. ›Opa‹, sagt sie, ›lass mich weiten‹. Natürlich hält sie es für reiten, obgleich sie nichts anderes tut als auf dem Pferd sitzen, während ich sie auf dem Pfad herumführe und ihre Oma sie knipst. Sie wissen ja, wie die Kinder so sind ...« Eine reizende Vorstellung, nur dass der Captain ziemlich sicher war, dass Sidney gar keine Enkelin hatte.

»Ich kapierte endlich, was er vorhat«, sagte er später beim Abendessen. »Er plant, wieder ein paar Pferde hereinzunehmen und die Lizenzschwierigkeit dadurch zu umgehen, dass er den Zimmerpreis um die Reitgebühr erhöht, so dass er in Wirklichkeit nichts für die Pferdemiete berechnet.«

»Sehr schlau«, meinte Paul.

»Er ist schlau. Ich wünschte, er wäre nicht so verlogen dabei. Ich finde ihn immer ganz sympathisch, obgleich ich weiß, dass er eine Ratte ist.«

»Ratte, Kröte, Laus. Sie sollten den Kammerjäger holen.«

»Ich sagte ihm, er könnte die Stute haben …«

»Nein !«

»… wenn er die Rechnung bezahlt. Die Stute ist nun schon eine ganze Zeit hier. Wenn ich ihm volle Verpflegung und Wartung berechne, kann er wahrscheinlich nicht bezahlen.«

Alle applaudierten, und Lily sagte: »Lieber Captain, Sie sind wirklich klug!«, als sei das je zweifelhaft gewesen.

24

Gegen Ende ihrer Ferien auf der Farm wurden Lily und Jane unruhig und wollten zum Tanzen in die Stadt.

»Dora, komm mit. Tut dir gut.«

»Ich kann nicht tanzen.«

»Du kannst im Gedränge stehen und mit den Hüften zucken«, erwiderte Jane. »Für mehr ist sowieso kein Platz.«

»Es liegt mir nicht.«

»Es sollte dir aber liegen«, sagte Anna. »Manchmal mache ich mir Sorgen, ob diese Art Leben das Richtige für ein junges Mädchen ist.«

»Sie reden wie meine Mutter«, sagte Dora.

»Danke. Ist das ein Kompliment?«

»Nein.«

Die drei Mädchen gingen zum Bus, aber sie kamen nie bis zum Tanzlokal, ja noch nicht einmal bis in die Stadt. Unterwegs kamen sie an einem Jahrmarkt vorbei, und er war so verlockend mit den bunten Lampen und der schmetternden Musik, dass sie den Abend dort verbummelten.

Dora fuhr drei- oder viermal auf dem großen Karussell. Es war merkwürdig. Sie konnte beinahe jeden Tag auf einem lebenden Pferd reiten, und doch konnte sie dem Reiz nicht widerstehen, rittlings auf dem kalten, hölzernen, bemalten Pferd zu sitzen, auf und nieder und rundherum, alle vier Beine in unmöglich tänzelnder Haltung, Nüstern gebläht, Zähne gebleckt, die gewundene Messingstange, an die man seine Wange legen konnte, die Menge und das nieder getretene Gras und die immer schneller vorbeiwirbelnden verschwimmenden Gesichter, das Schmettern und Dudeln und Bumsen und Rasseln der Orgelpfeifen, an- und abschwellend und wieder anschwellend, wenn man um die vollbusigen Galionsfiguren herumkam, die gemalten Schilder: ›Längster Ritt auf dem Jahrmarkt‹, ›Oh Junge!‹ ›Ja! 's sind die galoppierenden Pferde!‹

Als Dora abstieg, hatte Jane, die ohne ihre Brille aufs Geratewohl schoss, einen riesigen gelben Hasen in der Schießbude gewonnen. »Wenigstens etwas für unser Geld.«

»Was kann man damit anfangen?«

Was konnte man mit einem riesengroßen, gelben Nylon-Plüschhasen machen, außer ihn auf das Bett setzen, bis man ihn satt hatte und ihn dann oben auf dem Schrank verstauen, wo er einstaubte?

Es gab noch ein anderes kleineres Karussell am Ende des Jahrmarktplatzes zwischen den ›Kinderfahrten‹. Motorlose Autos auf Gleisen mit Steuerrädern, die die Kinder eifrig drehten im Glauben, dass sie die Autos lenkten. Kleine Boote, die unaufhörlich in einem mit schmutzigem Wasser gefüllten, spritzkuchenförmigen Tank herumfuhren, in dessen Loch ein verträumter Junge stand und eine Kurbel drehte, um sie in Bewegung zu halten.

Das Karussell wurde nicht von einem verträumten Jungen im Kreise bewegt. Statt bemalter Pferde waren es vier lebende Ponys, jedes mit einem Brustgurt an eine Stange gebunden, die die Nabe drehten, während sie langsam im Kreise herumtrotteten.

Es war nicht gerade grausam, aber es war auch nicht das Richtige für ein Pony.

Dora, Lily und Jane sahen eine Weile zu. Ein großer Mann mit einfältigem Gesicht und wabbligem Bauch hob die Kinder in den Sattel. Sie ritten in einem kleinen Kreis herum, die größeren schaukelnd und hüpfend oder straff sitzend, in den Traum verloren, dass sie galoppierten, die Kleinsten vor Angst stocksteif und während der ganzen Runde zu ihren Müttern hinstarrend und stumm flehend, man möge sie herunterheben.

Die Ponys waren Shetlands mit schleppenden Schweifen und recht gut gepflegt. Obgleich Dora, Lily und Jane mit zusammengekniffenen Expertenaugen kritisch zuschauten, konnten sie keine Grausamkeit feststellen, außer vielleicht gegenüber den kleinen Kindern.

Aber Dora sagte, als sie sich abwandten, aus Prinzip: »Die Ponys hassen das.«

»Oh nein.« Der dickbäuchige Mann drehte sich um, ein zappelndes Kind im Arm. »Es gefällt ihnen.«

»Woher wissen Sie das?«

Jemand in der Menge kicherte.

»Wenn ich das Geschirr anlege, läuft jedes auf seinen Platz und wartet auf das Anschirren. Ist es nicht so, Liebling?«

Das Pony reichte ihm kaum bis zur Taille, wenn er eine gehabt hätte. Er hätte sich über das Pony beugen und den Boden auf der anderen Seite berühren können, wenn er dazu im Stande gewesen wäre.

Er setzte das Kind behutsam in den Sattel, pfiff, und die Ponys setzten sich in Bewegung, und kleine, Kaffeetassen große Hufe narbten den weichen Boden. Als er wieder pfiff, blieben sie stehen, und die Kinder wurden heruntergehoben.

»Nicht viel für einen Shilling«, bemerkte Jane, weil es sonst nichts zu beanstanden gab.

Der Mann drehte sein sanftes Gesicht zu ihr herum und sagte: »Völlig genug für meine kleinen Ponys.«

Der Jahrmarkt schloss, als sie gingen. Sie standen an der Bushaltestelle, als Jane plötzlich aufschrie: »Mein Hase!« Sie hatte ihn auf dem Rummelplatz neben dem Pony-Karussell vergessen, wo sie ihn auf die Erde gelegt hatte, um eines der Shetlands zu tätscheln.

»Komm mit mir zurück.« Sie zog Dora am Arm.

»Wir werden den Bus verpassen.«

»Anna wird uns abholen. Sie sagte, wir brauchten sie bloß anzurufen.«

Die grelle Jahrmarktsbeleuchtung war aus. Nur noch ein paar Arbeitslampen brannten, wo Buden gesäubert oder geschlossen wurden, und Fenster und Eingänge von Wohnwagen warfen vereinzelte Lichtflecke auf den zertrampelten Boden.

Der gelbe Hase war nicht dort, wo Jane ihn vergessen hatte.

»Das hätte ich dir gleich sagen können.«

»Wahrscheinlich ist er in die Schießbude zurückgebracht worden, als Preis für morgen.«

»Ich werde nachsehen. Ich würde ihn überall erkennen.«

»Es ist alles geschlossen.« Lily machte sich auf den Rückweg.

»Mein Hase.«

Auf dem Weg zum Tor kamen sie an einem kleinen, an der Seite offenen Zelt vorbei, in dem die Ponys in vier durch Zeltleinwand abgeteilten Boxen angebunden waren.

Lily rannte aus der Dunkelheit hinein und berührte mit der Hand ein Pony, ohne es vorher angerufen zu haben. Das Pony sprang hoch, zuckte zurück, zerriss seinen dünnen Strick und machte sich davon, vor Angst hin und her laufend, als die Mädchen es zu fangen versuchten.

Es stieß einige Kisten um, stolperte über ein Halteseil, jagte um die Eintrittskasse auf die Straße hinaus. Harte kleine Hufe trappelten, Dora und Lily rasten hinterher. Jane war auch über die Kisten und das Seil gefallen und folgte hinkend.

Es war eine ziemlich belebte Straße. Die Autos fuhren nicht schnell, aber sie kamen unaufhörlich aus beiden Richtungen. Das Pony lief neben der Straße her, schwenkte dann in die Mitte hinüber. Einen Augenblick wurde es von Scheinwerfern gepackt, zeichnete sich wie ein Esel mit Heiligenschein in einer Weihnachtskrippe scharf ab und verschwand dann im Quietschen von Bremsen.

Der Wagen schleuderte in einen entgegenkommenden hinein, dieser wurde ebenso wie der erste von hinten gerammt. Das Krachen und das Kreischen von Bremsen und das Klirren von Glas schien ewig zu dauern.

Als Dora und Lily angerannt kamen, waren bereits fünf Wagen in den Zusammenstoß verwickelt, und ein weiterer schlitterte mit splitternden Scheinwerfern in Rücklichter. Quietschen. Krachen. Pause. Klirren. Überall öffneten sich Wagentüren, und die Straße war voll von Menschen.

»Es war das Pony«, rief der erste Fahrer immer wieder und fuchtelte mit den Armen.

»Was für ein Pony?« Niemand konnte ein Pony sehen. Dora und Lily suchten auf Händen und Knien unter dem Wagen nach ihm.

Sie glaubten, es müsste tot sein, aber Jane, die mit zerschundenen Knien und verstauchtem Knöchel herangehinkt kam, hatte das heimwärts gehende Pony getroffen. Sie hielt es an dem gerissenen Seil und schrie den anderen zu: »Ich hab' es! Ich habe das Pony!«

Hätte sie das nicht getan, wäre es den Mädchen vielleicht gelungen, sich fortzuschleichen und es den Autofahrern, von denen keiner verletzt war, zu überlassen, sich über Halluzinationen und schlechte Beleuchtung und unübersichtliche Stellen der Straße zu streiten. So aber erfuhr die Polizei die Geschichte, und die Zeitung erfuhr auch die ganze Geschichte, und zwar nicht gerade richtig.

›Rettungsversuch endet mit Zusammenstoß von sechs Autos.‹

Nach ihrer Vernehmung bei der Polizei hatten Lily und Jane einem Zeitungsreporter alles erzählt, denn sie glaubten, er wäre ein Detektiv, weil er einen Trenchcoat mit Gürtel und Schulterklappen wie in alten Femsehfilmen trug. »Die Ponys taten uns leid«, hatten sie gesagt. Sie fügten hinzu: »Aber dann sahen wir, dass der Mann gut zu ihnen war«, und in dem Augenblick kam der Abschleppwagen mit Ohren betäubendem Sirenengeheul an, und der Zeitungsbericht klang so, als hätten sie die Ponys absichtlich losgebunden.

Der Captain suchte den Eigentümer der Ponys und auch die Zeitung auf, um die Sache richtigzustellen, aber er bekam mehrere Briefe von Leuten, die nie auch nur eine Weihnachtskarte schrieben, sich aber immer bemüßigt fühlten, sich zu äußern, wenn es sich um einen unserer stummen Freunde handelte.

Einige Briefe waren voreingenommen. Einige sentimental. Einem war eine Postanweisung über fünf Shilling beigefügt ›zum Kauf eines Sacks Mohrrüben für den kleinen Burschen‹. Einer war ein böser anonymer Brief.

»Warum kümmern Sie sich nicht um Ihre eigenen Angelegenheiten?«, hieß es. »Sowieso können Sie nicht stolz darauf sein, wenn Sie diese unglücklichen Tiere am Leben erhalten, die längst von ihrem Elend hätten erlöst werden sollen ... Einen Mann daran hindern, sich sein ehrlich Brot zu verdienen ... Sollten selbst daran gehindert werden ... Ihre Sorte kennen wir ...«

»Was meint der damit, ›ehrlich Brot‹?«

Der Captain blickte auf. »Wer könnte so etwas geschrieben haben?«

»Der Mann mit dem Karussell?«, meinte Jane.

»Nicht der mit diesem freundlichen Gesicht«, sagte Dora. »Und die Schrift ist zu gut.«

»Die Schrift ... Jane«, sagte der Captain, »holen Sie mir den Brief, den Sie vom Pinecrest Hotel bekommen haben. Den von Sidney Hammond.«

Die Handschrift war dieselbe.

25

Zu dieser Jahreszeit wurde auch manchmal das Pony eines Obsthändlers oder ein Zirkuspferd »zur Erholung« gebracht; die Besitzer verschwanden oft, so dass die Pferde für den Winter einer guten Fütterung und guter Unterkunft sicher sein konnten. Im Frühling kamen sie dann wieder, brachten lächelnd Brennholz und Gemüse als Geschenk, und wahrscheinlich hatten sie vor, im nächsten Herbst wieder denselben Trick zu wiederholen.

Die Shetlands und der Esel waren wieder aus dem Kinderlager zurück, und Paul würde bald das Waliser Pony eines

Pflanzenzüchters holen, das jedes Jahr kam. Pauls Gipsverband war jetzt abgenommen, und das Bein wieder heil. Paul brachte ein Stück Gips mit, als er aus dem Krankenhaus zurückkam, und sie vergruben es an der Stelle, wo das Motorrad ihn hatte stürzen lassen, und Callie steckte einen Pfahl in den Boden, als wolle sie damit das Herz der Kröte durchbohren.

Eines Tages schlenderte ein alter Mann in den Hof, in der Hand die Zeitung mit der Geschichte von Dora, Lily und Jane und dem Jahrmarktpony.

»Ich habe über diese Farm in den Zeitungen gelesen«, sagte er. »Hat mich gerührt. Ich wünschte, ich könnte euch Leuten etwas für die großartige Arbeit, die ihr leistet, geben, aber ich bin kein reicher Mann.«

»Wer ist schon reich?« Der Captain hatte Rangers Huf im Schoß und stutzte ihn zurecht.

»Hab' bloß meine Rente, das ist ungefähr alles, und meine Hühner und Ziegen, das erhält mich so ungefähr.«

Er hatte wässerige blaue Augen und strohiges graues Haar auf dem rosafarbenen Schädel. »Ich habe eine alte Stute. Schwer arbeitendes altes Tier. Ich würde sonst was dafür geben, wenn es für all die Jahre, die es mir gedient hat, eine kleine Belohnung bekäme.« Er seufzte, schüttelte den Kopf und hob die Augen, um zu sehen, wie der Captain es aufnahm.

»Glaube ich Ihnen gerne.« Der Captain stellte Rangers Hinterhuf ab und ging auf die andere Seite.

»Ich habe in der Zeitung gelesen, dass man sie hierher zur Erholung bringen kann.«

Der alte Mann lief dem Captain nach, zitternd, aber entschlossen. »Daher bin ich hergekommen, um zu fragen, ob meine alte Stute …«

»Tut mir furchtbar leid.« Der Captain hielt den Kopf gesenkt, weil er niemanden gerne abwies. »Ich bin im Augenblick voll besetzt. Vielleicht nächstes Jahr.«

»Sie kann bei jedem Wetter draußen bleiben. Sie würde Sie in keiner Weise stören. Ich dachte bloß, wenn ich sie einen Monat oder so auf eine gute Weide bringen könnte, würde ihr das sehr gut tun.« Er machte eine Pause und sah zu, wie der Captain geschickt an Niggers Huf arbeitete. »Sie hat ihre Ruhe verdient, Mister.«

»Na, schön.« Der Captain setzte den Huf wieder ab und stand auf, ließ das Krumm-Messer in die Tasche seiner Lederschürze gleiten. »Aber nur auf einen Monat. Wir haben schon zu viele für den Winter. Nur einen Monat, in Ordnung?«

»Gott segne Sie, Sir.« Dem alten Mann stiegen vor Bewegung die Tränen in die Augen. »Und alle, die bei Ihnen arbeiten.«

Doch trotz seiner zitternden Hände und seiner feuchten, rührseligen Augen entpuppte er sich als ein ziemlich gerissener alter Bursche. Im Lkw eines Nachbarn brachte er die Stute und auch ihre geschätzte Gefährtin, eine Milchziege, damit der Captain eine Gegenleistung für seine Freundlichkeit bekäme.

»Wer wird sie melken?«

»Ich nicht.«

»Rechnet nicht auf mich.«

»Ich habe zu viel zu tun.«

Schließlich ergab es sich, dass der einzige, der die Ziege melken konnte, Toby war, und er machte seine Sache sehr gut, setzte sich auf einen Schemel, dessen drei Beine verkürzt wurden, um ihm die richtige Höhe zu geben, und die Ziege käute dabei in Ruhe wieder. Bei jedem anderen war sie kratzbürstig, bloß bei ihm nicht. Er melkte sie zweimal am Tag, vor und nach der Schule.

»Wer will Ziegenmilch trinken?«

»Ich nicht.«

»Ich kann sie nicht ausstehen.«

»Anna kann Käse daraus machen.«

»Ich weiß nicht, wie.«

Worauf Toby die Milch seiner Mutter nach Hause brachte, und sie gab sie ihrem kränklichen Baby, das merklich aufzublühen begann.

Die Ziege war den ganzen Tag mit der Stute auf den Feldern draußen, sprang böse auf die anderen Pferde zu, wenn sie sich nur näherten. Die staubige schwarze Stute war bereits in die Jahre gekommen, hatte arg mitgenommene Beine und einen langen knochigen Kopf mit weißen Tupfen um die Augen wie Brillengläser. Ihr Name war Specs. Sie war schon jahrelang auf dem Hof des Mannes gewesen, war leidlich gut genährt, stürzte sich aber aufs Wiesengras wie eine Wahnsinnige. Nach vierzehn Tagen entdeckte jemand, dass sie trächtig war.

»Das alte Spiel«, sagte der Captain. »Schmuggeln sie hier ein zum Fohlen. Aber damit wird er nicht durchkommen.«

Als der alte Mann am Monatsende nicht erschien, fuhr der Captain in die Stadt, wo er wohnte, und suchte zwei Stunden nach der Adresse, die der alte Mann ihm angegeben hatte. Die Adresse gab es nicht. Niemand hatte je von dem alten Mann, seiner Stute, den Ziegen und Hühnern gehört, nicht einmal von dem Nachbarn mit dem Lkw. »Im Frühling wird er wiederkommen«, sagte der Captain, als er unverrichteter Dinge zurückkehrte, »um seine Stute und das Fohlen zu holen. Der alte Halunke.«

Aber Callie und Toby waren ganz aufgeregt, auch Paul und Dora. Sie hatten, seitdem der Captain die Stute auf dem Westerhamer Jahrmarkt gerettet hatte, kein Fohlen mehr auf der Farm gehabt.

Callie nahm sich Specs' ganz besonders an. Der Tierarzt sagte, es sei ein erstes Fohlen, und sie sei schon ein bisschen alt dafür, worauf Callie sie jeden Abend hereinholte und ihr Extrafutter und Vitamine gab. Wenn die Nacht kalt wurde, lief sie im Nachthemd, lange, nachdem sie zu Bett gegangen war, hinaus und schloss die obere Stalltür.

Sie brachten sie in dem abgetrennten Fohlenstall hinter der Scheune unter, da ihre schwere Stunde bald bevorzustehen schien.

»Wirst du mich wecken?« Der Captain musste Callie versprechen, sie zu rufen, wenn das Fohlen geboren wurde. Sie malte sich im Geheimen aus, dass der alte Mann nie zurückkommen würde und sie das Fohlen behalten könnten. Sie würde es Folly nennen. Follyfoot, wie die Farm. Gleich von Anfang an würde sie sich mit ihm befassen und mit ihm spielen, so dass es immer zutraulich zu Menschen sein würde.

»Keine Angst«, murmelte sie in das lange, pelzige Ohr der Stute. »Callie ist da.«

Die alte Dame ruhte auf ihren narbigen, müden Beinen, den grauen Kopf tief gesenkt, die Unterlippe hängend, schäbige Wimpern über ihren bebrillten Augen. Sie war nicht schön, aber sie war zufrieden. Ihre Flanken waren angeschwollen wie bei einer Kuh. Der Captain meinte, es müsse jetzt bald losgehen, und Callie wagte kaum mehr, schlafen zu gehen.

Im Bus zur Schule und zurück redeten Callie und Toby endlos über das Fohlen, planten seine Zukunft wie vernarrte Eltern. In Tobys Familie waren neue Babies immer mehr eine Last als Anlass zu freudiger Erregung gewesen, aber hier war es etwas anderes. Er und Callie konnten es kaum erwarten, bis die Schule aus war und sie auf die Farm zurückeilen konnten.

Callie fing an, ihre Mutter am Vormittag von der Schule aus anzurufen. »Was Neues?« Einmal, in der Pause, war sie in der Telefonzelle am Ende des Lehrerflurs. Dabei drehte sie sich um und sah ein gequetschtes weißes Dreieck von Nase draußen an die Scheibe gedrückt. Die Laus starrte herein.

Callie hielt den Hörer in der Hand und tat, als spräche sie noch, lange nachdem ihre Mutter aufgelegt hatte. Aber es klingelte, Schluss der Pause, sie musste aufhängen und aus der Zelle treten. Lewis fasste Tritt neben ihr, ging schneller, als sie ihre Schritte beschleunigte.

»Hast du mit deinem Freund gesprochen?«, fragte er.

»Mit meiner Mutter.«

Ein Lehrer kam vorbei. Lewis steckte die Hände in die Taschen, um den Anschein zu erwecken, dass zwei Freunde entlangschlenderten. »Alles in Ordnung zu Hause?«

»Ja.« Callie wagte nicht zu sagen: Kümmere dich um deine eigenen Angelegenheiten. »Wir erwarten ein Fohlen«, sagte sie nervös, weil sie in einen leeren Gang einbogen und es sicherer war, ihn beim Reden zu halten. »Das heißt, Specs erwartet es. So nennen wir sie, weil sie weißes Haar um die Augen hat, wie ›Spectacles‹, eine Brille.« Sie lachte verlegen.

Lewis sagte nichts. Als sie zur nächsten Ecke kamen, drehte er plötzlich ab wie ein Kampfflieger und war verschwunden. In diesem Semester schien er nicht mehr so bösartig zu sein. Vielleicht wuchs er endlich aus diesem Alter heraus. Vielleicht wurde es ein glückliches Jahr.

26

Zwei Nächte darauf läutete das Telefon. Jeder im Haus erwachte und setzte sich auf. Es war zwei Uhr morgens. Das Läuten in der Diele klang schrill durch das stille Haus, wie ein Alarmruf.

Es war Mr. Beckett.

»Jetzt reicht's aber, Captain.« Er schäumte vor Wut. »Das Pferd zertrampelte mir eine ganze Ecke meines Winterweizens, und dann jagte es im Galopp durch meine Tannenschößlinge, als ob der Teufel hinter ihm her wäre. Ich habe ihm eins aufgebrannt. Ich sagte Ihnen ja, das nächste Mal schieß ich. Nein, ich hab's nicht getroffen, aber ich sage Ihnen, Captain, ich wünschte fast, ich hätt's getroffen.«

Es war Specs. Die Tür des Fohlenstalls war sperrangelweit offen. Ihre Hufspuren führten durch den Obstgarten und das offene Tor über den Heckenweg hinüber und auf Becketts Land.

Der Captain stieg in den Wagen, um auf die andere Seite der Beckettschen Farm zu fahren.

Paul und Dora wollten sich zu Fuß auf den Weg durch den Obstgarten machen, da blieb Paul stehen.

»Reiten wir lieber«, sagte er. »Wenn sie gejagt wurde, ist sie vielleicht meilenweit weg.«

Als sie aus dem Haus traten, hörten sie alle das Motorrad auf der Straße die Bergkurve hinunterkreischen. Die Fahrer sahen sie nicht, waren sich aber alle sicher, wer es gewesen war.

Sie nahmen Cobby und Hero, und Dora ritt den Maulesel. Es war eine dunkle mondlose Nacht, und feuchter Nebel hing über dem Boden und wie Schleier auf den Bäumen. Sie konnten die Spuren der Stute nicht verfolgen.

Sie ritten am Rand des Beckettschen Ackerlandes und einen Feldweg zwischen den Viehweiden entlang. Vor sich auf der Straße sahen sie die Autoscheinwerfer des Captain und ritten darauf zu.

»Geht lieber nach Hause«, sagte er. »Wir versuchen's morgen früh wieder.«

Sie ritten auf die Felder zurück, doch nicht nach Hause. Sie ritten in Kreisen herum, weiter in die Felder hinein, suchten das Land ab. Wenn Specs die Pferde witterte oder hörte, käme sie vielleicht heran.

Als der erste Lichtschimmer am Rand der fernen Berge entlangzukriechen begann, waren sie alle erschöpft, und das Maultier stolperte in jeder Furche und über jeden Stein, selbst wenn gar keiner da war. Callie fror, und Hero langweilte sich. Jedesmal, wenn sie eine Richtung einschlugen, die von zu Hause wegführte, widersetzte sie sich und wollte kehrtmachen. Paul ritt auf dem Cobbler voraus, sich mühsam zwischen den niederen, über ein Brachfeld verstreuten Büschen einen Weg suchend. Sie waren weit von zu Hause weg. Callie war sich nicht einmal sicher, wo sie waren.

Auf halbem Weg querfeldein hob Cobby plötzlich den Kopf, die kleinen spitzen Ohren scharf nach vorn gestellt. Er blieb stehen. Paul trieb ihn an, aber wieder hielt er, Kopf hoch, alle Sinne wach.

»Er hat etwas gehört«, sagte Paul, »oder gewittert.«

»Wahrscheinlich ein Haferfeld«, meinte Dora.

»Wollen mal sehen, wohin er gehen wird.«

Paul ließ die Zügel sinken und trieb ihn mit leichtem Schenkeldruck an. Cobby fiel in Trab. Sie ritten durch eine Lücke in der Hecke und über ein Stoppelfeld. Am anderen Ende führte eine Bohlenbrücke über einen tiefen trockenen Graben. Der Maulesel zögerte, misstraute der Brücke. Dora gab ihm einen Klaps mit der flachen Hand, er trottete gerade vorsichtig hinüber, als Cobby wieder stehenblieb, zurücktrat und Willy dabei um ein Haar in den Graben geworfen hätte.

Er schwenkte zur Seite, und als sie dem Grabenrand folgten, sahen sie die dunklen Umrisse der Stute.

Callie hielt die Pferde, während Paul und Dora zu Specs hinuntersprangen.

Das Fohlen war geboren worden. Es war noch in den dünnen Membranesack gehüllt, der es so lange geschützt hatte, im Innern seiner Mutter schwimmend. In den Graben eingeklemmt, schwach und erschöpft, konnte die Stute sich nicht drehen und den Sack mit den Zähnen aufreißen, und das Fohlen war in Gefahr zu ersticken, in der Flüssigkeit zu ertrinken.

»Gerade noch zur rechten Zeit.«

Paul befreite den kleinen nassen Kopf. Sie konnten nicht sagen, ob es lebte oder tot war. Dora hatte einmal gesehen, wie ein Mann aus dem Fluss gefischt und durch Mund-zu Mund-Beatmung gerettet worden war. Sie umfasste den Kopf des Fohlens und atmete kräftig in seine Nase, bis seine Lungen sich bewegten und das Fohlen aus eigener Kraft Leben einsog.

Als sie der Stute ihr kleines schwarzes Füllen zeigten, war die arme alte Specs zu schwach, um es abzulecken. Sie stupste es mit ihrer grauen Nase an und ließ dann den Kopf zurückfallen.

Ihre Augen waren trübe und matt. Sie sah aus, als ob sie sterben würde.

Paul ritt über das Feld und folgte der Straße zum nächsten Haus, wo er eine schlafende Familie mit der Bitte um Decken für eine sterbende Stute und ihr neugeborenes Fohlen überraschte.

Als es hell war, kam der Captain mit einem Abschleppwagen und einer Segeltuchschlinge. Irgendwie bekamen sie Specs aus dem Graben und auf die Beine. Der Captain, Paul und die beiden Männer von der Garage zogen und schoben und trugen sie halb über die Rampe in die Pferdebox. Callie saß vorn auf dem Boden, das strampelnde, langbeinige Fohlen in den Armen.

Sobald es mit seiner Mutter im Stall war, stieß es seinen Kopf gegen die erschöpfte Stute und versuchte zu trinken, aber es war keine Milch da.

Der Tierarzt kam dreimal an diesem Tag und gab Specs Spritzen, aber sie hatte sich bei der schweren Geburt infiziert, und abends sagte er: »Sie hat kaum noch eine Chance. Sie sollten sich eine Pflegemutter besorgen.«

»Wir werden es mit der Flasche aufziehen.« Callie zog das Fohlen von seiner Mutter fort und schob ihm die Flasche mit Milch in das weiche Maul.

Sluggers Frau hatte eine Babyflasche hergegeben, die für eins ihrer Enkelkinder gebraucht worden war, und sie nährten das Fohlen mit Milch von der Ziege des alten Mannes. Es musste in kleinen Mengen und oft gefüttert werden, geradeso wie eine Stute ihr Fohlen nährt, indem sie einfach wegläuft, ehe es zuviel trinken kann.

»Wird nie groß«, brummte Slugger. »Ihr kennt die Redensart: Verlierst du die Stute, verlierst du das Fohlen.«

»Was ist mit Kühen? Ihnen wird das Kalb sofort weggenommen, und es wird mit der Flasche aufgezogen, nicht wahr?«

Der Captain lieh sich einen Spezial-Kälberfutterkübel von Mr. Beckett, der sich beruhigt hatte, als ihm erklärt worden war, dass die Vorkommnisse der vergangenen Nacht nicht auf das Schuldkonto der Follyfootleute gingen, aber das Fohlen zog Sluggers Enkel-Babyflasche vor.

Es war immer hungrig. Es schien immer an der Zeit zu sein, es zu füttern. Beinahe zu jeder Tages- oder Nachtstunde konnte man den Captain oder Anna, Paul oder Dora, Callie oder Toby die Flasche mit der Ziegenmilch zur weichen verlangenden Schnauze hinunterkippen sehen; steif die Beine, zitternd der Schweif, die blauen Augen vorquellend vor Gier. Reihum stellten sie den Wecker, um nachts in den Stall zu gehen, wo Specs im Stroh lag, unruhig ihr Fohlen leckte, in den weißumränderten Augen spiegelte sich ihre Not, die sie nicht verstand. Das Fieber war ihr in die Beine gegangen, und sie wollte nicht aufstehen.

Aber das Fohlen ließ nicht locker. Es war voller Leben und Schwung und ließ seiner Mutter keine Ruhe.

»Sollten wir es ihr nicht fortnehmen?« Dora versuchte, Specs zum Fressen zu bewegen, hielt ihr das Futter mit der Hand hin. Die Stute nibbelte ein bisschen und drehte dann den Kopf fort. »Es geht ihr nicht besser.«

»Aber sie lebt.« Der Captain würde nie seine eigensinnige Lebenshoffnung für seine Tiere aufgeben. »Sie lebt, weil sie ein Fohlen hat. Nimmt man es ihr fort, nimmt man ihr den Willen, durchzuhalten.«

Das Fohlen wurde Folly genannt, wie Callie beabsichtigt hatte. Cobbler's Folly nannte Paul es, weil es Cobbler's Dream war, der es gefunden hatte.

Callie trennte sich sehr ungern während der Schulstunden von ihm.

»Euer Fohlen schon geboren?«, fragte Lewis ziemlich leutselig.

»Ja. Ein Hengstfohlen.«

Er hob seine dicken Augenbrauen, die über seiner Nase zusammentrafen, so dass die ganze Braue sich furchte, wenn er sie bewegte.

»Mutter und Kind wohlauf?«

Bei diesen stumpfsinnigen Augen und der hängenden Unterlippe konnte man nicht sagen, wieviel er verbarg. Er und die Kröte *mussten* es gewesen sein, die die arme alte Specs gehetzt hatten. Aber man konnte es nicht beweisen.

»Das Fohlen ist entzückend«, sagte Callie, »aber die arme alte Mutter wäre beinahe gestorben.«

»Ja, ja«, erwiderte die Laus. »Wir müssen alle mal sterben.«

Callie erzählte ihm nicht, dass die Milch endlich gekommen war und das Fieber wich, weil das lebhafte Fohlen Specs nicht in Ruhe gelassen hatte. Sie erzählte ihm nichts von dem Wunder. Solche Dinge würde er nicht begreifen.

Einige Zeit danach kam Lewis nicht mehr zu Schule. Paul musste noch einmal zu einer abschließenden Röntgenaufnahme ins Krankenhaus. Während er dort war, teilte ihm eine Schwester – sie hatte »Stets die Deine, Susie« auf seinen Gipsverband geschrieben, einige interessante Neuigkeiten mit.

Vor kurzem seien zwei Patientinnen mit Lebensmittelvergiftung, die auf verdorbenes Büchsenfleisch zurückgeführt wurde, eingeliefert worden. Diese Büchsen hatte man auf dem Abfallhaufen des Pinecrest Hotels gefunden. Es war der Wohnort der Patientinnen. Daraufhin sei das Hotel geschlossen worden, und die Besitzer seien fortgezogen.

Der alte Mann, der Specs im Herbst auf Follyfoot zurückgelassen hatte, kam im Frühling zurück. Als sie ihm von Specs erzählten, nickte er, sog an seinen lockeren falschen Zähnen und sagte nichts.

Natürlich gehörten Specs und das Fohlen ihm. Callie wusste es und ging niedergeschlagen hinaus auf die Weide. Folly löste sich von den anderen Pferden und kam sofort zu ihr gelaufen. Immer noch mochte er Menschen am liebsten, weil sie zuerst für ihn gesorgt hatten.

Er stupste seine neugierige Schnauze in ihre Hand. Sie ließ ihn das Salz von ihrer Haut lecken, schlang dann die Arme um seinen Hals und weinte in seine wachsende Mähne. Das Fohlen senkte den Kopf, um Gras zu rupfen und sich von ihr zu befreien, und trollte sich.

Als Paul ans Tor kam, saß Callie im Gras auf der Weide und zerpflückte Gänseblümchen.

»Hör auf zu heulen«, sagte er. »Der Alte ist fort.«

Callie blickte auf und sah Paul durch einen Schleier von Tränen an.

»Der alte Mann ist zu seiner Tochter gezogen. Wir behalten Specs und Folly.«

Die Kinder auf Follyfoot

1

Als Dora nach dem Lunch auf den Hof kam, war Slugger beim Fegen.

»Was ist denn los, Slugger?«

Slugger Jones, ein Mann mit festem Stundenplan, machte für gewöhnlich nach dem Sonntagsessen ein Schläfchen. Vor dem abendlichen Füttern fegte er sonst nie den Hof. Und schon gar nicht sonntags, wenn womöglich noch Besucher auftauchten, die Bonbonpapier verstreuten und hastig ihre Zigaretten austraten, wenn sie Pauls Anschlag lasen:

Alles auf der Follyfoot-Pferdefarm fängt Feuer,
auch mein Temperament!

Ursprünglich hatte er »des Captains Temperament« geschrieben, die Worte dann jedoch dick übermalt und »mein« darüber gesetzt.

»Was los ist!«, fragt sie. Slugger fegte in Doras Richtung und dann gleich noch über ihre Füße. »Ein Mensch macht seine ehrliche Arbeit, und sie fragt, was los ist.«

Dora blickte über Willys Halbtür und schnitt dem Maulesel, der mit gesenktem Kopf und weit abstehenden Ohren friedlich vor sich hin döste, ein Gesicht. Sie wäre eigentlich gern geritten, aber es waren kaum Tiere zum Reiten da. Nur lahme, steife, alte und blinde Pferde oder solche, die hier für den Rest ihres Lebens das Gnadenbrot bekamen. Das war der einzige Haken an diesem »Gnadenhof für Pferde«. Deshalb versuchten Dora und Paul auch ständig, ein Pferd einzuschmuggeln, auf dem man noch reiten konnte.

Dora legte Willy das Zaumzeug an und sattelte ihn mit dem alten Armeesattel; er war der einzige, der ihm bequem war, da sich sein Rücken während der langen Zeit, die er bei der Armee gewesen war, diesem Sattel angepasst hatte. Als Dora den Maulesel ins Freie führte, lehnte Slugger über dem Wassertrog, um den Stöpsel herauszuziehen.

»Wo willst du hin?« Seine Stimme hallte dumpf im Trog wider.

»In den Wald. Will versuchen, ob ich Willy nicht doch noch beibringen kann, über Hürden zu springen.«

»Ich würde nicht dahin reiten. Nicht in den Wald, ich nicht.«

»Wieso nicht?« Was meinte er? Mörder? Verrückte? Auf den schattigen Buchenwaldschneisen war es so still und friedlich wie in einer Kirche.

»Auf 'ne dumme Frage gibt's 'ne dumme Antwort.« Slugger kratzte mit einer Bürste die Trogseiten sauber. »Kann sein, du verpasst wen.«

»Was willst du damit – o Slugger, hat es etwas mit dem Anruf von vorhin zu tun? Wer war am Apparat? Der Captain?«

Der Captain, der die Follyfoot-Farm leitete, war schon zwei Monate im Krankenhaus. Endlich würde er heimkommen!

Dora schwang sich auf den Maulesel, schlug ihm mit den Zügeln auf die Schulter, weil man mit den Hacken bei seinen eisenharten Weichen nichts ausrichtete, und ritt aus dem Hof und den Weg hinunter, um den Captain als Erste zu begrüßen.

An der Kreuzung hielt Dora an. Sie ließ Willy grasen, räkelte sich in dem unbequemen Sattel und trieb in ihre Fantasiewelt hinein, in der sie alle Abenteuer tapfer bestand und stets die richtigen Antworten gab.

Sie hörte den Sportwagen schon, ehe er auf dem Hügel erschien. Selbst wenn Anna ihn fuhr, knirschte und krachte die Gangschaltung auf unverwechselbare Weise. Ein Ergebnis vieler verlorener Schlachten mit dem Captain. Als der Wagen stoppte und der Captain herausschaute, erkannte Dora ihn kaum wieder. Sein Gesicht war hager und bleich, wodurch Augen und Zähne unnatürlich groß wirkten. Die Hand auf der Wagentür war knochig und weiß; er knabberte noch immer an den Fingernägeln, aber sie waren sauber. Auf der Follyfoot-Farm hatte niemand jemals völlig saubere Nägel.

»Tag, Dora.«

»Tag.« Sie zog Willys Kopf hoch. Was sollte sie sagen?

Wieder ganz gesund? Nun, musste er wohl sein, sonst hätte man ihn nicht entlassen. Hat es weh getan? Operationen taten nun mal weh. »Ich bin froh, dass Sie«… Willy senkte so plötzlich den Kopf, dass Dora nach vorn auf die zottige Mähne gerissen wurde.

Der Captain lachte sein vertrautes Lachen, das in Husten überging. Anna legte den Gang ein, und der Wagen setzte sich in Bewegung.

Dora gab Willy die Fersen und brachte ihn durch Zügelschlag in seinen unbeholfenen leichten Trab. Sie folgte dem Wagen auf dem Grasstreifen neben dem Fahrweg zum Pferdehof.

Callie, die Stieftochter des Captains, stand am Tor, um es aufzumachen. Neben ihr kläffte in heller Aufregung der Hund des Captains, eine gelbe Promenadenmischung. Sein Schwanz peitschte wild die Flanken.

Slugger war in Wonderboys offener Box. Er tat, als ließe ihn die Rückkehr des Captains völlig kalt. Er kam heraus, seine schreckliche alte Wollmütze wie immer fast bis über die ausgeblassten blauen Augen gezogen. Der Captain legte ihm den Arm um die Schulter.

»Schön, wieder zu Haus zu sein, Slugger.«

»Wie war's denn so?«

»Kein reines Vergnügen.«

»Man hat Ihnen hoffentlich eingehämmert, diese Dreckspfeife nicht mehr anzufassen.«

»Es war die alte Kriegsverletzung. Die Ärzte sagen, es hat nichts mit Rauchen zu tun.«

»Das sagen die Doktors. Ich habe jedenfalls Ihre alte Pfeife verbrannt.«

»Ruh dich erst aus«, bat Anna, aber der Captain musste zuerst einmal durch alle Ställe. Er stützte sich auf seinen Stock und hinkte stärker als sonst. Nach dem Stallrundgang ging er hinaus auf die Wiesen, wo an diesem schönen Frühlingstag einige Pferde grasten.

Fanny, das einäugige Zigeunerpferd, trottete zum Captain hinüber. Weaver hob den Kopf, wieherte brüchig und kaute dann weiter an der Querstange der Einzäunung, wobei er wie hypnotisiert von einem Bein auf das andere schaukelte. Lancelot, das älteste Pferd auf dem Hof, vielleicht sogar das älteste Pferd der Welt, rupfte mit langen gelben Zähnen am Gras und blickte durch seine rachitischen Hinterbeine zum Captain hinüber. Stroller, der Brauereigaul, trottete schwerfällig heran und schnupperte an der Jacke des Captains nach Zucker.

»Er weiß noch, welche Tasche!«

Der Captain war in seiner Tweedjacke mit den aufgesetzten Lederflecken an den Ellbogen und den großen Taschen ins Krankenhaus gegangen. Und in dieser Jacke, deren Taschen so weit waren, dass ein Pferd die Nase hineinstecken konnte, war er auch wieder nach Haus gekommen.

Auf dem Sprungfeld führte Callie das einjährige Hengstfüllen Folly an der Longe.

»Macht sich ganz gut.« Der Captain beobachtete das Hengstfüllen aus zusammengekniffenen Augen mit kundigem Pferdeblick, einen Strohhalm zwischen den Zähnen. Pferde kauen immer auf Gras oder Heu herum, und Menschen, die ständig mit Pferden umgehen, gewöhnen es sich auch an.

»Na, was meinst du?« Callie tat, als ob sie sich nach einem Erdklumpen bücken und werfen wollte, damit Folly lostrabte: mit erhobenem Kopf, langen, geraden Beinen und segelndem Schweif. »Eine Wucht, was?«

Der Captain lachte. »Alles wie immer. Gott sei Dank. – Wo ist Paul?«

»Irgendwohin mit dem Transportwagen, glaube ich«, sagte Dora so beiläufig wie möglich.

»Mit dem Transportwagen? Weswegen?«

»Ach …« Sie schob sich ebenfalls einen Strohhalm zwischen die Lippen. »Um ein Pferd zu holen.«

»Ich denke, der Stall ist voll?«

»Schon …«, sagte Dora. »Aber dieses Pferd … Ich meine, wir entdeckten es durch Zufall. Der Lumpensammler ist gestorben, und die alte Frau … ich meine, sie hat versucht, es im Garten zu halten. Es war mit der Wäscheleine festgebunden und schon ganz abgemagert und so räudig wie ein abgetretener alter Teppich. Und da dachten wir …«

»Und da dachten die beiden, dieses Pferd ist genau das, was uns fehlt, um uns auch noch in unserer Freizeit zu beschäftigen«, knurrte Slugger, der am Gatter lehnte.

»Alles wie immer«, lachte der Captain.

2

Ein paar Tage nach seiner Rückkehr aus dem Krankenhaus führte der Captain in seinem Arbeitszimmer ein langes Gespräch mit Paul. Danach rief er Dora herein.

Er saß im Ledersessel vor einem hell flackernden Feuer, die Füße auf den Kaminvorsatz gestützt. Es war ein schöner Tag, aber ihn fröstelte leichter als früher.

Während seiner Abwesenheit hatte niemand den Raum benutzt. Er war so unnatürlich aufgeräumt und sauber, dass Dora unwillkürlich auf der Schwelle stehen blieb und die Stiefel auszog.

»Komm rein. Komm rein und mach die Tür zu. Das zieht ja verteufelt.«

Dora tappte auf Strümpfen über den Teppich; er war so dünn und schäbig wie das alte Pferd, das sie gerade von der Wäscheleine der Lumpensammlerwitwe gerettet hatten. Es hieß Flypaper, Fliegenfänger, weil es alle Fliegen anzog. Dora behandelte die Mottenlöcher in seinem Fell, unter denen das Fleisch bloßlag, mit Sluggers Salatöl.

»Nimm Platz, Dora!«

Dora setzte sich auf den Stuhl an der anderen Seite des Kamins. Die Hand des Captains wanderte zu der Stelle auf dem Schreibtisch, wo früher die zerkaute Pfeife gelegen hatte, tastete ein paar Sekunden lang herum, kam dann zurück, verschwand in der Tasche und tauchte mit einer Tüte wieder auf.

»Wie wär's mit einem Pfefferminz?« Er hielt Dora die Tüte hin und nahm sich selbst ein Pfefferminz. »Armseliger Ersatz für Tabak.« Er schob den Pfefferminzbonbon in den Mund.

»Aber ich will es wenigstens versuchen.«

»Sind Sie wirklich wieder ganz okay?«

Die anderen taten so, als wäre er ein Bild blühender Gesundheit, aber Dora sagte stets, was sie dachte. »Sie sehen schlecht aus.«

»Danke.« Er schob das Pfefferminz auf die andere Backenseite. »Ist mir lieber, als dass die Leute sagen ›Sie sehn aber blendend aus!‹, wenn ich mich hundeelend fühle. Na ja, wird eine langwierige Geschichte werden, fürchte ich. Ich muss für eine Weile ins Ausland, Dora. Runter in den Süden, wo es warm und trocken ist – und wo ich mich pflegen soll.« Er schnitt eine Grimasse. »Dabei möchte ich mich viel lieber hier in Regen und Matsch mit den Pferden abplacken.«

»Wegen der Pferde brauchen Sie sich keine Sorgen zu machen«, warf Dora schnell ein. »Das schaffen wir schon.«
»Tatsächlich? Ich frage mich nämlich, ob ich nicht lieber jemand einstellen soll, der die Sache in die Hand nimmt.« »Auf keinen Fall!« Dora sprang auf. Ihr Gesicht wurde störrisch. »Ich könnte unter keinem anderen arbeiten.«.

»Und wie wäre es mit Paul?«

»Paul? Der ist doch noch ein halber Junge. Von dem lass ich mich nicht herumkommandieren.«

»Na gut«, sagte der Captain. »Wenn du meinst, dann versuche es mal als dein eigener Herr. Ich glaube, gemeinsam könnt ihr es schaffen. Wenn ihr mit den Rechnungen nicht klarkommt, kann euch mein Wirtschaftsprüfer helfen. Geht bloß sparsam mit dem Geld um. Und kauft keine Pferde! Ein Notfall ist natürlich etwas anderes. Slugger wird zwar meckern, aber ihr müsst es eben irgendwo zwischenschieben. Aber kein Kauf, auf keinen Fall! Erinnere dich an das schwere Zugpferd, das ihr, du und Paul, damals auf der Kirmes entdeckt habt und für das du dein Fahrrad verkauft hast!«

»Um festzustellen, dass es gestohlen war, so dass ich es dem Farmer zurückgeben musste.« Dora lächelte in Gedanken an das behäbige, vernachlässigte Tier. »Ja, ich entsinne mich. Aber es war nicht Paul. Es war Ron Stryker, und das Fahrrad hatte *er* gestohlen.«

»Ja« das war damals, als ich ihn rausfeuerte. Nutzloser Tagedieb. Hätte ihn nie einstellen sollen. Aber heutzutage muss man nehmen, was man kriegt. Falls ihr irgendwelche Hilfe braucht …«

»Wir brauchen keine.«

»Ich kenne da jemand. Bernard Fox. Er hat das große Gestüt – drüben, jenseits der Rennbahn.«

»Das, wo man von der Tenne essen kann?« Dora hatte dort mal herumspioniert und in die riesigen Stallungen gespäht. »Da riecht es ja nicht mal nach Pferd.«

»Ja, jeder kriegt das nicht fertig, Dora.«

Dora stand lässig da, einen Arm auf dem Kaminsims zwischen den Fotografien und Trophäen des Captains. Darunter das silberne Modell seines berühmten grauen Springpferdes. Die Wärme des Feuers zog den Stallgeruch geradezu aus ihren Kleidern.

»Bernard sagt, er würde euch jederzeit gern helfen.«

»Braucht er nicht.«

»Wie dem auch sei, er wird ab und zu mal vorbeikommen. Sei einigermaßen freundlich zu ihm, ja?«

»Bin ich immer.«

»Gib dir Mühe.« Der Captain drückte ihr die Hand. »Dann los an die Arbeit, Dora. Liegt jetzt alles ganz bei dir.«

Als Dora ins Freie trat, striegelte Paul ein Pferd in der Eckbox. Er blickte über die Halbtür. »Was hat er gesagt?«

»Er muss ins Ausland.«

»Weiß ich.«

»Ja … Und dass wir mit Geld sparsam umgehen sollen. Keine Pferde kaufen und so was. Was hat er dir gesagt?«
»Dasselbe, und – nun, dass ich hier mehr oder weniger verantwortlich bin.«

»Komisch«, sagte Dora. »Das hat er mir auch gesagt.«

»Wer ist hier verantwortlich?«

Die Frau, die auf den Hof stürmte, trug eine Regenhaube aus Plastik, das Gesicht darunter glühte hochrot.

»Eines Ihrer Ponys war diese Nacht in meinem Stiefmütterchenbeet.«

»Der Schwarzweiße?« Slugger wusste, dass Jock, das Shetlandpony, fast wie ein Zauberkünstler war. Ein Pony, das sich durch jede Hecke und jedes Gatter zwängte und mit den Zähnen die Riegel aufzog.

»Ich habe das grässliche Biest nicht gesehen.« Sie funkelte Slugger unter der Regenhaube böse an. »Bloß seine ekelhaften kleinen Hufspuren. Über dem ganzen Stiefmütterchenbeet.«

»Viele Pflanzen im Eimer?«, fragte Slugger.

»Ich hab noch keine drin. Aber darum geht es nicht. Ich möchte, dass etwas geschieht.«

»Ich kann den Jungen rüberschicken, damit er das Beet harkt«, schlug Slugger vor, worauf die Frau von neuem loslegte.

»Sind Sie hier verantwortlich?«

»Bewahre mich der Himmel, nein.« Verantwortlich, sagt sie. »Nein, meine Beste, keineswegs.« Slugger verkrümelte sich.

»Wer ist hier dann verantwortlich?«

»Ich nicht.« Paul grinste blöd.

»Ich auch nicht«, sagte Dora und machte, dass sie weg kam.

Nachmittags jedoch, als Besucher mit ihren Kindern von Box zu Box gingen, wegen der alten Pferde bedauernde Ausrufe ausstießen, seufzten und ihnen einen Klaps gaben, antwortete Dora auf die Frage des Vaters »Wer ist eigentlich hier der Chef?«, ohne lange zu überlegen: »Hier? Ich.«

Während sie bei dem Maulesel war und die Kinder auf seinen Rücken hob, hörte sie, wie der Vater zu Paul sagte: »Eigentlich ein bisschen zu jung, dieses Mädel, um solchen Pferdehof zu leiten.«

Worauf Paul lachend antwortete: »Tut sie doch gar nicht. Mach ich doch.«

3

Callie hatte sich geweigert, ihre Mutter und den Captain ins Ausland zu begleiten. Als Grund hatte sie die Schule vorgeschoben.

»Na, das sind ja bloß noch ein paar Wochen«, hatte Anna gesagt. »Dann kannst du nachkommen. Wird dir gefallen. Da unten kannst du schwimmen, segeln und Tennis spielen. Es sind viele Kinder in deinem Alter da.«

»Ich brauche keine Kinder in meinem Alter. Ich brauche Pferde. Und sie brauchen mich.«

Was stimmte. Callie wurde auf der Follyfoot-Pferdefarm mehr denn je gebraucht. Paul, Dora und Slugger machten Überstunden. Der Stall stand voll. Zudem mussten um diese Jahreszeit die Zäune und Gatter repariert werden. Außerdem war es höchste Zeit, den Wiesen Kalk zu geben, die abgestorbenen Äste abzuschneiden und überall nachzustreichen, wo die Farbe abblätterte. Und bis zur ersten Heumahd war es auch nicht mehr lange hin.

Dora saß bis tief in die Nacht am Schreibtisch des Captains. Oft fielen ihr über den Rechnungen und Briefen die Augen zu. Paul hatte die gesamte Hufpflege übernommen und kümmerte sich außerdem um die kranken Tiere, was sonst der Captain getan hatte. Slugger kochte nicht nur, sondern verrichtete auch draußen tausenderlei Arbeiten. Seit Wochen hatte er keinen freien Tag mehr gehabt.

Seine Schwester kam im Lieferwagen ihres Mannes – »Chemische Reinigung« stand auf den Seitenwänden – auf den Pferdehof getuckert, um zu sehen, ob Slugger noch am Leben sei. »Warum bist du denn nie zu uns gekommen?«

»Tut mir leid, Ada.« Slugger setzte eine vollbeladene Schubkarre ab.

»Ein Mann in deinem Alter und solch schwere –« Sluggers Schwester klickte empört mit ihren falschen Zähnen. »Du wirst noch in den Sielen zusammenbrechen.«

»Dann bin ich hier gleich richtig, nicht? Da können sie mich mit den alten Pferden zusammen auf die Weide schicken.«

Callie stand früh auf, um in den Ställen zu helfen, ehe sie zum Schulbus hetzte. Und nachmittags mistete sie aus, statt Schularbeiten zu machen.

Die Lehrerin schickte einen Zettel mit. Dora beantwortete ihn und unterzeichnete mit »Bevollmächtigte«. Die Lehrerin kündigte an, dass es Ärger geben würde, wenn sich Callies Leistungen nicht besserten. Um allem Ärger aus dem Wege zu gehen, ging Callie überhaupt nicht mehr zur Schule.

Eines Nachmittags tauchte ein ungemein höflicher Mann auf. Er traf Callie in der Futterkammer, wo sie mit einer Bürste und einem großen Eimer Kalk hantierte und die Wände weißte. Callie gab ihm einen Overall und eine Bürste. Sie arbeiteten den ganzen Nachmittag zusammen, und Slugger machte ihm noch Tee, bevor er wieder abzog.

»Nett von ihm, dir zu helfen.« Paul kam mit Dolly und dem Wagen voller Bretter und Werkzeug vom unteren Feld. »Ein Bekannter von dir, Callie?«

»Nein, bloß der Schulinspektor.«

Callie musste für den Rest des Semesters wieder zur Schule und auch ihre Hausarbeiten machen, damit der Direktor nicht an den Captain und Callies Mutter schrieb.

Aus zwei Gründen durften Briefe solcher Art nicht bei Anna und dem Captain eintreffen. Erstens, um die beiden nicht zu beunruhigen. Zweitens: Wenn der Captain den Eindruck erhielte, dass Paul und Dora allein nicht zurecht kämen, würde er die Leitung von Follyfoot womöglich einem Verwalter übertragen. Oder er schrieb an seinen Freund Bernard Fox.

Die Farm war verlotterter als sonst. Die Pferde bekamen, was sie brauchten, aber für die anderen Arbeiten reichte die Zeit nicht. Der Stallmist war noch nicht auf die Felder gefahren, und der Dunghaufen neben dem Stall wuchs bedrohlich. Das Stroh war nicht in der Scheune gestapelt, und der Pferdetransportwagen starrte noch vom Schmutz der letzten Fahrt über die Felder. Nein, Fox, dieser große Gestüthalter mit seinem Fuchsgesicht, das so trefflich zu seinem Namen passte, dürfte in seinen auf Hochglanz gewichsten Stiefeln keinesfalls gerade jetzt in Follyfoot auftauchen.

Doch er tauchte auf. Und zwar eines Vormittags, als Paul und Dora gerade eine Pause einlegten. Sie lagen – bei Musik aus Pauls Transistorradio – auf zwei Ballen Stroh in der Sonne, und die braune Stute Pussycat, die über den Hof stakste, um sich da und dort an verstreutem Heu gütlich zu tun, leckte Paul gerade nachdenklich die Schuhsohle.

»Guten Morgen, guten Morgen!« So kam er forsch auf den Hof: Bernard Fox, geschniegelt und gebügelt, in hohen, glänzenden Stiefeln und wie angegossen sitzenden Reithosen, die Mütze in die Stirn gezogen, der rötliche Schnurrbart angriffslustig gesträubt. »Hoffentlich störe ich nicht bei der Arbeit.«

Paul sprang auf und schaltete das Radio mitten aus vollster Lautstärke ab. Dora torkelte hoch und zog sich Strohhalme aus dem Haar. Old Pussycat ließ die Unterlippe hängen, schielte von einem zum anderen und stakste steifbeinig von dannen.

»Mein Name ist Fox. Bernard Fox. Bin mit dem Captain befreundet. Er hat mich gebeten, gelegentlich nach dem Rechten zu sehen. Kam gerade vorbei. Da dachte ich mir, da kannst du ja gleich mal reinschauen.«

»Oh ... ja ... wie – wie nett von Ihnen.«

Paul blieb stumm – wie Jungens immer, wenn sie in der Klemme stecken. Also musste Dora ein paar Worte herausquetschen.

»Möchten Sie sich etwas umsehen?«

Bernard Fox hatte schon in den ersten wenigen Minuten eine Menge gesehen: die vor der Scheune liegenden Strohballen. Die Forke, die aus einer vollgeladenen Schubkarre ragte. Dazu ungestriegelte Pferdeköpfe, die mit verklebtem Schopf über die Halbtür blickten. Und Pussycat, die jetzt an der Futterkammertür leckte, hinter der sie den Hafer roch.

»Vielleicht sollten Sie das Hoftor lieber schließen, während das Tier frei herumläuft«, sagte Mr. Fox.

»Pussycat reißt nicht aus«, erklärte ihm Dora.

»Man kann nie wissen. Vor allem nicht bei Pferden.«

»Pussycat weiß, wo es ihr gut geht. Sie ist in ihrem Pferdeleben weit genug herumgekommen. Ein Mann wollte auf ihr von Schottland nach London zur Königin reiten – mit einer Bittschrift. Aber nach einer Woche legte sie sich neben der Landstraße hin und tat keinen Schritt mehr. Der Mann musste mit der Eisenbahn weiterfahren, und als er endlich in London anlangte, war die Königin in Australien.«

Dora glaubte, es würde Bernard Fox interessieren, aber er sagte nur: »Schön, schön, aber mir wäre es doch lieber, wenn Sie das Tor zumachen würden.«

Genaugenommen erteilte er keine Befehle (das hätte er auch besser bleiben lassen!). Er wiegte sich bloß in seinen piekfeinen Stiefeln und mit schief gelegtem Kopf hin und her, völlig sicher, dass man ihm gehorchte.

Dora stampfte los. Sie brummelte und knurrte vor sich hin. Die Tür hing schief in den Angeln, weil ein Scharnier locker war. Mit dem Rücken zum Besucher versuchte sie, den Torflügel zu schließen, ohne dass Bernard Fox mitbekäme, dass sie den Flügel anheben musste.

»Mir scheint, das Scharnier braucht ein paar längere Schrauben, wie?«, rief er forsch.

Und forsch wie er war, machte er gleich noch weitere Vorschläge. »Wie wäre es, wenn Sie den Dunghaufen auseinanderreißen würden?« Er blickte die Scheunenwand entlang. »Gefahr der Selbstentzündung, nicht wahr? Ist ja schon so heiß, dass Champignons darauf wachsen, wie ich sehe.«

»Züchten wir als Beilage zum Essen«, schwatzte Paul darauf los.

Weder Paul noch Dora konnten verhindern, dass er die Sattelkammer inspizierte. Spinnweben. Schimmelflecke auf dem Leder. Ein Zügel mit Grasflecken hing am Putzhaken, als ob er von allein sauber werden würde.

»Was denn, hat der Captain seine Militärausbildung vergessen?«

»Natürlich nicht.« Dora wollte nicht, dass jemand den Captain kritisierte. »Wir haben bloß noch keine Zeit gehabt,

Geschirre zu putzen. Außerdem haben wir zum Reiten sowieso keine Zeit.«

»Ist ja auch kaum was da, worauf man sitzen könnte.« Bernard Fox' kalte gelbe Augen musterten geringschätzig die wenigen verstaubten alten Sättel, die es auf der Follyfoot-Farm gab.

»Bisschen riskant, scheint mir«, sagte er mit einem Blick in die offene Box, die Stroller mit Prince teilte; der hatte seinen Stall Flypaper abtreten müssen, weil dessen Räude ansteckend sein konnte.

»Sie vertragen sich miteinander.«

»Bis sie sich doch einmal gegenseitig treten. Warum lassen Sie die beiden nicht hinaus?«

»Wird gleich regnen.« Paul blickte zu den niedrig hängenden Wolken auf. Hoffentlich würden sie diesen geschniegelten Bernard Fox mit einem tüchtigen Guss überschütten. »Stroller hat Rheuma«, erklärte er, »und Prince hustet.«

»Stroller wird auch bald husten, wenn Sie die beiden zusammen lassen. Haben Sie keine Isolierbox?«

»Doch. Den Fohlenstall. Aber in dem ist jetzt Lancelot.«
»Wer ist Lancelot?«

»Das älteste Pferd der Welt«, sagte Dora stolz.

Bernard Fox blickte düster über die Halbtür. Obwohl Heu in der Krippe war, fraß Lancelot seine Streu. Lancelot bekam es als einziges Pferd fertig, einen dicken Wanst und zugleich herausstehende Rippen zu haben. Sein strähniger Schwanz war am Ansatz dünn gescheuert. Die halbe Mähne hatte er sich an seiner Lieblingseiche abgewetzt. Die langen Zähne ragten über seine Lippen hinaus, und sein Hals bog sich in der falschen Richtung, wie bei einem Kamel.

Bernard Fox musterte ihn lange. Seine orangefarbenen Brauen zogen sich hoch, und der Mund unter dem gestutzten Schnurrbart schob sich vor. »Hätte längst getötet werden sollen.«

»Der Captain hält nichts davon, ein Pferd vorzeitig zu töten.« So gut kann er den Captain nicht kennen, überlegte Dora, sonst wüsste er das. »Es sei denn, das Tier leidet.«

»Ich leide schon, wenn ich es bloß ansehe.«

»Lancelot fühlt sich sehr wohl –« begann Dora, doch Bernard Fox war schon weitergegangen. Seine Blicke flogen jetzt prüfend über das Springfeld, wo Folly und ein paar andere Pferde grasten. Das Gatter war mit einem Halfter zugebunden. Eine der Hürden war gebrochen; das Ergebnis der Sprungversuche, die Dora mit dem Maulesel unternommen hatte.

»Hübsches Hengstfohlen.« Sogar Bernard Fox musste das zugeben. »Wer arbeitet mit ihm?«

»Callie, die Stieftochter des Captains. Fängt eben mit Longe und langen Zügeln an.«

»Aber sie schicken ihn doch auch zu einem richtigen Trainer?«

»Sehe eigentlich keinen Grund dazu. Callie macht es recht gut für ihr Alter.«

»Und wie alt ist sie?«

»Zwölf.«

»Aha.«

Beim Anblick des verdreckten Pferdetransportwagens, mit dem sie ein gestürztes Kalb von einem frisch gepflügten Feld geholt hatten, fragte er: »Wie konnte denn der Transporter so schmutzig werden?« Nach einem Blick über ein Feld: »Wann wollen Sie das Gras schneiden?« (Sobald wir Zeit haben.) Und auf dem Rückweg, beim Überqueren des Hofes: »Was ist denn *das*?«

Es war Slugger. Er kam in langer Kochschürze und Wollmütze aus der Hintertür, winkte und rief: »Hab's geschafft! Ein Laib Brot – ist aufgegangen! Los, holt euch was, ehe er zusammenfällt!«

»Möchten Sie selbstgebackenes Brot mit Butter?«, fragte Dora höflich.

»Vielen Dank. Aber ich muss weiter. Bin noch verabredet. Mit einem berühmten Vollblutzüchter aus Amerika.« (Wen interessiert das schon?) »Habe mich schon viel zu lange aufgehalten.« (Nur zu wahr.) »Aber ich habe dem Captain versprochen, gelegentlich vorbeizuschauen, ob ich helfen kann. Und ich sage immer: Ein Mann, ein

Wort!« (Zu schade!) »Und Hilfe braucht ihr jungen Leute ja.«

Dora und Paul hassten es, als junge Leute bezeichnet zu werden. Sie taten die Arbeit von Erwachsenen und trugen entsprechende Verantwortung. Sie erhielten Lohn. Sie waren unabhängig. Beide hatten sie ihr Zuhause mehr oder weniger für immer hinter sich gelassen.

»Wir kommen schon zurecht.«

Instinktiv rückten sie so dicht zusammen, dass ihre Arme sich berührten. Seit sie auf der Follyfoot-Farm auf sich selbst gestellt waren, stritten sie sich oft. Jetzt jedoch, wo sie in Fox den gemeinsamen Feind witterten, bildeten sie sofort gemeinsam eine Front.

»Sie brauchen noch eine Hilfskraft.«

»Wir haben Slugger. Und Callie.«

»Slugger ist der mit dem Brot, nehme ich an. Und Callie ist die Zwölfjährige? Ich werde morgen mal rumhören und sehen, ob ich eine tüchtige Hilfe für Sie auftreiben kann. Der Captain ist bestimmt einverstanden.«

»Nicht mit jemand, der Pferde wie Pferde behandelt«, sagte Dora. Es war schwer zu erklären, was sie meinte: die Fürsorge, das Verständnis, das Miteinander von Mensch und Tier. Ein Mann wie Bernard Fox konnte das unmöglich verstehen.

»Besser, als sie wie Insassen eines traulichen Altersheims zu behandeln«, sagte er. »Also dann – auf Wiedersehen, Miss Dorothy, Paul.« Er hob höflich die Hand an die Mütze. Paul und Dora knallten die Hacken zusammen und grüßten. Aber Bernard Fox ging auf den Scherz nicht ein, sondern machte in seinen auf Hochglanz polierten Schuhen ohne zu lächeln kehrt.

Doras Hacken knallten nicht besonders gut. Ein junger Hund hatte einen ihrer Schuhe angeknabbert, daher lief sie barfuß. Während Bernard Fox an ihr vorbeiging, sagte er aus einem Mundwinkel: »Sie holen sich noch Tetanus.«

4

Bernard Fox – ›ein Mann, ein Wort‹, hatte er gesagt – holte telegrafisch die Erlaubnis des Captains ein und trieb in wenigen Tagen eine tüchtige Hilfskraft auf. Eine Frau, die schon für ihn gearbeitet hatte.

»Immer diese ekelhaften Weiber«, knurrten Slugger und Paul sich zu. »Nichts als Weiber. Erinnerst du dich noch an Lily und Jane – die beiden, die dauernd quietschten und sich auf die Zehen trampeln ließen? Wieso kommt nicht mal 'n Mann her? Immer bloß diese schlampigen, nutzlosen Weiber.«

Dora tat so, als ob sie kein Wort hörte, und bürstete gelassen die weißen Partien von Spot – die braunen Flecken, wo man den Dreck nicht sah, wurden nie schmutzig!

»Wenn die Neue rote Hosen trägt, baumelnde Ohrringe hat und mich Daddy-O nennt, hau ich in 'n Sack«, erklärte Slugger.

»Ich zieh auch Leine«, sagte Paul, »vor allem, wenn sie sich wie 'ne feine Dame anmalt und meine Strümpfe stopfen will.«

»Er hat ›tüchtig‹ gesagt«, Dora klopfte über Spots Halbtür den Schmutz aus dem Striegel. »Nicht aber idiotisch.«

Phyllis Weatherby, die tüchtige Hilfe, sollte in zwei Tagen auf der Bildfläche erscheinen. Alle taten so, als wäre es ihnen völlig gleichgültig, legten aber Extraschichten ein, um die Pferdefarm herauszuputzen, damit sie gleich wüsste, wie man auf der Follyfoot-Earm arbeitete.

In dem Nachmittagsbus, mit dem Callie von der Schule kam, war sie nicht. »Keine Aufregung«, rief Callie, als sie auf den Hof gerannt kam und ihren hässlichen Schulhut auf einen Baum schleuderte. »Vielleicht kommt sie überhaupt nicht.«

Slugger ging ins Haus, zog die Stiefel aus und legte seine Füße hoch. Paul und Dora verzogen sich in die Scheune, um Karten zu spielen. Callie riss sich die verhasste Schuluniform vom Leibe, schlüpfte in ihre geliebten, ausgeblichenen Jeans und spazierte mit Folly ins Dorf, um ihm die Welt zu zeigen.

Schnell war sie wieder zurück, per Anhalter. »Folly ist ausgerissen!«, keuchte sie, als sie in die Scheune stürzte. »Ein Auto hatte Fehlzündung. Er hat sich losgerissen und ist die Hauptstraße runter, und der Halfterstrick schleppte hinterher. Ein paar Fahrräder hat er über den Haufen gerannt und ist dann quer über die Chaussee. Die Autos kamen beim Ausweichen ins Schleudern, die Reifen kreischten nur so. Es war fürchterlich. Dann quetschte er sich durch eine Hecke und verschwand über die Felder, ich weiß nicht, wohin.« Sie sank auf einen Strohballen, warf dabei die Spielkarten durcheinander und brach in Tränen aus.

»Ich mach den Laster fertig. Dora, du nimmst Hero und folgst Folly. Die Hufspuren kannst du gar nicht verfehlen.«

Dora legte Hero das Zaumzeug an und versuchte, ohne Sattel aufzusitzen, was dreimal misslang. Dann schwang sie sich von dem Kilometerstein aus, der zum Aufsteigen diente, auf den Pferderücken. Paul jonglierte den Laster gerade im Rückwärtsgang aus der Scheune, als Slugger aus dem Hause gerannt kam. Er war in Strümpfen, in seiner alten, unverwüstlichen Soldatenjacke, ruderte mit den Armen und rief: »Folly ist durchgebrannt!«

Dora wandte sich um. »Er ist auf der anderen Seite der Chaussee. Wir wollen hin und ihn suchen.«

»Vielleicht ist er schon auf dem Weg nach Hause. Mrs. Ripley vom Gasthof ›Zum Löwen‹ hat ihn durch ihren Hof rennen sehen. Wie der Blitz, hat sie mir eben am Telefon gesagt.«

Callie kletterte in den Laster. »Mach schnell, Paul.«

»Wartet lieber, ob er nicht allein nach Haus findet.«

Slugger legte die Hände auf den Torflügel.

»Woher wollen wir das wissen?«, fragte Callie angstvoll.

»Die Straßen abklappern hilft auch nichts.«

»Irgend etwas müssen wir doch tun – lass die Tür los!« Callie versuchte, Sluggers Finger vom Torflügel wegzuziehen. Sie hämmerte auf seine Hand. Dann beugte sie sich nieder und biss in die hornigen Knöchel.

Slugger kümmerte das genauso wenig, als säße ihm eine Fliege auf der Hand. Aber plötzlich hob er lauschend den Kopf.

»Lass das Tor los!«, bettelte Callie. »Mach schnell, Paul.«

Doch Paul hörte jetzt ebenfalls, was Slugger gehört hatte, und sprang aus dem Wagen.

Specs, Follys Mutter, die seit langem vergessen zu haben schien, dass Folly ihr Fohlen war, hatte es auch gehört. Ihr zottiger Kopf schob sich mit hochgestellten Ohren über die Halbtür, die Augen starrten groß aus den weißen Kreisen. Sie hob den Kopf und wieherte dann, tief und heiser, wie sie gewiehert hatte, wenn ihr ungebärdiges Füllen sich damals zu weit von ihr entfernte.

Andere Köpfe erschienen, und ein ganzer Chor ertönte: das Wiehern und Schnauben von Pferden, dazu das Ohren zerreißende Schreien eines Esels. Jenseits der Wiese, unten am Fuß des Hügels, erklang schwach eine Antwort: hoch und schrill, unverkennbar Folly.

Dora verschwand auf Hero den Wiesenpfad hinab. Sie setzte über die niedrige Stange des Gatters und zuckelte den Wiesenrand entlang, um das untere Gatter für Folly zu öffnen. Zu dritt kamen sie zurück. Folly sprang umher, foppte Hero und brachte ihn immer wieder aus seinem steifen, gleichmäßigen Trab. Das Fohlen lief im Kreis, knabberte an dem hoch stehenden Gras, rannte mit flatterndem Schwanz voraus, senkte den Kopf, bockte und schnaubte.

Am Gatter blieb Folly stehen und schnupperte. Während Hero bedächtig hinüberstieg, nahm das Fohlen einen Anlauf, sprang und landete vor dem alten Pferd. Hero stolperte, und Dora fiel herunter. Hero kam wieder hoch und trabte ohne Reiter zum Hof.

In genau diesem Augenblick hielt ein Auto am Straßenrand, und eine große junge Frau in jener Art Regenmantel, wie man sie auf Sportveranstaltungen sieht, kam näher. Hero strolchte mit einem Fuß durch die Zügel umher. Callie hetzte mit verweintem Gesicht hinter Folly her und versuchte vergeblich, den herumfliegenden Strick zu erwischen. Slugger humpelte auf Strümpfen hinterdrein und fluchte über das Kopfsteinpflaster des Hofes. Dora schleppte sich mit schmutzigem Hosenboden in den Hof.

»Bei dem vielen Training hättest du wenigstens auf die Füße fallen müssen!«, lachte Paul sie aus, und sie fuhr ihm mit der schmutzigen Hand ins Haar.

»Entschuldigen Sie«, sagte die junge Frau im Regenmantel, »ist hier die Follyfoot-Farm?« Es hörte sich wie Fuut Fahm an, denn sie quetschte die Töne durch die Nase, ohne den Mund zu öffnen.

Von nahem betrachtet, sah sie durchaus nicht mehr jung aus. Sie war vertrocknet und ledrig und musste die Dreißig, ja die Fünfunddreißig schon hinter sich haben – genau die Art Frau, die bei Pferden hängen geblieben war, weil sie keinen Mann abbekommen hatte.

»Klar«, sagte sie, nachdem sie sich als Phlis Wethby vorgestellt hatte. »Klar, dann wollen wir mal erst diesen kleinen Tolpatsch einfangen.«

»Ich kriege ihn einfach nicht –« Callie rannte sich noch immer die Lunge aus dem Leibe und spielte mit dem Fohlen Kriegen, Follys Lieblingsspiel. Phyllis Weatherby kam mit langen Schritten näher. Als Callie wiederum vergeblich nach dem Strick haschte und Folly seitlich auswich, stand sie plötzlich genau an der richtigen Stelle und packte das Fohlen beim Halfter.

»Man muss ihn überraschen, klar?«

Ihre Sätze begannen meistens mit diesem Wort und endeten auch damit: Klar …

»Klar«, sagte sie etwa, »Jetzt misten wir erst mal aus, und dann striegeln wir diesen Klepper, ehe wir Mittag machen, klar? Paul, Sie nehmen diesen Teil, und Dorothy fängt am anderen Ende vom Stall an. Klar, Slugger, Sie machen sich über die Balken her – die Spinnenweben hängen dort schon seit Jahren.«

»Wir lassen sie dran als Fliegenfänger.«

»Unsinn. Reizt bloß zum Husten. Nehmen Sie den alten Reisigbesen, klar?«

Dora folgte Paul in den Geräteschuppen, wo Karren und Forken aufbewahrt wurden.

»Klar«, näselte sie mit geschlossenem Mund. »Weißt du, was ich glaube? Sie ist hergekommen, um den Boss zu spielen, klar?«

»Irrtum.« Paul schob das Kinn vor.

Aber gegen Phyllis Weatherby kam man nur schwer an; genau wie Bernard Fox erwartete sie, dass man ihr gehorchte, und das zwang einen dazu, zu gehorchen. Oder sie befahl etwas, was man sowieso gerade machen wollte, und dadurch sah es so aus, als gehorche man ihrem Befehl. Man konnte sie auch nicht aufziehen, weil sie keinen Sinn für Humor besaß und auch den Unterschied zwischen einem Witz und einer Beleidigung nicht merkte. Wenn Slugger zum Beispiel verärgert knurrte: »Hör lieber auf, du dämliche alte Kuh!«, klatschte sie dem armen Trotzky auf sein knochiges dreieckiges Hinterteil und sagte: »Klar, er sieht wirklich eher wie 'ne Kuh aus und nicht wie ein Pferd.«

Und als Dora sagte: »Klar, Phyllis, jetzt sind Sie an der Reihe, den Düngerwagen zu beladen, klar?«, antwortete sie: »Klar, Sie können's ruhig für mich machen, ich wasch dem Pony inzwischen das Bein, klar, Dorothy?«

»Ich heiße Dora, falls Sie's noch nicht mitgekriegt haben – Dora, klar?«

»Klar, Abkürzung für Dorothy, völlig klar.«

Aber Phyllis Weatherby tat ihren Teil der Arbeit, das musste man ihr lassen.

Da ihr das behagliche, aber heruntergekommene Farmhaus mit den Spinnen im Bad und den Mäusen in der Speisekammer nicht behagte, hatte sie sich im Dorf einquartiert, und zwar im Cross-Keys-Gasthaus. Morgens war sie schon auf dem Hof, bevor alle anderen aufgestanden waren. Dann warf sie Steine an die Schlafzimmerfenster und klapperte so laut mit den Eimern, dass der Lärm Tote hätte zum Leben zurückrufen können. Und Slugger wünschte manchmal, dass er tot wäre, wenn er aufwachte und ihm bewusst wurde, dass ihm wieder der Alptraum Phyllis Weatherby bevorstand.

Sie brachte sich ihre Lunch-Schnitten aus dem Gasthaus mit, weil Sluggers faustdicke Sandwiches nicht zwischen ihre verkniffenen Lippen passten. Sie aß schnell und scheuchte die anderen aus ihrer gewohnten Faulenzerstunde hoch, während der sie plauderten, in der Sonne dösten, lasen und becherweise stark gesüßten Tee tranken. »Davon fallen Ihnen die Zähne aus, klar?«, prophezeite Phyllis.

Das verdross Slugger dermaßen, dass er eines Tages sein Gebiss rausnahm, in sein rotkariertes Taschentuch wickelte, den Mund aufriss und sagte: »Da, sehen Sie, Phyllis, schon passiert.«

»Das haben Sie aber klar vorausgesehen, wie?«, grinste Dora.

»Na gut, zurück an die Arbeit, klar?« Phyllis wischte die Krumen von den kräftigen tüchtigen Händen und stand auf. »Auf der faulen Haut liegen, damit schafft man nichts.«

Sie hetzte die alten Pferde genauso herum wie die Menschen, die sie pflegten. Hero sollte geschult werden, obwohl er längst zu alt dafür war. Der Weaver bekam einen Krippenkragen, um ihm abzugewöhnen, mit seinen langen gelben Zähnen an seiner Raufe oder seiner Tür herumzubeißen – es half natürlich nichts! Sogar Lancelots senile Träumereien wurden gestört. Bei feuchtem Wetter wollte er nicht ins Freie. Man machte seine Tür auf, aber er blieb bloß stehen, schwang den Kopf auf und ab wie einen Hammer und sah in den Regen hinaus.

»Klar, nun beweg dich mal!« Phyllis drängte ihn mit ihrer Schulter zur Tür. Sie war zwar dünn, aber sehnig und kräftig. »Raus mit dir! Mach dir ein bisschen Bewegung!«

»Er ist zu steif«, erklärte Dora.

»Wenn er nicht gesund ist, sollte er nicht durchgefüttert werden.«

»Das hat Bernard Fox auch gesagt. Warum will jeder dem armen alten Lancelot das Leben auslöschen?«

»Wenn Mr. Fox dieser Ansicht ist, dann stimmt es. Er ist der beste Pferdekenner.«

»Wenn man das älteste Pferd auf der ganzen Welt ist«, entgegnete Dora und schmiegte die Wange an Lancelots Hals, als er am Rande des Obstgartens den Kopf senkte, ohne jedoch am Gras zu rupfen, »braucht man keinen Pferdekenner, sondern einen Freund.«

»Nun, er kann nicht beides haben«, sagte Phyllis gereizt. »Er muss sich entweder wieder aufrappeln oder abkratzen, klar?«

»Dafür ist die Follyfoot-Farm nicht da«, sagte Dora in Lancelots schüttere Mähne.

»Klar, das sehe ich.« Phyllis Weatherby fuhrwerkte mit der Forke in der Strohschütte herum, wobei sie sich selber ebenso antrieb wie die Pferde.

Wie konnten sie das Weib nur loswerden?

5

Das Gespräch darüber, wie sie das zustande bringen könnten, ohne dass es Ärger gäbe, nahm einen Großteil ihrer Zeit in Anspruch. Phyllis Weatherby stand mit Bernard Fox in Verbindung. Gäbe es Ärger, sagte sie es ihm bestimmt. Und er würde es sofort dem Captain mitteilen.

Ja, wie konnten sie das Weib nur loswerden?

Eines Sonntags – Paul war fort, um seine Mutter zu besuchen, und Callie und Dora versuchten, ein Kleid zu nähen – kam Phyllis auf die Idee, mit ihnen ein Reitturnier zu besuchen. Sie sollten sehen, was wirkliches Reiten war.

»Wir wissen genau, was Reiten ist«, wandte Callie ein.

»Wir haben hier eben bloß keine richtigen Reitpferde.«

»Hätten ein paar von diesen alten arbeiten müssen«, erklärte Phyllis Weatherby, »wären sie nicht so steif geworden, klar?«

Es war eine ziemlich große, elegante Veranstaltung. Eine Menge Teenager auf kostspieligen Pferden. Die Jockeimütze saß ihnen schief auf dem Kopf, und sie gaben sich so blasiert, als sei das alles ganz alltäglich. Was auch zutraf, denn sie machten bei Reitturnieren mit, seit ihre ehrgeizigen Mütter sie auf ein Shetlandpony reinster Rasse gesetzt hatten, ehe sie überhaupt laufen konnten.

Alle ritten prachtvoll, und ihre Pferde waren tadellos trainiert. Phyllis Weatherby hielt den Anblick für anfeuernd, aber Dora und Callie entmutigte er eher.

»Schalttafel-Ponys, bei denen man bloß auf den Knopf zu drücken braucht, und schon funktionieren sie prächtig«, sagte Callie, um zu verbergen, was sie wirklich über die wundervollen, gut geschulten Ponys dachte, die in der »Unter-Zwölf«-Klasse um die Bahn trabten. »Was kann das schon für 'n Spaß machen?«

»Mehr Spaß jedenfalls als ein Pony, das entweder bockt oder ausbüchst.« Phyllis stand mit Kennermiene am Geländer; sie trug Reithosen, um sich den Pferdebesitzern anzupassen.

»Falls Sie auf den Tag anspielen, an dem Willy sich nicht rühren wollte und Stroller Paul in den Teich warf –«, legte Dora los, aber Phyllis hörte gar nicht hin, sondern lachte nasal über etwas auf der Bahn. Ein ungewöhnlicher Laut bei ihr, denn Phyllis Weatherby lachte kaum, und wenn, dann *über* Leute, nicht aber *mit* ihnen.

»Seht euch das an!«, höhnte sie. »Wenn das ein Schalttafel-Pony ist, drückt jemand auf den falschen Knopf, klar?« Zusammen mit den Turnierponys und den snobistischen, hartäugigen kleinen Mädchen hatten unkluge Eltern einen langbeinigen Jungen auf die Bahn geschickt. Er hockte kopflastig auf einem winzigen, schwarzbraunen Shetlandpony, wobei seine Füße beinahe den Boden berührten. Als alle im kurzen Galopp ritten, musste er sich zurücklehnen, um die Balance zu halten. Das kleine Pony war langsamer als die anderen. Sie preschten vorbei oder rannten in das langsamere Tier hinein, und die hochnäsigen Mädchen zischten Flüche hinüber, ohne das selbstgefällige Gesicht auch nur zu verziehen. Eine Reiterin schlug beim Überholen mit der Peitsche nach dem kleinen Pony. Es scherte zur Seite aus, der Junge verlor das Gleichgewicht, und seine viel zu große Jockeikappe rutschte ihm über die Augen. Er schob sie zurück und galoppierte gleichmütig weiter. Ein dünner, verträumt wirkender Junge, der anscheinend gar nicht merkte, was für ein Schauspiel er bot.

»Jemand sollte es ihm sagen.« Dora konnte es kaum noch mitansehen. »Es ist nicht fair.«

»Soll er sich doch lächerlich machen, wenn er will.« Phyllis Weatherby stieß von neuem ihr nasales Lachen aus. »Geschieht ihm recht.«

»Ich meine, nicht fair dem Pony gegenüber. Der Junge ist viel zu groß für das kleine Tier.«

»Ein Shetland trägt seine siebzig bis fünfundsiebzig Kilo.« Phyllis und Dora stritten immerzu und über alles. Sie nannten schwarz, was weiß war, nur um einander widersprechen zu können.

Jetzt wurden die Preise vergeben. Vier blasierte Gesichter ritten von der Bahn, zehn verstimmte hinterdrein, dazu der verträumte Junge, dem die Niederlage offenbar nichts ausmachte, wenn er sie überhaupt zur Kenntnis genommen hatte. Seine untersetzten, in Tweed gekleideten Eltern nahmen die beiden am Gatter in Empfang: den Sohn mit Umarmungen, das Pony mit Zuckerstücken. Danach knipste der Vater Sohn und Pony, wobei er der nächsten Altersstufe, die zur Bahn ritt, im Wege war.

»Wollen wir nicht hingehen und es ihnen sagen?«, drängte Callie Dora.

»Kümmert euch lieber um eure eigenen Angelegenheiten«, sagte Phyllis und beobachtete die nächste Altersstufe. Um zu zeigen, dass sie was von Pferden verstand, machte sie andauernd Bemerkungen wie: »Bissiger kleiner Rotschimmel … zieht ab wie ein Rennwagen … zu weit vorgebeugt …« Während sie das und ähnliches hervorstieß, huschten Callie und Dora davon.

»Was wollen wir denn sagen?«, fragte Dora, während sie zu einer Reihe geparkter Pferdetransportwagen hinüberliefen. »Was meinst du?«

»Dass der Junge zu groß für das kleine Tier ist. Dass es Tierquälerei ist.«

»Aber sie sehen doch nicht aus, als ob sie grausam sind – bloß dumm eben.«

»Dummheit ist Grausamkeit«, zitierte Callie den Captain.

»Leuten, die nichts von Pferden verstehen, sollte es nicht erlaubt sein, welche zu halten.«

Das gehörte zu den größten Schwierigkeiten bei der Aufgabe, Tiere zu retten. Pferdebesitzer, die ihre Tiere schlugen, hungern ließen oder dabei waren, alte Klepper zu Tode zu schinden, denen konnte man leicht auf den Pelz rücken. Aber freundlichen Dummköpfen klar zu machen, dass sie ihre Lieblinge durch ihre Unwissenheit leiden ließen, war eine andere Sache.

Doch um die untersetzten Tweedleute über Pferdehaltung aufzuklären, kamen Callie und Dora sowieso zu spät. Zwischen den hell gestrichenen Pferdetransportwagen und Anhängern stand ein roter Kleinbus. Gerade als Dora und Callie herankamen, fuhr er an. Der Vater saß hinter dem Steuer, neben ihm seine Frau mit zum Kostüm passendem blauviolettem Tweedhut. Und hinten im Wagen sahen sie noch den verträumten Sohn mit dem schwarzbraunen Pony.

»Sie müssen es hineingehoben haben. Es ist so klein, dass es wie ein Hund zwischen den Sitzen stehen kann.«

»Wir müssen hinterher.«

In dem Augenblick tauchte Phyllis auf. Sie wollte sehen, was Dora und Callie trieben, und war ihnen nachgegangen. Sie tat so, als wäre sie der Aufpasser der beiden, hier wie auch im Stall.

»Wollen Sie mal lachen?« Sie deuteten auf den Kleinbus, der eben in einer Kehre vom Platz fuhr und durch das Tor verschwand. »Raten Sie mal, was da drin ist?«

»Was denn?«

»Holen Sie rasch den Wagen, und wir zeigen es Ihnen. Fahren wir hinterher!«

Sie hatten den roten Bus bald eingeholt. Der Kopf des schwarzbraunen Ponys ragte aus dem Rückfenster, und Phyllis lachte schallend. Callie winkte dem Jungen zu und grinste, damit er nicht dächte, sie wollten sich über ihn lustig machen. Das dachte er auch nicht, sondern winkte zurück.

Sie kamen in eine Vorortstraße, gesäumt von freundlichen Häusern mit gemähtem Rasen und geschnittenen Hecken.

Bei einem weiß verputzten Haus, das sich »Das Tannenhaus« nannte, bog der Kleinbus in die Auffahrt ein. Phyllis fuhr langsamer, um sich die Geschichte zum letzten Mal anzusehen.

»Ich spreche mal mit ihnen!« Dora drückte den Hebel der Wagentür herunter.

»Das können Sie doch nicht!« Phyllis gab Gas, als die Tür aufsprang, und Dora und Callie purzelten aus dem Wagen. Phyllis fuhr einfach weiter. Während sie sich zurücklehnte, um die Tür zuzuziehen, rief sie: »Na schön, dann lauft eben nach Haus, klar?«

Dora und Callie rafften sich auf, schnippten den Kies von den Handflächen und liefen auf den Bus zu.

6

An der Seitenwand des roten Busses stand: »J. R. Bunker GmbH. Bauausführungen und Innenausstattungen«.

»Wir haben Ihr Pony vorhin beim Turnier gesehen«, begann Dora. »Dürfen wir es uns noch mal ansehen?«

»Warum nicht– immer zu!« Mr. Bunker wollte gerade ins Haus. »Lassen Sie sich aber nicht beißen.«

Sie fanden das schwarzbraune Pony in einem Geräteschuppen, den es mit Blumentöpfen, Spaten und noch gefährlicheren Gegenständen wie Sensen und leeren Flaschen teilte. Der Schuppen hatte weder Fenster noch Halbtüren. Das Pony stand im Dunklen, und als Dora die Tür aufmachte, schoss es unter ihrem Arm hinaus in den Garten.

»Keine Sorge«, sagte Mrs. Bunker. »Das macht Lollipop immer. Deshalb nenne ich sie auch meinen kleinen Rasenmäher.«

Callie zerrte Lollipop an der Mähne. Das Tier bewegte sich jedoch nicht von der Stelle und hob auch nicht den Kopf vom Boden.

»Sie kommt bloß, wenn man ihr Zucker vor die Nase hält«, sagte Mrs. Bunker. »Oder eine Eiswaffel. Schokoladeneis hat sie am liebsten, überhaupt alles Süße. Darum heißt sie ja auch Lollipop.«

»Eis … ist denn das gut für sie?«

Eine Frage war auf jeden Fall taktvoller als eine Feststellung.

»Du lieber Himmel, das weiß ich doch nicht.« Mrs. Bunker blickte Dora aus runden, bernsteinfarbenen Augen an, die Glasmurmeln glichen und keinerlei Ausdruck zeigten. »Aber ich liebe diese dummen Tiere nun mal, wissen Sie, und ich muss ihnen einfach geben, was sie haben wollen.«

»Nun, Liebe würde ich das gerade nicht nennen«, sagte Dora grob. Ihr Takt war aufgebraucht. »Das ist eher Dummheit. Haben Sie Ihrem Sohn auch alles gegeben, was er haben wollte – ich meine, als Baby?«

»Aber ja, natürlich.« Ihre runden Bernsteinaugen taten erstaunt. »Er ist doch unser einziges Kind.«

Das verträumte einzige Kind saß auf einer Mauer, schlug mit den Absätzen seiner Reitstiefel rhythmisch gegen die Steine und summte vor sich hin. Er hatte sein Pony weder gefüttert noch getränkt. Der Sattel lag so auf der Erde, wie er ihn hingeworfen hatte, und das Zaumzeug baumelte verkehrt herum von einem Zweig.

»Er ist zu groß für Lollipop.« Callie hatte dem schwarzbraunen Pony, dessen Ohren ihr bis zur Brust reichten, ihren Gürtel um den Hals gelegt.

»Ich weiß, aber was soll ich machen? Alle Kinder aus der Umgebung reiten doch beim Turnier mit – warum nicht auch Jim? Gewiss, er gewinnt nie, weil die Schiedsrichter bestochen sind. Die sprechen doch vorher alles ab.«

»Er ist zu groß für das Pony, daran liegt es!«, wiederholte Callie.

»Sollen wir ein anderes kaufen?«

»Bloß nicht!«, stieß Dora hervor. »Ich meine, Sie müssen dann einen richtigen Stall für das Tier bauen und sich zeigen lassen, wie man es hält. Es reicht nicht aus, ihm nur Zucker und Schokoladeneis zu geben.«

»Wir verstehen nichts davon.« Mrs. Bunker rang ihre dicklichen Hände. »Schließlich hat doch fast jeder ein Pony. Wir hatten keine Ahnung, dass es so schwierig ist. Aber wieso versteht ihr soviel davon?«

»Wir arbeiten auf der Follyfoot-Farm«, sagte Dora. »Gnadenhof für alte Pferde.«

Mrs. Bunker wurden sofort die Augen feucht. Immer ein schlechtes Zeichen, wenn den Leuten schon bei dem bloßen Gedanken an alte Pferde die Tränen in die Augen stiegen. »Ach ja, die armen alten Pferde! Ich hab in der Zeitung darüber gelesen – den Artikel über das Pferd mit dem gebrochenen Kiefer, das Sie gerettet haben. Ich könnte so etwas nicht. Ich bin viel zu empfindsam. Ich kann niemand leiden sehen, weder Mensch noch Tier.«

»Aber Ihr Pony leidet doch, weil Sie es nicht richtig halten.«

»Oh … aber wir hatten doch keine Ahnung.« Sie schlug die Hände vor den Mund. »Wir hatten doch keine Ahnung.«

»Die berühmte Entschuldigung«, knurrte Dora.

»Vielleicht sollten wir versuchen, das Pony loszuwerden – es auf die Auktion geben.«

»Das würde ich an Ihrer Stelle nicht tun. Wissen Sie denn, wo es dann hinkommt? Suchen Sie für Lollipop ein Heim, wo sie es gut hat.«

»Weggeben? Das würde Jim das Herz brechen.«

»Nein, bestimmt nicht, Mum, auf Ehre.« Der Junge hatte bisher kein Wort gesprochen. Jetzt glitt er von der Mauer und kam zu ihnen herüber. »Mir ist es ganz egal, ob ich reite oder nicht, auf Ehre.«

»Ist es überhaupt nicht! Alle reiten. Die Kinder von den Maxwells reiten, die von den Browns, von Sir Arthurs Söhnen ganz zu schweigen. Alle Kinder hier in der Gegend haben Ponys. Und die, die keine haben, wünschen sich welche.«

»Sie können Lollipop kriegen, können sie, auf Ehre.« Jim spielte mit einem Stein Fußball. Er rannte dem Stein nach und zerkratzte sich die Kappe seiner Reitstiefel, als er ihn in eine Abflussrinne schießen wollte.

»Wir könnten uns nach einem Platz für Lollipop umsehen«, bot Callie an.

»Aber nein, ich käme um vor Kummer. Wie könnte ich noch in diese treuen, vertrauensvollen Augen blicken?«

»Wir könnten Lollipop bei uns auf der Pferdefarm unterbringen, bis ...«

Dora trat Callie auf den Fuß. »Keine neuen Pferde, hat der Captain gesagt«, zischte sie ihr zu.

»Keine kaufen, hat er gesagt«, zischte Callie zurück. Und zu Mrs. Bunker gewandt, fuhr sie fort: »... bis wir einen netten Platz für das Pony gefunden haben.«

Mrs. Bunker eilte ins Haus, um ihren Mann zu fragen. Mr. Bunker schien heilfroh, das Pony loszuwerden. Er kam aus dem Haus geschossen und hob Lollipop in den Kleinbus, ehe sie Zeit fanden, es sich noch einmal zu überlegen. Callie und Dora setzten sich hinten zu dem Pony. Jim blieb teilnahmslos mit einer Zeitschrift auf dem Pfeiler der Einfahrt sitzen, winkte Lollipop zu und vertiefte sich sofort wieder in sein Magazin.

Unterwegs holte sie ein leichter Laster ein. Dora und das Pony steckten gleichzeitig den Kopf aus dem Rückfenster. Der Lastwagen kam ins Schleudern und wäre beinahe gegen einen Baum gekracht. Es war Paul.

Er bekam den Wagen wieder in die Gewalt, erholte sich von dem doppelten Schreck und überholte sie. Dabei tippte er sich gegen die Stirn, um zu zeigen, dass er sie für verrückt hielt. Er wartete am Tor der Farm auf den Bus, zog die Rücktür auf, und das Pony sprang leichtfüßig heraus. »Was zum ...«

»Bloß für kurze Zeit«, beschwichtigte ihn Dora in dem Tonfall, mit dem sie auch immer den Captain zu besänftigen versucht hatte.

»Wir wollten nur dann ein Pferd aufnehmen, wenn wir beide ...«

»Äußerster Notfall«, flüsterte Dora. »Bestialische Grausamkeit.«

Paul kratzte sich den Kopf. Das freundliche Ehepaar in dem Bus sah so gar nicht nach bestialischer Grausamkeit aus.

Phyllis Weatherby wartete am Eingang zum Stallhof.

»Wie können Sie es wagen!« Bei dem Versuch, mit geschlossenen Lippen zu brüllen, lief sie hochrot an. »Wie können Sie es wagen, hier noch ein …«

»Diese netten jungen Leute wollen ein nettes Heim für die liebe kleine Lollipop suchen.« Mrs. Bunker lehnte aus dem Wagenfester, ihr Gesicht war ein einziges Lächeln.

»Nicht hier, hier ist kein Platz mehr«, sagte Phyllis Weatherby schroff.

Mr. Bunker wollte keinen Streit. Er legte den Gang ein und gab Gas, ehe Phyllis das Pony wieder in den Wagen heben konnte.

»He, warten Sie!«, rief sie und rannte hinter dem Bus her. Aber der beschleunigte seine Geschwindigkeit. Phyllis Weatherby blieb schließlich stehen und schüttelte die Faust. Mrs. Bunker tat so, als hielte sie es für Winken und winkte fröhlich aus dem Wagenfenster zurück.

Phyllis Weatherby heulte beinahe vor Wut. Sie tat Dora fast leid. »Habe ich Ihnen nicht gesagt, dass Sie sich da nicht einmischen sollen!«

»Na und?«

»Hören Sie, Sie sind hier nicht der Chef.« Paul *musste* Dora gegen Phyllis Weatherby beistehen, wenn auch gegen besseres Wissen.

»Mr. Fox hat gesagt …«

»Mr. Fox … Mr. Fox. Er ist hier ebensowenig der Chef.«

»Ich werde es ihm sagen.«

»Sagen Sie es ihm ruhig«, lachte Paul.

»Worauf Sie Gift nehmen können.« Wäre Paul nicht größer gewesen als sie, hätte Phyllis ihm eine runtergehauen.

»Wo willst du das Pony einstellen?«, hackte sie auf Callie los, die kleiner war als sie. »Im Stall ist kein Platz mehr, und wenn du es auf die Weide lässt, schlagen ihm die anderen den Schädel ein.«

»Ich lasse es nicht auf die Weide.« Callie führte das kleine Pony wie einen Hund an der Leine.

»Bring es sofort zurück«, befahl Phyllis Weatherby. »Es ist zwar ein langer Weg, aber das geschieht dir nur recht. Bring es sofort zurück!«

Sie stürmte in Flypapers Box und begann wie wild auszumisten, wobei sie das freundliche Tier fluchend herumkommandierte: »Beweg dich, los! Hoch mit dir, verdammt noch mal!« Flypaper quetschte sich an die Rückwand und blickte sie aus großen Augen schmerzlich und verwundert an.

Callie band das Pony an einem Pfahl am Rande des Rasens fest, der sich früher hinter dem Haus erstreckt hatte und jetzt eine Wiese war.

Dora holte sich ihre Jacke aus Phyllis Weatherbys Wagen. Paul rief ihr zu, sie solle ihm bei Lancelot helfen, der sich hingelegt hatte, um sich zu wälzen, und nicht wieder hoch kam. Dora rannte los und ließ die Wagentür offen.

Später reimten sie es sich so zusammen: Callie war dafür bekannt, jämmerliche Knoten zu binden. Das kluge Pony Lollipop hatte offenbar den Knoten mit den Zähnen aufgezerrt. Danach musste Lollipop losgezogen und in den Wagen geklettert sein, der sie an den Kleinbus erinnerte.

Phyllis, noch immer blind vor Wut, als sie Feierabend machte, schlug die Wagentür zu und fuhr los. Aber erst vor dem Gasthaus, als sie bremste, dass die Reifen kreischten, und ihr eine weiche Schnauze in den Nacken stieß, entdeckte sie, dass ein winziges Pony hinten im Wagen war. »Hat sich wie eine Irre aufgeführt«, sagte der Gastwirt zu Callie am Telefon. »Sie hat das Pony aus dem Wagen gescheucht, ist nach oben auf ihr Zimmer gestürmt, hat ihre Sachen gepackt und ist abgefahren. ›Schicken Sie die Rechnung der Farm‹, hat sie gesagt.«

»Guter Gott.«

»Nicht, dass ich Angst um mein Geld habe – dem Captain vertraue ich. Aber das Pony ist im Gemüsegarten meiner Frau. Sie hält es gerade mit der Harke von den Salatpflanzen ab.«

Dora stieg auf ihr Rad und sauste los. Sie brachte Lollipop zurück. Das Pony trottete neben ihrem Hinterrad. Ein Wagen mit einem silbernen Vollblut als Kühlerfigur verlangsamte neben ihr die Fahrt.

»Phyllis Weatherby ist bei mir vorbeigekommen – auf dem

Weg nach Haus«, sagte Bernard Fox. »Hat es Ärger gegeben?«

»Ärger – nicht den geringsten.« Dora schwankte ein wenig. Auf einem Rad langsam zu fahren, dabei mit jemand in einem Auto zu reden, ohne den Wagen zu rammen oder vom Rad zu fallen, noch dazu, wenn man ein Pony am Zügel führt, ist nicht gerade einfach.

»Phyllis war sehr aufgebracht.«

»Sie war müde«, sagte Dora. »Einfach überarbeitet.«

»Sie hat mir eine sehr sonderbare Geschichte erzählt. Jemand hat ihr ein Pferd in den Wagen gesetzt und …«

»Da haben Sie es ja, genau was ich sage: Halluzinationen infolge Überarbeitung.«

»Es wird schwer werden, noch mal eine so tüchtige Arbeitskraft zu finden.«

»Keine Angst«, Dora legte die Hand, die Lollipops Zügel hielt, auf den Lenker und stützte sich mit der anderen Hand am Auto. »Wir haben schon jemanden.«

»Ach … wirklich?«

Dora nickte bloß. Auf diese Weise wog die Lüge weniger schwer.

»Na, ich schau mal vorbei und unterhalte mich mit der Neuen.«

»Sie ist noch nicht da. Kommt erst in ein paar Tagen.«

»Falls nicht, werde ich jemanden auftreiben.«

Als das Auto beschleunigte, drückte Dora sich von der Karosserie ab, schwankte mit dem Rad zur Seite, und das Shetlandpony biss sie in den Knöchel.

7

An diesem Abend blieben sie lange auf. Sie lachten über das Pony auf dem Rücksitz und machten sich Gedanken wegen Bernard Fox.

»Wenn wir keine Stallhilfe finden«, sagte Dora vom Fußboden her, wo sie sich mit dem Hund des Captains balgte, »dann wird es der geschniegelte Bernie für uns tun.«

»Kann gut und gern noch schlimmer sein als Phyllis.«

»Unmöglich!« Slugger konnte Phyllis vom ersten Augenblick an nicht leiden, weil sie ihm befohlen hatte, sich vor der Stallarbeit die Hände zu waschen. »Vorher!« Er kam noch immer nicht darüber weg. »›Sie schleppen sonst noch Bazillen ein, klar?‹ hat sie gesagt. Worauf ich gesagt habe: ›Wenn's hier irgendwo Bazillen gibt, dann in Ihrem Kopf, klar!‹«

»Hast du nicht«, sagte Callie.

»Hätte ich aber sollen. Dem nächsten, der kommt, sage ich von vornherein, wer hier der Chef ist.«

»Wer denn?«

»Ich.« Slugger schlug sich so heftig gegen die Brust, dass er husten musste.

»Wo sollen wir jemand herkriegen? Als der Captain Ron Stryker gefeuert hatte, war er bei allen Vermittlungsbüros. Und es fand sich niemand, der auch nur vorn und hinten bei einem Pferd unterscheiden konnte.«

»Ist doch ganz einfach«, sagte Slugger. »Vorn beißt es, hinten schlägt es aus.«

»Wir müssen es versuchen.« Paul kippelte mit dem Stuhl nach hinten. »Lieber Himmel.« Der Stuhl krachte zu Boden. »Und wenn Bernard Fox nun Phyllis Weatherby überredet, wieder herzukommen?«

»Sie war verliebt in ihn«, sagte Callie düster. »Der große Pferdekenner.«

Da Phyllis Weatherby nun nicht mehr in aller Herrgottsfrühe mit den Eimern klapperte und Steine gegen die Scheiben schmiss, schliefen sie alle länger. Callie verpasste den Schulbus. Paul fuhr sie in dem kleinen Laster hinunter und klapperte dann die Vermittlungsbüros in der Stadt ab. Dora fütterte. Sie pfiff dabei fröhlich vor sich hin, froh, für sich zu sein, obwohl so viel Arbeit auf sie wartete. Viel leichter, man begann den Tag allein und teilte ihn erst nach und nach mit den anderen.

Pferde waren etwas anderes. Unmöglich, dass sie einem auf die Nerven gingen. Pferde sind immer froh, dich zu sehen, und jedes Pferd begrüßt dich auf seine Weise. Wonderboy mit hohem Gewieher und Ginger mit tieferem Wiehern. Der Weaver trommelt mit dem Huf gegen die Tür, und Stroller schwenkt den Kopf auf und ab. Hero steht schräg in seiner Box, die Schnauze an der Raufe, um dir zu zeigen, wo das Heu hinkommt.

Prince, der keinem Menschen mehr traute, seit ihn die Nachtreiter so schrecklich gequält hatten, ließ die Ohren spielen. Dora redete ihn an und ging ruhig hinein. Trotz der Monate sanfter Behandlung war er noch immer nervös. Sein Maul war durch die grausame Drahtkandare, die ihm die Nachtreiter angelegt hatten, auf ewig ruiniert. Dora schüttete das Weichfutter aus Kleie, Hafer und Melasse in die Krippe. In diesem Moment ertönte ein Ohren betäubendes Gedonner. Das Pferd scheute und trat Dora auf die Zehen.

Es gehört etwas dazu, ein Pferd wieder von seinen Zehen runterzubekommen. Dora versuchte, Prince mit der Schulter wegzuschieben. Endlich gelang es ihr, und sie bekam ihren großen Zeh frei. Wütend humpelte sie hinaus. Wer war so idiotisch, mit einem Motorrad in voller Karriere auf einen Pferdehof zu donnern?

Sie hätte es wissen müssen. Er kam quer über den Stallhof geschlendert, zündete sich eine Zigarette an und warf das brennende Streichholz fort, während ihm sein langes rotes Haar wirr auf die Schultern einer mit Fransen besetzten purpurfarbenen Jacke baumelte.

»Ron. Ron Stryker. Hätte ich mir denken können!«

Na, habt ihr mich vermisst? Wusste ich ja. Hab Mitleid mit euch gehabt und bin wiedergekommen …«

»Der Captain ist nicht da.«

»Na, er wird froh sein. Hat mich immer gut leiden können, der Captain.«

»Hat er dich deswegen rausgeschmissen?«

»Kleine Missverständnisse, meine Liebe, nichts weiter.« Ron tat, als wollte er Dora die Hand schütteln, packte sie aber statt dessen beim Arm und küsste sie.

Dora verabscheute Küsse. Tatsächlich? Sie war sich nicht ganz sicher. Aber die von Ron Stryker hasste sie jedenfalls.

Sie wischte sich mit dem Handrücken die Lippen ab. Ron griff sich seelenruhig einen Eimer, verschwand in der Futterkammer und begann, Hafer und Eicheln abzumessen, als wäre er nie fort gewesen.

Dora ging zu Slugger und sagte es ihm.

»Wie können wir ihn wieder loswerden?«

»Warum loswerden?« Slugger hatte viele Schlachten gegen den verschlagenen Jungen verloren. »Da wir nunmal Hilfe im Stall brauchen ... Wie heißt es so schön? Besser den Spatz in der Hand ... Versuch rauszukriegen, wo er zuletzt gearbeitet hat, und frage nach Zeugnissen und so.«

»Na sicher, warum soll ich's dir nicht sagen?« Ron stützte sich auf eine Forke, und seine Blicke glitten zur Seite weg, wie immer, wenn er sich eine Geschichte ausdachte. Dora kannte das nur zu gut. »Na sicher, hab für diesen Kerl da gearbeitet – Nicholson heißt er. Nette Leute. Klasse, geradezu. War da Stallmeister.«

»Gib bloß nicht so an, Ron.«

»Na schön, ich meine, bis es Ärger gab.«

»Ach – wieder rausgeschmissen worden?«

»Nein, mein Liebe – hab gekündigt. Wir sind wie Gentlemen auseinander gegangen, Mr. Nicholson und ich.«

»Dann macht es dir sicher nichts aus, wenn Paul oder ich Auskünfte über dich einholen?«

»Selbstverständlich macht's mir nichts aus.« Rons Augen glitten zur anderen Seite. »Aber wozu eigentlich? Der Captain kennt mich doch. Weshalb also 'ne Briefmarke verschwenden?«

Slugger kam heraus. Als der struppige Rotschopf über einer Stalltür auftauchte, sagte er: »Und ich dachte, schlimmer als Phyllis Weatherby kann's nicht kommen – ist es aber.«

»Nett von dir, so was zu sagen.« Ron grinste und legte das Kinn wie ein junger Hund auf die Kante der Halbtür.

»Paul hat angerufen«, rief Dora zu Slugger hinüber. »Der Laster hat in Middleborough gestreikt. Er lässt ihn gleich dort in der Werkstatt. Er ist gar nicht erst bis zur Stadt gekommen. Ich habe ihm gesagt, dass wir uns wegen der Hilfe keine Sorgen mehr zu machen brauchen, jetzt wo unser Supermann wieder da ist. Dann soll der Supermann mit dem Roller runterkommen und ihn auf dem Gepäckständer mitnehmen.«

»Na, da habt ihr's!« Ron kam aus dem Stall und wischte sich die Hände an seinen hauteng sitzenden Jeans ab. »Ihr braucht mich. Wie geht's denn so, General?« Er schüttelte Slugger die Hand. Der brüllte und zog die Hand, die ihm Ron fast zerquetscht hatte, hastig zurück.

8

Dora schrieb dem Captain. Aus seiner handschriftlichen Antwort klang mehr als nur ein Seufzer.

»Na schön, Dora. Behaltet Ron Stryker, wenn Ihr es aushaltet. Zumindest weiß er, was zu tun ist. – Anna lässt grüßen und meint, dass Ihr lieber das Silber wegschließen sollt. Was ist übrigens aus der Hilfe geworden, die Bernard Fox besorgt hat?«

»Darauf antworte lieber gleich«, sagte Paul, »ehe er es von Bernie Fox erfährt.«

»Kannst du ja schreiben.«

»Nein, du. Du machst das besser.«

Paul schrieb nicht gern Briefe. Er hatte eine traurige Kindheit hinter sich, in der Liebe und Schule klein geschrieben worden waren. Also setzte sich Dora in das Arbeitszimmer und ratterte eine Geschichte auf der Schreibmaschine herunter.

Sie begann: ›*Da war also dieses winzig kleine Pony, wissen Sie …*‹ *und schloss:* ›*Pech für die arme alte Phyllis, klar, aber wir lachten trotzdem, bis wir kaum noch konnten, und Ihnen wäre es nicht anders gegangen.*‹

Paul bot Ron an, seinen Koffer, seine Gitarre, seine Stereo-Anlage, sein Transistorradio, seine Cowboystiefel und seine Sammlung an Comic-Heften von den Nicholsons zu holen.

»Der Laster ist zwar erst nächste Woche fertig, aber wir können ja den Pferdetransporter nehmen. Mehr Platz für das ganze Zeug, das dir inzwischen zugelaufen ist.«

»Ich kann aber nicht mitkommen, keine Zeit.« Ron griff nach einem Besen und fing an, den Hof zu kehren.

»Auseinander gegangen wie Gentlemen«, lachte Dora. »Hast du Angst, Mr. Nicholson zieht bei deinem Anblick den Revolver?«

»Nette Leute.« Ron beantwortete nie unbequeme Fragen. »Das Salz der Erde.«

Dora setzte sich zu Paul vorn in den Transporter. Sie folgten der Route, die Ron wie folgt beschrieben hatte: *»Bei der Kneipe links abbiegen. Rechts rein hinter diesem lausigen Fleck, wo sie aus toten Katzen Pasteten backen. Über die Kreuzung rüber, wo der Bus in einen anderen reingekracht ist und sie die Leute mit 'nem Schweißbrenner rausschneiden mussten. Bis durch den Ort, wo der Kerl seine Frau ermordet hat. Rechts rein bei der Kneipe und links bei der nächsten und dann den Selbstmordhügel runter – überhaupt nicht zu verfehlen.«*

Die »netten Leute« stellen sich als Pferdehändler heraus. Sie hatten einen Großraumstall mit etwa fünfzig Pferden in offenen Boxen, Ständen und eingezäunten Koppeln. Die Art Umschlagplatz, wo Pferdefleisch genau das ist, was der Name besagt – Fleisch.

Mrs. Nicholson tyrannisierte in der Geschirrkammer zwei Mädchen, die Zaumzeug putzten. Sie war eine beleibte, muskulöse Frau. Über dem roten, glänzenden Gesicht trug sie kurz geschnittenes graues Haar. »Ronald Stryker!«, brüllte sie, dass die Kandaren klirrten. »Habe ich diesem lausigen kleinen Gauner nicht gesagt, dass ich ihm die Polizei auf den Hals hetze, wenn er sich hier in der Gegend noch mal sehen lässt?«

»Was hat er denn getan?«

»Getan! Es geht um das, was er nicht getan hat«, sagte Mrs. Nicholson geheimnisvoll. »Nicht gearbeitet hat er nämlich. Nicht die Finger vom Eigentum anderer Leute gelassen. Befehle nicht ausgeführt. Den Mund nicht gehalten. Wollen Sie noch mehr hören?«

»Wir wollen bloß seine Sachen holen.«

»Da müssen Sie meinen Mann fragen.« Mrs. Nicholson nahm zwei schwere Sättel auf einmal hoch und warf sie mühelos auf ein hohes Gestell. »Ich hab sein Zeug aus der Unterkunft der Leute gefeuert, und mein Mann hat es irgendwo hingetan. Hoffentlich raus in den Regen.«

Mr. Nicholson hatte etwa die gleiche Figur wie seine Frau, die gleiche Hautfarbe und die gleiche Lautstärke.

»Stryker!« Sein von Äderchen durchzogenes Gesicht lief purpurrot an, und der bullige Hals quoll ihm über den Hemdkragen. »Freunde von ihm?«

Dora nickte. Ron hatte recht. Mr. Nicholson wegen einer Auskunft zu schreiben, hieße eine Briefmarke verschwenden.

»Ihr Pech. Sein Zeug ist drüben in der Garage beim Traktor. Morgen hätte ich es auf den Müllwagen werfen lassen.«

Sie fanden die Blechkiste – schwer wie Blei – was, um Himmels willen, war da drin? Sie entdeckten Gitarre, Transistorgerät, Stereo-Anlage und ein merkwürdiges Kleidungsstück. Es glich einem Militärmantel aus dem Ersten Weltkrieg und hatte Löcher, wo einst Knöpfe und Rangabzeichen gesessen hatten. Sie stopften alles in die eine Seite des Transporters. Als sie die Rampe hochklappten, stoppte ein ihnen vertrauter roter Kleinbus vor den Stallungen.

Mrs. Bunker winkte Paul und Dora zu. Dann ließ sie die Hand ungewiss sinken. »Ich kenne Sie, nicht wahr? Ach ja … natürlich, Lollipop. Was macht denn das liebe Pony?«

»Frisst uns die Haare vom Kopf«, sagte Dora. »Eine nette Familie hat es sich gestern angesehen. Vielleicht nehmen sie Lollipop.«

»Das wird Jim das Herz brechen.«

»Bestimmt nicht, Mum«, erinnerte er sie.

»Oh ja, stimmt ja, dann hast du ja schon deinen neuen Liebling. Wir wollen uns hier nach einem größeren Pony umsehen.« Mrs. Bunker war für eine Fahrt aufs Land nicht ganz richtig angezogen, viel zu schick.

»Ich dachte, Sie wollten keine Pferde mehr?«, sagte Dora.

»Wollten wir auch nicht. Aber die Leute waren so überrascht, als sie hörten, dass Jim nicht mehr reitet. Ich traf Mrs. Hatch, die den Pony-Club leitet. Sie war ganz enttäuscht, dass Jim in diesem Jahr nicht dabei sein soll. Und dann musste mein Mann in Broadland nach dem Dach sehen. Sie kennen das mächtige alte Anwesen, wo der arme Mr. Wheeler ganz allein lebt, seit er seine Frau verloren hat? Mein Mann führt dort alle Arbeiten aus. ›Was macht Lollipop?‹ fragte der. Er nimmt so großes Interesse an jungen Leuten. Als er hörte, dass Lollipop für Jim zu klein war, schlug er vor, wir sollten ein größeres Pony kaufen. Und als mein Mann nach seinen Leuten sah, die beim Herrenhaus den Tennisplatz anlegen, hörte er von Sir Arthur, hier hätte man die größte Auswahl.«

»Aber Sie haben doch gar keinen Stall.« Dora war verzweifelt. Ein winziges Shetland in dem vollgestopften Schuppen war schon schlimm genug. Ein großes Pony, das musste einfach ein Unglück geben.

»O doch, mein Mann hat einen aus diesen hübschen Fertigteilen aufgestellt.«

Doras Verzweiflung wuchs. Sie hatten vielleicht einen netten Stall und kauften vielleicht ein großes Pony, aber wussten sie deshalb auch, wie man mit einem Pferd umging?

»Wo ist Jim?« Mr. Bunker, ebenfalls zu elegant angezogen, kam aus dem Stall und wischte sich Heu von der Hose.

Seine Frau blickte sich suchend um. »Er ist irgendwohin gegangen.«

»Na gut. Komm mit, Marion. Hier sind mehrere schöne Tiere. Die Tochter führt sie uns vor. Warum kommen Sie nicht mit?«, fragte er Paul und Dora, »da Sie mehr davon verstehen als wir.«

Er blickte an sich hinab und zupfte noch einen Strohhalm von seinem Anzug. Mrs. Bunker war leicht zu durchschauen. Sie war ganz einfach dumm. Mr. Bunker war komplizierter. Schwer zu sagen, wie gewitzt er wirklich war, ob er es ehrlich meinte oder einen nur zum Narren hielt.

Paul und Dora schoben sich einen Strohhalm zwischen die Lippen und folgten Mr. Bunker durch die Stallungen zu einer Trainingsreitbahn.

Ein Mädchen, von ähnlicher Figur wie die Nicholsons, aber kleiner, führte eben mit unbewegter Miene ein nervöses schwarzes Pony in die Reitbahn. Sie saß auf, zog die Steigbügelriemen nach, prüfte den Sattelgurt, knurrte dem unruhigen Pony etwas zu und schaute fragend zu ihrem Vater hinüber.

»Lass ihn ein bisschen traben, Chip.« Er lehnte sich auf das Geländer, die Mütze in die Stirn gezogen, die Beine gekreuzt. »Führ ihn ein bisschen vor.« Seine Blicke folgten ihr. Sie brachte das Pony glatt und fehlerlos um die Bahn. Es setzte sicher einen Fuß vor den anderen und schien fügsam. »Nun mal einen flotteren Trab!« Chip befolgte die Anordnung, scheinbar ohne Beine oder Hände zu bewegen. »Sie haben alles unter sich«, erklärte Mr. Nicholson den Bunkers, die keine Ahnung hatten, was er meinte. »Bei dem kann man nichts falsch machen. – Schön, Chip, nun im Schritt. Und dann lass ihn eine Acht galoppieren.« Er bellte seine Befehle, als ob seine Tochter taub oder am anderen Ende eines Fußballfeldes wäre.

Das auf Schau trainierte schwarze Pony vollführte einwandfreie Achten; es galoppierte langsam und geschmeidig und wechselte in vollem Lauf den Schritt, ohne aus dem Rhythmus zu kommen.

»Mit dem gewinnt man überall«, sagte Mr. Nicholson. »Bringt immer Geld ein.«

Chip hatte das Pferd vor ihnen zum Stehen gebracht. Das schwarze Pony stand mit hoch erhobenem Kopf und nach vorn gerichteten Ohren da und bot einen prachtvollen Anblick. Mrs. Bunkers bernsteinfarbene Augen blickten träumerisch; sie stellte sich Jim im Sattel vor, mit der Rosette am Zügel.

Dora las ihr die Gedanken vom Gesicht ab. »Aber Jim kann dieses Pony nie reiten«, sagte sie taktlos und merkte, dass der dünne blasse Junge plötzlich neben ihr stand. »Was meinst du, Jim?«

»Ich weiß nicht.«

Jim tat sehr abweisend. Er lebte halb auf dieser Erde, halb in seiner Traumwelt.

»Sieht meiner Ansicht nach doch ziemlich friedlich aus«, sagte sein Vater.

»Weil das Mädchen weiß, wie man es reiten muss.«

»Jim auch bald. Er nimmt Reitstunden«, sagte Mrs. Bunker. »Sir Arthur hat das vorgeschlagen und auch gleich den besten Lehrer empfohlen.«

»Aber will er denn wirklich ein Pony haben?«

Paul knuffte Dora und murmelte: »Halt den Mund. Es ist ihre Angelegenheit.«

»Das Pony hier ist hitziger, als es aussieht. Es wird den Jungen umbringen.«

»Nein, will ich gar nicht«, beantwortete Jim seelenruhig Doras Frage.

»Gefällt dir das Pony, junger Mann?«, fragte Mr. Nicholson.

Jim zuckte mit den Schultern.

»Es gefällt ihm«, sagte seine Mutter. »Wie heißt es?«

»Wie heißt es, Chip?« Der Händler kannte die Namen der Pferde, die durch seine Hände gingen, nicht, ohne in den Unterlagen nachzuschlagen.

»Dark Song.«

»Oh … welch ein hübscher Name.« Mrs. Bunkers Augen schimmerten. Jim Bunker auf Dark Song … »Ich denke, wir sollten es nehmen, James.«

»Wie viel?«

Viel zu früh nach den Spielregeln des Pferdehandels von Geld zu sprechen. Mr. Nicholson räusperte sich. »Ich werde Ihnen einen Preis machen.«

»Wie viel?«, wiederholte Mr. Bunker und wühlte sich wie einer seiner Bulldozer weiter.

»Einen Tausender – für Sie.«

»Zu viel.«

»Dafür verschenke ich es halb.«

Mr. Nicholson spielte den Gekränkten und versuchte die Bunkers zu verwirren.

»Es ist weit mehr wert, aber ich sehe meine Kunden gern mit zufriedenen Gesichtern gehen. Weil sie dann nämlich wieder kommen.«

»Oh … wir kommen nicht wieder, das glaube ich nicht«, erklärte Mrs. Bunker. »Wenn wir das herrliche Pony haben, brauchen wir kein anderes mehr.«

»Zu viel«, erklärte Mr. Bunker entschieden. »Zeigen Sie uns etwas anderes.«

Chip, die teilnahmslos im Sattel gesessen und starr vor sich hin geblickt hatte, zog eine Augenbraue hoch und ritt aus dem Ring.

Sie kam auf einem stämmigen kleinen Rotbraunen zurück. Er hatte weiße Fesseln, eine Blesse und hob die Beine sehr elegant. Chip ließ ihn traben und galoppieren. Ihr Vater rief: »Lass ihn ein paar Hürden nehmen!«, und sie schnellte mit dem Pony mühelos über mehrere Hürden von Schrecken erregender Höhe.

»Glauben Sie, dass unser Jim das lernen könnte – ich meine, so zu reiten?«

Mrs. Bunkers Augen lagen träumerisch auf ihrem Sohn. Im Geiste sah sie ihn elegant über die höchsten Hürden setzen und hörte das Klatschen und die Bravorufe der Zuschauer.

»Auf diesem Pony schon«, sagte Mr. Nicholson, und Dora dachte: Du Kindsmörder! »Auf diesem schon. Friedlich wie ein Lamm. Ein Kind kann ihn reiten.«

»Er scheute aber mächtig«, entfuhr es Dora.

»Ein Maul wie Samt.« Mr. Nicholson funkelte Dora wütend an. »Still und ruhig. Mit dem können Sie unbesorgt zur Kirche reiten.« Die Sprüche der Pferdehändler flossen ihm nur so von den Lippen. »Was meinst du, junger Mann?« Er schlug Jim mit seiner breiten Hand kräftig auf die schmale Schulter.

Jim schob seinen Bonbon in die andere Backe. »Mir liegt nichts am Springen, vielen Dank«, sagte er höflich.

»Okay, Chip. Dann hol doch mal das helle Fuchspony her.« Am Gatter der Reitbahn stand ein Stalljunge mit einem Pony.

Wahrscheinlich war es dieses, das Mr. Nicholson von vornherein den Bunkers verkaufen wollte. Die anderen beiden dienten nur als Lockmittel. Es war ein unauffälliger, aber nett aussehender heller Fuchs. Unter Chip, die gelangweilt dreinsah, bewegte er sich ohne sonderliches Temperament, sprang aber sauber über zwei kleine Hürden, stand und verhielt dann vor den Bunkers.

»Das Prachtbild eines vollkommenen kleinen Jagdpferdes!«, erklärte Mr. Nicholson, obwohl das Pony nicht danach aussah, als wäre es ausdauernd genug, um lange mit den Hunden Schritt zu halten. »Wie Ihnen auf den Leib geschneidert. Fügsam und klug. So sicher wie ein Fels. Sehen Sie, wie er dasteht. Eher wachsen Muscheln an ihm, als dass er sich ohne Kommando bewegt.«

»Sie meinen, wir sollten dieses Pony nehmen?«, fragte Mrs. Bunker naiv.

»Wenn Sie meinen Rat hören wollen, Madam, ist dies das richtige für Sie«, sagte Mr. Nicholson, als ob er nicht schon genug gute Ratschläge erteilt hätte. »Ein Pony von solcher Qualität finden Sie nicht so schnell wieder, und wenn Sie noch so …«

»Wie viel?«, unterbrach ihn Mr. Bunker.

Der Händler nannte einen Preis. Er war niedriger als der für das schwarze oder das rotbraune Pony, aber viel zu hoch für dieses ziemlich mittelmäßige Tier. Wenn es Qualitäten besaß, die den Preis rechtfertigten, waren sie jedenfalls auf den ersten Blick nicht zu erkennen.

Aber Mrs. Bunker stieß ihren Mann mit dem weiß behandschuhten Finger in die Seite und wisperte: »Nehmen wir es?«

»Gefällt es dir, Junge?«

»Er mag es«, antwortete seine Mutter. »Wie heißt es?«

»Wie heißt es, Chip?«

Das Mädchen zuckte mit den Schultern. Sie stieg ab und führte das Pony fort, als wäre sie seiner überdrüssig.

»Es heißt Barney, Muschel«, sagte Jim beteiligter als sonst.

»Wieso?«

»Weil Muscheln auf ihm wachsen«, wiederholte er Mr. Nicholsons Worte. Jim hörte nie genau zu und bekam immer nur Bruchstücke einer Unterhaltung mit. »Barnacle Bill, Barney.«

»Was meinen Sie?«, fragte Mrs. Bunker und sah Paul und Dora an.

»Irgendetwas stimmt nicht mit ihm.«

Mr. Nicholson stand wie angewurzelt am Geländer; daher blieb Dora nichts anderes übrig, als es in seiner Gegenwart zu sagen.

»Sie sollten ihn vom Tierarzt untersuchen lassen«, schlug Paul vor. »Er sieht aus, als ob er nicht ganz da wäre.«

»Der Tierarzt hat ihn eben erst untersucht«, warf Mr. Nicholson ein. »Hatte einen leichten Anfall von Schiffsfieber. Vom Transport. Er ist erst vor ein paar Tagen aus Schottland runtergekommen. Beim Transport kriegen sie immer einen leichten Fieberanfall, wissen Sie das nicht?«

»Nein«, antwortete Paul und meinte: Sie kriegen durchaus nicht immer Transportfieber. Mr. Nicholson dachte jedoch, Paul meinte, dass er es nicht wüsste, und sagte beißend: »Ihr seid eben noch blutige Anfänger.«

»Passt er in unseren Kleinbus?«, fragte Mrs. Bunker.

»Kaum, Madam.«

Wie konnte er ein angeblich großartiges Pony – überhaupt irgendein Pony – Leuten verkaufen, die so offensichtlich nichts von Pferden verstanden?

»Aber ich will Ihnen sagen, was ich tun werde. Einer meiner Leute wird den Anhänger fertig machen. Er kann das Pony heute nachmittag zu Ihnen rüberfahren, und dann kann Ihr Junge gleich …«

»Wie viel extra?«

Mr. Nicholson nannte eine Summe, die rund gerechnet zweimal höher lag als der angemessene Preis für einen solchen Transport. Seine Hände ballten sich zu Fäusten, und die Halsadern schwollen zu Stricken an, als Dora den Bunkers treuherzig vorschlug: »Wir haben unseren Transportwagen hier und fahren sowieso bei Ihnen vorbei. Wir nehmen Barnacle Bill mit.«

Irgendetwas war eigenartig mit dem Pony. Irgendetwas im Ausdruck seiner Augen, aber was?

Barnacle Bill benahm sich halsstarrig. Als Chip ihn zum Transporter brachte, stemmte er sich vor der Rampe mit allen Vieren fest auf den Boden, reckte den Kopf und bewegte sich nicht von der Stelle. Mr. Nicholson warf eine Handvoll Kies nach dem Pony. Er brüllte, schlug das Pony mit der Peitsche, legte ihm ein Seil um das Hinterteil und versuchte, es so vorwärts zu ziehen. Zuletzt prügelte er es mit einem kurzen Stück Holz und nannte es ein widerborstiges Schwein. Chip warf dem Pony den Halfterstrick über den Nacken und ging fort.

Mrs. Bunker rang schon verzweifelt die Hände. Jim war losgestromert. Paul hatte mit den Händen in den Taschen zugesehen. Jetzt sagte er: »Darf ich mal?«

»Bitte, wenn Sie wollen.« Mr. Nicholson stiefelte davon. So sah er nicht, wie Paul dem Pony leise zusprach, es streichelte und wie die Angst des Tieres allmählich abebbte. Paul hielt es fest, während Dora ihm einen Vorderfuß auf die Rampe setzte. Als sich das Pony weiter beruhigte, gelang es Dora, auch den anderen Vorderfuß auf die Rampe zu setzen. Zwei Füße auf der Rampe, blieb Barnacle Bill mit halb geschlossenen Augen eine Weile stehen. Dann seufzte er und kletterte gefügig in den Transportwagen.

9

Ron Stryker war so faul und durchtrieben wie immer. Da bei ihm erst die eigene Person und dann die Pferde kamen, musste man ständig ein Auge auf ihn haben.

Ron Stryker hatte die Nase bereits über einer Schüssel mit Sluggers Erbsensuppe, die so dick war, dass man sie mit Messer und Gabel essen konnte, als Paul ins Haus kam. »Ich dachte, du hast alle Pferde getränkt«, sagte Paul. »Ranger jedenfalls hast du kein Wasser gegeben.«

Ron zuckte mit den Schultern. »Seine Sache, soll er sehn, wo …«

»Los, raus! Gib ihm einen Eimer voll!« Slugger drohte Ron mit dem Tranchiermesser.

»Ich hab ihm schon was gegeben.« Paul setzte sich mit einem Seufzer.

»Da hast du's Slugger, bloß keine Aufregung«, sagte Ron Stryker seelenruhig. »Es findet sich immer irgend 'n Dussel, der's macht.«

Doch er war eine zusätzliche Arbeitskraft. Dadurch fanden sie allmählich zum üblichen Rhythmus zurück, und die Pferdefarm kam wieder besser in Schwung.

»Jetzt kann der geschniegelte Bernie auftauchen, wann er will.« Doras Blicke wanderten über den ordentlichen Hof: Die Schubkarren standen säuberlich aufgereiht, alle Geräte waren an ihrem Platz, der Dünger war verteilt, und von der Wiese her drang das Brummen von Mr. Becketts Mähmaschine wie Mückengesumm herauf. »Vielleicht sollten wir ihn einladen, ehe wieder irgendetwas schiefgeht.«

»Man soll sich das Unglück nicht auf den Hals ziehen.« Slugger schüttelte den Kopf.

»Er kommt sowieso, um Ron in Augenschein zu nehmen.«

»Mir wär's lieber, er kommt an meinem freien Tag«, rief Ron vom Dach des Eselstalls, wo er saß und seiner Gitarre melodische Akkorde zu entlocken versuchte. »Weil ihm nämlich nicht gefallen wird, was er sieht.«

»Warum bietest du nicht mal zur Abwechslung einen angenehmeren Anblick?«, fragte Dora zu ihm hinauf.

»Geht nicht.« Er warf einen losen Dachziegel nach ihr. »Bin so geboren.«

»Mit verfilztem Haar und Jeans, die vor Dreck von selbst stehen?«

»Jaaa!«

Callie ging am nächsten Tag nicht zur Schule; gemeinsam harkten sie das Heu zusammen. Die abendliche Stallarbeit gab ihnen den Rest. Alle waren erschöpft. Nur Dora fand keine Ruhe. Seit sie Barnacle Bill in den sauberen und geräumigen, nach frischem Holz duftenden Stall der Bunkers gebracht hatten, machte sie sich ständig Sorgen.

»Das Pony geht dich nichts an«, entgegnete ihr Paul, als sie ihre Sorgen äußerte.

Aber Dora ließen die Sorgen nicht los. Jedes Pferd ging sie an.

»Bist du einverstanden, wenn ich morgen mal mit Hero losreite?«, fragte sie Callie.

Wie alle anderen, so war auch Hero ein Follyfoot-Pferd und gehörte niemand; Callie hatte ihn jedoch aus dem Zirkus gerettet, daher wurde sie stets gefragt.

»Ich könnte nicht mal in den Sattel steigen«, Callie saß auf der Vortreppe, hielt die Bürste vorsichtig in der Hand und bürstete sich Heu aus ihrem Haar. Ganz gleich, was sie tat, immer blieben Spuren an ihr zurück: im Haar, auf dem Gesicht, an den Füßen, an den Händen, in den Taschen.

»Wo willst du hin?«

»Ich wollte zu den Bunkers runter und nach dem Pony sehn.«

»Hast du hier noch nicht genug Pferde?«, rief Paul aus dem Inneren des Hauses.

»Lass mich doch gehen.« Sie würde so oder so gehen, wollte Paul jedoch eine Freude machen, indem sie ihn bat. An friedlichen Tagen wollte sie zu jedem nett sein. An Tagen wie diesem, wo sie alle gemeinsam am Abhang im Heu gearbeitet hatten, und Butterblumen gelb aus den Frühsommerwiesen lachten, die sich bis zum bläulichen Dunst der fernen Berge erstreckten.

»Ich könnte dich sowieso nicht hindern«, lachte Paul.

»Ein fremdes Pferd ist immer anziehender. Aber komm um Gottes willen nicht mit ihm zurück.«

Barney lief auf der kleinen Weide hinter dem neuen Stall umher, den man inzwischen mit Kreosol gestrichen hatte. Tür und Fensterblende leuchteten weiß.

»Aber er ist noch nie drin gewesen, dieses Mistvieh«, sagte Mr. Bunker finster. »Nicht seit ihn Jim zum Weiden rausließ – zwei Tage nachdem wir ihn gekauft haben.«

»Ich kann ihn nicht einfangen«, sagte Jim und zog die Schultern hoch.

Sie standen am Gatter und beobachteten das Fuchspony, das mit gesenktem Kopf in der äußersten Ecke der Weide stand.

»Sie meinen, Sie haben ihn seit zwei Wochen nicht ein einziges Mal einfangen können?«

»So ungefähr«, antwortete Mr. Bunker. »Wir haben es mit Hafer versucht, wir haben es mit Zucker versucht, und wir haben es mit Mohrrüben versucht, alles vergeblich. Wir haben versucht, ihn in die Ecke zu treiben. Wir haben die Nachbarn zusammengetrommelt, um ihn in den Stall zu jagen. Aber er senkt bloß den Kopf und beißt nach jedem, der sich ihm nähern will, oder er dreht sich um und schlägt aus.«

»Wie reitet er sich denn?«, fragte Dora.

»Wie soll ich das wissen«, sagte Jim. »Ich habe ihm kein Zaumzeug anlegen können. Deshalb hatte ich ihn auch rausgelassen. Aber dann konnte ich ihn nicht einfangen und bekam die Geschichte über. Mir ist es sowieso egal, ob ich reite oder nicht.«

»Es ist dir keineswegs egal.« Seine Mutter war aus dem Haus getreten. In einer Schürze und mit dem Geschirrtuch in der Hand sah sie viel menschlicher aus. »Jim sehnt sich geradezu danach, auf seinem neuen Pony zu reiten, aber das Tier ist wie verrückt. Ich habe schon Mr. Nicholson angerufen. ›Verkauft ist verkauft‹, hat er gesagt. ›Als Sie es hier übernahmen, war es in Ordnung !‹«

»Ich wette, er hat Sie betrogen«, sagte Dora grimmig. »Er wusste genau, was mit dem Pony los ist.«

»Weshalb war es dann unter diesem Mädchen so friedlich?«

»Beruhigungsmittel. Es stand unter Drogen.«

»Aber nein!«

»Aber ja. So machen die das. Ron Stryker, ein Junge, der bei uns arbeitet, hat es mir verraten. Er kennt alle Tricks.«

»Ich werde Mr. Nicholson verklagen«, sagte Mr. Bunker.
»Sie können nichts beweisen. Die Droge ist nicht mehr im Blut. Die Wirkung ist längst verflogen, darum ist das Pony jetzt wieder so störrisch.«

Jim blickte düster drein. »Eigentlich konnte ich Barney ganz gut leiden«, sagte er zu Dora. »Ich meine, damals am ersten Tag. Er war lieb und ruhig. Ich habe auf der Krippe gesessen und ihm erzählt, was wir alles machen wollen: Picknicks, durch die Furt waten und den Hügel hinauf zu den Römischen Gräbern reiten. Es hat ihm auch gefallen. Ein Ohr hat er nach hinten gestellt, und eins nach vorn. Mit dem einen hat er zugehört, mit dem anderen nachgedacht.«

»Soll ich ihn dir einfangen?«

»Ja, bitte. Vielleicht kriegst du ihn so weit, dass er sich wieder beruhigt.«

»Ich will es versuchen. Er muss sehr schlecht behandelt worden sein. Vielleicht fasst er Vertrauen zu mir.«

Dora brachte Hero in den neuen Stall. Er begann sofort die glänzende Mulde der Aluminiumkrippe nach den Resten von Barneys letztem Futter auszulecken.

Die Bunkers hockten auf dem Gatter wie Krähen, als Dora bis in die Mitte der Weide ging und mit den Händen auf dem Rücken still stehen blieb. Die meisten Pferde kommen schließlich herbei, wenn man regungslos dasteht. Wenn Barney wirklich herankäme, wollte Dora ihm – wie es ein Pferd tun würde – in die Nüstern blasen, damit er sie kennen lernen konnte.

Barney stand mit der Hinterfront zu ihr. Er hielt den Kopf dicht über dem Erdboden und beobachtete Dora durch seine Hinterbeine. Als sie ein paar Schritte vorwärts ging, drehte er sich plötzlich um und kam mit zurückgelegten Ohren auf sie zu.

So tapfer war Dora nun auch nicht. Sie machte kehrt und rannte.

»Na, dann gesellen Sie sich mal zu uns.« Mr. Bunker rückte zur Seite, um ihr auf dem Gatter Platz zu machen.

»Genauso hat er es mit uns gemacht.«

»Was sollen wir bloß tun?«, jammerte seine Frau. »Wir können ihn doch nicht auf der Weide herumrennen lassen, bis er stirbt.«

»Sie können ja Mr. Nicholson anrufen und ihm sagen, dass er sein Pony zurückholen soll.«

»Habe ich doch versucht. ›Ein Kauf ist ein Kauf‹, hat er geantwortet. Und zwar ziemlich grob.«

»Hol mir eine Schüssel voll Hafer und einen Strick«, sagte Dora zu Jim. »Ich will es noch mal versuchen.«

Sie stellte die Schüssel mit Hafer auf die Erde und trat ein Stück zurück. Zuerst witterte das Pony misstrauisch, doch schließlich trottete es zur Schüssel und begann zu fressen. Aber sobald Dora einen Schritt näher kam, warf es den Kopf hoch und zog sich zurück. Einmal drehte es sich blitzschnell um und schlug aus.

»Seien Sie vorsichtig«, rief Jims Mutter überflüssigerweise.

Der Huf hatte Doras Hüftknochen Gott sei Dank nur gestreift. Immerhin schmerzte es stark genug, um ihren Kampfgeist zu entfachen. Sie hörte weder auf Mrs. Bunkers Ratschläge noch auf die vom Gatter her ertönenden Warnungen. Langsam, Schritt für Schritt, näherte sie sich dem verängstigten und nervösen Tier.

Ohne Barney aus den Augen zu lassen, ging sie dann in die Hocke, langte nach der Haferschüssel und hob sie ein wenig an. Barney hätte weitergefressen, doch Mrs. Bunker brach in ein lautes »Hurra!« aus, und das Pony warf den Kopf hoch und schrak zurück.

»Sie haben alles versaut!« rief Dora ärgerlich.

»Warum gehst du nicht lieber ins Haus, Marion«, schlug Mr. Bunker sanft vor. Seine Frau knurrte gereizt: »Na schön, ich gehe. Ich will gar nicht sehen, wie ihr der Schädel eingeschlagen wird.« Es klang, als wäre Dora an der ganzen Geschichte schuld.

Dora begann das Spiel von neuem. Zuletzt stand sie mit der Haferschüssel in der Hand still da, und das Pony fraß aus der Schüssel. Sie nahm die Schüssel in eine Hand und schob die andere Zentimeter um Zentimeter vor, bis sie –

»Ich habe ihn!« Sie ließ die Schüssel fallen und klammerte sich an den Halfter. Barney schleppte sie über die halbe Weide, Doras Füße schleiften im Gras, aber sie ließ nicht los.

»Lassen Sie los!«, schrie Mrs. Bunker aus einem Fenster des oberen Stockwerks.

»Nicht loslassen!«, brüllte Mr. Bunker vom Gatter her.

Dora murmelte unaufhörlich beruhigende Worte, und Barney verlangsamte den Schritt und beruhigte sich allmählich. Schließlich gelang es Dora, den Strick durch das Halfter zu ziehen. Sie zog, und das Pony blieb stehen, wenn auch zitternd und schnaubend. Auch Dora zitterte. Es kam ihr vor, als wären ihre Beine aus bibbernder Sülze. Aber sie hatte es geschafft.

Sie führte Barney am Strick zum Gatter. Als sie ihm die Hand zum ersten Mal auf den Hals legte, scheute er zur Seite. Beim zweiten Mal schüttelte er die Hand nicht ab. Dora befahl Jim, Hero herauszuholen, und führte Barney in die Box. Dabei streichelte sie ihn unter der Mähne und murmelte Lobesworte.

»Ich glaube, er ist gar nicht bissig, sondern hat bloß Angst«, erklärte sie Jim. »Man kann's an den Augen sehen. Und an den Ohren. Ein bissiges Pferd legt die Ohren zurück, aber Barney hat seine Ohren doch nach ...«

Ein gellender Schrei. Unter Anerkennungsrufen wie »Einfach fabelhaft, wie Sie mit Pferden umgehen können!«, war Mrs. Bunker zum Stall hinübergerannt und hatte hastig die Hand ausgestreckt, um das Pony zu streicheln. Und Barney? Barney hatte zugeschnappt, ihr die Fingerkuppe abgebissen und sie ins Stroh gespuckt.

Mr. Bunker brachte seine Frau ins Krankenhaus. Um die Hand hatte sie dick ein Badetuch geschlungen. Bei der Rückkehr war der Finger geschient und bandagiert. Dora war bei Jim geblieben. Das Ehepaar traf die beiden im Stall, wo das Pony Salz aus Jims Hand leckte.

»Barney ist wirklich nicht bissig«, sagte Dora und setzte in Gedanken hinzu: Wenn man sich ihm nicht auf die falsche Weise nähert.

»Er ist bissig. Er wollte mich umbringen. Wir werden den Tierarzt anrufen und das Vieh erschießen lassen.«

Jim wurde kalkweiß. Er ließ die Hand mit dem Salz sinken, rannte aus dem Stall und lief ins Haus.

»Das dürfen Sie nicht!«, wiedersprach Dora. »Ich meine, es ist furchtbar, dass er nach Ihrem Finger geschnappt hat, und es tut mir auch schrecklich leid, aber ...«

Dora musterte Barney. Sie hatte mit dem Pony mehr Mitleid als mit Mrs. Bunker. Mrs. Bunker war für ihre Dummheit schließlich selber verantwortlich. Barney aber konnte nichts dafür. Wer weiß, was ihm alles zugestoßen war.

»Lassen Sie mich mit ihm arbeiten.«

»Er muss fort.« Hatte Mr. Bunker sich einmal entschieden, ließ er sich durch nichts von seinem Entschluss abbringen. Deshalb war er auch so erfolgreich in seinem Geschäft. »Ich rufe den Tierarzt an. Das Pony muss fort, noch heute Abend.«

»Aber vielleicht – darf ich ihn mitnehmen? Darf ich es auf dem Pferdehof mit ihm versuchen? Lollipop haben wir untergebracht, für Barney ist also Platz.«

»Ist mir völlig egal, was Sie mit ihm machen«, erklärte Mr. Bunker, »nur muss er heute noch fort. Tot oder lebendig.«

Dora holte Hero heran, schwang sich in den Sattel, packte den Strick an Barneys Halfter und führte das Pony neben dem ruhigen alten Pferd die Auffahrt hinunter.

»Gut, dass wir das Biest los sind!«, rief ihr Mrs. Bunker hysterisch nach. »Ich konnte ihn sowieso nie leiden. Sir Arthurs Söhne haben auch gesagt, dass er gewöhnlich aussieht.«

10

Der große Kopf, die langen Ohren ... zugegeben, Barney sah ein bisschen gewöhnlich aus, aber das hinderte ihn jeden falls nicht, sich gut und geschmeidig zu bewegen. Er scheute unterwegs vor diesem und jenem, und Hero biss ihm in den Nacken, als er in ihn hineinprallte. Einige Male versuchte er auszuscheren, einige Male hing er zurück, so dass Dora ihn weiterzerren musste.

Ein sehr anstrengender Ritt. Dora war froh, als im Zwielicht endlich das vertraute weiße Gatter und das Schild »Gnadenhof für alte Pferde« auftauchte.

»Ein Heim auch für dich, Barnacle«, sagte sie zu dem Pony. »Bloß dass du nicht viel Ruhe haben wirst. Du musst ran!«

»Was soll denn das?« Slugger trat aus der Scheune, als Dora abstieg, das Tor aufstieß und mit den Pferden auf den Hof kam.

»Ich habe dem Pony das Leben gerettet.«

Slugger setzte sich auf den Trogrand und vergrub den Kopf in den Händen. »Ich geb's auf!«, stöhnte er. »Erst dieser mottenzerfressene Bettvorleger auf Beinen, dann das zu kurz geratene Pony und nun ein völlig normales und gesundes. Der Captain hat kaum seinen Rücken gekehrt, und schon trudeln sie haufenweise ein.«

Dora schenkte Slugger weiter keine Beachtung. Sie führte die Pferde weiter in den Hof hinein und blickte forschend zu Paul hinüber.

Paul stand auf dem Hof und hielt die Forke wie einen Spieß vor der Brust.

»Aber nein, das ist doch nicht möglich«, sagte er ruhig.

»Ich musste es einfach tun, Paul!«

Paul war weiß vor Wut. Seine dunklen Augen funkelten.

»Ich habe dich davor gewarnt, ihn mitzubringen!«

»Sie wollten ihn erschießen lassen.« Mehr brauchte sie nicht zu sagen. Diese Erklärung reichte aus. Paul kannte Follyfoots Aufgabe: Leiden zu mindern und Leben zu retten.

»Wir hatten doch verabredet, neue Pferde nur aufzunehmen, wenn wir beide zustimmen!«

»Du hättest zugestimmt, wenn du dort gewesen wärst«, beharrte Dora. »Die Leute waren geradezu rasend.«

»Du hättest zurückkommen und mich fragen sollen.«

»Du hättest abgelehnt.«

»Stimmt, verdammt noch mal, das hätte ich. Das habe ich dir gesagt.«

»Hast du mir gesagt!« Dora wurde jetzt ebenfalls wütend.

»Wer sagt denn, dass du mir etwas zu sagen hast?«

Callie kam mit zwei alten Pferden am Halfter um die Scheunenecke. »Was ist denn das? Ach, was für ein süßes Pony! Was ist mit ihm, Dora? Können wir ihn – oh!« Ihre Augen glitten zwischen Dora und Paul hin und her. Sie spürte die Spannung zwischen den beiden. »Hü, Ginger und Prince, weiter mit euch! Hier haben wir nichts zu suchen.«

Paul kam nicht zum Abendessen. Das Gespräch bei und nach Tisch war gleich Null. Ron war mit einem Mädchen aus. Slugger schmollte mürrisch vor sich hin. Callie las in einem Schulbuch. Dora hatte keinen Appetit.

Den restlichen Abend verbrachte sie bei Barney. Sie streichelte ihn und redete ihm zu, damit er sich eingewöhnte. Er schnupperte an allem, das Zeichen eines klugen, wissbegierigen Pferdes. Von seinem Futter fraß er immer nur wenig und stand ständig an der Tür seiner Box. Als Weaver neben ihm mit dem Huf gegen die Trennwand donnerte, ging auch Barney hoch und keilte instinktiv aus.

»Hast du noch schlechte Laune, Dora, oder kann man wieder mit dir reden?«, fragte Callie. Man sah ihrem Gesicht an, dass sie bereit war zu verschwinden, falls Dora noch wütend war.

»Mir gleich.«

»Darf ich wenigstens mit dem Pony sprechen?«

»Sieh dich vor. Es ist sehr nervös.«

»Weshalb?«

»Weiß ich nicht. Vielleicht ist es früher misshandelt worden. Dieser Händler hat es wahrscheinlich billig bekommen.«

»Ein nettes Tier.« Callie kam herein, blieb an der Tür stehen, die Hände leicht vorgestreckt, damit Barney sich an ihren Geruch gewöhnen konnte.

»Wenn wir ihn schulen, gibt er ein gutes Reittier für dich ab.«

»Aber Paul sagt doch, dass er weg soll.«

»Paul hat hier nichts zu befehlen.«

»Jemand muss es doch«, redete Callie ihr zu. »Er sagt doch bloß wie der Captain, dass wir hier keine gesunden Pferde halten können, weil die alten uns brauchen. Nur dass der Captain keine Wutanfälle kriegt und nicht im Laster zum Tor rausjagt und dabei fast eine Radfahrerin umbringt.«

»Wo ist Paul hin?«

»Weiß ich nicht. Er hat es keinem von uns gesagt.«

»Mir auch nicht. Hoffentlich ist er nicht zu den Bunkers runter. Callie, wir dürfen nicht zulassen, dass sie Barney umbringen. Warum kann Paul das nicht einsehen?«

»Das sieht er schon ein.« Callie war einerseits noch ziemlich kindlich für ihr Alter, andererseits aber auch wieder recht gewitzt. »Aber es muss sein Einfall sein.«

Dora konnte nicht schlafen. Sie lag lange im Dunklen wach, und ihre Gedanken liefen endlos im Kreis. Sehr spät erst hörte sie den lauten Motor des Lasters. Das Licht der Scheinwerfer glitt durch ihr Zimmer, als Paul zur Garage einbog.

Es hallte, als er die Tür zuschlug, die zu der Dachkammer führte, in der er schlief. Sie lag über der Sattelkammer, und Dora hörte die Stiegen knarren, als Paul zum Boden hinauf stieg. Ein Pferd hustete: Ranger. Dann ein anderes: Lancelot. Wonderboy schnaubte in die Nacht. Dora erkannte alle Pferde des Hofes an ihren Lauten.

Sie trat ans Fenster und blickte zu Pauls hellem Fenster hinüber. Am liebsten wäre sie hinunter und über den Hof gerannt und hätte die steile Treppe hinaufgerufen: Es tut mir leid, Paul. Wirklich. Vertragen wir uns wieder!

Im Geiste sah sie auch, wie sie es tat, obwohl ihr widerspenstiges Ich regungslos am Fenster verharrte.

Dora und Paul sprachen zwei Tage lang kein Wort miteinander. Es war ihr schlimmster Krach bisher. Schlimmer als damals, als ihn der Esel am Torpfeiler abstreifte, Dora über den Esel lachte, Paul aber annahm, sie lache über ihn. Noch schlimmer sogar als seinerzeit Pauls geliebter alter grauer Tommy während seiner Abwesenheit starb und er Dora die Schuld daran gab.

Sie verständigten sich nur über andere.

»Callie, frage Paul, wo er das Einreibemittel hingelegt hat.«

»Slugger, sag Dora, dass ich Leinsamen und Eicheln bestellt habe.«

Ron Stryker machte das Ganze einen höllischen Spaß. Er erfand Nachrichten und trug sie von einem zum anderen, um beide zu ärgern.

»Dora, Paul meint, deine Boxen sind eine wahre Schande und du solltest sie noch mal sauber machen.«

»Paul, die junge Dame möchte gern, dass du rauskommst und sie auf dem Fuchspony bewunderst.«

»Dora, du und der junge Gentleman, ihr sollt ins Haus kommen. Slugger hat Kaldaunen mit Schokoladensoße und Gewürzgurken gekocht.«

Dora arbeitete langsam und geduldig mit Barney. Das Pony musste viele Ängste überwinden und offenbar manche Misshandlung vergessen. Sie begriff, warum es Jim nicht gelungen war, ihm das Zaumzeug anzulegen. Zu Anfang sprang es so wild in der Box hin und her, dass Dora ihm nicht einmal die Zügel über den Hals legen konnte. Als sie es schließlich schaffte, drängte es sich in die entfernteste Ecke und warf den Kopf hoch. Dora war größer als Jim. Daher gelang es ihr, Barney zwischen den Ohren zu packen, wobei sie das eine Ende des Zaumzeugs in der Hand hielt. Die andere Hand drückte ihm die Kandare gegen die fest aufeinander gebissenen Zähne. Sie drückte mit dem Daumen auf das Zahnfleisch, aber die Zähne blieben fest aufeinander gepresst.

»Versuch es doch mit Zucker!« Callie verfolgte die Prozedur aufmerksam.

»Wenn ich erst damit anfange, kriege ich die Kandare nie ohne Zucker rein. Komm her, halt ihm die Nase zu.«

Mehrere Male konnte Barney die lästigen Hände abschütteln, doch zuletzt schaffte Callie es und hielt ihm die Nasenlöcher zu. Barney schnaubte, öffnete das Maul, und drin war die Kandare.

»Entschuldige, Barnacle«, sagte Dora, während sie die Schnallen des Zaumzeugs festzurrte, »aber ein so prächtiges Pony darf nicht auf der faulen Haut verrotten!«

Als Dora zum ersten Mal aufsaß, warf Barney sie ab.

Das war der Augenblick, in dem Ron losgeschossen war und Paul zugerufen hatte: »Paul, die junge Dame möchte gern, dass du sie auf dem Fuchspony bewunderst.«

Dora schwang sich von neuem hinauf, hielt die Zügel so straff, dass es nicht bocken konnte, und presste ihm die Fersen in die Weichen. Barney scherte seitlich aus und war nur schwer geradeaus zu halten, trabte aber immerhin über das Feld.

Bei jedem kräftigen Zügelzug bäumte er den Kopf auf, erwartete einen Stich in das Maul. Sein Vertrauen zurückzugewinnen würde Zeit kosten. Doch er ging flüssig und geschmeidig, und Dora nahm an, dass er irgendwann einmal gut geschult worden war.

11

Normalerweise hätte sich Paul mit Barney genauso begeistert an die Arbeit gemacht wie Dora. Jetzt beteiligte er sich allerdings nicht. Der Krach ebbte allmählich ab, und gelegentlich sprachen sie auch miteinander. Aber wenn Dora bei den Mahlzeiten über Barneys Fortschritte plapperte, hörte Paul nicht hin.

»Du vergeudest deine Zeit mit dem Pony«, beschuldigte er sie einmal, »und wir dürfen deine Arbeit machen.«

»Das stimmt doch nicht!« Dora schob so heftig den Stuhl zurück, dass er krachend in den Kamin kippte. »Erst mache ich meine Arbeit.«

»Setz dich wieder hin und iss weiter, Dora«, sagte Slugger.

»Mir ist der Appetit vergangen.«

»Das Pony müsste sowieso rausgelassen werden«, knurrte Paul, als Dora zur Tür ging.

»Aber Dora kann es allein nicht wieder einfangen«, sagte Callie.

Während Dora die Tür hinter sich zuwarf, hörte sie noch, wie Paul sagte: »Na, das ist dann ihr Pech, oder?«

Die Verstimmung dauerte immer noch an.

Am folgenden Tag fuhr Dora zum Einkaufen in das Dorf. Als sie zurückkam, stieg sie am Tor oben auf der Anhöhe vom Rad. Wie immer ließ sie ihre Blicke über das Wiesenstück wandern, auf dem die Follyfoot-Pferde weideten oder in Gruppen unter Bäumen dösten, mit den Hufen die Erde stampften und müßig mit den Schwänzen schlugen.

Heute war die sonst so friedliche Szene bewegt. Auf der größten Weide jagte Barney ohne Halfter umher, schlug aus und biss nach den anderen Pferden.

Dora stürmte in den Hof, stellte die Einkaufstaschen hastig in der Küche ab und versuchte über eine Stunde lang, das Fuchspony wieder einzufangen.

Die Weide war zu groß, und das Gras schmeckte zu süß, nein, jetzt wollte Barney nicht trainiert werden. Er fürchtete sich nicht mehr vor Dora, aber er neckte sie. Er ließ sie mit dem Strick ganz nahe herankommen. Ja, ließ sogar zu, dass sie ihm das Ende halb über den Hals warf, ehe er zur Seite sprang und davongaloppierte, wobei er bockte und ausschlug wie ein Wildpferd.

Hoffnungslos. Dora setzte sich auf einen Baumstumpf und verknotete verdrossen den Strick. Nach einer Weile spürte sie einen leichten Stoß im Rücken. Barney! Er hielt den Kopf gesenkt, ließ sich den Strick umlegen und in den Stall zurückführen.

Die Verstimmung zwischen Paul und Dora schwelte noch, als Bernard Fox am nächsten Vormittag in der Follyfoot Farm auftauchte, gebadet, frisch rasiert, geschniegelt und gebügelt, und sich mit dem kritischen Blick des Herrn der Schöpfung umschaute.

Bernard Fox wollte Ron Stryker in Augenschein nehmen. Es war ziemlich frisch heute. Ron steckte in dem zeltartigen Kleidungsstück, das vor vielen Jahren als Militärmantel gedient hatte. Abgewetztes, zerrissenes Tuch. Die losen Taschen flatterten wie die Ohren eines Spaniels. Die Knöpfe fehlten, und so umschlotterte ihn der Mantel, und da er zu lang war, wirbelte der nachschleppende Saum eine Staubwolke auf, wenn Ron bei seiner Arbeit langsam hin und her ging.

Von hinten ließ sich nur schwer erkennen, was sich da bewegte. Bernard Fox musste erst fragen. Dora blickte Paul an, der sich abwandte und vor sich hin pfiff. Er half ihr nicht aus der Verlegenheit.

»Das? Ach so, ja, das ist Ronald Stryker«, sagte sie. »Unser neuer Stalljunge, von dem ich Ihnen schon erzählt habe.«

Beim Klang seines Namens drehte Ron Stryker sich um. Eine Zigarette baumelte ihm von der Unterlippe. Um sein langes rotes Haar schlang sich ein Stück Strippe.

»Wie geht's?« Er setzte den Eimer ab und kam auf Bernard Fox zu. »Erfreut, Sie kennenzulernen!« Er lächelte. Eine Grimasse, die er für ein gewinnendes Lächeln hielt.

»Ganz meinerseits«, sagte Bernard Fox, dessen Umgangsformen so fleckenlos waren wie seine Stiefel. »Ich kümmere mich ein bisschen um alles hier, für den Captain. Er wartet auf meine Meinung, ob wir Sie ständig beschäftigen können.«

»Kaum«, entgegnete Ron Stryker munter. »Dora hat ihm geschrieben, und die Antwort ist schon da: ›Guter alter Ron Stryker, beste Nachricht seit langem.‹«

»Mit diesen Worten?«

»Mit diesen Worten. Er schlägt Purzelbäume vor Freude.«

Bernard Fox empfand das als Schlag ins Gesicht und aus seiner schlechten Laune heraus fand er an allem etwas auszusetzen. Rons Mantel kam zuerst an die Reihe.

»Etwas frisch heute.« Ron zog den Mantel enger um den Leib. »Ich hab's auf der Brust.«

»Stramme Arbeit wird Sie schnell aufwärmen!« Bernard Fox rieb sich die Hände und wandte sich Slugger zu. Der alte Mann scheuerte Eimer mit heißem Wasser und Soda. Dabei trug er seine aus einem Kleiesack gemachte Schürze.

»Sieht ja fürchterlich aus«, sagte Bernard Fox. »Wenn Besucher kommen und Sie so sehen?«

»Wir sind für die Pferde da, nicht für die Besucher«, knurrte Slugger. Aber Bernard Fox ließ nicht locker. »Haben Sie keine Overalls?«

In der Sattelkammer hingen ein paar braune Arbeitskittel, die jedoch niemand anzog. Slugger musste sich jetzt einen überziehen. Er war ihm zu groß, und die Ärmel waren viel zu lang. Er scheuerte und putzte weiter und wurde viel nasser als vorher in seiner bequemen Schürze.

Bernard Fox blieb den ganzen Vormittag da, um ihnen mit Rat und Tat beizustehen. Nach seiner Ansicht lief die Arbeit sehr unorganisiert ab. Daher entwarf er einen Zeit- und Dienstplan und nagelte den Zettel in der Futterkammer an. Das heißt, er nagelte nicht selbst, sondern beaufsichtigte Paul, wie er die Nägel einschlug.

Er kontrollierte auch die Pferde, als sie von der oberen Weide hereinkamen. In Follyfoot ging das so vor sich: Man machte die Stalltür auf, schüttete das Futter in die Krippe, öffnete das Weidegatter und ließ jedes Pferd selber in seinen Stand gehen. Und die Pferde irrten sich nie. Ein herrlicher Anblick, wenn sie als Herde in den Hof kamen, sich dann aufteilten und jedes Pferd der eigenen Krippe zustrebte. Bernard Fox bekam jedoch beinahe einen Schlaganfall, als er diesen Ablauf der Dinge sah.

»Jedes Pferd muss einzeln hinausgeführt und hereingebracht werden. Sie können sie doch nicht wie eine Herde Wildpferde durch die Gegend trampeln lassen!«

Nichts hatte weniger Ähnlichkeit mit wildem Umhertrampeln, denn die Hinterfronten der Pferde verschwanden der Reihe nach in schönster Ordnung in der Stalltür.

Callie bekam ebenfalls Ärger. Wie immer stieg sie nach ihrer Patentmethode auf. Wenn Hero den Kopf zum Weiden senkte, stellte Callie sich breitbeinig über seinen Hals und glitt, sobald er den Kopf hob, über den Nacken auf den Rücken. Als Bernard Fox dagegen Einspruch erhob, stieg sie nach ihrer zweiten Patentmethode ab, indem sie sich über den Schwanz hinweg hinabgleiten ließ.

»Bist du nicht die Kleine, die das Hengstfohlen Folly zureiten soll?« Bernards rötlicher Schnurrbart sträubte sich vor Missbilligung, und er sträubte sich nochmals, als er von Barney erfuhr. »Der Captain hat mir immer wieder gesagt, dass diese Farm hier nur für Pferde in Not da ist.«

»Aber Barney war doch in Not.« Dora wollte der Mut schwinden. Paul hörte zu. Er würde Bernard Fox beipflichten, und damit wäre das Urteil über Barney gesprochen. »Er muss nur geschult werden. Barney ist ein gutes Pferd, aber man muss ihn früher sehr schlecht behandelt haben.«

»Das ist nicht Ihre Aufgabe, nicht mal, wenn Sie dafür qualifiziert wären.« Bernard Fox mochte es gar nicht, wenn man mit ihm stritt. »Das ist Sache eines Trainers.«

»Den können wir uns nicht leisten. Außerdem braucht das Pony viel Liebe.«

»Sie reden wie ein dummes Ding.«

»Ich bin ein dummes Ding«, sagte Dora verzweifelt und klammerte sich an Barneys Halfter, als wäre das ihr einziger Halt.

»Und frech sind Sie außerdem«, sagte Bernard Fox kurz. »Ich würde Sie nie beschäftigen. Und ich frage mich, warum der Captain es tut. Phyllis Weatherby hat mir eine Menge über Sie erzählt. Ich habe Ihnen jede nur denkbare Chance gegeben. Aber jetzt ist mir klar, dass es meine Pflicht ist, dem Captain zu schreiben, was hier vorgeht.«

»O bitte ...« Dora konnte kaum sprechen. Da schaltete sich plötzlich Paul ein.

»Tun Sie das nicht«, sagte er. »Lassen Sie sie in Ruhe. Dora ist in Ordnung. Sie ist unsere beste Arbeitskraft.«

Das klang so aggressiv, dass Bernard Fox zwei Schritte zurücktrat. »Na gut. Warten wir ab. Aber ich werde Sie alle hier im Auge behalten.« Danach deutete er mit dem Kopf auf Barney. »Und was wird mit dem Pony?«

»Das behalten wir«, sagte Paul. »Dora hat recht. Barney braucht uns. Es gibt mehr als einen Weg, ein Pferd aus der Not zu retten. Ein gutes Pferd ist glücklicher, wenn ordentlich mit ihm gearbeitet wird. Und so ist es bei Barney auch.«

Sobald Bernard Fox in seinem Wagen mit dem silbernen Vollblut als Kühlerfigur vom Hof war, setzten sie alle seine Reformen außer Kraft. Slugger zog den braunen Arbeitskittel aus und warf ihn hinter die Regentonne. Paul riss den Zeit- und Dienstplan herunter, zerknüllte das Papier und warf damit nach der Katze. Callie saß auf, indem sie sich über Heros Hals stellte und dann auf seinen Rücken rutschte. Ron zog seinen alten Mantel über, obwohl nun die Sonne wärmte. Sie machten die Türen auf und ließen die gefütterten Tiere auf die Weide hinaus.

»Uhh-huu!« Ron stieß einen Cowboyruf aus, als die Pferde um die Ecke der Scheune verschwanden und den Graspfad zwischen den Zäunen hinuntertrotteten.

Dora und Paul blickten den Pferden nach.

»Vielen Dank«, sagte Dora, »dass du meinen Kopf gerettet hast. Und Barneys.«

Paul wich aus. »Soll ich diesem Bernard Fox vielleicht erlauben, uns umherzuscheuchen?«

»Trotzdem vielen Dank.« Sie lächelten, beide. Die Verstimmung war verflogen.

12

Erst als Dora mit Barney zu springen begann, erkannte sie, was tatsächlich in ihm steckte. Er sprang weit und sauber, berechnete die Schritte bis zum Absprung und galoppierte nach dem Aufsetzen zielstrebig weiter, Augen und Ohren bereits auf die nächste Hürde gerichtet.

Barney war ein gutes Jagdrennpferd. Ein bisschen langsam vielleicht, doch ein Kleinpferd ohne die Angewohnheiten eines Ponys. Neue Zäune machten Barney nervös. Doch sobald er sie kannte und wusste, dass Dora nicht an der Kandare reißen würde, sprang er offensichtlich mit Freude.

Callie hatte endlich Sommerferien. Die beiden Mädchen steckten rings um die Weide eine Reitbahn ab und bauten eine Folge von Hürden auf. Ginster zwischen zwei umgestürzten Stämmen, einige Schafhürden, eine Mauer aus ein paar alten Türen und tote Zweige legten sie breit aus für den Weitsprung. Auf dieser Bahn trainierten sie Barney mit großer Freude. Seit David, dem Grauschimmel, hatten sie kein so gutes Reittier mehr auf der Farm gehabt.

Doch dann mussten natürlich die Bunkers anrufen!

Sie hatten bisher nicht ein einziges Mal nach dem Pony gefragt. Jetzt, nach wochenlangem Schweigen, rief Mr. Bunker an und fragte: »Haben Sie das Pony schon für mich verkauft?«

»So war es doch nicht abgemacht«, sagte Dora bestürzt. »Ich trainiere Barney doch.«

»Wir kaufen Jim ein neues Pony. Sein Reitlehrer, Graf Podgorski, ist sehr dafür. Und Mr. Nicholson hat gesagt, dass er diese Bestie für mich losschlagen will. Bringen Sie das Pony sofort zu den Nicholsons.«

»Hören Sie, Mr. Bunker.« Dora schaltete in Notfällen nicht immer schnell, und jetzt war ihr der Kopf völlig wirr. »Lassen Sie mir noch ein bisschen Zeit.«

»Nur Zeitvergeudung.«

»Barney wird ein gutes Jagdpony, und dann bekommen Sie mehr Geld für ihn.« Das Argument hatte gewirkt, als Paul und Dora den Captain davon abhalten wollten, den Grauschimmel David zu verkaufen.

»Dass ich einen Verlust einstecken muss, ist mir klar.«

»Und die Nicholsons machen den Schnitt«, sagte Dora erbittert.

»Die Nicholsons haben sich sehr anständig gezeigt. Sie wollen uns ein erstklassiges Pony beschaffen, um uns zu entschädigen.«

»Wirklich nett von den Nicholsons.« Doch Sarkasmus kam bei Mr. Bunker nicht an.

»Also bringen Sie ihn hin.«

»Noch nicht!«

»Ich bezahle dafür.«

»Gott im Himmel, darum geht es doch nicht.« Dora explodierte über die Stupidität des Mannes. »Ich will nicht, dass die Nicholsons Barney wieder an jemanden verkaufen, der keine Ahnung hat.«

»Was heißt, *wieder* an jemanden?«

»An jemanden. Barney macht sich so gut. Lassen Sie mir noch ein bisschen Zeit, bitte. Kommen Sie her, und ich zeige Ihnen, wie er ...«

»Ich habe keine Zeit, länger mit Ihnen zu streiten.« Mr. Bunkers Geduld war nun doch erschöpft. »Manchmal wünschte ich, wir hätten uns nie auf das alles eingelassen.«

Ganz meine Meinung, dachte Dora, sagte aber: »Dann lassen Sie mir noch etwas Zeit?«

»Schluss jetzt, Mädchen. Ich bin ein vielbeschäftigter Mann.«

Bisher hatten Dora und Callie Barney mit einem der ausgedienten alten Sättel geritten. Da Mr. Bunker nichts weiter von sich hören ließ, kaufte Dora bei dem Zaumzeughändler einen guten Sattel aus zweiter Hand, auf Kredit selbstverständlich.

»Welche Sicherheit können Sie geben?«

»Meinen Lohn«, versprach Dora. »Ich werde jeden Monat etwas abzahlen.« Als sie mit dem Sattel auf dem Fahrradlenker heimkam, fummelte Ron Stryker gerade an seinem Motorrad herum. Er trug seine rote, mit Fransen besetzte Jacke und dazu seine Cowboystiefel. Weil sie ihm über den Zehen zu eng waren, lief er auf den Absätzen, wobei die Spitzen in die Luft ragten.

»Was hast du denn da?«

»Große Klasse.« Dora hob den Sattel von der Lenkstange.

»Und was hast du da?«

»Superklasse.« Ron spuckte auf den Rückspiegel des Motorrades und polierte ihn mit dem Ärmel. »Willst du mitkommen?«

»Wohin?«

»Treff 'n paar Kumpel.«

»Wozu?«

»Ach, eben so. Bloß zum Spaßvergnügen. Und 'n bisschen ins Blaue. Los, komm mit.«

Dora schätzte Rons Freunde nicht sonderlich. Aber sie hatte den Nachmittag nichts vor. Außerdem fuhr sie gern Motorrad. Der Wind brauste einem um das Gesicht, das Haar flatterte, und man berauschte sich an der Geschwindigkeit.

Ron trug ein Prachtstück von Sturzhelm; vorn prangte das Sternenbanner, hinten ein Totenschädel über gekreuzten Knochen. Dora setzte sich den Helm auf, den Callies Vater bei seinen Steeplechaserennen mit Wonderboy getragen hatte. Das Ziel der Fahrt ins Blaue entpuppte sich als eine Pferdeauktion. Ein wüstes Gelände am Rande der Stadt. Halb verfallene Scheunen und Schuppen, dazu mit Blech und Stacheldraht geflickte Pferche.

»Ich möchte hier nicht bleiben.« Dora hatte allerlei über solche Auktionen gehört. Niemand schickte ein gutes Pferd, und ein Pferdefreund überhaupt keins.

»Wie du willst!«, sagte Ron. »Ich bin mit einem Kumpel verabredet.« Er stieg vom Motorrad und bockte es auf den Kippständer, während Dora mit ihrem Steeplechasehelm noch auf dem Soziussitz hockte.

Ein paar Jungens blieben stehen und pfiffen halbherzig. Mädchen oder Junge? Wegen Slacks, Helm und Hemd waren sie sich bei Dora nicht ganz sicher und strolchten weiter.

Ein städtisch gekleideter Mann, der nicht aussah, als hätte er je mit Schweinen, Rindern oder Pferden zu tun gehabt, führte ein Skelett von Pferd in eine lange Scheune. Dora nahm den Helm ab, schüttelte sich das Haar zurecht, schwang sich vom Soziussitz und folgte ihm.

Auf jeder Seite der Scheune waren zwanzig bis dreißig Pferde angebunden. Elende Klepper, wahre Jammerbilder. Trotz ihrer Follyfoot-Erfahrungen war Dora dergleichen noch nie vor Augen gekommen. An jedem der Knochengestelle klebte eine Nummer wie auf einem Postpaket. Die meisten Pferde standen dicht nebeneinander. Trennwände waren nicht notwendig, da die meisten Mähren weder Energie noch Kraft genug besaßen, das Nachbarpferd zu beißen oder zu treten.

Dora nahm kummervoll die Parade der mageren Hinterteile ab.

»Wer kauft sie?« Ron stand unten an der Stirnseite der Scheune. Er sprach mit einem schlaksigen, pickelgesichtigen Jungen, den Dora bei den Nicholsons gesehen hatte, als die Bunkers das Pony kauften.

»Hundefutterfabrikanten, jedenfalls ein paar von diesen Mähren.«

»Ich wünschte, wir könnten sie alle mit auf die Farm nehmen.«

»Das sieht dir ähnlich.« Obwohl Ron sich abgebrüht und zynisch gab, besaß er nach all der Zeit auf dem Pferdehof doch mehr Gefühl, als er vor seinen Freunden zugab.

»Einige sind bestimmt gute Pferde gewesen. Sieh dir den Kopf da an. Kann sogar ein Vollblut sein.«

»Himmel!«, sagte Ron. »Geht uns allen mal so.« Er wandte sich mit seinem Nicholson-Kumpel ab; beide lachten schallend.

Vom Scheunentor aus beobachtete Dora einen Mann in Breeches, Gamaschen und Melone, der mit einem gut aussehenden Pferd aus einem anderen Schuppen kam, wo die besseren Tiere standen. Es war ein prächtig aussehender dunkler Fuchs von guter Abstammung. Irgendetwas mit ihm musste nicht stimmen, sonst würde er kaum hier verkauft werden. Die Menge drängte sich dicht um den Auktionsring, als er hereingeführt wurde, und das Bieten begann.

Dora wollte alles genau verfolgen, hatte aber plötzlich das Gefühl, als ob sie von hinten her beobachtet, ja angerufen wurde. Sie drehte sich um und erblickte einen langgliedrigen Falben mit einer hässlichen, gesprenkelten Schnauze, enormen Knien und Fesseln. Das Tier drehte sich so weit zu Dora um, wie es der Strick zuließ.

»Hallo, alter Freund!« Dora schob sich zwischen den Falben und das Nachbarpferd, um ihn zu tätscheln. Der Falbe hatte einen großen narbigen Kopf und einen kräftigen Hals. Seine weiße Mähne war verfilzt. Narben auf den Schultern verrieten, dass er ein schlecht sitzendes Kummet getragen hatte. Dora fand ein paar Zuckerstücke in ihrer Tasche. Das Pferd schnoberte an ihrer Hand und leckte verzweifelt nach mehr.

»Ich würde, wenn ich könnte, alter Freund«, beantwortete Dora die stummen Rufe des Pferdes. »Mon ami. Amigo. Ja, ich würde dich mit heimnehmen und Amigo nennen.«

»Gefällt Ihnen die alte Haut?« Rons schlaksiger Kumpel war herangetreten. »Eins von unseren Pferden.«

»Von den Nicholsons«, staunte Dora. In den Ställen des Händlers hatte sie solche Tiere nicht bemerkt.

»Ja, kauft sie haufenweise und verkauft sie, wo er kann. Bringen noch immer 'ne Menge Geld, tot oder lebendig. Dieser hässliche alte Heumotor zieht noch 'n paar Jahre 'nen Wagen.«

»Was verlangt er für ihn?«

»Etwa dreißig Pfund. So kalkuliert Nicholson erst mal bei allen. Kriegt er sie nicht hier, holt er sie sich woanders.«

»Dreißig Pfund«, rief Dora und dachte: Ich glaube, ich habe nicht mal dreißig Pence in der Tasche.

»Na, wollen wir weiter?« Rons Kumpel musterte Dora so misstrauisch, als könnte sie das arme alte Pferd, das sich für Menschen in jahrelanger Arbeit geschunden hatte, womöglich stehlen.

Dora klopfte Amigo auf die kräftige Schwerarbeiterschulter und ging hinaus zum Auktionsring.

13

Zum Verkauf standen mehrere junge, noch ungebärdige oder sehr unerfahrene Tiere. Zu den besten gehörte ein Rotschimmel, Typ eines Polopferdes mit gut geformtem Kopf, gerader Nase und elastischem Gang. In der Menge entdeckte Dora die Nicholsons: Vater, Mutter und Chip beobachteten von der Einfriedung her alles scharfäugig.

»New Forest – Araberkreuzung«, beschrieb der Auktionator das Tier. »Fast vier Jahre alt, gut eingeritten, aber unerfahren. Einen schöneren Rotschimmel werden Sie weit und breit nicht finden, meine Damen und Herren!«

»Lahmt wahrscheinlich«, brummelte ein Mann neben Dora, der an allen Pferden etwas auszusetzen fand. Augenscheinlich kannte man ihn hier, denn die Leute lachten, und der Auktionator rief:

»Na, seine Beine ziehe ich deinen immer noch vor, Fred!«

»Wette, dass er bloß damit ausschlägt!«, nörgelte Fred weiter.

Der junge Rotschimmel war sehr nervös. Er warf den Kopf hoch, blickte wild und schnaubte. Er umkreiste die junge Frau, die ihn am Halfter hielt. Als sie ihn an der Longe führte, um zu zeigen, wie er sich bewegte, senkte er den Kopf, bockte und wieherte schrill.

»Na, ich würd's nicht mit ihm versuchen«, knurrte der Nörgler, doch die Gebote stiegen. Nicht immer sah man, wer bot, weil keine Rufe ertönten. Die Bietenden nickten, bewegten einen Finger, ohne die Hand vom Geländer zu heben, husteten oder wedelten kaum merklich mit dem Katalog. Für das, was er versprach, ging das Rotschimmelpony ziemlich billig weg. Wer es gekauft hatte, merkte Dora erst, als Mrs. Nicholson das Tier fortführte; sie riss dem Rotschimmel hart den Kopf nach unten, als er ihn aus Furcht vor ihr und der Menge hochwarf. Dora musste an einen Sklaven denken, der bei einer Auktion an den Meistbietenden versteigert wurde und einer unbekannten Zukunft entgegenging.

Als Dora eine Tasse Tee trinken wollte, traf sie in der Schlange vor der schmierigen Snackbar auf Chip. »Nettes Pony, das deine Eltern da gekauft haben«, sagte sie.

»Mm-hm.« Man sah Chips ausdruckslosem Gesicht an, dass sie überlegte, woher sie Dora kannte.

»Für dich?«

»Bis wir es wieder verkaufen. Ich werde es für das Rennen trainieren. Gewinnt es, bringt es einen höheren Preis.«

»Was für ein Rennen?«

»Die Moonlight-Steeplechase. Bei Mr. Wheeler. Kennst du doch.«

Ja, Dora hatte von der Moonlight-Pony-Steeplechase, die der reiche alte Mann auf Broadlands Jahr für Jahr abhielt, schon gehört. Es war eine piekfeine Sache für die Reichen. Die »besten Leute« der Gegend wurden vor dem

Rennen zu einem kalten Büfett mit Champagner geladen. Ein gesellschaftliches Ereignis also, weit außerhalb der Lebenssphäre der Follyfoot-Farm.

Bilder schossen Dora durch den Kopf: Chip, wie sie das prächtige Pony trainierte, wie sie bei dem aufregenden Mondscheinrennen auf dem Rotschimmel über die Zäune und Hürden setzte und über die Felder der Broadlands Steeplechase-Strecke flog. Neid packte sie so sehr, dass sie prahlte: »Wir machen vielleicht auch mit!«

»Du bist doch viel zu alt«, sagte Chip in einem Ton, als wäre Dora fünfzig.

»Wir haben einen Reiter.«

»Und worauf?«

Im Grunde interessierte es Chip nicht im mindesten, aber die Frau hinter der Theke schenkte einer Gruppe Männer Bier ein und begleitete das Geschäft mit einer nicht endenden Flut von Witzen. Auf ihren Tee mussten sie also lange warten.

»Auf dem hellen Fuchs, den ihr diesen Leuten für ihren Sohn angedreht habt. Er springt wie ein Hirsch, du würdest ihn nicht wiedererkennen.«

»Ach *der*!« Zum ersten Mal sah Dora die Nicholson-Tochter lächeln. Doch dann überzog Chip. Sie brach in schallendes Gelächter aus, schlug sich auf die Knie und hielt sich den Bauch. »Na, über den brauche ich mir keine Gedanken zu machen«, sagte sie grob.

»Das glaubst du!«, rief Dora. Und als Chip, die sich vorgedrängelt hatte, mit ihrer Tasse abziehen wollte, stieß Dora sie mit dem Ellbogen an, so dass der Tee auf die Untertasse schwappte.

Es begann als Prahlerei. Doch die Idee schlug Wurzel. Barney bei der Moonlight-Steeplechase ... Dora sah im Geiste schon alles vor sich. Callie müsste künftig hart an sich und mit dem Pony arbeiten. Sie musste mit Barney höher und weiter springen und ihn zur richtigen Zeit topfit haben ... Und im Geiste fragte sie sich bereits jetzt, ob man Paul und sie zum kalten Büfett einladen würde. Aber sie besaß ja nicht einmal ein passendes Kleid ...

Dora sah Rons Freund, und das riss sie unsanft aus ihren ehrgeizigen Träumen. Er brachte den großen Falben aus der Scheune in den Auktionsring. Dora quetschte sich durch die Menge bis zum Geländer vor. Würde das Pferd sich wieder nach ihr umdrehen? Sie gab sich Mühe, ihm eine Botschaft zu senden, so wie er vorhin ihr. »Viel Glück, Amigo!«

Der Auktionator bezeichnete den Falben als »ein großes, kräftiges Pferd, das noch seine Portion Arbeit leisten kann. Hat 'nen Schuss Cydesdale in sich.«

»Dann aber deine Großmutter auch!«, brummelte Fred, der Nörgler.

Jemand bot einen geringen Betrag für das merkwürdig aussehende Tier. Die Knie waren irgendwie zu dick. Seine vorn nach innen und hinten nach außen verdrehten mächtigen Füße glichen Keulen.

»Müssen die Hundefutterkerle sein.« Ron Stryker hatte sich neben Dora geschoben. »Zu was anderem ist er mit dem Bein sowieso nicht zu gebrauchen.«

»Welches Bein?«

»Rechtes Vorderbein«, wisperte Ron aus dem Mundwinkel.

»Er wirkt zwar steif, läuft aber doch eigentlich recht gut.«

»Heute«, blinzelte Ron. »Nervenblock«, flüsterte er. »Ssst!« Er bewegte die Finger, als drücke er den Kolben einer Spritze herunter. »Darum ist er jetzt fit. Morgen ist er wieder ein Krüppel.«

Die Angebote wurden höher. Ein verkrüppelter alter Bursche in einem zerknautschten Filzhut mit herabgebogener Krempe bot immer ein wenig mehr als die anderen.

»Bist du denn ganz und gar verblödet, Norman?«, rief der Nörgler Fred ihm quer über den Ring zu.

»Für den Holzwagen, den zieht er noch.«

Dora erinnerte sich. Sie hatte den Alten ein paarmal gesehen. Vor dem mit Feuerholz hoch beladenen großen Wagen stolperte ein magerer Klepper. Wenn der Falbe tatsächlich lahmte, sobald die Wirkung der Spritze verflogen war – und Ron sollte das nach seiner Zeit bei den Nicholsons wissen –, dann ...

Ehe Dora wusste, was sie tat, schlüpfte sie unter dem Geländer hindurch und schwenkte die Arme. »Hören Sie auf!«, rief sie dem Auktionator, dem alten Holzmann, überhaupt allen zu, während sie in den Ring lief. »Bitte, hören Sie auf. Er kann nicht mehr arbeiten. Er ist lahm. Sie können doch nicht ...«

Erst in dem Augenblick merkte Dora, wo sie sich befand: in der Mitte des Kreises, der mit Sägespänen bedeckt war, neben dem alten Pferd und Rons verdutztem Freund, eingekesselt von Gesichtern und Stimmen.

Sie schnellte herum. »Bitte!«, rief sie verzweifelt. »Sehen Sie denn nicht, dass er lahm ist?«

Jemand lachte. Einige riefen etwas. Und der alte Holzmann lamentierte: »Was ist denn mit der los? Was hat sie denn?«

»Sieh doch mal nach, Norman«, sagte Fred, der Nörgler, und noch mehr Leute lachten.

Dora legte dem Pferd die Hand auf den Hals und blickte sich in panischem Schrecken um. Der Auktionator blieb gelassen.

»Das Pferd ist genau so, wie es hier steht«, sagte er glattzüngig. »Verlassen Sie den Auktionsring, mein Fräulein, damit wir weitermachen können. Dreißig muss es bringen, meine Damen und Herren, oder das Pferd wird zurückgezogen.« Er blickte den alten Holzmann an, der jedoch den Kopf schüttelte.

»Du Schwein!« Die Menge konnte es nicht hören, dafür war es zu leise. Doch Dora hörte es und blickte in die Richtung. Angesichts der Wut, die aus Mr. Nicholsons dickwangigem Gesicht sprach, das hochrot über dem Geländer auftauchte, fuhr sie unwillkürlich zusammen. »Du Schwein!«

»Bietet jemand dreißig?«, fragte der Auktionator. »Wenn keine Gebote mehr kommen ...«

»Dreißig Pfund.« Es sollte energisch und fest klingen, aber Dora brachte bloß ein Quietschen heraus. »Ich biete dreißig.«

»Zum ersten … zum zweiten … zum dritten«, rief der Auktionator.

»Na, dann viel Spaß«, übertönte Fred, der Nörgler, das leicht belustigte Gemurmel der Menge.

14

Dora wollte nach dem Halfter greifen, doch Ron Strykers Freund wehrte ab. »Jetzt noch nicht. Erstmal beim Gehilfen vom Auktionator bezahlen! Haben Sie das Geld bei sich?«

»Jaa, log Dora. Was, um Himmels willen, sollte sie tun? Ihre Augen suchten Ron, aber der war verschwunden. Wahrscheinlich war er angewidert nach Hause gefahren.

Dora ging aus dem Ring, begleitet von Gejohle, Pfiffen und ein paar kernigen Witzen. Aus der Menge rief jemand: »Gut gemacht! Feines Mädchen!« Als sie sich umdrehte – wollte sie um Geld, um Hilfe oder anderes bitten? –, vermochte sie den Rufer nicht zu entdecken.

Sie hatte das Pferd mit leeren Taschen gekauft. Was geschah nun? Würde man sie verklagen, einlochen? Der Gehilfe des Auktionators blickte zu ihr herüber. Sie wandte sich ab, nur um plötzlich Ron vor sich zu sehen. Er hielt die Arme verschränkt, wiegte den Kopf, schob die Lippen vor und musterte sie abschätzend.

»Na, nun hast du es geschafft«, sagte er.

»Ja.« Sie bekam nicht mal eine Entschuldigung zusammen.

»Was für ein Schauspiel! Christen und Löwen. Besser als Ben Hur.«

»Ron, hilf mir. Du kennst diese Leute. Was soll ich tun?«

»Das fragst du mich?«

»Was geschieht, wenn sie merken, dass ich nicht bezahlen kann?«

Langsam, sehr, sehr langsam schob Ron die Hand in die Tasche seiner engen Hosen mit dem weiten Schlag. Und langsam, sehr, sehr langsam zog er sie wieder heraus, in der

Faust einen Packen, der wie Geld aussah. Es war Geld. Eine feste Rolle aus Fünfpfundnoten.

Manchmal besaß Ron keinen Penny. Manchmal hatte er Geld wie Heu. Man fragte nicht, woher.

»Ron, du würdest wohl nicht ...«

Sehr, sehr langsam leckte er Daumen und Zeigefinger an und schälte sechs Fünfpfundnoten von der Rolle. Dora streckte die Hand aus. Langsam, sehr, sehr langsam und erst nach nochmaligem Anlecken der Finger, zählte er ihr die Scheine in die Hand.

Doras Hand schloss sich über dem Geld zur Faust. »Wie soll ich dir das danken?«

»Hör auf.« So lief der Hase nicht. »Es ist ein Darlehen, Darling. Bloß ein Darlehen. Vergiss das nicht.«

»Nein, bestimmt nicht.«

»Das will ich meinen!« Und nach einer Pause: »Du zahlst alles in einem Monat zurück, mit Zinsen, klar? Oder das Pferd gehört mir. Einverstanden?«

Dora nickte. Es blieb ihr keine andere Wahl.

»Also alles auf einmal innerhalb eines Monats zurück, oder das Pferd gehört mir, und ich verkaufe es billig an den Kerl mit dem Holzwagen.«

Das alte Pferd folgte Dora weder willig noch unwillig, es kam eben mit. Seine Freude am Leben und seine Neugier auf eine neue Umwelt waren seit langem erloschen. Während Dora über das zertrampelte Gras davonging, hörte sie Rufe und Gepolter. Die Nicholsons schoben und zerrten das ersteigerte Rotschimmelpony mit brutaler Gewalt in ihren Transporter. Dann klappte die Rampe hoch, und sie rumpelten mit dem schnaubenden, wiehernden und ausschlagenden Pony aus dem Tor.

Dora und der Falbe bogen auf die Straße ein und trotteten los. Ron knatterte an ihr vorbei, als sei sie ihm gänzlich unbekannt. Er hatte versprochen, Paul zu bitten, ihr mit dem Transporter entgegenzukommen, aber bei Ron konnte man nie wissen. Außerdem wusste sie ja nicht, ob Paul überhaupt kommen würde.

Abendnebel senkte sich über das Land, alles Licht glitt in den lilagrünen Streifen über der Hügelkette, und verstohlen breitete sich die Dunkelheit aus.

Sie befanden sich nun auf ruhigeren Straßen; die Autos schossen nicht mehr in einer endlosen stinkenden und donnernden Kette an ihnen vorbei. Bergauf begann Amigo zu schnaufen, und Dora musste langsamer gehen. Würden sie die Farm je erreichen? Das Pferd schien das rechte Vorderbein zu schonen. Begann es tatsächlich zu lahmen, würden sie die ganze Nacht brauchen, um nach Hause zu kommen. Die ganze Nacht und den ganzen Tag. Ob Ron ihnen sagte, wo sie war? Jeder normale Mensch würde das tun, aber er hielt es vielleicht für einen Witz, es nicht zu erzählen. Er hatte Sinn für schwarzen Humor.

Dora ging mit dem Pferd auf der rechten Straßenseite. Scheinwerfer kamen ihnen entgegen, und sie drückte das Pferd von der Fahrbahn auf den Grasrand. Die Scheinwerferkegel wuchsen. Über ihnen bemerkte sie jetzt die kleinen Dachleuchten des Pferdetransporters, und sie erkannte den vertrauten Umriss. Der Wagen bremste, stoppte.

Dora blinzelte in das grelle Licht. Sie lehnte sich an Amigos Schulter. Wann kam Paul endlich heraus?

»Also?«, erklang es plötzlich hinter den Scheinwerfern. »Nun erzähl mir deine Geschichte.«

»Das Pferd ist alt und lahm. Ron meint, sie haben es für die Auktion gedopt. Es sollte an einen Holzhändler verkauft werden und einen schweren Wagen ziehen. Und da … da habe ich es gekauft.«

»Wovon?«

»Ron hat mir das Geld geliehen. Auf einen Monat.«

»Und dann?« Paul trat hinter dem Scheinwerferkegel hervor. Er musterte das Pferd lange. Er sagte nicht: Was für ein hässliches Tier! Paul und Dora waren wohl die einzigen Menschen, die das nicht sagen würden. Für sie war der Falbe eben ein Pferd.

»Welches Bein?«

»Rechtes Vorderbein.«

Paul tastete den Mittelfuß ab, die Fessel. Amigo senkte

den Kopf und schnoberte mit Nase und Lippen über Pauls Haar. »Fühlt sich wie eine Knochenwucherung an. Und den Narben nach könnte das Knie irgendwann mal gebrochen sein. Aber wer bezahlt? Der Captain hat ausdrücklich verboten, ein Pferd zu kaufen. Die Follyfoot-Farm zahlt nicht.«

»Ich werde zahlen.«

»Wie?«

»Irgendwie. Von meinem Lohn.«

»Von deinem Lohn geht schon das meiste für den Sattel drauf.«

»Ich werde etwas verkaufen.«

»Was?«

»Ist das so wichtig?« Dora fing an zu weinen. Sie vergrub den Kopf in der zottigen weißen Mähne. Paul trat an sie heran und drehte Doras Gesicht zu sich herum. Im Scheinwerferlicht glitzerten die Tränen. »Ist das so wichtig, Paul? Wichtig ist doch bloß das Pferd.«

»Dora …« Da er mit dem Rücken zum Licht stand, konnte sie sein Gesicht nicht erkennen. »Dora, ich …«

»Ja …?«

Paul nahm Dora in die Arme und zog sie so fest an sich, dass sie aus Luftmangel nicht mehr weinen konnte. Aber das brauchte sie nun auch nicht mehr, weil alle Angst verflogen war.

»Wird schon werden. Irgendetwas fällt uns schon ein. Nun aber los!« Paul ließ Dora aus seinen Armen und langte nach Amigos Seil. »Sehen wir zu, dass wir den alten Kerl nach Follyfoot und an die Krippe kriegen. Hüh, Alter, hüh! Du hast dir den richtigen Ort für deinen Feierabend ausgesucht.«

15

Innerhalb weniger Tage wurde Amigo völlig lahm. »Nein, da kann ich nichts machen«, erklärte der Tierarzt. »Aber Schmerzen scheint er nicht zu haben.«

Sie mengten zerstoßenes Aspirin in sein Futter, damit er die Steifheit überwände, und ließen ihn auf die Weide, zusammen mit friedlichen Pferden, die einen Neuling nicht belästigten.

Der alte Falbe schien seit Jahren auf keiner richtigen Wiese gewesen zu sein, zumindest benahm er sich so. Als Dora ihn zum Gatter brachte und ihm einen Klaps gab, ging er erst Schritt für Schritt weiter. Danach probierte er einen leichten Galopp, wobei seine klobigen Füße über Grasbüschel stolperten.

»Er wirkt beinahe elegant«, sagte Dora zu Slugger, der mitgekommen war, um zu helfen.

»Na, wenigstens wie ein Pferd; sagen wir mal so.«

Amigo blieb an einem sumpfigen Fleck stehen, an dem sich die Pferde gern wälzten. Er scharrte eine Weile, schnupperte am Boden, wollte sich hinlegen, überlegte es sich anders, drehte sich um die eigene Achse, scharrte von neuem und ließ sich dann zu Boden sinken. Die Knie krachten, als er sie bog. Mit dumpfem Aufprall legte er sich auf die Seite und wälzte sich etwa fünf Minuten lang. Er schaukelte auf dem Rücken hin und her, alle vier Beine in der Luft, wenn es ihm nicht gelang, sich mit einem Ruck auf die andere Seite zu wälzen. Zuletzt setzte er sich wie ein Hund auf und schwenkte den Kopf, während sein Schwanz den Erdboden peitschte. Als Prince ihn leicht in die Hinterfront stupste, stemmte er sich hoch und kam torkelnd wieder auf alle vier Füße.

»Armer alter Flamingo.« Slugger und Dora machten kehrt.

»Er heißt Amigo, wie du weißt.«

»Habe ich doch gesagt.«

»Nein. Amigo. Das bedeutet Freund.«

»Warum nennst du ihn dann nicht einfach Kumpel?«

Dora hatte nun zwei spezielle Aufgaben. Einmal musste sie sich um Amigo kümmern, und zum anderen musste sie mit Barney weiterarbeiten, der Tag für Tag besser wurde.

Eines Abends, nachdem Callie mit dem Pony gut gesprungen und mit ihm und sich zufrieden war, vertraute Dora sich ihr an und berichtete von ihrem verrückten Traum, sich an der Moonlight-Steeplechase zu beteiligen.

»Davor hätte ich Angst.«

»Hättest du nicht, Callie!«

»Die Hürden sind hoch, und jeder reitet wie der Teufel, weil er den Geldpreis gewinnen will. Da geht es rücksichtslos zu. Millie Bryant hat es mir gesagt. Sie ist vergangenes Jahr mitgeritten. Am Graben ist sie gestürzt.«

»Barney kann es schaffen.«

»Er vielleicht. Ich nicht.«

»Du auch. Ich würde selber mitreiten, aber man darf ja nicht über vierzehn sein.«

»Bloß weil du nicht mitmachen kannst«, sagte Callie zynisch, »soll ich jetzt herhalten.«

Die Steeplechase-Idee verflüchtigte sich bei Dora wieder. Außerdem war Callie sowieso mehr an Folly als an Barney interessiert. Das Hengstfüllen gehörte ihr, und sie nahm Folly überall mit hin, wie einen Hund. Noch bestimmten allerlei Launen das Verhältnis. Manchmal tat Folly, was Callie wollte. Aber war man verschiedener Meinung, blieb häufig das Pony Sieger.

»Er glaubt noch immer, er wäre der Boss«, sagte Callie, als Folly immer wieder zum Gatter zerrte, als sie ihn an der Longe im Kreis zu führen versuchte. »Wie macht man ihm bloß klar, dass ein Mensch nun mal klüger ist als ein Pferd?«

Wenn Dora und Callie auf Barney und Hero ausritten, durfte Folly manchmal mittraben, wenn sie nicht in Chausseenähe oder an bestellte Felder kamen. Hero war Follys Genosse, weil Callie auf ihm saß, und Folly blieb auch meist getreulich an seiner Seite.

Eines Abends ritten sie den Hügel hinab und folgten dann einem Wiesenpfad, der ein ansteigendes Waldstück säumte. Folly verschwand zwischen den Bäumen und tauchte wieder auf wie ein Reh. Als sie sich dem Waldrand näherten, stellte Barney die Ohren auf. Dora hörte schwaches Hufgetrappel und rief Callie zu: »Steig lieber ab und halte Folly fest. Da kommt ein anderes Pferd.«

Eine nur zu berechtigte Warnung, denn einmal war Folly zwei Kindern auf Ponys bis zu deren Haus gefolgt. Ein anderes Mal war das Fohlen mitten in eine Hetzjagd geraten. An den Tag dachte Callie nicht gern. Die Schimpfwörter hallten ihr heute noch in den Ohren.

Ein Junge auf einem dunkelgrauen Pony kam um den Waldrand getrabt. Ehe Callie Folly am Halfter packen konnte, setzte er über die Wegböschung. Das graue Pony scheute, und der Junge flog aus dem Sattel.

Dora blieb bei Hero, während Callie Folly einfing und den Leitzügel erhaschte. »Tut mir schrecklich leid«, entschuldigte sie sich bei dem Jungen. Der saß benommen auf der Erde, umklammerte jedoch fest die Zügel des grauen Ponys. Mit dem Körper drängte es von Folly fort, aber Hals und Kopf wandten sich äugend um.

Dora trat an den Jungen heran. »Alles okay?«

»Ja, glaub schon.« Er zog die Jockeimütze ab und rieb sich den Kopf, um zu sehen, ob er schmerzte. Jetzt erkannten sie ihn. Es war Jim Bunker.

Angestachelt von Graf Podgorski und – selbstverständlich! – Mrs. Nicholson, hatten ihm seine Eltern für viel Geld dieses graue Pony gekauft, damit er bei der Moonlight Steeplechase mitreiten konnte.

»Möchtest du denn?«

»Nein. Aber *sie* möchte nach Broadlands eingeladen werden.« Jim fürchtete sich ein bisschen vor dem grauen Pony. Es hieß Grey Lady, aber er nannte es Maggie, was weniger hochtrabend klang.

Maggie war ein prachtvolles Pony. Unter einem anderen Reiter hätte sie für Chip und den Rotschimmel wahrscheinlich eine starke Konkurrenz bedeutet. Jim hatte sich zwar durch seine Reitstunden bei Graf Podgorski enorm verbessert, saß aber immer noch ziemlich gleichgültig und lässig im Sattel. Deshalb war er auch gestürzt, als das Pony scheute. Er ritt in jenem Augenblick mit lockerem Zügel gemütlich dahin und wusste nicht, wo er sich befand, hoffte aber, irgendwann auf einen Weg oder einen markanten Punkt zu stoßen, den er kannte.

Als Jim entdeckte, dass ihn sein Ritt beinahe bis zur Pferdefarm geführt hatte, tauchte er auf seiner grauen Maggie häufig in Follyfoot auf. Er kam am frühen Vormittag und blieb am liebsten den ganzen Tag. Manchmal half er bei der Arbeit, manchmal trödelte er auch nur herum oder träumte vor sich hin. Tennisstunden, Schwimmen, Zusammenkünfte im Pony-Club, Bekanntschaft mit netten jungen Leuten, all das hatte seine Mutter für ihn während der Ferien geplant, aber nach der Entdeckung von der Follyfoot-Farm ließ er alles andere schießen.

Barney gefiel ihm besser als Maggie. Außerdem mochte er die alten Pferde, besonders Amigo, der ebenso vor sich hin träumte wie er selber. Lag der Falbe im Gras und streckte in der Sonne die alten Knochen aus, kämpfte er sich nicht erst mühsam hoch, sobald Jim näher kam. Denn Jim streckte sich hinter dem Pferd aus, legte den Kopf auf den Leib des Pferdes, und beide dösten unter dem jubilierenden Trillern einer sich hochschraubenden Lerche vor sich hin.

16

Eines Tages war es zum Reiten zu feucht. Jim überredete seine Mutter, ihn im Wagen nach Follyfoot zu bringen. Sie setzte ihn am Tor ab. Das Risiko, Barney zu begegnen, wollte sie nicht eingehen. Ihre inzwischen verheilte Fingerkuppe puckerte schon, wenn sie nur an ihn dachte. Nachmittags kam sie wieder, um ihren Sohn abzuholen. Kein Jim zu sehen. Er half in der Scheune beim Stapeln der Heuballen. Was blieb Mrs. Bunker also anderes übrig, als auszusteigen und Jim zu suchen.

Vom Scheunentor aus verfolgte sie, wie ihr magerer, hochaufgeschossener Sohn das Heu mit dünnen Armen hochstemmte, die nicht mal so kräftig wie die Callies waren.

»Ich wünschte bloß, zu Haus würde er auch so zupacken«, sagte sie zu Dora.

»Er ist gut bei der Stallarbeit«, sagte Dora.

»Nicht in seinem eigenen Stall. Ich muss ihn immer erst antreiben, damit er sich um dieses wertvolle Pony kümmert. Diese Jungens! Sind sie sich nicht alle gleich?«

»Ach ja«, nickte Dora weise, als wäre sie seit Jahren Mutter eigener Söhne.

»Lass das Heu, Jim!«, rief Mrs. Bunker. »Wir müssen fahren. Die Drews kommen zum Abendbrot. Mit ihrer Tochter.«

»Ach, die hochnäsige Angeberin! Warum kann ich nicht hierbleiben?« Wie alle anderen Kinder, die die Pferdefarm kennen lernten, war er lieber hier als anderswo.

»Komm von dem Heu runter, Jimmy«, sagte seine Mutter sanft. So sprach sie immer mit ihm.

Er sprang herab. »Ich zeige dir die Pferde.«

»Wir haben keine Zeit, und ich möchte sie auch gar nicht …«

Aber Jim war bereits halb über den Hof und wartete an der ersten Box auf seine Mutter. Er machte mit ihr die große Tour und erzählte ihr die Geschichte eines jeden Pferdes. Er hatte aufmerksam zugehört, wenn Dora, Paul oder Callie Besucher führten.

»Das ist Weaver. War bei der berittenen Polizei, ehe er sich das Krippenbeißen angewöhnte. Hat alle Paraden angeführt. Und einmal hat er einen Mann über den Haufen gerannt, der auf dem Trafalgar Square einen Politiker erschießen wollte. Und das hier ist Old Flypaper, hat früher einen Lumpenwagen gezogen. Und hier haben wir Hero, vor Schlimmerem als dem Tod im Zirkus gerettet …«

War Slugger allein im Stall, wenn Besucher kamen, blieben die Erklärungen dürftig. Er sagte kaum mehr als: »Das hier ist ein altes Polizeipferd, eine verdammte Plage. Das da ist ein Esel, genauso lange hier wie ich – zu lange. Draußen auf der Weide sind noch eine Menge faule Fressmaschinen …«

Obwohl Mrs. Bunker protestierte, schleppte Jim sie durch alle Ställe. Ja, er bestand sogar darauf, trotz des Regens auf Barney zu reiten, um seiner Mutter zu beweisen, wie friedlich das Pony jetzt war.

Mrs. Bunker stand im Schutz eines Baumes, eine Zeitung als Regenhaube über der Frisur, und traute ihren Augen kaum. »Nicht zu glauben. Hat er wieder eine Spritze bekommen?«

»Nein, so ist er jetzt immer. Ich möchte viel lieber Barney haben statt Maggie.«

»Nein, das möchtest du gar nicht. Grey Lady ist zwanzig mal soviel wert wie dieses gewöhnliche Pony.«

»Aber sie ist dümmer.«

»Sie wird die Beste bei dem Rennen sein. Sogar Sir Arthurs Jungens haben vor Ärger das Gesicht verzogen, als sie Grey Lady sahen.«

Dora behandelte Amigo jetzt mit einem neuen Einreibemittel. Sie verband ihm gerade das Bein, als Jim seiner Mutter seinen Liebling unter den alten Pferden zeigen wollte.

»Was für ein abscheuliches Pferd.« Mrs. Bunker prallte zurück, als ihr der Falbe die rosafarbene, gesprenkelte Schnauze entgegenstreckte. Seit der Geschichte mit Barney näherte Mrs. Bunker sich einem Pferd nur äußerst behutsam, wobei sie die Hände stets in den Taschen behielt. Aber Hände in Taschen bedeuteten für Amigo Zucker.

»Pssst! Dora hat auch ohne deine unhöfliche Bemerkung schon Sorgen genug.« Jim kannte Doras Geldprobleme. Jeder kannte sie. Ron Stryker witzelte ständig auf seine höhnische Weise darüber und zählte laut die Tage, bis er – so seine Worte – die Hypothek für verfallen erklären würde.

Während Dora im Stroh kniete und den Verband verknotete, kam ihr eine ihrer wilden, phantastischen Ideen. Schwammen die Bunkers nicht geradezu in Geld? Jedenfalls hatten sie es für Ponys und für einen nagelneuen Stall übrig, und vor kurzem hatten sie erst einen italienischen Sattel und einen Transporter für Grey Lady gekauft und außerdem eine teure Reitkluft für Jim. Die Bunkers behandelten alles, was Pferde betraf, im großen Stil. Mrs. Bunker trug das Abzeichen eines Pony-Clubs auf dem einen Aufschlag ihrer Kostümjacke, und auf dem anderen glitzerte eine Brosche in Form eines Hufeisens. Ob ich sie um ein Darlehen von dreißig Pfund bitten kann, fragte sich Dora. Während sie noch nach den richtigen Worten suchte, sagte Jim, den Kopf verträumt an Amigos Schulter gelehnt: »Falls Maggie und ich bei der Moonlight-Steeplechase gewinnen, geben wir dir das gewonnene Geld für Amigo.«

Der Sieger der Steeplechase bekam hundert Pfund. Ein kolossal hoher Preis von dem kolossal reichen Mr. Wheeler, der nur in Zahlen mit mindestens zwei Nullen dachte.

Dora ließ sich auf die Hacken zurücksinken. »Das darfst du nicht.«

»Warum nicht? Wir brauchen das Geld nicht, nicht wahr, Mum?«

»Du brauchst bloß zu gewinnen, mehr will ich gar nicht.«

»Viel Lust mitzureiten habe ich sowieso nicht.«

»Natürlich hast du Lust«, entgegnete seine Mutter entschieden. »So eine Chance kommt nie wieder.«

Für sie war es die Chance, in die Broadlands-Society aufzusteigen. Als die Mutter eines Jungen, der beim Rennen mitritt, wurde sie bestimmt zum Champagner-Büfett eingeladen, und als Mutter des *Siegers* würde sie allen anderen ebenbürtig sein. Kam Jim auf Grey Lady als erster durchs Ziel, wäre das der größte Triumph ihres Lebens.

Grey Lady hatte eine Chance. Sie war prächtig gebaut, sehr schnell und sprang kühn. Allerdings machte sie durch Jims Nervosität manchmal Fehler.

Seit Amigos Schicksal vom Ausgang des Mondscheinrennens abhing, ritt Paul die graue Maggie, wenn Jim auf ihr nach Follyfoot kam. Sie hatten ein paar höhere und breitere Hürden aufgebaut und eine längere Strecke abgesteckt. Die Bahn schloss einen Sprung über die Mauer ein. Es ging dann über ein Stück Rasen. Darauf kam ein Sprung über die im vorigen Sturm zusammengestürzte Rosenlaube, und weiter ging es über den Graben. Um einen Graben zu bekommen, hatten sie ein Stück der Regenwasserabflussrinne so erweitert, dass ein kleiner Bach entstanden war. Ein gutes Training für den berüchtigten Broadlands-Wassergraben, den Beechers Brook, der den unbehaglichen Spitznamen »Die Falle« trug.

Mit einem so guten Pony war Paul in seinem Element und konnte seine Reitkünste zeigen. Jim überließ ihm das Training. Er ritt lieber auf Barney oder trödelte mit dem Maulesel umher oder schaukelte hoch oben auf Amigos Rücken gemächlich über die Weide.

Dora ritt Barney ebenfalls am liebsten. Obwohl sie um Amigos willen hoffte, dass Grey Lady Maggie gewinnen würde, wünschte sie noch immer, dass Barney an dem Rennen teilnähme. Einmal ihres Stolzes wegen und zum anderen, weil Barney durch die Teilnahme am Rennen eine Menge lernen würde.

»Meinst du noch immer, dass ich ihn reiten soll?«, fragte Callie. Sie hatten die Ponys gut über die Strecke gebracht, aber Dora hatte beim Einlauf hundert Meter zurück gelegen.

»Ja, auch wenn ich weiß, dass er keine Chance hat.«

»Wenn er keine Chance hat«, sagte Callie, »macht es mir nicht so viel aus.«

»Wie meinst du das?« Dora glitt von dem schwitzenden Fuchspony.

»Na, ich kann einfach den Gedanken nicht ertragen, um jeden Preis siegen zu sollen. Du weißt, wie sehr ich jede Art von Wettbewerb hasse.« Callie litt Qualen bei Prüfungen, Schulsportveranstaltungen oder Partys, wo irgendwelche Wettspiele veranstaltet wurden. »Aber wenn ich bloß zum Spaß mitreiten soll, macht es mir nicht so viel aus.«

Abends brüteten sie am Küchentisch über der Meldung zur Moonlight-Steeplechase.

»Gebt mir einen Fetzen Papier!«, sagte Ron. »Ich melde meinen alten Freund Amigo.«

»Er gehört dir nicht.«

»So gut wie.« Ron ließ keine Gelegenheit aus, über das Darlehen einen seiner Witze zu reißen.

»Wenn du diesen Flamingo reitest«, sagte Slugger und versuchte, nach einem Blick auf Doras Gesicht, aus Rons

Bemerkung einen wirklichen Witz zu machen, »dann melde ich den Maulesel.«

»Zu alt«, erklärte Callie ohne hochzusehen, während sie weiterschrieb. »Viel zu alt.«

»Was meinst du mit zu alt?«

»Er muss doch schon fast zwanzig sein.«

»Ach so.« Slugger lehnte sich zurück. »Ich dachte, du meinst mich.«

Callie hatte die beste Handschrift und übertrug nun die Teilnahmemeldung auf ein sauberes Blatt.

»Barnacle Bill. Hengstwallach, 7 Jahre

(Barney war neun, aber sieben macht sich besser.)

Reiter: Cathleen Sheppard. 12 Jahre. Farben: Blau mit goldenem Streifen« – die Rennkluft ihres Vaters (L.).

Die Sachen waren ihr viel zu groß, aber Dora würde sie enger machen.

Callie las die Anmeldung vor. »Schon disqualifiziert.« Ron stocherte mit einem spitzen Hühnerknochen zwischen den Zähnen. »Des Feldes verwiesen.«

Callie und Dora starrten ihn sprachlos an.

»Barnacle Bill gehört nach wie vor den Bunkers. Jedes Pferd muss vom Besitzer geritten werden. Weiß ich von Chip. War vorige Woche unten, um zu sehen, wie sie mit diesem Rotschimmel vorankommt.«

»Und wie kommt sie voran?«

»Prima.« Ron formte Daumen und Zeigefinger zu einem Ring und küsste seine Fingerspitzen, wobei er sich in die Richtung drehte, in der die Stallungen der Nicholsons liegen mussten. »Dagegen sieht Maggie sowieso wie ein Ackergaul aus.«

»Warten wir's ab«, sagte Paul.

»Wenn ich doch nicht zu gewinnen brauche«, sagte Callie und malte sorgsam ihre Unterschrift mit vielen Schnörkeln auf die Anmeldung, »kommt es auf einen kleinen Schwindel bestimmt nicht an. Ich mache ja schließlich nur zum Spaß mit, nicht war, Dora?«

»Ja.« Aber wider alle Vernunft hoffte Dora im geheimen, dass Barnacle Bill doch gewinnen würde. Bloß zum Spaß.

17

Barney war zu langsam. Dora fütterte ihn gut und ließ ihn kräftig galoppieren. Außerdem marschierte sie mit ihm immer wieder bergan, damit sich seine Muskeln kräftigten. Aber Barney war nicht für Schnelligkeit gebaut, und er war auch nicht schnell.

Dennoch bildete sie sich ein, dass er allmählich schneller wurde. Doch dann besuchte sie mit Paul und Ron die in der Nähe von Bernard Fox' Stallungen gelegene Rennbahn und sah die Vollblutpferde auf der Strecke. Da begriff sie, was galoppieren wirklich bedeutete.

Es war eine glatte Rennstrecke. Der prachtvolle Turf bildete ein Oval von einer halben Meile. Beiderseits der Strecke leuchteten frisch gestrichene Geländer. Dahinter schimmerten rote Tribünen und weiße Häuser mit Blumenkästen an den Fenstern. Überall sah man Blumen und gutgeschnittene immergrüne Gewächse. Sogar die Stände der Buchmacher an der Haupttribüne wirkten farbenfroher als sonst. Über ihnen spannten sich lustigbunte Schirme, aber nicht gegen Regen, sondern wegen der gleißenden Sonne.

Ron Stryker ging zu jedem Rennen und kam mit vollen Taschen oder als Bettler zurück, meist als Bettler. Paul und Dora gingen nicht oft; sie hatten kein Geld zu verlieren, und befolgte man Rons Tips, verlor man, auch wenn er geheimnisvollerweise gewann. Eine anziehende Bahn an einem schönen Tag, dazu aufregende Rennen, vom Start bis zum Ziel gut zu verfolgen, auch ohne Tribünenplatz. Dora beobachtete vom Gatter aus die Pferde, wenn sie vor den Rennen auf dem Sattelplatz umhergeführt wurden. Sie konnte sich nie satt sehen: nicht an dem fantastischen, wiegenden Gang der Vollblüter und auch nicht an dem Schwung des Halses, wenn das Pferd ungeduldig an der Trense zog; nicht an der Bewegung der Muskeln unter dem glänzenden Fell und nicht an der Schönheit eines topfiten Pferdes von der Spitze der leicht gerundeten Ohren bis zum gebürsteten Schwanz, der wie eine Glocke schwang.

Dora beneidete die Stallburschen und die Mädchen, die die Pferde auf den Platz führten, aber völlig gleichmütig dreinsahen. Genauso gleichmütig gaben sich die Besitzer und Trainer, die sich in der Mitte des Sattelplatzes auf blasierte Art unterhielten. Nur den herauskommenden Jockeis sah man an den Augen und dem ein wenig verkniffenen Mund die Spannung und Erregung an, obwohl einige, die schon seit Jahren Rennen ritten, so beiläufig witzelten, als wäre ein so schnelles Rennen nur ein Spaziergang.

Als die Pferde langsam zum Start trabten, drängte sich Dora durch die Zuschauer. Sie erwischte noch einen Platz auf dem Rasenwall neben den Tribünen. Von hier aus übersah man die ganze Strecke. Man konnte verfolgen, wie das gesamte Feld sich einem Eisenbahnzug gleich um die Bahn zog, in die Kurve bog und mit dumpfem Trommeln in die Gerade schoss, wobei der führende Jockei sich kurz umblickte, der Kopf eines jeden Pferdes wie ein Kolben hin und zurück ruckte, während sich die Beine rhythmisch hoben und senkten und die Hufe Lehmballen nach hinten wegschleuderten, jedes Pferd ein galoppierendes Wunder.

Diese Tiere waren auf Schnelligkeit gezüchtet und für eine Bahn dieser Art trainiert, auf der sie weit ausgreifen konnten. Die Strecke, die sie in Follyfoot abgesteckt hatten, war voller scharfer Kehren. Sie wand sich über holprige Furchen und weiche Abschnitte. Es gab morastige Strecken vor und hinter den Gattern und nur kurze Wiesenstücke, wo das Pony voll ausgreifen konnte, vorausgesetzt, man konnte es rechtzeitig genug stoppen, um um den Baum herum- und die tückische Böschung hinauf- und wieder hinunterzukommen. Wenn sie Barney auf solcher Bahn trainieren könnte, würde er sicher bald den Rhythmus im Blut haben und ebenso prachtvoll galoppieren wie die Vollblüter.

Beifallsrufe, Klatschen. Dora stand jetzt zwischen den Leuten, die das Absatteln beobachteten. Sie betrachtete die gut aussehende weiß gekleidete Besitzerin, die ihr siegreiches Pferd am Zügel hielt und dem Schmutz bespritzten Jockei zulachte. Und in diesem Augenblick kam ihr die Idee mit Barney …

»Prima Rennen, Jessica!«, rief jemand. Die Besitzerin winkte dankbar der Menge zu. Sie klopfte ihrem Pferd auf den schweißnassen Hals und lächelte in die Kamera. Dabei musste sie die Augen zukneifen, weil die Sonne sie blendete.

Die Pony-Steeplechase wurde bei Nacht abgehalten, und der Sieger würde nicht bei blendendem Sonnenlicht, sondern bei sanftem Mondenschein den Jubel der Menge entgegennehmen.

Mr. Wheeler setzte das Rennen stets bei Vollmond an. War der Himmel bezogen, wurde das Rennen auf eine klare Nacht verschoben. Mondschein erhellte die Strecke. Dazu kamen an Start und Ziel zusätzlich Flutlichter, und die Hürden wurden von Autos beleuchtet, die so parkten, dass die Scheinwerfer Reiter und Pferd nicht blendeten.

Ein Rennen bei Mondschein und Scheinwerfern! Da lag das große Risiko. Manche Leute, vor allem die nicht zum Champagner-Büfett geladenen, meinten, man müsste ihnen noch Geld dazugeben, wenn sie bei solch einem Rennen mitmachen sollten. Ein Mondscheinrennen! Auf solche Idee konnte auch nur ein Narr wie Mr. Wheeler kommen, der zu seiner Zeit als wagemutiger Reiter gegolten und sich jeden Knochen im Leibe gebrochen hatte. Wie alle anderen Tiere sahen auch Pferde im Dunkeln besser als Menschen. Dennoch waren Ponys, die bei Tage gut galoppierten und sprangen, bei Mondschein bestimmt unsicherer und nervös. Aber wenn sie Barney hier bei Mondschein trainieren würde … Wenn er auf dieser Bahn richtig galoppieren lernen würde, dann … Dora verlor sich in Träumereien.

18

Dora behielt ihren Plan für sich. Sie besprach ihn nicht einmal mit Callie. Merkte Callie erst, wie ernst es Dora mit Barneys Training war, weigerte sie sich womöglich, beim Rennen zu starten.

»Bloß zum Spaß!«, hatte Callie gesagt. Und dabei blieb sie. Doch es war kein Spaß, Barney bei Nacht leise von der

Weide zu schmuggeln, bei Mondschein ins Tal hinunter zu reiten und auf der anderen Seite wieder hinauf zur Rennbahn.

Das war Ernst. Dora hatte Barney auf der Weide gelassen, damit sie ihn nicht erst aus der Box und über den gepflasterten Hof führen musste. Das hätte Paul bestimmt gehört. Und sie hatte auch Sattel und Zaumzeug aus der Geschirrkammer geholt, über der Paul schlief, und beides im Holzschuppen versteckt. Sie war mit Callie und Slugger nach oben gegangen und hatte sich später leise von ihrem Fenster aus an einem Baumast in das Tomatenbeet hinabgeschwungen.

Barney ließ sich jetzt leicht einfangen. Man musste nur so tun, als beachte man ihn gar nicht. Blieb man still auf der Weide stehen und blickte in eine andere Richtung, dann kam er herbei, schob einem seine weißgraue Nase in die Hand und bettelte geradezu darum, ihn beim Halfter zu nehmen.

Der Mond war drei viertel voll und leuchtete hell. Ab und zu schoben sich Wolken vor die schimmernde Scheibe, aber die ziemlich kräftige Brise trieb sie stets schnell weiter. Mit wachsam aufgestellten Ohren trabte Barney durch die unvertraute Landschaft. Doch es machte ihm trotz des Halbdunkels anscheinend Spaß, und er scheute auch nicht, sondern ging sicher. Dora fühlte schon jetzt, dass sie ihm später die Zügel zum Galopp freigeben konnte. Weder sie noch das Pferd verspürten Furcht.

Der Haupteingang zum Rennplatz würde bestimmt verschlossen sein. Dora wusste jedoch, dass sie auch von der entgegengesetzten Seite auf die Bahn gelangen könnte. Dort befand sich ein Tor, das der Mann benutzte, der auf der Rasenfläche zwischen dem Oval der Rennstrecke stets ein paar Pferde weiden ließ. Die Tiere hoben die Köpfe, als Barney auf die Bahn trabte, und ein Pferd wieherte laut. Aber sie beruhigten sich alle schnell und senkten wieder die Köpfe, als Barney die Gerade zu den Tribünen hinunter galoppierte. Daran waren sie gewöhnt.

Dora zwängte sich durch eine Lücke im Geländer, stieg ab und führte Barney auf den Sattelplatz. Mit einem Grashalm zwischen den Lippen ging sie mit Barney so gleichmütig im Kreis wie damals die Stallmädchen. Dabei bildete sie sich ein, dass vor und hinter ihr Vollblüter gingen, kundige Zuschauer an der Einfriedung standen und scharfsinnige Bemerkungen machten und Typen wie Ron Leuten wie Paul unverlässliche Wettips gaben.

Doras Ich spaltete sich. Einmal stand sie bei den Zuschauern am Geländer und beobachtete voller Neid sich selber. Zum anderen stand sie als Pferdebesitzerin in der Mitte des Sattelplatzes und plauderte obenhin mit der weiß gekleideten Frau und ihrem Trainer, der Bernard Fox ähnelte, aber höflich mit ihr und ihrem Jockei sprach, der kurz nickte, als sie ihm Hals- und Beinbruch wünschte.

Dann sah sie sich als Jockei leicht o-beinig herankommen und aufsitzen; sie tippte mit dem Finger an die Mütze, um die Pferdebesitzerin, die sie selber war, zu grüßen, nickte, als Bernard Fox ihr eine letzte Instruktion gab, und ritt in leichtem Galopp hinaus zum Start.

Barney stampfte, als sie die Zügel anzog und die Beine fest gegen seinen Leib presste.

Start ! Ab die Post ! Barney nahm die Spitze. Beine wirbelten, Hufe hämmerten, während er in einem gleichmäßigen Galopp vor dem Feld herzog. Barney schien – nein, *war* schneller als je zuvor. Ja, er galoppierte so schnell, dass der Wind in Doras Ohren rauschte, als ob sie in einem offenen Flugzeug flog. Er galoppierte die Hälfte der Strecke im gleichen Tempo, ehe er langsamer wurde, aber als Sieger durchs Ziel ging. Er schnaubte, und die Schaumflocken an seinem Hals glänzten weiß im Mondlicht.

Die Menge raste. Die Tribünen klatschten Beifall und brüllten. Die Leute warfen Hüte in die Luft und umdrängten Dora, als sie von der Bahn ritt. Hände streckten sich aus, um Barney einen Klaps zu geben oder ihn zu streicheln.

Gut gemacht! Großartiges Rennen! Ein prächtiges Pony! Dora stieg ab. Unsichtbare Hände klopften ihr auf den Rücken. Sie führte Barney auf den kleinen Sattelplatz mit dem winzigen Raum, wo die Jockeis nach einem Rennen gewogen wurden.

Dort stand sie mit Barney. Sein schweißnasser Hals dampfte. Die Nüstern blähten sich und zogen sich wieder zusammen, so schnaufte er, um wieder zu Atem zu kommen. Am Geländer ringsum bewundernde Gesichter. Hingegeben an ihre Fantasien, hörte Dora den Applaus, die erregten Stimmen und das Klicken der Kameras.

»Mein Gott, o mein Gott, ich kann es nicht glauben. Es ist einfach nicht vorzustellen.«

Die Vision verflüchtigte sich und mit ihr die Bravorufe. Dora und Barney waren allein auf dem leeren Sattelplatz. Am Tor hinter ihnen standen drei Männer. Einer war Bernard Fox.

»Bringen Sie das Tier vom Sattelplatz!«

Dora führte Barney hinaus. In ihrem ganzen Leben war sie sich noch nie so dumm vorgekommen. Und sie hatte schon in mancher dummen Situation gesteckt.

»Ich fürchte die Antwort«, sagte Bernard Fox, »aber ich muss Sie doch um eine Erklärung bitten.«

»Ich rechnete nicht damit, dass jemand hier sein würde.«

»Wir hatten eine Sitzung, die sich lange hinzog. Und diese Erklärung haut besser hin als Ihre. Ein Dieb klettert das Fallrohr hoch und steigt durch das Schlafzimmerfenster ein. Er ist gerade an der Schmuckschatulle, als die Frau im Bett hochfährt. ›Diebe! Diebe!‹«

Bernard Fox zog der anderen Männer wegen eine Show ab.

»Der Dieb erschießt die Frau und raubt die Brillanten. Als er gefasst wird, erklärt er: ›Ich rechnete nicht damit, dass jemand da sein würde.‹«

Die beiden anderen Männer, einer groß, der andere klein, lachten. Dora brachte nicht die Spur eines Lächelns zu Stande. Barney rupfte an dem mit Klee durchsetzten Gras.

»Sie müssen sich schon eine bessere Entschuldigung einfallen lassen, Dorothy.«

»Sie kennen das Mädchen?« Der große Mann musterte Dora misstrauisch.

»Sie arbeitet für den Captain auf der Follyfoot-Farm. Völlig übergeschnappt, wie alle dort. Und am meisten übergeschnappt ist der Captain, dass er sie alle sich selber überlässt. Ich werde ihm nochmals schreiben müssen«, sagte er zu Dora. »Und nun bitte den Grund für Ihren Hausfriedensbruch.«

Dora schüttelte den Kopf. »Es gibt keinen.«

Sie konnte schlecht sagen: ›Ich trainiere Barney für das Rennen.‹ Man würde sie sofort fragen: ›Für welches Rennen?‹, und sich dann ausschütten vor Lachen. Dora dachte an die wundervollen Vollblüter, die mit dreißig Meilen die Stunde um die Bahn brausten. Über Barney und seinen zu kümmerlichen Galopp auf der Geraden würden sie sich tot lachen.

»Ich verstehe gar nichts«, sagte der Kleine.

»Diese jungen Leute von heute!«, sagte der Große. »Sie empfinden es als eine Art Rebellion, wenn sie in fremdes Eigentum eindringen.« Er sprach in dem Ton, in dem Erwachsene, die vergessen haben, was jung sein heißt, untereinander über junge Leute reden.

»Eine Revolutionärin, wie?« blinzelte der Kleine, der soweit recht freundlich war.

»Das nun auch wieder nicht.« Bernard Fox wollte die Situation nicht ins Witzige abgleiten lassen. »Sie ist hier unbefugt eingedrungen und sollte belangt werden. Ich werde dem Captain schreiben, vorbeugend gleichsam, für den Fall, dass sich das Komitee zu einer Anzeige bei der Polizei entschließen sollte.«

»Bitte nicht.«

Bernard Fox gab darauf keine Antwort. Dora stieg auf und ritt davon. Ehe sie hinter der beschnittenen Hecke verschwand, feuerte Bernard Fox seine Abschiedssalve ab: »Außerdem sind Sie viel zu groß für dieses Pony!«

19

Je näher das Rennen rückte, um so höher stieg die Erregung. Allerlei Geschichten über andere Teilnehmer machten die Runde, entweder zum Guten oder zum Schlechten hin übertrieben.

Mrs. Bunker berichtete, dass ihr Mann auf der Manor-Baustelle gewesen sei und gesehen habe, wie eines von Sir Arthurs Ponys über eine fast fünf Fuß hohe Hürde gesprungen sei. Der Zimmermann hätte nachgemessen.

Jim erzählte, dass Graf Podgorski von einer Schülerin gesprochen habe und ihr beste Chancen eingeräumt hätte. Doch Jim hatte auch gesehen, wie diese Schülerin gestürzt war. »Bei einem Nichts von Sprung. Sie reitet schlechter als ich, wenn das überhaupt möglich ist!«

Vom Getreidehändler hatte Paul gehört, dass Mrs. Hatch vom Pony-Club für das Pony ihrer Tochter Hustensaft gekauft habe.

Ron hing mit seinem Kumpel noch immer bei den Pferdehändlern herum. Er gab Obacht, dass ihn die Nicholsons nicht sahen, behielt aber das Rotschimmelpony im Auge, das jetzt den Fantasienamen Strawberry Sunday trug.

»Das ist dein Rivale«, sagte er zu Jim. »Die Nicholsons haben es sich in den Kopf gesetzt, diese Moonlight-Steeplechase zu gewinnen. Und wenn diese Sorte etwas haben will, kriegt sie es für gewöhnlich auch. Es geht ihnen nicht bloß um das Geld und den höheren Preis, den sie dann für das Pony erzielen, verstehst du. Die Leute hier herum halten nicht viel von ihnen, und das wissen die Nicholsons. Darum wollen sie unbedingt gewinnen – um zu zeigen, wer hier die Besten sind.

»Dann ist es für mich aus und vorbei.« Es konnte einen geradezu krank machen, wie defätistisch Jim war. »Wenn die Nicholsons die Besten sind, werden sie auch gewinnen.«

»*Du* musst gewinnen!« Paul hielt Jim die Faust unter die Nase. »Du *musst*! Denke doch an Amigo. Hau ab, Ron. Du bringst uns bloß Unglück.«

»Ich sage nur, was ich sehe. Dachte, dass ihr es wissen wollt. Das ist alles. Vorigen Sonnabend habe ich das Rotschimmelpony galoppieren sehen, zusammen mit dem großen Vollblut, das die Nicholsons haben. Und das Rotschimmelpony hat mitgehalten, die ganze Strecke.«

Paul stöhnte.

»Na schön. Dachte, es interessiert euch.« Ron ging quer über den Hof, warf einen Kiesel nach einer Schwalbe, die unter das Scheunendach flog, und verschwand dann zu seinem Motorrad.

»Ich dachte, du hilfst mir bei dem Tor«, rief Dora. »Wo willst du hin?«

»Zu den Nicholsons runter. Jetzt, wo ich euch mit dem Rotschimmelpony in Rage gebracht hab, bring ich zur Abwechslung mal Chip zur Verzweiflung. Will ihr erzählen, wie großartig unser Grauer ist.«

Die Spannung stieg weiter an. Unter denen, die am Rennen auf diese oder jene Weise beteiligt waren, galten Strawberry Sunday und Grey Lady mehr und mehr als die Favoriten.

Armer Barnacle Bill! Da er nicht einmal auf der Geraden eine Meile durchgaloppieren konnte, würde man von Glück sagen dürfen, wenn er die Steeplechase-Strecke in Broadlands überhaupt schaffte. Doch er brauchte Training, daher arbeitete Dora weiter mit ihm, und wenn auch nur, um nicht daran denken zu müssen, welche Schritte Bernard Fox und das Komitee möglicherweise gegen sie ergreifen würden.

Was hatte Bernard Fox dem Captain geschrieben? Was würde der Captain Dora schreiben? Noch hatte sie niemand etwas von dem Mondscheingalopp auf der Rennbahn berichtet. Eines Vormittags hätte sie es beinahe Paul gegenüber getan. Die Worte lagen ihr auf der Zunge, doch sie kam sich dann so albern vor, dass sie den Mund schnell wieder schloss.

»Paul.«

»Was?«

»Nichts.«

»Dann los. Maggie ist startklar. Ich hetze dich und Barney über das Stoppelfeld.«

»Lass Callie reiten.«

»Warum nicht du?«

»Ich glaube, ich bin zu groß für Barney.«

»Seit wann denn das?«

»Ich glaube es eben.«

Bernard Fox' Meinung konnte ihr völlig egal sein. Aber immerhin, wenn jemand, den du nicht leiden kannst, dir etwas sagt, was du nicht gern hörst, ist es dir eben nicht egal. Du fängst an, es zu glauben.

Paul und Callie waren kaum fortgeritten, da hörte Dora auch schon eine befehlende schnarrende Stimme: Bernard Fox!

»Hallo, niemand da?«, rief er aus dem Wagenfenster, als hätte er ein Empfangskomitee erwartet.

Dora schlüpfte in die Geschirrkammer. Die Autotür schlug zu, und Dora hörte Schritte auf dem Hof.

Kein Entkommen möglich! Die Geschirrkammer würde Bernard Fox bestimmt inspizieren, schon um zu sehen, ob sie das Zaumzeug geputzt hatten. Leise schlich sie die Treppe zu Pauls Zimmer hinauf und drückte sich in die Fensterecke.

»Wo sind denn alle?«, fragte er Slugger. »Kein Mensch da.«

»Wieso? Ich bin doch da.«

»Wo treiben sich denn diese Faulenzer am frühen Morgen herum? Dabei gibt es so viel Arbeit. Da, sehen Sie bloß die Streu. Seit Tagen nicht ausgemistet, wie es scheint.«

»Ja, wissen Sie, die Sache ist die ...«, begann Slugger langsam und gedehnt. Er kaute die Worte gleichsam, eine Sprechweise, die er sich zugelegt hatte, um die Leute zu ärgern, die ihn ärgerten. »Das ist die Box von Weaver, wissen Sie und ...«

»Eine dreckige Box, ganz gleich, wem sie gehört.«

»Ja, aber wenn Sie Weaver kennen würden. Fuhrwerkt dauernd umher. Hab schon mal so 'n Pferd gekannt, ist lange her, vor dem Krieg muss es gewesen sein. Ein mächtiger

Brauner. Wie hieß er doch gleich? Glauben Sie, es will mir einfallen? Wie hieß das Vieh doch gleich?«

»Wo ist Dorothy?«, unterbrach ihn Bernard Fox.

»In der Geschirrkammer«, sagte Slugger. »Putzt Zaumzeug.«

»Freut mich zu hören, dass wenigstens einer was tut.« Dora hörte, wie die Tür geöffnet und geschlossen wurde. »Möglich, dass sie drin war. Jetzt ist sie jedenfalls weg. Ich habe keine Zeit mehr und wollte ihr nur sagen, dass ich Nachricht vom Captain habe.«

»Ach, ja?« Das interessierte Slugger. Dora sank das Herz in die Hose.

»Ja, er sagt, er hätte hierher geschrieben und die Angelegenheit geregelt. Ich wollte wissen, was er geschrieben hat.«

Dora fühlte einen Druck auf der Brust, und die Kehle war ihr wie zugeschnürt. Der Captain hatte es geregelt. Was? Wie? Rausgefeuert? Nein, wenn der Brief einträfe, hätte sie bestimmt nicht den Mut, ihn zu lesen.

Der Motor heulte auf, und der Wagen schoss davon. Dora wandte sich um. Als sie zum Zimmer hinauswollte, sah sie den Brief mit der ausländischen Briefmarke auf Pauls Tisch und erkannte die vertraute Handschrift. Dora langte nach dem Brief. Er war an Paul adressiert, aber sie konnte nicht anders, sie musste ihn lesen:

»Lieber Paul!

Ich schulde Dir einen Brief. Hier ist er …«

Dora setzte sich auf Pauls ungemachtes Bett und überflog die ersten Seiten. Sie handelten von der Villa, seiner Gesundheit und von Leuten, die er und Anna dort getroffen hatten und die Jagdpferde züchteten. Weiterhin einige Einzelheiten über die Follyfoot-Pferde und die Formulare des Landwirtschaftsministeriums. Von der folgenden Seite sprang ihr der eigene Name in der flüchtigen Handschrift des Captains wie mit Neonleuchtbuchstaben geschrieben entgegen.

»Dora hat also wieder mal einen ihrer Einfälle gehabt. Gibt keine Langeweile mit ihr, wie? Ich habe Bernard Fox beruhigt, aber sage ihr, sie soll brav sein und sich ein bisschen am Riemen reißen. Wir wollen doch keinen Verdruss auf der Farm. Die alten Pferde kommen zuerst.«

Barney schnaufte, aber Grey Lady sah frisch und munter aus, als Callie und Paul zurückkamen. Noch ehe er absteigen konnte, sagte Dora: »Ich habe den Brief vom Captain gelesen.«

»In meinem Zimmer?«

»Ich habe dein Bett gemacht.« Dabei war es noch gar nicht gemacht. »Nein, ich wollte es bloß machen. Ich habe mich vor Bernard versteckt.«

»O Gott, ist er noch …«

»Nein, die Luft ist rein. Er ist schon fort. Er wollte wissen, was der Captain geschrieben hat. Ich auch. So habe ich also gelesen.«

»Du liest anderer Leute Briefe?«

»Und du lässt mich hängen mit Nachrichten, die für mich bestimmt sind. Warum hast du mir nicht gesagt, was der Captain geschrieben hat?«

Paul drehte ihr den Rücken zu, während er abstieg. Als er den Steigbügelriemen und den Sattelgurt löste, sagte er mit dem Gesicht zum Pony: »Du solltest nicht wissen, dass ich es weiß.«

»Aber du weißt doch gar nicht, was los ist.«

»Nein, aber ich sagte mir, wenn du mich einweihen wolltest, hättest du es getan.«

In seiner Stimme lag keine Frage, daher schwieg sie. Sie ging zurück an ihre Arbeit, und Paul brachte Grey Lady fort.

Einen besseren Freund als Paul hatte Dora nie gehabt. Und er hatte ihr einmal gesagt, dass sie der beste Freund sei, den er jemals gehabt hätte. Aber manchmal fand keiner von ihnen das richtige Wort.

20

Drei Tage vor der Moonlight-Steeplechase tauchte Mrs. Bunker totenbleich und völlig durcheinander in Follyfoot auf. Mitten in der Nacht war sie vom Bellen ihres Zwergpudels aufgeweckt worden, der ein mit Schmucksteinen besetztes Halsband trug und auf ihrem Bett schlief.

»Mimsy war geradezu hysterisch. Mir war klar, dass sie etwas hörte. Aber was? Ich zog mir die Decke über den Kopf und schickte meinen Mann hinunter, um nachzusehen. Er nahm seine Schrotflinte mit. Ich wollte das nicht. Schließlich ist es weniger schlimm, ausgeraubt zu werden, als jemand zu erschießen. Aber er nahm die Flinte mit, und als ich den Schuss hörte, dachte ich, mir bleibt das Herz stehen.«

Sie legte sich die Hand auf die Brust. Ja, das Herz schlug noch. Nach Mrs. Bunkers Bericht hatte ihr Mann am Tor von Grey Ladys Weide eine schattenhafte Gestalt gesehen. Während er näher kam, ging das Gatter auf. Er rief, aber die Person – Mann, Junge, Mädchen? Er konnte es nicht erkennen – rannte fort. Er feuerte einen Schuss hinterher.

Der Schuss weckte die gesamte Nachbarschaft – »habe ich meinem Mann vorhergesagt!« –, und verursachte mehr Aufregung als der Eindringling. Mr. Bunker musste eine Geldstrafe bezahlen, weil er ohne Berechtigungsschein eine Schrotflinte besaß. Und Mrs. Bunker wusste im Supermarkt vor Verlegenheit nicht, wo sie hinblicken sollte, denn schnell wie ein Buschfeuer hatte sich das Gerücht ausgebreitet, dass Mr. Bunker sie erschossen hätte.

Das Schlimmste von allem war, dass jemand einen Anschlag vorhatte, mit dem Ziel, den Start von Grey Lady zu verhindern.

»Ich glaube, die Saboteure wollten sie kidnappen oder von der Weide scheuchen, damit sie auf der Straße überfahren wird«, schloss Mrs. Bunker. Ihre Augen waren in Erinnerung an den Schrecken weit aufgerissen. »Aber wer würde so etwas Fürchterliches tun?«

»Ich kann's mir denken«, sagte Ron.

»Die Nicholsons?«, meinte Dora. »Aber das ist doch absurd.«

»Ich hab dir gesagt, dass sie um jeden Preis gewinnen wollen.«

»Und du hast ihnen Grey Lady Maggie als Wundertier geschildert und sie dadurch in Panik versetzt.«

Ron lachte. »Ist ihnen ein bisschen in die Glieder gefahren, wie?«

»Bringen Sie lieber ein Vorhängeschloss am Tor an«, schlug Dora Mrs. Bunker vor.

»Ich habe Jim gesagt, er soll das Pony nachts im Stall lassen«, sagte Paul.

»Sie schlägt nachts mit den Hufen gegen die Stalltür, dass es nur so kracht, und daher ...«

»Hängen Sie einen Sack mit Stechginster an die Stalltür«, unterbrach Paul Mrs. Bunker, »und sichern Sie den Riegel durch ein schweres Vorhängeschloss.«

»Und auch Ihre Haferkiste«, fügte Ron dunkel hinzu. »Gibt Leute, die vor nichts zurückschrecken.«

Was wusste er von der Sache? Das Verdrehte bei Ron war, dass er den Eindruck zu erwecken verstand, gleichzeitig auf jedermanns Seite zu stehen. Er war in alle möglichen Geschichten verwickelt, ohne je tatsächlich richtig daran teilzunehmen oder gar geschnappt zu werden. Er lebte am Rand vieler Welten, ohne einer gänzlich anzugehören, weder der Pferdefarm noch der Rennbahn, noch den Pferdehändlern oder den Rockers.

Unmöglich zu sagen, auf welcher Seite er in Sachen Mondscheinrennen stand. Wem wünschte er den Sieg? Grey Lady oder Strawberry Sunday? Er nahm Wetten auf den Ausgang des Rennens an, illegal selbstverständlich. Ron nahm auf alles Wetten an und wettete bei jeder sich bietenden Gelegenheit. Wie viele Pfähle hat der Zaun? Wie viele rote Autos begegnen uns innerhalb der nächsten Meile? Wie viele Maiskörner gehen in eine Hand? Wann hört es auf zu regnen? Welche Suppenbüchse macht Slugger heute zum Lunch auf? »Zwei zu eins gegen Tomatensuppe. Um was wollen wir wetten?«

Dora traf ihn an Amigos Box. Nachdenklich betrachtete er über die Halbtür hinweg das alte Tier, das im Sonnenschein döste. »Was wirst du wirklich tun, falls Grey Lady nicht siegt und ich dir dein Geld nicht zurückzahlen kann?«, fragte sie Ron.

»Hab ich dir doch gesagt. Dann gehört die alte Haut mir.«

»Aber du willst ihn doch gar nicht haben.«

»Er bringt schon noch was. Dieser Holzmensch da hat für 'n nächsten Winter noch immer kein Pferd für seinen Wagen.«

»Du würdest doch nicht ...«

»Du meinst wohl, ich wär ein Lamm? Oder hältst du mich für blöd?« Ron setzte sein hartes Gesicht auf: Er schob das Kinn vor, kniff die Augen zusammen und sprach wie die Gangster in amerikanischen Filmen. »Dann täusch dich bloß nicht, sonst erlebst du noch böse Überraschungen.«

Ron blieb an diesem Abend nicht auf dem Pferdehof. »Muss mich mal 'n bisschen umsehen.« Damit zog er ab. Er sagte nie genau, wo er hinging oder mit wem er verabredet war.

Kurz vor der Schlafenszeit beschlossen Paul und Dora, sich selber noch ein bisschen umzusehen. »Ich mache mir noch immer Gedanken wegen Maggie, Slugger«, sagte Paul. »Wir fahren mal runter und sehen nach, ob die Bunkers überall Vorhängeschlösser angebracht haben und ob sonst alles in Ordnung ist.«

»Und kriegt dabei 'ne Ladung Schrot verpasst, dass ihr nicht mehr wisst, wie ihr sitzen sollt«, entgegnete Slugger und fegte das Durcheinander aus Bechern, Briefen, Kämmen, Büchern und Haarklemmen auf dem breiten Kaminsims zur Seite.

»Was soll das?«, fragte Callie. »Was machst du da?«

»Bereite schon alles vor. Morgen müssen die beiden bestimmt im Stehen frühstücken.«

Dora und Paul parkten den Laster am Ende der Straße und schlichen barfuß die Auffahrt zum Haus der Bunkers hinauf. Alles war dunkel und ruhig. Kein Licht im Haus.

Vorhängeschlösser am Stall und an der Futterkiste im Geräteschuppen.

Grey Lady hatte sich hingelegt. Doch jetzt kam sie hoch und beobachtete über die Halbtür hinweg, wie Dora und Paul die Schuppen inspizierten, hinter alle Büsche blickten, in die Bäume hinaufsahen und in die nicht existierende Tiefe des Zierbrunnens spähten.

Hin und wieder blieben die beiden stehen und lauschten auf die üblichen nächtlichen Geräusche eines Vororts. Zwei Hunde bellten sich gegenseitig an. Ein Hahn, der seinen Wecker zu früh gestellt hatte, krähte. Ein Radio plärrte, und in der Ferne hämmerten Beattrommeln aus einem Café. Und dazu gesellte sich das schwache Donnern der Wagen auf der Autobahn, die sich jenseits des Hügels hinzog, dessen Kamm im Licht der Scheinwerfer schimmerte.

Sonst war nichts zu sehen oder zu hören. Mitten auf der Weide blieb Dora plötzlich stehen. Roch da nicht etwas so merkwürdig? Sie hob den Kopf wie ein Hund, schnupperte und packte Pauls Arm.

»Irgendwas raucht hier.«

»Ein Schornstein?»

»Nein, näher.«

Sie waren unten am Zaun und suchten nach den Fußspuren des Eindringlings, auf den Mr. Bunker geschossen hatte. Sie rannten zum Stall zurück, und der Rauchgeruch verstärkte sich.

Paul leuchtete den Stall von außen ab. Das graue Pony schlug gegen den mit Stechginster gefüllten Sack an der Stalltür. Dora schob Grey Maggies Kopf beiseite. Rauch wirbelte am Rand der Streu hoch, und plötzlich züngelten Flam men auf. Dora riss wie wild am Vorhängeschloss, wobei sie sich die Haut abschürfte. Gleichzeitig rief sie nach Paul.

»Komm schnell. Wir müssen Maggie rauskriegen!«

Der Rauch füllte inzwischen den ganzen Stall, und Grey Lady warf sich mit schreckgeweiteten Augen gegen die Stalltür. Paul zerrte am Vorhängeschloss und fluchte.

»Renn zum Haus«, rief er Dora zu. »Weck die Bunkers und hol den Schlüssel.«

Dora rannte los. Sie hämmerte an die Tür und rief. Es schien eine Ewigkeit zu dauern, ehe ein Fenster aufging und sich ein Kopf mit einem Haarnetz herausschob.

»Sie sind wohl betrunken? Machen Sie, dass sie fortkommen!«

»Der Stall brennt!«, keuchte Dora atemlos und halb erstickt. »Rufen Sie die Feuerwehr. Werfen Sie mir den Schlüssel runter!«

»O mein Gott!« Der Kopf verschwand. Rufe ertönten. »James, James! Wo ist der Schlüssel?«

»Schlüssel?«, murmelte Mr. Bunker halb im Schlaf. »Was für ein Schlüssel?«

»Grey Ladys Stall brennt. O mein Gott, o mein Herz!«

»Machen Sie schnell!«, brüllte Dora. Wegen der Streu würde sich das Feuer schnell ausbreiten. Vielleicht war es sogar schon zu spät, das Pony noch zu retten.

Der Schlüssel flog aus dem Fenster in ein Blumenbeet. Dora kratzte ihn aus dem Sand und rannte halb erstickt vor Angst und beißendem Qualm zum Stall. Keuchend und schluchzend schoss sie um die Stallecke und sah, wie Paul mit beiden Händen einen schweren Stein hob und auf den Riegel schmetterte. Etwas krachte. Die Tür splitterte, wurde aus den Scharnieren gerissen und knallte zu Boden. Das Pony trampelte über die Tür und schoss hinaus in die Nacht.

Paul und Dora rannten los, immer dem Klappern der Hufe nach. Sie folgten Grey Lady in der Dunkelheit, solange sie konnten. Als sie nichts mehr hörten, war es aus, weil die Hufe auf dem Pflaster keine Spuren hinterließen. Wohin war das verängstigte Tier geflüchtet?

»Lass uns umkehren. Rufen wir die Polizei an. Irgendjemand wird Grey Lady schon einfangen.«

Als Dora und Paul zurückkamen, stand der Feuerwehrwagen schon in der Auffahrt, und die Besatzung war dabei; den Stallbrand zu löschen.

Die Bunkers standen in ihren Schlafanzügen verzweifelt herum. Der Vater steckte sich eine Zigarette nach der anderen an. Die Mutter, das Haarnetz über dem Kopf, presste ihren zitternden Pudel an sich. Der Sohn heulte.

»Wo ist Maggie?«, rief er und lief Dora entgegen.

»Fort. Aber es ist ihr nichts geschehen. Wir finden sie schon wieder.« Dora legte Jim den Arm um die Schulter. Der dünne Junge bibberte, obwohl die Nacht warm war.

Neugierige Nachbarn tauchten in Regenmänteln über den Schlafanzügen auf. Mütter kamen mit Kleinkindern auf dem Arm herbei, Hunde bellten. Alte Männer husteten. Kinder tobten aufgeregt hin und her. Erst als das Feuer fast erloschen war und der Stall nur noch leise schwelte, entdeckten Dora und Paul in der neugierigen Menge Ron Stryker.

»Du hier? Was zum Teufel treibt dich her?« Paul packte Ron beim Arm und wirbelte ihn zu sich herum.

»Hände weg! Ich hab den Brand nicht gelegt.«

»Wer hat denn das behauptet?«

Ron verteidigte sich immer, bevor man ihn anklagte.

»Unterwegs hat mich die Feuerwehr überholt. Als ich sah, wo sie einbog, wär ich vor Schreck beinahe vom Motorrad gefallen.«

»Woher hast du denn gewusst, wer dort wohnt?«

»Hab ich vorher gar nicht gewusst. Aber ich sah den guten alten Jim vor dem Haus. – Und was habt ihr hier zu tun, wenn ich fragen darf?«

»Wir wollten hier mal nach dem Rechten sehen. Wir kamen gerade, als der Brand ausbrach.«

»Ach … ja …?« Ron schielte Paul und Dora von der Seite her an. »Ach … wirklich?«

Was wusste er? Hatte er tatsächlich etwas mit der Brandstiftung zu tun? Dora zog Paul in den Schatten. »Ron wird doch nicht etwa … ich meine, er kann doch nicht …?«

»Möglich, dass er weiß, wer es getan hat.«

»Wenn es jemand getan hat. Kann schließlich auch eine andere Ursache haben.«

Ein Feuerwehrmann, der die Stallruine untersucht hatte, kam auf sie zu. Seine Hand umschloss einen Fund. »Leute, die im Stall rauchen«, sagte er, »sollten besser keine Pferde halten.«

»Ich sehe mich immer vor!« Mr. Bunker trat die soundsovielte Zigarette dieser Nacht mit dem Fuß aus, aber seine Hand glitt sofort wieder in die Pyjamatasche, und er zündete sich eine neue an.

»Aber Sie sind heute noch spätabends im Stall gewesen, wie Sie sagten?«

»Ja, um noch mal nach dem Pony zu sehen, ehe ich mich schlafen legte.«

»Entschuldigen Sie, wenn ich danach frage«, sagte der Feuerwehrmann und trat dicht an Mr. Bunker heran. »Rauchen Sie Filterzigaretten?«

Mr. Bunker nahm die Zigarette aus dem Mund und zeigte ihm das Filtermundstück.

»Danke.« Der Feuerwehrmann öffnete die Faust und zeigte ihnen, was er im Stroh gefunden hatte: den weißen Plastikfilter einer Zigarette.

»Nicht von mir, unmöglich.«

Seine Frau und sein Sohn sahen ihn stumm an. Jim weinte noch immer. Mr. Bunker lief knallrot an. »Ich habe Ihnen bereits gesagt, ich bin immer vorsichtig.«

»Nun, heute war jemand nicht vorsichtig«, sagte der Feuerwehrmann. Doras Blicke flogen zu Ron Stryker hinüber. Das Gesicht unter dem glatten roten Haar verriet nichts. Wenn er etwas wüsste, würde er es niemals sagen.

Unfall oder Brandstiftung? Paul und Dora war das im Augenblick weniger wichtig. Wichtig war jetzt lediglich, so schnell wie möglich das verängstigte Pony wiederzufinden.

21

Am Vormittag hatte die Polizei noch nichts von dem Pony gehört. Dora und Paul brachten den ganzen Tag damit zu, durch die Gegend zu fahren und alle Leute zu fragen. Sie folgten einer falschen Spur nach der anderen. Grey Lady war und blieb verschwunden.

»Sie kommt nie wieder«, jammerte Jim.

Seit den Anschlägen auf das Pony bedeutete Grey Lady ihm viel mehr. »Ich kriege sie nie wieder.«

»Ich kaufe dir ein anderes Pony«, sagte Mrs. Bunker automatisch. Aber auch sie war die Trostlosigkeit in Person, denn sie sah ihre Träume schwinden: keine Teilnahme am Rennen, kein Champagner-Büfett; kein Rennen, kein Sieg.

»Ich reite nie wieder«, erklärte Jim. Sein schmales weißes Gesicht glich einer tragischen Maske.

Seine Mutter war zu bekümmert und durcheinander, um das eigentlich fällige ›Doch, wirst du!‹ hervorzustoßen.

Doch was geschah am nächsten Tag? Es war der Tag vor dem Rennen, und Dora ritt den ganzen Vormittag über auf Barney allein durch die Gegend. Und zwar folgte sie den Wegen, die Jim von zu Haus aus nach Follyfoot benutzt hatte. Dora bog zu jedem Gehöft ab. Vielleicht hatte das Pony da oder dort nach anderen Pferden gesucht. Dora kämmte auch jedes Waldstück durch. Vielleicht war Grey Lady, verängstigt wie sie war, blind irgendwo ins Unterholz gerannt und hatte sich im Dickicht verfangen.

Mittags kam Dora nach Follyfoot zurück. Barney war müde und verschwitzt. »Himmel, wie soll er da morgen noch das Rennen mitmachen?«, fragte Ron.

»Wir machen nicht mit.«

»Na, nun werd mal nicht albern. Schließlich will ich mein Geld von dir kassieren. Barney und Callie haben jetzt doch 'ne bessere Chance.«

»Nicht gegen Nicholsons Rotschimmelpony. Sie haben erreicht, was sie wollten.«

»Du denkst doch nicht etwa …« Ron wirkte schockiert.

»Ich denke überhaupt nichts«, sagte Dora erschöpft. »Ich weiß nicht mehr, was ich denken soll. – Komm, Barney. Wenn du gefressen hast, machen wir uns wieder auf den Weg.«

»Übertreib's nicht«, sagte Ron treuherzig.

Paul war mit dem Laster unterwegs. Er suchte die Straßen ab, während sich Dora die Feldwege vornahm. Doch das eine blieb so ergebnislos wie das andere. Sie trafen sich auf dem Weg, der am Stechginstergrund entlangfiihrte. Als Dora mit Barney herankam, saß Paul auf der Motorhaube, aß ein Sandwich und starrte mürrisch über das breite Tal. Seine Augen wanderten verdrossen über die weidenden Kühe und Schafe. In der Ferne grasten Pferde. Traktoren krochen über die Felder und zogen Staubwolken hinter sich her. Ein graues Pony hätte man nie und nimmer entdeckt, nicht einmal, wenn es dort unten irgendwo gewesen wäre.

»Etwas entdeckt?«, sagte Dora, obwohl die Sinnlosigkeit der Frage auf der Hand lag.

»Nichts«, antwortete Paul. »Alles negativ, auch bei den Bunkers. Ich habe vorhin bei ihnen angerufen. Die Polizei hat noch nicht das Geringste von dem Pony gehört.«

»Hoffnungslos, nicht wahr?« Dora stieg ab und ließ Barney Gras rupfen.

»Keinesfalls. Wenn Grey Maggie irgendwo angefahren worden wäre, wüsste es die Polizei. In einen Unfall kann sie also nicht verwickelt worden sein.«

»Angenommen, wir hören nie wieder etwas von ihr.«

»Dann werden wir es nie wissen. Dann geht's uns wie damals mit diesem armen kranken Hund, der verschwand und von dem wir auch nie wieder etwas gehört haben.«

»Schrecklich. Lieber sehe ich ein Tier tot vor mir, als überhaupt nicht zu wissen, was aus ihm geworden ist.«

»Da bin ich anderer Meinung.« Paul schüttelte den Kopf. »So haben wir immer noch die Hoffnung.«

»Schade, dass du mit dem Laster und nicht mit dem Transporter hier bist. Dann könntest du Barney nach Haus fahren.«

»Wieso denn? Er ist doch prima in Form. Wirklich 'ne Schande, dass er bei der Moonlight-Steeplechase nicht mitlaufen kann.«

»Ich kann nicht weg, wie die Dinge jetzt liegen. Kannst du denn nicht hin, Paul?«

»Nein. Nicht, wenn wir nicht wenigstens wissen, wo Grey Maggie ist.«

Es war ein ziemlich langer Weg zurück nach Follyfoot. Dora zuckelte über die Wege und versuchte, nicht an die Szenen zu denken, die ihr immer von neuem vor Augen standen: dass ein prachtvolles graues Pony in ein rasendes Auto hineinrannte ...; dass es irgendwo mit gebrochenem Bein lag ...; dass man es gestohlen oder misshandelt hatte ...; dass Jungens das Pony mit Gebrüll durch die Gegend hetzten und mit Steinen nach dem Tier warfen, bis es vor panischer Angst in Stacheldraht hineinrannte und ... Dora gab sich alle Mühe, die schrecklichen Bilder wegzuwischen.

Barney war fit und kannte den Weg. Doch an einer Kreuzung, die er eigentlich passieren musste, stellte er sich bockbeinig und wollte durchaus nach links.

»Hü!« Barney machte sonst so etwas nicht mehr. Er war ein ruhiges und zuverlässiges Pony, das nie scheute, bockte oder ausschlug. Doch jetzt bockte Barney wie ein Maulesel. Seine großen Ohren spielten lauschend.

»Na, was denn?« Dora hörte nun auch den Hufschlag. »Ein anderes Pferd, was weiter? Es gibt etwa zehntausend Pferde in unserer Grafschaft. Wenn du bei jedem fremden Pferd anhalten willst, kommen wir nie nach Haus.«

Das fremde Pferd erwies sich als ein graues Pony. Es kam aus dem Schutz überhängender Bäume. Barney wieherte. Das graue Pony hob den Kopf und setzte sich in leichten Trab. Das Pony war ungesattelt, und der rothaarige Reiter schwankte hin und her. Mit der einen Hand hielt er sich am Halfterseil fest, mit der anderen an der Mähne.

»Ron!«

»Hab ich dir nicht gesagt: Übertreib's bloß nicht!« Ron Styker griente. »Brrr, Maggie!« Er brachte Grey Lady zum Stehen und glitt vom Pferderücken, wobei er das Gesicht verzog und erbärmlich stöhnte. »Hab ich mich vielleicht durchgeritten!«

»Wie in aller Welt hast du sie gefunden?« brachte Dora endlich heraus.

»Wie in aller Welt ...?«, äffte Ron ihr nach. »Nicht: O Ron, wie schön! oder: O Ron, bist du clever! Bloß: Wie in aller

Welt hast du sie gefunden, ausgerechnet so ein Idiot wie du.«

»Um Himmels willen, hör auf.« Die Erleichterung war so groß, dass Dora nicht wusste, ob sie lachen oder weinen sollte. »O Ron, rede doch kein dummes Zeug. Ich bin doch so froh, dass Grey Lady wieder da ist. Du brauchst mir kein Sterbenswort zu sagen, wenn du nicht willst.«

»Wie meinst du das? Willst du mich etwa verdächtigen?« Ron funkelte Dora an. »Bloß, weil ich 'ne Menge Freunde hab, die Augen und Ohren offen halten und wissen, was in der Gegend vorgeht? Kommt noch auf meinen Grabstein: Ronald Arbuthnot Stryker. Dauernd verdächtigt.«

»Wo war sie?«

»'n Mann hat sie drüben in der Nähe von Harlow gefunden. Sie hatte sich verfangen, und er konnte sie ans Halfter legen. Und weil er merkte, dass sie Klasse ist, wollte er sie erst mal 'ne Weile behalten. Wegen der Belohnung, verstehst du. Aber ich hab ihn dann umgestimmt.«

»Wie?«

»Na, ich hab da so meine Methoden.« Er schloss ein Auge. Bei Ron Stryker wusste man nie, was man glauben sollte: das Ganze, die Hälfte oder gar nichts.

Dora fragte nicht weiter, und Ron sagte nichts mehr.

22

Paul und alle anderen auf dem Pferdehof waren außer sich vor Freude. Bis auf ein paar Kratzer an den Beinen und der Schulter war Grey Lady bei dem Abenteuer ohne Schaden davongekommen.

Der Ausflug quer durch die Landschaft und der lange Ritt mit Ron hatten sie beruhigt. Weaver musste weichen, und Grey Lady schritt friedlich in dessen Box und schob den hübschen Kopf unverzüglich zur Krippe vor, um den Häcksel aufzulecken, den das wählerische alte Tier verschmäht hatte.

»Sie ist okay. Kann morgen mitlaufen.«

Paul schüttete Grey Maggie Weichfutter in die Krippe und füllte die Heuraufe. »Ruf die Bunkers an, Dora, und sag ihnen, dass Grey Lady bei uns ist. Sie springen vor Freude bestimmt bis an die Decke.«

Dora wollte zum Haus hinüber, aber Ron hielt sie zurück. »Bist du verrückt? Nach alldem, was ich hinter mir habe, um das Vieh herzuschaffen? Das Rennen ist erst morgen. Bleibt noch eine Nacht, oder hast du das vergessen? Besteht also noch immer Gefahr.« Gefahr war ein Wort, das Ron besonders liebte.

»Er hat recht«, rief Paul. »Verbergen wir sie bei uns.« Er kam aus der Box und verriegelte die Tür. »Man kann niemandem trauen. Also zu keiner Seele ein Wort.«

»Aber ich muss es doch wenigstens Jim sagen, damit er sich keine Sorgen mehr macht. Bei ihm ist ein Geheimnis sicher. Er schwatzt nicht.«

Ein Geheimnis kann man auch ohne Worte verraten. Er soll lieber wie das heulende Elend rumlaufen, genau bis zu dem Augenblick, wo wir ihm sagen, dass er sich seine neuen Reitstiefel anziehn soll und seine Ma sich in Schale werfen kann, weil wir uns in Broadlands mit ihnen treffen. Und dann kannst du erleben, wie einige Leute mit den Zähnen knirschen.«

»Du meinst also, dass es nicht Mr. Bunkers Zigarette war?«

»Wir wollen kein Risiko eingehen. Ich werde mein Äußerstes tun, damit Grey Lady morgen gewinnt.«

Dora klopfte Amigo auf die Rückfront. »Noch ist nicht alles verloren, alter Freund.«

Amigo dachte das sowieso nicht. Er legte seinen schweren Kopf auf Doras Schulter und träumte von einem endlosen friedlichen Pferdeleben auf ewig grüner Weide.

»Selbst wenn Grey Lady nicht siegt«, erzählte Dora ihm, »kriege ich das Geld für dich schon irgendwie zusammen.«

Sie hörte Pauls Stimme. »Callie«, rief er, »putz Barneys Sattel und Zaumzeug!« Ja, das Geld für den Sattel musste sie auch auftreiben. Der Zaumzeughändler fing allmählich an zu mahnen. Sie hätte sich Sorgen machen müssen. Doch während sie so im Stall bei dem freundlichen alten Pferd stand und genauso zufrieden war wie das Tier, schienen alle Sorgen wie weggewischt.

Und am nächsten Tag hatte sie keine Zeit, sich Sorgen über das Geld für Sattel oder Pferd zu machen. Die Zeit reichte gerade hin, die Arbeit auf der Farm zu verrichten und danach Grey Lady und Barnacle Bill für die Moonlight-Steeplechase fertig zu machen.

»Wo das Rennen doch mitten in der Nacht ist«, knurrte Slugger, »möchte ich wissen, wozu ich mein schönes Geschirrspülmittel vergeuden muss, um den Viechern die Mähnen und Schwänze zu waschen! ›Lässt Ihre Teller taufrisch glänzen!‹«, las er vom Etikett der leeren Flasche vor. »Na, Grey Maggie und Barney glänzen sowieso taufrisch, wenn ihnen erst dreißig Ponys mit ihren Hufen Dreck ins Gesicht geschleudert haben und sie bei der Beechers-Brook-Falle durch den Morast geplatscht sind.«

»Lady Maggie und Barney kriegen keinen Dreck ins Gesicht, weil sie in Front liegen werden«, sagte Dora undeutlich, denn sie flocht Barneys nasse Mähne und hatte den Mund voller Gummiringe.

»Mir gefällt die ganze Geschichte nicht.« Slugger schüttelte den Kopf und schob die Unterlippe vor. »Nein, hat mir von Anfang an nicht gefallen. Und wenn der Captain hier wäre, würd' er dich nicht gehen lassen.«

»Wenn der Captain hier wäre«, warf Callie ein, die mit Annas Schere die hinteren Teile von Barneys Hufen trimmte, »würde er in der ersten Reihe der Zuschauer stehen und brüllen: ›Die Beine! Die Beine – noch höher! Verdammt noch mal! Ihr braucht wohl erst eine Rakete!‹« Ausrufe, an die Callie sich von den Springstunden des Captains her gut erinnerte.

»Na ja … für alle, die das Rennen sehn, geht's ja vielleicht«, knurrte Slugger. »Aber wie würd' es dir gefallen, hier darauf warten zu müssen, wer nun auf 'ner Trage angeschleppt wird, du oder dieses Pony?!«

»O Slugger, schönsten Dank, dass du dir Sorgen um mich machst«, rief Callie.

Doch Dora dämmerte, was hinter Sluggers Geknurr steckte. »Selbstverständlich kommst du mit, Slugger. Ist doch klar.«

»Bin ich vielleicht eingeladen worden?«

Da Callies Eltern sich zur Zeit im Ausland befanden, waren Dora und Paul zur Party eingeladen worden.

»Du bist der Groom«, sagte Dora. »Wir brauchen doch einen Groom. Alle feinen Leute haben einen.«

»Und ich?«, fragte Ron. »Ohne mich hättet ihr heute keine Grey Lady!«

»Dann bist du eben Grey Ladys Groom. Zwei Ponys, zwei Grooms. Ich sage euch, wir treten wie die Feinsten der Feinen auf – superelegant! Du kannst Pauls Reithosen anziehen.«

»Ach«, rief Paul, »ist ja lieblich. Und was zieh ich an?«

»Du? Du ziehst *den* Anzug an.« Paul besaß nur eine Hose und eine Jacke, die so halbwegs zueinander passten.

»Nur wenn du das Kleid anziehst!« Dora besaß nur ein Kleidungsstück, bei dem man halbwegs von Kleid sprechen konnte und das sich so einigermaßen für Mr. Wheelers Party eignete.

Zwei Stunden vor dem Start rief Dora die Bunkers an. »Ja?« Jims Mutter war am Apparat. Sie sprach mit der erstorbenen Stimme, die sie sich seit dem Brand und dem Verschwinden Grey Ladys zugelegt hatte. Eine Stimme, die verriet, dass die Sprecherin keine gute Nachricht mehr erwartete. »Ja?«

»Zieh dein rotes Kleid an, Cinderella!«, zitierte Dora. »Es geht zum Ball!«

»Zu was für einem Ball? Machen Sie nicht solche Späße mit mir, Dora. Mir platzt schon so der Kopf.«

»Nehmen Sie ein Aspirin, Mrs. Bunker. Sie gehen nämlich zu Mr. Wheelers Champagner-Büfett.«

»Das ist nur für Eltern, deren Kinder mitreiten, Dora, das wissen Sie ganz genau.«

»Aber Ihr Sohn reitet doch mit. Jim ist dabei! Grey Lady ist bei uns. Wir bringen sie zusammen mit Barney nach Broadlands. Nein, für lange Erklärungen bleibt jetzt keine Zeit«, schnitt Dora das aufgeregte Gefrage am anderen Ende der Leitung ab. »Jede Minute zählt. Ziehen Sie sich an, so schnell es geht, und sagen Sie Jim, er soll sich auch beeilen. Wir treffen uns dann dort.«

»Jim ist aber schon im Bett. Er ist todmüde.«

»Na, dann wecken Sie ihn. Und lassen Sie ihn ein paar Vitamintabletten schlucken. Sagen Sie ihm, dass er heute als Sieger durchs Ziel geht.«

23

Pauls Reithosen waren für Ron zu groß. Er fasste sie im Bund ein, nahm seinen knallbuntesten Schlips als Gürtel und zog seine spitzen Cowboystiefel und einen langen schwarzen Pullover an. Dazu gesellte sich ein Stirnband mit indianischen Ornamenten und ein gestanztes Friedenssymbol, das ihm an einer Schnur um den Hals baumelte – ein Friedenssymbol an Ron Stryker, der immer irgendetwas anstellte!

Slugger sah nicht so sensationell, sondern fast korrekt aus. Er trug seine gebürsteten und gebügelten Militärbreeches, und auf den durchgescheuerten Ellbogen seines Tweedjacketts hatte Dora einen Lederflecken genäht. Das Ganze krönte eine karierte Mütze des Captain. Slugger hatte sie mit Zeitungspapier ausgestopft, damit sie ihm nicht über die Ohren rutschte.

Callie hatte sich das Haar in zwei kleine Zöpfe geflochten und trug stolz die blaugoldene seidene Rennkluft ihres Vaters.

Zu *dem* Anzug trug Paul ein orangefarbenes Hemd, das er sich von Ron geliehen hatte. Nur Dora steckte noch in ihren alten ausgeblichenen Jeans, als sie die beiden Ponys verluden. Grey Lady schoben sie mit einer Hast in den Transporter, als hielten sich überall Spione versteckt.

Dora stopfte die Papiertüte mit dem gelben Kleid und den Sandalen unter den Vordersitz. Dort saßen sie dicht zusammengedrängt und sangen immer wieder: »Als alle umgefallen waren, schrie der Kellner durch den ganzen Saal, nein, das wär ja unerhört, Brot servier ich nicht zu solchem Mahl …« Sie begannen immer wieder von vorn, um ihre Nerven zu beruhigen. Der Vollmond war aufgegangen, und sein Licht rieselte silbern über die Landschaft. Sein rundes Gesicht lächelte geheimnisvoll vom wolkenlosen Himmel.

»Ich wünschte, es würde regnen«, sagte Callie.

»Nervös?«

»Nein. Ja. Nein.« Callie sah zu Paul hinüber. Er war wegen Grey Lady nervös. Ihr jedoch verbot er es. »Ein bisschen aufgeregt, das ist alles.«

»Barney macht seine Sache bestimmt gut.« Dora fasste Callie um die Schulter. »Barney ist ein gutes Pony. Das beste überhaupt.«

»Aber erst wenn alle anderen Ponys auf der Strecke geblieben sind«, sagte Ron und legte wieder mit dem Saal-Mahl-Refrain los: »Als alle umgefallen waren, schrie der Kellner durch den ganzen Saal, nein, das wär ja unerhört, Brot servier ich nicht zu solchem Mahl …«

In Broadlands zog sich Dora im Transporter um, kämmte sich und schlüpfte in die Sandalen. Barney wurde von dem O-beinigen Slugger, der einen guten Groom abgab und die anderen Ponys verstohlen musterte, herumgeführt. Grey Lady war noch im Transportwagen. Sie wollten sie erst kurz vor dem Start auf den Sattelplatz bringen.

Das große Herrenhaus von Broadlands hatte eine prächtige Säulenfront. Auf der Terrasse plauderten und tranken die örtlichen Stützen der Gesellschaft. In der weißen Säulenhalle hingen bunte Glühlampen, desgleichen in den Fenstern. Auf den kleinen Tischen flackerten Windlichter, und gelbe Lichtbänder strömten von der Balustrade.

Flutlicht ergoss sich von den Bäumen des weiten Parks und erhellte Start und Ziel der Rennstrecke. Am Ende des sanften Abhangs erkannte man die erste Hürde, einen Reisigzaun, der sich schwarz und klar im Mondlicht abzeichnete. Dahinter lag die Querstangenhürde. Dann kam die Dickichtkehre, wo die Pferde die gepflasterte Straße kreuzen und über die Böschung mussten. Die Scheinwerfer der entsprechend geparkten Autos tauchten den tückischen Absprung in gleißendes Licht.

Dora war die ganze Strecke zweimal mit Callie abgeschritten. Sie kannten jede Hürde, jede Kehre und jede schwere Wegstrecke. Im Mondlicht sah alles anders aus; die Hürden wirkten höher, die Querstangen fester, und der Turf wartete weißschimmernd und herausfordernd auf die galoppierenden Hufe.

Paul und Dora schmuggelten sich auf die Terrasse, indem sie an einer dunklen Ecke über die Balustrade kletterten. So vermieden sie die strahlend erleuchtete Treppe zur Terrasse und konnten nicht angestarrt werden. Sie drückten sich schüchtern in einen Winkel. Eine Serviererin brachte ihnen auf einem Silbertablett etwas zu trinken. »Ingwerbier«, sagte sie, aber der aufgeregten Dora schmeckte es wie Champagner.

Sie sahen Sir Arthur und seine Gattin, die sich lässig gaben und über »den Stamm« sprachen, womit sie ihre drei Söhne meinten, die weder durch Aussehen noch Benehmen zu unterscheiden waren – nur dass der Jüngste noch frecher war als die beiden anderen.

Sie bemerkten den Chef der Fuchsmeute, einen Fernsehstar, der lieber hinter seiner Meute als vor den Kameras war. Sie sahen Mrs. Hatch vom Pony-Club, deren Zähne Grabsteinen glichen. Sie musterten neugierig den berühmten Reitlehrer und Pferdezüchter Graf Podgorski; er war ein schlanker, eleganter Mann mit pomadisiertem Haar und auf Hochglanz gewichsten Reitstiefeln.

Und sie beobachteten die Nicholsons; sie wirkten zu grobschlächtig und zu laut in dieser Gesellschaft, redeten von den »fantastischen« Pferden, die bei ihnen zum Verkauf standen, gossen den Champagner glasweise durch die Gurgel und krümmten beim Trinken geziert den kleinen Finger, um zu zeigen, dass sie sich auf die feine Lebensart verstanden.

Und plötzlich sahen sie – Hilfe! Wohin? – Bernard Fox' krauses rötliches Haar durch die Versammlung auf ihre Ecke zusteuern. Er lächelte amüsiert, wodurch sich sein roter Schnurrbart hob.

»Dorothy?«

»Oh. Guten Tag.« Bis zu jenem Augenblick hatte Dora das gelbe Kleid als völlig passend empfunden. Doch von dieser Sekunde an schien es ihr fehl am Platze, und sie wusste, dass es zu kurz war.

»Ich habe Sie kaum erkannt, Dorothy. Sie sehen sehr nett aus.«

»Oh. Danke.« Dora versuchte sich hinter einen der kleinen Tische zu quetschen, weil Bernard Fox kein Auge von ihren Beinen ließ.

Bernard Fox blieb. Er lächelte ihr zu und drehte sein Glas zwischen den Fingern. Offensichtlich grübelte er darüber nach, wie er fragen konnte: »Wie kommen Sie beide denn hierher?«, ohne dass es allzu beleidigend klang. Um ihn los zu werden, sagte Dora: »Wir sind mit Barnacle Bill hier. Die Stieftochter des Captain reitet ihn.«

»Na, wieder ein paar Trainingsrunden gedreht?« Der sonst so forsche Bernard Fox gab sich heute Abend sanfter. Das lag wahrscheinlich am Champagner.

»O ja.« Dora schielte zu Paul hinüber. Sie hatte ihm noch immer nichts von ihrem nächtlichen Ausflug zum Rennplatz erzählt, damit er sie nicht für übergeschnappt hielt. »Auf der Farm.«

»Braves Mädchen.« Bernie grinste, wackelte mit dem Kopf, kicherte: »Habe meinen Augen nicht getraut …« und dachte an die nächtliche Szene mit Dora auf dem Sattelplatz.

»Was hat er gemeint?«, fragte Paul flüsternd, nachdem Bernard Fox schließlich abgezogen war.

»Oh, ganz einfach. Er hat nicht begriffen, wie wir nach Broadlands eingeladen werden konnten.«

»Hat mir gar nicht gefallen, wie er dich angesehen hat.«

»Mir auch nicht.« Ihre Augen wanderten kurz ihre braunen Beine hinunter. Der Anblick missfiel ihr nicht, und zu ihrer eigenen Verwunderung behagte es ihr sogar, dass Bernard Fox sie bewundert hatte.

Die Bunkers waren immer noch nicht da.

Angenommen, sie kämen überhaupt nicht? Angenommen, Jim weigerte sich, mitzureiten? Angenommen, Mrs. Bunker wollte nicht zur Party kommen, weil sie vorher nicht zum Friseur hatte gehen können? Angenommen, Mr. Bunker hatte sich auf die Hinterbeine gestellt, weil er noch immer beleidigt war, dass man ihn in Verdacht hatte, an dem Brand schuld zu sein?

Paul und Dora fielen von einer Angst in die andere. Auf dem Rasen vor der Terrasse gab es für die jungen Reiter und Reiterinnen ein Picknick. Die bunte Reitkluft schimmerte im Licht der Lampen in allen Farben. Dora und Paul blickten über die Balustrade. Callie aß gleichmütig. Mehrere Mädchen bildeten eine kichernde Gruppe. Andere saßen für sich allein, zu aufgeregt, um einen Bissen hinunter zu bekommen. Sir Arthurs Söhne warfen Bratenstücke und Kuchen durch die Gegend. Ein großer bebrillter Junge sah viel zu alt aus, um noch teilnehmen zu dürfen. Sie erkannten Mrs. Hatchs Tochter: die gleichen Grabsteinzähne wie ihre Mutter. Von Jim keine Spur.

»Wenn sie nicht kommen, hau ich ab!«, stieß Paul wütend hervor. »Ron kann den Transporter nach Follyfoot zurückfahren. Ich mach's per Anhalter.«

»Na, etwas essen können wir schließlich erst noch«, überredete ihn Dora. Die Gäste begannen sich an dem kalten Büfett zu bedienen, das man hinten auf der Terrasse aufgebaut hatte. Obwohl leckere Happen lockten, gelang es Paul und Dora nicht, ihre Schüchternheit zu überwinden. Sie wagten sich nicht durch die plaudernde Menge, die Teller, Gabeln und Gläser jonglierte und nach Platz an den Tischen Umschau hielt.

»Aber bitte, greifen Sie doch zu. Sie haben doch bestimmt noch nicht gegessen.«

Ein kleiner alter Mann, krumm und schief wie ein Windflüchter hinter der Düne, humpelte an einem Knotenstock auf sie zu. Er hatte dichtes weißes Haar, Augenbrauen wie

Watteflocken und einen weißen Spitzbart. Furchen durchzogen das Gesicht, und verblasste alte Augen lächelten Paul und Dora an. Ein Gesicht, das schlichter und offener wirkte als viele andere Gesichter, die sie hier sahen.

»Sie sind – Mr. Wheeler, nicht wahr?«, fragte Dora verlegen, weil sie ihn vor lauter Scheu bei ihrer Ankunft nicht begrüßt hatten.

»Entschuldigen Sie, wenn ich Sie nicht vorher willkommen geheißen habe«, sagte er auf eine Art, die Dora alle Verlegenheit nahm. »Sie sind von der Follyfoot-Pferdefarm, nicht wahr? Paul und Dora. Schön. Sehr schön.« Er musterte Dora und Paul aufmerksam, aber ohne jene Überheblichkeit, die in Bernard Fox' Blicken lag. Er sah einen so forschend an, als läge ihm daran zu wissen, wen er vor sich hatte. »Bitte, bedienen Sie sich, ehe die Wilden alles verschlungen haben.«

Er begleitete sie zum kalten Buffet und veranlasste den Butler, der eher wie ein Bischof aussah, sich um Dora und Paul zu kümmem.

Der Butler schnitt ihnen papierdünne Scheiben vom Rinderbraten ab, legte Schinkenscheiben dazu und half den beiden, Hühnchen, Salat und mit Garnelen in Mayonnaise gefüllte Pasteten auf ihre Teller zu häufen. Dazu kam etwas in Aspik, Gewürzgurken und Oliven. Er forderte sie auf, sich mehr zu holen, wenn sie aufgegessen hätten. Als der Butler sich umwandte, um Flaschen zu öffnen, gelang es Paul, einen übervollen Teller und zwei Gläser Sekt in eine entlegene Ecke der Terrasse zu schaffen, damit Slugger und Ron später ebenfalls zulangen konnten.

24

Nach der Eiscreme und den Petit Fours hielt Mr. Wheeler, auf seinen Knotenstock gestützt, eine kleine Ansprache über die Moonlight-Steeplechase.

»Ich übernahm die Idee von jenen berühmt-berüchtigten Kavallerieoffizieren, die vor etwa hundertfünfzig Jahren eines Abends nach dem Essen in der Runde saßen, Brandy tranken und verzweifelt grübelten, welche Verrücktheit sie noch anstellen könnten, um sich die Zeit zu vertreiben.

Alle hatten gute Pferde im Stall, und da der Mond hell vom Himmel leuchtete, beschlossen sie ein Wettrennen quer durch die Gegend über Stock und Stein. Als Ziel wählten sie einen hohen Kirchturm, der viele Meilen entfernt im Mondschein aufragte. Und von Steeple-Kirchturm rührt, wie Sie ja alle wissen, die Bezeichnung Steeplechase her.«

Mr. Wheeler strahlte seine Zuhörer an. Alle nickten oder murmelten bestätigend, ob sie es nun gewusst hatten oder nicht. Der Chef der Fuchsmeute sagte: »Alles Gute den Burschen, wo sie nun auch sein mögen!«, und Mr. Nicholson rülpste nach dem vielen Champagner und rief: »Hört, hört!«

»Mit weißen Nachthemden über den Uniformen und weißen Nachtmützen auf den brandyumwölkten Köpfen ritten sie unbekümmert los und legten die Strecke, ohne nach rechts und links auszuweichen, zurück. Jedes Hindernis, das ihnen in den Weg kam, wurde genommen, entweder ging es darüber oder darunter weg oder mitten hindurch. Hier, auf meinem Anwesen, haben wir für das Rennen heute Nacht eine weniger abenteuerliche Strecke abgesteckt, aber unsere jungen Teilnehmer werden sie genauso entschlossen und wagemutig in Angriff nehmen, ohne den Hindernissen auszuweichen, wie jene ersten Moonlight-Steeplechase-Reiter.«

»Wer würde das nicht für hundert Pfund?«, murmelte Mrs. Nicholson. Sie steckte in einem sackähnlichen Kleid, und als ihre Blicke auf Paul und Dora haftenblieben, fragte sie: »Kenne ich Sie nicht?«, wandte sich dann aber schnell wieder ab, ohne die beiden weiter zu beachten. »Da unsere jungen Reiter heute die wichtigsten Gäste sind«, fuhr Mr. Wheeler fort, »möchte ich sie der illustren Gesellschaft einzeln vorstellen.« Er rief Namen nach Namen auf, und die Reiter und Reiterinnen erhoben sich. »Cathleen Sheppard auf Barnacle Bill.« Callie hatte gerade ein Stück Kuchen im Mund; sie verschluckte sich und lief rot an.

Dora rief ihr ein ermutigendes Wort zu; Mrs. Nicholson drehte sich um und musterte Dora aufmerksam.

»Betty Hatch auf My Pal« – Beifall. »John Deacon« (der bebrillte große Junge –) »auf Challenger« – Beifall. »Linda Murphy auf Lassie« – lauter Applaus von ihrer Familie. »Chip Nicholson auf Strawberry Sunday« – Applaus und ein kühner Beifallspfiff ihres Vaters, zurückzuführen auf den Sekt.

Chip verleugnete ihn und verzog keine Miene. Geziert präsentierte sie sich den Gästen, eine stämmige Reiterin in weißen Breeches und rotweiß gestreifter Jockeibluse.

»John Der-und-der auf Geronima. Joan Die-und-die auf Black Velvet ... Jim Bunker ... Wo ist Jim?«

Ein schlanke Gestalt kam lässig über den Rasen. Im Scheinwerferlicht wirkte das schmale Gesicht sehr bleich. Während er heranschlenderte, köpfte er mit der Reitgerte eine Distel.

»Gerade rechtzeitig, Jim Bunker. Braver Junge. Alle pünktlich da. Großartig.«

»Der Reißverschluss meiner Mutter hat geklemmt«, erklärte Jim unbekümmert.

Lautes Gelächter.

Es schallte Mrs. Bunker entgegen, die spät und erhitzt in ihrem roten Kleid, dessen Oberteil mit Pailletten bestickt war, die Treppe zur Terrasse hinaufstieg. Mr. Bunker ging dicht hinter ihr, als ob er verhindern wolle, dass sie kehrtmachte und davonlief.

Aber Mr. Wheeler bewies auch in diesem Falle seine allen Gästen gegenüber gezeigte Höflichkeit; auf seinen Knotenstock gestützt, kam er den Bunkers von der Säulenhalle aus entgegen, begrüßte sie und begleitete sie zum kalten Büfett. Mrs. Bunkers Reißverschluss hatte sich offensichtlich nicht mehr zuziehen lassen, denn der Rückenschluss ihres Kleides war mit großen Stichen zugenäht. Vielleicht von Herrn Bunker. Arme Mrs. Bunker! Ausgerechnet in der Nacht ihres Ruhms.

Aber da war noch immer Grey Lady.

Die Ponys sollten auf einem markierten Kreis vor der Terrasse den Gästen vorgeführt werden. Paul brachte das graue Pony aus dem Transporter, während Slugger dem hellen Fuchs Barney Doras Sattel auflegte.

Jim kam mit seinem Sattel herbeigerannt, warf ihn auf die Erde und schlang die Arme um Maggies Hals.

»Mach kein Theater«, sagte Paul. »Die Nicholsons brauchen erst in der letzten Minute zu merken, dass Grey Lady hier ist.«

Er sattelte Grey Lady Maggie hinter dem Transportwagen. Slugger nahm Barney am Halfter. Er mengte sich zwischen die anderen Grooms und Stallmädchen oder Mütter und älteren Schwestern der Teilnehmer und führte Barney auf den Platz. Barney sah großartig aus: Mähne und Schwanz waren geflochten und Kopf und Ohren getrimmt. Die Blässe und die hinteren Fesseln, mit Kreide gepudert, leuchteten weiß im Mondlicht. Slugger hielt den Kopf zu Boden gesenkt, weil er nie anders ging, aber sein Grinsen verriet, wie stolz er war. Callie stand in der Mitte des Kreises zwischen den anderen Reitern.

Sie hatte die Jockeimütze fest in die Stirn gezogen, biss sich auf die Lippen und hielt die Arme über ihrer blaugoldenen Jockeibluse verschränkt.

»Wenn der Captain sie so sehen könnte!« Dora stieß Paul kurz an.

Man erriet, welches Pony welcher Familie gehörte. Jeder beobachtete bloß das eigene Tier. Nur die Nicholsons taxierten gewitzt die Konkurrenz.

Das Feld zählte bis jetzt achtundzwanzig Teilnehmer. Das Rotschimmelpony der Nicholsons fehlte noch, und Paul hatte Ron aufgetragen, Grey Lady erst in letzter Minute auf den Platz zu bringen. Kauend, ein Glas in der Hand, schob sich Ron hinter Dora und Paul vorbei.

»Wo ist Maggie?«

»Hab sie hinten am Transportwagen angebunden, weil ich mir das Essen holen wollte, das ihr mir hingestellt habt.« Er wischte sich die Lippen. »Schmeckt prima!«

»Bring sie her.«

Strawberry Sunday hatte sich jetzt zu den anderen gesellt. Rons schlaksiger Kumpel führte sie. Und nun kam auch Ron mit dem grauen Pony. Grey Lady wirkte agil und zerrte leicht an der Kandare, wie ein echtes Rennpferd.

Dora und Paul beobachteten die Nicholsons. Wenn ihnen Grey Lady einen Schock versetzte, zeigten sie es jedenfalls nicht. Sie taxierten die Graue genauso abwägend wie die anderen Ponys und ließen sich weder Bewunderung noch Geringschätzung anmerken.

Der Fernsehstar und Chef der Fuchsmeute leitete das Rennen. Er gab Befehl aufzusitzen. Reiter und Pferde versammelten sich zwischen den Bäumen vor dem in Flutlicht getauchten Rasenabschnitt, der sich bis zur ersten Hürde erstreckte. Dora war nervöser als Callie. Sie gab ihr letzte Instruktionen, die zum einen Ohr hinein- und zum anderen hinausgingen:

»Drück nicht gleich beim Start auf Tempo. Nimm die Kehre an der Böschung weit. Lass ihm genug Raum zum Anlauf. Denk an den Graben hinter der Hürde! Und achte auf den Braunen, er schlägt aus.«

Chip saß auf dem Fuchspony, Point-to-Point-Sattel, Steigbügel sehr kurz, Rennzügel aus Gummi.

»Ist das das gleiche Pony?« Chip trug die Mütze tief in die Stirn gezogen; ihr Gesicht blieb genauso ausdruckslos wie das ihrer Eltern. Hohn und Spott lagen lediglich in der Stimme.

»Macht einen besseren Eindruck als damals, wie?« sagte Callie naiv und freundlich, aber Chip war schon weitergeritten.

Jim ging jetzt hinüber zu Grey Lady. Plötzlich herrschte Aufregung unter den Bäumen. Jemand rief etwas. Dora drängte sich durch die Menge. Grey Ladys Sattel war herumgerutscht. Jim lag auf der Erde und hielt sich wimmernd das Handgelenk.

»Wer hat den Sattelgurt festgezogen?«

»Mich brauchst du nicht so anzusehn.« Ron, das Indianerband um die Stirn geschlungen und das Friedenssymbol auf der Brust, hielt das nervöse graue Pony.

»Ich habe den Sattel aufgelegt – und den Gurt festgezogen.« Paul kniete neben Jim, wurde jedoch von einer schluchzenden Frau in rotem Kleid beiseite gestoßen. »O Jim! Ich wusste ja, dass so etwas passieren würde!« Dabei kam alles auf ihr Konto: der Kauf eines Ponys; die Reitstunden; die Meldung zum Mondscheinrennen.

»Schon gut, Mum.« Jim richtete sich auf und wimmerte nicht mehr.

»Er ist auf die Hand gefallen, als er stürzte«, sagte Paul. »Dabei hat er sich das Handgelenk verletzt. Es ist ein Arzt hier. Vielleicht holt ihn jemand.«

»Es ist allein Ihre Schuld«, rief Mrs. Bunker hysterisch, während sie in dem engen roten Kleid neben ihrem Sohn kniete, der sein schmerzendes Handgelenk vor ihr zu schützen suchte. »Wer hat Sie darum gebeten, das Pony herzubringen?«

Diese Anschuldigung war dermaßen unfair, dass Paul nicht darauf antwortete. Er erhob sich, übernahm Grey Lady von Ron und ging gemeinsam mit Dora fort, als der Arzt kam.

»Der Sattelgurt war fest, Dora, das schwöre ich.«

»Grey Lady war allein hinter dem Transportwagen, als Ron sich sein Essen holte.«

»Und sein Kumpel ist mit Nicholsons Rotschimmelpony erst spät aufgekreuzt.«

»Weil er erst noch Maggies Sattelgurt gelöst hat?«

»Bei Gott«, sagte Paul erbittert. »Bei Gott, sollen sie wirklich damit durchkommen? Grey Lady hätte eine echte Siegeschance gehabt.« Er schlang sich Grey Ladys Zügel um den Arm und ging gebeugt zum Transportwagen, an der einen Hand das Pony, die andere ließ Jims Jockeimütze am Gummiband hin und her schwingen.

Die Unfallnachricht verbreitete sich unter den Reitern, die sich zum Start versammelten. Callie kam zurückgeritten; sie war blass, und ihre Augen schimmerten dunkel vor Besorgnis.

»Jim ist gestürzt?«

Dora nickte.

»Bis auf das Handgelenk ist er okay. Aber das Pony kann er nicht reiten.«

»Ach je. Arme Maggie.« Callie dachte immer zuerst an Pferde. »Armer Jim. Und – ach je, Dora. Nun ist das Siegergeld futsch. Armer Amigo.«

»Hör her, Callie.« Der Einfall kam Dora so plötzlich, als läse sie ihn aus einem Buch ab. »Grey Lady kann gewinnen. Du reitest sie. Ehe Jim ins Krankenhaus geschafft wird, erklärt er einfach, dass er Grey Lady dir überlässt. Wegen des Unfalls wird Mr. Wheeler sicher keinen Einspruch einlegen.«

»Aber dir lag doch so daran, dass ich Barney reite!«

»Darauf kommt es jetzt nicht an. Nur der Sieg zählt.«

»Ich kann nicht. Maggie ist zu schnell. Ich kann nicht auf Sieg reiten.«

»Du kannst es. Du musst. Denke an Amigo, Callie. Wir dürfen die Nicholsons nicht damit durchkommen lassen.«

»Stecken die dahinter?«

»Ich glaube. Willst du die gewinnen lassen?«

»Paul«, rief Callie. Ihre Stimme klang schrill vor Erregung. »Paul, bring Maggie her!«

25

»Ein schlechter Anfang«, sagte der Fernsehstar. Seine Stimme war fast allen Anwesenden vom Bildschirm her bekannt. »Aber es wird ein gutes Rennen geben. Der Mond scheint, die Ponys sind fit. Die Reiter hat es getroffen, aber sie haben sich wieder beruhigt.« Nur ein Mädchen hatte sich nach Jims Unfall geweigert, wieder aufzusitzen. »Fünf Minuten noch, damit sich alle sammeln können. In fünf Minuten ist Aufstellung.«

Callie saß jetzt auf Grey Lady. »Lass sie ein bisschen im Kreise laufen«, sagte Paul. »Damit du ein Gefühl für sie bekommst.«

»Wieso? Ich kenne sie doch.« Callie nahm die Zügel fest in die Hände. Sie wirkte jetzt nicht mehr ängstlich, sondern zuversichtlich und gelassen. »Tut mir leid um Barnacle. Er wäre so gern mitgelaufen, Dora.«

»Er wird auch mitlaufen.« Dora las eine neue Seite im Buch ihrer Einfälle. »Halt ihn eine Sekunde, Paul.«

Sie rannte in den Transportwagen, zog die Jeans an, stopfte das kurze gelbe Kleid hinein, schleuderte die Sandalen von den Füßen und schlüpfte in ihre alten Schuhe. Danach kam sie herausgeschossen, riss Paul Jims Jockeimütze aus der Hand, stülpte sie auf und zog den Schirm tief ins Gesicht.

»Wer ist das Kind in der gelben Bluse?«, fragte jemand, als sie zwischen den anderen untertauchte und hastig die Steigbügel für ihre Größe einstellte. Dora hörte die Antwort nicht mehr. Immerhin hielt man sie für ein Kind. Also dann, Barney! Du bekommst dein Rennen!

Der Fernsehstar hielt eine Flagge hoch, während er neunundzwanzig Pferde in eine Reihe zu bringen versuchte. »Das braune Pony etwas zuriick! Der kleine Rotfuchs ein bisschen vor, ja, der Junge in Grün. Achtung, keine Drängelei bitte. Das Mädchen in Gelb auf dem Fuchs ganz nach außen! So ist's recht. Sehr schön so. Also …«

Eine Reihe wild trampelnder, gegeneinander prellender Ponys. Barney hielt ganz außen. Er entsann sich wohl der Tage seiner Gesetzlosigkeit, stampfte ungestüm und biss auf die Kandare. Dora kürzte die Zügel. Er ging ein wenig hoch, aber in dem Augenblick, da Dora dachte: Ich kann ihn nicht mehr halten!, senkte sich die Fahne, und Barney sauste in der Woge galoppierender Ponys los.

Bestimmt war jeder Reiter instruiert worden, nach dem Start nicht sofort auf Tempo zu reiten. Aber alle Ratschläge waren nun vergessen. Große Ponys und kleine, Welshs, New Forests, gedrungene oder schlanke, alle rasten in voller Karriere die von Flutlicht übergossene Strecke hinunter, kamen wie durch ein Wunder über die große Reisighürde und trommelten auf den Oxer zu.

Ein Pferd verweigerte, scherte aus und rannte in ein anderes hinein; der Reiter des angerempelten Ponys fluchte wie ein Erwachsener – Sir Arthurs Jüngster. Dora musste mit

Barney ausweichen. Dadurch fand er nicht den richtigen Anlauf, sprang zu kurz und verlor an Boden. Dora brachte ihn wieder auf Vordermann. Er kam in die ihm eigene Gangart und galoppierte stetig in der Mitte des Feldes. Grey Lady und Strawberry Sunday lagen in Front. Einige kleinere Ponys fielen bereits erheblich zurück.

»Nimm den Bogen vor der Böschung weit!«, hatte Dora Callie eingetrichtert. Jetzt musste sie es sich selber befehlen, denn es ging auf die Dickichtkehre zu. Die Graue und der Rotschimmel tauchten zusammen auf dem Kamm der Böschung auf. Die Schwänze wehten, als die beiden Pferde hinabsprangen. Die Autoscheinwerfer tauchten die Tiere für einige Sekunden in helles Licht.

Der Anlauf zur steilen Böschung ging nicht über eine Grasfläche. Man musste sie vom holprigen Straßenpflaster aus nehmen. Dora bog in die Helle der Scheinwerferkegel, sah aber dennoch die Leute neben den Wagen und den Mann, der mit einer Filmkamera auf dem Dach eines Autos stand. Dora gab Barney einen Stoß mit der Ferse, der ihn mit einem Satz auf die breite Böschung schnellen ließ. Danach sprang er weit und sicher hinab.

Neben Barney strauchelte ein Pony und stürzte. Der Reiter wurde über den Hals des Pferdes geschleudert, und jemand hastete rufend die Böschung empor. »Blick nie zurück! Kümmre dich nicht um die anderen! Es ist ein gefährliches Rennen, und wenn neben dir alle stürzen, du musst auf Barney weiterreiten, in deinem Stil und in deinem Tempo!« Genau das hatte sie Callie eingehämmert. Jetzt musste sie sich selber daran halten.

Hürde folgte auf Hürde: die Mauer, die Rickhecke, der Zaun, der Wall, der schmale Graben … Dora sah gerade noch, dass Callie die Hürden schaffte. Dann waren sie und Barney an der Reihe. Bei den Querstangen sprang er zu früh ab, beim Graben landete er mit einem Bein im Morast. Bei der Reisighecke wurde Barney vom Pony des großen Jungen gerempelt. Die Steigbügel klirrten gegeneinander. Der Junge, dessen Brillengläser mit Schmutz bespritzt waren, drehte sich um und beschimpfte Dora, obwohl der Zusammenprall auf sein Konto kam. An der Querstangen-Hürde hielt Barney sich prächtig. Vor dem trockenen Graben versuchte er auszubrechen, weil der Mondschein in der Mulde wie Wasser wirkte, und vor Wasser scheute er. Doch Dora zwang ihn durch ihren Willen und durch Druck mit den Beinen hinüber. Er sprang viel zu hoch und landete steifbeinig. Aber Dora hatte sich an seine Mähne geklammert, weil sie vorher wusste, wie er springen würde.

Mehrere Ponys waren anscheinend schon ausgefallen oder lagen sehr weit zurück. Dora war im Mittelfeld. Grey Lady, Chips Rotschimmel und ein halbes Dutzend andere Ponys waren vor Barney. Doras heller Fuchs nahm die Zäune gut und gewann dadurch an Boden, verlor ihn aber wieder bei den dazwischenliegenden Abschnitten. Das bisherige Tempo hatte Kraft gekostet, und die anderen wurden ebenfalls langsamer. Dora überholte Mrs. Hatchs Tochter und eine andere Konkurrentin auf einem Rappen, der die Mauer verweigerte. Barney hielt noch seinen gleichmäßigen Schritt, zeigte aber Ermüdungserscheinungen. An der Beechers-Brook-»Falle« konnte noch alles passieren.

Die »Falle« gehörte zu den drei Schlusshürden der Bahn. Sie kam nach der letzten Kehre in den Einlauf zur Zielgeraden – ein Bach mit matschigen Ufern an einer Ecke des Parks, voll im Blickfeld der Zuschauer, die auf dem Abhang standen.

Nach der »Falle« kamen noch eine Reisighürde und ein niedriges Gatter zwischen zwei Bäumen. Die beiden Hürden verlangten nicht mehr viel, aber die Falle hatte schon allzu viele Ponys noch vor dem Endspurt um alle Chancen gebracht. Dora kam mit einem glatten Sprung über die Doppelbalken in den Park. Sie sah das Wasser glänzen und dachte: Ob dieser verdammte Bach mich auch zu Fall bringt?

Callie und Chip waren viele Yards vor den übrigen. Grey Lady machte das Wasser nichts aus, und falls Chips Rotschimmel hier wie die meisten Ponys schlecht sprang, konnte die Graue womöglich in Front ziehen und der Rotschimmel sie vielleicht nicht mehr einholen.

Die Scheinwerfer der Autos vergoldeten die Oberfläche des langsam fließenden Baches. Grey Lady schoss auf den Wasserlauf zu und wäre auf dem matschigen Boden beinahe ausgerutscht. Callie nahm Grey Lady für den Sprung zusammen. Mitten in der Luft prallte der Rotschimmel seitlich in Grey Lady hinein; beide Tiere stürzten auf der anderen Uferseite und strampelten mit den Beinen.

Dora sah, dass Grey Lady sich hochkämpfte. Ich muss zu Callie! Barney stoppte in einer Gruppe Ponys. Der morastige Boden machte ihn misstrauisch. Er stampfte den Uferschlamm und wollte nicht weiter. Barney, du musst! Dora hielt ihn für den Riesensprung, der ihn über das verhasste Wasser bringen sollte, kurz. Sie wäre fast vom Pferd gestürzt, als Barney, statt zu springen, plötzlich den Kopf senkte und das Wasser und das matschige Ufer der anderen Seite auf seine Weise in Angriff nahm. Der gefürchtete Bach war an dieser Stelle nur wenige Zentimeter tief, und Barney war so klug, das zu erkennen.

Jetzt sah sie Callie. Callie hatte sich hochgerappelt. Sie war schmutzig und hatte ihre Mütze verloren. Während andere Ponys durch den Bach wateten, winkte sie Dora zu. »Nichts passiert! Weiterreiten!«

Vor der Querstangenhürde tauchte plötzlich ein Konkurrent neben Dora auf, doch das Pferd prallte gegen die Hürde, und die obere Stange fiel. Dora setzte allein über die niedrige Stange. Barney berührte sie mit einem Huf, erholte sich jedoch von dem Schreck, schleppte sich in den Flutlichtbereich und passierte den weißen Zielpfosten oben auf dem Abhang in einem Tempo, das man kaum noch als Galopp bezeichnen konnte. Aber er hatte gesiegt, und die Menge pfiff und jubelte Beifall.

Barney blieb aus eigenem Antrieb stehen. Ein reiterloses Pony krachte in ihn hinein, dann folgten die anderen Ponys in einem großen Pulk. Es war ein einziges Durcheinander.

Slugger kam o-beinig und rufend herbeigeeilt. »Barney!« Das Knüllpapier flog durch die Gegend, als er die Mütze vom Kopf riss und sie siegestrunken schwenkte. »Barney!«

»Dora!« Paul sprang von der Balustrade der Terrasse, und

als Dora sich von Barney fallen ließ, fing er sie auf und presste sie so fest an sich, dass er ihr beinahe die Rippen brach. »Dora! Du hast gesiegt!« Er schob sie ein Stück von sich und grinste über das ganze Gesicht, ehe er den Abhang hinab- und Callie entgegenlief.

26

Es rannten viele Leute zum Bach. Callie kam aus der Senke herauf, Grey Lady am Zügel. Chip saß auf der morastigen Uferböschung; Strawberry Sunday stand mit gesenktem Kopf neben ihr, ein Vorderbein angehoben.

»Mein Gott, es ist gebrochen!« rief jemand, und Dora beobachtete, wie Nicholsons schlaksiger Stallbursche, Rons Freund, eine Zigarette ins Gras warf und ebenfalls zum Bach hinablief.

Dora ließ Barney in der Zuschauermenge stehen. Sie entzog sich den Gratulationen und Blitzlichtern und suchte die fortgeworfene Zigarette. Sie qualmte noch. Dora trat sie aus, bückte sich und hob sie auf. Sie betrachtete den weißen Filter aufmerksam und steckte ihn in die Tasche.

»Wer ist es? Wer ist der Sieger?«

Mr. Wheeler, den Feldstecher umgehängt, kam die Treppe der Terrasse heruntergehumpelt. »Lauf zum Bach«, sagte er zu einem Jungen, »und sieh nach, was passiert ist. Und komm gleich zurück.«

Die Menge teilte sich, um Mr. Wheeler hindurchzulassen. Als er die Hand ausstreckte, um den Sieger zu beglückwünschen, nahm Dora die Mütze ab und schüttelte das kurze Haar zurecht.

»Dora, Dora von Follyfoot?«

»Ja, entschuldigen Sie, Mr. Wheeler. Ich weiß, dass ich für die Moonlight-Steeplechase zu alt bin, aber ich wollte gar nicht gewinnen.«

»Nun, so oder so, es war ein großartiges Rennen«, begann Mr. Wheeler, aber Eltern wie Reiter übertönten ihn mit lauten Protesten, Einwänden und Argumenten.

»Sie ist zu alt.«
»Schon von vornherein disqualifiziert.«
»Mein Sohn war Zweiter.«
»Nein, ich war der Zweite.«
»Tortoiseshell war Zweiter.«
»Ohne Reiter? Albern!«
»Mr. Wheeler«, hörte man immer wieder. »Mr. Wheeler, es wäre ungerecht, wenn …«
»Ruhe! Ich bitte um Ruhe!«, bellte er mit einer Lautstärke, die bei einem so alten und kleinen Mann überraschte. »Dora hat gewonnen, kann aber nicht Sieger sein. Das ist klar. Also, bitte, wer kam als Zweiter durchs Ziel?«
»Ich.«
»Nein, ich.«
»Meine Tochter lag ein Stück vor den anderen.«
»Ich habe es genau gesehen: Bazocka ist als Zweiter durchs Ziel gelaufen.«
»Ich lag vor ihm.«
»Nein, ich!«
»Bazocka … ich … meine Tochter …« Da es bei der Broadlands-Moonlight-Steeplechase nur um Sieg, nicht aber um Platz ging, hatte in der Aufregung niemand darauf geachtet, wer von dem Feld hinter Dora und dem reiterlosen Pony tatsächlich als Zweiter durchs Ziel gekommen war.
Mr. Wheeler hakte Dora unter und ging mit ihr und Barney ein Stück beiseite – fort von den Lichtern und den Rufen unter die Stille der Bäume.
»Das Geld kann ich Ihnen nicht zusprechen, Dora«, sagte der alte Mann. »Ich werde es also einer Institution geben, die es nötig hat. Ich übergebe es der Follyfoot-Farm für alte Pferde. Sie haben gewonnen. Daher sollen Sie es auch für einen guten Zweck ausgeben dürfen: für alte Pferde.«
Der Junge, den er zum Bach geschickt hatte, kam keuchend zurück. »Das Rotschimmelpony hat sich eine Sehne gezerrt. Kein Bruch, aber es ist ziemlich schlimm. Die Nicholsons sind außer sich. Sie behaupten, die Graue ist dem Rotschimmel in den Weg gesprungen.«

»Grey Lady ist in Strawberry Sunday hineingeprallt, weil ihr der Rotschimmel den Weg verstellt hat«, rief Dora wütend.

»Ich habe es genau gesehen. Chip hat es vorsätzlich ...«

»Ich habe es auch gesehen«, unterbrach Mr. Wheeler sie. »Reden wir nicht mehr davon. Das Pony ist böse verletzt.« Er seufzte. »Ein trauriger Ausgang. Vielleicht hätte ich die Moonlight-Steeplechase lieber niemals ins Leben rufen sollen. Wie dem auch sei, künftig werde ich keine Steeplechase-Rennen mehr veranstalten, Dora. Zumindest nicht bei Nacht. Und auch nicht mit einem Geldpreis. Das keinesfalls. Geld verdirbt alles. So ist es doch, nicht wahr?«

Dora wusste es nicht. Sie hatte nie Geld.

Dora zahlte Ron die für Amigo geliehenen dreißig Pfund zurück. Er zog eine dicke Brieftasche aus der Innentasche seines Jacketts und legte die Geldscheine zu einem beträchtlichen Bündel Banknoten. »Ja, ja«, sagte er. »Eins kommt zum anderen. Der Buchmacher ist immer fein raus, wenn ein Außenseiter gewinnt.«

»Aber das Rennen war doch eine Pleite«, wandte Paul ein. »Vielleicht verlangen die Wetter ihr Geld zurück.«

»Die können mich ja verklagen«, sagte Ron und zuckte mit den Schultern, »wenn sie zugeben wollen, dass sie illegal gewettet haben.«

»Geld verdirbt alles«, wiederholte Dora Mr. Wheelers Worte.

»Ganz wie du meinst.« Ron schob die Brieftasche zurück und stolzierte davon.

Bis Jims gebrochenes Handgelenk geheilt und der Gips abgenommen war, hatten die Bunkers Grey Lady an eine jagdbegeisterte Familie verkauft, die alle Vorzüge des grauen Ponys nützen würde.

Jim sollte Barney zurückbekommen.

»Keine Angst!« versicherte er Dora. »Ich komme ja meistens mit ihm zur Farm geritten. Dann kann er alle seine Freunde wiedersehen. Ich würde Barney sogar bei euch lassen. Paul sagt aber, Follyfoot ist für alte Pferde da. Ein gesundes Pony dürft ihr auf die Dauer doch nicht behalten.«

»Ja, das stimmt«, gab Dora zu, »aber Paul ist hier nicht allein der Chef. Der Boss sind wir zusammen, und wir wissen beide, welche Aufgabe Follyfoot hat.«

Als Mr. Bunker den Stall wieder aufgebaut hatte und in Follyfoot mit dem Anhänger an seinem roten Kleinbus auf tauchte, um Barney zu holen, war Dora völlig verstört. Sie wartete, bis Bus und Anhänger durch das Tor schaukelten. Dann rannte sie zur Straße hinaus, um Barney nachzublicken. Sein schwarzer Schwanz baumelte über die hochgeklappte Rampe, und sein Kopf schwang hin und her, während er, festgezurrt, mit der einem Pferd eigenen Unkenntnis des Abschiednehmens zufrieden am Heu rupfte.

Der Anhänger verschwand um die Kurve. Dora ging in den Hof zurück, nahm Karre und Forke und gesellte sich zu den anderen. Während sie Amigos Stand ausmistete, sagte hinter ihr eine fremde Stimme: »Entschuldigen Sie, Miss.«

Dora setzte die Karre ab.

»Ich bin mit meinem Rindertransportwagen draußen«, sagte der Fremde. »Hab da dieses bejammernswerte Pferd gefunden. Hat einem meiner Nachbarn gehört, der einfach für 'ne Weile losgezogen ist. Dachte, er hätte jemand beauftragt, sich um das Tier zu kümmern. Aber als ich an seinem Anwesen vorbeikam, sah ich, dass er das Pferd einfach im Stich gelassen hat. War auf einem kleinen Hof. Ohne Gras, ohne Heu, und kein Wasser mehr.«

»Wie können Menschen bloß so etwas tun!« Dora folgte dem Mann zum Transportwagen. »Tun sie, tun sie.« Der Fremde schüttelte den Kopf. »Ich war im Ausland. Ägypten, Südamerika. Indien. Ich hab gesehn, wie sie dort Pferde behandeln. Aber was diesen armen Burschen hier betrifft … ich kann ihn nicht nehmen. Da ist mir Follyfoot eingefallen. Und weil sich am Telefon niemand gemeldet hat, hab ich ihn in den Transporter geschoben und hergebracht. Hier ist doch immer Platz für ein altes Pferd, soviel ich weiß.«

»Ja.« Dora rief Paul. Gemeinsam gingen sie hinaus zu dem Pferd. Es war so verhungert und schwach, dass es kaum allein aus dem Wagen klettern konnte. Auf wackligen Beinen stolperte es langsam in die Box, die bisher Barney beherbergt hatte.

»Gleich, gleich.« Slugger ließ am Wasserhahn einen Eimer vollaufen. »Ich hab den Stand gerade ausgemistet!«

Er schleppte den Eimer in die Box, und sie sahen zu, wie das Tier gierig trank, seufzte, einen Rest Wasser im Maul behielt und ihn dann langsam über Doras Hand tröpfeln ließ.

»Ich hoffe nur«, begann Slugger und griff nach dem Eimer, um ihn nochmals zu füllen, »ich hoffe nur, dass wir eines Tages mal 'ne Box frei behalten. Das wär wirklich der Tag der Tage für Follyfoot.«

Die Pferde von Follyfoot

1

Das Fohlen Folly war gerade zwei Monate, als der Frühling auf der Follyfoot-Farm einzog, wo die alten Pferde in Ruhe ihre letzten Jahre verlebten.

Der Frühling kam spät und plötzlich und überraschte alle. Seit Wochen hatte es geregnet, ein steter, scharfer Regen, der alles durchweichte und unter dem ältere und magere Pferde wie Lancelot oder Ranger zusammenschauerten. Sie husteten, wenn Dora, Paul oder Callie sie zu lange im Freien ließen.

Dora und Paul sorgten als angestellte Farmhelfer für die zwanzig Follyfoot-Pferde. Man hatte die Tiere vor Misshandlungen oder Vernachlässigung gerettet, oder sie waren von närrischen Besitzern auf die Farm gebracht worden, um dort ihre Tage in Frieden zu beenden. Callies Mutter Anna hatte den Captain geheiratet, dem die Follyfoot-Farm auf dem Hügel gehörte. Callie bekam keinen Lohn, arbeitete aber ebenso schwer wie die anderen, sobald sie sich von den lästigen Schulpflichten befreien konnte – die Schule störte den wahren Sinn ihres Lebens: den Umgang mit Pferden.

Lancelot war neunundzwanzig – das älteste Pferd der Welt. Nach Callies Wunsch und Willen sollte er dreißig werden. Wenn es stimmte, dass man das Alter eines Pferdes mal sieben nehmen musste, um es mit dem eines Menschen zu vergleichen, wäre Lancelot dann zweihundertzehn Jahre alt.

Nachdem Lancelot sich an einem feuchten Nachmittag kurz die Beine vertreten hatte, brachte Callie ihn in den Stall, stopfte Heu unter die Decke auf seinem Rücken und bereitete ihm einen mit Salz und Melasse gewürzten Kleiebrei, der Kraft geben sollte. Auf seinen rachitischen, an Knien und Fesseln geschwollenen Beinen dampfte Lancelot friedlich unter der Pferdedecke; den hässlichen Kopf in der Krippe, mampfte er den warmen Kleiebrei mit langen gelben Zähnen.

»Na, musst du ihn schon stützen, damit er nicht umfällt?«

Slugger Jones, ein ehemaliger Boxer, der seit Jahren für den Captain arbeitete, blickte über die Halbtür in Lancelots Stall, als Callie dem Pferd mit einer Hand voll Heu den Schmutz von den alten Beinen rieb.

»Halt doch den Mund«, erwiderte sie. »Er hat noch Jahre vor sich.«

Slugger, der seine Glatze durch einen nassen Sack vor dem Regen schützte, stichelte spöttisch: »Er ist älter als ich, der Bettler.«

»Unmöglich!«

Callie kam aus dem Stall. Slugger stieß im Scherz mit dem Fuß nach ihr, doch an seinem Stiefel klebte so viel Dreck, dass er ihn nicht weit genug ausstrecken konnte, um Callie zu treffen. Alle Stiefel waren am Ende dieses nassen Winters lehmverkrustet. Ein Dauerzustand, so dass es gar nicht erst lohnte, sie mit dem Schlauch abzuspritzen. Die ganze Farm war ein Meer aus Matsch und die Erde vor jedem Gattertor ein einziger glucksender Morast.

Callies Haar glich langem Seetang. Dora klebte das Haar in kurzen Ringeln um das runde braune Gesicht. Paul stand sein schwarzes Haar wie Spikes vom Kopf. Und Ron Stryker, der auf der Farm arbeitete, wenn er Lust dazu verspürte und der Captain ihn ertragen konnte, hing das lange rote Haar in feuchten Strähnen in die Augen. Als Callies Mutter ihm ein Gummiband gab, damit er es hinten zusammenhalten konnte, um zu sehen, was er eigentlich tat, sagte er: »Ich schippe ja doch meist bloß Mist, und den seh ich lieber erst gar nicht.«

Von einem Tag zum anderen hörte der Regen auf. Vom frischen Wind gejagt, fegte ein Vorhang letzter schwerer Tropfen über die Farm und weiter den Hügel hinunter. Man sah das Regengrau noch unten im Tal, und dahinter malte das Sonnenlicht die Felder, die Hecken und das erste Grün der Ulmenwipfel in hellen Farben. Dunst stieg aus den Teichen und dem Fluss.

Zu Callies Aufgaben gehörte es, sich um das Fohlen Folly und dessen Mutter zu kümmern. Old Specs hatte das Füllen erst in hohen Jahren bekommen und wäre beinahe daran gestorben. Callie hatte Mutter und Sohn während des schlechten Wetters im Stall gehalten. Als sie die beiden in den ersten Sonnenschein hinausließ, sprang und stakste das kleine kastanienbraune Fohlen auf seinen komisch langen Beinen los. Specs folgte schwächlich springend und wiehernd, stoppte dann mitten im Feld, warf den Kopf hoch und blähte die Nüstern, um die Botschaft des Frühlings einzufangen. Danach ließ sie sich zu Boden sinken, um sich in der von ihr bevorzugten Substanz zu rollen und zu wälzen: in klebrigem Schlamm.

Annas Osterglocken blühten wie wild unter den Bäumen auf dem Rasen. Der Captain hängte die fürchterliche alte Jacke mit den Lederflecken am Ellbogen und den Ärmelrändern weg, die er im Winter trug. Ron Stryker kaufte sich ein paar Angeberstiefel, die zu gut für die Arbeit waren, aber zu eng, um sie auszuziehen. Die offensichtliche Lösung: Also arbeite nicht!

Dora wusch ihre Jeans. Das lohnte jetzt. Pauls Haar lag wieder glatt am Kopf. Slugger zog den Sack vom Kopf und setzte seine Wollmütze auf. Die graue Stallkatze entschloss sich ihre Kätzchen frühzeitig zu bekommen, und zwar unten in einem leeren Kleiesack. Die Promenadenmischung des Captains warf sechs gelbe kleine Hündchen in Pauls Bett, oben in seinem Zimmer über der Geschirrkammer.

Cobblers Dream, das halb blinde Springpony, sprang durch eine Lücke in der Hecke und spielte in Mr. Becketts Kleefeld verrückt. Der Tierarzt und der Hufschmied schickten gleichzeitig ihre Rechnungen.

Ron verliebte sich unsterblich in die neue Serviererin im Café Silver Stud an der Chaussee nach London, und Dora, Paul und Callie beschlossen, zur Feier dieses grandiosen späten Frühlings eine Pferdeshow zu veranstalten.

2

Die Osterferien waren kaum angebrochen, da ritten Dora und Callie auch schon in die Nachbardörfer, um die Show den in Frage kommenden Pferdenarren und Ponyfreunden anzukündigen. Die Leute, die zu den Follyfoot-Shows kamen, gingen nicht zu richtigen Reitturnieren, entweder weil sie dafür nicht die richtigen Tiere besaßen oder weil sie solche Turniere nicht mochten. Sie ritten bloß einfach gern.

Sogar Dora hatte kein passendes Pferd. Hero war wieder mal lahm, ein Erbe aus seinen schlimmen Tagen bei einer bösartigen Zirkusprinzessin. Callie ritt Cobby, und Paul war auf der rotbraunen Miss Amerika unterwegs in die andere Richtung.

Dora saß daher auf Willy, dem Maulesel, in dem harten Militärsattel, der einem klar machte, warum die Army auf Motorschlepper umgestellt werden musste. Willys Trab glich dem Rumpeln eines Lasters mit Plattfußreifen. Sein leichter Galopp lockerte einem die Zähne. Um ihn von Follyfoot herunter zu bekommen, musste man sich vorbeugen, die Zügel dicht beim Maul packen und seitwärts ziehen. Half auch das nichts, blieb einem nichts anderes übrig, als wieder abzusitzen und zu Haus zu bleiben.

Dora träumte von einem eigenen Pferd edler Zucht, das gut geschult Freude bereitete, ob man es nun ritt oder beobachtete. Doch da sie nun mal auf der Follyfoot-Farm lebte, musste sie mit Willy auskommen oder dem steifbeinigen Hero; oder auch mit Stroller, auf dem sie im Damensattel sitzen musste, weil sein Rücken so breit war wie die Bierfässer, die er in seinen Brauereitagen gezogen hatte.

Callie und Dora stoppten vor dem Three Horseshoes, um Toby aufzufordern, mit seinem Welshpony bei der Follyfoot-Show mitzumachen. Sie ritten zur Schmiede und baten die Tochter des Hufschmieds, mit Pogo aufzukreuzen; dann ging es durch den Wald zur Ponyfarm, dessen Besitzer von Schwärmen pferdenärrischer Mädchen heimgesucht wurde, einige davon seine eigenen, andere nicht. Auf dem Rückweg kamen sie an einem Haus vorüber, in dessen Hof ein dünnbeiniger Rotschimmel angepflockt war, dem zwei dicke Mädchen Bänder in die Mähne flochten. Die ekligen Crowleys! In der Schule waren sie unrühmlich bekannt als die dümmste Familie, die man jemals in dieser Gegend gesehen hatte.

»Lade sie nicht ein!« Callie deutete mit dem Kopf in die Richtung der beiden Mädchen, die hoffnungsvoll winkten.

»Sie können doch gar nicht kommen. Ihr Pferd lahmt ja.« Was Pferde betraf, wusste Dora meilenweit alles.

»Das würde sie nicht hindern. Die nicht!«

Das kleine Feld hinter der Scheune war inzwischen trocken genug für die Show. Die Rennen sollten in der Mitte gelaufen werden. Springen würde man auf der Außenbahn. Auf Follyfoot bestanden die Hindernisse nicht aus hübsch gestrichenen Stangen mit weiß getünchten Flügeln; ebenso wenig sah man säuberlich gestutzte Hecken oder rote Holzziegelwände, wie Cobblers Dream sie in seinen großen Tagen als County-Champion so prächtig gemeistert hatte. Die Hürden auf Follyfoot bestanden aus allen möglichen Utensilien, die gerade zur Hand waren. Umgestürzte Bäume, Benzinfässer, zerbrochene Schubkarren, Teile alter Zaunfelder. Eine Turnierklasse hieß »Müllsprung«; hier bestanden die Hindernisse tatsächlich aus Mülleimern und zerbrochenen Stühlen. Dazu gesellten sich alte Fahrradräder, die man an den Seiten der Hürden in Schwung setzen konnte, um die Nerven eines Ponys zu testen. Von einem Balken flatterte eine Schürze Annas, eine zerrissene blaue Pferdedecke stellte den Wassergraben vor, und eine Wand wurde aus Heuballen und einer alten Tür zusammengebaut. Ron schleifte mit seinem Motorrad zusätzlich ein paar alte Autoreifen herbei.

»Wo hast du die denn her?« Dora und Paul schleppten gerade die Matratze des Gästebettes über den Hof; auf ihr sollten die Reiter landen, die über die Verweigerungshürde fliegen mussten, während das Pferd vor dem Hindernis stehen blieb.

»Ach, ein Stück weiter die Straße runter.«

»Aus der Garage?«

»Wenn du meinst ...«

Ron blickte einen nie direkt an, wenn man mit ihm sprach.

»Brauchen sie die Dinger nicht mehr?«

»Keine Ahnung. Ich hab sie nicht gefragt.«

Am Morgen der Show suchte Anna ihren Waschzuber.

»Wo ist er?«

»Wir brauchen ihn für den Apfelsaft.«

»Na schön.« Dann sah sie die Matratze. »Nein, das geht aber wirklich zu weit!«

»Soll doch hinter die Verweigerungshürde.« Callie versuchte Anna zum Haus zurückzudrängen. »Reg dich nicht auf.«

Callies schmales, von Zöpfen eingerahmtes Gesicht war blass vor Aufregung. Etwas zu organisieren nahm sie mit, und vor Beginn der Show musste sie sich vor lauter Aufregung bestimmt wieder übergeben. Jeder wusste das. Ehe sie nicht ihr Frühstück ausgespuckt hatte, würden sie nicht anfangen.

Der Captain kam heraus. Er suchte seine Bleistifte; aus dem Büro waren sie jedenfalls verschwunden.

»Briefträgerrennen! Der Teilnehmer muss zum Ende des Feldes galoppieren, abspringen, seinen Namen auf einen Zettel schreiben, aufsitzen, zurückreiten und den Zettel ins Vogelfutterhaus am Baum einwerfen.«

»Klingt ziemlich langweilig.«

»Nicht wenn man es ohne Sattel auf einem fremden Pferd ausführen muss«, entgegnete Dora. »Sie reiten dabei auf Willy.«

Der Captain stöhnte.

»Ach bitte, ja! Dann haben die Leute doch wenigstens etwas zum Lachen.«

»Ich glaube nicht, dass Earl Blankenheimer lachen wird.«

»Wer ist Blankenheimer?«

»Ein Bekannter aus Amerika. Er will sich die Farm ansehen.«

»Earl ...? Wen meinst du?«, fragte Anna.

»Na, Old Blank. Du kennst ihn doch. Der, der mit mir im vorigen Jahr zusammen im Krankenhaus war.«

Dem Captain machte manchmal eine alte Kriegsverletzung zu schaffen. Er hustete dann wochenlang, bis Anna und Slugger, der den Captain aus einem brennenden Panzerwagen gerettet hatte, ihn endlich dazu brachten, den Arzt aufzusuchen und sich einer Behandlung zu unterziehen.

»Er lag in dem Bett neben mir. Erinnerst du dich nicht«, sagte der Captain. »Ein ganz netter Kerl. Er kam rüber, weil er sich nach Jagdpferden umsehen wollte. Dazu besuchte er die Auktion in Newbury. Doch es regnete drei volle Tage, und er holte sich eine Lungenentzündung. Es war ja aber auch närrisch, gerade im Februar nach England zu kommen. Und so landete er im Krankenhaus. Jetzt ist er wieder im Lande und hält Ausschau nach einem Hengst.«

»Rennpferdzüchter?« Ron spitzte die Ohren. Ein Rennstall entsprach mehr seiner Linie als dieses Altersheim für Pferde.

»Im Kleinformat. Hat ein bisschen Geld, glaube ich, doch meiner Meinung nach versteht er nicht allzu viel.«

»Richtig was von Pferden versteht er erst, wenn er die große Follyfoot-Pferdeshow gesehn hat.«

Ron umschrieb mit weiter Geste den Waschzuber, die Wäscheleinen und die bizarren Hindernisse aus allerlei Schurrmurr.

3

Ungefähr zwanzig Leute kamen zur Follyfoot-Pferdeschau. So der komische, ein wenig zu klein geratene Toby, dessen Vater das Wirtshaus Three Horseshoes gehörte. Toby hatte einen ganzen Schwarm Brüder und Schwestern. Bisher war es niemand gelungen, alle so lange an einem Fleck zusammenzuhalten, dass man sie zählen konnte.

Fragte man Tobys Mutter, warum sie so viele Kinder habe, erwiderte sie, dass man schließlich viele Kinder haben müsse, nicht wahr, denn sonst wären ja nicht genügend ältere da, um sich um die kleinen zu kümmern.

Was Tobys Mutter sagte, klang nicht immer sehr vernünftig. Dafür predigte sein Vater Vernunft mit dem Handrücken. So klebte denn manchmal ein Pflaster auf Tobys Wange, wenn Callie in den Schulbus stieg, oder ein Schal war um seinen Hals gebunden, um die blauen Flecken zu verbergen.

Toby hatte nicht viel Freude im Leben, ehe er Callie und die Follyfoot-Besatzung kennen lernte, vor allem die vierbeinige. Paul, der ihm das Reiten beigebracht hatte, war sein erklärter Held. In Dora war er verliebt, Callie war sein bester Freund, und Anna buk Pfannkuchen für ihn.

Toby war der einzige, der sich nicht vor dem Captain fürchtete, wenn auf Follyfoot etwas schief lief. Hinkte der Captain über den Hof, um herauszukriegen, wie Stroller auf Arthur Flaggs Kartoffelfeld gelangt war, oder weil er wissen wollte, wer eine Forke in Rangers Stall stehen gelassen hatte oder einen Sattel die ganze Nacht draußen auf einem Zaun hängenließ, hatten alle plötzlich etwas dringend Notwendiges zu erledigen. Ron Stryker, für gewöhnlich der Schuldige, verzog sich ins Pumpenhaus. Toby hingegen wich nicht vom Platz, sondern blieb mitten auf dem Hof stehen, stützte sich auf einen Besen, der ebenso groß war wie er selber, und fragte sonnig: »Sind Sie wütend, Captain?«

Dem Captain gefiel das. Dafür revolutionierte er Tobys Leben, als der Gärtner, der Gemüse ausfuhr, eines Tages erklärte, dass er sich motorisiert habe und seine beiden Welshponys nicht zurückholen werde.

Das graue Pony hatte eine Entzündung an den Hufen, aber das cremefarbene war so dick wie gemütlich, und der Captain überließ es Toby. Toby brachte das Pony in einem

Schuppen hinter dem Wirtshaus unter. Es hieß Husty, weil es immer hustete. Es war beinahe breiter als lang, und Tobys kurze dünne Beine standen zu beiden Seiten fast im rechten Winkel ab, wenn er es ritt. Doch Husty vollbrachte auf seine langsame Weise wahre Heldentaten anspruchsloser Art für den kleinen Reiter.

Einige von Tobys Schwestern und Brüdern kamen mit zur Follyfoot-Pferdeschau, je nach ihrem Alter prügelten sie sich, brüllten, kreischten oder greinten. Tobys Mutter karrte zwei Babys in einem Zwillingskinderwagen und schleppte eines auf dem Rücken in einer Sitzschlinge. Sie hatte immer ein Baby – letztes Jahr zwei, als die Zwillinge kamen.

Die Mädchen von der Ponyfarm zogen wie eine Armee durch den Wald und über einen Feldweg heran. Anders kam Moll, die Tochter des Hufschmieds, deren Beine seit einem Autounfall gelähmt waren; sie zuckelte auf ihrem Pony Pogo im Passgang die Chaussee entlang nach Follyfoot. Pogo war besonders abgerichtet. Das Pony stand ganz ruhig in einer Grube, bis Moll aus dem Rollstuhl auf seinen Rücken glitt. Erst danach ging es langsam aus der Grube heraus. Moll war ein mit Sommersprossen gesprenkeltes Prachtmädchen, das gern und laut lachte. Als sie beim Sprung über die Autoreifen vom Pferd fiel, saß sie auf der Erde und lachte und rief, bis sie jemand auflas und wieder auf Pogos Rücken hob.

Ein Junge und ein Mädchen aus dem Haus am Fuße des Hügels tauchten mit den zwei ältlichen Jagdpferden ihres Vaters auf, die auf den Weiden dort unten das Gnadenbrot bekamen. Mrs. Oldcastle in ihren altmodischen weiten Breeches kam auf ihrem gedrungenen, großfüßigen Harold in gemessenem Galopp über die Felder von »Rose Holme« herüber. Zwei Kinder zottelten trödlig auf schmutzbespritzten Shetlands in den Follyfoot-Hof.

Hero war noch immer lahm, daher musste Dora den Maulesel nehmen. Paul ritt Miss Amerika, die mit einem schrecklich durchgescheuerten Rücken aus einem Reitstall gerettet worden war. Man durfte ihr noch immer keinen Sattel auflegen.

Callie ritt natürlich Cobblers Dream; er gehörte im Grunde ihr, seit Paul zu schwer für ihn geworden war. Ron weigerte sich mitzureiten, weil ihn die Mädchen von der Ponyfarm verspotteten. Er saß an der Ringseite auf einem Heuballen und steuerte aus seinem Transistor die passenden musikalischen Hits für Sieg oder Niederlage bei, oder er hockte sich neben eine Hürde und stieß wüste Töne aus, um die Nerven der Ponys zu testen.

Den Richter machte Joe Fuller, der Eigentümer der Ponyfarm. Um gerecht zu sein: Er versuchte, seine Ponys nicht allzu oft gewinnen zu lassen. Gruppen von Mädchen auf New Forests und Exmoors unterbrachen die Show immer wieder durch Rufe wie »Joe, das ist nicht gerecht«, oder »Joe, aber ich hab doch gewonnen, das haben Sie doch gesehn!«, oder »Joe, lassen Sie mich noch mal starten – bitte, Joe!«

Bei den Rennen mit Hund – der Hund musste dem Pferd auf den Hufen folgen – kam es zwischen den Hunden zu Kämpfen, die das Spektakel noch steigerten. Dora trennte zwei Hunde, indem sie sie mit Wasser überschüttete und den Eimer gleich folgen ließ. Trotz der Lärms hörte sie, dass Callie ihr etwas zurief, und sah, wie sie sich in den Steigbügeln aufrichtete und zur Chaussee hinüberblickte. Dora kletterte auf eine Schubkarre und sah sie kommen: ein groß gewachsenes Mädchen auf einem mageren Rotschimmel, der einst ein Jagdpferd gewesen sein mochte; die andere auf einem Fahrrad, ihre dicken Beine strampelten in viel zu engen Shorts. Die Eltern folgten im Auto.

»Die Crowleys!«, rief Dora.

»Aber nein«, stöhnte Paul.

»Aber doch !«

Die Crowleys kamen durch das entlegene Gattertor, parkten ihren Wagen und rieben das Pferd mit Geschirrhandtüchern ab. Die reine Angabe, denn auf der Rotschimmelstute saß nicht das kleinste Flöckchen Schweiß. Mutter Crowley holte hinten aus dem Auto unvorstellbare Mengen an Essen und Trinken, von dem die Familie niemand etwas anbot.

Als Dora zu dieser Ecke des Feldes hinüberritt, um mit Willy Sprünge über die Dreifachhürde zu trainieren, sah sie, dass die Crowleys versuchten, die Rotschimmelstute über die Heckenhürde zu kriegen. Marcia, das griesgrämigste der beiden Mädchen, nahm einen gewaltigen Anlauf, wobei es unbändig mit den Armen ruderte und mit den Beinen pumpte. Die Rotschimmelstute, die das schmerzende linke Hinterbein nachzog, stoppte vernünftigerweise vor dem Sprung. Das Mädchen schlug sie mit einem langen Stock, heulte vor Wut und drosch dann mit dem Stock von der anderen Seite auf die Stute ein.

»Sie ist lahm!«, rief Dora. »Du darfst sie nicht reiten!«

»Kümmere dich um deine Angelegenheiten.« Marcias Wut richtete sich nun auf Dora.

»Dopey ist in Ordnung.« Die Mutter hatte mit Rasenstückchen nach dem Hinterteil der Stute geworfen. »Sie ist bloß ein bisschen steif beim Start.«

»Sie lahmt mit dem linken Hinterbein.«

»Sie hat sich immer ein bisschen komisch bewegt«, sagte der vollmondgesichtige Vater, eine Flasche Ingwerbier in der Hand. »Deshalb haben wir sie so billig bekommen.«

»Aber meine Mädchen lieben Dopey geradezu. Sie kümmern sich von morgens bis abends um sie. Nicht wahr, Kinder?«, rief die Mutter ihren mürrischen Töchtern zu, die verdrossen zurückstarrten. »Sie ist ein liebes Tier. Wir würden sie um nichts in der Welt quälen.«

»Aber Sie quälen sie doch«, rief Dora. »Bei der Show darf sie nicht mitmachen.«

Ging es um Pferde, konnte Dora ziemlich grob werden. Sie brauchte sich da gar keine Mühe zu geben, die Grobheit kam von ganz allein.

»Aber wir haben uns doch extra den Weg gemacht …« begann der Vater.

»Gehn wir nach Haus«, quengelte Marcia.

»Nein, du machst mit«, befahl der Vater. »Dopey läuft bestimmt richtig. Du wirst sehen.«

»Ja«, sagte Dora, »wir werden's sehn«, und behielt sie im Auge.

4

Beim »Wahre-Liebe-Rennen« ritt man in Paaren; jedes Paar hielt als Heiratsurkunde einen Streifen Papier zwischen sich. Riss das Papier, galt das Paar als geschieden und durfte in diesem Lauf nicht mehr mitreiten. Callie und Toby bildeten eines der Paare. Dora wollte mit Paul reiten, kam aber gegen die Konkurrenz der Mädchen von der Ponyfarm nicht an.

»Willst du mein Partner sein?« Amanda Crowley pirschte sich auf dem Rotschimmel an Dora heran.

»Ich habe dir gesagt, dass du nicht mitreiten kannst.«

»Dopey ist jetzt in Ordnung. Ich brauche einen Partner.«

»Ich hab schon einen.« Dora langte hastig nach Mrs. Oldcastles weit abstehenden Breeches.

Mrs. Oldcastles Harold galoppierte so glatt über die Außenbahn als liefe er auf Schienen. Doras Maulesel wollte ständig nach innen schwenken, wo der Captain mit Nüssen in seinen tiefen Jackentaschen als Bahnmeister amtierte. Nach einer halben Runde waren Dora und Mrs. Oldcastle geschieden, nicht anders erging es Amanda Crowley, da Dopey sehr langsam lief und ihre Partnerin ihr Jagdpferd nicht zügeln konnte.

Dora wartete. Auch ihre Zeit würde kommen.

Im Verweigerungsrennen musste man an das Hindernis heranreiten, stoppen, vom Pferderücken aus allein über das Hindernis segeln – und auf Annas Gastzimmermatratze landen. Eine Kleinigkeit für Dora, da Willy sowieso jedes Hindernis verweigerte. Er trottete in seinem schwankenden Schritt bis dicht vor die Hürde, blieb stocksteif stehen und streckte den Hals vor. Dora schnellte mit geschlossenen Augen durch die Luft, landete rücklings auf der Matratze und blickte hinauf in ein verdutztes Gesicht, das eine brandneue grüne, sehr gerade sitzende Sportmütze krönte. »Hallo«, sagte sie, denn etwas anderes fiel ihr nicht ein.

»Oh – hallo«, sagte das Gesicht unbestimmt.

»Ich … ich, äh … ich suche den Captain.«

»Da drüben.«

Dora krabbelte mühsam hoch. Sie nickte zur Ringmitte, wo sich der Captain in seinen schäbigen alten Sachen auf Strollers sattellosem Rücken räkelte, die kalte Pfeife im Mund und den Hut zum Schutz gegen die Sonne tief in die Augen gezogen.

»Ich hätte ihn kaum wiedererkannt«, sagte der Fremde. Es musste der Amerikaner aus dem Krankenhaus sein.

Als Dora rief, glitt der Captain von Strollers Rücken und kam mit ausgestreckter Hand herbei.

»Blankenheimer. Fein, alter Knabe. Schön, Sie zu sehen.«

Mr. Blankenheimer schüttelte die ihm entgegengestreckte große, braune Hand und trat schnell zur Seite, als Willy, undurchschaubar wie alle Maulesel, sich plötzlich doch zum Sprung entschloss. Er nahm die Hürde in seiner Nacheinandermethode, erst das Vorderteil für sich, ein bisschen später folgte das Hinterteil. Der Maulesel landete auf der Gastbettmatratze, trat durch die Zügel, warf den Kopf hoch, wobei er den Zügel zerriss, stromerte davon und biss Husty in den Leib.

Mr. Blankenheimer lachte nervös. »Ist ja ein richtiger Zirkus hier.«

»Großartig, nicht.« Der Captain war nicht aus dem Weg gegangen, als der Maulesel sprang, sondern hatte seinen langen Oberkörper nur leicht zur Seite gebeugt. »Unsere Frühjahrspferdeschau.«

»Ach so, entschuldigen Sie.« Der Amerikaner war wie für ein richtiges Reitturnier gekleidet: helles Jackett, schickes Hemd samt Schlips mit einer Krawattennadel in Form eines Fuchskopfes, scharf gebügelte Hosen und Reitstiefel, die so neu waren, dass sie noch knarrten.

Mr. Blankenheimer war sehr nett und leicht zu erfreuen. Er lächelte viel, rief leise bravo und klatschte Beifall. Beim Stafettenrennen, als alle die Namen der Ponys, nicht aber die der Reiter brüllten – »Los, Pansy! Vorwärts, Husty!« –, rief er ebenfalls: »Looos, Husty, los!«

Er half beim Wiederaufstellen der Hürden. Er setzte sich zu Ron auf einen Heuballen, schob einen Strohhalm zwischen die Zähne und diskutierte mit ihm die Chancen beim Drei-Uhr-dreißig-Rennen in Sandown. Er hielt die Ponys jener jungen Reiter und Reiterinnen, die Apfelsaft aus dem Waschzuber schlürften, und goss Anna beim Futterbeutelrennen den Apfelwein ein. Bei diesem Rennen musste man bis an das Ende des Feldes reiten, mit den Zähnen einen Pfannkuchen von einem Bindfaden beißen, ihn runterwürgen, bis man wieder am Start angelangt war, wo man einen Becher Apfelwein bekam, mit dem man von neuem zum anderen Feldende reiten musste, möglichst ohne ihn zu verschütten. Was bei der Ankunft noch im Becher war, durfte man austrinken.

»Macht mehr Spaß als ein Käfig voller Affen«, sagte Mr. Blankenheimer voller Begeisterung.

Zum letzten Springen schmuggelte Amanda Crowley, den langen Stock in der Hand, die arme Dopey auf die Strecke. Der Captain packte den Zügel der Stute, als Amanda sie auf das erste Hindernis zusteuerte. »Keine Peitsche!« Er nahm ihr den Stock weg.

»Aber ohne Stock springt sie doch nicht«, protestierte Amanda. »Sie ist ein Biest.«

»Nein«, erwiderte der Captain ruhig. »Sie ist alt und müde.«

Der Captain gestattete Amanda drei Versuche, da er wusste, dass Dopey sowieso nicht springen würde. Nach der dritten Verweigerung gab er Amanda stumm den Stock wieder, und sie ritt wütend zu ihrer Familie zurück, um sich hinten aus dem Auto mit Essen und Trinken zu versorgen.

»Hören Sie.« Mr. und Mrs. Crowley schoben sich auf die Szene. »Das ist doch nicht recht.«

»Recht ist nicht, dass Sie die Stute springen lassen wollen.« Es war eine Gabe des Captains, Pferde vor solchen Leuten zu schützen. »Dora hat Recht. Das Pferd lahmt.«

»Schön und gut für Dora.« Mrs. Crowleys schmale schwarze Augen über den aufgedunsenen Wangen schossen gemeine Blitze. »Sie hat viele Pferde zur Auswahl, einen ganzen Stall voll.« Wusste sie nicht oder wollte sie nicht wissen, dass Willy ein Maulesel war, dass Hero lahmte und Spot einen breiten und flachen Rücken hatte, auf dem man nicht mehr sitzen, sondern bloß noch stehen konnte. »Aber meine Töchter haben nur Dopey!«

»Die sie noch dazu ungeheuer verwöhnen.« Mr. Crowley bullerte und quengelte je nach Stimmung. »Zu allem Sonstigen müssen wir dieses Vieh füttern. Ich bin kein reicher Mann, wie Sie wissen, Captain. Ich will ja nicht darüber reden. Aber kaum mal Fleisch auf dem Tisch …«

»Pferde fressen kein Fleisch.« Der Captain war schnell gelangweilt; er hörte schon gar nicht mehr zu.

5

Zum Ende der Show, gerade als Mr. Blankenheimer die von Anna aus Weihnachtspapier hergestellten Rosetten verteilte, kam es am anderen Ende des Feldes zu einem Zwischenfall.

Eine der Crowley-Töchter hatte mit dem langen Stock die Rotschimmelstute irgendwie über das erste Hindernis der Dreifachhürde geprügelt und wollte sie jetzt wieder hinaus prügeln.

Paul preschte auf Miss Amerika über das Feld, sprang ab, riss ihr den Stock aus der Hand und zog dem Mädchen damit eins über den dicken Hintern.

»Au, er hat mich geschlagen, au, au!«

Der Vater holte aus und rammte seine rechte Faust Paul ins Gesicht. Paul schlug zurück, beide gingen zu Boden und wälzten sich zwischen den Hindernissen, indes die Stute nervös die Füße hob, aus Furcht, die beiden zu treten.

Dora blieb nichts übrig, als den Vorgang aus der Ferne zu verfolgen. Paul war schon früher wegen Schlägereien in Ungelegenheiten geraten. Kam er in Wut, konnte er tatsächlich jemand verletzen. Mr. Crowley hatte Glück. Er entwand sich Pauls Griff, kam auf die Beine, drohte dem Captain, dass er ihn verklagen würde, und verließ den Kampfplatz.

»Wird der Mann Sie wirklich verklagen?« Mr. Blankenheimer fielen vor Schreck und Staunen fast die Augen aus dem Kopf. Er griff nervös an seine grüne Mütze.

»Es ist bloß Rederei, nichts weiter«, grunzte der Captain ungeduldig. »Immer auf Krawall aus. Die Crowleys sind eben so.«

»Sind alle englischen Pferdeschauen so?«, fragte der Amerikaner.

»Und ob«, sagte Ron. »Das ist noch gar nichts. Bleiben Sie noch 'ne Weile hier, Kumpel, und Sie werden's erleben.«

Dora konnte den kleinen, ruhigen Amerikaner gut leiden. »Kommen Sie, ich zeige Ihnen die anderen Pferde.«

»O je, meine Liebe.« Mr. Blankenheimer blickte in der Art eines ständig unter Zeitdruck stehenden Menschen auf die Uhr. »Es geht leider nicht. Ich habe eine geschäftliche Verabredung.«

»Wegen des Hengstes?« Dora hätte ihn gern begleitet.

»Nein, Miss – äh.« Aus lauter Schüchternheit hatte er noch niemand beim Namen genannt, nur die Pferde. »Nein – äh, jemand wegen Ziegel. Ich bin auch geschäftlich hier. Baugeschäft. Ich interessiere mich für diese beschichteten, selbsthaftenden Mosaiksteine. Ihr Engländer seid uns da ein Stück voraus, das muss ich schon sagen.«

»Oh, danke.« Dora verschob die Sache. »Können Sie morgen kommen und sich unsere anderen Pferde ansehen?«

»Ginge das?« Mr. Blankenheimer strahlte, als erwiese ihm Dora eine Gunst. Tatsächlich erwies er jedoch ihr eine, denn Dora wurde es nie müde, die Follyfoot-Pferde zu zeigen und deren Geschichten zu erzählen. »Das ist Puss, auf der jemand mit einer Bittschrift zur Königin ritt … Hier haben wir Ginger, der früher einen Milchwagen gezogen hat. … Und das ist der arme alte Frank – sehen Sie bloß die Druckstelle am Kopf von dem zu straffen Halfter …«

Mr. Blankenheimer tauchte am nächsten Tag in seinem steifen, formellen Anzug wieder auf; er trat so zögernd in den Hof, als wäre er ein unwillkommener Steuereinnehmer.

Der Captain reinigte gerade die Hufe einiger Pferde. Er begrüßte Mr. Blankenheimer in gebückter Haltung mit nach oben verdrehtem Gesicht, ohne Dollys Hinterfuß loszulassen. Ließ man einen Pferdefuß erst einmal sinken, bekam man ihn so leicht nicht wieder hoch.

Mr. Blankenheimer machte diese Art der Begrüßung anscheinend ein wenig nervös. Er stand wartend da, schob die Hände erst in die Taschen, legte sie dann auf den Rücken und räusperte sich, während der Captain mit seinem scharfen, gebogenen Messer weiterschabte und dabei auf jene Weise pfiff, die allen Pferden vertraut war.

War der Captain mit einem scheuen Menschen zusammen, machte ihn das ebenfalls scheu; es konnte geradezu lähmend wirken. Dora rettete ihn und Mr. Blankenheimer, indem sie die Besichtigungsrunde begann. Sie fragte sich, worüber die beiden Männer damals in dem grünen Krankenhauszimmer mit den hohen Betten und dem sterilen Geruch wohl geredet haben mochten.

Bis auf Lancelot, der heute einen seiner Schwächeanfälle hatte, waren alle Pferde im Freien. Lancelot überstand seine Schwächeanfälle lieber im Stall als im Freien, wo ihn die anderen nicht stoßen oder beißen konnten.

Manche Leute hielten den knochigen Lancelot mit seinem scheckigen Fell für hässlich, doch für Dora war er schön. »Er wäre längst tot, wenn es Follyfoot nicht gäbe«, erklärte sie.

»Manche Leute würden sagen, er sollte getö – äh, man sollte ihm – äh – den Schlaf gönnen«, meinte Mr. Blankenheimer traurig.

»Der Captain ist nicht dafür, Pferde zu töten, wenn sie sich ihres Lebens noch erfreuen können«, entgegnete Dora. »Das ist ja der Sinn von Follyfoot.«

»Ja, es ist prächtig«, sagte Mr. Blankenheimer. »Sehr schön. Ein Altersheim für Pferde. Wie britisch. In den Staaten könnte es so etwas nicht geben. Wir sind dort drüben zu praktisch, was Pferde betrifft. Nicht sentimental.«

»Nicht verdreht, wollen Sie wohl sagen.« Paul kam mit einer Schubkarre aus Heros Stall; das wacklige Rad drohte schon seit Monaten zusammenzukrachen. Viele Gerätschaften auf der Follyfoot-Farm waren alt und schwach – wie Lancelot. Aber den Captain plagten schon die Rechnungen für Winterfutter und Streu. Doch diesmal zerbrach das Rad wirklich, und die Dungladung wäre fast auf Mr. Blankenheimers blank geputzten Schuhen gelandet. Paul seufzte und ging zum Werkzeugschuppen, um ein Stück Holz zu holen, mit dem er das Rad flicken konnte.

Dora führte den Amerikaner zu den Feldern, zeigte ihm die Pferde und berichtete, wie jedes nach Follyfoot gekommen war. Er lauschte gespannt der Geschichte, wie Callie seinerzeit Hero aus dem Zirkus entführt hatte; und als sie ihm von Ranger erzählte, dem eine grausame Drahtkandare die Kinnlade schwer verletzt hatte, füllten sich seine Augen mit Tränen.

Dora berichtete, dass Folly in einem Dornendickicht geboren worden war, in dem Old Specs sich verfangen hatte, und wie Cobblers Dream die Stute und ihr Füllen schließlich entdeckte.

Mr. Blankenheimer war fasziniert; er fand die Idee und die Ideale von Follyfoot großartig.

»Wäre es nicht wundervoll, wenn ...«

»Wenn was?«

»Bloß ein Traum, ich vermute, Miss - äh ...«

»Dora«

Sie konnte ihn nicht Earl nennen. Aber auch nicht Mr. Blankenheimer. Sie nannte ihn einfach Mr. Blank.

Da er Rennpferde besaß, zeigte sie ihm Folly voller Stolz. »Sehen Sie nur diese Länge von der Kruppe bis zum Fesselgelenk.« Sie zog das Gesicht, das Leute machen, wenn sie Pferde einschätzen. »Und fühlen Sie, was da schon für Muskeln sind.« Dora packte den jungen, sich erst entwickelnden Nacken Follys; das Fohlen schlug mit seinem kleinen Huf aus und duckte sich weg. »Und sehen Sie sich den Körperbau an!«

»Alle Achtung!« Mr. Blankenheimer verkniff die Augen zu Schlitzen und ahmte Doras Kennermiene nach. Er verstand nicht viel von Pferden, besaß aber ein angeborenes Gefühl für sie. Er lachte Dora nicht aus wie einer der letzten Besucher, der gesagt hatte: »Denken Sie sich gar nichts dabei, diese alten Schindmähren zu füttern, wenn die halbe Welt hungert?«

Nach der Besichtigung wollte er noch in die Scheune, um sich an seine Kindheit in Indiana zu erinnern. »Ich liebe solche Orte.« Sie saßen auf einem Heuballen und atmeten den schweren, süßen, staubigen Duft ein, der einer Scheune die besondere Atmosphäre gibt. Von den alten Balken hingen ganze Gardinen aus Spinnweben, und viele Generationen arbeitender Füße hatten Mulden und Kuhlen in den Fußboden gestampft.

»Wo ich meine Rennpferde untergebracht habe, ist alles so – äh, stattlich. Ich weiß nicht mal, wo sie das Heu aufbewahren. Es ist zu sauber. Wo das Pferd meiner Tochter steht, füttern sie Heu mit Vitaminzusätzen, genau nach Zeitplan und Tabelle.« Mr. Blankenheimer seufzte. »Wissen Sie, Dora, ich bin sehr froh, dass gerade Sie mich heute herumgeführt haben. Sie sind so – so, äh – eben freundlich.«

»O danke«, sagte Dora. »Danke, Mr. Blank.«

»Warum nennen Sie mich so?«

»Es passt zu Ihnen.«

»Meinen Sie?« Er sah sie unglücklich an. »Sie halten mich für eine Null?«

»Natürlich nicht!«

»Andere Leute schon. Sie beachten mich nicht allzu sehr.«

»Betrachten Sie es so, Mr. Blank.« Doras Gedanken überschlugen sich. »Was heißt denn Blank? Lücke, wenn Sie wollen. Und Sie haben eine Lücke in meinem Leben gefüllt.«

»Ach nein, wirklich, ich muss schon sagen.« Hätte sie ihm tausend Pfund überreicht, hätte sie ihn nicht mehr erfreuen können. Vor allem, da er die tausend Pfund nicht brauchte.

Sie waren Freunde geworden, wie es schien. Dora würde ihn Blank und er sie Door nennen – die Tür zu etwas Neuem.

»Ich mag Sie, Blank.« Dora hatte seit Ewigkeiten keinen neuen Freund gewonnen.

»Und ich mag Sie, Door.«

Blank – Door – Codenamen. Und niemand sonst kennt den Schlüssel.

Auf dem Weg zu seinem Wagen machten sie einen Abstecher zu den letzten Pferden im oberen Feld. Das schwarze Polizeipferd Magic graste friedlich, die Sonne lag warm auf seiner schimmernden Kruppe, und der dichte Schwanz schwang rhythmisch hin und her.

»Magic ist fünfundzwanzig«, erklärte Dora. »Fast sein ganzes Leben hat er auf gepflasterten Straßen zugebracht: Demonstrationen, Paraden, Verkehr. Er hat seine Arbeit getan. Nun freut er sich seines ruhigen Lebens.«

»Bei Gott!«, sagte Mr. Blankenheimer. »Der alte Kerl sieht gesünder und kräftiger aus als viele Pferde, die noch arbeiten. Ich denke bloß an gestern und die Rotschimmelstute, um die das Spektakel war; die gehört eigentlich auch hierher.«

»Ich weiß«, stimmte Dora zu. »Ich wünschte, wir hätten sie bei uns.«

»Wenn es nach ihr ginge«, Slugger war herbeigekommen und lehnte sich neben ihnen über das Gatter, »wäre die Hälfte aller Pferde des Landes auf der Follyfoot-Farm.«

»Es ist aber auch schlimm«, sagte Dora. »Die Leute sind so dumm. Wahrscheinlich meinen sie es gut. Aber zu viele haben nicht das richtige Gefühl für Pferde und wissen auch nicht genau, wie man sie hält und mit ihnen umgeht. Wie eben diese Crowleys. Wenn wir ihnen bloß beibringen könnten, dass Dopey im Augenblick nicht geritten werden darf. Dopey! – schon der Name ist eine Beleidigung für ein Pferd. Der Captain würde die Stute bestimmt aufnehmen.«

»O mein Gott!« Slugger zog sich die Wollmütze über sein gutes Auge.

Dora murrte weiter. »Und wie diese Crowleys sich immer haben: kein Fleisch auf dem Tisch und so. Als ob sie hungern müssten, um das Pferd füttern zu können! Dabei braucht man sie sich bloß anzusehen, und man weiß, wer in dieser Familie zuerst kommt – ihr ›Liebling‹ bestimmt nicht.«

»Wenn sie Fleisch haben wollen, brauchen sie ja bloß das Pferd zu erschießen und auf den Tisch zu bringen, nicht.« Sluggers Witze konnten einen schon manchmal krank machen.

»Hör auf, Slugger!«

»Na, was denn –«

Door und Blank verständigten sich auf ihre Weise. Sie wechselten einen für andere nicht zu entschlüsselnden Blick, der alles besagte.

»Was planst du da wieder?« Slugger schob den Rand seiner Wollkappe hoch und musterte Dora forschend.

»Nichts«, sagte sie. »Ich wünschte, ich hätte einen Plan.«

»Gott helfe uns«, sagte Slugger nur.

6

Mr. Blankenheimer kletterte in seinen Mietwagen und fuhr ab. Am Außentor drehte er sich um und winkte, wobei er den Pfosten streifte. Noch beim Abendbrot konnte Dora über nichts anderes sprechen. »Dieses arme Tier geht mir nicht aus dem Sinn«, erklärte sie, als alle um den runden Küchentisch saßen und in Annas Fleischpastete stocherten.

»Und ich spüre noch immer die Handknöchel von diesem Menschen auf meinem Gesicht.«

Paul rieb sich die Wange, die sich inzwischen interessant verfärbt hatte.

»Ja, es ist furchtbar«, erregte sich Dora. »So wird das Pferd nie wieder gesund, aber freiwillig geben diese Blödiane die Stute doch nie auf. Wenn wir sie bloß stehlen könnten.«

»Du hast in deinem Leben schon genug Pferde gestohlen«, entgegnete Paul. »Großbritanniens Pferdedieb Nummer eins. Wenn du für alle Pferde, die du gestohlen oder Leuten durch Schwindelei abgeluchst hast, bestraft worden wärst, hättest du zweihundert Jahre Zwangsarbeit auf dem Halse, wenn nicht mehr.«

»Wär gar nicht so schlecht«, Callie schaute hoch. »Dann könnte sie ins Bergwerk und mit den Ponys arbeiten.«

»Frauen arbeiten nicht unter Tage, du Dummkopf.« Paul stieß sie unter dem Tisch an.

»Ich wünschte, sie könnten es.« Callie schnitt ihm eine Fratze. »Dann könnte ich auch mit runter zu den Grubenponys.«

»In den Gruben gibt's keine Ponys mehr, du Blödhammel.«

Callie schmollte. Unter Erwachsenen das einzige Kind zu sein, war manchmal schwer. Doch schlug ihre Mutter vor, dass sie sich gleichaltrige Freunde einladen sollte, fielen ihr keine ein. Bis auf Toby besaß sie keine wirklichen Freunde. Die Pferde waren ihre Freunde – und Dora und Paul; und Ron, wenn er nicht seine eklige Tour hatte.

Manchmal behandelten die anderen sie wie ein Baby. Und dann luden sie ihr wieder haufenweise Arbeit und Verantwortung auf. Ihr Vater hätte sie sicher verstanden. Da er tot war, blieb der Tagtraum ungetrübt, dass er alles, was sie fühlte und dachte, verstanden hätte.

Callie stieß den Stuhl zurück bis in den Kamin und rannte hinauf, um sich das Foto ihres Vaters anzusehen, auf dem er lässig auf seinem berühmten Jagdpferd Wonderboy saß, das noch jetzt in Follyfoot müßig seine letzten Jahre verlebte.

Anna ging ihr nach und setzte sich auf das Bett. »Ich mag das Bild sehr«, sagte sie.

»Wie konntest du den Captain heiraten, wenn du meinen Vater noch immer liebst«, knurrte Callie.

»Du warst sehr froh, als ich ihn heiratete«, erwiderte Anna überrascht. »Das stimmt doch, oder?«

»Mm-hm.«

»Und du bist auch jetzt froh darüber, nicht wahr?«

»Mm-hm.«

»Nun also«, sagte Anna.

»Nun also«, sagte Callie und seufzte.

Als Callie in die Küche zurückkam, zog Paul ihren Stuhl aus dem Kamin, ohne die Gabel aus den Quetschkartoffeln zu nehmen. Callie stieß ihren Stuhl beim Aufspringen oft bis in den Kamin und rannte aus dem Raum. Niemand schaute deswegen auch nur vom Teller hoch. Das Stadium hatten sie alle durchgemacht. Dora fiel hin und wieder in diesen Zustand zurück, wenn zu vieles schief ging.

Jetzt plagten sie noch immer die Gedanken an die Rotschimmelstute. »Habt ihr gehört, was er gesagt hat? – ›Ich bin kein reicher Mann, wie Sie wissen, Captain!‹«, imitierte sie Mr. Crowleys quengelige Stimme. »Wie ich es hasse, wenn Leute über ihre Armut zetern.«

»Nun, sie *sind* arm«, warf Paul ein.

»Wir auch.«

Auf Follyfoot reichte das Geld nie. Der Captain focht Monat für Monat einen hoffnungslosen Kampf mit den Rechnungen, die seinen Schreibtisch überschwemmten.

»Ich wünschte, wir wären es nicht«, seufzte Dora. »Ich wünschte, wir könnten die Stute kaufen und für sie sorgen. Wenn wir ihnen ein wirklich gutes Angebot machen …«

»Wenn, wenn, wenn«, sagte der Captain. »Du bist von zwei Träumen besessen, Dora. Der eine handelt von all den Pferden, die du stehlen könntest, wenn du den Mut dazu hättest. Und der andere von dem, was du alles tun würdest, wenn du das Geld dazu hättest.«

»Ich weiß, ich weiß. Zuerst würde ich diesen prachtvollen Vollblutfuchs kaufen. Zwei weiße Füße. Kleiner hübscher Kopf mit lächelnden dunkelblauen Augen. Ein Pferd, das wirklich frei ausgreift. Tüchtig und geschmeidig, elegant!

Muskeln, die sich wie geölt bewegen. Erinnerst du dich, Paul, wie David sich bewegt? Mit welcher natürlichen Grazie er den Kopf hält oder beugt ...« Die Ellbogen auf den Tisch und den Kopf in die Hand gestützt, verlor sich Dora an einen Traum von edlen Pferden.

»Wenn du deinen Pudding nicht isst«, sagte Callie, »esse ich ihn.«

Nachts kam Dora eine Offenbarung. Sie hatte manchmal nächtliche Offenbarungen oder hörte Stimmen. Ob sie einen Psychiater brauchte? Denn ab und zu hörte sie, dass Pferde wieherten und ihre Hufe über den harten Weidegrund des Hügels donnerten.

In dieser Nacht träumte Dora, sie wäre auf hoher See. Sie schwamm im Traum auf einem prachtvollen Pferd, die Arme um den Hals mit der wogenden Mähne geschlungen, die auf eigenartige Weise mit den Wogen des Meeres verschmolz. Plötzlich riss sie eine Stimme aus Traum und Schlaf, die sehr klar »Door« sagte.

Dora erwachte sofort und setzte sich im Bett auf. Die Stimme ... Es hatte geklungen, als wäre Mr. Blank im Zimmer. Das war die Offenbarung: Mr. Blank hatte Geld. Sie würde ihn bitten, zu den Crowleys zu fahren und die Rotschimmelstute zu kaufen.

Es war noch früh, eben erst Morgendämmerung, aber Dora stand auf und ging hinunter, um auszumisten. Sie musste irgendwohin mit ihrer freudigen Erregung.

Zu angemessener Zeit rief sie Mr. Blankenheimer im Hotel an. »Können Sie gleich mal herkommen, Blank?«

»Nun, hören Sie, Honey – äh, Door –, ich weiß nicht. Ich muss mich mit diesem Burschen treffen; wir verhandeln über spezielle Bauelemente und –«

»Es ist ein Notfall«, beharrte Dora. »Eine Sache auf Leben und Tod.«

In Mr. Blankenheimers Dasein gab es solche Dramen für gewöhnlich nicht. Er war schon auf der Farm, ehe Dora und Paul die morgendliche Stallarbeit erledigt hatten. Dora hatte Paul kein Wort gesagt. Warum, wusste sie auch nicht. Etwa weil Geld im Spiel war? Obwohl Paul sie Pferdedieb nannte, hatte er ihre oft waghalsigen Rettungspläne stets unterstützt. Aber heute …

Als Mr. Blankenheimer den Hof überquerte, eilte sie ihm entgegen und sagte: »Verschlüsselt für die anderen!«, und schob ihn sanft in eine leere Laufbox, um ihn in ihren Plan einzuweihen.

Er fand die Sache großartig, aber sie machte ihn auch nervös; seine Hände zitterten, und seine Augen glitten von Dora zur Tür, als sähe er bereits ein ganzes Aufgebot an Sheriffs auf seinen Fersen.

»Was soll ich denn sagen?«, fragte er immer wieder, schon als sie ihm den Plan erläuterte. »Was soll ich denn sagen?«

»Sagen Sie ›Ich habe Ihr Pferd gesehen‹«, wiederholte Dora zum x-ten Mal. »Sagen Sie, dass es Ihnen gefällt und Sie ohne das Pferd nicht mehr leben können.«

Sie beschrieb ihm das kleine Feld, auf dem Dopey ohne Schutz vor Sonne und Regen auf nackter Erde ihre langweiligen Tage verbrachte. »Sagen Sie, ›Ich komme zufällig vorbei und da sehe ich dieses Pferd …‹ Sagen Sie, Sie seien ein verrückter amerikanischer Millionär. Oder dass Sie zur Mafia gehören. Oder dass Ihrer Frau die Stute gefällt und sie das Tier unbedingt haben will. Sagen Sie, was Sie wollen, wenn sie dadurch nur die Stute bekommen.« Doras Augen ließen ihn nicht los.

»Ja – äh, Door, sicher, äh, gewiss.« Er blickte ihr endlich in die Augen. »Ich mache es.«

Mr. Blankenheimer verließ die Laufbox mit leicht eingeknickten Knien, gebeugten Schultern und geballten Fäusten. Ein Mann mit einem abenteuerlichen Vorhaben. Dora hätte sich wegen ihres Schweigens vor Paul keine Gedanken zu machen brauchen. Mr. Blankenheimer erzählte ihm alles brühwarm.

»Ich mache mich an eine Hilfsaktion, mein Junge.« Er streckte die Hand aus. »Wünschen Sie mir Glück.«

»Wozu hat Dora sie überredet?«

Paul schüttelte die ihm entgegengestreckte Hand und grinste Dora an.

»Ich habe mich selber verpflichtet. Keine Umkehr möglich. Wünschen Sie mir Glück.« Er reichte auch Slugger die Hand, der eben mit zwei Eimern vorüberkam.

Slugger setzte die Eimer ab, wischte sich die Hände an seinem Overall ab, schüttelte Mr. Blankenheimer die Hand, griff wieder nach den Eimern und trottete weiter. Dora hoffte nur, ihr neu gewonnener Freund würde die Geschichte nicht jedem erzählen, den er unterwegs traf.

»Warum hast du mir nichts davon gesagt?«, fragte Paul die grübelnde Dora.

»Keine Ahnung. Vielleicht, weil es mit Geld zu tun hat. Wir haben noch nie anderer Leute Geld für so was benutzt. Ich dachte –«

»Über Geld soll man lieber nicht nachdenken«, sagte Paul. »Entweder man gibt's aus oder hortet es.«

Es gehörte zu Doras Stärken, komplizierte Fragen aufzuwerfen, und zu Pauls, einfache Antworten zu geben.

Dora und Paul setzten Mr. Blank ein Stück von den Crowleys entfernt ab und warteten mit dem Pferdetransportwagen um die Ecke in einer Seitenstraße. Eine Ewigkeit verging; beide sahen Mr. Blank schon gegen Lösegeld entführt, verhaftet, von Mr. Crowley verprügelt, von Mrs. Crowley vergiftet oder von beiden gezwungen, ihre älteste Tochter Juliette zu heiraten, die womöglich noch fetter und dämlicher war als Amanda und Marcia. Endlich hörten sie Pferdegetrappel auf der Straße. Der Hufschlag wurde stärker, und wer kam um die Ecke der Hecke? – Mr. Blank. Mit einem Lächeln reiner, triumphierender Glückseligkeit auf seinem unschuldigen Gesicht führte er die Stute behutsam am Halfter.

»Oh, wie haben Sie das geschafft?« Dora sprang aus dem Fahrerhaus des Transporters. »Wie haben Sie das bloß geschafft?«

Mr. Blank blieb mit dem Pferd stehen, blickte verlegen zu Boden und scharrte mit dem Schuh im kiesigen Wegsand. »Ich habe sie bezaubert«, meinte er. »Wirklich bezaubert.«

»Mit Geld?« Paul sprang vom Wagen und langte nach Dopeys Halfter.

»Nein«, Mr. Blank schaute auf. »Nein, durch meinen Charme.«

»Und wieviel haben Sie bezahlt?« Paul ließ nicht locker.

»Mehr als ich hätte geben sollen.« Mr. Blank blickte wieder zu Boden.

»Aber so einfach war das gar nicht. Mrs. Crowley fragte, wo ich das Pferd hinbringen würde. Daher musste ich eine Geschichte erfinden über jemand, der ein anderes Pferd für mich liefert, und dass wir uns auf der Straße treffen werden, um die Pferde zu mir zu bringen. ›Eine Weide mit viel Gras und so‹, habe ich ihr erzählt. Sie wollte es ganz genau wissen, wo ich zu Hause bin, und ich sagte Wales. Etwas anderes fiel mir nicht ein. ›Oh‹, sagte sie ›Wales, da stamme ich her und habe dort meine Kindheit verbracht. Wo denn da?‹ – ›Ach‹, sagte ich. ›Man hat den Ort umbenannt, weil der Name so hässlich war, daher werden Sie ihn ...‹ – ›Es gibt keine hässlichen Namen in Wales‹, fiel sie mir ins Wort und schüttelte den Kopf. ›Nicht in Wales‹.« Mr. Blank wischte sich die Schweißperlen von der Stirn. »Sie wissen ja, eine Lüge zieht die andere nach sich. Ich hatte in beiden Taschen meine Finger gekreuzt.«

Dora schlang die Arme um Dopeys dünnen Hals, als die Stute es sich mitten auf der Straße bequem machte, um das lahme Hinterbein zu entlasten. »Danke, Blank«, sagte sie.

»War mir ein Vergnügen.« »Macht es Spaß, Pferde zu stehlen?«

»Hey, was soll das, Door«, entgegnete Mr. Blank entsetzt.

»Ich habe für das Pferd bezahlt.«

»Und wie viel?«, fing Paul wieder an. »Sagen Sie es uns doch.«

Mr. Blank nannte eine enorme Summe, zwanzigmal mehr, als die arme alte Stute wert war, sogar wenn man an Hundefleisch und Rosshaarfüllung für Sofas dachte.

Paul stieß einen Pfiff aus. »Für das Geld hätten Sie uns ein Klassereitpferd kaufen können.«

Es sollte ein Witz sein, doch Mr. Blank blickte ihn ernst an. »Aber das ist nicht die Idee von Follyfoot, oder? Ich glaubte –«

»Natürlich nicht«, schaltete sich Dora schnell ein und streichelte seine Hand. »Sie haben das sehr schnell begriffen, Blank. Ich bin stolz auf Sie.«

7

Mr. Blank war von der Follyfoot-Idee hingerissen. Am liebsten wäre er noch geblieben und nicht morgen nach Amerika zurückgeflogen. Statt den Hersteller von dehnbaren Dichtungsmitteln aus alten Papptassen und gebrauchten Teebeuteln aufzusuchen, blieb er auf der Farm und ließ sich von Dora zeigen, wie man am mühelosesten ausmistete. Er schüttete saubere Streu in die für seine Stute bestimmte Box.

»Wie ich sehe, haben Sie sich von Dora einspannen lassen, Blankenheimer.« Der Captain lächelte über die Halbtür. »Ich glaube, wir lassen Dopey lieber in der Box, bis wir sehen, was wir für das lahme Bein tun können. Wie wollen Sie sie nennen?«

»Dopey bestimmt nicht.« Mr. Blankenheimer bückte sich und zog Stroh von einem Vorderfuß des Pferdes. »Wäre sie ein Hengst, würde ich sie Golden Boy nennen, nach dem berühmtesten Rennpferd der Welt.«

»Warum nicht Golden Girl, da sie nun mal ein weibliches Wesen ist«, meinte Dora.

So wurde Dopey in Golden Girl umgetauft.

Zu seiner Verabredung mit dem Mann für dehnbare Dichtungsmittel aus alten Pappbechern und Teebeuteln kam Mr. Blank doch nicht mehr zurecht. In seiner Aufwallung für weibliche Wesen beschloss er statt dessen, ein Geschenk für seine Frau zu kaufen.

In der Stadt im Tal war gerade Markttag. Mr. Blank bummelte von einem Antiquitätenstand zum anderen und musterte silberne Saucieren sowie Schnupftabakdosen aus Schildpatt. Da ihm kein Stück recht gefiel, stromerte er zu jenem Teil des Marktes hinüber, wo Ziegen, Hühner und andere lebende Tiere angeboten wurden.

Neben der Ziegenkoppel war ein schokoladenfarbener Esel angepflockt. Mit seiner weißen Nase, dem weißen Bauch und dem Weiß rings um die purpurfarbenen Teiche der Augen sah er wirklich sehr hübsch aus. Und seine Wimpern waren länger als jene, die Mrs. Blankenheimer sich für den Tanz im Golfklub auf die Lider geklebt hatte und dann beschneiden musste, weil sie ihr die Brille von der Nase stießen.

In der Nähe des Esels hockte ein Junge auf der Erde und rauchte eine Zigarette. Als Mr. Blank vor ihm stehen blieb, schielte er durch den Zigarettenrauch verstohlen und misstrauisch zu ihm hoch.

»Keine Angst, mein Junge«, sagte Mr. Blank, »ich werde dir nicht sagen, dass man in deinem Alter noch nicht raucht.«

»Schon recht«, sagte der Junge tröstend. »Müssen Sie auch nich. Wolln Sie vielleicht einen Esel kaufen?«

»Eigentlich nicht. Ich habe gerade ein Pferd gekauft.«

»Na dann …«, sagte der Junge nicht weiter interessiert.

»Ist es dein Esel?«

Mit dem Sommerfell, der Andeutung eines Kreuzes auf dem Widerrist, den kleinen Füßen und dem treuherzigen Gesicht sah das Tier hübsch aus; es stand auch gut im Futter, wie er meinte, und war sauber gehalten. Bestimmt der Liebling von irgendeinem Mädchen oder Jungen.

»Nä.« Der Junge schielte Mr. Blank von der Seite her an. »Ich hab ihn bloß zum Verkauf runtergebracht. Hat meiner Schwester gehört. Die ist gestorben. War ihr Liebling.«

»Ach wie traurig.« Mr. Blank kamen schon wieder die Tränen. Dora hätte den Esel sofort kaufen wollen – wenn sie da wäre. »Willst du ihn denn nicht behalten?«

»Kann's mir nicht leisten – die Beerdigungskosten, verstehen Sie.«

Das gab den Ausschlag. Blank zahlte den Preis, den der Junge forderte, und ergriff das Halfterseil. Dora würde stolz auf ihn sein. Er hob den kleinen Esel hinten in seinen Wagen, schob ihm die Beine auf dem Sitz zurecht und nahm ihn mit nach Follyfoot.

Der Esel ließ alles geduldig über sich ergehen. Er lag wie ein Hund auf dem Rücksitz des Mietwagens, die weiße Schnauze auf einem Vorderbein, und betrachtete die vorübergleitende Gegend aus seinen großen Augen.

Erst als Mr. Blank den Hügel zur Follyfoot-Farm halb hinauf war, fiel ihm ein, dass er vergessen hatte, ein Geschenk für seine Frau zu kaufen.

»Das ist doch nicht möglich!« Ron Stryker zog die hintere Wagentür auf. »Wie kommen Sie darauf, dass wir einen Esel brauchen?«

»Aber sehen Sie doch diese Augen! Dora freut sich bestimmt über das Tier.«

»Dora hat hier nichts zu sagen.«

Ron funkelte Mr. Blank durch rotblonde Haarsträhnen ärgerlich an. »Sie müssen ihn wieder mitnehmen. Noch einen Esel? – da passt der Captain, darauf können Sie sich verlassen.«

»Aber ich habe ihn doch gekauft. Ich kann ihn doch nicht nach Amerika mitnehmen. Wo ist Dora?«

»Keine Ahnung. Vorhin war sie noch da. Muss irgendwohin gegangen sein.«

Mr. Blank ließ den Esel im Auto und schloss es ab, um jedem möglichen faulen Trick von Ron Stryker vorzubeugen. Das wilde Lachen, von dem man nie wusste, ob es humorvoll oder boshaft gemeint war, die bissige Zunge, die langen roten Haare – nein, Mr. Blank traute dem Burschen nicht über den Weg.

Es wurde früh dämmrig. Die Wolken hingen tief, und aus dem Tal wirbelte feuchter Nebel hoch, der Farm und Felder einhüllte. Mr. Blank blickte in jede Box, aber bis auf Golden

Girl, die ihr krankes Bein schonte und viel zu sehr mit dem süßen Heu beschäftigt war, um ihren Retter zu begrüßen, waren alle Pferde draußen.

Von der Geschirrkammer aus rief er die Treppe hinauf nach Paul. Keine Antwort.

»Dora!« Mr. Blank ging zu den nebelverhangenen Feldern hinaus. »Dora! Door! Door!« Doch nur die Saatkrähen, die sich in den unsichtbaren Ulmenwipfeln wiegten, antworteten: »Door, Door!«

Endlich sah er sie. Dora kam mit bloßen Füßen und halb geschlossenen Augen auf dem grauen Esel vom Fluss heraufgezottelt. Hinter ihr schob sich die Linie der alten Pferde aus dem Nebel; sie folgten dem Esel wie Schafe dem Leithammel.

»Ich habe Ihnen ein Geschenk mitgebracht, Door.« Mr. Blank zog das Gatter auf.

»Ein Geschenk?« Doras Augen öffneten sich langsam etwas weiter. »Was denn?«

»Dieser rothaarige Bursche meint allerdings – äh, er sagt, dass es Ihnen nicht gefallen wird. Es ist – äh, na, Sie werden ja sehen.«

Nachdem jedes Pferd in seine Box getrottet war und den Kopf in die Krippe gesenkt hatte, schloss Dora die Türen und folgte Mr. Blankenheimer zum Auto. Der schokoladenfarbene kleine Esel lag noch immer meditierend auf dem Rücksitz.

Dora sagte sogleich: »Oh – vielen Dank, Blank. Vielen, vielen Dank.«

»Die Schwester von dem Jungen da auf dem Markt ist gestorben, wissen Sie. Es war ihr Liebling. Aber der Rothaarige hier bei Ihnen, der – äh, er meint, Sie wollen keinen zweiten Esel. Doch ich dachte mir –«

»Auf Follyfoot ist immer Platz für einen Vierbeiner mehr«, erklärte Dora.

»Follyfoot ist eine so großartige Sache.« Mr. Blank lächelte versonnen. »Alle diese Tiere … Ich würde nur zu gern – äh, ich meine, ich habe ein bisschen Geld, wissen Sie. Wenn ich nun so etwas wie Follyfoot drüben bei mir in New England anfange … Was würden die Leute wohl davon halten?«

»Man würde Sie für so verrückt halten wie uns.« Dora lachte.

»Genau genommen halten sie mich jetzt für ein Nichts«, sagte Mr. Blankenheimer auf seine schlimmste, sich selbst herabsetzende Art. »Aber ich könnte es ihnen zeigen – äh, ordentlich zeigen, nicht wahr?! Wenn ich es täte, würden Sie – äh, ich meine, würden Sie rüberkommen und mir helfen?«

»Geht nicht, Blank. Ich habe doch hier meine Arbeit.«

»Bekommen Sie denn keinen Urlaub?«

»Das schon, ja, aber meine Mutter ...« Dora hatte ihrer Mutter halb und halb versprochen, mit ihr eine Kunst- und Kulturreise zu den Domen des Oberrheins zu machen.

»Ich würde den Flug bezahlen.«

»Darum geht es nicht.«

Dora wurde rot. Wieder brachte Geld alles durcheinander – das Geld eines anderen.

»Sie könnten das Pferd meiner Tochter reiten.« Mr. Blank sah Dora erwartungsvoll an.

»Wieso? Reitet sie denn nicht mehr?«

»In diesem Jahr nicht.« Mr. Blank wirkte plötzlich sehr bekümmert. War seine Tochter gestorben?

»Voriges Jahr ist sie geritten, aber jetzt ist sie flügge geworden, wie man so sagt, und hat kein Interesse mehr. Ich habe Robin seinerzeit extra für sie gekauft, und nun reitet sie ihn nicht mehr.«

»Ich will es mir –«

»Sie würden kommen?«

»Vielleicht im Sommer, wenn die Pferde doch meist draußen sind. Dann ist nicht soviel Arbeit und –«

»Im Sommer. Schön.« Mr. Blankenheimer nickte. »Bye, Door.«

»Bye, Blank.«

Den kleinen schokoladenfarbenen Esel neben sich, blickte Dora ihm nach; diesmal kam Mr. Blankenheimer glatt am Gatterpfosten vorbei. Erst als sein Wagen um die Ecke verschwunden war, bekam sie es mit der Angst zu tun. Nach Amerika? Nach Amerika ... und zu einer fremden Familie mit einer flüggen Tochter sowie einem Vater, der scheuer war als sie selber? Ich muss verrückt sein. Irgendwie muss ich mich da wieder rauswinden. Außerdem ist es noch wochenlang hin bis zum Sommer. Was kann in der Zwischenzeit nicht noch alles passieren!

8

Aber es passierte nichts. Der Juni rückte heran. Auf ihrem Passfoto sah Dora wie ein steckbrieflich gesuchter Schwerverbrecher aus. Mr. Blankenheimer schickte das Flugticket. Der Captain hatte gern in die Reise eingewilligt. Paul und Callie waren ein wenig neidisch.

Ron hatte es über. Die Pferdeauktionen mit billigen Angeboten standen bevor, und die Augen des Captains glänzten bereits verräterisch. Neuankömmlinge waren auf Follyfoot zu erwarten, aber Dora sauste im Düsenclipper über den Atlantik.

»Und wer macht hier die Arbeit?«, maulte Ron. »Wer macht Doras Arbeit?«

»Na, du bestimmt nicht«, erwiderte Paul.

»Nein, weil ich mich dann nämlich an der Costa Brava aalen werde«, sagte Ron. »Ich mache Urlaub in Spanien!«

»Du kannst jetzt keinen Urlaub kriegen«, erklärte Slugger.

»Ach, aber Dora kann, wie?«

»Sie nimmt sich auch nicht so viel freie Tage wie du«, sagte Slugger, hatte aber seine eigenen Vorbehalte gegen Doras Reise nach Amerika. Was er von dem Land wusste, kannte er durch das Fernsehen. Die Vereinigten Staaten und die Hölle waren für ihn ein und dasselbe.

»Aber ich soll doch helfen, drüben ein Follyfoot auf die Beine zu stellen«, argumentierte Dora. »Was für eine Chance. Vielleicht machen andere Länder es dann auch nach. Follyfoot International! Großartig. Ist womöglich der Beginn einer Weltbewegung für alte Pferde.«

»Sie ist nicht mehr bei sich – und bei uns schon lange nicht mehr.« Slugger schob die Unterlippe in Richtung Nase hoch. »Sie sieht ein Wolkenkuckucksheim.«

»Nein, seh ich nicht.« Dora ließ ihre sternenäugige Schauspielerei sausen, durch die sie nicht nur Slugger, sondern sich selber überzeugen wollte. »In Wirklichkeit möchte ich gar nicht fort.«

Doras Mutter schluckte schwer an ihrer Enttäuschung über die ruinierte Tour zu den oberrheinischen Domen, hielt die Reise nach Amerika aber für eine wundervolle Sache. »Da kommst du endlich weg von diesen alten Pferden!« Sie hatte sich nie abgefunden mit der Wendung, die das Leben ihrer Tochter an jenem Tag nahm, als Dora dem Captain begegnete und zu der Meinung gelangte: Meine Laufbahn beginnt und endet möglicherweise zwischen den alten Pferden von Follyfoot.

»Da irrst du dich aber«, erklärte sie ihrer Mutter. »Bei Pferden bleibe ich so oder so. Mr. Blankenheimer hat ja auch welche.«

»Aber doch Rennpferde!«, unterstrich ihre Mutter.

Rennpferde waren schick. Gegen Rennpferde war nichts einzuwenden. Rennpferde standen in richtigen Ställen, wurden von richtigen Grooms gepflegt und hatten eine echte Funktion im Leben. »Wenn die Blankenheimers einen Rennstall haben, müssen es ziemlich bedeutende Leute sein. Du brauchst also etwas Entsprechendes zum Anziehen.«

»Wieso, trägt man in den Staaten denn keine Jeans?«, fragte Dora.

»Du bist wirklich unmöglich«, sagte ihre Mutter und ging mit Dora in ein Konfektionsgeschäft.

Da es in Amerika sicher heiß werden würde, wählten sie mehrere Paar Shorts, einen Badeanzug, helle lange Hosen, ein paar Baumwollkleider und einen langen Rock – für die geselligen Abende, wie Doras Mutter sich ausdrückte.

Dora trug an diesem Tag zu ihren Jeans schwere, knöchelhohe Stiefel. Der lange, geblümte Abendrock wirkte prächtig, solange sie stillstand. Als sie sich bewegte und die derben

Schuhe unter dem Saum sichtbar wurden, sah die Zusammenstellung ungeheuer komisch aus.

Dora musterte sich verdrossen in dem Spiegel der Probierkabine; sie sah ein wenig schmeichelhaftes Bild. »Ich hoffe bloß, dass ich bei den Blankenheimers am Tage meine Freude habe, denn die Abende werden mir vermutlich kaum viel Spaß machen.«

Worauf ihre Mutter entgegnete: »Es ist die Chance deines Lebens!«

»Es kann auch das Ende meines Lebens sein.« Dora war noch nie geflogen und hatte Angst.

»Sei doch nicht albern«, sagte ihre Mutter, die regelmäßig nach Frankreich, Italien oder Deutschland flog, aber nicht verriet, dass sie stets ein Maskottchen in der Handtasche hatte. »Schließlich fliegen tagtäglich Tausende.«

»Aber die haben eben keine Angst«, wandte Dora ein, als bewahre diese Leute allein die Furchtlosigkeit vor dem Absturz.

»Sehen wir uns doch noch um. Vielleicht finden wir zu dem Rock noch eine hübsche weiße Rüschenbluse«, sagte Doras Mutter, um sie aufzuheitern.

»Ich möchte trotzdem nicht nach Amerika.«

Am Abend vor der Abreise wusste Dora genau, dass sie nicht fortwollte.

Die Pferde waren alle auf der Weide. Dotty, der kleine braune Esel mit der weißen Schnauze und den langen, weiß geränderten Ohren, war mit Ron zusammen draußen und rupfte in der sommerlichen Abenddämmerung an den Disteln und dem groben Gras, das die Pferde verschmähten.

»Zu dämlich! Die Esel sehn gutes Gras nicht mal, wenn sie's vor der Nase haben.« Ron grollte Pferden wegen der Arbeit, die er mit ihnen hatte. Aber Esel verabscheute er noch mehr.

»Esel sind gut für die Weide, du Dämlack«, sagte Slugger. »Deshalb haben wir sie doch.«

»Wir haben sie, weil der Captain 'ne weiche Birne hat. Deshalb.«

Sie lehnten alle auf dem Gattertor und beobachteten, wie die Pferde langsam zu den Weideflächen jenseits des Baches wanderten, die sie nachts bevorzugten. Cobbys kastanienbraunes Fell glänzte im Abendrot, und sein buschiger Schwanz schwang hin und her wie eine Glocke. Das Zirkuspferd Spot, dessen durchhängender Rücken, auf dem einst die Zirkusprinzessinnen getanzt hatten, seine Jahre verriet. Dolly mit den nach außen verdrehten Hinterbeinen, was anzeigte, dass sie einst bei der Arbeit überfordert worden war. Magic, das frühere Polizeipferd, das in diesem Sommer so rund und gesund war wie noch nie.

Golden Girl, die noch immer furchtbar lahmte, aber zunahm, und deren Augen den verzweifelten Ausdruck verloren hatten. Ihr Fell glättete sich allmählich, und die abgescheuerten Stellen wuchsen langsam nach.

Dora schloss halb die Augen und schob sich im Tagtraum langsam mit der Herde über die Weide; ihr Fuchs ging geschmeidig mit dem langen, ausgreifenden Vollblutschritt, der ahnen ließ, wie er galoppieren würde.

»Ich will nicht nach Amerika«, sagte sie.

»Morgen um diese Zeit«, sagte Callie, »fliegst du schon längst. Vielleicht fällt das Fenster raus, und du trudelst durch die Luft und landest irgendwo in Nova Scotia.«

»Ich will nicht fort!«

Der Captain brachte Dora in seinem kleinen schäbigen Sportwagen zum Flugplatz. Diesmal klammerte sich Dora nicht krampfhaft am Sitz fest. Und sie stemmte auch nicht verzweifelt die Füße gegen den Boden, um den Ruck abzufangen, wenn er hart bremste. Kam sie auf der Straße um, entging sie zumindest einem Flugzeugabsturz.

Sie war sehr schweigsam.

»Aufgeregt, wie?«

Der Captain blickte Dora an, bemerkte ihre zusammengekniffenen Lippen und ließ sie in Ruhe.

In der Nähe des Flugplatzes sahen sie immer mehr startende oder landende Maschinen, und Dora hatte schon jetzt das Gefühl, als drehe sich ihr der Magen um. »Was soll ich machen, wenn mir schlecht wird?«, fragte sie kaum hörbar.

»Dann nimmst du so eine braune Papiertüte.«

»Ich hab doch gar keine braune Papiertüte.«

»In der Lehne vor dir ist eine Tasche, da ist sie drin« erklärte er, ohne sie anzusehen. »Zusammen mit den Anweisungen, wie man sich verhalten soll, wenn das Flugzeug ins Meer stürzt.«

»Ach so ...«, sagte Dora. Ihre Hände wurden feucht vor Angstschweiß.

Sie sprach kaum ein Wort. Der Captain kümmerte sich um Ticket und Gepäck. Dora stand wortlos neben ihm und kam sich kleiner vor als sonst. Als er ihr die Hand auf den Kopf legte, fuhr sie zusammen.

An dem Durchgang, wo sie sich trennen mussten, begann der Captain an den Fingernägeln zu kauen, weil ihm nicht klar war, ob sie einen Abschiedskuss erwartete oder nicht. Doch da warf sie ihm schon die Arme um den Hals.

»Kommt ihr auch bestimmt ohne mich zurecht?« Wenn sie nun überhaupt nicht merken, dass ich weg bin? Wenn es ihnen nun total egal ist, ob ich je wiederkomme?

»Natürlich nicht. Du wirst uns mächtig fehlen.«

»O danke! Das möbelt mich ein bisschen auf.«

Dora schritt tapfer durch das Tor zum Flugfeld, den Kopf hoch erhoben wie ein französischer Aristokrat beim Gang zur Guillotine.

9

»Reisen Sie allein?« Dora fuhr hoch. Ein Mann hatte sich neben sie gesetzt. Großgewachsen, Aktentasche. Der Gesichtsausdruck verriet, dass ihm Fliegen vertraut war. »Bob Nelson«, stellte er sich vor.

Dora nickte nur.

Obwohl das Flugzeug noch auf der Piste war, umklammerte sie die Armlehnen, als wären sie schon in der Luft.

»Angst?«, fragte er. »Keinerlei Grund zur Besorgnis. Fliegen ist langweilig, mehr ist nicht dabei.«

Der Start war aufregend. Bis auf die flüchtige Gewissheit, dass sie bestimmt ein Hochspannungskabel streifen würden, hatte Dora gar keine Zeit, Angst zu haben. Sie saß direkt am Fenster, bemerkte eine Reitschule, verfolgte, wie die grünen Kohlfelder von Middlesex unter ihr wegrasten, sah das scheinbar gefährlich schiefliegende Windsor Castle am schmalen, glitzernden Fluss – und dann gerieten sie in eine Wolkenbank, stießen, immer noch steigend, hindurch und befanden sich plötzlich in einem Bereich, den, wie Dora meinte, noch keines Menschen Auge erblickt hatte. Hohe Türme und mächtige Haufen weiß durchleuchteter Wolken, die wie Baumwollberge aussahen: die Spitzen und Kämme der Wolken, von denen sie bis dahin nur die regendurchlässige Unterfläche gesehen hatte. Der Himmel war ein einziges durchdringendes Blau und die ihr verborgene Sonne eine verwirrende, blendende Gegenwart.

»Das ist komisch, nicht wahr, wenn man es zum ersten Mal sieht«, sagte ihr Nachbar.

Sah man die Erde nicht, verringerte sich die Furcht abzustürzen. Dora ließ sich zurücksinken und dachte: Na, vielleicht macht mir das Fliegen doch Spaß.

Nach dem Lunch schlief sie ein – und erwachte plötzlich mit einem Gefühl der Panik. Was ist? Wo bin ich? Die Maschine rüttelte, bohrte sich durch die Wolken. Dora empfand das gleiche würgende Gefühl wie in einem Auto, wenn man mitten in der Nacht auf einsamer Landstraße merkt, dass ein Reifen geplatzt ist, man aber weder einen Schraubenschlüssel noch einen Ersatzreifen im Kofferraum hat.

»Na, wieder weiße Knödel?« Mr. Nelsons Blicke lagen auf Doras Händen, die wieder die Armlehnen umklammerten. »Kein Grund zur Besorgnis.«

Aber Dora hatte Recht, nicht er, denn über den Lautsprecher ertönte die Stimme des Flugkapitäns: »Ich sage es nicht gern, muss Ihnen aber mitteilen …«

Dora umklammerte die Armlehnen noch fester.

»Es ist alles okay«, beruhigte sie Mr. Nelson. »Kein Grund zur Aufregung.«

»... dass wir einen geringfügigen Schaden an einer Ölpumpe haben. Keinerlei Grund zur Besorgnis. Aber wegen der angesagten Schlechtwetterzone vor uns fliegen wir vorsichtshalber Keflavik auf Island an, wo die Reparatur so schnell wie möglich ausgeführt werden wird.«

»Da soll doch –«, fluchte Bob Nelson.

»Halten Sie mich nun für einen Unglücksraben?«, fragte Dora.

»Passiert mir zum ersten Mal.«

»Und ich bin zum letzten Mal geflogen«, erklärte Dora. Sie tauchten durch einen strahlenden Himmel und sahen plötzlich die Küste Islands: eine Mondlandschaft, nackt, steinig, unfruchtbar. Sie überflogen verstreut liegende Gehöfte und bekamen bei einer Wende die winzige Landebahn in den Blick, schmal und kurz erstreckte sie sich dicht an einer felsigen, braunen Bergkette.

Das schaffen wir nie!

»Sie brauchen die Augen nicht zuzukneifen.« Mr. Nelson ergriff Doras Hand.

»Vor der Exekution«, sagte sie, »werden einem immer die Augen verbunden.«

Nach der Ernüchterung einer glatten Landung brachte sie ein ganz normaler Autobus zu einem ganz normalen Hotel. Man setzte ihnen das gleiche Dinner vor, das man ihnen im Londoner Flughafenrestaurant serviert hätte: Erbsensuppe, harte Toastscheiben, Brathühnchen und farbige Eiscreme. Amerika war sehr weit weg. Dora würde nie hinkommen.

Als Dora morgens aus dem Fenster blickte, wusste sie sofort, dass sie in Island war. Auf dem steinigen Gelände hinter dem Hotel schnupperte eine Herde zottiger Ponys mit struppigen Mähnen und verfilzten Schwänzen zwischen den Steinen und knabberte an den grüngrauen Flechten. Obwohl offenbar nicht viel Futter vorhanden war, sahen die Tiere derb und kräftig aus. Am Schluss der Herde weidete der Urgroßvater, grauhaarige Nase, fleckige Mähne, mottenzerfressenes Fell, abgewetzter Schwanz. Das knochige Tier wirkte wie eine Kombination von Magerkeit und Hängebauch. Ein lebhaftes junges Pony attackierte das alte Tier und stupste und stieß es in das Hinterteil. Das uralte Pony stolperte, schlug ärgerlich aus, und das junge Tier griff von der anderen Seite an.

Armer alter Bursche! In Gedanken legte ihm Dora ein Halfter an und brachte ihn nach Follyfoot. Sie würde ihn Eric der Rote nennen, nach dem alten isländischen Abenteurer.

Als sie in dem reparierten Flugzeug starteten, wobei sie knapp über die Bergkette kamen, sah Dora unten die Herde: kleine Punkte in der nackten Landschaft. Sie lehnte sich gegen das Fenster und schloss die Augen, als die Maschine mit jener Kraft hochschoss, mit der ein gutes Pferd über ein Hindernis setzt.

»Ach, dieses arme alte Pony! Ich habe es aus dem Hotelfenster gesehen«, sagte sie zu Bob Nelson.

»Natürlich!« Sie hatte ihm alles von Follyfoot berichtet.

»Es ist so alt und hat Falten im Genick, und die jungen Tiere dürfen es zärgeln, weil es doch bald sterben wird. Am liebsten hätte ich einen Lattenverschlag gebaut und es mit genommen. Hätte der erste Insasse unseres amerikanischen Follyfoot sein können.«

Sie erzählte von Mr. Blankenheimers Traum, in Elmwood, Massachusetts, ein Heim für alte Pferde einzurichten.

»Ich wohne ganz in der Nähe«, erklärte Mr. Nelson. »Vielleicht kann ich Ihnen helfen.«

10

Das Flugzeug verlor an Höhe, die Landschaft wurde unterscheidbar, und die hinunterschauende Dora ritt in Gedanken bereits durch die Gegend. Wie oft, wenn sie aus einem Zug oder Auto blickte, preschte sie in ihren Tagträumen nebenher, setzte über Hecken, sprang über hohe Schlagbäume, Gatter oder eiserne Zäune, galoppierte Straßen hinunter und nahm breite Bäche, um mit den ratternden oder surrenden Rädern auf gleicher Höhe zu bleiben.

Jetzt ritt sie aus der Vogelperspektive durch die Landschaft, galoppierte einen geraden weißen Weg entlang, durch ein Waldstück, einen Hügel hinauf und hinunter und eine Feuerschneise wieder hinauf, raste auf ihrem Vollblutfuchs durch die Gärten flacher Häuser und dann den Grasstreifen zwischen zwei Highwayfahrbahnen hinunter, auf denen winzige bunte Autos in beiden Richtungen irgendwohin sausten.

Furcht ergriff Dora von neuem, als die Maschine in Boston landete. Sie konnte sich einfach nicht erinnern, wie Blank aussah. Würde er sie in dem rotweißen, knitterfreien Sommerkleid, das ihre Mutter ihr für den Flug gekauft hatte, überhaupt erkennen?

Als Dora aus der Zollhalle trat, suchten ihre Augen die Menge ab. Würde man sie als unerwünschten Fremden ausweisen, falls Mr. Blankenheimer nicht da war? Doch dann erblickte sie ihn und winkte, doch der Mann wandte sich ab, es war nicht Mr. Blankenheimer.

»Na, sehen Sie Ihren Bekannten schon?«, fragte Bob Nelson hinter ihr.

»Nein.«

Doch im gleichen Augenblick rief jemand »Door!«, und da war er: Kleiner, als sie ihn in Erinnerung hatte, drängte er sich durch die einander umarmende, lachende und rufende Menge.

»Hey, Ma, wie geht's?« – »Hi, Annie, wie geht es dir, Mädel?« – »Ach, Liebling, ich dachte schon, wir würden nie …«

»Hi, Door!«

»Hi, Blank.«

Während die Leute ihnen Gepäckstücke in die Beine oder Ellbogen in die Rippen rammten, standen sie da und betrachteten einander verwirrt. Da war sie von so weit hergekommen, und jetzt wussten sie nicht, was sie einander sagen sollten.

Dora drehte sich um, um Mr. Nelson vorzustellen. »Mr. Nelson hat gesagt, dass er uns vielleicht helfen würde.« Doch bevor man sich die Hände reichen konnte, stürzten eine junge Frau und ein junger Mann, beide hübsch, sonnengebräunt und selbstsicher, auf Mr. Nelson zu und zogen ihn lachend und plappernd mit sich fort.

»Ja, die Nelsons«, sagte Mr. Blankenheimer, »sie wohnen in der Nachbarschaft.«

»Sie kennen sie?«

»Die Nelsons kennt jeder. Aber mich werden sie wohl kaum kennen.«

»Ach Blank!«

Dora hatte plötzlich die Sprache wiedergefunden.

»Sie haben sich aber auch nicht ein bisschen verändert.«

Mr. Blank lächelte, ohne das rot-weiße, knitterfreie Reisekleid und die neue Frisur wahrzunehmen.

»Sie ebenso wenig, Door. Sie ebenso wenig.«

Mr. Blank war stolz, Dora Amerika zeigen zu können. Sie fuhren durch den endlosen Tunnel unter dem Hafen hinaus auf einen Highway mit vier Reihen wild rasender Autos. Ein überwältigender Verkehr, aber Dora krallte sich nicht fest und bekam keine weißen Knöchel. Blanks großer, grandios ausgestatteter Wagen isolierte die Insassen wie ein Panzer. Außerdem war sie viel zu müde, um Angst zu haben.

»Nun, wie gefällt Ihnen Amerika?«, fragte er immer wieder, doch Dora war zu erschöpft, um viel aufzunehmen.

Schließlich bogen sie in eine Nebenstraße ab und fuhren durch eine ländliche Gegend mit Farmen, Feldern und weißen Holzhäusern. Überall sah man Pferde. Blank zeigte Dora das Anwesen der Nelsons: ein großes altes Haus mit mehreren Stallgebäuden, weiß eingezäunten Weiden und einer Reitbahn.

Liebe Güte!«, staunte Dora. »Und über Island hat er mir zur Beruhigung die Hand gehalten.«

Das Haus der Blankenheimers war kleiner und freundlicher; ein gepflegter Garten gehörte dazu und eine mit Fliesen ausgelegte Terrasse mit steif angeordneten Gartenmöbeln. Auf der schwarzen, blitzsauberen Auffahrt standen drei ebenso blitzsaubere Autos. Platzten sie mitten in eine Party hinein? Blank stoppte vor der Garage; sie war eine Miniaturwiederholung des Wohnhauses, was die Blendfenster und falschen Schornsteine noch unterstrichen.

»Und die Pferde?«, fragte Dora. »Wo sind die Pferde?«

»Meine Rennpferde sind auf einem Gestüt in Connecticut untergebracht. Im Moment habe ich nur Robin hier. Er ist in Chuckie Fiskes Stall, ein Stück weiter die Straße runter. Kolossale Frau, diese Chuckie. Versteht was von Pferden. Weiß einfach alles.«

Dora hatte ihre eigenen Erfahrungen mit kolossalen Frauen, die alles verstanden und alles von Pferden wussten und in einem das Gefühl weckten, als wüsste man gar nichts, auch wenn man mehr verstand als sie selber. Dora fühlte sich hoffnungslos müde.

Durch die Garage ging es zu einer Tür, die in die Küche führte. »Nur herein!«, sagte Blank. »Willkommen in meinem Haus.«

Dora versuchte zu lächeln, musste jedoch gähnen – so ungeheuerlich wie morgens Stroller, wobei er sich fast die Kiefer ausrenkte und ihm der Speichel aus dem hungrigen Maul tropfte. Blank sah sie an, und Dora wandte sich ab, doch nur um einer Frau direkt ins Gesicht zu gähnen, die zur Begrüßung durch die Küche kam.

»Hallo, da sind Sie ja«, sagte Mrs. Blankenheimer.

»Entschuldigen Sie«, sagte Dora, »aber ich bin entsetzlich müde.«

»Natürlich sind Sie müde. Ich weiß wie das ist. Nach jedem Flug über den Atlantik falle ich einfach um vor Müdigkeit.«

»Du bist die Strecke ja erst ein Mal geflogen«, wandte ihr Mann sanft ein.

»Und wäre nachher vor Müdigkeit beinah umgefallen.«

Mrs. Blankenheimer war ebenso gedrungen wie ihr Mann, eine kleine, besorgte Frau, die durch ein rosiges Make-up jünger wirken wollte, dadurch aber eher das Gegenteil erreichte.

»Ich mache Ihnen etwas zu essen.«

»Ich habe keinen Hunger, wirklich nicht.« Dora fühlte sich ziemlich elend.

»Natürlich haben Sie Hunger. Ich mache Ihnen rasch ein paar Eierkuchen mit Schinken.«

»Nein, wirklich nicht, ich –«. Aber Mrs. Blankenheimer eilte bereits zum Herd, und Dora begriff, dass es ihre Art war, jemand willkommen zu heißen, auf die sie lieber eingehen sollte.

Man setzte sich in eine Küchennische mit Kupferpfannen, Puddingformen, Kletterpflanzen und gemalten Sprüchen an den Wänden. »Sei vernünftig. Mache es auf meine Weise« oder »Gebt den Hunger auf, alle die ihr hier eintretet.«

Mr. Blankenheimer trank zur Gesellschaft eine Tasse Kaffee mit.

»Können wir uns nach dem Essen Robin ansehen?«, fragte Dora.

»Aber gewiss.«

Doch in Wirklichkeit war es ihr gleichgültig. Sie hatte plötzlich schreckliches Heimweh. An dem auf Hochglanz polierten Tisch in dieser blitzsauberen Küche mit der Eierkuchen backenden Mrs. Blankenheimer am blitzenden Herd musste Dora auf einmal an den großen runden Tisch in der ewig unordentlichen, ständig nach irgendetwas riechenden Küche von Follyfoot denken.

Sie sah alles genau vor sich: Anna hob den Kessel von dem alten Herd. Callie machte Schularbeiten, ein Butterbrot in der Hand. Auf der anderen Tischseite saß der Captain, einen der Welpen auf dem Schoß, ein anderer kleiner Hund schlief auf seinen Füßen. Paul, die schmutzigen Stiefel auf der Fußleiste des Tisches, über ein Genetiklehrbuch gebeugt, das er für seine künftige Pferdezüchterlaufbahn studierte; das dunkle Haar hing ihm beim Lesen über dem Gesicht. Sie hörte sogar den Krach von Rons startendem Motorrad … Das ganze vertraute Bild glitt ihr mit allen Farben, Gerüchen und Geräuschen durch den Kopf wie ein Traum. Als Mrs. Blankenheimer schließlich den Teller mit den Eierkuchen vor sie hinstellte und den Ahornsirup danebenschob, sank Dora fest eingeschlafen vornüber auf die Tischplatte und landete mit dem Haar direkt in der Butter.

11

Dora schlief bis zum nächsten Mittag. Mrs. Blankenheimer brachte sie zu Mr. Blankenheimers Büro, damit er mit ihr zu Robin fahren konnte.

In seinem Büro, umgeben von Reißbrettern, Regalen mit Rohrstücken, Nägeln, Sperrholzplatten und Kalendern von Klempnern und Polsterern, schien Mr. Blank mehr er selber. Er trug einen fleckigen Overall mit seinem Vornamen EARL auf den Taschen, und seine Arbeiter redeten ihn auch mit Vornamen an.

Er zog den Overall aus, setzte einen Hut auf – Mr. Blank ging nie ohne Hut aus – und fuhr mit Dora zu Chuckie Fiskes Stall. Obwohl schon spät am Nachmittag, war es noch immer sehr heiß.

Die Straße führte durch weite Felder, eingefasst von Steinwällen und weißen Zäunen. Sie hielten vor einer mächtigen Scheune, die in viele Laufboxen aufgeteilt war; auf dem Hof standen mehrere leuchtend gestrichene Pferdetransportwagen. Die Pferde befanden sich im Stall. Bei der Hitze kamen sie wegen der Fliegenplage tagsüber nicht auf die Weide. Jeder Stand hatte eine dicke Schicht Sägespäne und einen Wassertrog, der sich automatisch füllte. An der Tür jeder Box hing außen ein Halfter; daneben stand der Name des Pferdes.

Auf Follyfoot standen die Namen der Pferde ebenfalls auf der Tür, doch manche waren falsch geschrieben, da Callie beim Aufmalen geholfen hatte, als sie noch nicht richtig schreiben konnte. Lancalott stand da etwa oder Jakc und Jymmi, und zwar an der Tür der Box, die der Grauesel mit zwei Shetlands teilte.

In Gedanken schrieb Dora bereits einen Brief an Paul:

Wenn ich wieder zurück bin, wollen wir den Stall ein bisschen auffrischen, die Namen neu malen und den Captain rumkriegen, dass er eine automatische Wasserleitung in den Stall legt.

Armer Captain. Er konnte sich kaum neue Eimer leisten.

In der Geschirrkammer reihte sich Sattel an Sattel, und nicht nur die Gebisse waren geputzt, sondern auch das gesamte Lederzeug. Chuckie Fiske las in einem Magazin; sie trug Baumwollhosen und ein ärmelloses Hemd, das ihre muskulösen braunen Arme zeigte.

»Hi«, sagte sie, ohne das Magazin zu senken.

»Das ist Dora«, stellte Mr. Blankenheimer vor.

»Das Mädchen aus England, von dem ich Ihnen erzählt habe.«

»Diejenige, die Ihnen diesen Floh mit den alten Pferden ins Ohr gesetzt hat?« Chuckie ließ das Magazin sinken, um Dora zu mustern.

»Ja«, sagte Dora eifrig. »Wir –«

»Ökonomisch ungesund«, sagte die Frau, die alles über Pferde wusste, »wo die Preise für Futter und Heu einem über den Kopf wachsen.«

Mr. Blankenheimer räusperte sich und wechselte das Thema. »Wir wollen mal zu Robin.«

»Lassen Sie sich nicht abhalten. Er ist wild darauf, rauszukommen. Hat zu wenig Bewegung.«

»Kann ich ihn reiten?«, fragte Dora. Mrs. Blankenheimer hatte ihr geraten, Jeans anzuziehen.

»Hängt davon ab, ob Sie reiten können oder nicht.«

Chuckies Art erinnerte Dora an ihr eigenes Verhalten, wenn sie Leuten grob kam, ohne es eigentlich zu wollen.

Gerade als sie den Gang zwischen den Ständen hinuntergingen, drückte ein Mädchen mit kurz geschnittenem roten Haar auf einen Knopf, und eine Wolke Insektentod stäubte über die Rücken der Pferde.

»Sie haben wohl viele Fliegen hier?«, fragte Dora. »Ist es sehr schlimm?«

»Nicht nur Fliegen. Auch Stechmücken. Eine wahre Pest. Übertragen den Enzephalitisvirus, verstehen Sie.«

»Bei uns in England gibt es das nicht, glaube ich.«

»Da können Sie glücklich sein. Wir fürchten, dass uns die Hitze in diesem Jahr wieder eine Epidemie beschert.«

»Hier haben wir ihn«, sagte Blank, als sich ein brauner Pferdekopf mit weißer Blesse über die Halbtür einer Box schob, auf der »King Kong« stand. »Warum ist Robin im falschen Stand?«

»Das ist doch gar nicht Ihr Pferd.« Die Rothaarige warf Dora einen Blick zu, der besagte: Manche Leute, einfach unvorstellbar!, aber Dora reagierte nicht darauf.

Robin stand in der nächsten Box. »Sie gleichen einander wie ein Ei dem anderen«, sagte das Mädchen, obwohl nichts an dieser Feststellung stimmte, bis auf die Tatsache, dass beide Braune mit einer Blesse waren.

King Kong war einfach ein übliches Pferd – Robin hingegen war ein Traum, halb Vollblut, halb Viertelblut. Er besaß die Feinheit und Qualität eines Vollblutes und hatte den kurzen Rücken, die breite Brust und die kräftigen Hinterviertel eines Ranchpferdes aus dem Westen. Er glich aufs Haar Doras Traumpferd – ein heller Brauner mit halbmondförmiger Blesse und zwei weißen Füßen.

Robin schwenkte den Kopf hin und her, und jedes Mal, wenn ein anderes Pferd schnaubte oder gegen die Wand der Box schlug, zuckten seine Ohren wachsam vor und zurück. Doch als Dora zu ihm hereinkam, beäugte und beschnupperte er sie sehr behutsam, blies ihr seinen Atem in die Hand und fuhr ihr mit der Nase über das Haar, um festzu stellen, was für ein Tier sie wäre.

Als Dora vor der Halbtür stand, hatte Robin noch leicht nervös gewirkt, doch ein Pferd beruhigt sich gleich, sobald es spürt, dass ihm keine Gefahr droht. An dem sanften, fast lächelnden Ausdruck der dunkelblauen Augen erkannte Dora ein Pferd, das gute Beziehungen zum Menschen hat.

»Er mag Sie, Door«, stellte Blank fest. »Er mag Sie, man sieht es.«

»Ich mag ihn auch.« Dora war entzückt. Plötzlich war alles Heimweh verflogen. Wenn sie bisher an die nächsten drei Wochen dachte, hatte sie sich gesagt: Wenn ich die einundzwanzig Tage durchstehe, wird es aber auch höchste Zeit sein heimzukehren. Dachte sie jetzt an die vor ihr liegende Zeit, kam ihr der Tag der Abreise wie eine Drohung vor, schienen ihr die einundzwanzig Tage viel zu kurz.

Dora holte sich aus der Geschirrkammer den Sattel mit der Messingplatte »Jody Blankenheimer« unter der Hinterpausche. Chuckie Fiske sah weder von ihrem Magazin auf, noch nahm sie die Füße vom Tisch, doch als Dora mit Sattel und Zügel hinausging, rief sie ihr nach: »Geben Sie Obacht, Mädchen! Er ist ganz schön lebhaft.«

Dora meisterte ein Pferd aus natürlicher Eingebung, nicht durch technische Kniffe. Sie hatte von Pferden gelernt, aber viele gute hatte sie eben nicht gehabt. Kannte Dora ein Pferd gut, nun, dann konnte sie sich ausrechnen, wie es zu behandeln war. Aber sie war nervös, wenn sie ein fremdes Pferd reiten sollte oder wollte, das mehr verstand als sie selber.

Mr. Blankenheimer führte sie zum Gatter der von einer weißen Balustrade eingefassten Reitbahn, als führe er eines seiner Rennpferde auf das Feld. Zwei Mädchen in Shorts und mit Pferdeschwanz, die sich Kaugummi kauend auf dem Rasen sonnten, richteten sich auf, um zuzusehen. Dora behagte das gar nicht. Und noch weniger behagte ihr, dass Chuckie Fiske aus einer Seitentür des Stalles trat und zur Bahn kam.

Dora ließ Robin mit losem Zügel um die Bahn laufen. Er war leicht erregt, immer auf dem Sprung.

»Lassen Sie ihn mit losem Zügel gehen!«, rief Chuckie, als Dora auf ihrer Höhe war.

»Mach ich doch«, murrte Dora Robin zu, der einen leichten Buckel machte. »Mach ich doch.« Als sie spürte, dass er sich entspannte, ließ sie ihn traben.

»Ha, lassen Sie ihn mal richtig traben!«, brüllte Chuckie, und die Mädchen auf dem Rasen kicherten.

Vom Ende des Ringes führte ein Reitweg in den Wald. Eine Frau auf einem hohen, schmalen Fuchs kam im Herrensitz mit langen Steigbügeln und weit abgespreizten Beinen diesen Weg herunter. Das Pferd war auf Show und Angabe getrimmt. Die Reiterin wartete vor der Bahn und beobachtete Dora.

Robin trabte leicht und elegant, die Füße nur ganz leicht nach innen gesetzt – das Viertelpferd in ihm! –, mit langem, wiegendem Schritt: das Vollblut! Den Kopf hielt er in der richtigen Höhe, den Nacken leicht nach oben gewölbt. Offensichtlich war Robin gut geschult.

»Kantern!«, rief Chuckie Fiske. »Lassen Sie ihn kantern!«

Kantern? O Gott, sie wusste nicht wie, schaffte es nicht. Dora drückte mit den Schenkeln, presste sich auf den Sattel, zirpte und befahl Robin leise »Kantern!« – leise für den Fall, dass Chuckie gerufene Befehle missbilligte. Zuletzt versuchte sie, Robin in einem engen Kreisbogen zum Kantern zu bringen, aber er trabte nur schneller.

»Wissen Sie etwa nicht, wie sie ihn zum Kantern kriegen?«, rief Chuckie.

»Nein«, sagte Dora zu Robin, »nein, das weiß ich wirklich nicht.« Sie nahm ihn zurück in den Schritt und tat so, als hätte sie nie kantern wollen. Am äußersten Ende des Rings kam sie an der Frau auf dem showgetrimmten Fuchs vorüber. »Hey«, sagte die Frau, als die Pferde auf gleicher Höhe waren, »sind Sie das Mädchen aus England?«

Dora brachte Robin durch ein »Brrr!« zum Stehen.

»Dann möchte ich Ihnen nämlich einen Tipp geben«, fuhr die Frau fort. »Amerikanische Pferde fallen nur vom Schritt aus in den Galopp. Nehmen Sie ihn zurück in den Schritt, drücken Sie mit dem Außenbein, und Sie werden sehen, es klappt.«

Robin streckte den Kopf nach dem Fuchs vor.

»Reiten Sie weiter!«, sagte die Frau. »Sie bringt uns um, wenn die beiden wiehern und ausschlagen.«

Dora brachte Robin in Bewegung, ließ ihn ein paar versammelte Schritte machen, setzt sich im Sattel zurück, presste ihm das äußere Bein in die Weichen, und Robin fiel in den glattesten, kontrolliertesten Kanter, den sie je erlebt hatte. Auf einem solchen Pferd ritt Dora gut. Sie vergaß Chuckie Fiske, die auf der Barriere lehnte; sie vergaß Blank, der, die Arme verschränkt, glücklich nickte; sie vergaß die Kaugummi kauenden Mädchen auf dem Rasen, die sich jetzt, wo es nichts mehr zu sehen gab, wieder sonnten.

Robins Kanter war so geschmeidig, dass Dora gleichsam mit dem Sattel verschmolz und ihr Oberkörper in voller Übereinstimmung mit seinem Rhythmus hin und her wiegte. Sie lenkte ihn quer durch den Ring und dann wieder in die entgegengesetzte Richtung. Sein fliegender Schrittwechsel war so glatt, als hätte er ihn erfunden. Dora war noch nie so gut geritten. Aber so ein Pferd hatte sie auch noch nie gehabt! Robin! Sie liebte ihn über alles.

12

Abends traf Dora mit Mr. Blankenheimers Tochter Jody zusammen.

Nach dem Reiten hatte sie geduscht, und als sie herunter kam, fand sie niemand vor, wie es einem so oft in fremden Häusern passiert. Im Herd brutzelte etwas, wie sie roch, aber Mrs. Blankenheimer war nicht in der Küche. Mr. Blankenheimer war nicht in seiner »Höhle«, und es befand sich auch niemand auf der Terrasse.

Dora ging in das aufgeräumte Wohnzimmer und betrachtete die Familienfotos an den Wänden: ein Hochzeitsbild der Blankenheimers, der Brautführer mit einer Miene, als handele es sich um eine Beerdigung. Ein niedliches Baby, ein hübsches Kleinkind. Ein lebhaftes kleines Mädchen auf einem Showpony, von Kopf bis Fuß in korrektem Reitdress, Rosetten am Zügel. Dasselbe Mädchen, älter diesmal, auf Robin – geflochtene Mähne, geflochtener Schwanz und ebenfalls Rosetten.

»Das war noch in den schlechten alten Zeiten.«

Das Mädchen von der Fotografie war ins Zimmer getreten, älter nun und nicht mehr so korrekt gekleidet, den lebhaften Blick ersetzte ein gelangweilter, desillusionierter Ausdruck; die stark von Make-up umrandeten Augen stachen aus einem weißen Gesicht, und der Saum ihres langen braunen Kleides war teilweise aufgetrennt.

»Ich bin Jody.« Sie ließ sich in einen Sessel sinken und schleuderte die Riemchensandalen von den Füßen, die so schmutzig waren wie Doras auf Follyfoot. In Amerika, wo sie keine Stallarbeit verrichten musste, waren Doras Füße selbstverständlich sauber.

Da Dora sich in Jodys Gesellschaft unbehaglich fühlte, raste ihr Geist zurück über den Atlantik, und sie sah Paul, Slugger und Ron mit Forken und Karren beim Ausmisten. Nein. Wenn es hier acht Uhr abends war, musste es in England ein Uhr nachts sein. Wenn überhaupt, konnte jetzt nur Callie ausmisten; sie war mal im Schlaf aufgestanden und in den Stall gegangen, wo Paul sie fand, der spät von einer Party heimkam. Mit ins Leere gerichtetem Blick hatte Callie in ihrem Pyjama mit nackten Füßen die Mistkarre geschoben.

Dora und Jody saßen in entgegengesetzten Winkeln des Zimmers und betrachteten einander. Sie waren etwa gleichaltrig, hatten sich jedoch, wie es schien, nichts zu sagen.

»Ich – äh, ich bin heute auf deinem Pferd geritten«, sagte Dora schließlich.

»Ach. Ja? Was hältst du von ihm?«

»Robin ist fantastisch. Das beste Pferd, das ich je geritten habe. Er ist prachtvoll geschult. Dein Werk?«

»In manchem schon, glaube ich. Im vorigen Sommer hab ich viel mit ihm gearbeitet. Hatte damals nichts anderes zu tun.«

»Und was hast du in diesem Sommer zu tun?«, fragte Dora.

»Ich zieh mit dieser Gruppe rum, das hab ich zu tun. Vince und die Its. Sie sind einfach ganz große Klasse.«

»Hast du etwas dagegen, wenn ich Robin reite?«

»Zum Teufel, keine Bohne. Weshalb sollte ich?«

»Dein Vater sagte – äh, es wäre in Ordnung.«

»Nein, ehrlich«, sagte Jody. »Ich bin froh, dass du hier bist.«

»Danke.«

»Macht Daddy froh und glücklich, zum Teufel. Dann kümmert er sich wenigstens nicht um meine Angelegenheiten.«

Die Blankenheimers kamen aus dem Garten, wo sie Salat gepflückt hatten. Steak und Kopfsalat. Dora war ausgehungert. Das Essen schmeckte ihr großartig und war viel zu reichlich. Am liebsten hätte sie die Reste eingepackt und Paul geschickt.

»Du solltest nur sehen, wie gut Dora auf Robin reitet«, sagte Mr. Blankenheimer zu seiner Tochter.

»Ach –«, Dora sah kurz zu Jody hinüber. »Robin kann jeder gut reiten.«

»Ja, Sie und Jody, unter Mädchen geht er gut. Man wird dich beim Bezirksturnier vermissen. Erstes Jahr, dass du nicht teilnimmst«, sagte er zu seiner gelangweilten Tochter.

»Erstes Jahr, in dem ich keine kleine dumme Göre mehr bin – du musst dich daran gewöhnen.«

»Ein Jammer ist es doch. Immerhin machen bei der Drei-Tage-Show alle großen Pferdehalter und Aussteller mit. Gute Gelegenheit, ein Pferd zu präsentieren.«

»Liebe Güte, Dad, hör um Gottes willen –«

Eine Hupe ertönte, Jody sprang auf und schoss hinaus, wobei sie die Tür hinter sich zuschmetterte.

»Warum lässt du nicht Dora das Pferd bei der Show reiten, Earl, wenn sie so gut ist?«, schlug Mrs. Blankenheimer vor.

»Wollen Sie, Door?« Blanks Augen verrieten, wie gern er es wollte.

»O nein, ich ...«

»Natürlich gibt Chuckie Ihnen vorher noch ein bisschen Unterricht ... «

O nein ...

Chuckie Fiskes Reitunterricht war ziemlich hart, aber Dora lernte eine Menge. Sie sollte Robin in der Klasse »Gesattelte Jagdpferde« reiten. Sie lernte, ihn dicht an der Barriere zu halten, um so dem großen Haufen zu entgehen. Er sollte entspannt wirken, doch kraftvoll nach vorn drängen; er musste versammelt oder mit langem Zügel traben, nach kurzem Galopp kurz stoppen, in gerader Linie rückwärts gehen.

Viel Lob gehörte nicht zu Chuckies Methode, sondern viele laute Tadel. Ihrer Meinung nach war Dora die einzige, die es fertig brachte, ein vollkommenes Pferd auf dem falschen Führungsfuß kantern zu lassen.

»Dorra!«, brüllte sie etwa, »Dorra, Sie britischer Pfuscher! Wenn Sie das schon machen, dann wechseln Sie den Schritt wenigstens, ehe der Schiedsrichter sich zu Ihnen umdreht!«

»Wie soll ich wissen, wann er sich umdreht?«

»Wie sie es wissen soll!?« Chuckie raufte sich das kurz geschnittene graue Haar und blickte verzweifelt und flehend zum Himmel. »Weiß doch jeder, wenn er nicht ein totaler ldiot ist! «

Chuckie brachte Robin in einem riesigen Transporter zu dem Turnier, zusammen mit drei oder vier anderen Pferden und den Kaugummi kauenden Mädchen, die mit großer Routine ritten.

Als Dora mit Mr. Blankenheimer auf dem Gelände der Bezirksshow eintraf, traute sie kaum ihren Augen. Wenn das die Leute waren, die nicht zur Drei-Tage-Show der upper class konnten, wie sah dann wohl jene Creme der Gesellschaft aus?

Sie hatte noch nie so viele prachtvolle, gut gehaltene Pferde auf einem Fleck gesehen. Zwischen den herrlichen

Vollblütern wirkte Robin, das wundervollste Pferd, mit dem sie je zu tun gehabt hatte, völlig unscheinbar. Sein rundes Hinterteil und der gewölbte Nacken, stolze Zeichen eines Viertelblutpferdes, waren etwas, was Robin, wäre er ein Mensch, möglicherweise verborgen hätte, so wie man eine dicke Taille oder Pickel verbirgt.

Robin ließ sich jedoch von der grandiosen Konkurrenz keine Minderwertigkeitskomplexe einjagen. Als Chuckie befahl: »Wärmen Sie ihn ein bisschen an!«, brachte Dora ihn zu einer Ecke des Platzes, wo ein paar Mädchen präzise Kreise und Achten ritten. Robin bockte, wieherte und warf den Kopf auf, ein Überbleibsel jener Zeit, als er mit einer tödlichen Kandare auf Westernart zugeritten worden war; mit einer Kandare, die ein Pferd straft, wenn es die Oberhand gewinnen will; mit einer Kandare, die Pferden brutal beibringt, aus vollem Lauf mit einem Ruck anzuhalten und stocksteif stehen zu bleiben.

Dora holte sich aus Chuckies Transporter einen Sprungriemen, legte ihn Robin um und versuchte, ihn zu seinem üblichen beherrschten Wesen zurückzubringen.

Ein Mädchen auf einem Welshpony sprang ernst und entschlossen hin und zurück über eine Stange, die ihr Vater und ihr älterer Bruder hielten. Das Pony sprang hoch und sauber, doch die beiden hoben die leichte Stange an, damit das Pony mit den Fesseln anstieß und die Hinterbeine noch höher nahm.

Dora stoppte, um zuzuschauen. Der Mann drehte sich gleichgültig um und musterte Dora dann eingehender.

»Hallo«, sagte er. »Kennen wir uns nicht?« Es war Bob Nelson, der Mann aus dem Flugzeug, der über Island ihre Hand gehalten hatte. »Sie sehen aber nett aus.« Dora trug Jodys Breeches vom vorigen lahr, Jodys Jacke und ihre Stiefel. »Ich hatte keine Ahnung, dass Sie beim Turnier mitreiten.«

»Mach ich auch nicht«, antwortete Dora. »Ich reite nur zum Spaß mit.«

»Klar. Was hat es sonst für einen Sinn, wenn es keinen Spaß macht.« Seiner Feststellung widersprach freilich die wilde Entschlossenheit des Mädchens, das mit den Worten heranritt: »Wenn Colombo nicht siegt, Dad, bring ich mich um!«

Ihr Bruder sagte zu Dora: »Nettes Pferd, dieser Braune. Sehr guter Typ.« Mr. Nelsons Sohn war groß, bedächtig und umgänglich, hatte kräftige Knie, einen Schwall blonder Haare und eine sanfte, doch energische Stimme – einer jener Menschen, die mit einem goldenen Löffel im Munde geboren werden. »Der Braune geht wirklich gut unter Ihnen«, griente er gutmütig, und Dora, Jodys Kappe auf dem Kopf, griente geschmeichelt zurück.

Ob sie Paul noch besser leiden könnte, wenn er eine solche Stimme hätte und so selbstsicher und großherzig wäre? Wie auf dem Fernseher sah sie den Abschied von Follyfoot vor sich: Paul, Dolly vor dem blauen Wagen, zuckelte gerade los, um Zäune auszubessern – in Sachen, die aussahen, als habe er darin geschlafen; er griente nicht, als er ihr zum Abschied zuwinkte, sondern in seinen Augen lag jener verlorene Blick, der ihr schon aufgefallen war, als er nach einer unruhevollen Vergangenheit auf der Follyfoot-Farm landete. Nein, so würde sie ihn kaum besser leiden können.

Dora beobachtete die vorausgehenden Konkurrenten und wurde immer nervöser. Wenn sie erbrechen musste, ob sie dann nicht mitzureiten brauchte? Chuckie hatte sie gewarnt, keinen Fehler im Gesichtskreis des Richters zu machen, doch die Reiter, die Dora nun vor Augen hatte, schienen überhaupt keine Fehler zu machen. Dora erkannte nicht, aufgrund welcher Fehler einige Teilnehmer ausscheiden mussten oder weshalb andere im Rennen blieben.

»Kommen Sie, Door – schnell!« Blank, wieder in seinem korrekten Pferdeshow-Anzug, rief sie zum Transporter zurück, damit Robin gebürstet und ihre Schuhe auf Hochglanz poliert werden konnten. Sie musste ein Netz über ihr widerspenstiges Haar legen und sich die Nummer zweiundachtzig auf den Rücken binden lassen. Jodys Stiefel drückten, und ihr dunkelblaues Reitjackett war Dora zu eng in den

Schultern. Die Kappe, ein paar Nummern zu groß, war mit Taschentüchern ausgestopft. Dora fühlte sich unbehaglich und bedrückt. Sie hörte Chuckie Fiskes energisches »Hey, Dorra!«, reagierte aber nicht darauf. Instruktionen in letzter Minute waren ihr in tiefster Seele verhasst.

»Noch mal lass ich mich nicht dazu überreden, bei einer Show mitzumachen«, murmelte sie Robin zu, als sie sich der Gruppe anschloss, die zur Bahn zog. Das Wetter war wundervoll. Die sengende Hitze war verflogen. Eine Brise schob kleine Sommerwolken durch den blauen Himmel von New England. Ein Tag zum Ausreiten, Sandwiches in der einen Tasche, in der anderen eine Orange; die Hügel hinter Follyfoot hinauf, auf der anderen Seite wieder hinab, ohne festen Plan, bis auf die Absicht, zum Abendbrot wieder daheim zu sein.

Im Reitring merkte sie sofort, dass Robin die Nerven behielt. Einige Vollblüter schienen für ein solches Turnier ungeeignet. Ein Pferd hatte einen sehr kurzen Schritt, ein anderes ruckte mit dem Kopf. Wieder ein anderes wurde von einem Jungen so ungeschickt geritten, dass es die Ecken schnitt.

Als der Lautsprecher »Kanter!«, befahl, glitt Robin glatt in seinen geschmeidigen Kanter. Der Braune mit der Blesse ging auf dem falschen Fuß – hurra! Dora betete, dass der Schiedsrichter es sah, ehe sie die Welt um sich herum vergaß und sich nur noch darauf konzentrierte, Robin so vorzuführen, wie er es verdiente.

Schluss, Schluss! Viel zu schnell, gerade als Dora trotz der drückenden Stiefel, der zu engen Jacke und der zu weiten Kappe Freude an der Sache gewann, rief der Bahnmeister alle in die Ringmitte.

Aus dem Lautsprecher ertönte die Stimme des Ansagers: »Ausgeschlossen werden: Hundertzwanzig. Neunzehn. Vierunddreißig. Sechsunddreißig …« In der Überzeugung, dass Robin seine Sache gut gemacht hatte und zu den Finalisten gehörte, erlaubte sich Dora ein warmes Mitgefühl für die Ausgeschiedenen. »Hundertachtunddreißig. Zweiundachtzig!« – Es war wie ein Schlag in die Magengrube.

»Alle Genannten reiten bitte nach links aus dem Ring.«

Dora ritt am Ende einer Linie von Reitern, denen es anscheinend nichts ausmachte, aus dem Ring. Sie sah Mr. Blankenheimers enttäuschtes Gesicht, blickte nach der anderen Seite – genau in das freundliche Grienen von Mr. Nelsons Sohn, der sie mit einem »Wirklich schade!«, trösten wollte, schwenkte ab und hätte beinahe Chuckie Fiske über den Haufen geritten, die mit einem Bier in der Hand auf einem Feldstuhl saß.

»Es war nicht fair!«, sagte Dora kindlich. »Robin ist großartig gegangen.«

»Hat nicht mal den Kopf aufgeworfen, wie? Kann ich mir denken.« Chuckie trank einen gewaltigen Schluck, wischte sich den Mund ab und schielte Dora über den Rand der Bierbüchse an. »Vielleicht sind deshalb in solchen Show-Klassen keine Sprungriemen zugelassen.«

»Sprungriemen? Haben sie mich deswegen rausgeschmissen?«

»Na klar.«

Dora entsann sich. Chuckie Fiske hatte sie gerufen, um ihr noch in letzter Minute Hinweise zu geben. Bestimmt wegen des Sprungriemens. Sie zottelte an Chuckie Fiske vorbei zum Transporter, nahm Robin Sattel und Zügel ab und führte ihn am Halfter auf eine fette Weide, damit er den Vorfall vergaß.

13

Dora war ziemlich widerstandsfähig und elastisch. Warf sie etwas aus der Bahn, rappelte sie sich für gewöhnlich bald wieder auf.

Nachdem sie über die Selbstvorwürfe hinweg war, half ihr der Gedanke auf die Beine: Hätte ich Robin den Sprungriemen nicht angelegt, hätte ich gut und gern gewinnen können! Das war jedenfalls besser, als sich zu sagen, dass sie sowieso nicht gewonnen hätte. Außerdem hatten

Robin und sie ihre Sache wirklich gut gemacht, eine prima Partnerschaft. Nur noch zehn Tage mit diesem Prachtpferd! Sie würde Robin jeden Tag reiten und ihm dann auf immer Lebewohl sagen, zu dem Maulesel Willy zurückkehren und ihm von der prächtigen Partnerschaft mit dem Braunen erzählen, die ihr sonst doch niemand glauben würde.

An diesem Abend kam es bei den Blankenheimers zu einem fürchterlichen Familienkrach.

Jodys Freund Vince – von Vince und den Its – lümmelte sich auf der Terrasse in einem Korbsessel und polkte sich harte Haut von den Fußsohlen. Mrs. Blankenheimer konnte Vince zwar nicht leiden, freute sich jedoch, dass Jody und ihr Freund zum Dinner zu Haus geblieben waren. Es hatte gegrillte Rippchen und Ananastorte gegeben, bei diesem Wetter wieder eine zu reichliche und schwere Mahlzeit.

Die Mücken begannen zu stechen, und jemand meinte: »Ich glaube, wir müssen reingehen!«, aber alle waren zu satt und träge, um sich zu bewegen.

Endlich stand Mrs. Blankenheimer auf, um Insektenspray zu holen. Sie sprühte es auch über die Reste von Jodys Kuchen.

Jody hätte ihn nicht mehr gegessen, rief aber giftig: »Hey, Mam, lass das!«

»Man kann nicht vorsichtig genug sein«, entgegnete Mrs. Blankenheimer erregt. »Im Fernsehen haben sie gestern gesagt, dass die Enzephalitisfälle, wenn es wirklich welche sind, der Beginn einer Epidemie sein könnten.«

»Die Massenmedien machen mal wieder ihr Geschäft mit der Angst«, höhnte Vince. Er sah nicht fern.

»Was verstehen Sie davon!«, sagte Mrs. Blankenheimer grob.

»Komm Vince nicht grob!«, zischte Jody.

Mrs. Blankenheimer ließ sich nicht beirren. »Zwei Kinder sind ins Krankenhaus eingeliefert worden, die von Mücken gestochen wurden, die von kranken Pferden kamen. Die Kinder sterben vielleicht und –«

»Kennen Sie sie?«, fragte Vince.

»Nein«, sagte Mr. Blankenheimer, »aber schließlich geht es um Eltern und Kinder, und die Kinder könnten tatsächlich sterben.«

»Das ist mal wieder typisch für euch«, sagte Jody. »Gefühle an völlig Fremde zu verschwenden, sich aber nicht für die eigene Tochter zu interessieren.«

»Richtig! Weiter!« Vince stieß Jody mit dem großen Zeh an. »Sag es ihnen!«

»Es handelt sich darum, Dad«, fuhr Jody angriffslustig fort. »Ich brauch einen neuen Wagen.«

»Was ist denn mit deinem VW?«

»Der war schon okay – als ich noch ein Kind war. Aber jetzt – jetzt fällt er langsam auseinander, das musst du doch einsehen, Dad.«

»Der Wagen ist noch so gut wie neu, erst ein Jahr alt«, sagte ihr Vater gelassen. »Wenn du ihn ein bisschen besser gepflegt und öfter an den Ölwechsel gedacht hättest ...«

»Ich habe da einen fantastischen weißen Jaguar gesehn und könnte den Volkswagen günstig in Zahlung geben. Man brauchte bloß ein paar Tausend Dollar zuzulegen, und ...«

»Tut mir leid«, erwiderte ihr Vater. »Ich weiß nicht, ob wir uns das in diesem Jahr leisten können.«

»Ich denke, die Geschäfte gehn prima«, sagte Vince brüsk. »Schließlich stelln Sie die Häuser bei gleichbleibenden Kosten hin, erhöhn aber den Kunden die Preise.«

»Die Geschäfte sind flau.« Mr. Blankenheimer hasste Auseinandersetzungen und überhörte die Beleidigung absichtlich. »Die Leute sind knapp bei Kasse, und Bankanleihen bekommt man nicht mehr so leicht.«

»Immerhin hast du Mam zu Weihnachten den großen Buick gekauft«, hielt ihm seine Tochter empört entgegen. »Und wenn ich nun ...«

»Nun hör mal gut zu.« Mr. Blankenheimers Gelassenheit und Sanftmut schlugen plötzlich in Ärger um, etwas sehr Ungewohntes, wenn nicht Erschreckendes. »Wer will mir verbieten, meiner Frau einen Wagen zu kaufen!?«

»Ich nicht.« Jody zuckte mit den Schultern. »Ich wollte

nur sagen, wenn du deiner Frau einen kaufst, warum dann nicht auch deiner Tochter?«

Dora saß unbehaglich in der Mitte der Streitenden und drehte den Kopf hin und her wie bei einem Tennismatch.

Wäre sie ihrem Vater derart frech gekommen, hätte er sie auf die Straße geworfen.

»Und wenn wir so arm sind«, bohrte Jody weiter, »wie kommt es dann, dass du soviel Geld für Rennpferde rauswirfst? Und wie kannst du dann diese verrückte Idee haben, eine Farm zu kaufen, um alte Gäule durchzufüttern, damit die Leute sagen: edel von Earl Blankenheimer, wirklich.«

»Jody, bitte, Liebes –«, stotterte ihre Mutter nervös. »Pferde sind doch seine ganze Freude.«

»Wenn er ein bisschen mehr für seine Familie statt für seine Pferde aufwenden würde – ich meine, diese Chuckie nimmt dich doch nach Strich und Faden aus, Dad. Sie berechnet dir doch ständig zuviel. Aber sogar sie meint, dass du Robin verkaufen solltest.«

»Vielleicht, ich meine, vielleicht solltest du das wirklich.« Mrs. Blankenheimer hatte ebenfalls etwas gegen Chuckie Fiske, von der sie unter Rufen wie »Aus dem Weg! Aus dem Weg!«, einmal fast über den Haufen geritten worden wäre. »Es ist tatsächlich ein unnötiger Aufwand, jetzt wo Jody doch nicht mehr …«

»Für Robin kriegst du gut und gern deine zweitausend«, beharrte Jody. »Und dafür kann ich mir den Jaguar …«

»Ich verkaufe Robin nie«, sagte Blankenheimer. »Das Pferd bedeutet mir viel.« Er sah Jody an. »Es verkörpert für mich die Zeit, als du noch ein zufriedenes Kind warst und gern ausgeritten bist und keine Bitterkeit kanntest. Wo rührt diese Bitterkeit bloß her?«

Es klang tief bekümmert, aber Jody sagte nur kindisch: »Davon, weil ich keinen Jaguar habe!«

»Die Nelsons würden Robin vielleicht kaufen. Er gefällt ihnen, Dora hat es mir erzählt«, warf Mrs. Blankenheimer in bester Absicht ein. »Ihr Junge, dieser Michael, hält ihn für einen guten Typ.«

Von seiner Frau und seiner Tochter angegriffen, fühlte Mr. Blankenheimer sich offenbar in der Falle. Seine Blicke flogen hin und her, ehe sie auf Dora haften blieben.

»Eher gebe ich ihn so weg, als dass ich ihn den Nelsons oder sonst jemand verkaufe.«

»Himmel!« Die schweren Lider senkten sich über Vinces Augen, er lehnte sich grübelnd zurück.

Dora stand auf und begann abzuräumen. Sie konnte den Streit nicht länger ertragen.

»Ein Pferd so weggeben, das würde den Leuten bestimmt verdächtig vorkommen«, begann Mrs. Blankenheimer.

»Dora nicht«, sagte Mr. Blank plötzlich entschlossen. »Dora nicht.«

Dora trat auf den Saum ihres langen Rockes, Messer, Gabeln und Löffel klirrten auf die Fliesen der Terrasse.

»Ich werde ihn Dora geben.«

»Aber was ... Ich meine, wie ... Ich meine, ich könnte doch gar kein –«

»Ich lasse Robin für Sie nach England hinüberfliegen. Ich zahle die Futterkosten. Ich wollte dem Captain sowieso eine Zuwendung machen.«

»Oh, Earl, ich bitte dich –«

»Aber hör mal, Dad –«

Mrs. Blankenheimer und ihre Tochter ließen ihrer Empörung freien Lauf, ehe Dora überhaupt richtig antworten konnte, und Vince, der aus seinen Meditationen hochfuhr, rief: »Aber Mann, das können Sie doch nicht machen!«

»Ja.« Mr. Blankenheimer nickte, entschiedener als Dora ihn je zuvor erlebt hatte. »Ja, das ist es genau, was ich machen werde. Ich werde mich um einen Platz in einem Frachtflugzeug kümmern und Robin zu Ihnen nach England schicken, Door.«

Dora brachte das Geschirr in die Küche. Für gewöhnlich half sie Mrs. Blankenheimer beim Abwasch. Heute stellte sie alles lediglich in das Becken und ging in ihr Zimmer hinauf; ihr Gesicht brannte, und ihr Herz klopfte wie wild.

Ihre Luftpostbriefe hatte sie schon verbraucht. Sie fand

eine Postkarte – eine Postkarte, um solch eine welterschütternde Nachricht zu übermitteln! – und schrieb an Paul: *»Komme, wie geplant, am 15. Hab dir doch von diesem Braunen geschrieben. Mr. Blankenheimer schenkt ihn mir. Er schickt ihn per Luftfracht.«*

Kurz und knapp, geschäftsmäßig, als ob sie zu einer Welt gehöre, die Pferde alle Woche per Luftfracht über den Atlantik schickte.

»Grüße an alle und alles, was Fell, Haare, Haut, Federn oder Schuppen hat (Callies vernachlässigte Aquariumfische). *Dora und Robin.«*

14

In seiner Klause über der Geschirrkammer von Follyfoot schrieb Paul an Dora eine Postkarte, die Callies Schulklasse unter dem Schlagwort »Hilfe für gefährdete Insekten!«, ver kauft hatte.

Bei den meisten Postkarten ist das Bild das beste. Auf der anderen Seite steht meist nur: *»Wünschte, du wärst auch hier! Das Essen ist fantastisch. Vater ist ein bisschen sonderbar, seit wir hier sind. Vergiss nicht, die Blumen zu gießen!«*

Aber einige Postkarten melden auch welterschütternde Neuigkeiten. So schrieb Paul: *»Dotty hat ein Füllen« – Füllen? Fohlen? Colt? Wie nannte man es bei einem Esel? Er strich Füllen aus und schrieb statt dessen: »Dotty hat ein Baby. Wir haben es Polka Dott getauft. Kurzform ist Polly. Viele Grüße Paul.«*

Auf einer Postkarte ließen sich die überraschenden Ereignisse unmöglich unterbringen. Dotty, die kleine schokoladenfarbene Eselin, die Mr. Blankenheimer auf dem Markt gekauft hatte, war immer ein bisschen dicklich gewesen. Niemand ahnte, warum.

Vor zwei Tagen hatte sie angefangen, sich merkwürdig zu benehmen. Sie legte sich hin, stand wieder auf, trottete in eine andere Feldecke, schlug aus, wenn Don ihr nachkam, legte sich von neuem hin, stand auf und trottete wieder ein Stück weiter.

»Weißt du was«, meinte der Captain, als Paul ihn rief, um sich Dotty mal anzusehen. »Ich glaube, sie hat Wehen.«

»Soll ich sie in den Stall bringen?«

»Nein, lass sie nur draußen. Es ist warm. Und lass sie in Ruhe. Das ist am besten.«

Paul gab Dotty ein Feld für sich allein. Am nächsten Morgen ging er frühzeitig hinaus, um nach dem Rechten zu sehen. Zuerst fand er die Eselin überhaupt nicht. Er suchte die Büsche am äußersten Rand der Weide ab. Schließlich entdeckte er sie an der Hecke, den Kopf schützend über einem winzigen, schokoladenbraunen Füllen, das im Gras lag.

Seinerzeit, als Miss Amerikas Rücken noch sehr wund war, hatte man ihr eine Ecke des Gemüsegartens abgezäunt, weil sie noch nicht mit den anderen Pferden hinaus durfte. Dort zimmerten Paul und Slugger nun einen kleinen Stall mit offener Tür, damit Dotty und Polly stets ungehindert hinein und hinaus konnten.

Folly, mit seiner Mutter Specs in dem anderen Teil des Gartens, schob dauernd den kleinen Kopf zwischen die Planken, um mit den neuen Nachbarn Kontakt aufzunehmen. Folly und Specs waren nicht etwa im Garten, weil die anderen Pferde Folly etwas zu Leide taten, sondern weil das vorwitzige und verspielte Fohlen Folly die anderen Pferde ständig ärgerte.

Jetzt wurde Polly zum neuen Liebling aller. Callie spielte den halben Tag über draußen mit dem Füllen, knuddelte es, hielt es auf dem Schoß; ja, sie brachte Dotty und das Füllen mit ins Haus, wo die beiden Esel im Arbeitszimmer des Captains auf dem Teppich lagen, damit Anna sie zeichnen konnte.

Don, der andere Esel, blieb lieber draußen, doch Dotty kam von Anfang an gern ins Haus.

Eines Tages, kurz nach dem Mr. Blankenheimer sie nach Follyfoot gebracht hatte, war Dotty an der offenen Seitentür des Hauses erschienen und hatte mit ihrer weißen Nase und den violetten Augen das Innere erforscht. Als man

Dotty hereinließ, legte sie sich wie ein Hund vor den Kamin. Esel sind für gewöhnlich sauber; wenn man sie nicht länger als ein, zwei Stunden im Haus hält, kann man sie sogar stubenrein nennen.

Dotty war eine unsagbar gelassene Mutter; es machte ihr nicht das Geringste aus, wenn noch so viele ihr Baby tätschelten.

Und jede sagte: »Wie schade, dass Dora die kleine Polly nicht so brandneu sehen kann.«

»Arme alte Dora.« Paul beneidete sie längst nicht mehr um die Reise nach Amerika. »Hat wirklich Pech, dass ihr diese Freude entgeht.«

Eines Tages, bis auf Paul waren alle draußen, kam der Postbote. Paul sah den roten Wagen und ging hinaus, um die Post in Empfang zu nehmen. Eine Hand voll Rechnungen, Anzeigen für Tiermedizinen oder landwirtschaftliche Geräte, ferner eine Postkarte mit einem Bild der Queen Elizabeth im Hafen von Boston.

Er drehte die Postkarte um. Dora hatte sie an ihn adressiert, obwohl Postkarten auf Follyfoot Allgemeinbesitz waren.

»... Hab dir doch von diesem Braunen geschrieben. Mr. Blankenheimer schenkt ihn mir. Er schickt ihn per Luftfracht ...«

Paul ging langsam zurück in den Hof, er setzte sich auf den Rand des Wassertrogs und las die Karte zum zweiten Mal. Man brauchte seine Zeit, um damit fertig zu werden. Dora mit einem eigenen Pferd? Die Dora, die er kannte, war ganz wild nach Reiten, stritt stets mit Callie, wer dieses Mal Cobbler reiten durfte, versuchte ihn, Paul, herumzukriegen, sie auf Miss Amerika zu lassen, wartete ungeduldig, dass Hero gesund wurde, nahm als Ersatz Willy, den Maulesel. Dora mit einem eigenen Viertelvollblut – in der Tat, an den Gedanken musste man sich erst gewöhnen.

15

An dem Tag, an dem Dora Pauls Karte mit der Nachricht von der Geburt des Eselfüllens erhielt, starb das jüngere der mit Enzephalitisverdacht ins Krankenhaus eingelieferten Kinder. Auch dem anderen Kind gab man keine Überlebenschance.

Im Westteil des Staates wurde ein sechzehnjähriger Junge mit einer Erkrankung des zentralen Nervensystems ins Krankenhaus gebracht; auch hier vermutete man als Ursache östliche Pferdeenzephalitis. Ärztliche Verlautbarungen leugneten das zwar, aber jedermann war nervös. Zeitungsmeldungen sowie Rundfunk- und Fernsehnachrichten entfachten in ganz New England eine Enzephalitisfurcht. Zwei, drei Pferde bekamen die Krankheit und starben innerhalb weniger Tage. Pferde, die möglicherweise von infizierten Stechmücken gestochen wurden, sollten lieber vorsorglich getötet werden. Robins Stall lag zwar nicht in dieser Gegend, aber jedes Pferd an der östlichen Atlantikküste musste zweimal geimpft sein.

»Ist Robin geimpft worden?«, fragte Dora besorgt.

»Ganz bestimmt«, versicherte Mr. Blankenheimer. »Wurmmittel und Spritzen, auf so etwas achtet Chuckie immer.«

Mr. Blankenheimer fuhr mit Dora zum Flughafen von Boston, um für Robin einen Platz in einer Frachtmaschine zu buchen. Im Moment sah es so aus, als ob es einige Zeit dauern könnte. Sollte sich eine Lücke ergeben, würde man Mr. Blankenheimer benachrichtigen.

Die ländliche Gegend, in der die Blankenheimers wohnten, wurde allmählich von Bauunternehmern und den immer weiter vorrückenden Vororten geschluckt. Dora und Mr. Blank hielten nach Gelände Ausschau, das eventuell für ein amerikanisches Follyfoot in Frage kam, aber Anwesen mit Weideland waren fast unerschwinglich, und Leute, an die Mr. Blankenheimer wegen einer Beteiligung an dem Projekt herantrat, betrachteten ihn leicht amüsiert oder spöttisch, ja einige sogar mit Sympathie, boten jedoch keine Unterstützung an.

Chuckie gegenüber erwähnte Mr. Blank den Plan nicht mehr. Er suchte aber den Tierarzt auf und erkundigte sich, wie viele Pferde in diesem Monat durch Spritze getötet worden wären.

»Ungefähr dreißig oder vierzig, glaube ich. Es wird langsam schlimm.«

»Ich meine nicht wegen Enzephalitisverdacht. Ich meine wegen des Alters – weil sie zu alt waren, um noch richtig arbeiten zu können.«

»Die genauen Zahlen müsste ich erst raussuchen. Aber es sind monatlich Dutzende, denke ich.«

»Was würden Sie von einer Farm halten, wo Pferde in Ruhe ihre alten Tage verleben könnten?«

»Hören Sie, Mr. Blankenheimer.« Der Veterinär, ein junger Mann mit scharfem Profil und dicken Brillengläsern, wirkte durch seine geschäftsmännische Art eher wie ein Bankier denn ein Tierarzt. »Dieses Land quillt über von Menschen und Tieren. Wenn Sie im Frühjahr auf der Straße eine große Papiertüte sehen, fahren Sie lieber drum herum. Höchstwahrscheinlich ist sie voller Welpen oder junger Katzen, die niemand haben will. Und die Nahrungsmittelbasis wird immer schmaler. Wahrscheinlich wird die Hälfte der Bevölkerung bald hungern. Kommt es Ihnen unter solchen Umständen sinnvoll vor, Tiere am Leben zu erhalten, die am Ende sind?«

»Sie sind doch nur deshalb am Ende, weil ihre Besitzer es so wollen«, argumentierte Dora. »Auf Follyfoot, wo wir den alten Pferden einen Feierabend schaffen…«

»Für England ist es vielleicht richtig«, erklärte der Tierarzt gleichsam schulterklopfend. »Aber hier für uns – da sehe ich das anders.«

Während der Atlantiküberquerung hatte Mr. Nelson zu Dora gesagt, dass er vielleicht in der Lage wäre, bei dem Projekt zu helfen. Daher wandte sich Mr. Blankenheimer an ihn wegen des Verkaufs eines größeren Gebietes, das zum Besitz der

Nelsons gehörte. Mr. Nelson zeigte sich sehr beteiligt, blieb jedoch in seinen Auskünften vage. Das Land auf dem Hügel war wertvoll, doch würde er möglicherweise als Beitrag zu der guten Sache einen fairen Preis machen. »Lassen Sie mir noch ein Weilchen Zeit. Ich muss erst noch mit meinem Agenten sprechen. Sie hören von mir.«

»Weißt du, was ich gehört habe, Earl?« Mrs. Blankenheimer studierte die Lokalzeitungen gründlich und hörte die örtlichen Radiosender. »Nach dem, was ich gehört habe, ist ein Bauunternehmer hinter dem Land her, und mit seinem Angebot kannst du nie mithalten.«

»Das würden die Nelsons nie tun«, sagte Mr. Blank. »Sie versuchen doch die Gegend hier zu erhalten, nicht zu zerstören.«

»Geld hat seine eigene Sprache«, meinte Mrs. Blankenheimer weise.

»Sie würden es nie an einen Bauunternehmer verkaufen. Nicht, ohne es mir zu sagen.«

»Warum nicht? Leuten, die alles haben, ist das doch gleichgültig. Warum sollten sie es dir sagen?«

Mrs. Blankenheimers negative Haltung hatte Mr. Blankenheimers Wesen seit Jahren unterminiert. Er reagierte viel positiver auf Doras Einstellung, nach der das Leben gut und voller Hoffnung war; ein Leben, in dem er noch immer so viel Spaß haben konnte wie damals als Junge in Indiana.

»Wollen wir auf einen Baum klettern?«, fragte sie. »Ich war gestern im Wald, und da ist mir eine hohe Fichte aufgefallen, Äste wie eine Leiter. Von oben übersieht man die ganze Gegend, sogar den Swimmingpool der Ellsmiths. Die Kinder baden ihre Hunde drin.«

»Auf einen Baum klettern?«, sagte Mrs. Blankenheimer.

»In deinem Alter, Earl?«

»Los«, sagte er zu Dora. »Gehen wir.«

Von der Spitze des Baumes sah man nicht nur den Swimmingpool der Ellsmiths, in dem man nicht mehr schwimmen konnte, weil sie zu viel Reinigungsmittel hineingeschüttet und zu viele räudige Hunde drin gebadet hatten; man sah außerdem die Flachdächer der Fahrradfabrik, auf denen die Sekretärinnen sich während der Mittagspause sonnten, und sogar Chuckie Fiskes Reitbahn; sie wirtschaftete in Jeans herum und stellte für den Springunterricht, den sie Dora nach Sonnenuntergang geben würde, hohe Zäune auf.

Robin war gut geschult im Springen, man hatte niedrig begonnen und die Höhe allmählich gesteigert. Die niedrige Phase hatte Dora nicht mitgemacht, und nun erwartete Chuckie von ihr, dass sie die Meterhürde bewältigte, die Robin schon schaffte. Dora hätte mit dem Springen lieber erst zu Hause angefangen, und zwar über die niedrigen, leichten, zusammengestoppelten Follyfoot-Hindernisse. Doch Chuckie meinte, es gelte auch ihr Ansehen, und wenn das Pferd nach England käme, müsse Dora in der Lage sein, es so vorzuführen, wie es sich gehöre.

In dem Swimmingpool planschten und kreischten Kinder und balgten sich mit Hunden. Eben hatten sich ein paar Enten und die Großmutter in einem mit schwarzen Rüschen besetzten Badeanzug sowie einem breitkrempigen Hut zu ihnen gesellt.

»Wollen wir schwimmen gehen?«, fragte Dora. Mr. Blank, der sich fest an einen etwas tieferen Zweig klammerte, nickte.

Der Strand war ungefähr fünfundzwanzig Kilometer entfernt. Wenn sie sich dort versäumten, konnte sie vielleicht die Springstunde schwänzen.

Mrs. Blankenheimer war zu einem Treffen des Gartenclubs, wo man Grünpflanzen und Blumen beibrachte, sich dem Willen der Menschen zu fügen, die sie mit teuren Düngemitteln fütterten. Dora und Mr. Blank machten sich belegte Brote. Dora spürte immer ein Schuldgefühl, wenn sie etwas in dieser blitzblanken Küche zubereitete, die für Mrs. Blankenheimer ein geheiligter Ort war. Mrs. Blankenheimer putzte den Herd nach jeder Mahlzeit, und nie türmten sich in einer Ecke unabgewaschene Teller. Dora hatte Mrs. Blankenheimer höflicherweise nach Follyfoot eingeladen, wenn sie das nächste Mal nach England käme. Hoffentlich ruinierte die Küche in Follyfoot mit ihrer ununterbrochenen Folge von Haupt- und Zwischenmahlzeiten und dem dazugehörigen schmutzigen Geschirr nicht Mrs. Blankenheimers Besuch.

Mr. Blank und Dora fanden einen nicht allzu übervölkerten Fleck am Ende des Strandes.

»Essen wir unseren Lunch, ehe wir schwimmen«, schlug Dora vor, denn sie hatte einen Mordshunger.

»Nein, erst schwimmt man, und dann isst man.« Mr. Blank hatte von seiner Mutter augenscheinlich die gleichen Instruktionen bekommen wie Dora von ihrer. Bei ihm hatten sie Wurzeln geschlagen, bei ihr nicht.

In ihrem neuen roten Badeanzug rannte sie über den weichen, feinen Sand und tauchte stürmisch in die heranrollenden Wogen. Diese Seite des Atlantiks war wärmer, als sie ihn je in England erlebt hatte. Die Wellen waren gerade hoch genug, um hindurchzutauchen, darüber hinwegzugleiten oder sich, in Rückenlage, mit ausgebreiteten Armen von ihnen wiegen zu lassen, das Gesicht der brennenden Sonne zugekehrt.

Dora blickte zurück: Blank war in Ufernähe geblieben und paddelte im flachen Wasser wie ein vorsichtiger Hund. Man erwartete fast, eine Schwanzspitze zu sehen.

Nach dem Lunch breitete Mr. Blankenheimer sein Badetuch so säuberlich aus, als mache er ein Krankenhausbett, und streckte sich aus, um zu schlafen. Er schrak hoch, als ein großer Labrador über seinen Kopf sprang und ihm eine Ladung Sand ins Gesicht schleuderte.

»Was zum –«

»Entschuldigen Sie.«

Der hochgewachsene Junge, der das Ufer entlangrannte, blickte zurück.

»Oh – tut mir leid.« Er erkannte Dora und sie ihn: Michael Nelson, begleitet von seiner Schwester, die bei der Show das graue Welshpony geritten hatte.

Die beiden ließen sich mit ihren Handtüchern und der Unterwasserausrüstung ein Stück entfernt nieder. Dora legte sich wieder hin, spürte aber immer stärker den Wunsch, in ihrem neuen roten Badeanzug zum Ufer hinunterzurennen. Außerdem wäre sie gern noch einmal geschwommen. »Gehen wir noch mal rein«, sagte sie zu Mr. Blank, der sich noch immer den Sand aus den Augen rieb. »Dann können Sie den Sand im Seewasser gleich abwaschen.«

»Aber nur kurz. Wir müssen rechtzeitig zu Ihrem Springunterricht zurück sein.«

Die Ebbe hatte eingesetzt, und das Wasser war bereits erheblich zurückgewichen. Nachdem Dora eine Strecke hinausgeschwommen war, berührten ihre Füße plötzlich Grund, und sie stand auf einer Sandbank. Das Wasser reichte ihr nur bis zu den Knien. Sie blickte zurück und winkte Blank zu, der zwischen ihr und dem Ufer herumplanschte.

»Kommen Sie her!«, rief sie und hüpfte auf der Sandbank auf und ab. »Es ist ganz flach.« Sie sprang auf der entgegengesetzten Seite der Sandbank ins tiefere Wasser.

Dora bemerkte, dass Blank auf sie zu paddelte, drehte sich auf den Rücken und wartete auf ihn. Sie trieb glückselig und blickte in den Himmel, der mit sinkender Sonne ein immer tieferes Blau annahm. Sie lauschte dem wilden Geschrei der Möwen und horchte: Mischte sich in das Möwengezeter nicht ein leiser Schrei? Dora ließ die Beine sinken und blickte zurück. Ohne es zu merken war sie von der Sandbank abgetrieben worden. Bei dem Versuch, sie zu erreichen, war Blank ebenfalls in das tiefere Wasser geraten, zappelte, hustete, spuckte und schwenkte verzweifelt die Arme.

Während der Schulzeit hatte Dora ihr Rettungsschwimmerzeugnis in der öffentlichen Badeanstalt erworben. Seitdem hatte sie gehofft, dass jemand vor ihren Augen untergehen würde, damit sie ihre Arme unter seine Schultern schieben und ihn, unter den begeisterten Rufen der Zuschauer, sicher ans Ufer zurückbringen konnte.

Sie brüllte Blank zu: »Halten Sie aus, ich komme!«, und schwamm so schnell sie konnte auf ihn zu. Es kostete sie alle Kraft, auch nur in seine Nähe zu gelangen. Die ablandige Strömung war sehr stark. Als sie ihn endlich erreichte, war er zwar noch über Wasser, keuchte aber in panischer Angst.

Er klammerte sich an ihr Haar, und Dora ging unter. Sie kam hoch und stieß nach ihm. Er durfte nicht noch einmal ihr Haar packen, oder ... Dafür umklammerte er jetzt ihren Hals. »Nicht doch, Blank!« Sie schlug auf seine Hände, aber er war in Panik geraten, hörte, sah und verstand nichts.

»Blank, ich bin's, Door! Ich will Sie doch retten. Wir schaffen es schon ... wir beide ... Blank!«, schrie sie ihm ins Ohr, und er ließ sie tatsächlich los.

Dora drehte ihn auf den Rücken, schwamm los und zog ihn; sie stieß kräftig mit den Beinen, um die Sandbank zu erreichen, Blank war ganz schlaff geworden. Dora blickte sich um und sah voller Schrecken, dass sie gegen die Strömung kaum vorankam. Ihre Muskeln waren dermaßen überfordert, dass sie automatisch weiterschwamm, ohne die Anstrengung zu spüren. Blank wurde immer schwerer. Möglicherweise hatte er das Bewusstsein verloren.

Oder war er vielleicht tot? Dora war so erschöpft, dass sie sogar das völlig ruhig dachte. Und auch: Wie soll ich es seiner Frau beibringen?

Während sie selber halb im Traum schwamm, glitten ihr Bilder und Szenen durch den Kopf. Sie ging durch das Zimmer zur Terrasse, wo Mrs. Blankenheimer bei einem Glas Eistee und der Abendzeitung saß; eben sendete man Nachrichten: *»Heute nachmittag, am Belair-Strand ...«* Sie versuchte Jody im College zu erreichen. Sie bekam Vince ans Telefon. *»Was ist er? Ich kann Sie nicht verstehn.«* Vince tat stets so, als könne er Doras Akzent nicht verstehen und machte stets eine große Show daraus. Ob sie zur Beerdigung bleiben musste? Sie hatte nur den einen Wunsch, wieder festen Boden unter den Füßen zu haben, wieder oben auf dem Hügel von Follyfoot zu stehen.

Nein, sie hätte nie nach Amerika kommen dürfen. Niemals! Zu jeder Silbe stieß sie verzweifelt mit den Füßen. Sie hatte ja gewusst, dass sie nicht herkommen sollte. Hatte sie es nicht immer wieder gesagt? Damals hatte sie nur an ihre

Furcht vor dem Fliegen gedacht. Nun wusste sie, dass es Vorahnung ihres Todes war – Tod durch Ertrinken …

Wenn ich ertrinke, dachte sie traurig, kann ich Paul gar nicht Robin zeigen.

Dann wurde das Wasser neben ihr aufgewühlt. Arme, die kräftig zupackten, und Beine, die kräftig traten. Michael Nelson nahm ihr Mr. Blankenheimer ab, dessen Kopf schlaff auf der Schulter hing, und schwamm mit kräftigen Schlägen mit dem leblosen Blank auf den Strand zu. Ohne Mr. Blankenheimers Gewicht schaffte Dora es irgendwie bis zur Sandbank. Michael lud sich Mr. Blankenheimer auf die Schulter und schleppte ihn von der Sandbank zum Strand. Dora taumelte hinterher und wurde von dem Labrador, der am Rande der Wellen bellend auf- und absprang, beinahe umgeworfen.

Sie ließen Mr. Blankenheimers Wagen auf dem Parkplatz, und Michael Nelson brachte sie in seinem Wagen nach Haus. Blank und Dora hockten auf dem Rücksitz, Mr. Blank in Frottiertücher und eine Seglerjacke gehüllt. Er döste, wachte auf, entschuldigte sich, dämmerte wieder ein, wachte von neuem auf und murmelte: »So zur Last zu fallen … So zur …« und schlief wieder ein.

Die total erschöpfte Dora schlief ebenfalls ein. Hin und wieder wurde sie von Elizabeth Nelsons Bemerkungen geweckt.

»Liebe Güte, wusstest du denn nicht, dass dich die Strömung bei Ebbe hinauszieht?« Oder: »Verrückt, dass er nicht schwimmen kann, kaum zu glauben.« Und: »Welch Glück, dass Michael und ich da waren.«

Einmal sagte sie: »Verdreht, wie du sprichst. Bist du aus Australien oder von irgendwo da?«

»Halt den Mund, Mädchen«, sagte ihr Bruder daraufhin. »Halt bloß den Mund.«

16

Mr. Blankenheimer war mit dem Schrecken davongekommen; immerhin musste er die letzten Tage, die Dora noch in Amerika war, im Bett bleiben. Er wollte aufstehen, um mit Mr. Nelson noch einmal wegen des Landverkaufs zu sprechen, aber der Arzt erlaubte es ihm nicht.

Michael Nelson erkundigte sich persönlich, wie es Mr. Blankenheimer ging. Er trank mit Dora in der Küche eine Cola. Als sie ihm sagte, dass sie in zwei Tagen abreisen müsste, fragte er: »Und was wird Mr. Blankenheimer mit dem prächtigen Braunen machen, wenn du ihn nicht mehr reitest?«

»Er verschenkt ihn.«

»Idiotisch, wirklich. Wem denn?«

»Mr. Robin kommt per Luftfracht nach England, sobald ein Platz frei ist.«

»Da hast du aber Schwein«, sagte Michael.

Am Tage vor ihrer Abfahrt hastete Dora zu Blank hinauf. Die Luftfrachtleute waren am Apparat. Ganz unvorhergesehen hatte sich eine Lücke ergeben, und Robin konnte in zwei Tagen fliegen.

»Chuckie wird das bestens erledigen«, erklärte Mr. Blankenheimer. »Sie weiß, was zu tun ist.«

Dora schwang sich aufs Fahrrad und sauste zu den Ställen. Chuckie longierte gerade ein junges Pferd.

»Robin kann übermorgen fliegen«, rief Dora. »Können Sie ihn zum Flugplatz bringen?«

»Macht weiter keine Umstände«, antwortete Chuckie.

»Seine Papiere sind doch in Ordnung, nicht wahr?«, fragte Dora. »Er ist doch gegen Enzephalitis geimpft worden, nicht.«

»Verdammt!«, fluchte Chuckie, das junge Pferd noch immer an der Longe. Dora drehte sich im Reitring mit ihr um die eigene Achse. »Ich habe den Tierarzt für die kommende Woche bestellt, dann sollten die, die noch nicht geimpft sind, die erste Spritze kriegen.«

»Kann er denn nicht heute kommen. Ist doch ein Notfall.«

»Deshalb kriegt das Vieh doch keinen Impfschein; dazu gehören zwei Injektionen im Abstand von zehn Tagen.«

»Aber Mrs. Fiske!« Dora rang die Hände, während das Fohlen im Kreis um sie herum trabte. »Wenn Robin nicht jetzt mitfliegt, dauert es vielleicht noch Wochen, bis wieder ein Platz frei ist. Ich möchte so gern, dass er mit dieser Maschine mitfliegt.«

»Ich auch, unter uns gesagt, Baby.« Chuckie gab dem Fohlen mit der Peitsche einen Klaps. »Ich wär ihn gern los, weil ich jemand habe, der die Box für das ganze Jahr mieten will. Und ich kann's mir nicht leisten, eine Box an ein Pferd zu binden, das nicht bleibt. Ich betreibe das Geschäft nämlich nicht meiner Gesundheit wegen, verstehn Sie. Passen Sie auf, Dora.« Sie zog das Fohlen an sich heran, indem sie den Longierzügel einholte. »Ich sag Ihnen, was wir machen …«

Mrs. Blankenheimer brachte Dora den Tag darauf zum Flugplatz; Robin sollte am nächsten Tag fliegen.

Als Mrs. Blankenheimer herauskam, um zu sagen, dass es Zeit sei, saß Dora mit Mr. Blankenheimer in der Spätnachmittagssonne auf der Terrasse. Er war in Decken gehüllt, zusammengefallen und traurig.

»Ich werde Sie vermissen, Door.«

»Ich kann Ihnen nie genug danken.«

Eine steife Verlegenheitsunterhaltung, wie auf einem Bahnhof vor Abfahrt des Zuges, wenn niemand weiß, wie er die langen Pausen zwischen den Abschiedsworten überbrücken soll.

»Sie schreiben mir bestimmt, sobald Sie etwas wegen der Farm für das neue Follyfoot hören«, sagte Dora zum zehnten Mal.

»Ja«, antwortete Mr. Blankenheimer zum zehnten Mal, »ich schreibe es Ihnen sofort.«

Mrs. Blankenheimer tauchte mit dem Lokalblatt auf. Sie legte es auf den Tisch.

Dora las die Schlagzeile auf der ersten Seite:

NELSON-FARMLAND AN BAUUNTERNEHMER VERKAUFT. BALDIGER BAUBEGINN.

Dora langte nach der Zeitung und verbarg sie hinter dem Rücken.

Als sie sich endgültig von Mr. Blankenheimer verabschiedete, sagte sie: »Und falls Sie das Anwesen am Ende doch nicht kriegen, dann ärgern Sie sich nicht allzusehr. Sie finden bestimmt eine andere Farm, die sich ebenso gut dafür eignet.«

»Ich weiß nicht.« Es klang unbestimmt.

»Manchmal frage ich mich, ob es hier bei uns je ein Follyfoot geben wird.«

»Natürlich wird es eins geben.«

»Ohne Sie schaffe ich es nie.«

»Ich komme mal wieder.«

»Bye, Door.«

»Bye, Blank.«

Während sie durch das Haus zum Wagen gingen, warf Dora die Zeitung auf einen Zimmertisch. Feige? Ja. Aber sein Gesicht beim Abschied war auch ohne diese böse Nachricht über die Nelson-Farm schon betrübt genug.

17

Paul kam mit dem Pferdetransportwagen zum Flugplatz. Er und Dora verbrachten die Nacht bei einem seiner Bekannten aus der Reformschule, der inzwischen verheiratet war und am Rande eines matschigen Feldes in einem Wohnwagen lebte.

Sie unterhielten sich die halbe Nacht. Dora war zu müde und zu aufgeregt, um schlafen zu können. Sie erzählte von Amerika, alles, bis in die letzte Kleinigkeit; sie würde es wieder und wieder erzählen: dem Captain, Anna, Callie, Slugger, Ron und Toby, je nach der Zuhörerschaft in leicht veränderter Form.

Morgens streikte der Anlasser. Aus Versehen hatte Paul die Scheinwerfer des Pferdetransporters brennen lassen, und nun wollte die Batterie nicht mehr. Als sie schließlich auf dem Flugplatz anlangten, war Robin längst gelandet und zusammen mit Hunden, Affen, tropischen Fischen und erbärmlich aufgeplusterten Vögeln, die eng nebeneinander in ihren Transportkäfigen hockten, in eine Tierschutzstation geschafft worden.

Ein junges blondes Mädchen in blauem Overall brachte Paul und Dora zum Stall. Musste das Mädchen glücklich sein, bei so vielen verschiedenen Tieren arbeiten zu können, ging es Dora durch den Kopf. In einem Raum beugte sich Dora über eine tiefe Kiste voller Federn.

»Sehen Sie lieber nicht rein«, sagte das Mädchen. »Es ist entsetzlich. Was war ich froh, dass Sie mich bei der Arbeit unterbrochen haben – ich soll die Kiste nämlich auspacken.«

»Wieso? Was ist denn drin?«

Das Mädchen verzog das Gesicht. »Hunderte toter Putenküken.«

Nein, ein so reines Glück war diese Arbeit also doch nicht.

Robin stand in einer der großen Boxen am Ende des Stalles, eine hübsche blau-weiße Sommerdecke auf dem Rücken, die Beine mit Wattelagen umwickelt und darum brandneue blaue Binden; seine sanften Augen wanderten neugierig hin und her.

Dora hielt ihm ihre Hand hin. Robin beschnupperte sie, und Dora fuhr ihm mit den Fingern über das seidige, hellere Fell über den Nüstern, wo er sich so gern streicheln ließ. Danach schnupperte er an ihrem Haar und wiederholte die Vorstellung dann bei Paul.

»Mit einem Pferd, das den Geruch von Menschen mag«, sagte die Blonde,»ist immer leicht auszukommen. Ich wünschte, King Kong könnte hier bleiben.«

»Ich denke, er heißt Ro …«, begann Paul.

Dora unterbrach ihn gewandt. »Sein Kosename. Ein Prachtpferd, habe ich es dir nicht gesagt? Paul?! Ich kann es gar nicht erwarten, mit ihm auszureiten.«

Robin ging in den Wagen, als wäre er sein Leben lang in Transporter geklettert. Den ganzen Heimweg über spürte Dora ein Prickeln im Rücken, weil sie Robin hinten im Wagen wusste. Als sie die letzte Kehre des Hügels nach Follyfoot hinaufratterten, begrüßte Dora jeden vertrauten Baum, jeden Busch, jeden Steinhaufen. Sie sah den Fleck wieder, wo Ron, angeberisch mit Bravour fahrend, ins Schleudern geraten und vom Motorrad gestürzt war, und dann die Hecke, bei der Callie die tote Eule gefunden hatte. Sie begrüßte alles so, als wäre sie zwanzig Jahre fort gewesen.

Callie wartete auf der Mauer neben dem Tor. Sie sprang sofort herunter, kletterte auf den Kotflügel und spähte nach Robin durch die Schlitze oben im Transportwagen. Ron war zufällig draußen, um sein Motorrad zu putzen; der Captain überquerte in diesem Moment zufällig den Hof, und Slugger strich rein zufällig den Torpfosten. Dora gab ihm durch das Wagenfenster die Hand.

»Sie hat's also mal wieder geschafft«, sagte er auf seine gedehnte Weise mehr zu sich als zu den anderen. »Was für 'ne Reise in die Staaten, dreitausend Meilen … und das Ergebnis? – sogar von da schleppt sie noch so 'n alten Gaul an.«

»Warte, bis du ihn gesehn hast, Slugger.« Dora ließ seine Hand los, und sie fuhren in den Hof von Follyfoot.

Bis auf eine leichte Erkältung und Appetitlosigkeit hatte Robin den Flug gut überstanden. Dora litt ebenfalls an den Nachwirkungen der Reise; durch den Jetflug fehlte ihr eine Nacht. Doch schon nach ein paar Tagen ritt sie Robin, einmal, um ihn zu lockern, und zum anderen, um ihn mit der neuen Landschaft vertraut zu machen. Er beäugte misstrauisch die Steine, die weißen Zäune, die Papierfetzen.

»Ich hoffe bloß, er scheut nicht ständig«, meinte Paul, der Dora auf Miss Amerika bei diesem ersten Ausritt auf Robin begleitete.

Sie ritten durch den Wald und nahmen zurück die Abkürzung über die Fahrstraße, um Robin am ersten Tag nicht zu überfordern.

Als sie von dem schmalen Heckenweg zur Straße unterhalb des Hügelkammes abbogen, schoss Robins Kopf plötzlich hoch, und den Bruchteil einer Sekunde danach warf auch Miss Amerika ihren hübschen, schmalen Kopf auf. Gleich darauf hörten Dora und Paul auf der Straße hämmernden Hufschlag.

Sie scherten gerade noch rechtzeitig zur Seite aus, denn mit flatternder Mähne, fliegenden Zügeln, rollenden Augen und schweißfleckigem Fell kam ein pechschwarzes reiterloses Pferd in wildem Galopp die Straße herunter.

»Was nun?«, fragte Dora. »Das Pferd einfangen oder nachsehn, wer gestürzt ist?«

»Das eine und das andere.«

Paul folgte dem Pferd. Dora ritt die Straße hinunter. Ein paar hundert Meter weiter stieß sie auf Amanda Crowley, deren teigiges, am Kinn blutig verschrammtes Gesicht vor Schmerz und Wut verzerrt war.

Dora ließ sie auf ein Gatter klettern und bekam sie auf diese Weise auf Robin hinauf; Robin hatte wahrscheinlich noch nie zusätzlich ein dickes Mädchen auf der Kruppe gehabt, aber er bockte nicht und machte auch kein Theater.

Obwohl er lebhaft auf alles reagierte, ließ er sich nie eine Überraschung anmerken. Auch in diesem Sinne ein Pferd, wie Dora es noch nie erlebt hatte.

Amanda Crowley hatte während des Ritts nicht mehr geheult und geschluchzt, doch als Dora sie hinter dem Haus absetzte, begann sie von neuem zu flennen und heulte noch, als sie in der Küchentür verschwand.

Mrs. Crowley kam mit Schürze und mehligen Unterarmen aus der Küchentür. »Ich verstehe das nicht … sanft wie ein Lamm, haben sie uns versichert … Amanda liebt das Pferd wie einen Bruder …«

Seit aus Dopey damals Golden Girl geworden war, schienen die Crowleys nicht viel dazugelernt zu haben.

Paul tauchte mit dem Rappen im Schlepptau auf. Das Tier hatte die Ohren angelegt, und Paul musste es fast mit Gewalt zu den Crowleys zurückzerren.

»Woher hast du gewusst, dass es hierher gehört?« Dora ging ihm entgegen.

»Woher? Seine Mähne ist mit rosafarbenem Band durchflochten. Sie hätten lieber rotes Band nehmen sollen. Denn dieser Rappe ist ein falsches Biest.«

»Mein armes Kind. Mein armer, tapferer kleiner Liebling. Komm raus, Rebell ist wohlbehalten wieder da. Komm raus, Amanda, und bedanke dich bei Paul und Dora.«

Amanda, noch immer schluchzend, drängte sich an ihre Mutter, die den Arm um sie legte.

»Ich wusste gar nicht, dass du ein neues Pferd hast, Amanda«, sagte Paul. »Wo habt ihr es her?«

»Von Geschäftsfreunden meines Mannes«, erklärte Mrs. Crowley.

»Sie hatten es für ihre Kinder. Wir haben es in gutem Glauben gekauft, dachten, es wäre ein guter Handel. Unsere Mädchen haben sich so viel Mühe mit Rebell gegeben – so heißt er. Ich begreife gar nicht, wie –« Mrs. Crowley wischte Amanda die Tränen vom Gesicht. Dabei rieb sie die Wunde am Kinn auf. Amanda brüllte, warf ihrer Mutter wütende Blicke zu, riss sich von ihr los und hätte ihr am liebsten von hinten in die dicken Beine getreten. Jedenfalls holte sie dazu aus. Dann kam sie zu dem Rappen herüber und wollte ihn treten.

»Das lass mal lieber«, sagte Paul. »War er schuld, dass du gestürzt bist?«

»Natürlich war er schuld, das Schwein. Hat so getan, als wäre er lammfromm.« Bei der Erinnerung heulte sie von neuem los. »Wir trotteten so dahin, und ich habe ihm was vorgesungen, wie ich das so gern mach, und plötzlich – plötzlich ist er dann … Oh, oh, oh, es war einfach schrecklich. Mam!«

Sie floh zurück zur Schürze und in die mehlbedeckten Arme.

»Und was ist dann passiert, mein Liebling? Was hat dir

dieses böse Pferd getan? Dabei haben die Leute gesagt, dass es ganz sanft ist!«

»Hat es gescheut?«, fragte Dora. Jetzt stand der Rappe mit leicht gebeugten Beinen, hängendem Kopf und halb geschlossenen Augen völlig ruhig da. Mit seinem hässlichen Kopf war er kein besonders aufregender Anblick. Nach dem Aussehen kauften die Crowleys ihre Pferde jedenfalls nicht.

»Ja, hat er irgendwie, bloß dass überhaupt nichts da war.«

Amanda sah aus der Armbeuge ihrer Mutter und fing mit der vorgestreckten Unterlippe die Tränen auf. »Er senkte plötzlich den Kopf, warf ihn dann wieder hoch, wobei er meine Nase traf, bäumte sich auf und drehte sich um sich selber. Ich bin aber nicht gestürzt«, sagte sie trotzig. »Ich bin abgesessen. Wette, du wärst auch runter.«

»Schätze ja.«

Dora, im Besitz eines so prächtigen, leicht zu reitenden Pferdes, taten die Crowleys wegen ihrer Dummheit und wegen des Pechs, das sie mit Pferden hatten, leid. Und ihr taten die Pferde leid, die das Pech hatten, bei den Crowleys in dem zugigen, engen Stall und auf der kahlen, mit Stacheldraht eingezäunten Weide zu landen.

Auf dem Heimweg schwieg Dora lange. Als sie auf den Karrenweg einschwenkten, der zwischen den Feldern von hinten auf die Farmgebäude zulief, sagte Paul: »Du brauchst es gar nicht erst zu sagen. Ich weiß auch so, woran du denkst.«

Dora seufzte. »Ja, genau daran denke ich. Und warum auch nicht – ich meine, warum könnten wir es nicht, Paul?«

Sie wandte sich zu ihm um, wobei sie sich aus dem Sattel hob und seitwärts gedreht in den Steigbügeln stand. »Mit schwierigen Pferden hatten wir immerhin schon ganz schöne Erfolge. Ich weiß, ich bin im Schulen keine Weltklasse, aber in Amerika habe ich von Chuckie Fiske allerlei gelernt. Rebell ist kein schlechtes Pferd; aber wenn er nicht geschult wird, bringt er entweder Amanda um, oder die Crowleys geben ihn weiter, und er wird seinerseits von jemand umgebracht, der nicht so pflaumenweich und dämlich ist.«

»Nun hör mal gut zu, Dora«, erklärte Paul. »Du weißt ganz genau, dass Follyfoot für etwas anderes gedacht ist. Wir sind da, um uns um alte Pferde zu kümmern, die uns brauchen. Nicht, um ein bösartiges Pferd zu brechen, das sein Futter nicht einen Tag wert ist.«

»Es gibt überhaupt keine bösartigen Pferde«, entgegnete Dora. »Von Natur aus ist kein Pferd böse. Menschen machen es erst dazu, und Menschen können den angerichteten Schaden auch wieder gut machen.«

»Red keinen Quatsch.« Paul öffnete das Gattertor und ließ es zufallen, statt es für Dora aufzuhalten. »Pferde sind darin wie Menschen. Es gibt immer solche und solche.«

Dora packte den zurückschwingenden Torflügel. Sie wollte Pauls Feststellung bestreiten. Doch sein Ärger über die Crowleys schloss jetzt anscheinend auch Dora ein, denn er wandte sich auf Miss Amerikas sattellosem Rücken um und erklärte: »Du hast bereits ein Pferd hier, das eigentlich nicht auf einen solchen Hof gehört. Also verschone uns mit einem zweiten.«

»Was meinst du?«Paul stieß Miss Amerika in die Weichen und trottete ohne auf die Frage zu antworten in den Stallhof.

»Was hast du gemeint?« Dora zäumte Robin ab und kam in die Laufbox, in der Paul Miss Amerika mit einem alten Handtuch abrieb, wobei er in der Art des Captains zischend pfiff.

»Meinst du Robin?«

»Ich meine, was er uns kostet.« Paul neigte den Kopf zum Rumpf des Pferdes.

»Blank zahlt Futter und Standgeld. Im Winter schickt er mehr. Er hat es versprochen.«

»Er hat auch versprochen, dem Captain eine Schenkung zu machen, damals als er hier war. Eine Schenkung für die alten Pferde. Statt dessen schickt er nun Geld für Robins Unterhalt.«

»Oh ...«

Dora war entsetzt. Aus diesem Blickwinkel hatte sie es noch nicht gesehen. »Ist das auch die Meinung vom Captain? Hat er dir das gesagt?«

Doch Paul antwortete nicht, sondern rieb und pfiff emsig weiter.

18

Robin hämmerte mit dem Huf ungeduldig gegen die Tür; er wollte hinaus, um sich zu wälzen. Dora ignorierte seinen Wunsch und rannte den Schlackeweg hinunter. Sie raste vorbei an Ron, der fragte: »Wo brennt's denn«, vorbei an Anne, die sagte: »Warum hast du deine Laken nicht in die Wäsche gegeben«, und stürzte in das Arbeitszimmer des Captains.

Er saß auf dem Teppich, zusammen mit Polly, dem Eselsfüllen, das sich an die Flanke seiner gemütlich ausgestreckten Mutter schmiegte.

Ohne sich von dem Idyll ablenken zu lassen, baute sich Dora mit verschränkten Armen breitbeinig vor ihm auf und fragte brüsk: »Haben Sie mit Paul über mich gesprochen?«

»Was, um alle Welt, ist denn los, Dora?« Der Captain sah zu ihr hoch. Der zernarbte Augenwinkel zuckte, die andere Augenbraue wölbte sich nach oben. »Worüber bist du so verärgert?«

»Ich bin nicht verärgert. Ich bin aufgebracht!« Ein milder Ausdruck für das, was in ihr tobte. Sie fühlte sich verletzt, gedemütigt, vernichtet. Sie hatte sich eingebildet, jeder teile ihre Freude über Robin. Stattdessen tuschelten sie hinter ihrem Rücken: Dora entzieht Follyfoot Geld, das eigentlich für die alten Pferde bestimmt ist. – Sie hörte es geradezu. »Behalten Sie Mr. Blankenheimers Geld«, erklärte sie dem Captain. »Verwenden Sie es für die fälligen Rechnungen. Ich werde schon einen Weg finden, für

Robin aufzukommen. Ich werde mich als Babysitter verdingen.«

»Ich denke, du kannst Babys nicht leiden?«

»Ich werde blinden Leuten vorlesen.«

»Hier in der Gegend gibt es doch keine Blinden, bis auf den alten Mr. Corrigan, und der liest Blindenschrift. Was soll das –«

»Dann werde ich etwas verkaufen. Meine Kleider zum Beispiel.«

»Was für Kleider?«

Doras Koffer mit ihren neuen Kleidern, dem langen Rock und dem roten Badeanzug war von der Fluggesellschaft weiß Gott wohin befördert worden, und Dora hatte sich bisher nicht die Mühe gemacht, einen Suchantrag zu stellen.

»Ich werde hier ohne Lohn arbeiten.«

»Das tust du ja sowieso schon praktisch genommen, so wenig wie ich dir zahle. Worüber redest du eigentlich, Dora?«

Er tätschelte Dottys lange braune Ohren. Der Captain war der einzige, der ihre Ohren berühren durfte.

»Sie haben zu Paul gesagt, dass es nicht recht ist – ich meine, dass ich ... dass Robin hier ist.«

»Hat er das gesagt?«

Dora schüttelte den Kopf. Ihre Erregung ebbte ab. In der friedlichen Atmosphäre dieses Arbeitsraumes, mit dem Captain und den beiden Eseln auf dem Kaminvorleger, konnte man nicht lange aufgeregt bleiben.

»Wer dann –«

»Ich habe es ... ich dachte ...«

»Nun, dann rede nicht mehr davon, egal, was es ist«, sagte der Captain. Ohne die schlafenden Esel aufzuwecken, deren lange Wimpern wie Fächer aussahen, stand er auf und kramte in einem Schubfach. »Hier ...« Er reichte Dora eine Zehnpfundnote. »Ein Beitrag zu dem Sprungriemen, den Robin braucht. Ich möchte, dass er sich hier von seiner besten Seite zeigen kann. Fördert unser Ansehen.«

Der Captain hatte einiges zurechtgerückt, indem er nicht verstehen wollte, worüber Dora sprach. Allerdings hatte sein vorsätzliches Nichtverstehen das Problem nicht gelöst. Dora würde es selber lösen müssen.

Sonntags – Mr. Crowley würde zu Haus sein! – holte sie Robin und ritt allein aus.

»Es ist zu heiß zum Reiten«, sagte Paul, als sie aufsaß. Ein ziemlich feuchter Sommer war in schwüle Tage umgeschlagen. Außer stechwütigen Insekten rührte sich nichts in der Hitze. Im hohen Gras zirpten die Grillen den ganzen Nachmittag.

»Ich reite zum Bach runter, damit er sich die Beine abkühlen kann.«

»Warte einen Augenblick. Ich nehme Hero. Wird ihm auch gut tun.«

»Ich möchte lieber allein sein. Muss über was nachdenken.«

»Na dann – bis nachher«, sagte Paul unbekümmert. Dora sprach noch immer nicht mit ihm wie sonst, aber er hatte es nicht bemerkt.

Callie kam in Shorts auf Cobblers bloßem Rücken die Straße herauf. »Ich war unten am Bach«, rief sie. »Es ist wundervoll. Los, ich komm noch mal mit.«

»Nein, danke, ich würde lieber allein …«

»Bäh!« Callie streckte ihr die Zunge raus. »Seit du in Amerika warst, bist du mächtig hochnäsig«, sagte sie. »Musste wohl so kommen.«

Dora presste die Schenkel gegen Robins Flanken, und er fiel in seinen langen, geschmeidigen Trab, den Kopf durch den Sprungriemen gerade in der richtigen Höhe gehalten.

Bei Mr. Crowley hatte sich einiges verändert, seit er sich mit Paul zwischen der Doppelhürde am Boden gewälzt hatte. Durch eine glücklichere Hand im Geschäft war er zu ein bisschen Geld gekommen.

Als Dora ihm anbot, Rebell gegen angemessene Zahlung für Futter und Schulung auf einige Zeit zu übernehmen, stimmte er, durch das Lamento von Frau und Töchtern ermutigt, zu.

»Du hast selbst gesagt, Dad, dass wir das Pferd abschaffen müssen, wenn nicht etwas geschieht.«

»Verkauf ihn nicht, Daddy, verkaufe Rebell nicht. Er wird sich schon machen, sagt er selber, nicht wahr, Rebell?«

»Er will doch lernen.« Das Pferd zog mürrisch ein Hinterbein an. »Du möchtest doch zur Schule gehn, nicht, Rebell, willst du doch.«

»Ich will gern sehn, was ich aus ihm machen kann«, setzte Dora hinzu.

Mr. Crowley, nicht an Hilfe von Nachbarn gewöhnt, unter denen er keine Freunde gewonnen hatte, stimmte zu, dass sie Rebell mitnahm.

»Aber kein Spektakel später – er kommt mir bestimmt zurück, wenn er geschult ist! Meinen Mädchen blutet das Herz, solange er fort ist.«

Der Captain stimmte zu, weil Dora das Geld brauchte und weil er noch so eine Szene mit ihr, wie die im Arbeitszimmer, vermeiden wollte.

Slugger meinte: »Das Vieh wird sie umbringen!«

Und Paul sagte, dass er den schwarzen Teufel nicht mit der Feuerzange anfassen würde.

Aber das Pferd schien ganz normal. Vielleicht hatte Amanda die Geschichte vom Aufbäumen und Sich-um-die-eigene-Achse-Drehen nur erfunden, um die Tatsache zu verschleiern, dass sie abgeworfen worden war. Rebell ging glatt und stetig auf dem kleinen Reitfeld; er trabte, kanterte und nahm niedrige Hürden. Dora wagte sich mit ihm hinaus, und er scheute nicht, obwohl er einmal durchging, als sie sich vorbeugte, um unter einem Baum mit tiefhängenden Ästen hindurchzukommen. Danach war er nervös. Er trabte den ganzen Heimweg über so ungleichmäßig, dass Dora dachte, ihr würde das Gehirn zum schweißnassen Kopf hinausfliegen, und legte wegen nichts und wieder nichts die Ohren an.

Dora war stolz auf das, was sie mit Rebell erreicht hatte, aber sein Verhalten ließ sich noch immer schwer voraussehen, auch im Stall, wenn er die Ohren anlegte, den hässlichen Kopf senkte und nachdenklich eine Hinterhand hob.

»Mich soll sie lieber nicht bitten, ihn an ihrem freien Tag zu füttern«, murmelte Slugger, als er eines schwülen Abends beobachtete, wie Dora den Rappen striegelt, wobei sie ständig seinen Füßen ausweichen musste, die der Fliegen wegen ungeduldig stampften.

»Mich nicht.«

»Er bekommt nur Gras, das weißt du.« Dora versuchte durch eine Kopfwendung Rebells langem Schwanz auszuweichen, aber er klatschte ihr dennoch ins Gesicht.

»Bloß gut«, sagte Slugger. »Sonst wäre er noch wilder.«

»Irgendetwas ist nicht in Ordnung.« Der Captain beobachtete von der Stalltür aus den Rappen; er stand neben Slugger, wie sie in ihren Armytagen wahrscheinlich oft nebeneinander gestanden hatten, um sich über einen militärischen Missetäter unter den Pferden schlüssig zu werden. »Bin mir noch nicht ganz klar über ihn, du vielleicht, Slugger?«

Der alte Mann mit der Wollmütze, die er sogar bei dieser Hitze trug, schüttelte den Kopf. »Erklären kann ich's nicht. Aber ich spüre es, ich rieche den Ärger geradezu.« Er schnupperte in die drückende Luft.

»Du bist gegen jedes neue Pferd«, sagte Dora. »Immer. Rebell ist okay. Er macht keinen Ärger, nicht wahr, Süßer?« Der Süße schwenkte den Kopf nach hinten und versetzte ihr einen tüchtigen Stoß. Dora unterdrückte den Schmerzensschrei. Doch sobald der Captain und Slugger fort waren, zog sie die Shorts herunter und musterte auf ihrer Hüfte die bereits anschwellende Stelle, wo Rebell sie getroffen hatte.

19

An einem kühleren Abend, es wehte endlich eine leichte Brise, die Grillen zirpten nicht mehr so grell, und man brauchte nicht dauernd nach den summenden Stechmücken zu schlagen, die sich auf Gesicht und Händen niederlassen wollten, ritten Dora, Paul und Callie noch spät aus.

Da Paul nun nicht mehr mit Andeutungen über Robin um sich warf, ließ Dora ihn den prächtigen Braunen reiten. Nicht weil sie meinte, es täte Robin gut, wenn er mal einen anderen Reiter hätte, sondern weil Paul verstehen sollte, was sie an Robin so schätzte. Nein, so lag es auch nicht. Sie wollte ganz einfach, dass Paul ihre Freude an dem Pferd teilte.

Das war ihr erster Wunsch. Außerdem wünschte sie sich, dass Rebell an diesem Abend gut ging, gleichsam als Beweis, was sie erreicht hatte. Doch boshaft wie Rebell war, machte er bei diesem späten Ausritt aber auch alles falsch.

Er stieß nach Cobby, während Dora aufsaß, machte kehrt und zerrte zurück in den Stall, damit sie sich den Schädel an der oberen Türkante einschlagen sollte. Er keilte nach einem der Hunde aus. Als man das Gattertor passierte, drängte er sich an Robin vorbei. War er an der Spitze, machte er einen Buckel, klemmte den Schwanz zwischen die Beine und machte Spektakel, weil ein Pferd hinter ihm ging. War er jedoch letzter, zog er und schob sich so dicht an die beiden anderen heran, wie er nur konnte.

Er scheute. Er stolperte. Er fuhrwerkte mit dem Kopf herum. Er fiel in schwerfälligen Trab, wenn die beiden anderen im Schritt gingen. Er machte alles, was einem den Ritt verleiden konnte.

Paul und Callie behielten vorsichtshalber ihre Kritik für sich. Dora schob das Kinn vor und ließ sich nicht anmerken, dass ihr der Ritt keinen Spaß machte. Wie sollte er auch!

Rebell enttäuschte sie an diesem Abend schwer. Stolperte er, riss sie seinen Kopf hoch, wodurch sein Schritt auch nicht sicherer wurde. Begann er zu traben, zog sie die Zügel an und versuchte, ihn in den Schritt zu zwingen.

Robin und Cobby liefen mit ihrem langen, geschmeidigen Schritt butterweich. Je weiter sie voraus waren, umso weniger wollte es ihr gelingen, Rebell im Schritt zu halten, da er traben wollte, um die anderen einzuholen. Schließlich kamen sie an einen Kreuzweg, und Dora sagte: »Jetzt hab ich's aber über. Reitet allein weiter.«

»Bist du sicher, dass er ...« Callies besorgtes Gesicht verriet, was sie nicht aussprach.

»Er ist schon in Ordnung.« Dora riss Rebells Kopf herum, weil er im rechten Winkel abbiegen sollte.

»Sei vorsichtig, reize ihn nicht«, sagte Paul. »Er ist mehr als komisch heute.«

»Er ist in Ordnung, hab ich gesagt!«

Allein ging Rebell zwar besser, war aber noch immer ungeschickt, zog die Hufe nach und stolperte über Steine. Als er ohne Grund beinahe stürzte, packte Dora die Wut. Beängstigt und zornig zugleich riss sie seinen Kopf hoch und schlug ihm mit der Hand hinter die Ohren.

Er machte einen Satz und raste los. Dora versuchte alles. Sie zog, ließ den Zügel locker, zog wieder. Sie kreuzte die Zügel und presste sie gegen Rebells Nacken. Sie lehnte sich zurück und riss an den Zügeln. Sie beugte sich vor, drückte mit einer Hand den Zügel herunter und versuchte Rebell zu wenden. Sie sägte mit dem Zügel, sie fluchte. Ihr schoss durch den Kopf, ob sie sich bei dem ersten weichen Gras oder Sandfleck vom Pferd fallen lassen sollte.

Pferd und Reiterin rasten auf die Straße zu. Dora schloss die Augen, öffnete sie, als sie dicht an einem Auto vorüberschossen und durch eine zerbrochene Hürde auf eine von Bäumen bestandene unebene Wiese brachen. Rebell stolperte, stieß mit der Nase auf die Erde, erholte sich, Doras Arme um den Nacken geschlungen, und sauste geradewegs auf einen mächtigen alten Baum zu.

Es war unglaublich. Sie war wie hypnotisiert. Es war wie in Filmen, wenn sich japanische Piloten direkt auf ein Schlachtschiff stürzten. Der Baum raste auf sie zu, umfing sie. Für den Bruchteil einer Sekunde sah sie jede Rindenkante, jede Moosflechte. Dann explodierte alles um sie her in einem einzigen blendenden Weg.

Dora lag bei geschlossenen Vorhängen in ihrem Zimmer. Das Erbrechen hatte endlich aufgehört. Der Kopf schien ihr wie mit Eisen bandagiert, doch Annas Tabletten milderten den Druck. Der Schmerz war da, aber mehr beobachtet denn direkt gefühlt.

»Was ist mit Rebell?«

»Ihm ist nichts weiter passiert.« Anna trat an Doras Bett. »Er hat sich ein bisschen das Bein aufgeschnitten, mehr nicht. Er ist Paul und Callie gefolgt. Sie sind auf seiner Spur zurückgeritten, bis sie dich fanden. Paul meint, wir sollen ihn töten lassen.«

»Er gehört uns nicht.«

»Er ist gemeingefährlich.«

»Es war nicht seine Schuld.«

»Liebe Güte«, stöhnte Anna. »Wirst du nie vernünftig werden?«

Fast den ganzen nächsten Tag schlief Dora in dem verdunkelten Zimmer. Als sie aufwachte, war es Nacht – ein Himmel voller blitzender Sterne und ein Vollmond, der schwarze und weiße Muster auf die Stallecke malte, die Dora von ihrem Fenster aus sehen konnte.

Sie stand auf und öffnete die Tür ihres Zimmers. Im ganzen Haus brannte keine Lampe, es war stockdunkel. Die Uhr in der Diele tickte die Sekunden. Das war nur zu hören, wenn alle im Bett waren.

Dora konnte nicht mehr schlafen. Sie zog einen Pullover über den Pyjama und ging hinunter. Sie sehnte sich nach den Pferden.

Robin war zusammen mit den meisten anderen auf der langen Koppel. Als sie durch das Gattertor schlüpfte, schien das Feld zuerst leer. Dann bewegten sich da und dort

Schatten, ein Pferd, das auf der Erde gelegen hatte, kam schnaubend hoch.

Dolly tauchte hinter einem Ginsterbusch auf, sah Dora von der Seite an und strolchte dann mit wiegenden Hüften davon, falls Dora etwa gekommen sein sollte, um sie zur Arbeit zu holen.

Robin materialisierte sich gleichsam aus dem Nichts und schnaubte. Zu dem geheimnisvollen Wesen, das er bei Nacht war, besaß Dora keinen Zugang. Sie durfte zwar ihre Hand auf seine rötlichen Nüstern legen, aber seine Augen starrten sie blicklos an, ohne weich zu werden, bis er unvermittelt abschwenkte und davontrabte; mit ihm verschwanden zwei oder drei Pferde hinter einer Bodenwelle.

Die Nacht gehörte ihnen. Dora kam sich wie ein Eindringling vor.

Dotty und ihr schokoladenfarbenes Füllen waren im Schuppen ihrer Sonderkoppel. Specs und Folly blieben im Schatten verborgen. Nur Rebell befand sich im Stall; er stand in einer Laufbox und ruhte sein geschwollenes Vorderbein aus, indem er es auf die Hufspitze stützte.

Auch für seinen hässlichen Kopf hatte er einen Ruheplatz gefunden. Der Unterkiefer lag auf der Kante der niedrigen, aus Holz gezimmerten Krippe am Ende des Standes.

Irgendwie kam ihr sein Kopf sonderbar vor. Dora trat in die Laufbox. Das Mondlicht reichte aus, um zu erkennen, dass Rebells Augen flach und dumpf waren. Die Lippen hingen schlaff, Speichel war auf das Holz der Krippe getropft. Sein Hals war vorgestreckt. Eigentlich bestand er nur aus Rippen und Bauch.

Als sie damals in Amerika zusammen mit Mr. Blankenheimer im Sprechzimmer des Tierarztes war, hatte ihr der Veterinär in einer Fachzeitschrift das Foto eines Pferdes mit östlicher Pferdeenzephalitis gezeigt.

So sah Rebell jetzt aus. Genauso!

Aber der Virus dieser Krankheit war in England nie aktiv geworden. Nur in Amerika. Nur in Amerika, es sei denn …

Dora ließ sich ins Stroh sinken, lehnte sich an die Wand und barg den dröhnenden Kopf in den Händen. Er schmerzte wieder. Sie konnte nicht klar denken. Aber sie musste überlegen. Robin … Chuckie … King Kong … Das Hämmern in ihrem Kopf ging in das Rattern eines Motorrads über: Ron bog mit seinem üblichen Todeswandtempo von der Straße in den Hof ein und schaltete die Maschine ab. Der Motor röhrte und hustete noch ein paar Mal, dann herrschte wieder nächtliche Stille.

Dora hatte die Tür von Robins Laufbox offen gelassen. Wie ein Raumfahrer in Lederausrüstung und Helm zeichnete sich Rons Silhouette über der Stalltür im Mondlicht ab. »Hab mein Radio im Schuppen gelassen«, erklärte er. »Kann ohne Radio nicht einschlafen, ich nicht.«

Dora sah zu ihm hoch und stierte ihn verständnislos an.

»Da bist du also wieder, wie?« Dora hatte schon manche Nacht bei kranken Pferden gewacht. Bei Cobby, bei Lancelot und Nigger; sie war auch bei dem armen, alten, zugrunde gerichteten Rusty gewesen, damals, in der Nacht, als er starb.

»Dein Schoßpferdchen sieht ein bisschen mitgenommen aus, was?« Ron kam weiter in den Stall hinein. »Dass 'n Pferd so aussieht, hab ich noch nie gesehn«, sagte er.

»Ich auch nicht. Bloß mal – bloß mal in einem Buch. O Ron, ich …«

Dora ließ den Kopf wieder in die Hände sinken und brach in Tränen aus. Rebell wurde unruhig, verlagerte sein Gewicht von einem Bein auf das andere und grub seine Zähne in den Krippenrand.

»Na, na, was ist denn?«

Ron war mitfühlender, als er vorgab. Er kniete sich neben Dora und legte ihr den Lederarm um die Schultern. »Komm, Mädchen. Komm, du bist bloß schwach, das ist alles. Nach dem Unfall solltest du überhaupt noch nicht auf sein. Komm, Old Ron bringt dich zurück ins Haus.«

»Nein, Ron.« Dora stieß ihn fort und kämpfte sich hoch. Sie presste die Handflächen an die Wand der Box und starrte voller Entsetzen auf das kranke Pferd.

»Etwas Schreckliches ist passiert. Es ist etwas, da ist was ausgebrochen, was – und ich kann es niemand sagen, niemand …«

Aber Dora musste es einfach loswerden, und so erzählte sie es Ron. Sie erzählte ihm von der entsetzlichen Krankheit, die ein Pferd in zwei oder drei Tagen töten kann – und die auch Menschen töten konnte, wenn sie von einer infizierten Mücke gestochen wurden.

Alle hatten angenommen, dass Robins anfängliche Mattheit und Erkältung von der Atlantiküberquerung herrührte, aber das konnte gut und gern auf Enzephalitis zurückzuführen sein, die sich bei ihm in milder Form äußerte, weil er in früheren Jahren geimpft worden war. Aber Mücken, die ihn gestochen hatten, hatten die Krankheit möglicherweise auf Rebell übertragen, auf weitere Pferde, Vögel, Ratten, Hunde, die nun ihrerseits die Mücken ansteckten. Der Virus breitete sich bei der sommerlichen Hitze vielleicht in der Nachbarschaft, in der Grafschaft, in ganz England …

»Du meinst, das kann sich auch auf Menschen übertragen?« Ron kniete noch immer im Stroh, stierte mit offenem Mund zu ihr hinauf, und nur der Kinnriemen seines Sturzhelms verhinderte, dass ihm der Kiefer völlig herunterklappte »Und in Amerika sind schon Kinder dran gestorben, sagst du?«

»Ich weiß nicht, Ron. Ich weiß überhaupt nichts mehr. Ich muss überlegen. Vielleicht täusche ich mich. Es ist unmöglich. Sicher wird Rebell wieder ganz gesund, und es war bloß eine verrückte Idee von mir.«

Sie schüttelte den Kopf, um die Benommenheit zu vertreiben, doch in ihrem Hirn explodierte ein irres Feuerwerk.

»Vergiss, was ich eben gesagt habe, bitte, ja …?«

Dora legte eine Hand über ihre Augen und streckte die andere aus. Ron nahm ihre Hand und zog sich hoch. »Sag zu niemand ein Wort – zu keinem«, wiederholte Dora.

»Verschwiegen wie ein Grab. Du kennst mich.«

Ja, Dora kannte Ron. Das war es eben. Er war der letzte, mit dem sie ihre Ängste hätte teilen sollen. Gottlob hatte sie ihm nicht das Schlimmste von allem erzählt: dass Robin als King Kong nach England gekommen war, ein sechsjähriger Brauner mit Blesse und zwei weißen Füßen, der amtliche Unterschied zwischen Robin und ihm war nur der, dass King Kong einen Enzephalitis-Impfschein hatte, Robin aber nicht.

Der einzige klare Gedanke, den sie bei den Schmerzen im Kopf fassen konnte, hieß: Es muss geheim bleiben.

»Versprich mir, dass du es nicht weitererzählst!«

»Einer von uns sollte es aber eigentlich, wenn das mit der Enzi-, Enziffer-, Enzefla-Dingsbums stimmt.«

»Es ist keine. Kann nicht sein. Vergiss es.«

»Mein Gehirn ist schon völlig leer!«

Ron grüßte halb militärisch und tänzelte über den Hof, um sein Radio zu holen.

Dora legte dem kranken Rebell eine Decke über und versorgte ihn, so gut sie konnte.

20

Drei Uhr nachts war die toteste aller toten Stunden am Nachtplatz des »Chronicle«. Man nannte diesen Schreibtisch so, weil dort jeder saß, der den nächtlichen Redaktionsdienst versah. Doch auch wer tagsüber Dienst hatte, saß dort, beantwortete Anrufe und notierte die Neuigkeiten, die zu Meldungen umgeformt wurden.

Jetzt saß Bruce Ingersoll am Nachtplatz des »Chronicle«. Er arbeitete erst seit einem halben Jahr bei dem Lokalblatt, und es war seine erste Nachtschicht. Drei Uhr früh schien ihm mithin durchaus nicht tot, sondern genauso aufregend wie jede andere Stunde seiner ersten Nacht journalistischer Herausforderung und Verantwortung. Der Nachtreporter befand sich allein im Gebäude. Er war ganz auf sich gestellt, und es lag bei ihm, ob der »Chronicle« von anderen Zeitungen in den Schatten gestellt wurde oder mit seiner ortsbekannten Devise »Immer dabei!« Schritt hielt.

Bruce, ein kräftiger junger Mann mit kurzem Haar, war gründlich, eifrig und vertrauenswürdig. Schon im College wusste er, was er wollte. Seine Tätigkeit beim »Chronicle« betrachtete er als erste Stufe zum Londoner Zeitungsviertel Fleet Street und zu künftigem journalistischem Ruhm.

Der Ruhm, als erster eine »heiße Nachricht« zu bringen, konnte jederzeit kommen. Auch heute Nacht, obwohl sich bis drei Uhr noch kein Schimmer davon gezeigt hatte.

Dabei hatte die Nacht recht verheißungsvoll begonnen, als ein Junge anrief und etwas von einem Feuer stammelte.

»Feuer?« Bruce, sofort eifrig bei der Sache, zog den Notizblock näher an sich heran. »Wo denn?«

»Im Kamin, Dämlack!« Gegacker und Gekicher im Hintergrund.

Mr. Shanker vom Wasserwerk-Ausschuss rief an, um dem »Chronicle« einige wichtige Nachrichten zu übermitteln, die nicht bis morgen warten konnten.

»Oh, ja?« Man konnte nie wissen. Vielleicht war das trotz Mr. Shankers langsamer, knarrender Stimme die Sensationsmeldung.

Sie war es nicht. Der Wasserwerkausschuss hatte mit seinen Damen eine feuchtfröhliche Sitzung gehabt und das Datum der alljährlichen Gesamttagung festgelegt.

»Recht schönen Dank, Mr. Shanker. Gut, das zu wissen.« Tat niemand weh, den armen alten Burschen mit einem Gefühl der Zufriedenheit zu Bett zu schicken.

Eine alte Dame rief an. Sie hatte ihren Kater um acht hinausgelassen, aber der ungezogene Tibbs war noch nicht wieder aufgetaucht. Würde der »Chronicle« auch bestimmt eine Vermisstenmeldung in der Morgenausgabe bringen?

Nochmals der Junge. »Ein Mord!«

»Wo?«

»Im Fernsehen, Blödian!«

Um zwei Uhr rief Bruce bei der Polizei an und erhielt ein paar interessante Meldungen. In einer Nebelbank auf der Chaussee nach London waren fünf Wagen ineinandergefahren. Ein Konzertpianist hatte sich das Bein gebrochen.

Das war schon besser. Bruce machte sich eine Tasse Tee. Ehe er seine Geschichte schrieb, rief er die Fleet-Street-Zeitung an, bei der er eines Tages zu arbeiten hoffte.

»Nachtredaktion, bitte? – Fünf Autos? Liebe Güte! Wir haben Auffahrmeldungen über zehn und zwanzig. Kommen laufend rein. In Ihrer Gegend ist doch gar kein Nebel – Konzertpianist? Wie heißt er? Tut mir leid, Jungchen, nie von ihm gehört.« Zwei andere Leitungen läuteten. »Bye.«

Kurz vor drei wiederum der Junge und das Gekicher. Musste eine Pyjama-Party sein.

»Haben Sie eine Sekunde Zeit?«

»Ja, aber .«

»Ha, ha, die Zeit ist schon um!«

Bruce seufzte, setzte sich wieder bequemer hin, und sein Blick flog kurz durch den schmuddligen Raum, der trotz seinen überquellenden Papierkörben, Staub, dem verrosteten Teekessel, den angeschlagenen Tassen und der ganzen Unordnung für ihn den Zauber des Zeitungswesens beinhaltete.

Er saß am Nachtplatz, trank seinen Tee und las ein Buch mit dem vielversprechenden Titel »Wie wird man Boss bei der Zeitung?«

Das Telefon läutete. Vielleicht war das die Meldung. Sie war es.

»Hören Sie.« Die Stimme war dringlich, verschwörerisch. »Hör'n Sie, ich hab da 'ne glühendheiße Story für Sie.«

Ein merkwürdiger Akzent, heiser und unvertraut. Anfänglich kam es Bruce vor, als ob der Anrufer seine Stimme verstellte. Aber die Geschichte selbst klang echt und war enorm.

»Da bricht doch jetzt diese Ipidimie aus, wissen Sie. Die Öffentlichkeit muss gewarnt werden. Ist eingeschleppt aus Amerika ... ein Pferd ist schon halbtot, Hunderte sind bedroht ... Das Leben von unzähligen Leuten ist in Gefahr.«

»Was für Leute?«

»Na, Leute eben, Menschen.«

»Mit wem spreche ich?«, fragte Bruce zum dritten Mal.

»Wer ist am Apparat.«

»Dr., äh –Dr. Dillon.«

»Arzt?«

»Vetinär. Voll ausgebildeter Vetinärdoktor.«

»Und wo befindet sich das Pferd?« Bruces Bleistift raste über den Block.

»Kann ich nicht sagen. Wir wollen keinen Aufruhr, wolln wir nicht. Ich kann bloß sagen, dass an dem Ort viele Pferde sind, mehr nicht.«

Als Bruce noch zur Schule ging, was noch gar nicht so lange her war, hatten sie bei einem Naturkundeausflug auch eine Pferdefarm besucht – so einen Hof mit lauter alten Pferden und irgendeinem Captain oder so, der sich vor den Kindern gefürchtet hatte und im Haus geblieben war. Bruce erinnerte sich immer deutlicher. Ein ziemlich verfallenes ländliches und nach Pferdemist stinkendes Anwesen. Genau der Ort, um eine tödliche Krankheit auszubrüten.

»Handelt es sich um die Follyfoot-Farm?«

»Kann sein, kann sein. Ich kann es Ihnen nicht sagen.«

»Dr. Dillon«, Bruce überlegte fieberhaft, wie er diese Sache behandeln sollte. »Wir würden gern ein Interview mit Ihnen machen.«

»Mit mir?«

»Wenn es Ihnen recht ist. Ich bin ab sechs Uhr früh frei. Können wir uns um sieben am Stall treffen – auf der Follyfoot-Farm?«

»Abgemacht.«

Also doch Follyfoot!

Bruce Ingersoll, ein As von Reporter. Er goss sich noch eine Tasse Tee ein, würzte ihn mit einem Schuss aus der Rumflasche des zweiten Redakteurs, die hinter den Nachschlagewerken versteckt war, setzte sich wieder und zog mit frohem Seufzen das Telefon zu sich heran.

»Nachtredaktion.«

Dieselbe Stimme, nur ein bisschen müder. Wahrscheinlich hatte der Mann seit Bruces vorigem Anruf sechzehn oder mehr Dramen aus aller Welt journalistisch behandelt.

»Hier ist noch mal der ›Chronicle‹.«

»Was denn nun schon wieder?«

Es klang gelangweilt und erschöpft.

»Diesmal habe ich wirklich eine Story für Sie. Was wirklich Großes. Kann eine Sache um Tod und Leben sein.«

»Schießen Sie los!«

»Nun – in den Hügeln über der Stadt hier –«

Nach dem Gespräch lehnte Bruce sich in dem lädierten Drehstuhl zurück, atmete tief aus und klopfte sich auf den Bauch, als wäre er bereits ein Zeitungsmagnat von internationalem Ruf. Der schmuddlige Raum des »Chronicle« mit seinen ungeputzten Fenstern, der abgenutzten Einrichtung und dem zerschrammten Reportertisch erschien ihm als ein großes modernes Büro aus blitzendem Stahl und Glas. Das Gas puffte unter dem verrosteten Teekessel. Die alten Fußbodendielen knackten und krachten. Die Wasserleitung schlug und dröhnte. Doch Bruce, der sich mit immer breiterem Lächeln im Drehstuhl zurücklegte, hörte darin das Dröhnen von Druckmaschinen, das Klappern von Schreib- und Setzmaschinen, das Ticken der Fernschreiber und die gellenden Hupen von Motorrädern, die kreischend letzte Meldungen von Unruheherden aus aller Welt brachten.

21

Der Captain fuhr verschlafen hoch und blickte auf das Leuchtzifferblatt. Fünf Uhr! Doch da wurde schon wieder gegen die Haustür gehämmert. Er schwang die Beine über den Bettrand und angelte vergeblich nach seinen Pantoffeln. Anna zog die Decke bis zum Kinn.

»Geh nicht runter«, murmelte sie halb im Schlaf, »sind vielleicht Diebe.«

In das alte Haus ließ sich leicht einbrechen. Anna sagte immer, wenn tatsächlich mal eingebrochen werden sollte, würde sie sich nicht mucksen. Denn was konnte schon gestohlen werden? Es gab doch nichts Wertvolles. Höchstens die Sammlung von Pferdefotos, und welcher Dieb würde sich damit abgeben?

»Diebe klopfen nicht an«, sagte der Captain.

Es klopfte an der Vordertür. Wer mit der Lebensweise von Follyfoot auch nur halbwegs vertraut war, kam an die Hoftür oder zum Seiteneingang, von wo man direkt in das Arbeitszimmer des Captains gelangte.

Der Captain ging hinunter, schob den Riegel zurück, zog die Tür eine Handbreit auf und erblickte in der grauen Morgendämmerung ungefähr ein halbes Dutzend Leute.

»Ist hier die Follyfoot-Farm?« Der junge Mann mit dem Bürstenschnitt trug ein Gerät in der Hand, das wie ein Kassettenrecorder aussah.

»Ja, aber was …«

»Hier sind doch die vielen alten Pferde, stimmt's?«, sagte der mit dem Tonbandgerät. »Tut uns leid, dass wir Sie so früh geweckt haben, Sir. Aber die Sache kann Schlagzeilen machen, und wir wollen die Story noch in der Spätausgabe bringen.«

»Was – was meinen Sie eigentlich?«

»Wo ist das Pferd?«, fragte ein anderer.

»Pferd? Welches Pferd? Wir haben hier Dutzende«, knarrte der Captain ärgerlich. Die Leute da draußen waren schon hellwach. Für ihn hingegen war offiziell noch Schlafenszeit.

»Na, das kranke.«

»Soweit ich weiß, ist keins krank. Eins hat allerdings einen Ritz am Bein und musste die Nacht im Stall bleiben.«

»Das Pferd, das das Mädchen abgeworfen hat?«

»Nun, sie ist gegen einen Baum geprallt, wenn Sie das Abwerfen nennen … Aber woher wissen Sie eigentlich davon?« Der Captain wurde langsam wach.

»Die Geschichte wurde von einem Veterinär gemeldet, wie es heißt.« Der fixe junge Mann mit dem Tonbandgerät trat einen Schritt näher, um ins Haus zu gelangen. »Ausbruch von Enzephalitis … das ganze Land bedroht … gefährlich für Menschen …«

»Wovon, um alle Welt…?«

Einen verzweifelten Augenblick lang dachte der Captain, dass er noch schliefe. Er blinzelte, kniff die Augen zu, öffnete sie wieder und fand sich mit der Tatsache ab, dass er wach war.

»Kommen Sie mit.«

Er führte sie durch die Diele und zur Hoftür hinaus weiter zum Stall bis zu Rebells Laufbox.

Der Rappe lag auf der Seite; seine Vorderbeine, von denen eins bandagiert war, bewegten sich kraftlos, als ob sie scharrten.

In einem Winkel der Box schlief jemand zusammengerollt im Stroh. »Dora!«

Sie war sofort hellwach, sprang hoch und lehnte sich gegen die Wand, als der Captain in die Box kam und die Reporter die Halbtür umlagerten. Ein Blitzlicht zuckte auf. Dora riss die Hände vor das Gesicht.

Der Captain stand zwischen Dora und den Eindringlingen.

»Hast du diese Leute angerufen?«, fragte er.

Sie schüttelte den Kopf.

»Wer denn? Paul?«

»Er weiß von nichts.

»Weiß was nicht? Wer weiß es denn, ganz gleich, worum es sich handelt?«

»Nun ...« Dora biss sich auf die Lippen.

»Dora, sei nicht albern. Wer hat das angezettelt? Ist das wieder mal einer von Rons lächerlichen Späßen?«

»Es ist kein Spaß«, flüsterte Dora und blickte zu Boden. »Rebell ist sehr krank. Ich habe ... Der Veterinär in Amerika hat mit mir über Enzephalitis bei Pferden gesprochen. Er hat mir Fotos gezeigt von ... Ich glaube, Rebell hat das.«

»Enzephalitis?«, fragte der Captain. »Habe nie gehört, dass sie hier aufgetreten ist.«

»Aber wenn Robin den Virus eingeschleppt hätte –«

»Unsinn, dann wäre er auch krank. Außerdem ist er geimpft worden, bevor er rüberkam.«

»Angenommen, er hätte sich vor der Impfung angesteckt?« Dora suchte verzweifelt nach Erklärungen. Noch konnte sie ihm die volle Wahrheit nicht sagen.

»Nein, das ist doch nicht möglich ....«

Der Captain kniete sich neben Rebell ins Stroh und legte dem Tier die Hand auf den Kopf. »Armer Bursche. Armer alter Bursche.« Das Auge des Pferdes war trübe und leblos. »Hm, Robin war ein bisschen unwohl, als er ankam, nicht?«

Er überlegte einen Moment, erhob sich, zog Dora aus Rebells Laufbox und schloss die obere wie die untere Halbtür.

»Entschuldigen Sie mich.« Er drängte sich durch die Journalisten.

»Bloß eine Minute, Sir.«

»Entschuldigen Sie mich, ich möchte den Tierarzt anrufen.«

Die Geräusche im Hof hatten Paul geweckt. Er kam ungekämmt aus der Geschirrkammer und sah sich sogleich als Zielscheibe von Fragen und Spekulationen.

»Tut mir leid«, wiederholte er in einem fort, »aber ich weiß nicht, wovon Sie reden.«

»Über die Enzephalitisepidemie.«

»Was meinen Sie damit?«

»Sie arbeiten doch hier, nicht wahr?«

»Ja, aber ich weiß nichts davon. Das habe ich Ihnen doch schon gesagt.«

»Dieser Dr. Dillon behauptet –«

»Ich kenne keinen Dr. Dillon.«

Paul schob abweisend das Kinn vor.

Aus dem Fenster seines Häuschens jenseits der Straße hatte Slugger die Autos vor dem Hoftor gesehen und kam vor sich hinmurmelnd herübergeschlendert.

Die Journalisten fielen auch über ihn her. »Sie arbeiten hier?«

»Ich hoffe es. Außer ich bin über Nacht gefeuert worden.«

»Was halten Sie von dieser aufregenden Geschichte?«

»Aufregende Geschichte? Seit der Dachs im Hühnerstall war, hatten wir keine mehr.«

Slugger und Paul begannen mit der Morgenarbeit. Die Reporter folgten ihnen auf Schritt und Tritt und schossen eine Menge Fotos. Dora brachte Robin von der Weide herein; sie ritt ihn ungesattelt, das Halfter als Zügel. Auch sie wurde fotografiert.

»Der Tierarzt ist schon unterwegs.« Der Captain kam in Callies Begleitung aus dem Haus. »Er jedenfalls hat die Zeitung nicht angerufen.«

Der Captain schob Dora in eine leere Laufbox. »Hör zu«, sagte er. »Die Sache scheint schlimmer, als wir denken. Ich habe mir eben noch einmal Robins Papiere angesehen. Er ist nicht immunisiert worden.«

»Aber seine Papiere haben doch den Stempel, dass –«

»Nicht seine. King Kongs. Die Kennzeichen lauten: Zwei weiße Füße, weiße Blesse und weißer Nasenfleck. Robin hat keinen weißen Nasenfleck. Weißt du, was diese Schwindler von Yankees getan haben?«

Er war sehr ärgerlich. Dora hätte am liebsten geschrien: Mir brauchen Sie es nicht zu sagen – ich weiß es! Aber sie musste Stillschweigen bewahren.

»Sie haben Robin mit den Papieren von einem anderen Pferd verfrachtet. Also ist er womöglich überhaupt nicht geimpft. Die verrückte Geschichte kann gut und gern stimmen.«

Der Captain starrte Dora wütend an. Sie blickte ihn fest an, bemerkte aber keinerlei Misstrauen in seinen Augen. Daher hielt sie weiter den Mund.

Als der Veterinär kam, ließ der Captain die Reporter nicht mit ihm reden, sondern führte ihn unverzüglich in den Stall, wo er Rebell und Robin untersuchte.

»Nun, was halten Sie davon?«, überfielen ihn die Reporter, als er aus dem Stall kam. »Wollen Sie eine Erklärung über die Gefahr abgeben?«

»Ich könnte vielleicht sagen …« Der Veterinär arbeitete seit vielen Jahren auf dem Lande. Mit der Zeit hatte er seine eigene, langsame und leise Art entwickelt, mit kranken Tieren umzugehen. Eine Art, die vielleicht kranken Tieren behagte, aber ungeduldige gesunde Menschen in Raserei versetzen konnte.

»… Nun, ich meine … Ich habe noch nie einen Fall von … äh … östlicher … Pferdeenzephalitis gesehen…« Er erwog, was er weiter sagen wollte. »Aber soweit ich das feststellen … äh, die Symptome können gut und gern … aber ich, äh, würde nie an so etwas denken … wenn da nicht das Pferd aus Amerika wäre. Wie dem auch sei, ich habe selbstverständlich von beiden Pferden eine Blutprobe genommen. Versuch mit Mäusen … braucht Zeit, um sich zu entwickeln. … In der Gegend gibt es kein Institut für diese speziellen Blutuntersuchungen. Ich werde die Proben nach London bringen müssen …«

»Ich würde sie gern mitnehmen.«

Der forsche junge Mann mit dem Bürstenschnitt hatte den schmutzbespritzten alten Wagen des Tierarztes gesehen und konnte sich dessen Höchstgeschwindigkeit vorstellen.

»Vielen Dank. Aber das fällt in meine Verantwortlichkeit.«

Der Tierarzt rumpelte in seinem klapprigen alten Auto, das wie ein Arbeitspferd keuchte, davon.

»Na, das wär's dann wohl«, sagte der Reporter von der BBC. »Können wir von Ihnen aus mal telefonieren, Captain?«

»Nein.«

»Warum nicht, Sir?«

Callie sah ihren Stiefvater an und erkannte, dass er dicht vor einem Nervenzusammenbruch stand.

»Weil ich gerade die Leitung durchgeschnitten habe«, sagte sie, zog den Captain ins Haus und schlug die Tür zu.

Die Reporter gingen ins Dorf und klopften am Gasthaus; seit dem Bankfeiertag waren nicht mehr so viele Leute im Three Horseshoes gewesen. Das kleine Wirtshaus hatte eigentlich noch geschlossen, aber Tobys Vater spendierte den Anwesenden ein Freibier, da sie das Dorf weithin berühmt machen würden.

22

Am nächsten Tag war die Neuigkeit bereits in aller Leute Munde. Die Artikel in den Zeitungen basierten zwar meist auf Spekulationen, aber schon das reichte aus, um im ganzen Land wilde Gerüchte über den Ausbruch einer für Menschen gefährlichen Seuche aufflammen zu lassen.

Reporter jenseits des Atlantiks sprachen im Radio über die Epidemie in New England. In den britischen Midlands war ein Kind mit Fieber unbekannten Ursprungs in ein Krankenhaus eingeliefert worden. Und ohne Umschweife gellte der Schrei auf, dass die Epidemie tatsächlich begonnen habe.

Auf Follyfoot tauchten Leute von der Tierärztlichen Universitätsklinik auf; sie bugsierten einen Pferdekrankenwagen in den Stall, zogen Schlingen unter dem armen Rebell hindurch, hievten ihn in den Krankenwagen und nahmen ihn mit.

Seine Laufbox wurde versiegelt und an der Tür ein Schild angebracht: »Betreten verboten!«

Callie, die im Geschichtsunterricht unlängst die Pestzeit durchgenommen hatte, malte wie im Jahre 1665 bei von der

Krankheit heimgesuchten Häusern ein Kreuz auf die Tür. Dora konnte gerade noch verhindern, dass sie ein »Gott sei uns gnädig« darunter setzte.

Reporter kamen jetzt ständig, unter ihnen ein übereifriger junger Mann von der Lokalzeitung, der behauptete, den geheimnisvollen Anruf des mysteriösen Dr. Dillon persönlich entgegengenommen zu haben. Er war total zerschmettert, dass sich dieser Tierarzt nicht auffinden ließ.

»Er hat mir ein Exklusivinterview versprochen.«

»Wäre wirklich sehr exklusiv«, sagte der Captain grimmig und schob ihn aus seinem Arbeitszimmer, »da er, soweit wir wissen, überhaupt nicht existiert.«

Die Reporter lungerten in der Sonne auf dem Hof herum und sahen Paul und Dora zynisch bei der Arbeit zu. Als Paul mit einem Futternapf in den Stutenstall ging und ihm Dora mit Schubkarre und Forke folgte, sang einer der Journalisten:

»Lass dir von mir raten, altes Haus.
Oder schlägst du meine Worte in den Wind,
Weil die Liebe macht dich blind?
Vorn kommt's rein und hinten raus!«

Slugger war von allen Seiten und bei allen möglichen Beschäftigungen fotografiert worden. Robin, der im Fohlenstall unter Quarantäne stand, hatte ein Bildreporter mit Teleobjektiv aufgenommen, wie er den Kopf über die Halbtür reckte. Das Foto erschien in den Abendblättern mit dem Text: »Unwillkommener Einwanderer.«

Ron war nicht zur Arbeit erschienen. Das war nichts Ungewöhnliches. Dora, von den Vorgängen aufgeschreckt und entsetzt, dankte Gott im Himmel, dass er aus dem Wege war, denn sie vermochte der Tatsache nicht ins Gesicht zu sehen, dass im Grunde sie die Neuigkeit unter die Leute gebracht und damit alles ausgelöst hatte.

Nach abkühlenden Schauern war es wieder heiß geworden. Da ein Pferd auf der Weide leichter von einer Mücke gestochen werden kann als im Stall, wurden alle Pferdebesitzer der Umgegend aufgefordert, Pferde und Ponys bei Nacht im Stall zu halten. Auch auf Follyfoot standen alle Pferde im Stall, wollten aber natürlich auf die Weide. Sie hämmerten gegen die Standtür und wieherten laut, sobald jemand auf den Stallhof kam. Pferde im Stall, das bedeutete zehnfache Arbeit, und die Eindringlinge waren keine Hilfe. Der Captain veranlasste seinen Freund, einen pensionierten Polizisten, sich auf einem Stuhl ans Tor zu setzen und alle Besucher abzuweisen. Der Polizist war schwerhörig, und als die Crowleys kamen, verstand er nicht, was sie wollten, und kam ihnen grob. Sie zogen ab und buchten die Beleidigung zu den vielen anderen, die ihnen das Leben ihrer Meinung nach bereits zugefügt hatte.

23

Geoffrey Masters hatte es über, dass seine Eltern abends so oft ausgingen.

Die Masters waren noch sehr jung für einen Sohn von zehn Jahren – vor allem für einen sehr aufgeweckten Jungen, der jede Zeitschrift las, die sie liegen ließen, und das für Erwachsene bestimmte Fernsehprogramm sah, wenn seine Eltern fort waren.

Als er ihnen vorwarf: »Das britische Familienleben stirbt, und Leute wie ihr seid schuld daran«, lachten sie, verwuschelten ihm liebevoll die borstige rötliche Tolle – was der Junge ebenso hasste wie seine Haarfarbe – und sagten, dass er lieber stolz sein solle, Eltern zu haben, die keine Langweiler seien. Und als er sich beschwerte, dass er die Straßenschuhe ausziehen musste, ehe er auf den weißen Teppich treten durfte, und dass man ihm verbot, seine Katze ins Haus zu lassen, weil sie auf die Anrichte mit dem zum Gebrauch viel zu kostbaren Porzellan sprang, erklärte seine Mutter, die solche nutzlosen Sachen sammelte: »Eines Tages wirst du stolz sein, zwischen so hübschen Sachen aufgewachsen zu sein.«

Noch war er nicht stolz.

Die Mutter seines Vaters, Grandma Masters, die jedoch nichts zu sagen hatte, wohnte bei ihnen in einem eigenen Zimmer, umgeben von jedem Geschenk, das sie irgendwann einmal erhalten hatte. Dazu kamen die Familienbilder. Auf einigen alten Fotos sah sein Vater so aus wie Geoffrey jetzt. Rotes Haar, Sommersprossen und leichte X-Beine.

»Ja, mein Lieber«, erklärte Grandma Masters gern. »Deines Vaters Beine hast du geerbt, das steht fest. Komisch«, fügte sie kopfschüttelnd hinzu, »wenn man bedenkt, wie viel Zeit du auf deinem Pony zubringst, müsstest du eigentlich O-Beine haben.«

Das Pony war für Geoffrey das Wichtigste im Leben. Seine Eltern gaben ihm für gewöhnlich nicht, was er haben wollte, da ihre Vorstellung von dem, was ein Zehnjähriger haben sollte, mit seinen Wünschen fast nie übereinstimmte. Doch an seinem vorigen Geburtstag hatten sie ihn mit Archibald überrascht.

Bis dahin hatte er noch gar nicht gewusst, dass er sich ein Pony wünschte. Aber als er es sah und beobachtete, wie es sich hinter dem Haus das gute, mit Klee durchsetzte Gras schmecken ließ, flog ihm sein Herz zu, und er wusste unvermittelt, dass genau das in seinem bisherigen Leben gefehlt hatte.

Archibald war ein nettes, sirupbraun schimmerndes Dartmoorpony. Seine Mähne wusste nicht, nach welcher Seite sie fallen sollte, daher fiel sie nach beiden Seiten, mit einem Scheitel in der Mitte. Den buschigen Schwanz bürstete und kämmte Geoffrey jeden Tag und knüpfte ihn durch einen Knoten hoch, wenn es draußen schmutzig war.

Anfang des Winters, sobald der Tennisklub schloss und keine sonntäglichen Picknicks mehr stattfanden, wollte sein Vater an einem Wochenende auf die geselligen Verpflichtungen verzichten und für Archie einen kleinen Stall bauen. Bis dahin blieb er auf dem kleinen Rasenfleck hinter dem Haus und suchte vor der Sonnenglut oder dem nächtlichen Regen Schutz unter einer Kastanie.

Waren seine Eltern aus, las Geoffrey seiner Großmutter manchmal aus der Zeitung vor. So auch, dass Pferde- oder Ponyhalter aufgefordert wurden, ihre Tiere wegen der Epidemiegefahr nachts im Stall zu halten.

»Ganz schön und gut für Leute, die einen Stall haben«, sagte er.

»Archibald passiert schon nichts«, erklärte seine Großmutter.« Das ist alles bloß dummes Geschwätz – Bangemacherei.«

»Das hast du auch bei dem Haus gesagt, das in Rochester eingestürzt ist.« Geoffrey war auf dem Laufenden, was Tagesneuigkeiten betraf. »Das hast du auch bei dem Bleigehalt in Farben gesagt – ich meine, über die Gefährlichkeit für Babys.«

Grandma Masters schloss die Augen. Gleich würde Geoffrey ihr eine Lektion halten.

»Und genau das hast du gesagt, als ich dir erzählt habe, dass sie aus dem Süßwarenladen einen Supermarkt machen wollen.«

»Mach dir keine Sorgen, mein Junge.« Sie klappte die Augen auf und blickte wieder zum Bildschirm. Geoffrey gab ihr einen Kuss und ging hinaus. Als Großmutter war sie schon ganz ordentlich, aber unterhalten konnte man sich mit ihr nicht.

Er ging hinaus in die feuchte, von Insekten durchschwirrte Nacht, um sich mit Archie zu unterhalten. Glühwürmchen leuchteten in der Hecke.

Geoffrey legte Archie die Arme um den Hals, ließ das Kinn auf seinem Nacken ruhen und dachte nach. Eine Mücke stach ihm in die Stirn.

Das gab den Anstoß.

»Komm, Archie«, sagte er. »Verliere ich dich, verliere ich meinen besten Freund.«

Er band Archie los und führte ihn zum Haus.

Grandmas Zimmer lag nach vorn. Zur Küche gehörte eine kleine Kammer, in der Geoffreys Mutter Blumenvasen und einen Teil des Porzellans verwahrte, das zu kostbar war, um davon zu essen. Der einzige Weg in die kleine Kammer führte durch die Küche.

Archie wollte nicht hinein, daher lockte ihn Geoffrey mit Zucker, den er ihm auf der Handfläche unter die Nase hielt. Dabei ging er langsam rückwärts. Archie folgte mit vorgestrecktem Kopf und versuchte den Zucker von der Hand zu lecken.

Geoffrey lotste Archie durch die Küche, ohne dass das Pony allzuviel Schaden anrichtete. Sein langer Schwanz fegte lediglich die Salz- und Pfefferstreuer in Form von Eulen vom Tisch. Bloß gut, dass es nicht die Schwänestreuer mit den zerbrechlichen Hälsen waren.

Er führte das Pony um den Tisch und in die Kammer. Archie passte gerade so hinein. Er stand ganz zufrieden da. Allerdings war es drückend heiß; Geoffrey quetschte sich an dem Pony vorbei, um den unteren Fensterflügel aufzumachen, quetschte sich zurück und knotete den Schwanz hoch, damit das Pony nicht über die Regale fegen konnte. Danach ging er nach oben, legte sich ins Bett und las noch beim Licht einer Taschenlampe. Die Glühlampe hatte seine Mutter aus der Deckenleuchte geschraubt, weil er im Bett nicht lesen sollte.

Um zwei Uhr stritten sich Mr. und Mrs. Masters auf der Heimfahrt von der Party.

»Ich habe deine Einbildungen wirklich langsam satt«, sagte er.

»Ich habe mir nicht eingebildet, dass mich dieses Weib beleidigt hat. – Oh, pass auf, Roderick. Ein Kaninchen!«

»Kaninchen, dass ich nicht lache! Es ist ein Stein. Lass mal deine Augen untersuchen.«

Als sie an den Häusern bei Upham's Corner vorüber rauschten, rief sie: »Ich rieche Rauch. Wir sollten anhalten und die Feuerwehr alarmieren.«

Ein Stück weiter bemerkte sie eine Katze auf einem Baum und forderte ihren Mann auf, anzuhalten, hinaufzuklettern und die Katze zu retten.

Kurz vor ihrer Abzweigung begegneten sie einem Mann, der wahrscheinlich von seinem Mädchen kam, aber Mrs. Masters sagte: »Den kenne ich doch gar nicht. Ist vielleicht ein Vagabund oder ein Einbrecher. Wir müssen die Polizei anrufen.«

Roderick hatte ihre Einbildungen über. Er hörte kaum noch hin. Als sie zur Einfahrt hinter ihrem Haus kamen, schrie sie auf.

»Was ist denn jetzt schon wieder los?«, fragte er.

Sie packte seinen Arm, und Mr. Masters hätte um Haaresbreite den Torpfosten gerammt.

»Ein Pferdekopf – guckt aus dem Kammerfenster!«

»Nicht die Augen musst du dir untersuchen lassen, sondern den Kopf!«, knurrte er. »Mach, dass du ins Bett kommst. Morgen früh fühlst du dich wieder besser.«

Als sie in ihrem schwarzen Seidenkimono morgens herunterkam, fühlte sie sich durchaus nicht besser, sondern schlechter.

»Was macht Archie bei meinem guten Porzellan in der Kammer?« Sie rüttelte Geoffrey aus dem Schlaf.

»Ist wegen der Mücken, weißt du. In der Zeitung …«

Doch Mrs. Masters verzichtete auf Erklärungen. »Wie kriegen wir ihn wieder raus, ohne dass er etwas zerbricht?«, fragte sie stattdessen.

Geoffrey stand auf und folgte seiner Mutter gehorsam in die Küche. Er packte Archibald bei dem dicken Schwanzknoten und zog. Das Pony kam aus der Kammer wie ein Korken aus der Flasche. Es zerbrach bloß einen Wedgewoodkrug und eine Rockinghamschale, doch Mrs. Masters stürmte außer sich hinauf ins Schlafzimmer, um ihren Mann zu wecken.

Goffreys Vater sagte ein Tennismatch und eine Cocktailparty ab und machte sich daran, einen Stall für Archibald zu bauen.

24

Ein anderer Junge in der Gegend um Follyfoot hatte für sein Pony ebenfalls keinen Stall. Er hatte das Pony für den Sommer geliehen bekommen, und es durfte auf der Weide eines Nachbarn zusammen mit dessen Kühen grasen.

Der lokale Radiosender hatte nichts von Kühen gesagt, nur von Ponys und Pferden. Die Meldung sprach von »ernster Gefahr« und Übertragung des Virus durch Mückenstiche. Es hieß – oder wurde angedeutet –, dass diejenigen, die etwas für ihr Pferd oder Pony übrig hatten, es nachtsüber in einem geschlossenen Raum halten sollten, wo die Gefahr, von infizierten Mücken gestochen zu werden, geringer war.

Nun machte sich Rubin, so hieß der Junge, nicht viel aus dem Pony. Er hatte das allerdings niemand sagen können, da fast alle Kinder der Umgebung ponyverrückt oder ponyhungrig waren. Entweder ritten sie oder sehnten sich danach. Jammerschade, dass die Familie, die Rubin das Pony lieh, es nicht einem ponyhungrigen Kind überlassen hatte. Aber Rubin hatte seinen Eltern sowohl in der Schule wie daheim in diesem Jahr eine Menge Kummer bereitet, und sie bildeten sich ein, dass schöne Sommertage mit einem dicken grauen Pony ihrem Sohn zeigen würden, wie man richtig lebte.

Rubins Vorstellung von einem richtigen Leben bestand jedoch darin, mit seinen Kumpels unten am Kanal rumzulungern. Seine Kumpels gehörten nicht zu jener Schicht, die Ponys besaß oder sich welche wünschte. Für solche kindischen Dinge war kein Platz in ihrem geschäftigen Leben. Es bestand darin, dass sie bei Woolworth, auf dem Markt oder sonstwo irgendetwas stahlen und wieder gegen Bargeld verscheuerten, wie sie das nannten. Darüber hinaus zertrümmerten sie alles, was ihnen nicht behagte, etwa Windschutzscheiben oder die Fahrplankästen der Autobusse. Zwischen solchen Abenteuern saßen sie auf der Kanalmauer, rauchten und besprachen den nächsten Plan.

Rubin hatte seinen Kumpels nichts von dem Pony erzählt. Und vor seinen Eltern verheimlichte er, dass er sich, trotz Verbots, noch immer mit ihnen traf. Da er fast täglich auf dem Pony ritt, glaubten sie, er würde allmählich vernünftig. Sie ahnten nicht, dass Rubin zur Stadt ritt, das Pony in dem halb zerfallenen Gerümpelschuppen hinter Carters Kohlenplatz festband und sich, dicht an den Gebäuden entlang, die Allee hinunter zu dem Ort schlich, wo seine Freunde bei Zigaretten, die sie am Abend zuvor von einem Tisch in der Cafeteria gestohlen hatten, die Möglichkeit diskutierten, wie sich Becken und Spülung der Herrentoilette im Kino auf bisher nie dagewesene Weise zerstören ließen.

Als Rubin nun jedoch die Warnung im Radio hörte, vertraute er sich seinem besten Freund an; Arthur war in so vielen unangenehmen Situationen gewesen, dass er wusste, wann man lieber den Mund hielt.

»Wenn das Pony verreckt«, erklärte Rubin, »fehlt mir sozusagen die Deckung. Meine Alten denken doch, dass ich den ganzen Tag reite. Gibt's kein Pony mehr, lassen sie mich nie allein in die Stadt, kein Gedanke dran. Und dann kann ich bei der großen Sache im Warenhaus nicht dabei sein.«

»Habt ihr denn keinen Schuppen oder so was?«, fragte Arthur.

»Bloß die Garage, und da ist der Wagen von meinem Vater drin.«

Rubin und sein Vater kamen nicht besonders gut miteinander aus. Er sprach von ihm betont als »mein Vater«, um das hin und wieder aufsteigende Gefühl auszugleichen, überhaupt keinen richtigen Vater zu haben.

»Und nachts ist die Gefahr am größten, sagt das Radio?«

»Ja, genau die Zeit, wenn der Wagen immer in der Garage ist.«

»Und auch genau die Zeit, wenn dein Vater wie ein Murmeltier schläft, stimmt's?«

»Stimmt.«

Spätabends pirschte sich Arthur vorsichtig an Rubins

Haus heran. Er wartete neben der Garage, bis Rubin herauskam und sagte: »Mein Vater liegt im Bett. Schläft wie 'ne Ratze.«

Sie öffneten vorsichtig die Garagentür. Rubin konnte nicht fahren. Daher sollte Arthur, der behauptete, fahren zu können, den Wagen im Rückwärtsgang hinausbugsieren.

Allerdings legte er erst einmal den Vorwärtsgang ein und prallte gegen die Werkbank, wobei die Scheinwerfer zu Bruch gingen. Da er fahren konnte, wie er sagte, brachte er es tatsächlich fertig, umzuschalten. Er schoss geradezu rückwärts hinaus und hätte Rubin, der die Tür aufhielt, um ein Haar über den Haufen gefahren. Er reichte nicht an die Fußbremse, fand die Handbremse nicht, krachte unter dem Mordslärm von splitterndem Glas und berstendem Holz durch einen Zaun und landete mit den Hinterrädern an der Garagentür des Nachbarn. Arthur riss die Autotür auf und raste davon.

Rubins Vater kam aus dem Haus gestürzt und erblickte, was – wie er meinte – sein Sohn angerichtet hatte. Rubin versuchte die Sache mit dem Pony zu erklären, aber sein Vater hatte genug Geschichten von seinem Sohn aufgetischt bekommen, um zu erkennen, wenn ihm ein Märchen als Ausrede aufgebunden werden sollte. Zur Strafe musste Rubin den Rest der Ferien in Haus und Garten bleiben. Dadurch entging ihm der Warenhauseinbruch, wodurch er seinerseits dem Zugriff der Polizei entging, die Arthur und die übrige Bande festnahm – der Streifenwagen wartete schon auf sie vor der eingeschlagenen Scheibe.

Das graue Pony wurde seinen Besitzern zurückgegeben. Sie waren sehr enttäuscht, dass es Rubin doch nicht die richtige Art zu leben beigebracht hatte.

In der weiteren Nachbarschaft von Follyfoot hielten auch drei Mädchen ein Pony; es musste ebenfalls nachts draußen bleiben, weil weder Stall noch Schuppen vorhanden waren.

Es war ein sehr kleines Pony, nicht viel größer als ein Shetland. An dem Tage, als die Warnung an die Pferdehalter veröffentlicht wurde, stand vor dem Haus, in dem die Mädchen wohnten, ein geschlossener grauer Kleinlaster, wie ihn Klempner oder Maler zum Transport ihrer Gerätschaften benutzten. Der Wagen mit der Aufschrift »J. E. DUGGAN. REPARATUREN JEDER ART. RUFEN SIE AN!«, stand schon seit Tagen dort. Er war leer. Die Mädchen wussten das, weil die hintere Tür nicht verschlossen war und sie hineingeschaut hatten.

Als nun die Warnung kam, lag es für die drei Mädchen auf der Hand, wo sie ihr Pony über Nacht unterbringen und damit schützen konnten. Die Aktion bereitete ihnen allerdings einige Schwierigkeiten, gelang aber. Das eine Mädchen stemmte sich unter das Vorderteil des Ponys, und die anderen beiden hoben seine Hinterbeine an. So bekamen sie ihr geliebtes Pony schließlich in den Kleinlaster, drückten die Tür zu und gingen mit dem Gefühl der Erleichterung zu Bett, dass ihrem Ponto zumindest in dieser Nacht nichts zustoßen konnte.

Sehr früh am nächsten Morgen kam J. E. Duggan, dem vor Tagen das Benzin ausgegangen und der mit dem Autobus in die Stadt weitergefahren war, mit einem Kanister zurück. Er füllte das Benzin ein, tankte an der nächsten Tankstelle voll auf und fuhr heim nach Schottland, das Pony hinten im Wagen.

Das waren nur einige der Ereignisse im Gefolge der großen Enzephalitisangst jener Nacht.

25

Doch noch etwas anderes passierte in dieser Nacht. Callie stieß nämlich in der Geschirrkammer auf eine in Tränen schwimmende Dora, die sich die Augen mit einem schmierigen Lappen wischte, mit dem zuletzt eine Trense geputzt worden war.

»Na, na …« Callie weinte selber ziemlich leicht, aber bei einem Erwachsenen verstörte es sie. »Robin fehlt doch nichts, und falls Rebell wirklich stirbt – nun, er wäre vielleicht sowieso nie ein gutes Reitpferd geworden. Paul meint, Rebell hätte am Ende noch jemand umgebracht. Und er sagt, du hättest von Glück sagen können, wenn es eine von den Crowleys gewesen wäre und nicht du.«

»Paul sagt, Paul sagt …«, schluchzte Dora und knüllte den Lappen in ihren Händen. »Paul hat's schon immer vorher gewusst und gesagt. Genau wie – genau wie Chuckie Fiske.«

»Chuckie Fiske? Ach ja, ich weiß. Das ist doch diese Reitlehrerin drüben, die gesagt hat, außer dir kennt sie keinen Idioten, der es fertig bringt, dass Robin mit dem falschen Führungsbein läuft.« Callie hatte die Saga von Doras Amerikafahrt viele Male gehört. »Ach ja, Chuckie Fiske, die alles versteht und kann.«

»Sie versteht überhaupt nichts«, sagte Dora erbittert. »Sie hat an allem die Schuld.«

»Woran denn?«

»Na, Paul hat mir doch erzählt, dass wahrscheinlich alle unsere Pferde getötet werden müssen, falls es sich wirklich um diese Seuche handelt.«

»Alle unsere Pferde?«

Callie starrte Dora an. Der Magen krampfte sich ihr zusammen. Alle unsere Pferde … Cobby, Hero, Specs und Folly? Lancelot, der sich so halsstarrig am Leben hielt?

Dora saß völlig gebrochen auf dem zerbrochenen Stuhl und stierte blicklos auf den fünf Jahre alten Kalender von E. Bittets, Korn und Heu. Callie stürzte hinaus.

Sie ging früh zu Bett, ohne Abendbrot zu essen. Sie wollte niemand sehen, mit niemand sprechen. Sie lag oben in ihrem Bett, lauschte auf die Stimmen, das Läuten des Telefons, die hastenden Schritte. Es schien eine Ewigkeit zu dauern, bis endlich nächtliche Ruhe einkehrte.

Als alle anderen längst schliefen, hielt sich Callie noch immer wach, indem sie sich kniff, mit den Zehennägeln an den Knöcheln kratzte, Daten von Königen und Königinnen hersagte und sich der Reihenfolge des Alphabetes nach Städte und Flüsse, Farben und Bäume sowie Pferderassen ausdachte.

Durch das offene Fenster hörte sie die Pferde im Stall stampfen und schnauben. Im Winter legten sie sich meist friedlich hin. Jetzt konnten sie sich an den Verlust ihrer sommerlichen Freiheit nicht gewöhnen. Als Callie sich aus dem Fenster beugte und leise »Cobby« rief, hörte er sie sofort und antwortete.

Sie zog sich wieder an und ging hinunter. Das freundliche Haus wirkte durch die Stille geradezu fremd. Das Fremdartige wurde durch Knacken und Ächzen der Dielen und Mondlichtflecken noch gesteigert. Der Hund des Captains hob leicht den Kopf und schlug mit dem Schwanz. Die Katzen schliefen auf Wäschehaufen oder Zeitungen und nahmen keinerlei Notiz von Callie, die leise zur Hintertür hinaus und hinüber zu den Ställen schlich.

Sie brachte ein Pferd nach dem anderen zum großen Feld und ließ es frei, zuletzt Cobblers Dream und den grauen Esel. Auf Cobblers Dream, Donald am Halfter, ritt sie den überwachsenen Pfad hinunter über das Feld und schloss hin ter sich das Gattertor.

Dotty verfolgte die Aktion vom Obstgarten aus und iahte eine gequetschte Frage.

»Still!«, rief Callie leise zu der schokoladenfarbenen Eselin hinüber. »Sei bloß still. Du musst hier bleiben und es drauf ankommen lassen.« Polly war noch zu klein, um mit den anderen freigelassen zu werden.

Callie ritt zwischen den Pferden und führte noch immer den grauen Esel am Halfter. Es ging den Hügel hinab, auf der Brücke über den Fluss und hinaus zum entlegenen Ende der langen Weide, wo das Gras gröber und die Büsche dichter wurden und das Land allmählich in den offenen Moorbereich jenseits der bestellten Äcker überging.

Die alten Pferde, gewöhnt Donald zu folgen, folgten ihm auch jetzt. Sie stromerten allein oder in kleinen Gruppen, verhielten am offenen Gattertor, folgten Callie ins Freie und spürten schnuppernd die weiten, nicht eingezäunten oder von Hecken begrenzten Räume.

Callie saß ab, nahm dem Esel das Halfter ab und warf mit kleinen Kieseln nach ihm, damit er vorauslief.

Die Pferde trotteten hinterdrein. Nachdem alle hindurch waren, schloss Callie das Gatter. Der Kummer drückte ihr fast das Herz ab. Mit versteinertem Gesicht löste sie Cobbys Halfter; ohne sich nach ihr umzublicken, trabte er den anderen Pferden hinterher über das wiegende Moor.

26

Ron Stryker fühlte sich beraubt. Betrogen um den Ruhm.

Schließlich hatte er angerufen – welch ein historischer Anruf ! – und die Nation in die Seuchenfurcht versetzt. Und nun? Jetzt standen alle im Rampenlicht, nur er nicht. Jeder bis auf den armen alten Dr. Dillon.

Nach Follyfoot gehen und Fotoreportern die Möglichkeit bieten, ein Bild des Mannes zu schießen, der die Nation mit der Epidemiemeldung aus dem Schlaf geschreckt hatte, verbot sich von selbst. Der Captain würde ihm die Dr.-Dillon- Geschichte mit Prügel vergelten und mit einem Schüreisen oder einer eisernen Harke über ihn herfallen. So entschloss sich Ron, nach London zu fahren und einer der großen Tageszeitungen ein Exklusivinterview zu gewähren.

Er hatte dieses Vierteljahr für sein Motorrad noch keine Steuern bezahlt. Auf den Straßen um Follyfoot konnte er damit trotzdem umherknattern, so schlafmützig wie die Landpolizisten waren. Aber eine Fahrt nach London war zu riskant. Ron stellte sich an die Chaussee und hielt den Daumen hoch.

Als Anhalterexperte, der er war, gelang es ihm immer, mitgenommen zu werden. Aussehen und Persönlichkeit, darauf kommt es an. Aussehen und Persönlichkeit ließen ihn mehr als eine halbe Stunde marschieren, indes die Autos an ihm vorüberzischten, ohne ihn zu beachten. Schließlich brauste ein Wagen heran, verlangsamte, scherte zum Straßenrand aus und hielt kurz vor Ron. Er keuchte hinterdrein.

»Schönen Dank, dass Sie für mich gestoppt haben.« Ron zog die Tür auf.

»Habe ich nicht«, sagte der Fahrer. »Ich habe angehalten, um ein Paket Zigaretten aus der Manteltasche zu nehmen.«

»Irrtum meinerseits.«

Ron wollte die Wagentür wieder zuschlagen, doch der Fahrer sagte gleichgültig: »Steigen Sie ein. Kommt nun schon nicht mehr darauf an.«

»Fahren Sie nach London?«

Der Mann nickte, und Ron rückte sich bequemer zurecht. Hatte also wieder mal geklappt. Das Glück blieb ihm doch treu.

»Ich will nach Fleet Street.« Da die Erwähnung des Zeitungsviertels den Mann nicht aufhorchen ließ, fügte er hinzu: »Exklusivstory wegen der großen Pferdeimpidimie. Sie wollen ein Bild von dem Mann, der die Sache gemeldet hat.«

»Dieser sich reichlich verdächtig anhörende Tierarzt?«, fragte der Mann am Steuer. »Ich bin selber Arzt, daher war ich selbstverständlich interessiert, aber jene ersten Berichte klangen doch ein bißchen verschwommen, um es höflich auszudrücken.«

»Schlechte Reporterarbeit«, erklärte Ron, entschloss sich allerdings, statt des unsicheren Kantonisten Dr. Dillon lieber dessen Assistenten zu spielen.

»Sie sind Assistent eines Veterinärs?« Der Arzt musterte Ron kurz: das strähnige Haar, die Lederjacke mit den Ölflecken, die Tätowierung »Rita« auf dem rechten Handrücken.

»Ja, Sir. Und so war ich natürlich von Anfang an in der Geschichte drin.« Ron hatte viele Platten auf Lager. Diese hatte er von dem Freund des Captains, Sir Richard Wortley, übernommen, ein Mann mit einer Rotweinnase, der mit seinem Stock auf die alten Pferde deutete und sagte: »Wird ein bisschen klapprig auf seinen Stelzen, wie?«

»Wie schätzen Sie dabei dann Folgendes ein?«, forschte der Arzt höflich. »Ich meine die biologischen Faktoren, die die Perpetuation des Virus durch infizierte Vertebraten begünstigen?«

»Was? Wen begünstigen?«

»Nächste Frage: Warum machen Sie mir etwas vor?«

»Nun …« Ron rutschte unbehaglich hin und her. »Bloß ein kleiner Spaß.«

»Nun, ich habe nicht gern Leute in meinem Wagen, die solche Späße machen.« Der Arzt stoppte, beugte sich hinüber und stieß die Wagentür auf. Ron stieg aus und hob freundlich die Hand, um zu zeigen, dass er schlechte Manieren nicht übelnahm.

Den nächsten Wagen, der anhielt, fuhr ein schlicht aussehender Halbwüchsiger mit einer dichten blonden Tolle und zahllosen Pusteln. Wen sollte Ron diesmal spielen? Der junge Mann sah aus, als ließe er sich beeindrucken. Ron entschied sich für seine Popsängermasche.

Als der Picklige fragte: »Na, auf der Tour nach London?« erklärte Ron: »Ja. Bin für ein paar Konzerte gebucht. Ich reise immer auf diese Art, weil ich gern mit meinen Fans zusammentreffe.«

»Oh. Wer sind Sie denn?« Der Jüngling starrte ihn mit weit aufgerissenem Mund an.

»Silk Valliant.« Ron betrachtete seine langen schmutzigen Fingernägel.

»Silk Valliant!«, wiederholte der junge Mann und verbarg hinter übertriebener Begeisterung die Tatsache, dass er nie von einem Silk Valliant gehört hatte. »Mann, das ist 'ne Sache. Was meinen Sie, wenn ich der Bande erzähle, dass ich Silk Valliant mitgenommen habe. Ich trommle übrigens selber ein bisschen«, setzte er bescheiden hinzu. »Natürlich nicht in Ihrer Klasse.«

»So, fein.« Silk Valliant lehnte sich zurück und schickte sich an, die Fahrt zu genießen. »Wir müssen alle irgendwie anfangen.«

Als der junge Mann von der Londoner Chaussee abzweigen musste und stoppte, um Silk Valliant aussteigen zu lassen, angelte Ron zwei grüne Eintrittskarten aus seiner Jackentasche und schob sie in das Handschuhfach.

»Billetts für mein Konzert«, sagte er erklärend. »Bringen Sie Ihre alte Dame mit. Und melden Sie sich nachher bei mir.«

»Prima! Danke schön!«

Das picklige Gesicht des Jünglings glühte. Nach einer Weile zog er die Eintrittskarten aus dem Handschuhfach. Und was las er? – »Gemeindekirche von Ashbury. Sommerfest. Große Tombola. Hauptgewinn eine vierzehnpfündige Gans.«

Danach hielt lange Zeit niemand an. Ron saß am Straßenrand und rieb sich den Knöchel. Allerdings hätten die Vorübersausenden sein schmerzverzerrtes Gesicht nicht erkennen können, selbst wenn sie sich die Mühe gemacht hätten hinzusehen. Der einzige Mensch, der sich diese Mühe machte, war eine kleine alte Frau, die so langsam fuhr, dass sie Rons Schmerzensmiene bemerkte. Sie stoppte und setzte so schnell zurück, dass der Wagen fast über das Bein gefahren wäre, das Ron nicht rieb.

»Soll ich Sie ins Krankenhaus bringen?«, fragte sie hoffnungsvoll.

»Nein«, sagte Ron. »Ich hab die Kugel schon so lange drin, dass die Doktoren meinen, sie kann ruhig drinbleiben.«

Er stieg ein und bereute es fast im gleichen Augenblick. Die alte Dame zuckelte mit fünfzig Stundenkilometern auf der Chausseemitte, rechts und links ständig von Wagen überholt. Ab und zu kam sie von ihrem Kurs ab. Fahrer hupten, schossen wütende Blitze und drohten mit der Faust.

Kinder verspotteten sie durch die Rückfenster. Ron rutschte immer tiefer, um nicht gesehen zu werden.

»Fühlen Sie sich nicht wohl?«, fragte die alte Dame sonnig. »Sie sehen ja totenblass aus.«

»Bitte, halten Sie an und lassen Sie mich raus«, sagte Ron matt. »Ich glaube … ich muss … mir wird schlecht.«

»Oh, das macht weiter nichts, damit werden wir fertig, mein Lieber.« Sie zog ein paar Plastiktüten unter dem Sitz hervor. »Mein kleiner Enkel muss sich im Auto auch immer übergeben. Deshalb bin ich darauf vorbereitet. – Ach du lieber Himmel, der Lastwagen hat uns aber beinahe gestreift.« Sie war aus der Spur geschlingert und dabei dicht vor einen Lastwagen geraten, dessen Fahrer mit entsetztem Gesicht gerade noch rechtzeitig ausscheren konnte.

»Lassen Sie mich raus«, bat Ron wieder.

»Ich habe Ihnen versprochen, dass ich Sie bis London mitnehmen werde. Sie brauchen mir nicht zu danken. Ich habe gern Gesellschaft beim Fahren.«

»Ich habe die Pocken«, sagte Ron. Doch im gleichen Moment hupte wütend ein Auto, und sie verstand ihn nicht. Ron betete um einen schnellen Tod, doch stattdessen kam ein lebhafter Kreisverkehr. Die alte Dame musste nun noch langsamer fahren, und er öffnete die Tür, sprang hinaus und rannte, was er konnte.

Zu guter Letzt nahm ihn ein alter Kumpel bis London mit. Seinetwegen brauchte Ron keine Show abzuziehen, daher erzählte er ihm von dem kranken Pferd, von seinem Telefonanruf und wie das ganze Tohuwabohu entstanden war.

Sein Kumpel las von der Zeitung bloß die Sportseiten, und im Radio hörte er nur Rockmusik. Mithin war ihm das alles brandneu.

»Erzähl ruhig weiter«, sagte er. »Du denkst wohl wirklich, ich bin von gestern, Ron Stryker! Du lügst mal wieder wie gedruckt!«

»Einfach zum Irrewerden«, sagte Ron. »Denn zum ersten Mal in meinem Leben spreche ich die reine, ungeschminkte Wahrheit.«

Als Ron zu der Zeitung kam, der er seine Exklusivstory zugedacht hatte, wollte ihn der Pförtner nicht zur Redaktion hinauflassen.

»Angst vor Bombenlegern«, sagte er. »Tut mir leid. Sagen Sie, was Sie bringen, und ich telefoniere rauf.«

»Ich habe damals die Meldung über die Ephalitis – Elephantisis-lpidimie gemacht. Ich bin Dr. Dillon. Ich bin hier, damit sie von mir 'n Foto machen.«

Der Pförtner telefonierte.

»Tut mir leid«, sagte er dann entschiedener. »Es hat niemand Zeit für Sie.«

»Aber das müssen die doch.« Ron kreischte fast. »Die müssen doch dämlich sein. Verstehn wohl nichts von ihrer Arbeit.« Die ganze Zeit über kamen und gingen Leute und verschwanden in den Fahrstühlen. Das machte ihn unsagbar wütend. »Eine brandneue Nachricht. Rufen Sie noch mal an.«

»Tut mir leid.«

»Sagen Sie das nicht noch mal!«

Ron war so enttäuscht und erbittert, dass er den Papierkorb anzündete: wenigstens etwas Brandneues für sie. Der Pförtner erstickte die Flamme, seufzte, griff zum Telefonhörer und bat jemand, herunterzukommen und sich mit diesem Dr. Dillon zu befassen.

Und wer kam herunter? – ein Mädchen. Sie schickten ihm ein Mädel, das aussah, als wäre es den ersten Tag bei der Zeitung.

»Und – weswegen kommen Sie?«

»Wegen der großen Ipidimie, weswegen sonst?«

»Was für eine große Epidemie?«, fragte das Mädchen. »Es gibt doch gar keine.«

»Und ob's eine gibt! Sie verstehn bloß nichts von Ihrem Job, Mädchen. Schließlich gibt's die große Pferde-lpidimie. Alle Kinder Großbritanniens bedroht und so. So 'ne Geschichte hat's noch nie gegeben.«

»Solchen Reinfall hat es noch nie gegeben.« Die Journalistin lachte. »Haben Sie denn keine Nachrichten gehört?«

»Wieso? Was war denn in den Nachrichten? Ich bin seit heute früh unterwegs.«

»Das Pferd ist gestorben.«

»Da haben Sie's ja. Genau, was ich Ihnen gesagt hab!«

»Man hat es aufgeschnitten. Und was denken Sie, woran es gestorben ist?«

»Na, wie ich schon gesagt hab, an Ephalitis – Elephantisis ...«

»Keine Spur. An einem Gehirntumor. Es gibt keine Epidemie – Fehlanzeige.«

»Aber ich bin doch deswegen extra nach London gekommen ...«

»Tut mir leid. Da haben Sie Pech gehabt.« Sie drängte ihn energisch zum Portal und zur Tür hinaus auf die Straße. Na gut, dachte er, scheint doch nicht ihr erster Tag bei der Zeitung zu sein.

Ron war niedergeschlagen und fühlte sich ausgelaugt. Er suchte einen alten Bekannten auf, der in der Oxford Street mit Andenkenschund handelte, borgte sich etwas Geld und fuhr mit dem Zug zurück.

Auf dem Weg zu dem Häuschen, in dem er mit seiner Mutter wohnte, musste er an Follyfoot vorbei. Über die Weide blickte er den Hügel hinauf, wo in einem Muster aus Mondlicht und Wolkenfetzen Lichter und Schatten über das Gras tanzten. Jemand kam den langen Abhang hinauf. Ein Wilddieb? Vielleicht Old Bob, der ihm fünf Pfund schuldete?

Ron kletterte über das Gatter und versteckte sich hinter einem Baum. Es war ein sehr kleiner Wilddieb – es war Callie.

»Wer...« Sie sprang erschrocken zur Seite, als Ron vor ihr aus dem Baumschatten trat. »Ach, du bist es.« Sie musste erst einmal tief Luft holen.

»Na, ein Rendezvous gehabt?«

Doch Tränen zogen Furchen durch ihr schmutziges Gesicht, und er bemerkte, dass sie nicht nur vor Schreck so schwer atmete. Schluchzte sie nicht sogar?

»Was ist?«

»Ach, Ron, es ist schrecklich.«

Sie sah zu ihm hoch, und neue Tränen rannen die alten Spuren hinab. »Ach, Ron, es ist alles so –«

»Was ist denn?«

»Es ist ...«, sie unterbrach sich, atmete tief und schluckte, »einer von den Welpen ist verschwunden, der mit dem geknickten Schwanz, und ich kann ihn nicht finden.«

»Die Biester sind schon alt genug, um allein zurechtzukommen.« Ron legte Callie den Arm um die Schulter. »Mach dir keine Sorgen, Kleine. Geh ins Bett, und morgen früh suchen wir nochmal.«

»Na gut«, flüsterte Callie, weiß wie ein Geist.

Ron hätte ihr noch gern von seinem fürchterlichen Tag erzählt, sagte jedoch lieber nichts. Er würde es seiner Mutter erzählen, die darauf bestimmt antwortete: »Fürchterlich? Du hast überhaupt keine Ahnung, was fürchterlich bedeutet, wenn du nicht Tag und Nacht meine Rückenschmerzen hast – Tag und Nacht, sage ich dir.«

Ron brachte Callie bis zum Tor, das zu den Ställen führte, hob sie hinüber und sah ihr nach. Wie ein verängstigtes Tier lief sie über den Hof und verschwand im Haus.

27

Callie lag im Halbschlaf, wachte auf, schlief wieder ein und fiel in einen Alptraum: Heranstürmende Pferde donnerten auf sie zu; aus Angst, zertrampelt zu werden, warf sie schützend einen Arm über das Gesicht und erwachte mit einem Schreckensschrei. Sie hatte gehofft, den nächsten Tag zu verschlafen, weil sie ihm nicht ins Gesicht sehen wollte, aber der Schlaf floh sie. Voller Furcht lag sie im Bett, zitterte, kaute an der Bettdecke und starrte leer in die sich nach und nach lichtende Morgendämmerung.

Dann hielt sie es plötzlich nicht mehr aus, seufzte schwer, zog die neben das Bett geworfenen Sachen von gestern Abend an und ging hinunter. Irgendwer briet schon etwas.

Dora löffelte in der Küche drei angebrannte Setzeier, deren Dottern zerlaufen waren, aus der Pfanne.

»Soll ich dir auch welche braten, Callie?«

Nach dieser Nacht der Tränen und Alpträume wirkte Dora auf Callie geradezu entmutigend gesund und munter. Callie versuchte die Dumpfheit abzuschütteln. Aus dem riesigen Kessel, den Dora bereits aufgesetzt hatte, goss sie sich Tee ein und umklammerte den dampfenden Becher trübsinnig mit beiden Händen.

»Ich bin ein Schwein, was?« Dora kaute die Eier und ein Butterbrot. »Immer sage ich, erst die Pferde, dann die Menschen, und heute morgen … nun, da hatte ich einfach das Gefühl, erst mal ich und dann unsere vierbeinigen Freunde.«

Dora wusste also noch nichts von den freigelassenen Pferden.

»War halb verhungert.« Dora stippte mit Brot die in Fett schwimmenden Eier auf. »Muss an der Erleichterung liegen.«

In Callies überwachem Gehirn begann sich ein Gedanke zu formen, der allmählich klarer wurde.

»Erleichterung?« Sie blickte auf.

»Ja.« Dora ließ Messer und Gabel sinken. »Guter Gott, hat es dir denn noch niemand gesagt? Nein, natürlich nicht, du hast dich gestern so früh hingehaun und schon geschlafen, als die fantastische Nachricht durchkam.«

»Was für eine Nachricht?»

»Wie die Dinge lagen, konnte keine Nachricht fantastisch sein.

»Na, die über Rebell. Er ist gestorben, verstehst du. Aber nicht das ist das Fantastische – der arme Kerl hätte sowieso sterben müssen. Nein, das Fantastische ist, woran er gestorben ist. Die Versuche mit den Mäusen bestätigten ja nichts endgültig, doch sobald er tot war, haben sie ihn aufgeschnitten. Und was meinst du, was sie entdeckt haben?«

»Schweren Hirnschaden aufgrund des Virus«, knurrte Callie, die wusste, was Pferdeenzephalitis anrichtete.

»Nein, einen Tumor. Einen Gehirntumor! Nicht sehr groß, aber an einer ungünstigen Stelle. Und darauf ist auch sein sonderbares Verhalten zurückzuführen, wenn er mit dem

Kopf gegen einen Zweig stieß oder ihm jemand eins zwischen die Ohren gab, so wie ich. Robin ist also kein Virusträger. Die Angst und Sorge sind wir los.«

Callie stand auf und wandte sich ab; sie konnte Doras frohes Grinsen nicht mehr ertragen. Ohne ein Wort zu sagen, ging sie ans Küchenfenster und blickte starr hinaus. »Wahrscheinlich hätten wir dich wecken und es dir sagen sollen«, plapperte Dora weiter. »Aber du hast so friedlich geschlafen. Na, ich freue mich jedenfalls – und fühle mich einfach prächtig. Ich könnte mir glatt noch ein Ei braten. Willst du bestimmt keins, oder soll ich …«

»Dora«, begann Callie mit hohler Stimme. »Ich hab nicht friedlich geschlafen, im Gegenteil. Um Mitternacht bin ich aufgestanden und …«

»Aufgestanden? Weshalb?« Dora schlug eins der großen braunen Eier, die Henrietta stets in Wonderboys Heuraufe legte, in die Pfanne.

»Weil du mir gesagt hast, dass alle Pferde von Follyfoot getötet werden müssen.«

»Ja, das war die Situation gestern. Der Gedanke war einfach nicht zu ertragen. So einen Tag möchte ich nicht noch einmal erleben.«

»Der heutige wird wahrscheinlich auch nicht viel besser.« Es klang sehr leise. »Ich hab doch geglaubt, verstehst du … ich dachte doch, dass alle unsere Pferde erschossen werden sollten. Da wollte ich sie retten und habe sie freigelassen, raus aufs Moor.«

»Was hast du gemacht?!« Dora, die sich auf ihr Ei konzentrierte, hatte nur halb hingehört.

»Ich hab sie freigelassen, raus aufs Moor getrieben. Sie sind dem Esel hinterhergetrottet.«

»Robin auch?« Den Teller in der einen Hand, den Spatel zum Eierwenden in der anderen, schnellte Dora herum. Callie nickte.

»Dämliches Balg. Was bist du für ein …« Dora sprach den Satz nicht zu Ende.

Callie blickte zu Boden. Sie hatte Dora noch nie so wütend gesehen. Elend vor Katzenjammer stand sie unbeweglich da. Doras Worte trafen sie wie Pfeile.

»Dämliche, hysterische Bälger –«

Eine Katze sprang auf den Tisch und machte sich über das Bratei her, als Dora ihre Jacke vom Haken hinter der Tür riss, hinausschoss und die Tür hinter sich zuschmetterte.

Callie rannte hinterher.

»Was willst du?« rief Dora beim Rennen ärgerlich über die Schulter zurück.

»Kann ich dir nicht suchen helfen?«

»Doch. Ja. Ich hab sowieso keine Ahnung, wo ich sie zuerst suchen soll. Wahrscheinlich müssen wir den Hufspuren folgen. Ist noch was da, worauf wir hinterher reiten können?«

»Bis auf Dotty und Polly sind alle fort.«

»Guter Gott«, rief Dora. Bei der Vorstellung, wie sie und Callie sich auf dem kleinen schokoladenbraunen Esel und dem Eselsfüllen auf die Suche machten, hätte sie beinahe gelacht, verkniff es sich aber. Stattdessen strebte sie mit langen Schritten vorwärts, Callie trabte hinterdrein. Etwas anderes blieb ihnen nicht übrig.

Die beiden rannten den Abhang hinunter, überquerten am Fuße des Hügels den Fluss und zwängten sich durch die dichten Büsche am Ende des Feldes. Als sie sich bis zu dem Punkt hindurchgewunden hatten, von dem sie das Gattertor sehen konnten, begann Dora zu lachen. Callie blieb stehen und stierte verdutzt. Dann schlugen ihre Angst und ihr Schuldgefühl Dora gegenüber in ein hohes und wildes, mit Tränen gemischtes Lachen um. Einige Sekunden lang standen sie nur da, lachten und umarmten sich vor Freude.

Denn was sahen sie? Vor dem Gatter, aufgereiht wie Leute vor einer Cafeteria, standen alle Follyfoot-Pferde. Cobblers Dream an der Spitze, dahinter, entsprechend dem Rang in der Herde, die anderen. Robin, als Neuankömmling, bescheiden ziemlich am Ende. So standen sie da und warteten geduldig, dass sie jemand zum Frühstück herein ließ.

Während sie mit den Pferden zurück über die Weide kamen, fragte Callie: »Und was machen wir, wenn Paul fragt? Er hört doch die Pferde bestimmt hereinkommen.«

»Ich kann ja sagen, dass ich sie nachts rausgelassen habe, als wir wussten, dass keine Gefahr mehr besteht.«

Vor einer Stunde in der Küche hatte es so ausgesehen, als könnten Callie und Dora nie wieder Freunde sein. Doch in Wirklichkeit hatte sich zwischen ihnen nichts geändert. Dora war nach wie vor jene Art Freundin, die verstand, wenn man etwas verschleiern wollte oder musste.

»Aber dann hätte er sie doch auch bestimmt beim Hinausgehen gehört«, wandte Callie ein. »Deshalb habe ich sie doch ganz still und leise einzeln hinausgebracht.«

»Na und? Ich habe sie eben still und leise hinausgebracht.«

Danach machte Dora sich mit Callie und Paul an die Morgenarbeit. Als sie zurück in die Küche kam, fand sie ihren Teller von rauhen Katzenzungen so sauber geleckt, als wäre er nie benutzt worden.

»Hallo, Dora!« Der Captain, der doch eigentlich froh und erleichtert sein musste, sah düster drein. Vor ihm auf dem Tisch stand seine klapprige Schreibmaschine. Die kalte Pfeife im Mundwinkel, tippte er mit zwei Fingern und trank ab und zu einen Schluck aus der riesigen Kaffeetasse, die Anna aus Italien mitgebracht hatte. Es war genau die gemütliche häusliche Szene, die sich Dora vorgestellt hatte, wenn sie heimwehkrank in Mrs. Blankenheimers blitzblanker Küche saß.

»Ich schreibe gerade an Blankenheimer«, sagte er. »Ich hab's rausgeschoben, bis wir wussten, was los war, aber nun muss ich ihm schreiben, was ich von ihm halte.«

»Wieso denn?« Dora setzte sich an den Tisch und hob beschwörend die Hände. »Aber wieso denn? Jetzt, wo alles vorbei ist, kommt es doch nicht mehr darauf an.«

»Kommt nicht darauf an? Na hör mal!« Der Captain musterte sie über die Halbbrille, die er zum Lesen und Schreiben trug. »Es ist eine Frage des Prinzips, verstehst du das nicht? Man hat ein Gesetz gebrochen. Da ist mit faulen Tricks gearbeitet worden. Es geht um die Tatsache an sich, das Vorgehen zählt, nicht die Konsequenzen. Oder verstehst du das wirklich nicht?«, fragte er nochmals.

Dora seufzte und schwieg erst einmal. Auf Follyfoot schien es meist, als spiele das Alter keine Rolle, als gehöre jeder – Slugger, Anna und der Captain, Paul, Dora und Callie – zur gleichen Generation, als gäbe es für alle nur den einen Lebenszweck und die eine Freude: Pferde. Doch ereignete sich so etwas wie das ... Mein Gott, wenn sie aussprach, was sie dachte, würde der Captain sie als amoralisch bezeichnen.

»Falsche Papiere!«, sagte der Captain und schüttelte finster den Kopf. »Ich weiß nicht, was die Behörde daraus machen wird, aber es kann unseren Freund Blankenheimer ganz schön in Schwierigkeiten bringen.«

Er hielt die Hände über den Tasten wie ein gichtiger Pianist und wollte weitertippen, als Dora aufstand und bekannte, was sie und Chuckie Fiske abgesprochen hatten. Es gab keinen anderen Weg. Es war der Gedanke an den ihr lieben, so unschuldigen und freundlichen Blank, der sie bewegte; der Gedanke, dass sein großzügiges Geschenk zerschmettert werden könnte, als wäre Robin ein kostbares Porzellanpferd, zerbrochen durch unsorgfältige Packer. Es war die Vorstellung, wie Blankenheimer am Postamt aus seinem bequemen Wagen stieg und in seinem Schließfach den Brief vorfand – »Oh, schön! Ein Brief vom Captain. Sieh bloß, Mary, ein Brief aus England von meinem alten Bekannten.« Und dann das entsetzte Gesicht, wenn ihm aufging, was Chuckie Fiske und Dora ihm angetan hatten. Aus all diesen Gründen musste sie einfach bekennen.

»Mr. Blankenheimer hat nichts damit zu tun«, rief sie. »Chuckie Fiske und ich haben es eingefädelt. Nur wir haben etwas davon gewusst. Ja, ich habe es gewusst«, redete sie hastig weiter, damit der Captain nicht zu Wort kam, denn wenn sie erst einmal aufhörte, konnte sie womöglich nicht wieder anfangen. »Ich habe es Ihnen nicht gesagt, weil ich fürchtete, dass Sie wütend werden könnten. Und jetzt sind Sie wütend, und ich fürchte mich. Aber Mr. Blankenheimer hat nichts gewusst, und Sie dürfen ihn nicht beschuldigen.«

»Was soll das Gebrüll?« Anna kam herein, und Dora stürzte hinaus.

Dora hatte getan, was sie tun musste. Sie hatte verhindert, dass der Captain an Blankenheimer schrieb, doch nun würde sich sein Zorn auf sie richten. Sie wusste nicht, wie sie das ertragen sollte.

Dora vermied es, mit dem Captain zusammenzutreffen. Als sie den zweiten Tag nicht zum Abendessen kam, suchte Paul sie. Er entdeckte sie in Robins Box, den Arm um seine Schultern geschlungen, das Gesicht in seine schöne schwarze Mähne vergraben. Robin schenkte seinem Futter mehr Aufmerksamkeit als Dora, und zwar auf jene tröstende Art, durch die Pferde einem zeigen, dass die Welt sich immer weiter dreht.

»Was ist? Kommst du nicht zum Essen rein?« Paul legte ihr sanft die Hand auf den Arm, sehr behutsam, weil Dora durchaus nicht immer getröstet werden wollte, wenn sie verstört war.

»Ich kriege doch nichts runter.«

»Na, das stimmt nun doch nicht«, sagte Paul bieder. »Immerhin hab ich heute Vormittag was anderes gesehen. Da hast du mit einem Butterbrot in jeder Hand auf der Mauer gesessen.«

»Ich kann nicht mit dem Captain im selben Zimmer sein, wenn er mich nicht mehr leiden mag. Oder mich vielleicht sogar verabscheut.«

»Wer sagt denn, dass er das tut? Kennst du denn nicht den Unterschied zwischen Hass und Zorn? Zorn verraucht wieder.«

»Nie!«

»Na schön, meine Liebe. Na schön.« Paul ging zur Stalltür. »Du brauchst mir ja nicht zu glauben. Aber du wirst schon sehn, wart's ab.«

28

Die kreidehaltigen Hügel beiderseits von Follyfoot gehörten zu einer urzeitlichen Bodenerhebung. In den Tälern lagen Dörfer und einige Weidefarmen; an erhöhten Punkten mit weitem Blick über die Landschaft standen, unwirtlich, zerzaust und dickwandig, einsame Häuser.

Etwa zehn Meilen von der Follyfoot-Farm entfernt lag ein kleines Häuschen; früher leuchtete es weiß, jetzt sah man rostrote Flecken, wo die Ziegel durch die abgeblätterte Tünche schauten. Der einst gepflegte Gemüsegarten war nun traurig vernachlässigt, und nur ein paar Kohl- und Salatköpfe wuchsen zwischen dem Unkraut und den schiefen Erbsenstöcken.

In dem dichten Buchenwäldchen hinter dem Haus sprudelte zwischen zarten grünen Wasserpflanzen eine Quelle. Von der Vorderfront aus überblickte man die mit der Entfernung kleiner werdenden Hügel, sah Felder in allen Farben, Farmen, Kirchen, sich windende Straßen und in der Ferne den von Weiden gesäumten Flusslauf.

Den Ort sehen und lieben war für Mabel eins. Ihre Kinder mochten ihn nicht, das bekräftigte nur Mabels Meinung.

Mabels Mann war schon vor langem gestorben, als die Kinder noch klein waren. Nach dem Tod ihres Vaters zog ihre alte Mutter zu ihr, die mit zunehmendem Alter schwieriger und schwieriger wurde. Die Kinder weigerten sich, auf die Großmutter Acht zu geben, wenn Mabel fort war. Sie fiel in den Kamin oder wanderte nachts durch die Straßen.

Als Mabels Mutter vom Spätbus beinahe überfahren worden wäre, meinten alle, sie müsse nun in ein Altersheim.

»Verlass mich nicht, Mabel«, rief die alte Frau schwach, als man sie wegbrachte.

Mabels Kinder heirateten, hatten selber Kinder, waren mit zunehmendem Alter stärker und stärker von sich eingenommen und wurden immer tüchtiger und geschäftiger.

Manchmal kamen sie Mabel wie Fremde vor, die nie und nimmer jene verträumten Kinder gewesen sein konnten, die sie so oft liebevoll umarmt hatte. Mit der Zeit wurde Mabel selber eine alte Frau. Sie vergaß viel, ging taperig, verlegte ihre Brille, wiederholte sich dauernd und setzte die Pfanne mit dem Speck so ungeschickt auf den Herd, dass die Flamme hineinschlagen konnte.

Allmählich bemerkte sie, dass ihre Kinder, besonders die Töchter, sich gegenseitig ansahen und etwas murmelten. Sie nahm an, dass sie mit ihr das vorhatten, was sie mit ihrer Mutter gemacht hatte.

Aber sie konnte überhaupt nicht in ein Altersheim gehen, schon nicht wegen ihrer Hunde und Katzen, ganz zu schweigen von ihrem alten Pferd, das seit Ewigkeiten bei ihr war. Sie hatte ein bisschen Geld zurückgelegt und wusste, was sie tun würde.

Sie rief ihre Kinder zusammen und erklärte ihnen: »Mein Leben nähert sich allmählich seinem Ende.«

»Unsinn, Mutter«, sagte Rachel automatisch. »Unsinn, du hast noch Jahre vor dir.«

»Daher werde ich nun tun, was ich mir schon immer gewünscht habe«, fuhr Mabel fort, ohne Rachels Einwurf zu beachten. »Ich werde mir ein kleines einsames Haus suchen und mit meinen Tieren hinziehen. Dort braucht ihr mich dann auch nicht mehr zu besuchen.«

»Aber wir müssen uns doch um dich kümmern. Wir kämen uns ja sonst –«

»Kommt nicht euretwegen«, entgegnete Mabel. »Wenn ihr überhaupt kommt, dann meinetwegen. Aber wie dem auch sei: Wenn ich euch brauche, benachrichtige ich euch.«

»Aber du wirst uns doch jeden Tag anrufen? Oder zumindest jede Woche.«

»Nein. Schon aus dem Grunde nicht, weil ich kein Telefon haben werde.«

»Wie willst du uns dann benachrichtigen, falls ... Briefe sind doch eine Ewigkeit unterwegs. Wenn du nun krank wirst und –«

»Keine Sorge. Ich werde schon zurechtkommen«, sagte Mabel geheimnisvoll. Mit zunehmendem Alter war sie immer mysteriöser geworden.

So kaufte Mabel gegen den Willen ihrer Kinder das kleine Haus mit dem wundervollen Ausblick. Zwischen dem Garten und dem Buchenwald lag eine saftige kleine Weide mit einem offenen Schuppen für ihr altes Pferd. Es hieß Julian, nach ihrem ersten Liebsten, der im Ersten Weltkrieg gefallen war, was ihre Kinder für geschmacklos hielten; ihrer Meinung nach hätte sie das Tier nach ihrem Mann Sidney nennen müssen.

Julian war ungefähr zweiundzwanzig Jahre alt. Obwohl schon ein bisschen steif, zog er noch immer den leichten zweirädrigen Wagen ins Dorf, wenn Mabel einkaufen musste. Julian war nicht gerade ein schönes Pferd. Auf seiner Oberlippe saß ein kleiner Schnurrbart, seine Hüften ähnelten denen einer Kuh; außerdem stellte er oft die Ohren auf, wobei er die Innenseite nach außen kehrte. Dabei verdrehte er die Augen, bis man das Gelbe sah. Aber das Pferd und Mabel verstanden einander, und nachdem ihre eigenen Beine ihr den Dienst versagten, dienten ihr seine noch lange.

Eines regnerischen Nachmittags unternahm Dora einen langen Ausritt. Es war das einzige, was sie auf andere Gedanken brachte. Robin zu reiten war noch immer das gleiche reine Vergnügen wie damals in Amerika. Doch nun in gesteigertem Maß, weil er ihr gehörte.

Dora ritt auf der alten, überwachsenen Römerstraße, die dicht unterhalb der Kämme den buchtenreichen Abhängen folgte. Sie setzte über Bäche und kanterte munter auf dem kurzen Gras, aus dem kleine Fontänen aufspritzten. Jedes Mal, wenn ihr einfiel, dass sie zurückmüsse, wollte sie weiter. Es würde ein langer Heimritt werden, aber sie machte sich deswegen keine Sorgen.

Irgendetwas gab plötzlich nach, lockerte sich. Dora rutschte zur Seite, als der Steigbügelriemen an der Nahtstelle riss. Geschirrputzen gehörte nicht zu den starken

Seiten von Follyfoot. Das ausgetrocknete Leder war seit langem brüchig.

Mit einem Stückchen Schnur und einer scharfen Ahle wäre der Schaden schnell behoben. Bald darauf kam sie an ein halb in den Angeln hängendes Tor. Sie bog in den Pfad durch die Buchen ein und entdeckte ein altes Haus mit einem alten Pferd, das Robin ohne sonderliche Begeisterung begrüßte. Und sie stieß auf eine alte Dame, die in einem dunklen Regenumhang mit Kapuze in einem verunkrauteten Gemüsebeet herumwirtschaftete.

»Guten Tag.« Dora ritt an die alte Dame heran. »Ob Sie mir wohl ein Stück Schnur geben könnten?«

Die alte Dame musterte Robin mit Freude, aber den Steigbügel mit leisen Ausrufen des Missfallens. »Ihr Lederzeug ist fast in genauso schlechtem Zustand wie meins.« Wenn sie lächelte, wirkte sie weniger hexenhaft.

Sie holte ein Stück Schnur und einen scharfen Grillspieß, um Löcher in die Enden des Leders zu bohren, und brachte Dora zu ihrem alten Pferd, damit sie es bewundern konnte, ehe sie wieder davonritt. Es regnete jetzt ziemlich kräftig. Das Pferd stand mit zurückgelegten Ohren und eingezogenem Schwanz mitten auf dem Feld. Die alte Dame scheuchte es in den Schuppen und legte die Stangen vor.

»Haben Sie es weit bis nach Haus?«, fragte sie Dora.

»Etwa zehn Meilen. Es war ein langer Ritt. Es haben sich böse Dinge ereignet, und ich wollte für mich allein sein.«

»Ich weiß, was Sie meinen«, sagte die alte Dame. »Für mich und Julian stand auch Böses bevor, und ich musste raus, um für mich zu sein.«

»Mir gefällt es hier«, sagte Dora.

»Kommen Sie doch mal wieder.« Die alte Dame schauerte vor Kälte zusammen. Sie ging auf das Haus zu. »Ich heiße Mabel. Kommen Sie. Ich gebe Ihnen einen Schluck Kakao und eine Schnitte von dem schrecklichen Brot, das ich backe. Brotbacken werde ich wohl nie richtig lernen.«

Als das Mädchen mit dem prächtigen Pferd fort war, machte Mabel Feuer im Kamin, fütterte Hunde und Katzen und setzte sich in den Sessel, der sich ihren Körperformen angepasst hatte. Eine Katze sprang ihr auf den Schoß. Sie faltete die Hände über dem breiten, grauen Katzenrücken und verlor sich an Erinnerungen.

Vielleicht benachrichtige ich doch meine Töchter, ging ihr durch den Kopf. Ich fühle mich heute wirklich nicht so recht. Wenn ich krank werde, muss ich es ihnen wohl mitteilen. Sonst fühlen sie sich noch schuldig.

»Hör auf, Mabel«, sagte sie dann laut zu sich selber. »Hör auf. Um von so sinn- und nutzlosen Empfindungen wie Schuld fortzukommen, bist du schließlich hierhergezogen.«

Dora dachte ziemlich häufig an Mabel und ihr einsames Häuschen – und daran, wie es war, alt zu sein und für sich bleiben zu wollen. Mabel brauchte sich keine Gedanken darüber zu machen, was die Leute von ihr dachten, weil sie allein lebte.

Dora versuchte noch immer, dem Captain aus dem Wege zu gehen oder es ihm besonders recht zu machen, wodurch sie eine Ungeschicklichkeit nach der anderen beging. Sie vergaß seinen Kaffee, verlegte eine Haferrechnung und ließ in einem dunklen Winkel eine Harke verkehrt herum stehen. Sir Richard Wartley trat auf die Zinken, und der Stiel schlug ihm gegen die Stirn.

Paul kam gerade dazu, als sie Robin voller Verzweiflung sattelte und fragte: »Wo willst du hin?«

»Ach – bloß mal ausreiten.«

»Wann kommst du zurück? Denn allein repariere ich das Dach nicht.«

»Es wird ziemlich lange dauern.«

»Dann komme ich mit. Miss Amerika braucht Bewegung. Wir machen uns dann nachher an das Dach.«

»Aber …« Aber warum eigentlich nicht. Mabel hatte nichts gegen Doras Besuch gehabt. Hauptsächlich sollten doch wohl ihre Töchter nicht kommen.

Es war ein herrlicher Ritt bei wechselndem Sonnenlicht. Nach einer Woche Regen dufteten die Büsche und niedrigen Stauden, die die Abhänge dicht überzogen. Beide Pferde fielen gemeinsam in einen langen, rhythmischen Kanter. Man gewann das Gefühl, es könne immer so weitergehen.

»Erinnerst du dich noch an unseren letzten gemeinsamen Ritt?«, fragte Paul, als sie einen kreidigen Erdrutsch überquerten.

Dora rieb sich unbewusst den Kopf. »Wäre wirklich fast mein letzter Ritt gewesen. Armer Rebell. Ich frage mich, was die Crowleys über die ganze Geschichte denken.«

»Ist doch egal, solange sie sich nicht wieder ein untaugliches Pferd andrehen lassen.«

»Werden sie bestimmt.«

»Und ebenso bestimmt bringst du es dann zuletzt nach Follyfoot.«

»Wahrscheinlich. Obwohl – ich weiß nicht.« Dora dachte an den Captain. »Das nächste Mal muss ein anderer auf die Idee kommen.«

Schon unter dem Dach der Buchen hörten sie das tobende Gebell in dem kleinen Haus. Dora ritt zur Vordertür und rief nach Mabel. Keine Antwort. Sie überließ Robins Zügel Paul, ging zur Hoftür und drückte sie auf. Im gleichen Augenblick schossen die Hunde heraus und rasten wie verrückt bellend davon.

Die Küche war ein einziges Chaos. Herausgerissene Esswaren, umgestoßene Milchflaschen und überall Katzen und Hundedreck.

Dora ging hinaus und rief: »Binde die Pferde an, Paul, und komm rein!«

Sie gingen durch die Küche zum Vorderzimmer. An der Tür streckte Paul instinktiv den Arm aus, um Dora den Weg zu verlegen, und sagte: »Sieh nicht hin!«

»Ich fürchte mich nicht.«

Mabel saß in ihrem Sessel am kalten Kamin. Offenbar war sie schon seit mehreren Tagen tot.

Ihr Pferd Julian, durch die Stangen vor der Tür im offenen Schuppen festgehalten, hatte vergeblich versucht, die Erde unter der Barriere wegzuscharren. Jetzt lehnte er in der entferntesten Ecke und konnte sich kaum auf den Beinen halten. Offensichtlich war er halb verhungert und verdurstet.

Sie gaben ihm zu Anfang nur wenig Futter und Wasser, schlossen die Hoftür ab, nahmen den Schlüssel mit und wollten zum nächsten Telefon, um einen Arzt und Follyfoot anzurufen; Follyfoot wegen des Pferdetransportwagens für Julian.

Auf dem Heckenweg begegneten sie einem Auto voller Frauen und Kinder. Da dieser Weg nur zu einem einzigen Haus führte, mussten die Besucher zu Mabels Familie gehören.

Dora und Paul stellten ihre Pferde quer über den Weg, worauf die Frau am Steuer sich aus dem Wagenfenster beugte und sie aufforderte, Platz zu machen.

Dora ritt näher an das Auto heran. »Wollen Sie zu Mabel?«

»Ja. Wieso? Wer sind Sie? Wir gehören zur Familie und dachten uns, wir fahren mal vorbei und sehn nach ihr.«

Dora starrte Mabels Töchter wortlos an. Daher ergriff Paul die Initiative und sagte: »Da kommen Sie zu spät.«

»Wie meinen Sie das?«

»Sie ist tot.«

»O mein Gott!« Die beiden Frauen fuhren fahrig mit den Händen durch die Luft und versuchten, den Kindern die Ohren zuzuhalten. Doch die Kinder schüttelten die Hände ab und lauschten ernst.

»Mein Gott, wie grausig.«

»Nein, gar nicht grausig«, schaltete sich Dora ein. »Sie wollte so sterben, glaube ich. Kein Spektakel ihretwegen, keine Aufregung. Sie wollte für sich allein davongehen.«

Die Tochter mit der harten Stimme und dem scharlachrot geschminkten Mund erklärte in schockiertem Ton: »Vorige Woche wurde ich durch eine Stimme geweckt. Sie klang ganz nah und rief ›Rachel!‹ Ich habe nicht darauf geachtet, hielt es für mein Unterbewusstsein. Denn sie hat doch immer gesagt: ›Ich benachrichtige euch, wenn ich euch brauche.‹ Ich dachte, sie meinte per Telefon oder brieflich. Ich wusste nicht, dass sie es so meinte.«

Dora gab den Frauen die Schlüssel und überließ es ihnen, Arzt, Polizei und Ambulanz zu verständigen. Sie stritten sich noch, wer es tun sollte, als Dora und Paul davonritten. Vom Dorf aus rief Dora den Captain an und bat ihn, den Pferdetransporter herzuschicken.

»Wieder mal ein Kunde, Dora?« Es klang, als wäre zwischen ihnen wieder alles in Ordnung.

»Ja. Er ist ziemlich alt und schwach. Hat seit Tagen nichts zu fressen gehabt. Aber ich glaube, wir können ihn retten.«

»Prima, Mädchen«, sagte der Captain. »Gut gemacht. Du findest wirklich immer genau die Pferde, die nach Follyfoot gehören.«

Alles war wieder im richtigen Gleis. Obwohl Dora durch das Erlebnis mit Mabel noch recht verstört war, verließ sie die Telefonzelle, als hätte sich eine schwarze Wolke verzogen. Doch da war noch etwas. Eine bohrende Unruhe. Weshalb nur? Ach ja, sie hatte sich eingebildet, die einzige zu sein, die nachts Stimmen hörte. Dora empfand es als ein bisschen enttäuschend, dass eine Frau mit gelacktem Haar und blutroten Lippen ebenfalls Stimmen hörte.

29

Jedes Jahr, wenn der Herbst herankam, organisierte Callie ein Fest für die Tiere, die im Sommer auf Follyfoot und in der Nachbarschaft das Licht der Welt erblickt hatten.

Welpen, Kätzchen, Hühner-, Enten- und Gänseküken, Aquarienfische oder der aus dem Nest gefallene Jungvogel, den Toby gefunden und angeschleppt hatte; obwohl nun ausgefiedert und kräftig, blieb er einfach da und verbrachte manche Stunde in Tobys Tasche.

Die schokoladenfarbene Eselin Dotty und ihr Füllen Polka Dot, ein preiswürdiges Schaustück. Auch Folly, denn es wäre doch ungerecht gewesen, ihn auszuschließen, nur weil er schon etwas älter war. Dazu drei hochbeinige junge Dartmoors von der Ponyfarm. Das neunundfünfzigste Junge der bräunlichen Katze Moll. Das neue Baby, das Tobys Mutter bekommen hatte. Ein Karton mit jungen belgischen Kaninchen. Und ein Welpenpaar, das Mrs. Oldcastle spazierenführte.

Alle bekamen ihren Preis, weil alle gleich preiswürdig waren.

Robin durfte ebenfalls dabei sein, da man sozusagen seine Geburt als britischer Bürger feiern konnte. Und auch Julian durfte an der Feier teilnehmen, weil er wiedergeboren war – dem Rachen des Todes entrissen.

So gab es immer etwas zu feiern auf Follyfoot.

Doch was sie wirklich feierten, war das Leben.

Ein Fremdling auf Follyfoot

1

»Dieses Pferd«, sagte Paul, »führt ein Leben wie ein verwöhntes Kind.«

»Folly ist ja auch noch ein Kind.« Dora hatte das Hengstfohlen an einem Pfahl festgebunden und rieb es mit einem alten Seidenschal von Anna ab. Dadurch glänzte sein braunes Fell wie die leuchtenden Kastanien von den Bäumen, die das Tor der Follyfoot-Pferdefarm säumten. »Er ist erst zwei. Vierzehn also, wenn man es auf das menschliche Alter überträgt.« Sie lief hinter dem Pferd her, das rund um den Pfahl tanzte.

»Ich musste mit vierzehn schon arbeiten«, erklärte Paul. »Folly müsste längst wissen, was ein Sattel ist.«

»Callie will ihn lieber heute als morgen reiten. Aber der Captain will noch nichts davon wissen. Er meint, Folly ist zu klein.«

»Er ist 'ne Rakete.« Paul packte das Seil dicht unterm Halfter, um das ruhelose Fohlen zum Stehen zu bringen. »Der Captain meint, Callie würde mit Folly noch nicht fertig. Aber sagst du ihr das, gerät sie außer sich und geht auf ihn los.«

»Ich weiß auch nicht«, sagte Dora. »Sie ist wirklich ein bisschen nervös.«

»Genau. Nervöse Leute wollen immer mehr, als sie können, und dann ...«

Dora blickte Paul flüchtig an. Woher wusste er das? Er fürchtete sich doch vor niemand und nichts.

»Callie kommt nicht vor vier aus der Schule«, sagte Paul. »Los, Dora, packen wir ihm was auf den Rücken. Mal sehen, wie er darauf reagiert. Geradezu zum Arbeiten geboren, der kleine Teufel. Es wird ihm Spaß machen.«

»Callie wird vor Wut schäumen.«

»Was sie nicht weiß, macht sie nicht heiß. Wir arbeiten bloß mit ihm, solange sie in der Schule ist. Und wenn wir ihr dann vorschlagen, dass sie ihn reiten soll, macht er kein Spektakel mehr.«

An eine Trense, ein Gebiss aus zwei in der Mitte durch ein Gelenk verbundenen Eisenstäben, hatte sich Folly schon gewöhnt; er spielte mit dem Maul darauf herum, und sie brauchten die Trense, damit sie ihm beibringen konnten, den Hals zu beugen. Paul schob ihm jetzt das Gebiss ins Maul und streifte ihm das Zaumzeug mit der langen Longierleine über. So führte er Folly auf das kleine Feld hinter der Scheune. Es war eingezäunt und der beste Übungsplatz, weil Folly hier nicht von den anderen Pferden abgelenkt wurde, die weideten, spöttisch wieherten oder neugierig herankamen.

Dora schloss das Gattertor. Sie hatte ihre Erfahrungen mit Folly. Wenn er konnte, riss er ihr die Leine aus der Hand und raste zum Stall zurück, wobei sich die lange Longierleine um Schubkarren oder die Beine anderer Pferde schlang.

Ehe die beiden Folly etwas auflegten, ließen sie ihn im Kreis laufen. Sie hatten ihre helle Freude daran, wie er den Kopf hielt und auf die Trense reagierte; aber auch an seinem federnden, geschmeidigen Gang. Das stand fest: Folly würde ein Prachtpferd werden, das sich wundervoll ritt. Er konnte bereits im Schritt gehen, traben und kantern. Er stoppte unverzüglich, wenn man »Brrr ! « rief, und hielt sich auf dem äußeren Kreis, statt nach der Mitte zu drängen wie Doras Robin, der immer schnuppern wollte, was man in der Tasche hatte.

Callie hatte mit Folly gut gearbeitet. Und er würde es ihr lohnen. Eines Tages würde er ganz gewiss ihr Traumpferd, so wie Robin Doras Traumpferd war.

»Und jetzt, alter Junge«, sagte Paul, »werden wir dir zeigen, warum Gott die Pferde so geschaffen hat, wie sie nun mal gebaut sind.«

Er hatte einen Sack voll Stroh gestopft. Er war nicht schwer, aber sperrig. Paul legte ihn dem Fohlen über den kurzen Rücken. Folly zuckte mit dem Fell, ließ die kleinen, geschwungenen Ohren vor- und zurückspielen, stand aber still. Nun legte Paul auf den mit Stroh gefüllten Sack den schmalen, leinenen Packgurt, den Callies Vater bei seinem Rennsattel benutzt hatte.

»Halt den Burschen gut fest«, rief er Dora zu. Und während er Follys Ohren genau beobachtete, zog er den Gurt nach und nach an.

»Gut, alter Junge. Und nun los!«

Dora ging zurück in die Mitte, gab dem Pferd Leine, bückte sich und tat so, als wolle sie mit Erdklumpen nach ihm werfen, worauf Folly sich sofort in Bewegung setzte. Er ging im Schritt, buckelte und wandte den Kopf, um zu sehen, was er auf dem Rücken trug.

»Trrrab !«

Beim Traben hüpfte der Sack auf dem Rücken des Fohlens. Folly machte ein paar Mal einen Buckel, blieb dann unvermittelt stehen, stieß nach dem Sack mit der Nase, schnaubte, keilte aus und beschloss dann, weich weiterzutraben. Kurzum, er trug den Sack, als wäre er das seit Ewigkeiten gewohnt. Es sah in der Tat so aus, als wäre er zum Arbeiten geboren, wie Paul vorhin gesagt hatte.

»Wie wär's mit einem Sattel?«, fragte Dora.

»Noch zu früh.«

»Aber nein. Er ist ein Naturtalent. Folly ist das beste Jungpferd, mit dem wir je gearbeitet haben.«

Sie legten dem Hengstfohlen einen leichten Sattel auf, zogen den Gurt aber nicht allzu fest an. Folly rollte mit den Augen, ließ die Ohren vor- und zurückspielen, stand jedoch still.

»Ich schwing mich mal rauf«, erklärte Dora.

»Sei kein Idiot. Er ist noch lange nicht soweit. Das macht man Schritt um Schritt. Erst muss er sich mal an das Gewicht gewöhnen. Dauert Wochen.«

»Red nicht wie'n altes Weib.« Dora glühte vor Aufregung und Ungeduld. »Halte ihn beim Kopf. Ich sitze auf.«

»Er wird dich abwerfen.«

»Ich riskier's.«

Als erstes legte sie die Arme über den Sattel und lehnte sich auf Follys Rücken. Er scherte aus, aber sie ging mit, damit er weiter das Gewicht spürte. Dann trat sie zurück, schob den Fuß in den Steigbügel und belastete ihn langsam.

Folly legte die Ohren zurück.

»Gönn ihm 'ne Pause«, sagte Paul. »Es ist noch zu früh.«

»Je früher, je besser.« Dora beobachtete Follys Ohren. »Um so eher kann Callie ihn reiten. Und sie soll dann denken, dass sie die Erste ist.«

»Na gut. Mach weiter«, sagte Paul. »Sie kommt sowieso bald aus der Schule.«

»Noch lange nicht.« Dora rückte sich behutsam im Sattel zurecht. »Führe ihn im Schritt, Paul. Los !«

2

Doch Dora und Paul hatten ihre Rechnung ohne die Busfahrer gemacht. Die Chauffeure riefen einen Streik für die späten Busse aus, und wer, wie Callie, oben auf dem Hügel wohnte, nahm für die Heimfahrt kurz entschlossen einen früheren.

Callie stieg am Tor der Follyfoot-Farm gerade in dem Augenblick aus, als Paul Follys Halfter losließ und Dora das Fohlen in einen leichten Trab brachte. Als Doras muskulöser Körper zum ersten Mal auf den Pferderücken wippte wieherte Folly schrill auf, senkte den Kopf und bäumte sich. Dora flog durch die Luft und landete unsanft zwischen hohem Gras und stachligen Disteln.

Folly bockte abermals, um sicher zu sein, dass er die Last abgeschüttelt hatte, raste mit über dem Kopf baumelndem Zügel um das Übungsfeld, warf sich hin und wälzte sich, um den Sattel abzustreifen. Dabei verfing sich das Halfter an einer Wurzel. Es riss. Folly stemmte sich hoch, schüttelte sich und stand, den Sattel nun unter dem Bauch, stocksteif da.

»Was macht ihr mit meinem Pferd?«

Callie kam mit fliegenden Zöpfen um die Scheune gestürzt; während des Rennens schleuderte sie Schulmappe und Blazer beiseite.

»Nichts.«

Dora kam aus dem hohen Gras gehinkt und rieb sich die Hüfte.

»Er macht was mit mir, oder?«

»Bei dir stimmt wohl nicht alles.« Callie kletterte über den Zaun. Die Hände auf dem Rücken, näherte sie sich vorsichtig dem Fohlen. Folly sollte nicht merken, dass sie ihn einfangen wollte. Doch da hatte sie ihn schon, zog ihm das zerrissene Halfter vom Kopf, löste den Gurt und befreite ihn von dem Sattel. Danach führte sie das Fohlen zum Tor, kletterte hinauf und glitt von dort sanft auf Follys schmalen Rücken.

»Pass bloß auf!«, rief Paul und rannte auf die beiden zu. »Er wird dich abwerfen.«

»Nein, wird er nicht. Ich reite ihn doch schon seit Tagen ohne Sattel. Lange bevor ihr es mit dem Sattel versucht habt. Wollte euch überraschen.«

Paul blieb mitten im Lauf stocksteif stehen. Er wechselte mit Dora einen Blick, und beide hoben hilflos die Hände.

»Ach. Und ich denke, der Captain hat gesagt, dass du ihn noch nicht reiten sollst«, sagte Dora.

»So, und wieso reitest du ihn?«

Callie griente die beiden an und ritt in Schlangenlinie zum anderen Gattertor, das auf die lange Bergweide führte. Dora hob das zerrissene Halfter auf, ging hin und öffnete das Tor. Ihre Blicke folgten Callie, die über das Feld ritt, hinunter zu einigen anderen Follyfoot-Pferden, die am entlegenen Ende der Weide, wo der Bach floss, umhertrödelten. Callie steuerte Folly um ein paar Bäume herum und ließ ihn auf dem flachen Teil des Feldes traben. Sie brachte ihn zum Stehen, als seine Erregung stieg, wendete und trabte den Hang wieder hinauf, wobei sie sich an Follys Mähne festklammerte, als er misstrauisch äugte und den vertrauten Steinen und Büschen auswich, zwischen denen er sein Leben lang geweidet hatte.

»Ist Folly nicht Klasse?« Callie glitt von dem Pferderücken. Das Fohlen vergrub die Nase sofort in ihrer Hand und suchte nach den Eicheln, die Callie stets in der Tasche hatte, ob sie nun ihre Schuluniform trug oder etwas anderes.

Während des Soziologieunterrichts hatte der Lehrer seine Schüler eines Tages aufgefordert, die Taschen zu leeren. Er wollte sehen, welche Gegenstände menschliche Wesen für ihre Alltagsexistenz benötigen. Die meisten hatten Geld in den Taschen, Bonbons, Schlüssel, alte Busfahrscheine und schmutzige Taschentücher. Callie förderte Eicheln, Hufnägel, das zerrissene Zeitungsfoto eines Springreiters sowie ein drei Zoll langes Büschel Pferdehaar zutage; es stammte von Follys Schwanz, den sie gestutzt hatte, damit er nicht im Schmutz schleifte.

Folly galoppierte den Hügel hinunter und setzte über den Bach zu den anderen Pferden. Einige, etwa Nigger und Dolly, fühlten sich durch Follys jugendliches Temperament irritiert und beachteten das Fohlen nach Möglichkeit nicht. Andere hoben den Kopf, als Folly näher kam, und tauschten vermittels der Nüstern Neuigkeiten aus. Wieder andere stupsten das Fohlen kameradschaftlich in den Nacken.

Dora ging über das Feld, um zu sehen, was Robin machte, ihr Wunderpferd, halb Vollblut, halb Viertelblut mit der Qualität eines Vollbluts, das sie aus Amerika mitgebracht hatte. Robin trabte ihr entgegen und legte die Nase an Doras Wange. Robin war nicht so gefräßig wie Cobblers Dream, der mit dem Maul gierig gegen Pauls geschlossene Fäuste stieß, die er ihm neckend hinhielt. »Okay, Cobby, welche Hand ? Links oder rechts?«

Das Fuchspony schnupperte an beiden Fäusten und versuchte dann die Finger, die die Eicheln umschlossen, aufzubrechen.

Es war ein herrlicher, warmer Herbstnachmittag; die Sonne stand niedrig an einem Himmel, der in viel tieferem Blau leuchtete als im Sommer. Das Grün der Bäume hatte sich zu Gelb, Orange und Rot verfärbt, und die Luft roch gut nach Früchten und Kartoffelkrautfeuern. Es war einer jener letzten köstlichen, erinnerungswerten sommerlichen Tage. Doch dann wachte man eines Morgens auf und sah, dass erste Eisblumen die Fenster überzogen. Man hatte geglaubt, der Sommer würde ewig währen. Doch nun wusste man, dass der Winter vor der Tür stand, und konnte die verkramten Handschuhe vom letzten Winter nicht finden.

Dora und Paul gingen von einem der alten Pferde zum anderen. Jedes hatte seine Geschichte. Sie erzählte von dem Pech oder der Grausamkeit, die das Tier gequält, aber schließlich auch dazu geführt hatte, dass es seine letzten Tage nun in Frieden auf der Follyfoot-Farm verbringen konnte.

Das gefleckte Zirkuspferd mit dem flachen Rücken, breit wie ein Tisch, weil jahrelang Zirkusprinzessinnen in Flitterglanz und Ballettschuhen, die mit Kolophonium eingerieben waren, auf diesem Rücken getanzt hatten. Hero, ein anderes Zirkuspferd, das Callie durch Diebstahl vor Schlimmerem als dem Tod gerettet hatte. Ginger, der einst einen Milchwagen gezogen hatte. Follys Mutter Specs vom Altwarenplatz. Amigo, hafermehlfarbig und knochig, der verkauft worden wäre, um im Geschirr zu sterben, wenn ihn Dora nicht bei einer Auktion ersteigert hätte. Dottie, die schokoladenfarbene Eselin mit der weißen Nase, dem weißen Bauch und dem Weiß rings um die purpurfarbenen Teiche der Augen; daneben ihr Füllen Polka Dott, das während eines Regengusses unter einer Hecke zur Welt gekommen war – für alle unerwartet, weil jeder angenommen hatte, Dottie wäre nun mal so dick. Und weiter der alte Stroller, Ranger und Frank und der Weaver, alles gute Freunde, die im Follyfoot-Gnadenhof für alte Pferde ihre letzten Jahre verlebten.

3

Mit dem Dong-Dong der großen Glocke an den Ställen rief Slugger sie zurück auf den Hof und zur abendlichen Arbeit.

Dora, Paul und Callie gingen über das kurz gefressene Gras den Hügel hinauf, vor ihnen die niedrigen, soliden Farmgebäude und die vertrauten schirmförmigen Umrisse der Ulmen; sie standen in der Hecke, die die Straße säumte.

Wie immer wandten sie sich oben um und blickten über die Koppel zurück auf die in der Abendsonne friedlich weidenden Pferde; die schrägen Sonnenbahnen verwandelten Robins Fell in ein kupfernes Rot.

»Wie ich diesen Fleck Erde liebe!«, seufzte Dora. »Hier werde ich ewig und immer bleiben.«

Paul zuckte mit den Schultern. »Fest steht nichts. Ewig und immer gibt's nicht.«

»Wenn ich hier bleiben möchte«, entgegnete Dora, »bleibe ich auch hier.«

»Na schön«, erwiderte Paul. »Du bist womöglich hier, aber die Pferde vielleicht nicht mehr.«

»Auf der Follyfoot-Farm werden immer Pferde sein.« Dora drehte sich um und ging den Graspfad zum Stallhof hinauf.

»Es wird alles immer schwieriger, und das weißt du so gut wie ich«, sagte Paul neben ihr mit ernstem Gesicht. »Die Preise für Futter und Heu und Streu steigen ständig.«

»Wir werden schon durchkommen.« Über Geld machte sich Dora keine Gedanken, da sie nie welches besaß. »Sind wir doch immer.«

»Ich hoffe es«, sagte Paul. »Aber es bereitet anscheinend doch immer mehr Kopfzerbrechen. Oder ist dir nicht aufgefallen, wie still der Captain seit kurzem ist?«

»Der Captain ist immer still.«

Der Captain war ein Mann weniger Worte. Am besten konnte er sich mit Pferden verständigen, in einer Sprache aus gemütlichen Grunzlauten, Gemurmel und leisen Pfiffen.

»Na gut. Aber jetzt ist er noch stiller als sonst.« Paul runzelte die Stirn. »Gestern sagte ich: ›Hören Sie, Captain, wenn wir die unbestellte Ecke am Wald pflügen und wieder einsäen, ernten wir da in zwei Jahren das prächtigste Heu.‹ Normalerweise hätte er gesagt: ›Na los, dann tu's doch.‹ Aber gestern hat er mir bloß geistesabwesend auf die Schulter geklopft und gemeint: ›Machen wir lieber keine langfristigen Pläne.‹«

Sie gingen um die Laufboxen herum und gelangten in den Stallhof, zwischen dessen Kopfsteinpflaster Grasbüschel wuchsen.

Der Captain kam eben aus Gingers Box. Er hatte die Schürze mit den tiefen Taschen vorgebunden, die sich vor Hufkratzern, Bürsten, Bandagen und Flaschen mit Einreibemitteln beutelten.

»Hallo, Captain!«

Er bedachte Dora mit jenem ruckartigen Nicken, mit dem er Grüße erwiderte.

»Was macht Gingers Bein?«

»Soso.« Zusammen mit Dora blickte er über die Halbtür in die Laufbox; das alte Milchwagenpferd stand in einer Ecke, den linken Vorderfuß in einem Umschlag aus heißer Kleie, der mit einer Schnur am Bein festgebunden war.

Hinter den knochigen Schultern sackte der Leib schwer durch. Die Hüftknochen standen heraus wie Kleiderbügel. Das obere Schwanzhaar fehlte nahezu gänzlich, da Ginger sich unaufhörlich an seinem Lieblingsbaum scheuerte. Ein Teil seiner dünnen Mähne war den gleichen Weg gegangen. Und sein Fell wies nackte Stellen auf, wo andere Pferde nach ihm geschnappt hatten. Er sah aus wie ein verschlissenes, mottenzerfressenes altes Schaukelpferd, das in einem Bodenwinkel, von der Familie vergessen, verstaubte.

Doch so oder so. Ginger war einer der mehr als zwanzig vierbeinigen Gründe, warum es auf Follyfoot immer Pferde geben würde.

4

Dora begann die Laufboxen auf ihrer Hofseite auszumisten. Der Wettervorhersage nach sollte es in dieser Nacht regnen. Also mussten sie einige ältere Pferde hereinholen. Als Dora mit der Schubkarre zur Scheune hinüber wollte, um noch einen Ballen Stroh zu holen, kam ein Auto die Straße herunter, verlangsamte das Tempo und stoppte vor dem Tor mit dem Schild »Follyfoot-Farm – Gnadenhof für alte Pferde«.

Ein Mann kletterte aus dem kleinen, schmutzigen, schlecht gepflegten Wagen und kam durch das Tor auf Dora zu, die gerade einen Strohballen vom Stapel zerrte. »Kann ich Ihnen helfen?«

»Komm schon zurecht, danke.« Wahrscheinlich bin ich kräftiger als du, dachte Dora nach einem kurzen Blick auf den Besucher. Er wirkte wie ein Städter: dunkler Anzug, schwarze Schuhe, schmaler Schlips. Doch auf den zweiten Blick entdeckte man, dass der Anzug knitterte, die Schuhe abgetragen und Hemdkragen und Krawatte ausgefranst waren.

»Ist hier das Heim für alte Pferde?«, fragte der Fremde, obwohl es ihm das Schild am Tor gesagt haben musste.

Dora nickte und klopfte sich ein paar Strohhalme ab. »Ich wollte mal fragen, ob Sie mein Pferd übernehmen könnten.«

»Das hoffe ich doch«, lächelte Dora. Obgleich sie schon mehr als zwanzig Pferde zu versorgen hatten, freute sich Dora stets über jedes neue.

»Die Sache ist die«, sagte der Mann. »Ich gehe ins Ausland. Nach Südamerika, um es genau zu sagen. Hab da Aussicht auf einen Job bei einem Freund.«

»Ich war in Amerika«, erklärte Dora. Sie war bei Mr. Blankenheimer, einem Bekannten des Captains, zu Besuch gewesen, der davon träumte, in den Vereinigten Staaten ebenfalls eine Follyfoot-Farm ins Leben zu rufen. »Von da habe ich auch meinen Braunen her. Robin, er ist halb Viertel –«

Doch der Besucher hörte überhaupt nicht zu. »Brauche einen neuen Start, verstehen Sie.« Er sprach mehr zu sich selbst als zu Dora. »Hier ist für mich nicht alles so gelaufen, wie es sollte. Ich muss alles im Stich lassen. Die Fabrik. Das Haus. Und, was am schlimmsten ist, Eisvogel.«

»Welche Rasse?«

»Rasse? Nun ... ich weiß nicht. Eben ein Pferd«, antwortete der Mann unbestimmt. »Irgendwie gesprenkelt, so wie Sommersprossen, und in der Mitte dick. Sehr zahm. Ich verstehe nicht viel von Pferden und Reiten, aber ich füttere ihn, bürste ihn, gebe ihm Zuckerstücke, und wir reiten prima die Straßen auf und ab. Eisvogel hat mir alles beigebracht, was ich von Pferden weiß.«

Und das ist nicht gerade viel, dachte Dora.

»Er ist mir ein guter Kamerad gewesen.« Das Gesicht des Mannes verzog sich vor Besorgnis in Falten. »Deshalb würde ich ihn auch gern hier unterbringen. Ich könnte ihn nicht, na, Sie wissen schon ... Andererseits kann ich es mir nicht leisten, für seinen Unterhalt zu zahlen. In meinem Vorort gibt es einen Reitstall. Die würden ihn vielleicht kaufen, aber er ist für die Arbeit zu alt. Seine Beine schwellen immer an, und er schnappt leicht mal zu, wenn er jemand nicht kennt ...«

›Kein Wunder‹, dachte Dora, ›wenn du ihn mit Zucker fütterst und mit ihm auf Vorortstraßen herumtrottest‹. Doch sie sagte: »Vielleicht können wir ihn nehmen.« In Gedanken schob sie die Pferde schon von einem Stand in den anderen, wobei Eisvogel dann in die Laufbox mit den Balken kam, aus der er nicht nach unvorsichtigen Besuchern schnappen konnte. »Kommen Sie, sprechen Sie doch mal mit dem Captain.«

»Warten Sie, ich helfe Ihnen.« Der Fremde bückte sich und schob die Karre ein Stück. Der schwere Strohballen war schlecht ausbalanciert. Die Schubkarre schwankte, der Ballen kippte herunter. Dora hievte ihn wieder hinauf, und der Mann ließ sie die Karre allein schieben.

Der Captain war in der Geschirrkammer und betrachtete Follys zerrissenes Halfter.

»Wie ist denn das passiert?« Zerrissenes Pferdegeschirr war ihm ein Greuel.

»Nun, ja ... Folly ist irgendwo hängen geblieben.«

»Woran? Wie?«

Dora wollte kein Verhör wegen des Halfters. Zumindest nicht in Gegenwart des Fremden mit dem ausgefransten Schlips, der im Türrahmen wartete.

»Das ist Mister – hmm.«

Der Captain drehte sich um. Der Mann sagte: »Ellis Elkins« und streckte ihm die Hand entgegen. Ehe der Captain sie ergriff, wischte er seine Hände erst einmal automatisch an den Cordhosen ab.

»Er hat ein altes Pferd«, begann Dora eifrig, »und kann es nicht länger halten. Weil es kranke Beine hat, kann er es auch nicht verkaufen. Ich habe mir gedacht, wenn wir Ranger in Fannys Box stellen und Fanny in den leeren Stand, dann –«

»Brrr!«, sagte der Captain zu Dora und zu Ellis Elkins: »Tut mir Leid, wir haben keinen Platz, außer für allerdringlichste Notfälle.«

»Aber wenn doch ein Stand –«

Der Captain war zu höflich, um Dora mit einem »Halt den Mund!« zum Schweigen zu bringen. Daher sah er sie nur vielsagend an, und sie ließ den Satz fallen.

»Sie wollen Eisvogel nicht nehmen?«

»Es geht nicht.«

Dora verließ die Geschirrkammer. Sie wollte nichts mehr hören. Elkins redete noch eine Weile auf den Captain ein, ehe er herauskam und mit hängenden Schultern, die Hände in den Taschen vergraben, zu seinem Wagen ging.

Dora rief good bye, aber Elkins kletterte in sein staubiges Auto, ohne sich auch nur umzudrehen, und fuhr ab.

»Dora!«, rief Paul. »Wolltest du mir nicht Stroh bringen?«

»Hol es dir selber!« Sie ging zu Ginger in die Box. Es war das einzige Pferd, das nicht auf der Weide war, und sie musste sich einfach an einen Pferdehals lehnen, um Trost für ihre düsteren Gedanken zu finden. Was jetzt auf der Follyfoot-Farm passierte, gefiel ihr gar nicht.

5

Dora war noch am nächsten Morgen verärgert. Sie schimpfte mit den Hühnern, die hoffnungsvoll bei der Hoftür pickten und kratzten. Als sie Stroller das Fressen brachte, stieß sie das schwere Pferd grob zur Seite, was sonst nicht ihre Art war. Danach verfluchte sie einen der Esel, weil er ihr auf den Fuß getrampelt war, obwohl sie den kleinen Huf kaum gespürt hatte.

Callie war schon lange vor den anderen aufgestanden, um Folly zu reiten. Jetzt kam sie mit erhitztem Gesicht zum Frühstück in die Küche und berichtete übersprudelnd von den Vorzügen des braunen Fohlens.

»Mach mal Pause«, knurrte Dora. »Wenn man dich hört, möchte man meinen, dass Folly hier das einzige Pferd ist.«

»Was ist los mit dir, Dora?«

Callies Mutter Anna, die am Herd stand, drehte sich verwundert um.

»Ach, lasst mich doch in Ruhe.« Dora schmierte sich wütend Butter auf den Toast.

»Sie hat Liebeskummer, das ist los mit ihr«, sagte Ron Stryker. »Hab sie gestern mit diesem Burschen da am Strohschober tuscheln sehn. Der hatte vielleicht 'nen Wagen! Kratzer nach Maßarbeit, mehr Staub als Farbe drauf, und dann diese modisch verbogenen Stoßstangen! Wirklich 'n Klasseauto!«

Dora wusste nicht, ob sie ihr Frühstück aufessen oder aus der Küche stürzen sollte. Sie kam zu einem Kompromiss, schlang den Rest Wurst und Ei in einem Happen herunter – »Frisst wie 'n Pferd«, lautete Rons Kommentar –, wischte sich den Mund mit dem Handrücken ab – »Ein Benehmen !« –, schob den Stuhl so heftig zurück, dass er in den Kamin krachte – »Was können denn die Möbel dafür?« –, und schoss hinaus.

»Nett, Sie kennen gelernt zu haben«, rundete Ron seine Bemerkungen ab.

In der Tür prallte Dora mit dem Captain zusammen, der mit ernstem Gesicht in die Küche kam.

»Hiermit berufe ich eine Versammlung aller Mitarbeiter ein«, sagte er. »Um elf in meinem Arbeitszimmer. Ich wünsche, dass jeder kommt.«

»Ich muss doch das Pumpenteil aus der Stadt holen«, sagte Paul.

»Das hat Zeit. Ich möchte, dass keiner fehlt.«

»Dann brauche ich nicht zur Schule?« Callie blickte ihn hoffnungsvoll an.

»Dich habe ich nicht gemeint, Callie.«

Sie stieß mit dem Fuß gegen das Tischbein. »Ich komme aber auch um jeden Spaß.«

»Das wird kein Spaß –« Der Captain sah Anna an und schluckte. »Ich meine, es ist kein Spaß.«

Nein, es war kein Spaß.

Einer nach dem anderen betrat das gemütliche Arbeitszimmer des Captains und ließ sich nieder, wo er Platz fand. Der Captain saß neben seinem papierüberhäuften Schreibtisch, die kalte Pfeife im Mund. Er hustete noch immer, sogar wenn sie nicht brannte.

Slugger, der von Anfang an mit dem Captain auf der Farm gearbeitet hatte, saß im Sessel neben dem Feuer; durch die hohe Lehne und den tiefen Sitz wirkte er wie ein Zwerg, zumal seine Füße ein paar Zentimeter über dem Fußboden baumelten. Die Wollmütze, sein Haarersatz sozusagen, hatte er auch jetzt auf dem kahl werdenden Kopf.

Dora hockte auf der Erde, die Hände um die Knie geschlungen; der gelbe Hund des Captains schmiegte sich an sie, eine der Katzen tigerte unter ihren Beinen hin und her.

Paul saß auf der Couch, den Schoß voller Welpen. Ron lümmelte sich auf dem Fensterbrett.

Der Captain räusperte sich. Seine Blicke glitten durch den Raum.

»Ich habe diese Versammlung einberufen«, begann er dann, »um mit euch über Geld zu sprechen.«

Ächzen und Stöhnen rundum.

»In diesem Fall kann ich ebenso gut gehn.« Dora schob

die Katze fort und wollte aufstehen. »Von dem Thema verstehe ich nichts.«

»Halt den Mund und bleib sitzen.« Paul beugte sich vor und zog Dora zurück auf den Fußboden.

»Wie ihr wisst«, fuhr der Captain, ohne jemanden anzublicken, fort, »wird es immer teurer, Pferde zu halten. Viele Ställe haben schließen müssen. Die Eigentümer mussten ihre Pferde abschaffen – ihr wisst, was ich meine. Einige haben sie hierhergebracht.«

»Oder es versucht.« Dora war noch immer wegen Ellis Elkins verknurrt.

»Ein paar konnten wir aufnehmen. Andere nicht, wenn sie halbwegs fit schienen. Wie gestern das Pferd von diesem Mann da, Dora. Er –«

»Sie hätten es aufnehmen müssen. Ist denn die Follyfoot Farm nicht dazu da?«

»Ja, vorausgesetzt, dass wir es uns leisten können.«

»Wir sind immer irgendwie zurechtgekommen. Und werden's auch weiter.«

»Ach, halt den Rand, Dora.« Paul stieß sie mit dem Fuß an. »Predige hier nicht rum.«

»Aber ich begreife nicht«, rief Dora. »Ich denke, es ist die Idee bei einer Farm wie Follyfoot, Pferde um jeden Preis zu retten.«

»Wenn man sie so reden hört, muss man denken, dass die Idee von ihr stammt und sie Follyfoot erfunden hat«, sagte Ron Stryker. »Dabei war ich schon Jahre vorher hier. Wissen Sie noch, wie sie eines Tages auftauchte, Captain? Kam in ihren komischen Sachen einfach auf den Hof und fragte: ›Stellen Sie auch Mädchen ein?‹ Dabei konnte sie beim Pferd nicht vorn und hinten unterscheiden.«

»Bleiben wir beim Thema«, wandte der Captain ein. »Ich habe diese Versammlung einberufen, weil –«

Ein Rumpeln und Schnüffeln vor dem französischen Fenster unterbrach den Captain erneut. Paul öffnete die ins Freie führende Glastür. Draußen stand die schokoladenfarbene Eselin Dottie. Sie blähte die Nüstern, als sie das Feuer witterte, kam auf kleinen Hufen hereingetrappelt, knickte die Beine ein und ließ sich, die Ohren zufrieden seitwärts gestellt, auf den Kaminvorleger plumpsen.

Dora rückte sich so zurecht, dass ihr Dotties feste Schulter als Rückenlehne diente.

»Ich habe die Versammlung einberufen«, fing der Captain geduldig von vorn an, »weil die Treuhänder der Follyfoot-Farm mich aufgefordert haben, die Kosten zu senken. Aber wo anfangen? Bei Futter und Heu können wir nichts abknapsen. Vermutlich könnten wir an Streu sparen, indem wir mehr Pferde die Nacht über draußen lassen. Aber für viele ältere wird es allmählich zu kalt.«

Jeder von ihnen wusste das. Sie warteten.

»Die Treuhänder haben erklärt«, fuhr der Captain fort, »dass wir, wenn bei den Pferden nichts eingespart werden kann, es bei den Mit … bei den Mit …« Er sprach den Satz nicht zu Ende, kaute an einem Fingernagel, kratzte sich den Kopf und fuhr sich mit der kalten Pfeife über die Wange, »dass die Zahl der Mitarbeiter verringert werden muss.«

Es klang entschuldigend, fast wie eine Frage. Aber niemand antwortete. Alle taten plötzlich sehr beschäftigt. Dora polkte Schorfstückchen aus Dotties dünner Mähne. Paul versuchte die Ohren des größten Welpen aufzustellen; sie sollten von selbst aufrecht stehen, falls der Vater tatsächlich ein Schäferhund war. Ron griff nach einem alten Tennisschläger und zupfte, die Augen zur Decke gerichtet, darauf herum, als hätte er eine Gitarre in Händen. Slugger lehnte sich so weit in den Sessel zurück, dass er den Captain nicht mehr sah, und fummelte mit einem Streichholz in seinem Ohr.

Der Captain räusperte sich nochmals. »Nun – was meint ihr?«

Seine Blicke wanderten durch das Zimmer. Keiner half ihm. Also musste er selbst hinzusetzen: »Entweder machen wir es so, oder wir müssen einige der alten Pferde töten lassen.«

Die Reaktion darauf kam unverzüglich und einhellig.

»Das können Sie nicht tun«, sagte Paul.

»Kein Ausweg, Captain«, meinte Ron.

»Nicht, bitte nicht«, rief Dora.

Slugger schüttelte den Kopf. »Das geht nicht, Captain«, murmelte er. »Schlägt den Ideen von Follyfoot doch total ins Gesicht.«

»Na gut.« Der Captain seufzte. »Dann müssen wir den Treuhändern zustimmen und die Zahl der Mitarbeiter verringern. Jemand muss gehen.«

»Wir werden umsonst arbeiten«, sagte Dora. »Ich wenigstens. Das habe ich Ihnen schon hundertmal gesagt.«

»Und ich habe dir hundertmal gesagt, dass ich das nicht zulasse«, erwiderte der Captain. »Sieh zu«, er verzog das Gesicht, als ob jedes einzelne Wort ihn höllisch schmerzte, »sieh zu, dass du einen anderen Job findest.«

»Wo denn?«

»In einem anderen Stall.«

»Wer würde mich denn nehmen?«

»Du hast hier eine ganze Menge gelernt.«

»Wir arbeiten hier anders als andere Leute.«

»Soll das heißen«, der Captain zog die Augenbrauen hoch und sah Dora starr an, »dass ich von Pferdehaltung nichts verstehe?«

»Das soll heißen, dass Sie meiner Meinung nach von Pferdehaltung mehr verstehen als die meisten Leute, die Pferde haben. Ich bleibe jedenfalls.« Dora schob die Unterlippe vor.

»Paul? Du bist kräftig … such dir etwas anderes …« Der Captain würgte die Worte geradezu heraus. Man hörte deutlich den Schmerz.

»Mit meiner Akte?« Paul hatte in vielen Schwierigkeiten gesteckt, ehe er mit dem Pony Cobblers Dream in Follyfoot Zuflucht fand. »Ich gehe nicht, Captain, auf keinen Fall.«

»Nun, dann muss Ron gehen.«

»Mich können Sie nicht raussetzen«, erklärte Ron, »weil mein Onkel Ihr Getreidehändler ist, nicht? Deshalb haben Sie mich doch bloß genommen.« Er tat, als zupfe er auf dem Tennisschläger eine kleine Melodie:

»Mich könn' Sie nicht leiern,
denn wenn Sie mich feuern,
gibt's den Hafer nicht mehr billig,
ist mein Onkel nicht mehr willig …«

»Ja, das stimmt«, sagte der Captain. »Slugger ?«

»Ich …?« Slugger richtete sich auf und linste wütend um die Sessellehne. »Ich bin länger hier als die andren. Bin mit Ihnen im Krieg gewesen, Captain. Durch dick und dünn. Hab Sie aus dem Luftschutzbunker gezogen, als die Decke runterkam. Hab für Sie 'n Paar Stiefel geklaut, als Ihre im Regen verfault waren. Hab Sie aus den Klauen dieser Blonden in Brüssel befreit …«

Ron stieß seinen Wolfspfiff aus, und der Captain sagte: »Das langt.«

Alles blieb in der Schwebe. Einer blickte elend den anderen an. Zur großen Erleichterung aller klopfte Anna an die Tür.

»Entschuldigt die Störung.« Sie steckte den Kopf durch den Türspalt. »Mrs. Oldcastle ruft eben an. In ihrem Gemüsegarten ist mal wieder ein Pferd. Sie meint, es muss von uns sein.«

Jeder sprang auf.

»Wir haben noch nichts beschlossen«, rief der Captain. »Wartet doch –«

Aber alle hatten sich bereits aus dem Staub gemacht.

6

Sie eilten in diese oder jene Richtung, um auf den verschiedenen Feldern zu prüfen, ob eines ihrer Pferde fehlte. Auf dem Stallhof kamen sie wieder zusammen.

»Eins von uns ist nicht in Mrs. Oldcastles Gemüsegarten«, sagte Dora. »Aber gehen wir doch mal hin und sehen nach, wem es gehört.«

»Nicht unsre Angelegenheit«, lehnte Ron ab.

»Jedes Pferd ist unsere Angelegenheit, vor allem, wenn es alt ist und herrenlos in Gemüsebeeten umher stakst.« Dora wollte sowieso mit Robin hinaus. Nach der bedrückenden Szene im Arbeitszimmer des Captains sehnte sie sich nach den Wirklichkeiten des Lebens, nach der schlichten Freude, Robin zu reiten. »Kommst du mit, Paul?«

»Na gut.«

»Ron?«

»Warum eigentlich nicht ? Außer Ausmisten gibt's hier ja doch nichts zu tun.«

Sie holten Robin, Miss Amerika und Hero von der Weide, sattelten sie und legten ihnen die Zügel an, ohne die Pferde erst sauber zu machen.

Slugger bummelte bekümmert von einer Hofecke zur anderen, die Wollmütze über ein Auge gezogen.

»Komm mit«, sagte Dora. »Du kannst doch Willy nehmen.«

»Bei dir piept's wohl!«

»Wieso? In der Army bist du doch auch geritten.«

»Vor vierzig Jahren«, erwiderte Slugger, »als meine Beine noch jung waren. Mich kriegt keiner noch mal auf ein Pferd.«

Die Hufe klapperten über das Kopfsteinpflaster, als sie über den Hof ritten. Wortlos ging es durch den Wald, über die Chaussee. Danach folgten sie dem Schlängelpfad, der zu Mrs. Oldcastles Hoftür führte.

Das mächtige alte Haus prunkte mit Türmen und vielen Schornsteinen. Durch den Efeu, der die Wände dicht überzog, ging das Haus gleichsam im Grün der Landschaft auf. Mrs. Oldcastles von der Managerkrankheit hingeraffter Mann hatte ihr ein Vermögen hinterlassen. Doch sie lebte in dem ziemlich unheimlichen Bau ganz allein, umgeben von unbezahlbaren Gemälden und Antiquitäten, wie es hieß; ihre einzige Gesellschaft waren ein kleiner Hund und ein altes Pferd, das Fuchshalbblut Harold.

Harold wieherte in seinem efeuüberzogenen Stall, als die drei vom Feldweg aus auf der hinteren Zufahrt heranritten. Ihre Augen schweiften durch den Garten: kein herrenloses Pferd zu sehen.

»Stoppen wir mal«, meinte Paul. »Einer sollte runter und nach Hufspuren suchen, ehe unsere hinzukommen.«

Er hielt Hero fest, während Ron nach Spuren suchte. »Sind deutlich zu erkennen«, sagte Ron, als er zurückkam. »Die Hufe haben ein paar Möhren und Rosenkohlpflanzen zertrampelt, was nicht weiter schlimm ist, wenn man denkt, wie das Zeug schmeckt.«

»Geh lieber rein und frag mal, was für ein Pferd es war.«

In Cowboyhut, spitzen Schuhen und besticktem Lederjackett ging Ron rund um das Haus zur Vordertür. Er putzte die Schuhe am Schuhkratzer ab, drückte auf den Klingelknopf, hörte kein Klingeln und betätigte kräftig den riesigen Messingtürklopfer.

Sofort quietschten Riegel und drehten sich Schlüssel, als ob Mrs. Oldcastle hinter der Tür gestanden und durch das rhombenförmige farbige Seitenfenster gespäht hätte. Die schwere Tür schwang auf, und Mrs. Oldcastle erschien in einem alten grünen Kimono, das graue Haar unter ein Nachthaarnetz gestopft. Dennoch empfing sie Ron so huldvoll, als trüge sie ein großes Abendkleid.

»Ich bin von Follyfoot.« Ron spähte an ihr vorbei in die große schattige Halle zu der Ritterrüstung, die dort wie ein eiserner Butler stand, ein kleines Silbertablett in den Fingern des Panzerhandschuhs.

»Schön«, sagte Mrs. Oldcastle in der frischen Art, die zu ihrem rosigen Frischluftteint und den lebhaften blauen Augen passte. »Haben Sie Ihr Pferd eingefangen?«

»Es war nicht unser Pferd«, erklärte Ron. »Bei uns fehlt keins.«

»Es ist immer eins von Follyfoot«, widersprach Mrs. Oldcastle. »Sie brechen dauernd aus.«

»Nein, meine Dame, tut mir Leid.« Rons geübte Augen glitten durch die Halle, von deren Wänden dunkle Porträts, aufgeschnitzte Truhen, chinesische Vasen, Porzellanfiguren und silberne Leuchter herabschauten. Bei diesem ganzen

Zeug braucht sie sich keine Sorgen zu machen, und schon gar nicht wegen ein paar Möhren und Rosenkohlpflanzen. »Hufspuren hab ich entdeckt.« Er machte auf Detektiv. »Aber kein Pferd.«

»Aber es ist da. Zwischen meinen Gemüsepflanzen. Ich habe es mit eigenen Augen gesehen. Ein rötlich gefleckter Grauer mit einem roten Gurthalfter. Kommen Sie mit, ich zeige es Ihnen.«

Ron folgte dem grünen Kimono durch die Halle, durch einen holzgetäfelten Korridor und durch einen Anrichteraum, auf dessen Regalen sich wertvolles Porzellan und angelaufenes Silber häuften.

Die Küche dahinter zeugte von der ziellosen Haushaltsführung der alten Dame. Überall stand Geschirr. Eine blasierte graue Perserkatze schleckte auf dem Fußboden Milch aus einer kostbaren, mit Blumenornamenten verzierten Schale.

»Da, sehen Sie selbst.« Mrs. Oldcastle wies zum Fenster. Ron blickte hinaus. Bis auf den Gemüsegarten sowie Paul und Dora, die die Pferde von den Beeten fernhielten, sah er nichts.

»Sehen Sie das graue Pferd? Ich weiß, dass es nach Follyfoot gehört.«

Sie musste Halluzinationen haben. Daher sagte Ron beruhigend: »Ach ja, ich sehe es«. Vielleicht war sie verrückt und würde ihn mit einem Messer angreifen, wenn er ihr widersprach.

»Dann müssen Sie noch seniler sein als ich«, sagte Mrs. Oldcastle bissig und trat neben ihn an das Fenster. »Denn es ist ja überhaupt nicht mehr da. Ich sehe bloß das Mädel und den – wie heißt er doch noch?«

Mrs. Oldcastle winkte Paul und Dora zu; da die beiden sie nicht sahen, winkte sie statt dessen Harold zu, der im Stall stand.

»Ihr Grauer ist vielleicht inzwischen sonstwo. Machen Sie sich lieber gleich auf die Suche.«

Ron sagte: »Machen wir«, was leichter war, als zu erklären: »Wir haben keinen gesprenkelten Grauen.«

Danach akzeptierte er ein Stück reichlich alten und trockenen Schokoladenkuchen, den sie aus einer Schublade voller Bindfäden und verrosteter Schrauben angelte. Er tippte an den Cowboyhut und folgte ihr zurück durch den Anrichteraum, den Korridor und die Halle.

Beim Anblick der wertvollen Sachen, mit denen das Haus vollgestopft war, musste er an die unerfreuliche Szene im Arbeitszimmer und die Worte des Captains über das mangelnde Geld denken. Es schien ausgemacht ungerecht, und als Mrs. Oldcastle die Tür aufzog, quetschte er heraus: »Wenn Sie je daran gedacht haben sollten, der Follyfoot-Farm etwas zu stiften, dann wär jetzt –«

»Falls Sie hergekommen sind, um zu betteln, junger Mann«, sagte sie undankbar, da er doch gekommen war, um ihr zu helfen, »dann haben Sie an die falsche Tür geklopft.«

Damit fand sich Ron draußen im Garten wieder, und die massive Tür schlug hinter ihm mit einem aggressiven Krachen zu, das nach Fallgitter klang.

»Geizige alte Hexe.« Er ging zu den anderen zurück und knurrte: »Die würde einem nicht das Schwarze unter ihren Fingernägeln gönnen. Außerdem sieht sie Gespenster. Halluziniert.«

»Aber Hufspuren sind doch da«, sagte Dora. »Sie sind deutlich zu sehen und ziehen sich über den Rasen bis zur vorderen Einfahrt. Dort verschwinden sie.«

»Du hast wohl auch schon Halluzinationen.« Ron schwang sich mit einem Satz in Heros Sattel. Das alte Pferd wankte, fing sich aber. »Los, haun wir ab. Ich sterbe vor Hunger.«

»Wir sollten lieber das Pferd suchen.« Dora ließ Robin im Schritt gehen und spähte rechts und links der Zufahrt nach Spuren.

»Ich kehr um.« Paul wendete Miss Amerika, um Ron zu folgen.

Normalerweise wäre er bei Dora geblieben, doch die Worte des Captains saßen ihm in den Knochen. Der Captain hatte gemeint, was er sagte. Die Lage war ernst. Während er an Ron vorbeiritt und voraustrabte, gingen ihm die Worte des Captains unablässig durch den Kopf ... dass die Zahl der Mitarbeiter verringert werden muss ... Paul konnte sich denken, wer gehen musste. Der Captain hatte ihn lediglich aus Gefälligkeit genommen. Um ihn vor weiteren Schwierigkeiten zu bewahren, hatte er ihm ein Heim und einen Job gegeben. Und eine Familie. So weit, so gut.

Damit war es nun also vorbei ...

Ron stieß Hero in die Rippen und zog an Paul vorbei. Er langte als erster an. Da er das Pferd zu sehr angetrieben hatte, glich er die Sache aus, indem er ihm eine Schüssel voll Hafer hinstellte, ehe er es auf die Weide brachte.

Er beobachtete das alte Pferd noch eine Weile, wie es da in der Laufbox stand und den Hafer futterte. Hat's besser als manche Leute, die in schlechten Stadtvierteln hausen oder unten am Kanal neben Carters Kohlenplatz.

Ron murrte über die Arbeit auf der Follyfooot-Farm. Aber zumindest hatte er einen Job, was nicht alle seine Kumpels von sich sagen konnten. Wenn er diesen Job verlor, weil kein Geld da war ...

»Geizige alte Hexe.« Ron stieß gegen die Stalltür, als wäre sie Mrs. Oldcastles Fallgitter. Er war noch immer wütend auf sie.

7

Mrs. Oldcastles lange Einfahrt säumten hohe, spitze Fichten. Zu beiden Seiten erstreckte sich gutes Weideland, auf dem sie einst preisgekrönte Rinder gehalten hatte; jetzt graste dort nur noch ihr plumpes Halbblut Harold.

Nachdem Paul und Ron kehrtgemacht hatten, ritt Dora allein die Zufahrt hinunter, wobei sie mal rechts, mal links nach Spuren des herrenlosen Pferdes suchte. Ob Paul es sich vielleicht anders überlegte und ihr doch noch folgte? Sie hätte sich gern umgedreht, zog jedoch die Schultern hoch, um dieser Versuchung zu widerstehen, für den Fall, dass er ihr zwar nicht nachkam, aber kurz gewendet hatte, um zu sehen, ob sie sich umblickte.

Drückeberger, der eine wie der andere! Wie jeder auf Follyfoot, sollten auch Paul und Ron sich um Pferde kümmern, die in Schwierigkeiten steckten. Und ein allein umherwanderndes Pferd bedeutete bei dem Verkehr auf den Überlandstraßen und der Achtlosigkeit der Fahrer in jedem Fall Schwierigkeiten, ganz egal, wem es gehörte. Dora ritt langsam, die Zügel locker auf Robins Nacken. Dass Paul sie in einer solchen Situation im Stich ließ und einfach nach Follyfoot zurückritt, passte zu allem, was sonst dieser Tage passierte. Ehe die Woche um war, geschah bestimmt noch irgendetwas Schreckliches. Kam es zu Entlassungen, waren doch zuerst immer die Frauen dran …

Plötzlich bemerkte sie zwischen zwei Fichten einen zertrampelten Fleck. Dora wendete und ritt hin. Hufspuren … sie zogen sich über die Wiese. Das nach vorn geknickte, nasse und lange Gras ließ erkennen, wie das Pferd, grasend wahrscheinlich, im Zickzack weitergestromert war. Doch dann verlor sich die Spur.

Dora knuffte Robin in den Nacken. Er sollte den Kopf senken und schnuppern.

»Wenn du ein Hund wärst, könntest du die Spur wittern und sie verfolgen.«

Ein Vogel flatterte aus dem Gras. Robin machte einen Sprung nach vorn und fiel in seinen herrlichen weichen Galopp.

Ein flacher Bach schlängelte sich mitten durch die Wiese. Hatte das Pferd ihn überquert, mussten sich eigentlich Spuren am lehmigen Ufer finden lassen. Dora begann am oberen Ende und folgte den Windungen bis zur Straße. Robin bockte und machte Theater. Er wollte wieder galoppieren. Endlich kamen sie an die zertrampelte Stelle, wo das Pferd den Bach überquert hatte. Dora setzte in einem Sprung über das Wasser und ließ Robin ausgreifen. Ihr Ziel war die Hecke am Ende der Weide. Erst dort würde sie, wenn überhaupt, weitere Spuren entdecken. Die Hecke lief von der Straße zum Kamm eines sanften Hügels. Sogar wenn das Pferd die Hecke in einem sauberen Sprung genommen hatte, müsste die Absprungstelle eigentlich zu sehen sein. Erst dicht unter dem Kamm bemerkte Dora zerbrochene Zweige. Hier hatte sich ein schwerfälliges Wesen, das vom Springen offenbar nicht viel Ahnung hatte, durch die Hecke gezwängt. Ein Stück Strauchwerk war in das nächste Feld mitgeschleift worden. An einer Heckenrose klebten graue Schwanzhaare, hing ein Büschel helles Haar.

Das Nachbarfeld war gepflügt. Hier ließ sich die Spur leicht verfolgen. Dora ritt die nächste Furche entlang. Sie erkannte, wann das fremde Pferd im Schritt gegangen war; die Abdrücke der Vorder- und Hinterhufe lagen dann dicht beieinander. Und sie sah, wenn es getrabt hatte, weil dann die Abdrücke aller vier Hufe gleichmäßig weit voneinander entfernt waren.

Vom Ende der Furche führte ein ausgetrockneter Graben zu einer Chaussee. Hier verlor sie die Spur.

Ein Stück entfernt grub ein Mann seinen Garten um. Dora rief: »Haben Sie ein herrenloses Pferd gesehn?«

»Ja, einen Grauen, rötlich gesprenkelt. Rotes Halfter. Untersetzter Bursche.«

»Konnten Sie ihn nicht fangen?«

»Nein, er war zu schnell. Ein Auto hat ihn weiter unten die Straße durch Hupen erschreckt. Er raste gradezu. So eine Art Galopp. Ich glaube, er ist in die Kiesgrube eingebogen. Ihr Pferd?«

»Nein. Aber ich bin hinter ihm her. Vielen Dank.«

Die sandigen Seiten der Kiesgrube fielen steil ab. Wahrscheinlich konnte sie das Pferd hier einfangen. Vorsorglich schnallte Dora den Gürtel ab. Sie wollte ihn durch das Halfter ziehen, falls es ihr gelang, an das Tier heranzukommen.

Den Boden der Kiesgrube überzogen Büsche und Brombeergesträuch. Dora kam um die Ecke. Nein, das Pferd saß keineswegs in der Falle, sondern hatte sich am anderen Ende der Kiesgrube den steilen Hang hinaufgekämpft.

»Los, Robin!«

Robin, wie jedes gute Pferd, nahm die Herausforderung eines Steilhanges an. Er stemmte sich auf die Hinterbeine, machte einen riesigen Satz und schraubte sich in galoppartigen Sprüngen zum Rand der Kiesgrube hinauf. Dora legte die Arme um Robins Hals und klammerte sich fest. Oben folgte sie den Spuren zu einem Buchenhain. Es ging hindurch und jenseits des Wäldchens zu einem anderen Weg, der an Hintergärten vorüberlief.

Dora befand sich am Rand einer Vorortsiedlung. Sie trabte ein Stück durch die Straßen; kleine Jungens versuchten ihr auf Dreirädern zu folgen, und Mädchen rannten herbei und bettelten: »Darf ich es mal streicheln, darf ich es mal streicheln?«

Drei Mädchen rannten eine Zeit lang neben Dora her. Sie keuchten, schnauften und starrten Robin bewundernd an. An einer Kreuzung zügelte Dora das Pferd, damit die Mädchen sie einholen und Robin auf den Hals klopfen konnten. Sie entsann sich nur zu genau an eigene Kindertage. Jedes Mal wenn ein Pferd vorbeikam, war sie ans Fenster gestürzt. Das Wagenpferd ihres Onkels war ihr ein und alles gewesen, sie hatte Pferdebilder aus Zeitschriften ausgeschnitten und davon geträumt, eines Tages mit Pferden zu leben und zu arbeiten.

»Habt ihr ein herrenloses Pferd gesehn?«

Ein Mädchen nickte und tätschelte Robins Schulter.

»Wo ist es hin?«

»Dort runter.«

»Nein, du Dämlack. Da lang.«

»Bist du blind? In die Richtung da!«

Die Mädchen begannen eine Prügelei, stießen sich gegenseitig mit den Füßen und rissen einander fast die Kleider vom Leibe. Dora ritt weiter. Immer wieder fragte sie Leute, die schwere Einkaufstaschen schleppten: »Ist hier vielleicht ein herrenloses Pferd vorbeigekommen?«

Die meisten schüttelten den Kopf und eilten weiter. Eine Frau, die Wäsche im Hintergarten aufhängte, drehte sich jedoch um und lächelte.

»Das große dicke Vieh? Das bricht immer mal wieder aus. Der Zaun ist zu schwach. Es war schon auf dem Nachhauseweg. Nach 'ner Weile kommt es immer wieder von allein zurück.«

»Danke. Dann brauche ich mir ja weiter keine Gedanken zu machen.«

Die Frau klammerte ein flatterndes Laken fest und kam zum Zaun. »Sind Sie von diesem Dingsbums da?« Sie ruckte mit dem Kopf. »Ich meine, von da oben, wo die alten Pferde sind?«

»Follyfoot-Farm. Ja.«

»Mein Bruder hat mal ein paar Ponys hingebracht. Zwei kleine Welshponys.«

»Ach ja. Taffy und Coffee. Taffy ist lahm, aber Coffee ist jetzt bei einem Jungen im Dorf untergebracht.«

»Nette kleine Dinger, wirklich. Mein Bruder hat sie so gern gehabt.«

Die Frau strahlte und lud Dora zu einer Tasse Tee ein. »Ich habe ein paar Plätzchen gebacken. Sind gerade frisch aus dem Ofen.«

Doras Magen reagierte auf die Einladung sofort positiv. Schließlich hatte sie ihren Lunch versäumt. Sie führte Robin in den Garten und legte ihm die Zügel über den Kopf; sie baumelten bis zur Erde. Auf Grund seiner amerikanischen Western-Schulung stand er so ruhig, als wäre er angepflockt.

Als sie nach dem Tee heimritt, wurde ihr erst die Entfernung von Follyfoot bewusst. Um sich nicht zu verirren, mied sie die Felder und folgte den Straßen. Auf Pflaster und Asphalt ließ sie Robin im Schritt gehen; wo es der Grasrand erlaubte, trabte sie. Jedenfalls schien es eine Ewigkeit, bis sie in die Straße einschwenkte, die sich zur Follyfoot-Pferdefarm hinaufwand.

Aus einem stumpfen, grauen Himmel hatte sich die Dämmerung über das Land gesenkt. Viel zu früh, überlegte Dora. Sicher ein Vorzeichen der kurzen Wintertage, die vor der Tür standen. Robin war nicht müde. Begierig auf sein Futter, nahm er den letzten Hang im Trab.

Dora glitt auf dem Stallhof vom Pferd; ihre Füße hatten das Kopfsteinpflaster kaum berührt, da sagten ihr die Knie bereits, wie lange sie im Sattel gewesen war. Sie hätte sich beinahe hingesetzt.

Die Pferde, die nachtsüber im Stall blieben, standen bereits in ihren Laufboxen und fraßen Heu. Cobblers Dream, der gern beaufsichtigte, wer kam oder ging, schob den Kopf über die Halbtür und schnappte kurz nach Robin, um ihn in seinen Stand zu treiben.

In der Futterkammer fand Dora einen Zettel an der Haferschaufel: »Alle gefüttert. Sind im Kino.«

Sie hätten auch auf mich warten können. Dora öffnete krachend den Deckel der Futterkiste. Das war nun der Lohn. Den ganzen Tag bin ich draußen gewesen, habe die Arbeit für sie gemacht, und sie können nicht mal auf mich warten! Genau, was sie unterwegs empfunden hatte: Es passierte einfach nichts Gutes mehr.

Dora fütterte Robin und gab ihm etwas Wasser und Heu. Später würde sie noch einmal herkommen und ihn hinauslassen. Aber erst musste er sich abkühlen. Sie warf die Futterschüssel in die Kiste, stieß die Futterkammertür hinter sich mit dem Fuß zu und schleppte ihre müden Beine hinüber ins Haus. Ich sage Anna aber ein paar Worte.

Nicht richtig von ihr, die anderen ohne mich abziehen zu lassen!

Doch es war niemand da, sogar Anna und der Captain waren fort. Ein Zettel auf dem Herd verkündete: »Lunch warm in der Röhre. Spätes Abendbrot, wenn wir zurückkommen.«

Dora setzte sich an den Tisch, leerte lustlos den Teller und fühlte sich sehr einsam und unerwünscht. Genauso würde sie sich fühlen, falls sie hier entlassen wurde. Ob die anderen sie auf diese Weise schon auf die Entlassung vorbereiten wollten?

8

Mit Anbruch der Dunkelheit wurde es windig, und die Tür zur Futterkammer, die Dora nur zugeschlagen, aber nicht verriegelt hatte, flog auf.

Cobblers Dream bemerkte das, nahm es als Wink des Himmels und ruckelte an dem oberen Riegel seiner Halbtür.

Er war das klügste Pferd im Stall. Mit seinen muskulösen, gummiartigen Lippen, die dazu bestimmt waren, ein Grasbüschel so freizulegen, dass er es mit starken Zähnen abrupfen konnte, fummelte er manchmal so lange an dem Riegel herum, bis er zurückglitt und die Tür aufging. Nun hatte Paul diese Woche gerade die Riegel geölt. Das kam Cobblers Dream sehr zupass. Der Riegel rutschte nach und nach zurück, und Cobblers Dream stieß die Halbtür mit dem Knie auf. Er stromerte über den Hof, bahnte sich seinen Weg in den Futterschuppen und warf einen Zentnersack Möhren um, der an der Wand lehnte. Der Sack war oben zugenäht, aber das Pony riss mit den Zähnen ein Loch in die Sackleinwand und begann zufrieden seufzend zu fressen.

Dora war in der Badewanne eingeschlafen. Als ihr das Kinn unter die Wasseroberfläche rutschte, wachte sie prustend auf, kletterte aus der Wanne, zog ein paar Sachen über und ging in den Stall, um Robin für die Nacht auf die Weide zu lassen.

In der Mitte der Stallgebäude ragte eine riesige dunkle Masse aus einer offen stehenden Tür. Es war Cobblers Dreams Hinterteil, das Vorderteil fraß noch immer.

Das Pony fraß jetzt nur noch langsam. Eigentlich spielte es nur noch mit dem Futter, scharrte mit dem Huf auf dem Sack herum und verteilte die Möhren über den Fußboden.

Dora zog Cobblers Dream am Schwanz aus der Futterkammer. Sie schimpfte mit ihm und schloss die Tür. Das Pony neigte zu Kolikanfällen. Obwohl ihm im Augenblick noch nichts zu fehlen schien, untersuchte ihn Dora nach

Besorgnis erregenden Anzeichen: aufgeblasener Bauch, zu straff gespanntes Fell, verängstigte Augen.

Sie legte dem Pony ein Halfter an und führte es eine Weile rings um den Hof, ehe sie es wieder in seine Box brachte und ihm eine Decke überlegte. Dann ließ sie Robin auf die Weide. Als sie zurückkam, schien Cobby sich ganz wohl zu fühlen, aber Dora blieb noch eine Zeit lang bei ihm, um darauf zu achten, dass er sich nicht hinlegte und dadurch womöglich eine Darmverschlingung bekam, die dazu führte, dass sich die Gedärme nach dem vielen Fressen mit Gas füllten.

Zwei Stunden später. Dora schlief auf dem Stroh in einer Ecke der Box, und das Fuchspony döste in der anderen, das Gewicht auf ein Hinterbein verlagert. Die Lider hingen schwer über den getrübten Augen.

Dora wachte auf, als Callie hereinkam und rief: »Du hast 'n Klassefilm verpasst!«

Ehe Dora überhaupt richtig wach war, begann Callie bereits den Inhalt zu erzählen. »Da war dieser Mann, der den Tick hatte, immer die Wolkenkratzer außen hoch zu klettern. Und dann dieser andere Mann, hinter einem Fenster im achtundvierzigsten – nein, im siebenundvierzigsten Stockwerk. Und der saß da in der Falle, weil er etwas über den anderen wusste – nein, nicht über den Fassadenkletterer, sondern über den, der den Mann umgebracht hatte, der – Aber hör mal, was ist mit Cobby los? Ist er krank?«

»Hätte er eigentlich verdient.« Dora blinzelte in den Strahl von Callies Taschenlampe. »Er war im Futterschuppen.«

»Wie ist er denn da reingekommen?«

»Ich habe die Tür offen gelassen.«

»Du liebe Güte.« Callie knipste die Taschenlampe aus. Sie konnte sich Doras Gefühle vorstellen. Das bedurfte keiner weiteren Worte. »Paul und Ron sind nach dem Kino noch tanzen gegangen«, sagte sie. »Ich bin mit Mum und dem Captain zurückgekommen.« Callies Mutter war mit dem

Captain verheiratet, aber sie nannte ihren Stiefvater nur Captain, genau wie die anderen. »Du sollst reinkommen. Das Abendbrot ist fertig.«

»Will keins. Ich bleib noch 'ne Weile hier. Gute Nacht, Callie.«

»Ich geh ja noch gar nicht.«

Callie trat zu Cobby und legte ihm einen Arm um den Hals. Ihr langes, braunes Haar mischte sich mit der fuchsroten Mähne des Ponys.

»Hör mal«, begann sie, ohne Dora anzusehen, »worum ist es bei der Versammlung heute Vormittag eigentlich gegangen?«

»Ach, um Geld natürlich. Alles Schreckliche hat mit Geld zu tun.«

»Geld steht mir bis hier. In der Schule hören wir von nichts anderem. Jede Matheaufgabe handelt von Geld. Ich hab's über, wirklich.«

»Ich auch«, sagte Dora. »Aber man braucht es, um Hafer und Heu, Stroh und Häcksel zu kaufen oder für den Schmied. Oder für unseren Lohn. Aber für uns reicht es jetzt nicht mehr – ich meine, um Lohn zu zahlen.«

»Wieso arbeitest du nicht für umsonst?«

»Weil der Captain mich nicht lässt. Er hat's schwer im Augenblick, und dementsprechend ist seine Laune. Die Treuhänder sitzen ihm im Nacken. Sie wollen, dass einer von uns geht. Einsparung!«

»Die sind wohl verrückt.« Callie drehte sich um und lehnte sich an Cobbys Schulter. »Wir schaffen doch so kaum die Arbeit. Außerdem, wer würde denn gehn?«

»Ich nicht«, sagte Dora. »Ich bekäm's nicht fertig.«

»Natürlich nicht«, stellte Callie fest, »weil du dann erwachsen werden und so wie andere Leute sein müsstest.«

»Wieso? Bin ich denn nicht erwachsen?«

»Nein, nicht wirklich.«

»Na gut, wenn du meinst.« Dora hatte morgen Geburtstag. Niemand dachte offenbar daran, und sie würde es keinem sagen.

»Und Paul kann auch nicht weg«, sagte Callie.

»Wer soll denn die Strohballen oder die anderen schweren Sachen heben und den Pferdetransporter fahren? Nein, das geht nicht. Bleibt Ron.« Callie lachte kurz. »Armer alter Ron. Wer würde ihn sonst nehmen? Niemand. Und Slugger? Er schafft zwar nicht mehr viel, aber der Captain würde Slugger ebenso wenig hinaussetzen wie eins der alten Pferde.«

9

Slugger wohnte auf der anderen Straßenseite in einem kleinen Haus. Jetzt lag er in dem durchhängenden Metallbett unter einer Flickensteppdecke, die seine Frau gemacht hatte, bevor ihre Finger dafür zu steif und ihre Augen zu schwach geworden waren.

Seit fünf Jahren, seit dem Tod seiner Frau, wohnte Slugger in dem Häuschen allein. Anna und der Captain hatten ihm hundertmal vorgeschlagen, in das Haupthaus hinüberzuziehen. Doch das Cottage war gleichsam Sluggers Schneckenhaus.

Es enthielt die Erinnerungen der vielen Jahre, die er mit dem Captain auf Follyfoot verbracht hatte.

Sluggers Tochter war in dem Cottage aufgewachsen; von hier aus war sie nach ihrer Heirat fortgezogen. Die winzigen Zimmer mit den niedrigen Decken und den bunt gemusterten Tapeten waren vollgestopft mit den Dingen seines Daseins. Die Möbel, die er und Nellie zusammen gekauft hatten; die Porzellansouvenirs ihrer Ferientage; die Fotos von Helens Hochzeit und die Schnappschüsse ihrer Söhne; dazu die unzähligen Bilder aller Pferde, mit denen Slugger je zu tun gehabt hatte – Bilder über Bilder …

Er war früh zu Bett gegangen und hatte mit dem Kopf sechsmal auf das Kissen geschlagen, was sicherer und nicht so unangenehm war wie ein Wecker. Danach hatte er nochmals mit dem Kopf auf das Kissen geklopft; das sollte ihn morgen an etwas äußerst Wichtiges erinnern. Slugger schlief mehrere Stunden, wachte dann plötzlich auf und streckte den Arm aus – dämlicher alter Narr! Nellie ist doch schon seit fünf Jahren nicht mehr da. Er warf sich hin und her, murmelte und zählte ganze Herden wilder Ponys, konnte aber nicht wieder einschlafen. Er stand auf, um die Keksbüchse zu holen, und sah aus dem Fenster.

Es regnete, ein warmer Herbstnieselregen: lässt die Blätter nicht so schnell sterben und abfallen. Durch eine Lücke zwischen den gegenüberliegenden Farmgebäuden bemerkte er ein Licht auf dem Stallhof. Jemand kontrollierte die Pferde. Höchstwahrscheinlich Dora. Gutes Mädchen!

Oder Paul. Slugger lächelte, als er daran dachte, wie sich Paul seit seiner Anwesenheit auf Follyfoot verändert hatte: Aus einem widerborstigen, stummen Jungen war im Laufe der Zeit ein tüchtiger, verlässlicher Mitarbeiter geworden.

Sie hatten ein gutes Leben auf Follyfoot. Wie sollte ich es ertragen, von hier fortzumüssen? Nein, er konnte nicht fort, natürlich nicht, und der Captain würde ihn nie entlassen. Hatten sie in jener Nacht im Luftschutzbunker nicht geschworen, immer zusammenzubleiben, wenn sie lebendig herauskamen ? Aber wenn jemand gehen musste, dann doch offensichtlich er, da er seinen Teil der Arbeit nicht mehr völlig leisten konnte.

»Aber ich werde nicht gehen«, sagte Slugger zu der unsichtbaren Nellie, mit der er nach wie vor Gedanken austauschte.

Wirst du aber müssen, Alter, entgegnete sie auf ihre vernunftbetonte Art, wenn du dem Captain damit hilfst. Ohne Gebiss mampfte Slugger den aufgeweichten Keks. Dabei ging er im Zimmer umher, berührte dieses und jenes und stolperte über den Hund.

Um Gottes willen, mahnte ihn Nellie in Gedanken. Morgen hast du etwas Wichtiges zu erledigen, also geh ins Bett und schlaf weiter.

»Gut, gut.« Slugger kletterte wieder ins Bett, drehte sich auf seine Schlafseite, womit er den Erinnerungen an Nellie den Rücken kehrte, und schlief wieder ein.

Er wachte Punkt sechs auf, konnte sich jedoch nicht entsinnen, worüber er nachts nachgegrübelt hatte. Und ebenso wenig an das, woran er sich erinnern wollte. Etwas, was nur er wusste. Doch, ja … jetzt hatte er es. Er richtete sich auf und warf die Decke zurück, als es ihm wieder einfiel: Doras Geburtstag. Niemand hatte daran gedacht, nicht mal Dora selber. Sie löschte Geburtstage einfach aus, da sie tödlich entschlossen war, nie erwachsen zu werden.

Slugger hatte kein Telefon in seinem Häuschen. Er musste mit seinem geheimen Anruf warten, bis niemand im Farmhaus war. Es klappte erst spät am Vormittag, als Callie in der Schule war, Dora, Paul und Ron draußen arbeiteten und Anna den Captain zum Arzt gefahren hatte.

Slugger ging in das Arbeitszimmer des Captains, setzte sich an den Schreibtisch und musterte misstrauisch das Telefon. Er suchte die Nummer der Bäckerei Prudence im Telefonverzeichnis und wählte umständlich mit seinen zittrigen Gichtfingern.

Er musste dreimal wählen, bis er endlich Anschluss bekam.

»Bäckerei Prudence.« Die Stimme klang aufgeregt und heiß, so als ob die Frau gerade vom Backofen gekommen war und eine Ladung Mehl über das Mundstück des Telefons geschüttet hatte.

»Ich möchte eine Geburtstagstorte bestellen«, sagte Slugger. »Wird heut Nachmittag abgeholt.« Er musste sich noch etwas ausdenken, damit er den Laster nehmen und heimlich in die Stadt fahren konnte. Auf diese Weise würde er Dora und die anderen mit der Torte beim Abendbrot überraschen.

Es dauerte eine Weile, bis Größe, Farbe und Geschmack der Torte abgesprochen waren, da Slugger bei so wichtigen Entscheidungen ständig seine Meinung wechselte. »Soll ein Name rauf?«, fragte Frau Prudence ungeduldig.

»Klar. Noch mehr sogar.« Das hatte Slugger schon vorher überlegt. Auf seiner Torte sollte nicht nur der übliche Glückwunsch stehen. »Ich möchte, dass Sie ›Pferdiger Geburtstag Dora!‹ raufsetzen.«

»Freudiger Geburtstag, Nora. Hab's kapiert und notiert.«
»Nein«, rief Slugger. »Dora. D wie Dinner.«
»Also ›Freudiger Geburtstag, Dora !‹«
»Machen Sie keinen Mist. ›Pferdiger Geburtstag.‹ Pferdig. Verstanden?«
»Dreckig?« Man sah geradezu, wie Frau Prudence die mit Mehl bestaubten Augenbrauen hochzog. »›Dreckiger Geburtstag‹? Ich glaube nicht, dass die Bäckerei Prudence so etwas – ich meine, wir müssen auf unseren Ruf achten.«
»Nun quatschen Sie keinen Unsinn, Frau, sondern sperren Sie Ihre Ohren auf.« Slugger war verzweifelt. »Ich bezahle die Torte, und da kann ich – also ich will ›Pferdiger Geburtstag Dora!‹ raufhaben. Und dazu einen Pferdekopf, aber ein Vollblut bitte, in rosa Zuckerguss.«
Das Gespräch hatte Slugger dermaßen erschöpft, dass er sich eine Weile auf der durchgesessenen, mit Hundehaaren übersäten Couch des Captains hinlegen musste.

10

Der graue Regenschleier hatte sich gehoben, ein prächtiger Altweibersommertag leuchtete mit tiefblauem Himmel, und die Sonne schien so warm wie im Hochsommer.
Irgendwie musste man die Jahreszeit feiern. Vielleicht mit einem Herbstritt. Warum sollten sie nicht alle Leute der näheren Umgebung, die Pferde oder Ponys hatten, einladen und einen langen Ausritt veranstalten? Gemeinsam würden sie durch die Wälder und über die Stoppelfelder reiten, bevor das Wetter umschlug und es zu spät war.
Dora, Paul und Ron lagen auf dem Bauch im Gras neben der Scheune, vor sich eine Generalstabskarte, und planten das Unternehmen. Durch den großen Wald, den Kamm entlang, durch die Senke zwischen Mark's Hill und den Bump hinunter in die Schlucht bei der Milchfarm. Dort müssten sie einen Umweg wählen; mit einer Meute Kinder

auf Ponys konnten sie schlecht die Fernverkehrsstraße überqueren. Danach durch Marston; hinter dem Dorf könnten sie auf der Gemeindewiese ein Picknick machen. Dann ginge es über den Kanal und auf dem alten Treidelpfad weiter.

»Bei dem Verkehr können wir nicht über die Straßenbrücke«, warnte Paul. »Wie wär's, wenn wir uns über die Fußgängerbrücke am Ende des Tals schleichen. Dazu müssten wir natürlich über Carters Kohlenplatz. Ob er uns durchlässt?«

»Eher schießt er uns ein paar blaue Bohnen in den Hintern«, sagte Dora. »Letztes Mal, als ich rüberwollte, hat er mir seine Hunde auf den Hals gehetzt.«

»Ja, kann sein.« Mr. Carter gehörte zu Rons vielen zweifelhaften Bekanntschaften, jemand mit dem er sich lieber gut stand.

»Kannst du ihn nicht fragen, Ron, ob er uns mit einer Horde Kinder über seinen Platz lässt? Aber Pferde mag er wohl nicht, wie?«

»Kinder ebenso wenig.«

Mr. Carter konnte nur leiden, was ihm Profit brachte, sonst nichts.

»Traust du dich nicht, ihn zu fragen?«

»Quatsch! Der tut doch alles für mich. ›Brauchst's mir bloß zu sagen, Ron‹, sagt er immer.«

»Gut. Dann sag ihm, dass wir mit 'ner Horde komischer Leute auf untrainierten Pferden und haarigen Ponys über seinen Kohlenplatz wollen – und weiter über die Fußgängerbrücke.«

»Mich lässt er bestimmt durch«, sagte Ron großspurig. »Die haarige Meute kann dann folgen. Wär also besser, wenn ich vor dem großen Ritt hier nicht rausgeschmissen werde.«

»Was plant ihr da?« Der Captain kam aus der Scheune, wo er den Wintervorrat an Heu inspiziert hatte.

»Einen Herbstritt.« Dora setzte sich auf. »Kommen Sie mit? Stroller ist doch ganz in Ordnung.« Der Captain ritt hin und wieder das ehemalige Brauereipferd.

»Wie weit soll es denn gehen?«

»Ungefähr zehn Meilen hin und zurück.«

»Bisschen viel für Stroller«, sagte der Captain. In Wirklichkeit meinte er: ein bisschen viel für mich.

»Hören Sie, Captain«, Ron rollte sich auf den Rücken, als der Captain weitergehen wollte, und schielte zu ihm hoch. »War doch nicht Ihr Ernst, was Sie da bei der Versammlung gesagt haben, oder?«

Der Captain blieb stehen und drehte sich um. »Doch«, sagte er und starrte ausdruckslos über die Kronen der ein wenig tiefer am Hang stehenden Apfelbäume. »Doch, mein voller Ernst, fürchte ich.«

Damit machte er von neuem kehrt und ging mit gesenktem Kopf zum Haus.

Sie standen auf und sahen, wie Slugger, der aus seinem Cottage über die Straße gekommen war, unter allerlei Verrenkungen in das Fahrerhaus des Kleinlasters kletterte.

»Wo willst du denn hin?«, rief Paul verwundert, denn Slugger fuhr höchst selten selber.

»In die Stadt«, rief Slugger zurück, den einen Fuß bereits im Fahrerhaus, den anderen noch auf dem Tritt. »Muss was holen.«

»Ich fahr dich«, erbot sich Dora.

»Danke, ich fahr selber.« Slugger wirkte ein bisschen aufgeregt. »Komm schon zurecht.« Er verschwand in der Kabine und zog die Tür zu.

»Was ist denn los?« Dora kletterte zum Fenster hoch. »Hast du eine Verabredung mit 'nem Mädchen?«

»Klar«, sagte Ron, »geht zum Tanztee, siehst du doch.«

»Genau das«, griente Slugger. »Deshalb hab ich auch mein Gebiss drin.«

»Musst du wirklich heute in die Stadt?«, fragte Paul. »Ich muss morgen sowieso einkaufen fahren. Da kann ich dein Zeug doch mitbringen.«

Slugger fuhr miserabel. Sie versuchten stets zu verhindern, dass er den Laster selber chauffierte.

»Wenn du nichts dagegen hast, Chef«, Slugger blickte aus der Fahrerkabine zu Paul hinunter, »fahre ich heute.«

»Mir doch gleich. Aber tank lieber noch. Das Benzin ist fast alle.«

»Ich weiß«, sagte Slugger, obwohl er vergessen hatte, den Benzinstand zu prüfen. »Bin ja nicht blind.«

»Wart noch eine Minute«, bat Dora. »Ich hol bloß rasch Follys Halfter. Gib es unten ab, ja? Muss genäht werden.«

Ron angelte eine durchgerissene Gitarrensaite aus der Tasche. »Wenn du schon einkaufen gehst, kannst du auch gleich bei ›Kling und Klang‹ vorbeigehen, weißt schon, der Musikladen, und mir so 'ne Saite mitbringen.«

Dora kam mit dem Halfter zurückgerannt, das provisorisch mit Schnur geflickt worden war, und warf es neben Slugger auf den Sitz. Slugger startete. Beim fünften Versuch sprang der Motor endlich an. Er legte krachend den Gang ein, schoss ruckartig ein Stück vorwärts und wäre beinahe frontal mit Anna zusammengeprallt, die mit ihrem Wagen im gleichen Augenblick durch das Tor auf den Hof wollte. Anna stieg aus und trat an das Fahrerhaus. »Wo willst du hin?«

»Einkaufen.« Sluggers Hände packten das Lenkrad ingrimmig. Kam er denn nie hier weg?

»Ach so. Na fein.« Sie holte einen Schein aus der Manteltasche. »Dann bring mir doch gleich meinen Rock aus der Reinigung mit, ja?«

Während Slugger den Schein und das Geld nahm, das sie ihm hochreichte, sah er, dass Callie mit der Schulmappe von der Bushaltestelle kam. Ehe ihm Callie auch noch einen Auftrag aufhalsen konnte, kurbelte er hastig das Wagenfenster hoch, gab Gas und schoss davon, dass der Kies nur so spritzte, und hupte ein Stück weiter wie wild, weil er einen Stein für eine Katze hielt.

11

Slugger nahm die abschüssige, kurvenreiche Strecke unterhalb der Follyfoot-Farm so vorsichtig, als käme er einen Alpenpass herunter. Auf der ebenen Straße fuhr er sein übliches Tempo. Mit sechzig Stundenkilometern ratterte er friedlich mitten auf der Fahrbahn dahin, sang in brüchigem Tenor »In Freiheit geboren«, hinter ihm vier oder fünf Wagen, die wild hupten und wütend Lichtsignale gaben.

Zur Erleichterung der anderen bog er in eine Seitenstraße ab, seine Lieblingsabkürzung zur Stadt. Tatsächlich bedeutete die Abkürzung einen Umweg und dauerte länger. Dafür herrschte hier aber kaum Verkehr, und Slugger ruckelte gemütlich über Landwege, die er liebte.

Er wechselte zu feierlichen Gesängen, die seiner inneren Zufriedenheit Ausdruck gaben. Zu »Befiehl du deine Wege ...« etwa ließ sich wunderbar fahren. Die Herbstwälder schimmerten braun und rot, und in dem klaren Licht flammten hier und da gelbe Streifen auf. In einer Himmelsecke kreisten Vögel, die sich zum Zug nach Süden sammelten und für ihre lange Reise formierten.

Dieser Weg war Slugger vertraut. Auch die Kennzeichen an der Straße. Der vom Blitz gespaltene Baum. Die Hecke, wo er die zwei Dachse gesehen hatte, und die Kirche, in der seine Nichte Ada mit dem Burschen getraut worden war, den niemand leiden konnte. Das Haus der Bunkers ... Er erinnerte sich, wie der Stall gebrannt und Jims Pony Barney seiner Mutter die Fingerkuppe abgebissen hatte – damals, bevor Dora das Pony dann zähmte. Mrs. Bunker hantierte im Garten herum. Mit einem großen Hut auf dem Kopf und einem Korb am Arm schnitt sie Dahlien. Ein Stück weiter kam Slugger an dem Feld vorüber, auf dem Barney weidete, wenn Jim im Internat war.

Das braune Pony graste nahe dem Tor. Slugger hupte einen freundlichen Salut, ein Gedenken gleichsam an den Abend, als Barney gegen alle Modeponys die Moonlight Steeplechase gewonnen und Slugger vor Aufregung fast einen Herzanfall erlitten hatte.

Nach ein paar Metern begann der Motor plötzlich zu stottern und zu husten. Verfluchter Mist! Slugger kam mit Maschinen nie zurande. Er trat auf das Gaspedal. Nichts. Der Laster blieb einfach stehen. Er bekam ihn nicht wieder in Fahrt. Er blickte zwei Minuten aus dem Fenster und versuchte es dann mit einem Überraschungsangriff. Wieder nichts. Er versuchte noch ein paar Mal zu starten, stieg aus, hob die Motorhaube und musterte den Motor, als verstände er etwas davon. Jedenfalls schien alles an Ort und Stelle zu sein. Er ging um den Wagen herum, stieß gegen die Reifen und schlug sogar gegen das Chassis, als wäre das Auto ein halsstarriges Pferd.

Danach kletterte er wieder in das Fahrerhaus, schaltete die Scheinwerfer ein, blinkte rechts, blinkte links, drehte die Heizung an und aus und lehnte sich dann verzweifelt zurück. Sein Blick streifte das zerrissene Halfter, die Gitarrensaite und den Zettel für Annas Rock, den er aus der Reinigung abholen sollte. Wofür hielten sie ihn eigentlich, für einen Laufburschen ? Ein Wunder, dass ihm Paul nicht auch etwas aufgetragen hatte.

Aber irgendetwas hatte er doch gesagt? Was nur? Ach ja. ›Aber tank lieber noch.‹ Das war es: Er war vor der Tankstelle in seine Lieblingsabkürzung eingebogen.

Slugger schaltete die Zündung an und sah prüfend auf das Manometer. Die Nadel rührte sich nicht. Kein Benzin mehr.

Er stieg aus und sah die Straße hinauf und hinunter. Keine Seele zu sehen. Das Haus der Bunkers war noch am nächsten. Es blieb ihm nichts anderes übrig, er musste zurückmarschieren und von dort telefonieren. Allerdings fast eine Meile. Viel zu viel für seine alten Beine. Er sah nach der Uhr. Schon nach vier. Verdammt! Aber er musste rechtzeitig die Torte abholen, oder die Geburtstagsparty für Dora fiel heute Abend ins Wasser.

Nochmals flog sein Blick die leere Straße auf und ab. Barney hatte seinen recht gewöhnlich aussehenden Kopf über das Gatter geschoben und beobachtete ihn aus sanften Augen.

Slugger rief dem Pony etwas zu, und Barney wieherte genauso wie seinerzeit auf Follyfoot, wenn ihm Slugger das Futter brachte.

Slugger kam eine Idee. Er zog das Reithalfter vom Wagensitz. Hinten auf der Ladefläche fand er auch ein ausgefranstes Seil.

Slugger erzählte viel von seinen Reitertagen bei der Army, weil der Captain zur Kavallerie gehört hatte. Slugger selber war jedoch kaum geritten. Auf der Follyfoot-Farm war es weder dem Captain noch Paul, weder Dora noch Callie gelungen, ihn auf ein Pferd zu bekommen. Obwohl Slugger Pferde liebte und sie gern versorgte, blieb er lieber mit den Beinen fest auf der Erde.

Doch dies war ein Notfall. Slugger zog das Gattertor auf und ging auf die Weide. Das Pony kam sofort auf ihn zu. Einige Schwierigkeiten bereitete die Schnur, mit der Dora das Halfter provisorisch geflickt hatte, doch dann bekam er es über Barneys Kopf und befestigte daran das Seil als Zügel.

Er führte das Pony an das Tor, kletterte zwei Querbalken hinauf und schob ein Bein über Barneys Rücken. Bloß gut, dass Barney so klein war. Einen Moment schwebte Slugger unsicher zwischen Tor und Pony. Hätte das Tier sich bewegt, wäre es aus gewesen. Doch das Pony stand regungslos, und es gelang Slugger, sich unter Rucken und Zucken auf Barneys Rücken zu schieben.

»Hüh! Nach Hause!« Slugger zog Barneys Kopf herum und brachte ihn in Gang. Als das Pony lostrottete, krallte Slugger die Finger in die Mähne und fühlte sich alles andere als wohl.

Der Ponyrücken war fettig und glitschig vor Schweiß, und sowie Barney in leichten Trab fiel, schwankte Slugger hilflos von einer Seite zur anderen. Wenn darin das Reitvergnügen bestand, auf das die Kinder derartig verrückt waren, konnten sie es von ihm aus haben! Dann dachte er wieder an Doras Geburtstagstorte und klammerte sich krampfhaft an Barneys Mähne.

Sicher wäre alles glatt gegangen, wenn nicht ein Motorrad einen Feldweg heruntergeknattert und vor Barneys Nase auf die Straße geschossen wäre.

Das Pony scheute und stoppte mitten im Trab. Slugger flog über Barneys Kopf und versuchte, den drohenden Aufprall zu dämpfen, indem er die Hände vorstreckte.

Ein Krachen wie bei einem Erdbeben, und brennender Schmerz zuckte Slugger durch den Arm bis zur Schulter. Dann prallte er mit dem Kopf auf das Pflaster. Der Schädel schien ihm zu explodieren. Doch ehe ihn die Explosion aus der Welt wirbelte, blitzten in ihrem gleißenden Licht alle Fotos auf, die er in seinem Cottage hatte: die Fotos von Hochzeiten, von Kindern, von Nellie und die Bilder von Pferden, Pferden und nochmals Pferden.

12

Mrs. Bunkers Dahlien standen in diesem Jahr nicht besonders gut. Kaum Blüten, daher konnte sie auch nicht viele abschneiden. Die meisten Dahlien waren von Schnecken und den zahllosen Insekten angefressen oder zerstört worden, die anscheinend einen Privatkrieg gegen Mrs. Bunkers Garten führten.

Sie musste sich damit zufrieden geben, die vertrockneten und durchsiebten Blüten abzuschneiden, die sie auf den Komposthaufen neben dem Stall warf. Wie es die Gartenbücher vorschrieben, ließ sie den abgestorbenen Pflanzen eine Schaufel Mist folgen. Dung! Wenigstens etwas, wozu Pferde gut waren, soviel zumindest wusste sie. Sonst hatte sie jedoch nicht viel Ahnung von Pferden, bis auf die Tatsache, dass sie vorn wie hinten gleichermaßen gefährlich waren. Wie immer, wenn sie an Pferde dachte, streifte ihr Blick flüchtig den kürzeren Finger, dessen Kuppe Barney einst abgebissen hatte.

Sie wollte eben ins Haus, um das Dinner für ihren Mann vorzubereiten, als Hufe wild die Straße herunterklapperten. Jims Pony kam die Zufahrt heraufgestürmt, hielt mitten im Lauf auf dem Vorgartenrasen inne und rupfte an dem kurz geschnittenen Gras, als hätte er seit Monaten nichts gefressen.

»Barney, du böses Tier! Sollst du nicht unten auf deiner schönen Weide sein! Hast du wieder mal den Zaun zerbrochen, du böses, böses Tier?! «

Sie drohte dem Pony mit der Faust. Barney trampelte über die Ecke eines Chrysanthemenbeetes, um an einen Kleefleck zu kommen. Mrs. Bunker blickte sich verzweifelt um. Niemand zu sehen, der ihr helfen könnte. Und ihr Mann kam erst in zwei Stunden.

Mut, Marion Bunker! Sie ging in den Werkzeugschuppen, der auch als Futterkammer diente, schüttete Hafer in eine Schüssel und näherte sich vorsichtig dem Pony. Dabei hielt sie sich immer eine Armlänge von ihm entfernt. Als Barney nach dem Halfter schnappte, zog sie die Schüssel weg und ging einen Schritt zurück, um ihn auf diese Weise nach und nach in den Stall zu locken.

Da Mrs. Bunker rückwärts ging, weil sie Barney im Auge behalten wollte, stolperte sie über eine Schubkarre, zerriss sich ihre Strümpfe an einem Busch, trat auf einen Stein und knickte um. Immerhin folgte ihr Barney bis zur Tür der Laufbox. Sie schob die Haferschüssel schnell hinein und drückte die Tür zu, als er endlich im Stall war. »So, und da drin bleibst du jetzt, du falsche Kreatur.« Sie drohte ihm mit dem verstümmelten Finger. »Ich seh jetzt mal nach, wo du rausgekommen bist. Und wenn du Schaden angerichtet hast, wirst du dafür bezahlen, sowie Mr. Bunker da ist, das merk dir!«

In ihrem roten Minibus mit der Plastikblume an der Antenne fuhr sie zur Weide. Falls das Gatter offen stand, waren bestimmt wieder diese bösen Buben aus dem Dorf schuld. Immer machten sie irgendwelchen Unfug. Als Mrs. Bunker um die Biegung kam, sah sie, dass das Tor zu war. Also hatten nicht die bösen Buben, sondern der böse Barney schuld.

Dicht beim Gattertor lag am Straßenrand ein Bündel Kleidungsstücke. Ein merkwürtiger Fleck, um Sachen ... Mrs. Bunker verlangsamte, stoppte und stieg hastig aus. Es war kein Bündel Kleidungsstücke. Es war ein Mensch, und zwar ohnmächtig.

Das ist doch der alte Mann von der Follyfoot-Farm. Was liegt er hier, und noch dazu verkrümmt, einen Arm wie um Hilfe suchend ausgestreckt? Der andere Arm lag unnatürlich verbogen unter dem Körper.

Als Mrs. Bunker sich hinabbeugte, um ihn hochzuheben, schlug der alte Mann mit einem Schmerzensschrei die Augen auf.

»Was ist passiert?«

Der alte Mann stöhnte und schloss wieder die Augen.

Barney in den Stall zu locken war für Mrs. Bunker schon eine Riesenaufgabe gewesen. Doch es war nichts im Vergleich dazu, den Verunglückten in den Kleinbus zu schaffen.

»Kommen Sie. Hier können Sie nicht liegen bleiben.«

Mrs. Bunker bekam den Arm unter seine anscheinend heile Schulter und richtete ihn so auf, dass er sich an sie lehnen konnte. Sie band den Schal vom Hut und knüpfte daraus eine Schlinge für den offensichtlich verletzten Arm. Als sie den Mann endlich auf den Füßen hatte, wurde er wieder ohnmächtig, aber sie konnte ihn halten, so leicht, wie er war. Halb zog sie ihn, halb trug sie ihn, und so gelang es ihr schließlich, ihn in den Kleinbus zu schaffen. Er lag mehr auf dem Sitz, als dass er saß, weiß wie Papier übrigens, und sie fürchtete, dass er sterben könnte, ehe sie das Krankenhaus erreichte.

13

Als Slugger aus dem Krankenhaus entlassen wurde, lief er leicht zur Seite geneigt, teils wegen des schweren Gipsverbandes, der vom Handgelenk bis zur Schulter reichte, teils weil er noch immer benommen war. Anna ließ es nicht zu, dass er allein in seinem Cottage wohnte. Sie bestand darauf, dass er in dem Gästezimmer der Farm schlief.

Es war der beste Raum im ganzen Haus. Anna hielt die Tür stets verschlossen; dadurch konnten die Katzen nicht das Bett für sich beschlagnahmen, und die anderen Hausbewohner konnten nicht hinein, um dort die Abfälle abzuladen, die sich in ihren eigenen Schlafzimmern angesammelt hatten.

Doras Zimmer war ein Inferno aus Pullovern, die noch vom vorigen Winter her gewaschen werden mussten. Das Durcheinander wurde gesteigert durch Pferdefotos und Pläne für den neuen Stall, der gebaut werden sollte, wenn sie je das Geld dafür auftrieben. Hinzukamen Pferdebücher, Zeitschriften, ein paar trockene Haferähren sowie getrocknete Gräser, die aus dem hohen Silbercup ragten, den sie mit Barney bei der Moonlight Steeplechase gewonnen hatte.

In Callies Zimmer kam man kaum noch hinein. Nicht weil es noch unaufgeräumter als Doras gewesen wäre, sondern weil sie quer vor die Tür eine Art Gatter geschoben hatte, damit der Raum einem Stall ähnelte. Trotz der mehr als zwanzig Pferde im Stall oder auf der Weide verbrachte Callie noch immer einen großen Teil ihrer Zeit damit, Pferd zu spielen.

Nein, es hatte keinen Zweck, diese Räume zu renovieren. Daher hatte Anna sich auf das Gästezimmer konzentriert; es war frisch geweißt, glänzte mit einer geblümten Tapete, rosafarbenen Bettlaken, neuen Chintzvorhängen und einer dazu passenden Bettdecke.

Nun lag Slugger in dem Zimmer. Als Callie ihm das Frühstück brachte, setzte er sich auf. Er sah wie ein Gartenzwerg im gestreiften Pyjama aus. Das wettergegerbte Gesicht und die verarbeiteten Hände hoben sich dunkel von dem mit rosa Rüschen besetzten Kopfkissen und den rosa Decken ab.

»Siehst du aber schick aus!«

Callie stellte das Tablett ab und strich über die seidige Steppdecke.

»Ja, was?« Slugger legte den Kopf an das feine Kopfkissen.

»Lohnt sich fast, dass man sich den Arm bricht.«

Callie zog die Vorhänge auf, durch die lediglich ein rosa gefiltertes Licht in das Zimmer fiel, was den Eindruck erweckte, als ob Slugger sich in einer Schale Erdbeereis befand. Leichter Nachtfrost hatte den Rasen mit tausend funkelnden Kristallen übersät. Der vollkommene Tag für einen Ausritt. Callie überlegte bereits alle möglichen Entschuldigungen, um die Schule schwänzen zu können. Sie hörte, dass der Captain ins Zimmer kam.

»Morgen, Slugger.«

»Morgen, Captain.«

»Na?«

»Na?«

Die beiden kannten einander so lange und so gut, dass sie sich sozusagen in einer Art Steno unterhielten.

»Sieht aus, als ob die Versicherung durchkommt«, sagte der Captain. »Sie werden dir jede Woche einen anständigen Betrag zahlen, bis du wieder arbeiten kannst.«

»So.«

»Ja«, sagte der Captain, als hätte Slugger einen ausgewachsenen Satz gesprochen, »das denke ich auch.«

»Das regelt die Sache dann ja«, meinte Slugger.

»Für eine Weile.«

»Was regelt was?« Callie drehte sich um, nachdem der Captain das Zimmer wieder verlassen hatte.

»Ich krieg mein Krankengeld, verstehst du. Also kann er den Treuhändern sagen, dass er den Lohn für einen spart. Guter Witz, was?«

»Ein Witz ist das ja nun gerade nicht«, entgegnete Callie,

»wenn sich jemand den Arm brechen muss, um ein dämliches Geldproblem zu lösen.«

»So ist das nun aber mal, Mädel.« Slugger schob das Tablett an das Fußende des Bettes und kuschelte sich wieder in die rosa Decken. Eine Katze, die unter der Steppdecke geschlafen hatte, kam herausgekrabbelt und leckte den Teller ab. »Hast du'n unlösbares Problem am Hals, muss vielleicht so'n verdrehtes Vieh wie Barney kommen, um die Lösung zu finden.«

14

Die unmittelbare Gefahr war erst einmal vorbei. Die Leute auf Follyfoot konnten aufatmen und sich ihrer Herbstausritte erfreuen ohne die ausgesprochene Drohung im Nacken: Das ist vielleicht der letzte Ritt für einen von uns – aber für wen?

Beim Sonntagvormittagsritt machten alle mit. Alle heißt in diesem Fall jeder, der ein Pferd oder ein Pony hatte, dem man die zehn Meilen zumuten konnte.

Einige bewältigten die Strecke nur, indem sie grundsätzlich ihr eigenes Tempo hielten. Dora und Robin verbrachten einen großen Teil der Zeit damit, zu den Mädchen von der Ponyfarm nach vorn zu preschen, um sie zu bitten, langsamer zu reiten, da es kein Wettrennen sei; und die übrige Zeit mussten sie darauf verwenden, zurückzutraben, um Teilnehmer wie Johnnie Hatch anzutreiben, damit sie nicht den Anschluss verloren. Johnnie saß wie immer auf seinem breit gequetschten Fellball namens Phöbe. Phöbe legte den ganzen Weg im langsamen Zuckeltrab zurück. Johnnie ritt ohne Sattel und Zügel. Es hatte keinen Sinn, Phöbe ein Gebiss anzulegen. Sie folgte den anderen Pferden sowieso.

Es war ein herrlicher Tag; die Erde war weder gefroren noch zu matschig, und die Pferde schnaubten scharf in der frischen Luft.

Die Gruppe trabte durch Marston und überraschte sonnabendliche Einkaufsbummler. Auf dem Gemeindeland jenseits vom Dorf warteten Anna und andere Mütter auf dem Lastwagen mit Brathühnchen, Pfannkuchen und heißem Kakao auf die Reiter.

Es dauerte fast eine halbe Stunde, bis alle versammelt waren. Die Mädchen von der Ponyfarm auf ihren New Forests und Dartmoors, Ron auf dem Maulesel, Toby auf dem Welshpony Coffee, Mrs. Oldcastle auf ihrem alten Harold, Callie auf Hero und Paul auf Cobblers Dream. Jim Bunker, über das Wochenende daheim, auf Barney und die knochige Alice Hatch auf ihrem knochigen Pony. Dora kam mit Robin als letzte; sie führte reitend Phöbe am Halfter, während Johnnie vor ihr halb auf Robins Nacken saß. Die einzige Möglichkeit, mit Phöbe und ihm rechtzeitig auf dem Sammelpunkt einzutreffen und auch noch etwas vom Imbiss abzubekommen.

Als sie wieder aufbrechen wollten, schlief Johnnie auf dem Sitz des Lasters wie ein Murmeltier. Paul und Ron luden Phöbe hinten auf den Laster zu dem Kakaokessel, damit Anna sie heimfahren konnte.

Nachdem man Mrs. Oldcastle von ihrem Harold heruntergeholfen hatte, damit sie zu ihrem Hühnchenanteil kam, musste ihr auch wieder hinaufgeholfen werden. Ron stemmte sie hoch, wobei er so stark schob, dass Mrs. Oldcastle auf der anderen Seite wieder hinuntergerutscht wäre, hätte Dora sich nicht an den Steigbügel gehängt und sie in den Sattel zurückgezogen.

»Na fein. « Mrs. Oldcastle rückte den Reithut zurecht und hob die Zügel, als wären sie ein Taktstock.

»Danke. Vielen Dank, junger Mann.« Namen behielt sie nie. »Aber ich kenne Sie doch, nicht wahr? Sie waren doch mal bei mir im Haus. Habe ich Ihnen nicht ein Stück Rosinenkuchen gegeben?«

»Schokoladenkuchen.« Ron, den Cowboyhut auf dem Kopf, blickte an der breiten Krempe vorbei zu ihr hoch. »Sie haben mich hinausgeworfen.«

»Weil Sie Ihr Pferd in meinen Gemüsegarten gelassen haben.«

»Nein, weil ich Sie für Follyfoot um Unterstützung gebeten habe, aber Sie –«

»Nun, mir kommen keine herrenlosen Pferde mehr in meine Mohrrüben und zwischen meinen Rosenkohl, das kann ich Ihnen sagen.« Mrs. Oldcastle tippte ihm mit der Peitsche auf den Hut wie die Königin, die jemand zum Ritter schlägt. »Ich habe mir ein Luftgewehr und Patronen gekauft. Und ich habe keine Angst davor abzudrücken. Merken Sie sich das, junger Mann.«

Ron duckte sich, als Mrs. Oldcastle von neuem die Peitsche hob. Doch sie ritt einfach los und rief: »Mir nach. Ich habe keine Lust, noch länger zu warten.« Dabei hatten alle auf sie gewartet.

Sie galoppierten über die weite, grasige Strecke in der Mitte der Gemeindewiese und setzten im Sprung gemeinsam über den kleinen Graben am Ende.

Nein, nicht alle. Dora wendete und bemerkte, dass zwei Ponys den Sprung verweigert hatten; Alice Hatch war gestürzt und suchte ihre Brille; und auch Willy, der Maulesel, war noch immer drüben. Er stemmte sich nach hinten, wobei er die Hufe in den Boden presste, während Ron schon diesseits des Grabens die Füße in die Erde grub und am Zügel zerrte.

Dora sprang über den Graben zurück, griff nach einem Stock und scheuchte die verweigernden Ponys hinüber. Willy jedoch wollte sich nicht von der Stelle rühren. Ron kletterte zurück über den Graben, schwang sich in den alten Armysattel und erklärte: »Ich kehr um.«

»Ohne dich kommen wir nicht über den Kohlenplatz.«

»Dann müsst ihr eben die Straße lang.«

»Da ist doch zuviel Verkehr, Ron. Du musst mitkommen. Tu alles, damit er springt. – Hüh, Willy, los, beweg dich.« Sie langte nach einem Stock, zog Willy eins über das muskulöse graue Hinterteil, und der Stock zerbrach. Ron stieß dem Maulesel die Cowboystiefel in die Flanken, doch Willy seufzte nur, senkte den Kopf und knabberte an dem groben Gras am Grabenrand.

»Los, kommt«, rief Paul. Die anderen wollten nicht mehr warten. Mrs. Oldcastles Nase lief bereits blau an, und Alice Hatch hatte ihr Pony nicht mehr unter Kontrolle, weil ihre Brille zerbrochen war und sie nicht sehen konnte.

»Lass mich mal.« Dora saß ab und ließ Robin stehen. Sie zog Ron vom Maulesel und schwang sich selber hinauf. Sie kannte Willys Tücken seit langem. Außerdem hatte sie ihm beigebracht, wie man sprang, wenn man das überhaupt Springen nennen konnte.

Man musste ihn eben überraschen. Sie ließ ihn im Schritt bis an den Grabenrand gehen. Dann lenkte sie ihn seitwärts, als beabsichtigte sie, auf dieser Seite zu bleiben. Doch dann, urplötzlich, riss sie ihm den Kopf herum und stieß ihm kräftig in den Leib. Und ehe Willy wusste, wie ihm geschah, war sein Vorderteil schon drüben. Nachdem er eine Sekunde mit langgestreckten Beinen über dem Graben gestanden hatte, kam das Hinterteil widerwillig hinterher.

»Na bitte…«

Ron stieg über den Graben, Robin sprang von sich aus hinüber, und sie folgten den anderen im Trab.

Das grüne Gemeindeland ging in eine Wüstenei aus Autowracks über, die man am Kanal illegal abgeladen hatte. Sie ritten hintereinander den Weg zwischen den Rückfronten der Häuser hinunter. Am Tor des Kohlenplatzes polterte Mr. Carter aus seinem Büro, ein massiger Mann, zu fett, um richtig atmen zu können. Ron sprach mit ihm. Mr. Carter nickte keuchend; sein Doppel- und Dreifachkinn wabbelte im Rollkragen seines schwarzen Pullovers. Die Hände in den Hosentaschen seiner Großraumhose, die seinen mächtigen Leib umspannte, beobachtete er alle, die durchkamen, als wollte er sie wiedererkennen, wenn er sie das nächste Mal sah.

Als sie am Fenster einer verrosteten Wellblechbude vorüberritten, glaubte Dora ein Gesicht zu sehen, das unter schmutziggelbem Haar durch das Fenster spähte. Ein Gesicht mit dunklen, starrenden Augen, die Dora veranlassten, sich im Sattel umzudrehen und zurückzublicken. Kein Gesicht mehr zu sehen. Dafür bemerkte sie auf der schmierigen Scheibe einen freigeriebenen Fleck.

Jenseits der Fußgängerbrücke bog die Gruppe dankbar in den Treidelpfad auf dem anderen Ufer ein. Dort schimmerte die Erde wieder grün, und die verschmutzte Gegend lag bald hinter ihnen. Es ging durch schmale Gattertore von Feld zu Feld. Ihr Ziel war der Fuß der Hügel, wo der Kanal eine Biegung machte. Sie überquerten ihn auf der geschwungenen Brücke. Von dort mussten sie sich einen steilen, durch nasse Blätter glitschig gewordenen Pfad hinaufmühen. Vor ihnen flatterten unter schrillen Rufen große Vögel aus den Bäumen in die klare Luft.

An der Kreuzung trennten sie sich. Jetzt musste jeder seinen eigenen Weg wählen. Dora, Paul, Ron und Callie ritten das letzte Stück der Straße im Schritt. Dora liebte diesen Weg, weil er nach Haus und an den Follyfoot-Koppeln entlangführte. Nigger, Frank und der steife alte Ginger kamen zum Gatter getrottet und wieherten einen Willkommensgruß.

Im Arbeitsfenster des Captains brannte bereits Licht, und Dora sah, wie er sich vom Schreibtisch erhob, als er den Hufschlag hörte, und nach seiner Jacke langte, die hinter der Tür hing.

Er erwartete sie schon, als sie in den Hof ritten, und die Hunde bellten wie verrückt zur Begrüßung.

15

Der Captain war beim Arzt gewesen, um sich gründlich untersuchen zu lassen, ehe er mit Anna ins Ausland reiste. Seit seiner Lungengeschichte verbrachte er jeden Winter einige Zeit im Süden, um eine Zusatzdosis Sonne zu tanken.

Vor der Abreise berief der Captain nochmals eine Versammlung ein. Keine bedrückende und erschreckende Zusammenkunft wie die in seinem Arbeitszimmer, als es um Personalabbau ging. Nein, diesmal trafen sie sich wie beiläufig im Heuschuppen.

Dora und Paul sackten gerade Häcksel ein, als er kam. Callie und Ron spielten Karten auf einem Heuballen, und Slugger drehte mit dem gesunden Arm das quietschende Rad der Häckselschneidemaschine.

»Also dann …« Der Captain schob einen Strohhalm zwischen die Lippen und kaute darauf herum. »Morgen früh fahren wir. Werdet ihr zurechtkommen?«

»Selbstverständlich«, sagte Dora. »Wenn man uns in Ruhe lässt und keiner dazwischenredet.«

Das bezog sich auf Phyllis Weatherby; ein fürchterliches Weib, das ein Freund des Captains früher einmal engagiert hatte, um während der Abwesenheit des Captains auf Follyfoot nach dem Rechten zu sehen. Sie waren sie allerdings bald losgeworden, teils durch faire, teils durch unfaire Methoden. Mehr durch unfaire.

»Aber eins vergesst nicht.« Der Captain schob die Hände in die Taschen. »Bis ich zurück bin, kommen mir keine weiteren Pferde auf den Hof!«

»Klar. Wissen wir doch.« Dora musste an den armen Ellis Elkins und sein gesprenkeltes Pferd denken; inzwischen war es wahrscheinlich tot, oder es wurde in der Reitschule lahm.

»Wir haben den Stall schon so voll genug«, fuhr der Captain fort. »Mehr als ihr eigentlich schaffen könnt.«

»Wir kommen schon zurecht«, sagte Paul.

»Und die Pferde auch«, setzte Ron hinzu.

»Ja, bis ich wieder zurück bin, wird uns wohl keins verlassen. Aber achtet auf Gingers Bein. Und falls Cobby wieder etwas anstellt und Kolik kriegt, flößt ihm lieber vorsorglich Medizin ein, ohne erst lange zu warten. Dollys Hufe müssen bald getrimmt werden; die von einigen anderen auch. Und wenn der Weaver tatsächlich weiterhustet, isoliert ihn lieber im Fohlenstall.« Und mit einem Blick auf

Dora: »Ja, ich weiß, das bedeutet einen leeren Stand. Aber lass ihn lieber leer, verstanden. Keine weiteren Pferde, klar!«
»Schließt das auch Ponys ein?«, wollte Callie wissen.

»Ja, und Esel auch«, ergänzte der Captain. Er dachte daran, wie sein amerikanischer Bekannter Blankenheimer für Dora auf dem Markt unten im Ort die Eselin Dottie gekauft und auf dem Rücksitz seines Autos nach Follyfoot gebracht hatte.

»Was also heißt, dass wir, wenn ein Pferd auf drei Beinen die Straße raufkommt und mit dem kranken vierten winkt und wimmert: ›Nehmt mich auf! Nehmt mich doch auf!‹, ich meine, dass wir dann zurückwinken und rufen: ›Zieh weiter Kollege, zieh weiter‹! So also. Oder?« Ron machte es den Leuten immer schwer.

»Und falls jemand wie die arme alte Mrs. Berry mit einem selbstfabrizierten Transporter am Tor auftaucht und mit einem Pferd drin, das ins Ausland und da in eine Abdeckerei soll«, sagte Callie, »dann sagen wir bloß: ›Tut uns Leid, Mrs. Berry, wir retten keine Pferde mehr vor dem Schlachthaus.‹«

»Was soll das? Wollt ihr mich ärgern? Hört auf damit«, knurrte der Captain. »Ich rede nicht von allerdringlichsten Notfällen. Ihr wisst genau, was ich meine. Verrichtet eure Arbeit. Ich vertraue euch. Noch irgendwelche Fragen?«

»Nur eine noch«, sagte Paul mit der unschuldigsten Miene der Welt. »Wer hat diesmal das Sagen, solange Sie fort sind?«

Wenn der Captain im Ausland war, spielte Dora gern ein bisschen den Boss.

»Richtig«, sagte Dora. »Das möchte ich auch wissen.«

Während der Abwesenheit des Captains legte sich Paul immer eine Art Kommandoton zu und spielte gern den Chef.

Der Captain sah von Paul zu Dora und lächelte. »Slugger führt das Kommando. Er wird auf alles ein Auge haben.«

»Ich?« Slugger fasste nach dem Gipsverband am Arm. »Ich kann doch nicht mal 'ne Mistschaufel heben.«

»Wer das Kommando führt, braucht nicht zu schaufeln«, sagte der Captain. »Deshalb hast du ja hier so lange die Aufsicht.«

Slugger zuckte mit der gesunden Schulter. »Hab ich doch sowieso schon immer.«

16

Während Anna mit dem Captain im Ausland war, teilten sich die Daheimgebliebenen die Hausarbeiten. Slugger konnte kochen. Wenn jemand ihm beim Kartoffelschälen, Gemüseputzen und Büchsenöffnen half, wozu man beide Hände benötigte, wurde er so ziemlich mit allem fertig. Callie machte die Wäsche, indem sie alles mit in die Badewanne nahm und die einzelnen Stücke mit Händen und Füßen umherwirbelte, ehe sie sie durch die Wringmaschine drehte und auf die Leine hängte. Die Hausarbeit war jedermanns Sache, was bedeutete, dass sich niemand dafür verantwortlich fühlte. Am Tag vor Annas Heimkehr würde es daher ein gewaltiges Großreinemachen geben müssen.

Dora holte für gewöhnlich ein. Eines Tages stürmte sie mit einer Tasche voller Bratwürste, Kochfleisch und Knochen, die sie für die Hunde erbettelt hatte, aus der Tür des Schlächterladens. Dabei prallte sie beinahe mit einem Mann im Regenmantel zusammen, der mit vorgebeugten Schultern über den Bürgersteig hastete.

Er wich aus und eilte, ohne hochzublicken, weiter. Doch dann drehte er sich genau in der Sekunde um, in der auch Dora sich umwandte. Beide grüßten überrascht.

»Hallo!«

»Hallo!«

Doch weder der Mann noch Dora wussten, wo sie den anderen unterbringen sollten.

»Entschuldigen Sie«, sagte der Mann. »Ich habe mich geirrt.«

Damit wollte er weiter. Doch beim Anblick der hängenden Schultern erinnerte Dora sich wieder.

»Mr. Elkins.«

Er drehte sich nochmals um. »Ja, und Sie sind …«

»Dora. Von der Follyfoot-Farm.«

»Ach ja.« Er nickte kurz und ging weiter.

»Mr. Elkins. Warten Sie doch!« Dora rannte ihm hinterher. »Es hat mir schrecklich Leid getan. Sie wissen schon. Dass wir das Pferd nicht nehmen konnten.«

»Ist in Ordnung.« Er blieb nicht stehen und sah Dora auch nicht an.

»Was … ich meine: Was ist aus ihm geworden? Haben Sie ihn …«

»Ich möchte nicht darüber reden.«

Es herrschte jedoch ein solcher Verkehr, dass er nicht über die Kreuzung konnte und warten musste, bis die Ampel auf Grün schaltete.

»Bitte, sagen Sie es mir.«

Dora schleppte zwei schwere Einkaufstaschen. Obwohl Mr. Elkins nicht mit ihr darüber sprechen wollte, fühlte er sich verpflichtet, ihr eine Tasche abzunehmen.

»Ich habe mir Sorgen gemacht, wegen Eisvogel, meine ich. Haben Sie ihn an die Reitschule verkauft, oder mussten sie ihn, mussten sie ihn, na, Sie wissen schon, was ich meine.«

Dora lebte lange genug mit Tieren, um vernünftig über den Tod zu reden. Doch so niedergeschlagen, wie Mr. Elkins aussah, bekam sie die eindeutige Bezeichnung nicht über die Lippen.

»Weder das eine noch das andere. Ich habe es einfach nicht fertiggebracht.« Er blickte sie mit seinen Triefaugen an, das Gesicht war geradezu zerknittert. »Ich gehe morgen fort. Nach Südamerika.«

»Und? Ich meine, was machen Sie mit dem Pferd?«

»Nichts. Da ist nichts zu machen. Ich dachte, ich lasse ihn einfach frei, damit er umherwandern und für sich selbst sorgen kann. Scheint mir tierfreundlicher. Gras wächst überall, und Teiche gibt's auch…«

»Aber das können Sie doch nicht machen. Hören Sie – wir werden ihn nehmen müssen.«

»Der Mann, der die Farm leitet, hat doch gesagt –«

»Der Captain ist im Moment nicht da«, sagte Dora.

»Und wer leitet die Farm jetzt?«

»Ich, im Augenblick. Bitte, setzen Sie Eisvogel nicht aus. Bitte tun Sie das nicht.«

»Nun, um ehrlich zu sein«, Ellis Elkins sah auf seine abgetragenen Schuhe hinab, »ich habe es bereits getan. Einen Tag, nachdem ich bei Ihnen war. Genau einen Tag danach.«

»Aber, wie konnten Sie. Sie sind –« Dora hätte ihn am liebsten geschlagen. »Ich meine, das ist doch sehr gefährlich. Er kann doch von einem Auto angefahren werden, er kann sich in Stacheldraht verfangen – alles kann passieren. Man setzt doch Pferde nicht einfach aus und lässt sie umherwandern und sich selbst ernähren.«

»Nun, ich habe es getan.« Ellis Elkins sah sie um Entschuldigung bittend an. »Ehe ich mein Haus dicht machte, bin ich mit Eisvogel eine lange Strecke geritten. Bis in eine Gegend, in der wir noch nie waren. Dort bin ich abgestiegen, habe ihm sein bestes rotes Halfter angelegt und ihn auf eine saftige Wiese geführt und ›Lebewohl‹ gemurmelt.« Er blinzelte. »Sattel und Zaumzeug habe ich über eine Friedhofsmauer geworfen – die Beerdigung meiner Träume sozusagen. Dann habe ich mich in einen Bus gesetzt und bin weggefahren. Good bye.«

Die Ampel hatte schon zweimal Grün gezeigt, stand jetzt aber wieder auf Rot. Doch er trat einfach auf die Fahrbahn, und ein Radfahrer musste fluchend ausweichen.

»Meine Bratwürste!«

Dora konnte Mr. Elkins gerade noch ihre Einkaufstasche aus der Hand reißen, ehe er sich wie ein Schlafwandler mitten durch den Verkehr fädelte und in der sonnabendlichen Menschenmenge verschwand.

Dora rannte zum Parkplatz, so dass ihr die Taschen nur so gegen die Beine schlugen. Einen gesprenkelten Grauen hatte Mrs. Oldcastle in ihrem Gemüsegarten gesehen, und Ellis Elkins hatte Eisvogel selber als irgendwie gefleckt und sommersprossig beschrieben. Falls Dora im benachbarten Friedhof Sattel und Zaumzeug entdeckte, bestand kein Zweifel mehr.

Dora war unruhig und besorgt. Sie trat auf den Gashebel und fuhr so schnell, wie sie sich traute. Am Ende des Dorfes, jenseits der Einfahrt zu Mrs. Oldcastles Haus, lag ein Friedhof. Dora raste durch das Dorf, drosselte das Tempo, stoppte und parkte am Straßenrand neben dem Friedhof. Sie rannte durch das Tor und stöberte zwischen den Gräbern an der Friedhofsmauer herum.

»Suchen Sie einen lieben Verstorbenen?«

Eine lächelnde Frau, die ein Grab bepflanzte, richtete sich auf; ihre Brillengläser blitzten. »Ich weiß über jeden hier Bescheid«, sagte sie mitteilungsbereit, als erbiete sie sich, jemanden die Gäste einer Party vorzustellen.

Als Dora ihr sagte, wonach sie suchte, strahlte die Frau.

»War ein hübscher Sattel, wirklich«, sagte sie. »Deutsches Fabrikat, aber man muss der Tatsache ins Auge sehen, dass wir Briten kein Monopol für erstklassige Lederwaren haben. Wir haben die Sachen als Geschenk des Himmels betrachtet. Kamen gerade recht, um die Elektrizitätsrechnung zu bezahlen. ›Ein Sattel vom Himmel‹, dachte ich. ›Ein Geschenk des Herrn‹, habe ich zum Vikar gesagt.«

Dora hoffte, dass der Herr ihr den Anblick des gesprenkelten Grauen schenken würde. Es war also doch Eisvogel gewesen, dem sie damals durch Wälder und über Felder bis zu jener Kiesgrube und weiter nachgesetzt war, bis sie seine Spur verlor. Rotes Halfter, hatte der Mann, der seinen Graben umgrub, gesagt. Und die Frau mit dem Tee und den Plätzchen hatte erklärt, sie kenne das Pferd und es ginge nach Haus. Wahrscheinlich doch dorthin, wo Ellis Elkins früher gewohnt hatte.

Die Tee- und Plätzchenfrau begrüßte sie freudig.

»Ich habe eben den Kessel aufgesetzt. Und von gestern sind noch Korinthenbrötchen übrig.«

Aber Dora wollte sich nicht aufhalten. Sie wollte lediglich wissen, in welcher Straße Mr. Elkins gewohnt hatte. Das Haus war verrammelt. Die Jalousien waren herabgelassen, und auf der Vortreppe lagen die feuchten Zeitungen einer Woche. Der selbst gezimmerte Stall und der zusammengestoppelte Zaun um einen getrampelten Fleck im hinteren Garten machten einen niederschmetternden Eindruck: ein hoffnungsloser Ort für ein Pferd.

Das Stallfenster war mit Brettern verschlagen, und über die Stalltür hatte Ellis Elkins ein Brett genagelt. Die zertrampelte Erde vor der Tür konnte bedeuten, dass Eisvogel zurückgekommen war, in den Stall wollte und die Erde zerstampft hatte, als er nicht hineinkam.

Armer alter Eisvogel! Ausgesetzt und verlassen. Fand irgendwie nach Hause zurück, nur um zu entdecken, dass er kein Zuhause mehr hatte, dass es ihm verschlossen und verbarrikadiert war. Dora sah vor ihrem geistigen Auge geradezu, wie das Pferd mit dem neuen roten Halfter auf dem grauen Kopf sich traurig abgewandt und fortgewandert war.

»Wohin?«

Dora fragte einige Nachbarn, aber niemand wusste etwas, niemand kümmerte es. Ihnen war das Pferd sowieso zuwider gewesen. Sie hatten sich bei der Gemeinde mehrmals über den Gestank beschwert. Und über die Fliegen. Nein, sie hatten das Pferd nicht gesehen. Und sie wussten auch nicht, dass Mr. Elkins das Haus aufgegeben hatte. Er hat doch kaum mit jemand gesprochen. Maulfaul, das war er. Ein unfreundlicher Patron. Außerdem gehörten sie nicht zu jenen Leuten, die ihre Nasen in fremde Angelegenheiten steckten. Sie nicht, nein, obwohl sie Dora, wenn sie wollten, einiges über Rechnungseintreiber, leere Ginflaschen und eine fortgelaufene Ehefrau erzählen könnten. Und über vieles mehr, wenn es darauf ankam.

Ein hoffnungsloser Fall, wie es schien.

Dora fuhr noch eine Weile durch die Vorortstraßen, fragte Passanten, aber niemand hatte ein Pferd wie Eisvogel gesehen.

Das Herz war ihr schwer, und sie kam sich wie ein Versager vor, als sie, nun langsamer, heimfuhr.

Paul saß am Schreibtisch des Captains und sah Rechnungen durch, als Dora in das Arbeitszimmer kam und sich auf den Kaminvorleger sinken ließ, um ihm von Eisvogel zu erzählen. »Ich fühl mich belämmert, wenn ich daran denke, wirklich.«

»Kann ich verstehen.«

Paul ließ den Drehstuhl herumschwenken und sah Dora voll an. »Das Pferd fällt nicht unter unsere Verantwortlichkeit, aber –«.

»Dieser dämliche Elkins auch nicht, aber –«

»Ich kenne dieses Gefühl ...« Paul blickte weise zu Dora hinab, genau wie der Captain. »Du hast das Empfinden, Elkins und Eisvogel im Stich gelassen zu haben.«

Dora nickte und zupfte an den Fransen des Vorlegers, die die Katzen von Jahr zu Jahr mehr zerfetzten und zerknabberten.

»Hoffen wir, dass er eingefangen und irgendwo untergebracht worden ist. Hast du den Tierschutzverein angerufen?«

»Ja, und die Polizei auch. Keine Meldung über das Pferd. Ich habe ihnen gesagt, dass wir das Tier aufnehmen, wenn sie –«

»Der Captain hat es schon abgelehnt.«

»Aber jetzt handelt es sich um einen Notfall«, rief Dora und setzte sich auf.

»Mich brauchst du nicht anzuschreien. Slugger hat die Leitung.«

»Wer will was von mir?« Slugger blickte vom Korridor aus in das Arbeitszimmer.

»Ach, es geht um ein herrenloses Pferd«, erklärte Dora. »Einfach ausgesetzt worden, und nun wandert es irgendwo umher. Falls man es findet, müssen wir es aufnehmen.«

»Da bin ich andrer Meinung.« Slugger schüttelte den grauen Kopf.

»Aber es ist ein Notfall.«

»Noch nicht. Erst wenn man es findet ...«

Die Polizei rief Dora zwei Tage später an. Dort, wo die Landstraße durch offenes Moorgebiet führte, war nachts ein graues Pferd von einem Auto angefahren worden.

»Der Fahrer ist auf das Steuer geprallt und hat sich zwei Rippen gebrochen«, sagte der Wachtmeister. »Und hat Schnittwunden am Kopf durch den Rückspiegel.«

»Aber das Pferd?« Dora war die Kehle wie zugeschnürt. »Was ist mit dem Pferd?«

»Zwei Beine gebrochen. Musste erschossen werden. Tut mir Leid, Miss. Hat es Ihnen gehört?«

»Nicht direkt ...«

Als Dora den Hörer auflegte, war ihr so elend zumute, als hätte ihr das arme alte Pferd, das sie nie gesehen hatte, tatsächlich gehört.

17

Dora ging durch die Küche hinaus. Slugger knetete gerade Brotteig. »Keine Sorge«, sagte sie. »Das graue Pferd kommt nicht.«

»Was?«

Der alte Mann sah hoch, die stumpfen Finger seiner gesunden Hand klopften den gummiartigen Teig. Dora zog die Hoftür auf und verschwand.

Ehe sie mit jemand darüber reden konnte, musste sie erst eine Weile für sich sein, um mit ihren Gefühlen fertig zu werden. Sie wollte auf keinen Fall heulen, wenn sie von Eisvogel erzählte. Die Follyfoot-Farm verlangte Mut, nicht Sentimentalität.

Robin stand auf der Koppel in der warmen Sonne und knabberte gedankenvoll Rinde von einem jungen Baum. Da müssen wir Maschendraht um den Stamm ziehn! versuchte Dora sich einzuprägen. Sie zäumte Robin – Sattel und

Zügel hatte sie gleich mitgebracht, damit niemand sah, dass sie wegwollte – und trabte am unteren Gattertor, das zum Rand des Moores führte, auf die Weide an der Bergflanke hinaus.

Eine Weile ritt sie dahin, ohne an etwas Besonderes zu denken. Eine Möglichkeit, wenn man auf einem guten Pferd sitzt und sich dem reinen Vergnügen des Rhythmus und der Kraft hingeben kann; die Schultermuskeln bewegen sich glatt an deinem Knie, die Pferdebeine greifen aus, die Hufe trommeln auf dem Rasen, die Pferdebeine werden wieder angezogen, um von neuem kraftvoll auszugreifen. Der schönste Anblick der Welt war eben doch der, der durch zwei Pferdeohren eingerahmt wurde!

Doch als sie Robin versammelte, um einen steinigen Pfad im Schritt zu nehmen, kehrten die Gedanken zurück. Der Captain hatte keine Schuld. Es war ihre Schuld. Wenn sie die Geschirrkammer nicht wütend verlassen hätte, sondern dageblieben wäre und den Captain angefleht oder auf der Follyfoot-Idee beharrt hätte, wäre der Captain sicher einverstanden gewesen, das Pferd aufzunehmen. Wenn sie bei der Frau nicht Tee getrunken und Plätzchen gegessen, sondern die Straßen weiter abgesucht hätte, wäre sie vielleicht in der Nähe seines bisherigen Zuhause doch noch auf Eisvogel gestoßen. Das Pferd war durch ihre Dummheit und Denkfaulheit umgekommen. Sie hatte sich genauso dumm und verantwortungslos verhalten wie dieser Ellis Elkins.

Kummer ist für gewöhnlich ein Viertel selbstlose Trauer um den Toten und Dreiviertel selbstsüchtiges Bedauern. Wenn ich nur … hätte ich bloß …

Dora ritt Robin sonst meist im Schritt oder im kräftigen Trab; jetzt schaukelte er in einem unruhigen Gang den Rand des gepflügten Feldes am oberen Waldrand entlang. Er hielt den Kopf hoch und die Ohren angespannt nach vorn gerichtet.

»Was ist los?« Dora legte ihm die Hand auf den Hals. Robin wieherte, verlängerte den Schritt zu seinem gewohnten Trab, und als sie um eine Biegung kamen, hatten sie plötzlich ein Mädchen auf einem braunen Pony vor sich. Sie ritt ohne Sattel mit hochgezogenen Schultern, trug einen Jungs-Dufflecoat, und verfilztes gelbes Haar fiel ihr ins Gesicht.

Das Pony blieb stehen und drehte sich um. Das Mädchen klatschte ihm die Zügel auf den Hals, aber es rührte sich nicht. Dora kannte weder das Mädchen noch das Pony. Merkwürdig, eigentlich weiß ich doch, wer hier herum Pferde oder Ponys hält, dachte sie.

»Kommst du von weit her?«

Das Mädchen nickte, ohne aufzublicken, und murmelte: »Ich habe mich verirrt.«

»Wo willst du hin?«

»Nach da, wo sie … Ich weiß nicht – eine Farm oder so was.« Sie sprach rau, murmelte durch die Haarsträhnen. »Wo sie die alten Pferde –«

»Follyfoot?«

»Hm.« Das Mädchen schielte Dora von der Seite her an und sah dann wieder fort. »Ja, so heißt es wohl. Ich bin schon den ganzen Tag unterwegs. Ich habe mich verirrt.«

»Jetzt ist alles in Ordnung. Ich bin von dort. Komm mit, ich bringe dich hin.«

Das Mädchen antwortete auf keine weiteren Fragen. Sie trottete Dora einfach hinterher.

Wenn das Pony in Trab fiel, wackelte sie wie eine Puppe, aus der die Sägespäne herausrannen. Als einziges krächzte sie gelegentlich total erschöpft: »Noch weit?« Endlich gelangten sie an das Tor zur Weide. Dora stieg ab, um es zu öffnen, weil der Riegel zu stramm saß. Das Mädchen schwankte, als das Pony durch das Gatter ging. Dora stützte sie. »Durchhalten. Wir sind gleich da!«

Im Stallhof glitt Dora gerade so rechtzeitig vom Pferd, um das Mädchen festzuhalten, als es zusammensackte und ohnmächtig vom Pony rutschte.

Dora rief, aber niemand kam, um ihr zu helfen. Das Pony und Robin machten sich miteinander bekannt, indem sie wieherten und auskeilten. Dora musste das Mädchen auf das Kopfsteinpflaster legen und die beiden Pferde festhalten. Sie brachte Robin in seine Box und band das Pony an einem Ring an der Stallwand fest.

Die Reiterin sah jammervoll und verwahrlost aus, das Pony jedoch nicht. Es hatte einen kleinen, klugen Kopf, war getrimmt und beschlagen und wirkte gut gepflegt. Dora drehte sich um. Das Mädchen hatte das Bewusstsein wiedererlangt und die Augen geöffnet.

»Wieder okay?«, fragte Dora. »Wer bist du? Was ist?«

Als Antwort schloss das Mädchen wieder die Augen. Sie war ziemlich klein, kaum größer als Callie. Sie lag auf dem Kopfsteinpflaster wie ein schlafendes Kind, einen Arm unter dem Kopf, und das wirre, strohblonde Haar hing strähnig über dem schmutzigen Gesicht.

Dora beugte sich hinab, um sie hochzuziehen. Da fiel ihr ein, dass man einen Verunglückten erst aufrichten sollte, wenn man wusste, wo er verletzt war. Also ließ sie das Mädchen liegen und rannte ins Haus.

Slugger bügelte in der Küche. Er scheute sich vor Annas elektrischem Bügeleisen, aus dem blaue Funken stoben, wenn man es absetzte. Er machte lieber ein uraltes Bügeleisen auf dem Herd heiß und fuhrwerkte mit seinem gesunden Arm wie ein Berserker über Tischtücher und Kopfkissenbezüge, wobei das rostige Eisen braune Ränder hinterließ, wenn er zu sehr aufdrückte.

Dora platzte mit der Geschichte heraus. »Komm schnell, sonst stirbt sie vielleicht noch an inneren Verletzungen.« Der alte Mann stellte das Bügeleisen sorgsam hinten auf den Herd, faltete das Tischtuch zusammen, damit die Katzen es nicht herunterrissen, und setzte seine Wollmütze mit einer Langsamkeit auf, die einen verrückt machen konnte.

»Schnell, Slugger. Mach schnell!«

»Ohne Schuhe kann ich wohl nicht raus, oder?«

Er suchte unter der Anrichte, doch Dora zog ihn in Pantoffeln zur Tür und schob ihn, immer über seine Langsamkeit schimpfend, auf den Hof. Das Mädchen lag noch in der gleichen Haltung auf dem Kopfsteinpflaster, wie eine hingeworfene schlaffe Puppe.

Slugger erinnerte sich vom Krieg her dunkel an einige Erste-Hilfe-Vorschriften. Er stieß das Mädchen in die Seite und in den Leib, zog ihr ein Augenlid zurück und strich das verzottelte, blonde Haar aus dem knochigen, kleinen Gesicht.

»Anscheinend fehlt ihr nichts«, stellte er fest. »Bloß Erschöpfung, denke ich. – Du bist wohl ziemlich lange unterwegs, was?« Er klopfte ihr leicht auf die Wange. »Wo bist du zu Hause, Mädchen? Wie heißt du?«

Das Mädchen öffnete ein Auge und sah ihn an. Die Sonne stand bereits niedrig. In den schräg einfallenden Strahlen, die einen tiefen Schatten über das Gesicht warfen, sah die Fremde keineswegs mehr wie ein Kind aus.

»Wie heißt du?«, wiederholte Slugger.

Das fremde Mädchen stöhnte und antwortete mit der Gegenfrage: »Wo bin ich?«

»Auf der Follyfoot-Farm.« Dora hockte auf der anderen Seite. »Genau da, wo du hinwolltest. Erinnerst du dich nicht?«

Das Mädchen schüttelte den Kopf und drehte ihn auf den Pflastersteinen hin und her. »Alles wie ein Traum ...«

»Traum oder nicht«, sagte Slugger energisch. »Hier kann sie nicht liegen bleiben. Hilf ihr hoch, Dora, und bring sie ins Haus. Ich werd inzwischen Tee aufbrühen. Hier ist aber auch immer was los!«

Er watschelte zurück in die Küche, wobei er automatisch die Worte vor sich hinmurmelte, mit denen er jede neue Situation begrüßte: »Es kann der Frömmste nicht in Frieden leben ... Irgendwas passiert immer.«

Gerade als Dora das schlaffe Mädchen hochziehen wollte, kamen Paul und Callie vom Übungsfeld um die Scheunenecke. Sie führten das Fohlen Folly an der langen Longierleine.

»Um Himmels willen, was ist denn –« Paul kam herangespurtet.

»Ich habe sie an Badgers Waldstück gefunden«, erklärte Dora. »Sie hatte sich verirrt und wollte mit dem Pony da drüben« – sie nickte in die Richtung – »eigentlich zu uns. Sie ist krank oder so was …«

Dora keuchte schwer, als sie den leblosen Körper hochzuzerren versuchte.

»Lass mal. Ich mach das schon.«

Paul hob das fremde Mädchen ohne große Mühe hoch. Sie legte ihm die Arme um den Hals, und so brachte er sie ins Haus.

18

Slugger wohnte jetzt wieder in seinem Cottage, daher wurde die Fremde in das erdbeereisfarbene Gästezimmer gelegt, wo Slugger seinen gebrochenen Arm ausgeheilt hatte.

»Wie ein florierendes Krankenhaus«, knurrte er und stampfte mit einer Wärmflasche und einer Extradecke die Treppe hinauf.

Das Pony hatte ein so dickes Fell, als würde es bloß im Freien gehalten und käme nie in einen Stall. Sie brachten es in die kleine Koppel mit dem offenen Schuppen, wo Specs und Folly sowie später die Eselin Dottie mit ihrem Fohlen von den anderen Pferden getrennt untergebracht waren.

Als das fremde Mädchen nach durchschlafener Nacht am nächsten Morgen in die Küche kam, um sich an Wurst, Ei und dem besten Brot, das Slugger je gebacken hatte – hell, wunderbare Kruste und innen große Löcher für tonnenweise Butter –, zu laben, ließ sie sich herbei, ein paar Worte zu reden. Sie sprach mit einem ungeschliffenen, groben Akzent – einem Slang, der zum Teil aus Cockney-Einsprengseln und zum Teil aus einem ländlichen Dialekt bestand und schwer bestimmbar war.

»Musste mir das Pony greifen und abhaun«, sagte sie und linste durch den strohblonden Haarvorhang so misstrauisch über den Tisch, als fürchte sie noch immer eine Falle. »Ging nicht anders.«

Als jemand fragte »Warum?«, erklärte sie: »Erst muss ich klar sehn. Nehmt ihr uns auf?«

»Genau genommen«, Slugger, der auf dem Platz des Captains saß, legte die Fingerspitzen aneinander und bemühte sich, so auszusehen wie jemand, der das Kommando führt. »Genau genommen können wir keine Pferde mehr aufnehmen und Menschen ebenso wenig.«

»Für mich geht's um Leben oder Tod«, sagte die Fremde heiser. »Nehmt ihr uns auf oder nicht?«

Slugger blickte von einem seiner ›Untergebenen‹ zum anderen.

»Ich sage nein.« Seit Ron morgens aufgetaucht war, hackte er auf der Fremden und ihrem Pony herum. »Noch ein Pferd! Warum schießen wir uns nicht gleich 'n Loch in den Kopf. Und das Letzte, was uns fehlt, ist noch einer mehr am Küchentisch. Ich denke, wir sind so arm wie 'ne Kirchenmaus.«

Das Mädchen schielte ihn durch den Haarvorhang an, und eine Sekunde lang dachte Dora: Habe ich sie nicht schon irgendwo gesehen?

Dann langte die Fremde über den Tisch, griff sich noch eine Brotscheibe, riss die knusprige Kruste ab, stopfte sie in den Mund, und die Illusion, das Mädchen zu kennen, war wieder verflogen.

»Natürlich muss sie bleiben«, sagte sie. Wie konnte nach der schrecklichen Geschichte mit Ellis Elkins und seinem Eisvogel jemand anderer Meinung sein?

»Das meinst du«, widersprach Ron. »Ich nicht.«

»Und du?« Slugger deutete mit dem Brotmesser auf Paul.

»Erst muss sie sagen, was mit ihr ist«, meinte Paul. »Erst muss sie die Karten offen auf den Tisch legen.«

»Nicht ehe ich weiß, ob ich euch trauen kann.«

Merkwürdig, geradezu als ob Follyfoot sich rechtfertigen müsste, nicht aber sie.

»Sag uns, wie du heißt.«

»Damit ihr die Polizei rufen könnt?«

»Weswegen denn?«, fragte Paul. »Sind sie hinter dir her?«

»Nein. Ja – nein. Na schön, ich heiße Yasmin.« Ein unwahrscheinlicher Name, der überhaupt nicht zu ihr passte. »Aber ich benutze ihn nicht«, setzte sie hastig hinzu. »Ihr könnt mich Yaz nennen.«

»Yaz – was?«

»Bloß Yaz.«

Yasmin trug an den Knien durchgescheuerte, ausgeblichene Bluejeans mit abgeschnittenen Beinen, ein Männerhemd, schreiende Socken von verschiedener Farbe mit großen Löchern an Fersen und Fußspitzen sowie ausgefranste, graue Segeltuchschuhe. Sie war ziemlich schmutzig und sah aus, als hätte sie sich tagelang nicht gewaschen. Ihr trockenes, strohfarbenes Haar war zipflig geschnitten, als hätte sie es mit einer stumpfen Schere selber abgeschnipselt. Jetzt schob sie den Teller mit einem tiefen Seufzer weg, lehnte sich zurück und bat Slugger um eine Zigarette.

»Du bist zu jung.«

»Für wie alt halten Sie mich denn?«

»Vierzehn, fünfzehn.«

Manchmal sah sie noch jünger aus, manchmal viel älter. »Ich bin zwanzig.« Yaz sah Ron an und klickte mit den Fingern. Er schob ihr ein Päckchen Zigaretten quer über den Tisch.

»Na schön.«

Slugger beugte sich vor und stützte den eingegipsten Arm auf die Tischplatte. »Na, dann schieß mal los mit deiner Geschichte.«

Yaz zündete sich die Zigarette an, kniff die Augen zusammen und blickte sie durch den Raum hindurch an. »Wo hast du das Pony her?«, wollte Paul wissen.

»Es ist meins«, verteidigte sie sich. »Gehört mir.«

Wenn es dir gehörte, würdest du ein Hengstpony nicht es nennen, hätte Dora am liebsten gerufen. Stattdessen sagte sie ermutigend: »Ein nettes Tier. Hat ein bisschen New-Forest-Blut, wie ?«

»Du sagst es!«

»Stimmt was nicht mit ihm? Sieht doch topfit aus.«

»Nun, wisst ihr, es ist – na, es ist versaut, wenn ihr versteht, was ich meine.«

»Nein«, sagte Slugger geduldig. »Wir verstehn gar nichts. Musst du uns schon erklären.«

Yaz blickte auf ihre schmierigen Hände mit den schwarzen, abgeknabberten Nägeln. »Meine Mutter ist tot, um damit mal anzufangen.« Ihr kleines Gesicht verdüsterte sich. »Doch darüber möchte ich nicht sprechen. Ich wohnte mit meinem Vater zusammen. Er ist ein Künstler, versteht ihr und –«

Sie sprach nicht weiter. Niemand sagte etwas. Dora räusperte sich und versuchte es mit einem: »Das muss interessant sein.«

»Die Hölle ist es.« Yasmin glubschte sie finster an. »Er säuft. Wir leben meilenweit weg von jedem Ort. Direkt im Wald, am Ende einer matschigen alten Straße, ohne Elektrizität, überhaupt ohne alles. Ich muss die ganze Arbeit machen. Mich um das Haus kümmern, wenn man das überhaupt ein Haus nennen kann. Fällt in Stücke, so ist das. Und kalt!« Sie schlug die Arme um den mageren Leib und bibberte. »Ich koche für ihn. Zieh Gemüse. Füttre diese verdammten Hühner. Bring alles wieder in Ordnung, wenn er sich mal wieder in einen seiner Wutanfälle hineingesoffen hat. Manchmal prügelt er mich.« Sie krempelte einen Ärmel hoch und hob das Gesicht ins Licht. Auf dem Oberarm und der rechten Wange prangten blaue Flecken.

»Warum bleibst du bei ihm?«, fragte Paul.

»Hab meiner Mutter versprochen, dass ich mich immer um ihn kümmern werde, aber …

Wieder ließ sie den Satz fallen. In der Follyfoot-Küche herrschte Totenstille.

»Warum seid ihr denn alle so ruhig?« Callie, die im Stall gewesen war, stürzte mit Schmutz und Pferdemist an den Stiefeln herein; in ihrem ungekämmten Haar hing gleichsam noch der Wind, und ihr Gesicht glühte vor Energie. »Platz ich grade in etwas rein?«

»Yaz erzählt uns eben ihre Lebensgeschichte.«

»Wer ist Yaz?«

»Das da ist Yaz.« Slugger nickte in Yasmins Richtung.

»Zieh die Stiefel aus und halt den Mund.«

»Ich habe mich mit deinem Pony angefreundet.« Callie glitt auf einen Stuhl, langte mit einer Hand nach einem Stück Brot und mit der anderen nach der Teekanne. »Wie heißt er?«

Yaz schien nicht zu hören. »Das Pony ist alles, was ich habe«, sagte sie wie zu sich selbst. »Meine Mutter hat es mir geschenkt, ehe sie starb. Ich hab es schon jahrelang.«

»So alt sieht er aber gar nicht aus.« Callie goss sich Tee ein und nahm die Zuckerdose in Angriff.

»Das Pony ist mein ältester Freund. Mein einziger Freund. Dad wollte es abschaffen.«

»Warum?«

»Weil es ihn an meine Mutter erinnert.« Jetzt übernahm sie von den anderen das *er*. »Will, dass er getötet wird. Hatte schon alles in die Wege geleitet, um ihn zu verkaufen. Aber ich hab gesagt: ›Egal, wo er hinkommt, ich folge ihm und stehle ihn mir zurück.‹ ›Na gut‹, hat er darauf gesagt, ›dann erschieße ich das Vieh eben.‹ Und das hätte er auch getan.«

»Wie fürchterlich.« Callie war von der Schreckensstory gefesselt.

»Gestern. Nein, vorgestern … Ich weiß nicht. Was haben wir denn heute für einen Tag? Jedenfalls hat er mir gesagt, dass er den Abdecker aufgefordert hat, ein Pferd zu holen, das er erschießen muss. Es kam zu einem Krach. Er hat mich geprügelt – k.o. geschlagen, um genau zu sein.« Sie rieb sich das Kinn. »Als ich wieder zu mir kam, schlief er. Da habe ich das Pony genommen und bin abgehaun.«

»Wie lange bist du denn unterwegs gewesen? Ist es weit von hier?«, fragte Dora.

»Wie heißt denn das Pony?« Das war wichtig für Callie.

»Und was willst du nun machen?«, wollte Paul wissen.

»Hast du Geld?«, fragte Ron.

»Angenommen, er sucht dich?« Sluggers Blicke wanderten zu der antiken Muskete über dem Kamin, als rechne er mit der Möglichkeit einer Belagerung.

»Ich hab schon genug gesagt.« Yaz presste die Lippen auf ihre aggressive Art zusammen und stand auf. Sie blickte trotzig durch den Raum und ging in nachlässiger Haltung zur Tür.

»Wo willst du hin?« Slugger war nervös.

»Mich um mein Pony kümmern.«

»Ich hab ihn längst gefüttert«, sagte Callie. »Und gestriegelt auch. Hat ein nettes Wesen, wirklich, wie heißt er?«

»Er traut niemand, bloß mir«, sagte Yaz grob und ging hinaus.

19

Das Pony hieß einfach Pony. Dora hatte sich eingebildet, dass Yaz mit ihm so schnell wie möglich weiterreiten würde. Schließlich war ihr Vater hinter ihr her. Doch als sie abends von einem langen Ritt und nach Verhandlungen mit einem Farmer über eine Ladung Heu zurückkam, war Pony noch immer auf der abgetrennten kleinen Koppel. Yaz selbst saß in der Küche, rauchte Zigaretten, die Ron ihr geschenkt hatte, und spielte mit Paul Dame.

»Warum sind denn die Vorhänge zugezogen?« Auf Follyfoot wurden sonst nie Vorhänge zugezogen; erstens hatten sie keine Nachbarn, und zweitens sahen sie lieber in die Nacht hinaus, statt sie auszuschließen.

»Yaz hat Angst«, sagte Paul.

»Wann will sie weiter?« Dass Paul mit Yaz gemütlich Dame spielte, ärgerte Dora.

»Keine Ahnung. Sie weiß ja nicht, wo sie hin soll.«

»Ich dachte, sie ist ausgekniffen.«

»Bin ich auch.« Yaz lehnte sich lässig zurück und legte die schmutzigen nackten Füße auf den Tisch.

Am nächsten Tag trug sie einen Pullover und Slacks, die Callie gehörten, wusch alle ihre Sachen und hängte sie auf die Äste der Bäume hinter dem Haus, weil man die Wäscheleine von der Straße aus sehen konnte.

»Und Pony ist auch zu sehn«, sagte sie. »Er sollte irgendwo eingeschlossen werden.«

»Wir haben keine freie Box«, entgegnete Dora. »Paul desinfiziert den Fohlenstall.«

»Wir können ihn in die kleine eingezäunte Koppel unten an der Ecke beim Wald bringen«, sagte Callie, »wo ich Hero versteckt hielt, als ich ihn damals heimlich vom Zirkus weggeholt habe. Wie lange bleibst du?« Callie war ganz hingerissen von Yaz, mit der Drama und Gefahr in die stille Farm eingezogen waren.

»Hängt davon ab, was sie sagt.« Yaz nickte zu Dora hinüber, die Pony sorgfältig untersuchte, seine Zähne musterte und die Beine abtastete, um dahinter zu kommen, wie alt er war.

»Tut mir Leid«, sagte Dora, den Kopf unter Ponys Bauch. »Wir können niemand –«

»Ich werde mitarbeiten«, sagte Yaz. »Egal als was.«

»Wir können es uns nicht leisten, noch jemand zu bezahlen.« Dora richtete sich auf und sah Yaz an.

»Dann arbeite ich eben für Unterkunft und Essen.«

»Wir können niemand mehr durchfüttern.« Dora wusste nicht, warum sie sich Yaz gegenüber so feindselig verhielt. Sie war es eben. »Weder Mensch noch Tier.«

Yaz stiegen die Tränen in die Augen. »Komm, Pony.« Sie griff nach dem Halfter und riss das Tier weg.

Drei Tage später war Yaz noch immer da. Sie war kein großes Hemmnis, aber auch keine große Hilfe.

»Für jemand, der seit Jahren ein Pony hat«, knurrte Dora, »scheint sie aber nicht viel von Pferden zu verstehen, Paul.«

Paul hob eine Forke auf, die Yaz mit den Zinken nach oben liegen gelassen hatte, und goss Wasser in Gingers und Magics Eimer nach, die Yaz nur halb gefüllt hatte, da die beiden von der Leitung am weitesten entfernt standen.

»Sie gibt sich Mühe.« Paul schnitt Hufe aus, seine Arbeit, während der Captain fort war. Er hielt gerade Wonderboys Hinterfuß auf der Lederschürze im Schoß.

»Wenn sie mit draußen ist. Für gewöhnlich versteckt sie sich doch im Haus, wenn es etwas zu tun gibt.«

»Sie fürchtet sich noch immer vor ihrem Vater. Wer weiß, ob er nicht noch hinter ihr her ist.« Paul setzte Wonderboys Hinterfuß ab und nahm Feile und Messer, um die Vorderhufe in Angriff zu nehmen. »Alles ein bisschen geheimnisvoll.«

Kann man wohl sagen, dachte Dora ziemlich erbittert, während sie sich mit einem Eimer zur Leitung plackte. Das uralte Geheimnis, zu wissen, wie man sich vor Arbeit drückt. Ein Wissen, das Dora nie besessen hatte.

Dora spitzte Ron an.

»Sie muss aus dem Haus.«

»Schön«, sagte Ron liebenswürdig.

»Sieh zu, dass sie fortkommt.«

»Nicht mein Job.«

»Aber jemand muss es doch in die Hand nehmen.«

»Was ist los?«, griente Ron. »Bist du eifersüchtig?«

»Sie muss gehn«, sagte Dora zu Slugger, der in dem riesigen, eisernen Kessel eine Suppe kochte, in die er Fleisch, Gemüse, Kartoffeln, Brot und die Reste einer Eierpastete hineinrührte, um seine ›Slugger-Suppe‹ auf den Tisch zu bringen, das wöchentliche Lieblingsgericht.

»Bisschen peinlich«, sagte Slugger und rührte heftig, »weil sie nicht weiß, wohin, und kein Geld hat.«

»Zu ärgerlich, wirklich.« Dora fischte ein Stück Fleisch aus dem Kessel und aß es.

Slugger schlug ihr auf die Hand, wobei ihm Suppe aufs Hemd spritzte.

»Binde mir die Schürze um, sei so lieb. Kein Spaß, bloß eine Hand zu haben.«

Dora ging nach oben und klopfte an die Tür zum Gästezimmer, in dem Yaz gerade den Radioapparat, den sie sich aus Doras Zimmer geholt hatte, in voller Lautstärke spielen ließ.

»Wer ist da?« Yaz' Stimme klang immer misstrauisch und heiser; manchmal war sie nicht mehr als ein Flüstern.

»Dora. Kann ich reinkommen?«

»Von mir aus«, sagte Yaz nicht eben einladend.

Sie lag, die Schuhe an den Füßen, auf der geblümten Steppdecke, las eine Zeitschrift und knabberte Schokolade.

»Hast du nichts zu tun?«

»Nein. Langweilig, nicht?«

»Du brauchst ja nicht hierzubleiben.« Dora stand mit geballten Fäusten in der Tür.

»Zu Paul hast du das nicht gesagt, als er hier mit Cobblers Dream auftauchte«, sagte Yaz beißend. »Dabei war's nicht mal sein Pony, nicht? Er hatte es geklaut. Und er durfte hierbleiben.«

»Woher weißt du das?« Dora kam ins Zimmer und drückte die Tür hinter sich zu.

»Von ihm. Er hat's mir erzählt.«

Das ging Dora an die Nieren. Pauls Vergangenheit war sein Geheimnis. Sie hätte es nie jemandem verraten. Wieso hatte er Yaz davon erzählt?

»Das war etwas anderes«, sagte Dora. »Cobby war auf einem Auge blind. Er sollte getötet werden.«

»Und Pony sollte erschossen werden. Oder glaubst du mir vielleicht nicht?«

»Ich weiß nicht.«

»Wie du willst.« Yaz hob die Zeitschrift und tat so, als lese sie weiter.

20

Am nächsten Tag kam ein Polizeiauto durch das Tor. Ein uniformierter Beamter und einer in Zivil kamen unter dem Bogen hindurch auf den Stallhof.

Dora und Yaz waren gerade in Pauls Kammer über der Geschirrkammer und bezogen sein Bett. Als die Hunde anschlugen, blickte Yaz aus dem Fenster, hielt den Atem an und glitt zurück an die gegenüberliegende Wand, als würde sie von einer unsichtbaren Hand geschoben.

»Was ist ?« Dora ließ das große Kissen los, das sie gerade in einen kleinen Kissenbezug stopfte.

»Polizei«, flüsterte Yaz. Sie wirkte wie ein gehetztes Tier, und ihr kleines Gesicht verriet solche Angst, dass Dora ihre Zweifel und ihre Abneigung vergaß. Instinktiv wollte sie Yaz beschützen.

»Kriech unter das Bett«, flüsterte sie. »Ich geh runter.«

Yaz quetschte sich unter das halbgemachte Bett. Dora stieg die Leiter zur Geschirrkammer hinab, trat auf den Hof hinaus und versuchte ihre Nervosität zu verbergen. »Kann ich den Captain sprechen?«, fragte der Polizist in Zivil beiläufig und freundlich, als handele es sich nur um einen nachbarlichen Besuch.

»Er ist im Ausland. Kommt erst nächsten Monat zurück.«

»Na gut. Es geht bloß – nun, verstehen Sie – wir wollen uns nur einen allgemeinen Überblick verschaffen: Wer hier wohnt, wie viele Leute beschäftigt sind und dergleichen.«

»Warten Sie. Wir sind vier, die hier arbeiten, meine ich; und drei wohnen hier, wenn wir die Stieftochter vom Captain mitzählen. Und dann natürlich die Pferde: Robin, Cobby, Wonderboy, Hero, Magic, Nigger, Fanny, Spot, Lancelot – er ist das älteste Pferd der Welt – Ginger, Dolly –«

»Schon gut, schon gut«, unterbrach sie der Uniformierte. »Wir glauben Ihnen. Also kein neues Gesicht im Haushalt? Niemand extra für die Stallarbeit oder so?«

»Nein.« Es war nur eine halbe Lüge. Yaz gehörte nicht zum Haushalt, und von Arbeiten konnte bei ihr schon gar nicht die Rede sein.

»Irgendwelche Fremden in der Gegend gesehen?«

»Nein.« Yaz war keine Fremde mehr. Dora kannte sie nach den vier Tagen nur zu gut. »Suchen Sie jemand?«

»Nicht direkt.« Der Mann in Zivil gab sich nach wie vor gleichmütig; er beugte sich hinunter und tätschelte einen schnuppernden Hund und pfiff nach einem Esel, der auf dem Weg zum Wassertrog den Hof überquerte. »Lediglich eine Routineprüfung.«

Als die beiden zurück zum Wagen gingen, knatterte Paul auf Rons Motorrad auf den Hof; am Lenker schaukelte eine Milchkanne. Um Geld zu sparen, ließen sie sich die Produkte nicht mehr liefern, sondern holten sie von der Molkerei ab.

»Was wollten sie?« Paul stieg vom Motorrad.

»Keine Ahnung.« Während des Gesprächs mit den Polizisten hatte Dora hastig geatmet. Jetzt war sie von eisiger Ruhe und Klarsicht. »Sie suchen nach jemand. Ich glaube, sie suchen Yaz.«

»Wo ist sie?«

»Unter deinem Bett.«

Dora kletterte die Leiter wieder hinauf. Paul stellte das Motorrad weg und folgte ihr. Yaz kam unter dem Bett hervorgekrochen und hustete, in ihrem strohigen Haarschopf hingen Staubflocken.

»Konntest du's hören?«, fragte Dora.

»Danke, dass du den Mund gehalten hast.«

»Sind sie hinter dir her?«, wollte Dora wissen. »Worum geht es, Yaz? Was hast du angestellt?«

Yaz blickte von Dora zu Paul. Dann setzte sie sich aufs Bett und vergrub das Gesicht in den Händen. »Ich kann es euch nicht erzählen.«

»Solltest du aber lieber«, sagte Paul ziemlich grob.

»Na gut. Dann erzähl ich es euch eben.« Yaz schaute auf und warf das Haar zurück. »Ich habe meinen Vater umgebracht.«

Dora hatte das Gefühl, als hätte sie einen Schlag in den Magen bekommen. Sie brachte kein Wort heraus.

»Sag das noch mal«, forderte Paul finster.

»Es war so, versteht ihr.« Yaz sah keinen von beiden an. »Ist in der Nacht passiert, ehe ich hierherkam. Er war mal wieder betrunken. Hat gebrüllt und geflucht und mich geschlagen, wenn er mich zu packen kriegte. Ich bin in mein Zimmer geflüchtet, aber er hat mich aus dem Bett gezerrt, und ich musste ihm was zu essen kochen. Es hat ihm nicht geschmeckt, und er hat es mir an den Kopf geschmissen, den Teller und alles. Danach ist es zu einem Kampf gekommen, und er ist mit einem Stuhl auf mich losgegangen. Ich hab mich weggeduckt, und der Stuhl ging auf dem Steinfußboden in Trümmer. Danach hat er nach einem Fleischermesser gegriffen. Ich bekam ein Stuhlbein zu packen und hab zugeschlagen – ich wusste nicht, was ich tat. Ich hab ihn am Hinterkopf getroffen, und er ist hingeschlagen wie ein Stein.

Ich hab noch 'ne Weile gewartet, ob er sich bewegt. Dann bin ich hingegangen und hab ihn mir angesehn. Seine Augen waren nach oben verdreht, und aus seinem Mund sickerte Blut. Er schien nicht mehr zu atmen. Er war eiskalt. Ich konnte keinen Puls fühlen und hielt ihn für tot.«

»Und – was hast du gemacht?«, flüsterte Dora.

»Nichts, ich bin einfach los. Ich konnte nicht im Haus bleiben – damit. Ich hab mir Pony gegriffen und nichts wie weg. So schnell ich konnte. Ich bin geritten und geritten. Ich hatte von diesem Ort gehört. Dass ihr Pferde aufnehmt. Es war meine einzige Hoffnung.«

Von Pauls Fenster aus beobachtete Dora, wie Yaz die Geschirrkammer verließ, verstohlen nach rechts und links spähte, als fürchte sie, die Polizei wäre noch immer da, und dann über den Stallhof ins Haus schoss.

»Was sollen wir tun, Paul?«

»Weiß der Himmel. Ausliefern können wir sie nicht. Aber einen Verbrecher beherbergen ist ebenfalls ein Verbrechen.

»Kann man dafür ins Gefängnis kommen?«

»Anzunehmen.«

»Wir können uns nicht einlochen lassen. Wir müssen uns um Follyfoot kümmern. Was um alle Welt sollen wir tun? Es Slugger sagen?«

»Er würde einen Herzanfall kriegen.«

»Und Ron traue ich nicht. Er kann Yaz sowieso nicht leiden. Wenn bloß der Captain hier wäre.«

»Wir könnten mit ihm telefonieren«, schlug Paul vor.

»Wäre nicht sicher. Angenommen, die Leitung ist angezapft? Eine solche Geschichte kann man nicht über das internationale Telefon erzählen.«

»Einer von uns könnte zu ihm, wenn wir das Geld für ein Flugticket hätten. Glaubst du, dass uns Mrs. Oldcastle das Geld borgen würde?« Sie kannten keine anderen reichen Leute.

»Das bezweifle ich«, sagte Dora. »Sie ist doch stinkend geizig geworden. Denk bloß daran, wie grob sie Ron gekommen ist, als er sie um eine Spende für Follyfoot gebeten hat. Liebe Güte«, stöhnte sie wieder. »Wenn bloß der Captain hier wäre.«

»Nun, er ist nicht hier.« Paul blickte sie mit seinen dunklen Augen fest an. »Wir müssen schon allein damit fertig werden, Dora – du und ich.«

Als Callie aus der Schule kam, schleuderte sie ihren Schulhut in die eine und ihre Schulmappe in die andere Ecke, ehe sie in den Stall ging, wo sie auf Dora traf, die gerade Robins Mähne ausdünnte, damit sie besser lag. Dora und Paul hatten beschlossen, dass es im Moment das Beste wäre, sich still zu verhalten und so zu tun, als ob nichts geschehen wäre.

»Was wollte denn die Polizei bei uns?«, erkundigte sich Callie sofort.

»Wie kommst du darauf, dass sie hier waren?«

»Laurie Drew ist von ihrer Mutter abgeholt worden. Und die hat gesagt, dass sie ein Polizeiauto in unserer Einfahrt gesehn hat.«

»Ach, nichts weiter.« Dora blieb auf Robins anderer Seite und konzentrierte sich gänzlich auf das Kämmen und Ausdünnen seiner Mähne. »Du weißt doch, wie viele Autos gestohlen werden. Sie wollten wissen, ob vielleicht eins auf unseren Feldern gelandet ist.«

»Wie langweilig«, sagte Callie. »Und ich hab die ganze Busfahrt über gehofft, es wäre etwas Aufregendes.«

21

Die Polizei kam nicht wieder. Yaz beruhigte sich, aber Dora war nervös und gereizt. Hörte sie einen Wagen auf der Straße, dachte sie, es wäre die Polizei. Und jedes Mal, wenn das Telefon läutete, fuhr sie vor Schreck zusammen.

Unzählige Male sagte sie zu Paul: »Yaz muss fort!« Und ebenso ungezählte Male erklärte Paul: »Wie können wir sie raussetzen?«

»Aber Paul –« Vor ihrem geistigen Auge stand ständig das Bild, wie Yaz das Stuhlbein in den kleinen Händen hielt und der Mann auf den Fußboden krachte. »Aber Paul, sie ist eine Mörderin.«

»Totschlag«, sagte Paul. »Sie hat in Notwehr gehandelt.«

»Warum stellt sie sich dann nicht?«

»Wird sie schon«, sagte Paul. »Wenn sie soweit ist. Zwingen kannst du sie nicht.«

Und zum x-ten Mal jammerte Dora: »Wenn bloß der Captain hier wäre! «

Yaz, die Ursache all dieser Aufregungen, wirkte entspannter, nachdem sie sich die Last von der Seele geredet hatte. Am Sonntag erklärte sie, die Decke fiele ihr auf den Kopf. »Ich nehme Pony und reite in den Wald, um Farnkräuter zu suchen.«

»Farnkräuter interessieren mich auch«, sagte Callie. »Sammelst du sie?«

»Früher mal. Gab ja sonst nicht viel, so, wie ich da mit meinem Vater lebte.«

»Am Nordhang gibt's ein paar seltene Arten«, erklärte Callie. »Warte, bis ich Cobby gesattelt hab, dann komm ich mit und zeig dir die Stellen.«

»Ich möchte lieber allein sein«, sagte Yaz. »Ich muss nachdenken.«

»Allein macht's doch keinen Spaß«, sagte Callie freundlich.

»Pony kann Cobblers Dream nicht leiden«, wehrte Yaz ab und legte dem braunen Pony den Zügel an. Sie fummelte mit den Haken herum und kam nicht zurecht, weil sie gereizt war.

»Und ob er ihn leiden kann!«, protestierte Callie. »Pony kann jeden leiden. Du redest immer so, als wenn er wer weiß wie launisch wäre, dabei ist er eins der umgänglichsten Ponys, die wir je hatten, wenn man bedenkt, wie Ponys sein können. Pass auf, die Kandarenkette hat sich verdreht. Wieso reitest du ihn überhaupt mit Kandare? Er braucht doch gar keine.«

»Woher willst du das wissen?«

»Weil ich ihn geritten hab, als du immer im Zimmer geblieben bist.«

»Du hattest kein Recht dazu!« Yaz schnellte wütend herum.

»Er brauchte Bewegung. Pass auf, Yaz, die Kette ist noch immer verdreht. So musst du sie drehen, verstehst du, damit alle Glieder glatt liegen.«

»Hör auf«, sagte Yaz. »Hilf mir lieber hinauf.«

»Wenn du schon hier nicht ohne Hilfe raufkommst –«

»Ich hab ein schlimmes Bein.«

»– wie willst du dann wieder aufsitzen, nachdem du die Farnkräuter gesammelt hast?« Callie stemmte sie auf den Rücken des Ponys. »Lass mich lieber mitkommen, Yaz. Außerdem verirrst du dich sowieso bloß.«

»Lass sie in Ruhe«, rief Ron von der Leiter; er strich vor Einbruch des Winters die Wetterseite der Scheune. »Sie ist antisozial.«

Als Yaz das Pony wendete, um aus dem Hof zu reiten, musste Callie doch noch ein letztes Wort sagen: »Nimm lieber ein Halfter, falls du ihn irgendwo anbinden musst.« »Ich werd ihn mit den Zügeln festbinden.«

»Großer Gott!« Callie schüttelte den Kopf wie eine alte Frau. »Du liebe Güte. Hat ihr denn niemand etwas beigebracht?« Sie murmelte vor sich hin und fuhrwerkte mit dem harten Besen auf dem Hof herum, während Yaz dem Pony mit der flachen Hand auf die Rippen klatschte und außer Hörweite trabte.

»Warum kannst du die Leute nicht in Ruhe lassen?« Ron hängte den Farbtopf mit einem gebogenen Draht an die oberste Sprosse und kam die Leiter herabgeklettert. »Jeder soll alles auf deine Weise machen.«

»Bei Pferden gibt es nur eine richtige Art und Weise.« »Pferde! Pferde! Pferde! Und was ist mit den armen Leuten? Ich glaube, ich mach auch mal Pause. Bin ziemlich geschafft.«

Als er unten anlangte, kam Slugger aus der Scheune. »Was denn? Nun aber mal wieder rauf, Ronald!«

»Heute ist Sonntag. Es ist nicht in Ordnung, am Feiertag zu arbeiten. Man soll den Feiertag heiligen.«

»Du weißt ganz gut, warum du am Sonntag arbeitest.« Slugger zog den Hut gegen die Sonne über die Augen und blinzelte Ron streng an. »Als Ausgleich für die Vormittage, an denen du zu spät zur Arbeit kommst. Also mach weiter. Vor dem Essen möchte ich mindestens die halbe Seite gestrichen sehn.«

»Der Farbgeruch macht mich ganz schwindlig.«

»Ich werd dir was verpassen, was dich schwindlig macht.« Slugger drohte ihm mit der Faust, und Ron kletterte die Leiter langsam wieder hinauf, tauchte den Pinsel ein und schwenkte ihn wie von ungefähr.

Slugger konnte gerade noch zurücktreten. »Pass auf, was du machst.«

»Dann geh doch aus dem Weg«, sagte Ron großspurig. »Hier oben wird gearbeitet.«

Doch nachdem Slugger sich im Haus zu seinem Nachmittagsschlaf hingelegt hatte, kam Ron wieder herunter geklettert, stieg aus dem vor Farbklecksen steifen Maleroverall und holte sein Motorrad heraus.

»Wo willst du hin?«, fragte Paul.

»Mir 'n paar Zigaretten holen. Yaz hat mein letztes Päckchen aufgeraucht.«

Zum Dorf und zurück benötigte man zehn Minuten. Als Ron nach einer halben Stunde noch immer nicht da war, stemmte sich Paul aus dem Sessel, in dem er die Sonntagszeitung gelesen hatte, stieg in den Overall, der in allen Farben leuchtete, die sie je auf Follyfoot benutzt hatten, und kletterte die Leiter hinauf, um die Wetterwand der Scheune zu Ende zu streichen.

Nicht um Ron zu helfen. Um Slugger zu helfen. Denn wenn den alten Mann die Wut auf Ron überkam, quollen ihm die Augen aus dem Kopf, und sein Gesicht wurde so rot wie eine Tomate. Slugger hatte mit dem gebrochenen Arm Kummer genug, ohne zusätzlich noch einen Schlaganfall zu riskieren.

Obwohl Paul es Dora gegenüber nicht zugab, stand er Yaz' wegen Todesängste aus. Besser, man vertrieb düstere Gedanken durch irgendeine Arbeit.

Während Paul unter der Dachtraufe der Scheune den Pinsel schwang, ritt eine höchst elegante Dame, die er noch nie gesehen hatte, auf einem großen Fuchs mit weißen Fesseln, untadeligem Lederzeug und keiner Spur von Winterfell, wie alle Follyfoot-Pferde es zeigten, in den Hof.

Die elegante Dame brachte das Pferd mitten auf dem Hof zum Stehen und blickte sich, die spitze Nase hoch in der Luft, auf eine Weise um, als wäre Follyfoot ein Rieselgut. »Hal-looo!«, rief sie mit klarer, hoher Stimme. »Hallo! Jemand da?«

Paul kletterte die Leiter hinab und kam in dem beutligen Overall, der ihm viel zu groß war, auf sie zu.

»Guten Tag. « Die Dame hatte Schwierigkeiten, Paul überhaupt wahrzunehmen, da sie die Nase noch immer in die

Luft streckte und das Kinn hoch über den Kragen ihrer Tattersallbluse reckte. »Haben Sie hier Pferde?«, fragte sie, obwohl sie die etwa zwanzig Laufboxen sehen konnte, aus denen sich da und dort ein Kopf in unschuldigem Willkommensgruß für den Fuchs über die Halbtüren schob, und Old Flame in einem Winkel des Hofes umherstakste und verschütteten Häcksel aufschnüffelte wie ein ausgeleierter Staubsauger.

»Ja, wir haben ein paar«, griente Paul und musterte die weichen, glatten gelben Breeches sowie die Reitstiefel, in denen sich sein Gesicht spiegelte.

Die Dame konnte, wenn sie wollte, auch Slugger sehen, der in seinen ältesten, abscheulichsten Hosen, die unten in verdreckten Schaftstiefeln steckten, eine Seite des Hofes entlangkroch. Den eingegipsten Arm hatte er in der Schlinge, und mit der anderen Hand schob er eine außergewöhnliche technische Neuheit, die Ron erfunden hatte. Um nicht alle Schubkarrenarbeit Sluggers machen zu müssen, hatte er den Kasten einer alten, hölzernen Karre auf zwei Fahrradräder montiert und einen Besenstiel als Griff angebracht, den Slugger mit einer Hand packen konnte.

Die Dame in den glänzenden Stiefeln blickte flüchtig in Sluggers Richtung, zuckte zusammen und wandte die Augen sofort wieder ab.

»Ich werde Ihnen sagen, weshalb ich hergekommen bin«, begann sie dann. »Ich vermisse eins meiner Pferde. Das meiner Tochter, genau gesagt, ein braunes Pony«, was sie wie Ponneh aussprach. »Ein gewöhnliches kleines Tier, aber sie hat nun mal ihr Herz daran gehängt. Es war auf der Weide und muss sich durch die Hecke gezwängt haben. Ponys machen mehr Ärger, als sie wert sind, meinen Sie nicht auch?«

Paul grunzte. Kein Pferd, egal welcher Rasse, bereitete mehr Ärger, als es wert war, weil es eben ein Pferd war. »Wir haben überall gesucht und nachgefragt.« Die Dame blickte von dem hochbeinigen Fuchs aus großer Höhe auf Paul hinab; ihre gezupften Augenbrauen hoben sich leicht beim Anblick des wie ein Clownkostüm wirkenden Overalls und der Farbspritzer in Pauls schwarzem Haar. »Ich wohne ziemlich weit von hier, aber ich dachte mir, als letzte Hoffnung gleichsam, erkundige dich doch mal, ob das Pony bis hierher gewandert ist. Es ist dumm genug, so etwas zu tun.«

»Ist er früher schon ausgebüxt?«

»Nein, bisher nicht. Es ist zu ärgerlich. Mein Groom wollte ihn trimmen und fit machen, bevor meine Tochter zu den Weihnachtsferien heimkommt.«

»Tut mir Leid«, sagte Paul. »Wir haben kein herrenloses Pony in der Gegend gesehen. Aber ich werde die Augen offen halten. Ein Brauner, sagten Sie?«

»Oh –«, die Dame schnippte mit den Fingern, als wäre das Pony kaum einer Beschreibung wert. »Man kann es nicht richtig beschreiben. Vermutlich kann man es so nennen. Ein sehr gewöhnliches kleines Ding. Nicht viel los mit ihm, verglichen mit dem Rest meines Stalles.«

»Stute oder Hengst?«

Die Dame lachte hoch in der dünnen, spitzen Nase. »Absurd – aber ich kann mich nicht erinnern. Meine Tochter nennt es Scruffy. Sie könnte alles reiten, was wir haben – Jagdpferde, Turnierpferde, aber es ist nun mal ihr Liebling. Sie macht mir die Hölle heiß, wenn sie zu Weihnachten kommt und ihr lieber alter Scruffy verschwunden ist. – Sie wissen ja, wie das so ist.«

»O ja, ich weiß«, sagte Paul, als hätte er jeden Tag mit Mädchen zu tun, die ein College besuchten und ihrer hochnäsigen Mutter mit engen, kanariengelben Breeches und einer Stimme wie ein Pferd, das nach seinem Frühstück wiehert, die Hölle heiß machten.

»Ich werde Ihnen meine Karte geben.« Die Dame zog eine Visitenkarte aus der Tasche des maßgeschneiderten Reitkostüms. »Falls Sie etwas von diesem verdammten Pony hören, wäre ich Ihnen dankbar, wenn Sie es mich wissen ließen.«

»Wird gemacht.« Paul blickte auf die Karte und las: Lady Dillingham Joynes, High Pastures, Lesser Overton-by Grymsdytch.

»Ja, seien Sie so gut.« Lady D. J. wandte den großen Fuchs, so dass auf dem Kopfsteinpflaster Funken stoben. Danach klapperte er unter dem Bogen hindurch ins Freie, wobei sein exquisiter goldener Schwanz wehte.

22

Ron kam nicht wieder aus dem Dorf zurück. Paul hatte das auch nicht erwartet. Ron besaß in den Städten und Siedlungen der Gegend viele Freunde; überall kannte er jemand für einen Schwatz auf eine Zigarettenlänge, worüber er völlig die Zeit vergaß.

Paul hatte ungefähr die Hälfte der Wetterseite der Scheune gestrichen. Dora hockte auf dem Dach und reinigte Traufe und Fallrohransatz von Blättern und Zweigen, ehe er an diese Ecke kam. Callie saß im Hof auf dem Weaver und trimmte ihm die Mähne mit der Handschere. Der Weaver litt an einer Hautinfektion, die sich leichter behandeln ließ, wenn man seine Mähne kurz geschnitten hielt. Ein Leben lang hatte er den Kopf geschwenkt und die Füße bewegt; daher konnte er sie auch jetzt nicht stillhalten. Und so ließ er sich leichter trimmen, wenn man auf seinem Rücken saß.

Jetzt hob er den Kopf und stieß, während er ihn unaufhörlich weiterschwenkte, ein geborstenes Wiehern aus. Andere Pferde nahmen das Wiehern auf, schon ehe jemand den Hufschlag hörte.

Es war Pony, der schweißbedeckt, mit rollenden Augen und Kletten in Mähne und Schwanz auf den Hof preschte. Die zerrissenen Zügel baumelten ihm rund um die Beine. »Ich hab's ja gewusst.«

Callie rutschte Weavers Schulter hinab, um Pony einzufangen. »Ich wusste, was passieren würde, wenn sie ihn mit den Zügeln festbindet. Manche Leute müssen erst ihre eigenen Erfahrungen machen, ehe sie etwas lernen. Armer Pony.« Sie tätschelte ihn und führte ihn in eine leere Laufbox.

»Und was hast du mit Yaz gemacht?«

Sie nahm ein Bündel Heu und drehte es zu einem kreisförmigen Büschel, um ihn abzureiben, wobei sie wie der Captain leise vor sich hinpfiff.

»Meinst du, Yaz ist in Schwierigkeiten?«, rief Dora vom Dach.

»Sie ist zu dämlich, um in Schwierigkeiten zu geraten«, knurrte Callie.

Seit Callie entdeckt hatte, dass Yaz nicht nur faul und frech war, sondern nicht mal genug von Pferden verstand, um ein eigenes zu verdienen, war sie von ihr keineswegs mehr so angetan.

»Sie ist bloß zur anderen Waldseite rüber.« Callie blickte zum Tor. »In einer Stunde ist sie wieder da. Tut ihr ganz gut, mal zu laufen.«

Yaz war nach einer Stunde noch nicht da. Dora und Paul kletterten in den Laster, um sie zu suchen.

»Wozu die Mühe?«, fragte Callie. »Zum Essen kreuzt sie bestimmt auf. Tut diese Sorte doch immer. Weshalb siehst du so besorgt aus, Dora?« Callie stand auf dem Trittbrett und spähte in die Fahrerkabine. »Da ist doch etwas, was ich nicht weiß. Erzählt es mir. Mir erzählt keiner etwas.« Callies ständige Klage. »Irgendetwas stimmt doch nicht. Ist ihr Vater hinter ihr her? Hat es mit dem Auftauchen der Polizei zu tun? Lasst mich mitkommen.«

»Nichts ist los, Callie«, sagte Dora. »Aber man macht sich immer Gedanken, wenn ein Pferd ohne Reiter zurück kommt. «

»Ob wir es ihr erzählen sollten, Paul?«, fragte Dora, als sie auf die Straße einbogen.

»Zu jung«, sagte Paul, und Callie mit im Fahrtwind fliegenden Zöpfen erschien im offenen Kabinenfenster, das zur Ladefläche ging. Sie hatte sich hinaufgeschwungen, als die beiden sie nicht mitnehmen wollten.

»Zu jung für was? Ich bin nicht halb so jung für mein Alter, wie Yaz ist«, sagte sie. »Ich bin zwölf, aber ich benehme mich wie vierzehn. Yaz ist zwanzig und benimmt sich wie vierzehn, manchmal jedenfalls.« Callie musste gegen den Wind anbrüllen, als Paul bergab an Geschwindigkeit zulegte.

Sie rumpelten einen tief gefurchten Weg hinunter und ließen den Laster dann in einen Feldweg holpern, der am Waldrand entlanglief. Als er zu matschig wurde, stiegen sie aus, durchquerten die Waldecke und schlängelten sich durch die Bäume bis zu der Stelle, an der die besonderen Farnkräuter wuchsen, wie Callie zu Yaz gesagt hatte.

Der grasbewachsene Hang dieser Hügelseite bot eine herrliche Aussicht auf den Fluss und die braunen, da und dort vom Grün des Winterweizens gesprenkelten Felder, die sich sanft die gegenüberliegende Bergflanke hinaufzogen.

Die den Fluss säumenden dicken Bäume hatten die Herbstfarbe verloren. Bald würden sie blätterlos dastehen, und die braune Ackerkrume gefror zu harten Erdschollen. Und die Vögel, die in den Zweigen noch immer sonntägliche Musik trillerten, würden dann dort sein, wo Zugvögel nun eben hinflogen, wenn sie nicht dablieben und an der Küchentür herumhopsten und darauf warteten, dass jemand das Tischtuch vom Frühstück ausschüttelte.

»Seht euch bloß alles gut an.« Callie fröstelte in dem stärker wehenden Wind und wünschte, sie hätte eine Jacke mitgenommen. »Wenn wir das nächste Mal herkommen, liegt vielleicht schon Schnee.«

Was sie vor sich sahen, war einfach schön. Wie immer. Aber von dem, wonach sie eigentlich Ausschau hielten, sahen sie nichts. Keine Spuren, weder von Yaz noch von Pony. Und niemand antwortete auf ihre Rufe.

»Y-a-a-az!« Ein Name, der sich gut rufen ließ. Er klang wie ein Todesschrei. Callie brüllte ihn über das Tal, und von einer der tiefer liegenden Farmen brüllte ein Bulle traurig zurück.

Sie rumpelten noch eine Weile über andere Feldwege, suchten und riefen, entdeckten jedoch kein Zeichen von ihr. Als sie auf Follyfoot anlangten, war auch Ron wieder da und brachte eben die Leiter und den Farbentopf fort, da es zum Streichen inzwischen zu dunkel war.

»Wo seid ihr gewesen?«, fragte er. »Schon ein Ding, einen ehrlich arbeitenden Mann einfach im Stich zu lassen.«

»Ich habe die Hälfte von deinem Job gemacht.« Paul, noch im Maleroverall, kletterte aus dem Fahrerhaus.

»Aha«, sagte Ron. »Da sind meine Malerhosen also. Ich hab sie überall gesucht, um meine Arbeit fertig zu machen.«

»Weißt du, wo Yaz ist?«, fragte Dora.

»Ging doch botanisieren, oder?«

»Das Pony ist ohne sie zurückgekommen.«

»Wahrscheinlich runtergefallen. Ist sie meiner Meinung nach gewöhnt. Was ist los?« Ron musterte bei der sich verdichtenden Dämmerung Doras Gesicht. »Ist was?«

»Nein, ich überlege bloß, ob sie sich vielleicht wieder verirrt hat.«

Manchmal hätte Dora die Geschichte Ron gern erzählt; schließlich schlidderte er selber hin und wieder haarscharf an Verbrechen vorbei und hatte Freunde, die ständig in Schwierigkeiten steckten. Er wusste vielleicht, was bei Mord oder Totschlag zu tun wäre. Aber man konnte ihm nicht vertrauen. Er war zu unverlässlich. Hatte einfach zu viele Tricks auf der Palette. Sogar wenn er zu helfen versuchte, erfand er so viele Verwicklungen und geheime Pläne, dass man in einem größeren Schlamassel landete, als man sich bereits befand.

Gleichviel, wie von Callie vorhergesagt, kam Yaz genau zur Abendbrotzeit durch das Tor, einen langen Grashalm im Mund und ein liederliches Bündel Blätter und Wurzeln in der Hand.

»Wo bist du gewesen?« Callie machte gerade die Runde mit dem Futtereimer. »Da, wo ich dir gesagt habe, warst du jedenfalls nicht.«

»Habt ihr nach mir gesucht? Idiotisch! Mir ist nichts passiert.«

»Das Pony ist hier«, sagte Callie bissig. »Ich meine, falls du dir Gedanken gemacht hast.«

»Hab ich schon vermutet. Das dämliche Ding hat die Zügel zerrissen.«

»Dämlich von dir, ihn damit anzubinden.« Callie kochte vor Wut, aber Yaz war, ohne hinzuhören, weitergegangen. Sie hatte ziemlich schlechte Laune. Beim Essen schien sie still und bedrückt, und ihr kleines, blasses Gesicht wirkte traurig und alt. Callie, die an Yasmins tote Mutter und ihren brutalen Vater denken musste, versuchte wieder gutzumachen, dass sie sie angefaucht hatte.

»Wo warst du denn, Yaz?«, fragte sie freundlich.

»Überall und nirgends.«

Callie hatte ihren Vater in früher Kindheit verloren. Sie erinnerte sich, dass sie tagelang geweint hatte, sich vor Kummer nicht fangen konnte und keinen Bissen essen wollte. Die Mutter zu verlieren musste noch schlimmer sein. Kein Wunder, wenn Yaz düster dasaß, die Ellbogen auf den Tisch gestemmt, und jeden mit einer groben Antwort bedachte.

»Was für Farne hast du denn gefunden?«, versuchte sie es noch einmal. »Wo sind sie?«

»Ich hab sie draußen gelassen.«

Nach dem Essen ging Callie hinaus, um sich die Farnkräuter anzusehen. Sie würde in dem Nachschlagewerk des Captains über britische Wildblumen und -pflanzen nachsehen und Yaz zeigen, wie man die Pflanzen, die sie gefunden hatte, bestimmte. Callie konnte nicht lange mit jemand verknurrt sein. Da sie wusste, wie es war, wenn man sich verzweifelt wünschte, dass die anderen einen mochten, brachte sie es für gewöhnlich fertig, sogar Leute gern zu haben, die sie eigentlich nicht mochte. Das Grünzeug, das Yaz gesammelt hatte, lag unter dem Baum mit dem dicken waagerechten Ast, an dem die Schaukel hing.

Viel war damit nicht los. Ein paar Farne üblicher Art. Frauenhaar, Herzenzunge und ähnliches. Nichts, was nicht auch in den Hecken und dem Unterholz rings um Follyfoot wuchs.

23

Ron erschien am Montag nicht zur Arbeit. Und ebenso wenig am nächsten oder am darauf folgenden Tag.

Paul strich die Wetterseite der Scheune fertig. Danach machte er sich gemeinsam mit Dora an das andere Ende, weil noch genug Farbe übrig war. Dann schleppte Dora die unwillige Yaz mit hinüber zur anderen Straßenseite, um den windschiefen Schuppen anzustreichen, in dem Slugger die Geräte für seinen Gemüsegarten aufbewahrte, der drohte, sie den ganzen Winter über mit Kohlrüben zu versorgen.

»Falls Ron diesmal für immer wegbleibt«, sagte Dora zu Slugger, der herübergekommen war, um ihre Arbeit zu überprüfen, »ist unser Mitarbeiterproblem gelöst, wenn du nächste Woche wieder auf die Lohnliste gesetzt wirst.«

»Meiner Meinung nach soll lieber nichts passieren, solange der Captain fort ist«, meinte Slugger. »Streich die Tür lieber noch mal, Yaz. Sie verzieht sich sonst. Schließlich ... ich meine ... na ja, Ron ist schon ein schlechter Bursche, egal von welcher Seite man es ansieht. Aber er hat ein gutes Herz. Er ist ein bisschen bissig zu dir, Yaz, aber das ist bloß seine Vorstellung von Spaß.«

»Mir macht es nichts aus.« Yaz klatschte den Pinsel so liederlich über die Tür, dass sie sich und die Rübenblätter nur so mit Farbe bespritzte. Sie war heute in merkwürdiger Laune, unbestimmt und abwesend, als ob sie nicht ganz da wäre.

Hatte sie jemand getroffen, als sie allein im Wald war? Dora und Paul hatten sie danach gefragt, aber Yaz schwor, dass ihr niemand begegnet wäre. Sie hatten die Zeitungen studiert und im Radio laufend Nachrichten gehört, stets voller Furcht, dass man einen Leichnam mit zerschmettertem Kopf entdeckt und Fingerabdrücke auf einem Stuhlbein gefunden hätte und den offenbar Verdächtigen suchte, um ›die Ermittlungen voranzubringen‹.

Aber nichts. Es konnte Monate dauern, bis Yaz' Vater gefunden wurde. Sie sollte den Mut aufbringen fort zu gehen, weit fort, solange die Möglichkeit noch bestand. Nachmittags erklärte sie: »Ich such noch mal ein paar Farne.«

»Hoffentlich findest du diesmal bessere als voriges Mal«, sagte Callie.

»Ich bin Ponys wegen durcheinander gewesen. Außerdem musste ich den ganzen Weg zurücklaufen. Da hatte ich keine Zeit, richtig zu suchen.«

»Wahrscheinlich soll ich auch heute nicht mitkommen?«

»Hab ich doch schon gesagt – nein.« Yaz stieß dem Pony in die Flanken, damit es sich in Bewegung setzte.

»Nimm einen Kopfriemen mit!«, rief Callie hinter ihr her.

Yaz drehte sich um und zeigte ihr einen Vogel. Callie streckte ihr die Zunge raus, aber Yaz war bereits gemächlich davongeritten.

Dora brachte Robin auf das kleine Feld, um mit ihm ein paar Sprünge zu üben. Während der Weihnachtsferien würden sie ein Follyfoot-Jagdrennen veranstalten und es mit einer ziemlich starken Konkurrenz zu tun haben. Vor allem durch die zähen Mädchen von der Ponyfarm, die mit ihren New Forests und Connemaras jedes Hindernis nahmen, ganz gleich, ob oben rüber oder unten durch, wenn sie nur auf die andere Seite kamen.

Robin war ihnen weit überlegen, aber er warf noch immer die Zaunhürden um. Daher arbeitete Dora langsam und bedächtig mit ihm. Sie hatte mehrere niedrige Zäune aufgestellt und ließ ihn rückwärts gehen, einmal, damit er sich beruhigte, zum anderen, damit er seine Hinterhandmuskeln benutzte.

Anfänglich machte er ein Spektakel, zog und veranstaltete eine Show bei einem Hindernis, das lediglich aus einer alten Gartenbank bestand, deren Lehne abgebrochen war. Nach einer halben Stunde geduldiger Arbeit entspannte er sich und nahm jede Hürde in sauberem Sprung bei völlig losem Zügel. Dora hatte das Gefühl, als wäre sie eins mit dem Sattel. Robin schenkte einem stets das Empfinden, besser zu reiten, als man tatsächlich ritt. Er war das beste Pferd, das sie je besessen hatte – nun, er war das einzige Pferd, das ihr überhaupt je gehört hatte. Ein besseres würde sie nie bekommen, und wenn sie hundert Jahre alt würde und einen gut aussehenden Millionär heiratete, der nicht von ihr erwartete, dass sie kochte, sauber machte, Röcke trug oder überhaupt irgendetwas anderes tat, als fabelhafte Pferde zu reiten.

Vielleicht brauchte sie auch gar keinen Millionär, ob nun gut aussehend oder hässlich. Es reichte völlig, einen Freund wie Earl Blankenheimer zu haben, der ihr diesen herrlichen Braunen geschenkt hatte und noch immer aus Amerika alle paar Monate einen Scheck schickte, damit sie Robins Unterhalt bezahlen konnte.

Hopp! Er sprang über die niedrigen Stangen, nahm die kleine Heckenhürde, trabte ein paar Schritte, setzte über die Stangenhürde, wendete, trabte zurück, sprang über den Graben. Danach ging es zurück über die Stangenhürde, dann kamen die Wagenreifen sowie die Petroleumfässer und zuletzt die Schafpferchgatter, die höher und ein ziemlich steiler Sprung waren, so direkt aus dem Trab.

Vollkommen! Dora beugte sich vor und strich den Hals hinab über Robins schöne schwarze Mähne. Er senkte den Kopf um Klee zu rupfen, und Dora wäre beinahe hinuntergerollt. Doch er schleuderte sie in den Sattel zurück, als er plötzlich den Kopf wieder hochriss und die Ohren aufstellte.

Ein großes, braunes Auto hatte draußen gestoppt, und der Kopf eines Mannes sowie der Kopf einer Frau erschienen über dem Gatter der Koppel.

»Hallo ! Hören Sie, hallo!«, rief der Mann zögernd.

Dora zog die Zügel straff und ritt auf das Paar zu.

»Wohnen Sie hier?«

»Ja. Auf der Follyfoot-Farm. Kann ich Ihnen irgendwie behilflich …?«

Die beiden sahen sich ungewiss an, ehe die Frau sagte:

»Nun ja, kann sein – vielleicht … Dürfen wir reinkommen?«

»Natürlich. Fahren Sie außen herum und dann in den Hof. Ich komme auch dorthin.«

Sie ritt durch das andere Tor und brachte Robin, ohne ihn abzuzäumen, in seine Laufbox.

Das Paar stieg aus dem Wagen. Anscheinend stille, freundliche Leute. Beide ziemlich untersetzt und dick, mit dünnem, ergrauendem Haar und unauffälligen Gesichtern. Und beide trugen jene Art bräunlicher Kleidung, die man überhaupt nicht richtig wahrnahm.

»Sind Sie hergekommen, um sich die alten Pferde anzusehen?«, fragte Dora.

Callie hatte bereits die Abendfütterung beendet. Sie führte gern Besucher. In dem verblassenden Tageslicht begann sie zusammen mit Dora die Führungsrunde, die ihnen nie über wurde.

»Das ist Cobblers Dream. Er war ein berühmtes Springpferd, ehe er auf einem Auge blind wurde. Hier haben wir Stroller, der einen Brauereiwagen gezogen hat. Dieser alte Bursche heißt Hero und kommt aus einem Zirkus, wo er misshandelt wurde. Er war zu steif geworden, um zu tanzen oder sich hinzuknien, verstehn Sie, aber die Artistin hatte ihn durch Brutalitäten abgerichtet, und er hatte eine Höllenangst vor ihr und versuchte es immer wieder. Das ist Ginger, er hat früher die Milchrunde gemacht, bis ihn einige alte Damen gerettet haben, weil er zum Schlachten ins Ausland verschifft werden sollte. Und hier sehen Sie Lancelot. Würden Sie glauben, dass er das älteste Pferd der Welt ist?«

Die beiden untersetzten Leute folgten Callie und Dora, ohne eine Bemerkung zu machen.

»Und das hier ist der arme alte Frank, der mit einer schrecklichen Delle in der Nase aufgefunden wurde, die ihm ein zu enger Kopfriemen –«

Als sie die Hälfte der Tour hinter sich hatten, räusperte sich die Frau und sagte: »Es ist alles sehr schön, aber ich fürchte, wir sind eigentlich aus einem anderen Grund hergekommen.«

»Entschuldigen Sie.« Dora schloss hinter Frank und seiner berühmten, eingeschnittenen Nase die Stalltür. »Die meisten Leute sehen sich die alten Pferde gern an und wollen wissen, wie sie hergekommen sind.«

»Nun, das würden wir auch, selbstverständlich, wenn wir Zeit hätten. Aber – nun … ich meine, uns hat letztlich etwas anderes hergeführt.«

»Ach so. « Dora betrachtete sie genauer. Die beiden sahen sich an und blickten dann auf ihre braunen Schuhe. »Und aus welchem Grund sind Sie …?«

»Nun, tatsächlich …« Der Adamsapfel des Mannes hüpfte in seinem dicklichen Hals auf und ab. »Wir suchen nach jemand.«

Dora blieb das Herz stehen und erstarrte zu einem Eisklumpen. Was, wenn sie Bekannte oder Verwandte von Yasmins Vater waren? Leute, die ihn irgendwo erwarteten und nun, da er nicht auftauchte, nach ihm suchten? Doch warum waren sie nicht zu dem Haus im Wald gefahren? Aber vielleicht waren sie bereits dort gewesen, hatten es jedoch so vorgefunden, wie Yaz es verlassen hatte: die Türen verschlossen und die Vorhänge zugezogen, so dass niemand hineinsehen konnte.

»Nach –« Dora lehnte an Old Franks Tür. Sie wagte es kaum auszusprechen. »Nach wem denn?«

Sie atmete nicht vor Angst, dass sie ›nach einem Künstler‹ hören würde, doch der Mann sagte: »Nach einem Kind. Ein sehr schönes Mädchen mit langem, braunem Haar.« Gott sei Dank! dachte Dora und atmete tief durch. Yaz war noch für eine Weile in Sicherheit.

»Wie alt?«, fragte Callie.

»Vierzehn.«

»Doch kein Kind mehr«, sagte Callie, aber die Frau fuhr leise fort: »Unsere Tochter Joan. Sie ist verschwunden. Wir sind schon todkrank vor Angst und Sorge.«

Dora und Callie blickten einander an. Zuerst Yaz. Jetzt diese Joan. War anscheinend Saison für Auskneifer.

»Warum glaubten Sie, Ihre Tochter könnte hier sein?«, fragte Dora. »Hat sie etwas für Pferde übrig?«

»Ja, schon immer, obwohl wir keins halten können. Wir leben in einer Stadtwohnung. In der Nähe der Universität. Mein Mann ist dort Professor.«

»Nein, hier ist keine Joan. Tut mir Leid für Sie«, sagte Dora.

»Vielen Dank jedenfalls.« Der Mann seufzte. Der Wind hob sein dünnes, graues Haar. Die von dunklen Rändern umgebenen Augen zeigten die vielen schlaflosen Nächte an. »Wir folgten lediglich einer schwachen Spur. Die Polizei unterrichtete uns bereits, dass Beamte hier waren, aber nichts gefunden hätten. Aber wir wollten lieber noch persönlich mit Ihnen reden.«

Die Polizei hatte also nach einer Joan, nicht nach Yaz – gesucht. Ein Glück, dass sie nicht den Captain angerufen oder versucht hatten, sich Geld zu borgen, um zu ihm zu fliegen. Möglicherweise hatte noch immer niemand Yaz' Vater entdeckt, der tot in seinem Blute auf dem Steinfußboden des geheimnisvollen Hauses im Walde lag.

Dora fiel ein Stein vom Herzen. Sie fühlte sich ungeheuer erleichtert. Dann streifte ihr Blick das niedergeschlagene, durch schwere Sorgen bedrückte Paar, und sie sagte in ehrlicher Anteilnahme: »Es muss doch schrecklich sein, nicht zu wissen, wo sie ist.«

Dora war mit dreizehn selber von zu Haus durchgebrannt. Allerdings war sie nur eine Nacht fortgeblieben. Ob ihre Eltern in dieser Nacht ebenfalls kein Auge zugemacht hatten? Gesagt hatten sie nichts darüber. Als sie zurückkam, erschöpft, schuldbewusst und in der Erwartung, dass sie ihr mit Freudengeschrei der Erleichterung um den Hals fallen würden, hatte ihr Vater, ohne von seinem Buch aufzublicken, lediglich festgestellt: »Du kommst zu spät zum Lunch.« Und ihre Mutter hatte gesagt: »Wasch dir die Hände, ehe du dich zu Tisch setzt.«

Ein paar Jahre später war sie zum zweiten Mal fortgelaufen. Diesmal nach Follyfoot. Dem Captain hatte sie erzählt, dass es ihren Eltern total gleichgültig sei, wo sie abgeblieben wäre. Als er bei ihr zu Haus anrief, sagten sie:

»Wir haben uns solche Sorgen gemacht. Wie kann Dora uns bloß so etwas antun?« Genau das hätten sie bei jenem ersten Mal sagen müssen. Was bewies, dass man einfach nicht wusste, wie man mit Eltern dran war.

Diese Eltern vor ihr sahen sehr müde und niedergeschlagen aus. Als sie dem Stand, in dem Frank gelassen am Holzwerk nagte, den Rücken kehrten, sagte Dora impulsiv: »Wenn Sie vielleicht ins Haus kommen und eine Tasse Tee trinken möchten…«

»O ja.« Die erschöpften, starren Gesichter lockerten sich zu einem Lächeln. »Ja, es wäre wirklich schön, wenn ich mich einen Moment hinsetzen und meine Gedanken sammeln könnte«, sagte die Frau. »Wir sind ja seit heute früh unterwegs.«

»Kommen Sie rein.« Dora freute sich, dass sie daran gedacht hatte. »Slugger wird Ihnen eine Kanne seiner Spezialmarke brühen.«

24

Callie ging in den Stall, um Robin von Zügel und Sattel zu befreien und ihn zu füttern. Gerade als Dora Joans müde Eltern zur Hoftür führte, kam Rons Motorrad den Hügel heraufgedonnert. Das Rad knatterte durch das Tor auf den Hof, so dass die Reifen auf dem Kies knirschten, und stoppte so unvermittelt wie ein bockendes Pferd. Ron schaltete die Maschine ab und rief nach Dora. Sie brachte Joans Eltern ins Haus und rannte zurück.

»Was willst du denn?«

»Wo ist Yaz?« Ron saß auf dem Motorrad, das einen Geruch von Hitze und Öl ausströmte, die Cowboystiefel nach jeder Seite weggestreckt.

»Sie ist schon den ganzen Nachmittag fort.«

»Wo ist sie?«

»Irgendwo im Wald.«

»Verdammt!« Ron stöhnte und fasste sich an die Stirn.

»Es ist das letzte Mal, dass ich mich in so 'ne komische Sache reinziehn lasse. Und das ist mein Ernst, Dora. Ich will tot umfallen, wenn es nicht stimmt. In Zukunft halte ich mich aus allem raus, das gebe ich dir schriftlich, wenn du's haben willst.«

»Wovon redest du eigentlich? Ich habe keine Zeit, Ron. Im Haus sind ein paar Leute zum Tee.«

»Leute? Was für Leute? Schmeiß sie raus! Wir wollen keine Fremden, die hier rumschnüffeln.«

»Liebe Güte, was ist denn los?«

Für gewöhnlich war Ron kühl und gelassen, sogar wenn er in Schwierigkeiten steckte. So nervös und aufgescheucht hatte ihn Dora noch nie erlebt. Das rote Haar zottelte ihm wirr um den Kopf und hing bis auf den Lenker hinab, als wäre dahinter die einzige Sicherheit der Welt.

»Ich hab mich richtig reingeritten in den Schlamassel«, stöhnte er. »Und bloß wegen euch hier.«

»Wovon redest du eigentlich?«, wiederholte Dora.

»Ich weiß, wo Yaz ist.«

In diesem Moment kam Dora eine Erleuchtung. Alle die verwirrenden, geheimnisvollen Geschehnisse – Yaz' fantastische Mörderstory, ihre ständig wechselnden Launen, ihr komischer Akzent, ihr seltsames Benehmen von jener ersten Begegnung an, als sie ihr Hengstpony es und nicht er genannt hatte ... Es war, als wäre in Doras Kopf ein staubiger Vorhang fortgezogen worden und hätte eine Szene betäubender Klarheit enthüllt.

»Mach dir keine Gedanken, wo sie ist.« Dora hüpfte aufgeregt auf und ab. »Ich glaube, ich weiß, *wer* sie ist.«

»Was du nicht sagst.«

»Es stimmt nicht alles, was sie uns erzählt hat.«

»Herr des Himmels!« Ron stieß nicht sein übliches Lachen aus, diesmal klang es vielmehr bitter und höhnisch. »Das hast du erst jetzt gemerkt? Hab ich also doch Recht: Du bist wirklich von gestern.«

»Vielleicht stimmt überhaupt nichts. Sie ist nämlich nicht zwanzig.«

»Zwanzig! Fünfzehn, wenn überhaupt.«

»Ihr Vater ist nicht ermor –, ich meine: er ist überhaupt kein Alkoholiker. Und ihre Mutter lebt noch. Yaz hat sich bloß das Haar abgeschnitten und gebleicht.«

»Woher weißt du das?«

»Bloß Vermutungen. Aber sie passen alle zusammen. In Wirklichkeit heißt sie Joan.«

»Was du nicht sagst. Aber erzähl mir etwas, was ich noch nicht weiß.«

»Na schön, werd ich. Ihre Eltern sind hier.«

»Du bist ja verrückt.«

»Jawohl, hier, sage ich dir. Im Augenblick laben sie sich in der Küche an Sluggers Erste-Hilfe-Tee.«

»Na, damit ist die Sache verratzt.« Ron schlug sich an die Stirn und hinterließ zwischen dem verzottelten Haar und den Augenbrauen einen schillernden Ölfleck.

»Was ist verratzt?«

Ron spähte umher, als wären die Pferde lauschende Spione. Er schwang sich vom Sitz und zog Dora in die Geschirrkammer.

Callie säuberte dort Robins Zügel, der am Putzhaken von der Decke hing. Sie fettete das Leder mit Hautöl ein.

»Raus mit dir!« Ron deutete mit dem Daumen zur Tür. »Nicht um mein Leben!« Callie, den öligen Putzlappen in der Hand, wich nicht von der Stelle. »Hier gibt es sowieso zu viele Geheimnisse, und ich hab es satt, keine Ahnung zu haben, was wirklich vorgeht. Wer sind die Leute da im Haus?«

»Yaz' Eltern«, sagte Dora.

»Quatsch. Kann doch nicht sein. Ihre Mutter ist tot, und ihr Vater schlägt sie. Ach so ...« Der Mund stand ihr sperrangelweit auf.

»Du meinst, sie hat geschwindelt? Sie ist Joan, nicht Yasmin? Aber sie sagten doch, sie ist schön.«

»Typisch Eltern«, meinte Ron.

»Hör zu, Dora, ich hab doch da diesen Bekannten – Mickey, verstehst du. Wohnt unten am Kanal, in der Nähe von Carters Kohlenplatz.«

Dora kam eine weitere Erleuchtung. Wie ein Blitz zuckte ihr durchs Hirn, wo sie Yaz schon gesehen hatte. Und ihr fiel ein, dass sie von Anfang an meinte, sie wäre ihr schon begegnet. Sie hatte seither ständig daran herumgerätselt. Jetzt erinnerte sie sich, wo sie das schmutzige, kleine Gesicht gesehen hatte.

»Der Zehnmeilenritt!«, rief sie.

»Ritt. Was meinst du mit Ritt?«, knurrte Ron gereizt. »Hör zu, Dora, das ist ernst. Wir spielen nicht Hottehüh oder sowas.«

»Am Tag unseres Ausritts«, fuhr Dora fort. »Als wir durch Carters Kohlenplatz ritten, um über die Kanalbrücke zu kommen, hat ein Mädchen aus einem der Schuppenfenster gespäht. Ihre Augen sahen irgendwie verschreckt aus, als wäre sie eingesperrt oder hielte sich verborgen.«

»Na gut, das war sie«, sagte Ron. »Das will ich dir ja grade sagen, aber du hältst ja keinen Moment den Mund. Mein Freund Mickey, der zieht also mit dieser Truppe da unten rum, verstehst du. Ein paar sind ganz schöne Macher. Und manche machen bloß so klein-klein, klar? Klauen mal Radkappen oder Zigaretten und so. Als Old Yaz nun auftauchte –«

»Woher kam sie denn?« Callie starrte Ron an und putzte automatisch wieder denselben Nasenriemen.

»Woher? Na von da, wo sie wohnt. Der Teil der Geschichte stimmt. Sie ist ihrem Vater und ihrer Mutter ausgekniffen – den beiden, die, wie Dora sagt, jetzt in der Küche sitzen und in Gefahr schweben, sich an Sluggers Tee zu vergiften. Unterwegs hat sie irgendwo Mickey getroffen, versteht ihr. Und aus verschiedenen Gründen, die was mit ihrem Charakter zu tun haben, hat Mickey sie rumgekriegt, 'nen Job für ihn zu erledigen.«

»Job? Yaz fasst doch keine Arbeit an«, warf Callie ein. »Du kennst mich doch lange genug, um zu wissen, was Job bedeutet«, sagte Ron düster.

»Ein Diebstahl?«, fragte Dora.

»Ungefähr in der Größenordnung. Ihre Eltern forschten nach ihr, daher musste sie sich verstecken. Old Carter, nun –

der war Mickey noch eine Gefälligkeit schuldig wegen 'ner bestimmten Sache, die Mickey für ihn – sagen wir: gefunden hatte. Daher war er einverstanden, sie auf dem Kohlenplatz zu verstecken. Die Polizei kam. Sie haben den Kanal abgesucht und dabei 'ne Menge Zeug rausgefischt, olle Stiefel, ein verbogenes Fahrradrad und so was. ›Wonach suchen Sie denn, Wachtmeister?‹ hab ich gefragt, denn ich war den Tag grade da unten und hab mich auf meine freundschaftliche Art gleich mit einem der Bullen unterhalten. ›Ein junges Mädchen‹, sagte er. ›Einem Gerücht nach soll sie hierherum gesehen worden sein, und da drehn wir jeden Stein um und suchen jeden Abflussgraben ab‹, hat er gesagt.«

Ron blickte von einem zum anderen. »Na ja, und weil es für Yaz nicht sicher war, noch länger da unten rumzuhängen, wenn all die Bullen wie Wespen um die Neige in 'nem Glas Bier rumsummen, ist Mickey die fantastische Idee gekommen, sie auf Follyfoot zu verstecken.«

»Du hast gewusst, wer sie war«, sagte Callie. »Deshalb bist du zum Schein so eklig zu ihr gewesen.«

»Kluges Kind. Natürlich hab ich's gewusst. Und ich hab auch gewusst, wie sie hier todsicher landen kann. Mit 'ner herzzerreißenden Pferdegeschichte. Also hat Mickey einen Zügel für sie aufgetrieben, und sie hat sich dieses Pony ausgeliehn –«

»Wo denn?«, fragte Callie.

»Von 'ner Koppel, ist doch egal. Und ist ja auch alles bestens gelaufen. Bis heute.«

»Was ist passiert?«

»Na, Old Mickey ist doch verrückt nach Autos, versteht ihr. Hat 'ne Menge Ahnung davon, auch wie man sie ohne Zündschlüssel startet. Kommt der Detektivsergeant und nimmt Mickey mit runter auf die Wache. Möchte sich mit ihm über einige der vierrädrigen Lieblinge unterhalten, die in der Gegend in der letzten Zeit verschwunden sind.«

»Und was hat das mit Yaz zu tun?«, fragte Dora.

»Alles. Gestern war die Probe. Heute soll der Job anrollen.

Yaz ist bereits in dem Haus und wartet, dass ihr Mickey das verabredete Zeichen gibt, damit sie ihn reinlassen kann, wenn die alte Dame schläft.«

25

»Welche alte Dame?« Dora kam ein fürchterlicher Verdacht.

»Na ja …« Ron schurrte mit den Füßen; sogar im dämmrigen Schein der Geschirrkammerlaterne sah man, wie unbehaglich ihm zumute war. »Du weißt doch. Die mit dem Rosenkohl.«

»Mrs. Oldcastle? Aber sie ist eine gute Freundin.«

»Soweit reiche Leute überhaupt jemands gute Freunde sein können.«

Ron hatte seine eigenen Begriffe von Sitte und Moral. »Geizige alte Hexe. Kann ruhig was hergeben, oder? Vermisst es doch nie und nimmer – was von dem Silber und so 'nem Zeug.«

»Ich bin bloß froh, dass sie Mickey auf die Wache mitgenommen haben«, sagte Callie. »Nun kann Mrs. Oldcastle nichts passieren.«

»Aber Yaz ! Angenommen, Mickey singt – ich meine, sagt, wo sie ist. Packt aus, um seinen eigenen Hals zu retten. Wenn sie Yaz in dem Haus aufstöbern, ist es aus mit ihr. Nicht gerecht, wirklich nicht. Sie ist doch bloß 'n dummes Kind. Nicht viel älter als Callie.«

»Ich würde mich bestimmt nicht in eine so stinkige Angelegenheit reinziehen lassen.«

Callie warf den Putzlappen in die Kiste und hängte Robins Zügel weg.

»Yaz hat nicht deine Vorteile gehabt«, erklärte Ron. »Zu behütet aufgewachsen. Sie ist ganz wild auf Abenteuer.«

»Es ist ein Verbrechen.«

»Für Yaz ist es eine Art Spiel. Sie begreift das doch gar nicht richtig.«

»Dafür begreift ihr es umso besser – du und Mickey, meine ich«, brauste Callie auf. »Es ist ein ganz gemeiner Trick. Wir müssen Yaz da rausholen.«

»Das ist ja der Punkt. Genau darum geht's«, sagte Ron. »Aber ich kenne das Zeichen nicht.«

»Einer von uns muss ins Haus, auf die gleiche Weise wie Yaz. Wie ist sie reingekommen? Mrs. Oldcastles Haus ist doch verbarrikadiert wie der Tower von London.«

»Das ist der andere Punkt«, sagte Ron. »Du weißt, wie klein Yaz ist. In das Haus kann man aber bloß durch eine Hundeschleuse kommen, die die alte Dame aus einer vor- und zurückschwingenden Klappe gemacht hat, damit ihr Liebling Pookie rein und raus kann, wann er will. Deshalb ist Mickey ja auf Yaz verfallen. Erstens, weil sie ganz schönen Mumm hat, und zweitens, weil sie dünn genug ist, um sich durch die Klappe zu zwängen. Das kann sonst keiner.«

Callie baute sich mit geballten Fäusten vor Ron auf. »Doch, ich«, sagte sie und schob das Kinn vor.

»Nein, Callie«, begann Dora.

»Warum nicht? Ich bin nicht größer als Yaz, und so viel Mumm wie sie hab ich auch.«

»Weißt du, dass die alte Dame ein Gewehr hat?«, fragte Ron.

»Ach Quatsch. Ein Luftgewehr. Ich habe keine Angst«, sagte Callie, obwohl sie welche hatte.

»Tapferes Kind«, sagte Ron. »Aber du musst schwören –«

»Gehen wir.« Callie schritt ungeduldig zur Tür.

»Nein, hör zu.« Ron drängte sie an die Wand und nagelte sie dort fest, indem er ihr seine breite Hand auf die Kehle presste. »Schwöre«, forderte er, »dass du niemand etwas erzählst.«

Callie stieß ein paar erstickte quietschende Laute aus. Als Ron die Hand wegzog, keuchte sie: »Wie kann ich schwören, wenn du mir die Kehle zudrückst? Und jetzt los, du vergeudest bloß kostbare Zeit – gehn wir.«

Draußen war es dunkel, und Wind kam auf. Das große braune Auto war fort.

»Mach hin, Ron!« Callie schwang ein Bein über den Soziussitz des Motorrades.

»Ich mach's nicht.« Ron blieb unter der Tür der Geschirrkammer stehen. »Angenommen, etwas ist schiefgelaufen, und sie haben Yaz gekascht? Ich kann's nicht riskieren, dass man mich dort sieht.«

»Und Yaz ? Willst du sie nicht retten?« In ihrer Wut auf Ron hatte Callie vergessen, dass Yaz sie alle belogen und hinters Licht geführt hatte. Das Abenteuer kam ihr wie ein Kreuzzug vor.

»Was bedeutet mir Yaz ? Ich will meine eigne Haut retten, darum geht's mir.«

»Hol Paul, Dora«, verlangte Callie.

»Zieht bloß nicht Paul rein.« Ron packte Doras Arm.

Sie schüttelte die Hand ab. »Warum nicht? Paul ist kein Feigling!«

Paul versuchte schon den ganzen Nachmittag, den Lastwagen zu reparieren. Da noch Licht in der Garage war, ging Dora hinüber. Paul hatte die große Havarielampe auf einen Balken gestellt und fummelte in dem verschmierten weißen Overall, der einst einem von ihm bewunderten Rennfahrer gehört hatte, an dem Motor herum.

»Läuft er wieder?«

Paul, über die Maschine gebeugt, schnellte hoch, als Dora in den Lichtkreis trat. »Haufen Schrott. Wird nie wieder laufen.« Motorteile lagen überall auf der Erde verstreut. Es sah nicht so aus, als würden sie je wieder ihren Platz finden.

»Grade, wo wir ihn brauchen«, stöhnte Dora.

»Wer braucht ihn?« Paul stand aufgerichtet da und wischte sich die Hände mit einer von Callies alten Westen ab. »Wir wollen doch nirgendwohin, wie? Oder gibt's was Gutes im Kino?«

»Wenn es bloß Film wäre. Aber es ist Wirklichkeit. Pass auf, Paul, ich muss es dir einfach sagen. Yaz steckt in Schwierigkeiten, in ganz schlimmen.«

»In schlimmeren als jetzt schon kann sie kaum stecken.«

»Es ist alles ganz anders. Ich kann es dir jetzt nicht erklären. Aber nimmst du Callie auf dem Sozius von Rons Motorrad mit?«

»Wohin?«

»Los, komm.« Sie langte nach Pauls Arm und sprudelte einen Teil der Geschichte heraus, während sie in einer Regendusche quer über den Stallhof rannten.

26

Callie fuhr gern hinten auf dem Motorrad. Noch lieber, wenn Paul vorn saß. Sicher, mit Ron machte es ebenfalls Spaß, aber er nahm die Kurven viel zu schnell. Man war nie sicher, ob er an einer scharfen Ecke nicht ins Schleudern geriet, das Motorrad unter einem wegflog und man auf dem Pflaster landete.

Paul fuhr fast ebenso schnell. Aber er schaukelte und schleuderte weniger. Außerdem hatte sie das Gefühl, sich an Pauls Hüften besser festklammern zu können. Und wenn man sich wegduckte, damit einem der Fahrtwind nicht ums Gesicht pfiff, war Callie der Rücken von Pauls Rennfahreroverall lieber als Rons rissige Lederjacke.

Jetzt hob sie den Kopf, um zu sehen, wo sie waren, und der Wind schlug ihr kalt und hart ins Gesicht. Im Wald neigten sich die Bäume über den Weg, als begrüßten sie sich; die Kronen der Buchen schwankten im Sturm, der aus dem Tal herauffegte. Als sie aus dem Wald herauskamen und auf den Weg einbogen, der hinter Mrs. Oldcastles Haus vorbeiführte, traf sie ein Sperrfeuer aus schweren Regentropfen, groß wie Hagelkörner. Ein Guss, der alles aufweichte.

Paul schwenkte in die rückwärtige Einfahrt und schaltete den Motor ab. Kein Zeichen von einem Streifenwagen – noch nicht. Er schob die Maschine unter eine breit ausladende Fichte, wo sie nicht zu sehen war.

Neben dem efeuüberwachsenen Stall lag eine Koppel, auf der Mrs. Oldcastle ihren alten Harold weiden ließ, weil sie ihn dort vom Fenster aus sehen konnte. Jetzt befand sich das schwerfällige, gedrungene Pferd nicht auf der Weide. Stattdessen bemerkten sie den buckligen Umriss von Yaz' braunem Pony; es war an der Mauer festgebunden, hielt des Regens wegen den Kopf gesenkt und hatte den Schwanz zwischen die Hinterbeine geklemmt.

»Sie ist hier!«

Paul und Callie bemerkten kein Licht in dem großen, düsteren Haus. Das von Efeu überwucherte Gebäude hob sich dunkel gegen den Sturmhimmel ab, Wasser strömte die Schieferplatten der steilen Turmdächer herunter, und die Schornsteine wirkten wie trutzige Zinnen.

Mrs. Oldcastle musste bereits im Bett sein. Vielleicht schlief sie sogar schon, und Yaz wartete irgendwo in dem finsteren Haus auf das verabredete Signal, um Mickey die Tür zu öffnen.

Paul pirschte sich näher an das Haus heran. Er kroch durch das Buschwerk, für den Fall, dass ihn aus einem der dunklen Fenster, deren halb geschlossene Jalousien wie gesenkte Lider wirkten, ein Paar Augen belauerte.

Callie folgte dem pitschnassen, weißen Overall. Sie hatte einen ihrer nassen Zöpfe im Mund, um nicht loszuquietschen, wenn ein Ast im Sturm krachte oder eine im Wind schwankende Ranke plötzlich den Eindruck erweckte, als schliche jemand an der Hauswand entlang.

Rons Beschreibung nach sollte sich die Hundeschleuse neben der Küchentür befinden. Paul und Callie krochen aus dem Gebüsch, richteten sich auf, um sich zu orientieren, rannten über den Rasen und duckten sich sofort zwischen die Müllkästen.

Rührte sich etwas im Haus? Sie lauschten mit angehaltenem Atem.

Zwischen den Hoftürstufen und dem Küchenfenster, aus dem Mrs. Oldcastle beobachtet hatte, wie Mr. Elkins armer Eisvogel ihre Rosenkohlpflanzen entweihte, entdeckten sie schließlich die kleine Hundeschleuse – eine schmale Klappe an einem Scharnier, so eng, dass sich tatsächlich höchstens eine Vierjährige hindurchzwängen konnte.

»Nun los«, flüsterte Paul.

»Ich kann nicht.«

»Yaz hat's gekonnt.«

Callie kniete sich hin, um abzuschätzen, wie breit sie und wie breit die Klappe war.

»Sie ist zu schmal.«

»Dann mach dich schmaler.« Paul duckte sich neben Callie. »Zieh deine Knochen zusammen. Atme ganz tief ein.«

Callie kniete zwischen Eierschalen und Apfelsinenschalen, die ein stöbernder Hund aus einer umgestürzten Mülltonne gezerrt hatte, drückte den Kopf gegen die Klappe und schob ihn sehr langsam vor. Das war der schlimmste Teil. Scheußlich, dachte sie, den Kopf in einen unbekannten Raum zu stecken, wo alles mögliche lauern konnte. Sie schloss die Augen, schob den Kopf ganz hindurch und erwartete halb und halb, dass sie einen Schlag auf den Kopf bekam, dass ihr eine Katze fauchend das Gesicht zerkratzte, dass ein Hund mit geiferndem Gebell auf sie losfuhr.

Stille. Kein Laut bis auf das Ticken einer Uhr. Callie öffnete die Augen und drehte den Kopf hin und her. Im schwachen Licht der Kontrollampe am Gasherd wanderten ihre Blicke durch die unordentliche Küche, über umherstehendes Geschirr, über Nahrungsmittelpackungen und Kasserollen. Auf den Borden über der Anrichte, zwischen dickem Porzellan, zeigte ein billiger Wecker die Zeit.

Ihr Kopf war drin, aber nicht die Schultern. Sie kniete wie ein Sünder im mittelalterlichen Stock und zog den Kopf wieder zurück.

»Ich komme nicht durch.«

»Versuch's seitlich.«

Die Hundeschleuse war ein bisschen höher als breit. Callie legte sich auf den glitschig-nassen Abfall, und es gelang ihr, die Schultern in die Öffnung zu zwängen. Dann steckte sie fest. Einige quälende Schrecksekunden lang konnte sie sich weder vorwärts noch rückwärts bewegen. Dann pressten kräftige Hände gegen die Sohlen ihrer Stulpenstiefel und katapultierten sie mit einem Ruck auf das Küchenlinoleum. Da lag sie nun, einen Teller mit Katzenfutter in Augenhöhe und über sich den Wecker, der sie auszählte.

Als das Motorrad durch das Tor geschwankt und den Hügel hinabgeknattert war, hielt Dora es einfach nicht mehr aus. Hätten drei auf der Maschine Platz gehabt, wäre sie mitgefahren. Jetzt hier zu warten schien ihr unerträglich.

Der Hof lag ruhig da. Nichts zu hören, nur das sanfte Plätschern des Regens auf dem Kopfsteinpflaster sowie das vertraute Stampfen und Schnauben der mit ihrem Heu beschäftigten Pferde. Jetzt, wo Ron im Haus verschwunden war, wurde ihr bewusst, dass sie über der Geschichte mit Yaz total den völlig unschuldig in die Sache verwickelten Pony vergessen hatte. Womöglich stand er, mit den Zügeln festgebunden, irgendwo im Regen.

Pony zu suchen war die Möglichkeit, sich in das Drama einzuschalten.

Dora nahm den Zügel vom Haken und zäumte Robin im Dunkeln; Sattelgurt und Schnallen richtete sie nach Gefühl, weil sie bei Robin alles in den Fingerspitzen hatte.

Als sie sich über die Halbtür lehnte, um den Riegel zu heben, bemerkte sie, dass die Hintertür des Hauses offen war und eine gelbe Lichtbahn den Regen erhellte, der über den Weg trieb.

Einen Sack über den Kopf gezogen, patschte Slugger auf den Hof hinaus und rief nach ihr.

»Ich bin hier.«

Dora stellte sich vor Robin, damit Slugger nicht sah, dass er aufgezäumt war.

»Was machst du da, Mädchen? Du verbringst ja mehr Zeit im Stall als im Haus. Wo sind die andren?

Ron hat mir irgendwelchen zusammenhanglosen Blödsinn erzählt. Der ist vielleicht durchgedreht!«

»Sie sind mal weggefahren.«

Dora wollte keine Geschichte erfinden, die sich von Rons unterschied.

»Wohin ? Aber hör mal –« Slugger kam näher, lüftete den Sack und spähte unter dem Rand zu Robin hinüber. »Weshalb ist er aufgezäumt?«

»Ich will ein bisschen raus mit ihm.«

»Bei der Dunkelheit? Und in dem Regen?«

»Hör zu, Slugger. Es hat sich etwas ereignet. Ich kann dir jetzt noch nicht sagen, was. Aber ich erzähl es dir später, das verspreche ich dir. Paul und Callie sind irgendwohin, und ich muss auch dahin.«

»Das musst du nicht.«

Slugger legte die Hand auf die Tür, aber Dora stieß sie auf, führte Robin hinaus und kletterte, so schnell sie konnte, auf seinen Rücken.

»Na hör mal –« begann Slugger, als sie lostrabte. »Das darfst du nicht. Ich habe das Kommando, und ich verbiete es dir. Na hör mal –« jammerte er, als Robin auf dem Kopfsteinpflaster ausrutschte und dann unter dem Bogen hindurch ins Freie klapperte. »Ich habe hier das Sagen …«

27

Callie kletterte mühsam auf die Füße. Vorsichtig tastete sie sich vorwärts: von der Stuhllehne zum Tisch, dann den mit allen möglichen Dingen übersäten Tisch entlang, von einer Lehne zum Spind an der Wand, bis sie endlich die Tür erreichte. Der Flur, wohin das Kontrollicht nicht reichte, lag stockdunkel da.

Sie spähte von der Tür aus in den schwarzen Tunnel und flüsterte: »Yaz?«

Vor ihr richtete sich das Haus mit Knarren, leisem Ticken und anderen Geräuschen auf die Nacht ein.

»Yaz?«

Callie hatte nicht die geringste Ahnung, wo Yaz stecken konnte. Langsam, von einem Paneel zum anderen, tastete sie sich den finsteren Flur entlang. Zu ihrer Rechten öffnete sich ein breites Treppenhaus. Mit der Zeit gewöhnten sich ihre Augen an die Dunkelheit, und sie erkannte verschwommen geschnitzte Geländerpfosten und hinter ihnen in ansteigender Linie eine Reihe von Porträts in schweren Goldrahmen.

Sie erreichte einen Endpfosten und legte die Hand auf das glatte Schnitzwerk. Ob sie es wagen konnte, Licht anzuknipsen? War es schlimm, wenn man eine Ladung mit dem Luftgewehr abbekam? Links von ihr waren zwei breite Türen. Dazwischen befanden sich sicher die Lichtschalter. Vor ihr dehnte sich beiderseits eine hohe, rechteckige Halle, eine Standuhr tickte, viel zu langsam, massige, schwere Möbel ragten in der Dämmerung auf, dazu Boden- und Tischvasen, Kerzenhalter und dickbäuchige Stehlampen.

Callie kam es vor, als taste sie sich durch ein Museum. Genau vor ihr war die zweiteilige Haustür: in jedem Flügel saßen bunte Glasscheiben, doch in dieser regenschwarzen Nacht sickerte kaum Licht durch die Scheiben, nur eine Efeuranke tippte leise dagegen.

Der Wind orgelte in den Regenrinnen, und die Bäume rauschten. Dann bekam sie einen Todesschreck: Ein Mann stand neben der Tür an der Wand und streckte die Hand nach ihr aus.

Sie wollte zurückrennen, konnte es aber nicht. Es war wie in einem Traum, wenn man wie festgewurzelt an einer Stelle klebte. Als die Wogen der Furcht abebbten, merkte Callie, dass der Mann ebenfalls festgewurzelt war. Es war überhaupt kein Mensch. Es war eine Rüstung, deren stählerner Arm sich steif vorreckte und im Panzerhandschuh ein silbernes Tablett hielt.

Welche anderen Schrecken warteten noch auf sie in diesem grässlichen Mausoleum? Callie konnte die bedrohliche Finsternis plötzlich nicht länger ertragen. Sie streckte die Hand aus und tastete an der Wand zwischen den Türen nach dem Lichtschalter. Gerade als sie ihn berührte, legte sich eine Hand über ihre Finger, und eine zweite Hand erstickte ihren Angstschrei.

Es war Yaz, denn die Hand roch nach dem Pony.

Und es war auch Yaz' Stimme, die heiser flüsterte: »Kein Laut, oder ich bring dich um.«

Sie zerrte Callie durch eine der breiten Türen, die sie behutsam zudrückte, ehe sie die Hand von Callies Gesicht nahm.

»Du musst weg«, flüsterte Callie. »Sie haben Mickey geschnappt. Du musst hier raus.«

»Hat er gesungen?«

»Keine Ahnung.«

Yaz flüsterte einen Fluch, der Joans Eltern schockiert hätte. Sie bewegte sich so unhörbar wie eine Katze, machte die Tür auf, streckte den Kopf durch den Spalt, spähte, lauschte und trat dann auf den Flur hinaus.

Callie, ungeschickter als die vorausgehende Yaz, stolperte über einen Stuhl, langte mit der Hand in die Luft, um das Gleichgewicht zurückzugewinnen, und riss dabei ein Bild von der Wand.

In dem totenstillen Haus klang der Lärm ohrenbetäubend. Yaz glitt in das Zimmer zurück, packte Callies Handgelenk und erstarrte.

Ein undeutliches Bellen verstärkte sich, als oben eine Tür aufgestoßen wurde, und Hundepfoten mit scharfen Krallen über den Fußboden kratzten.

»Ist da jemand? Wer ist da?« Die Stimme von Mrs. Oldcastle klang keineswegs alt und zittrig, vielmehr kräftig und furchtlos.

»Wer ist da?«

Der Hund bellte sich oben auf dem Treppenabsatz in wilde Raserei hinein.

»Sei still, du Dummkopf«, knurrte Mrs. Oldcastle. Offenbar hatte sie ihn beim Halsband gepackt. Das letzte Bellen klang halb erstickt und das nachfolgende Winseln halb erwürgt. »Ist da jemand? Nun, ist jemand da?«, rief sie ungeduldig, als hoffe sie, es wäre so. »Denn wenn jemand da ist, möchte ich ihn warnen. Ich bin bewaffnet!«

Yaz' Fingernägel gruben sich in Callies Handgelenk. Beide hielten den Atem an, als ihnen das Krachen der Treppenstufen verriet, dass Mrs. Oldcastle die Treppe herunterkam. Knack, knack, knack. Sehr langsam, nicht aus Furcht, sondern wegen ihres Rheumatismus. Ein viertes Knacken …

»Hallo – niemand da?«, sagte die alte Dame so ruhig und gelassen, als mache sie Konversation. Irgendwo in der Dunkelheit über ihren Köpfen hörten sie Mrs. Oldcastle angestrengt und pfeifend atmen. »Na gut, lassen wir es dabei«, sagte sie zu dem Hund oder zu sich selber. »Ich muss wohl geträumt haben.«

Anscheinend hielt sie den Hund nicht mehr so fest beim Halsband, denn er kläffte wieder, erst scharf, dann gedämpfter, als sie ihm die Hand um die Schnauze legte. »Sei still, habe ich gesagt. Du hast auch geträumt. Du bist ein ebenso alter Narr wie ich.«

Die Stufen knackten und krachten lauter, als sie sich schwerfällig hinauf ins Bett schleppte.

Yaz ließ Callies Handgelenk los, doch Callie hatte das Gefühl, als ob sich ihr die Fingernägel noch immer ins Fleisch gruben. Ohne sich darum zu kümmern, ob Callie ihr folgte, raste Yaz den Korridor hinunter. Callie kroch ihr hinterher, die Hand immer tastend am Paneel.

In der Küche angelangt, ließ Yaz sich auf die Knie nieder, drehte sich auf die Seite und schlüpfte ohne Schwierigkeiten durch die Hundeschleuse. Draußen stieß sie einen leisen Überraschungsruf aus, und Paul murmelte etwas. Hinaus ging es leichter als hinein. Callie musste vor Angst zusammengeschrumpft sein. Sie landete mit dem Gesicht im Abfall, krabbelte hoch und raste Paul und Yaz, die bereits über den Rasen sausten, hinterher zu den schutzgebenden tropfenden Büschen.

Paul nickte Callie zu, als sie anlangte. Er sah grimmig und ziemlich wütend aus, was hieß, dass er sich Sorgen gemacht hatte. Callie wartete, dass ihr jemand dankte und »Fein gemacht, Callie« oder »Bist prima!« oder dergleichen sagte. Aber Yaz würde das nie tun, nicht mal wenn Callie ihr das Leben gerettet hätte, und Paul sah im Moment auch nicht danach aus.

Unter der Fichte schob Yaz ein Bein über den Soziussitz, doch Paul zog sie grob wieder herunter.

»Du kommst so zurück, wie du hergekommen bist!«

Paul hob Callie auf den Soziussitz, schob die Maschine auf die Einfahrt, schwang sich hinauf und ließ den Motor an. Callie umklammerte seine Hüfte, legte total ausgepumpt den Kopf an seinen breiten Rücken und hielt sich fest, als das Motorrad anruckte.

28

Als Callie auf der Follyfoot-Farm vom Motorrad kletterte, taumelte sie; sie fühlte sich so alt wie Mrs. Oldcastle und doppelt so kraftlos. Ihr wurde plötzlich bewusst, dass sie zitterte, nicht erst jetzt, sondern schon lange, wahrscheinlich seit jenem ersten Alptraumaugenblick, den sie ihr ganzes Leben nicht vergessen würde, als sie nach dem Lichtschalter tastete und eine andere Hand sich plötzlich auf ihre Finger legte.

Sie überquerte den Hof und ging automatisch zu Cobbys Stall. Sein Kopf mit der kecken weißen Blesse war bereits über der Halbtür, die Nüstern zuckten in einem stummen Gruß, und die Lippen schnupperten in ihren zitternden Händen nach Eicheln.

»Ich war auf dem Kreuzzug, Cob.« Callie legte den Kopf matt an seine Nase.

»Komm ins Haus, Callie.« Paul griff nach ihrer Hand. Als sie an Robins Stand vorbeikamen, bemerkte Callie, dass der große Braune nicht in der Box stand. Dora musste ihn hinausgelassen haben, ehe sie sich schlafen legte.

Doch Dora war nicht im Bett. Sie war überhaupt nicht

im Haus. Slugger schlief in der Küche im Schaukelstuhl, die Füße auf dem Rücken eines schnarchenden Hundes.

Er machte die Augen auf, als Paul und Callie hereintraten, rieb sie sich und sagte schläfrig »Hallo«, wobei er zahnlos lächelte, bis ihm einfiel, dass er eigentlich wütend auf sie war.

»Horde Verrückter!«, fauchte er, und seine Augen suchten den Kaminsims nach seinem Gebiss ab. »Mitten in der Nacht in den Regen hinauszurasen wie eine Herde wilder Affen …«

Callie kniete sich vor das ausgehende Feuer und hielt die steifen Hände über die glimmende Glut.

»Hat Ron dir etwas erzählt?«, fragte Paul.

»Ron erzählt keinem was, und wenn er was erzählt, würd ich's nicht glauben. Er hat irgend 'nen Kumpel angerufen. Der hat ihn in einem Auto abgeholt, das nach brennenden Matratzen gestunken hat. Und einen Krach gemacht hat der Klapperkasten, als ginge die Welt unter.«

»Wo ist Dora?«

»Sie ist auch abgehaun. Die Schlimmste von allen. Prescht mit dem Pferd, das den Bauch voller Hafer hat, in den strömenden Regen.«

»Wohin?«

»Dahin, wo ihr gewesen seid. Jedenfalls war das alles, was sie gesagt hat, als sie losgejagt ist und mich dabei fast über den Haufen geritten hat. Aber ich werd's dem Captain schreiben. ›Das langt‹, werde ich ihm schreiben. ›Benehmen sich wie eine Bande mordlüsterner Barbaren, kaum dass Sie den Rücken gekehrt haben, Captain.‹«

»Ich habe Hunger«, sagte Callie leise vom Kamin her, vor dem sie noch immer hockte.

Bei seinem Toben hatte Slugger gar nicht gemerkt, dass sie am Rande eines Nervenzusammenbruchs stand.

»Herrje, was ist denn mit dir?« Er beugte sich mütterlich zu ihr hinunter und schob ihr die quitschnassen Strähnen aus dem Gesicht. »Dir klappern ja die Zähne. Das ist ja eine schöne Bescherung.«

Er zog eine Decke von der Sofalehne, legte sie Callie um und setzte sie in den Schaukelstuhl.

»Und was ist das?«, fragte er, als er Callies Hände rieb und an ihrem Handgelenk die Spuren von Yaz' Fingernägeln entdeckte.

Callie steckte die Hände sofort unter die Decke, und er erklärte: »Jetzt bleibst du erst mal hier sitzen, Old Slugger bringt dir einen Napf heiße Suppe. Danach nimmst du oben 'n schönes heißes Bad und dann ab mit dir ins Bett! Wir wickeln dich fest ein, und morgen brauchst du nicht zur Schule.«

»Wird ein Feiertag«, murmelte Callie und schlief schon, ehe Slugger die Suppe brachte.

Callie wachte auf, als mit Dora ein regenschwerer Windstoß durch die Hintertür fegte.

»Was für eine Nacht!«

Dora zog den durchweichten Anorak aus und warf ihn auf den Fußboden. »Aber Robin und ich haben Pony gut zurückgebracht. Lässt sich geradezu traumhaft führen.«

»Arme alte Yaz.« Paul lachte. »Wie soll sie zurückkommen? Was glaubt ihr?«

»Daran habe ich nicht gedacht«, sagte Dora. »Bloß an das arme Pony.« Sie hob den Kopf wie ein witternder Hund. »Ich rieche Suppe.«

Slugger verstellte ihr den Weg zum Herd. »Erst wenn ihr mir sagt, was los ist.«

»Es ist vorbei«, sagte Paul. »Besser, du weißt nichts davon, Slugger. Es würde dir nicht gefallen. Außerdem wärst du bestimmt der Meinung, dass du es dem Captain erzählen müsstest.«

»Weil du doch das Kommando führst«, sagte Dora süß. »Und dem Captain würde es auch nicht gefallen.«

Slugger schniefte. Aber er drehte sich zum Herd um und kellte ihr eine große Schüssel Suppe voll.

»Und nun bist du dran, Callie.« Er zog Callie mit Decke und allem aus dem Schaukelstuhl und stützte sie mit dem gesunden Arm. Als sie bei der Tür anlangten, drehte er sich um und sagte: »Und wahrscheinlich soll ich auch lieber nicht fragen, wo diese Yaz steckt, wie?«

»Genau«, sagte Dora. »Lieber nicht.«

Yaz kam weder am nächsten noch am darauf folgenden Tag zurück. Sie suchten sie auch nicht. Ron tauchte im Laufe des Vormittags auf.

Der Farmer hatte Heu geliefert. Paul und Dora halfen, die Ballen im Speicher am Ende der Scheune zu stapeln. »Endlich, komm rauf«, sagte Paul, als Ron in die Scheune kam. »Wo warst du denn?«

»Im Dorf. Hab die Post für euch geholt.« Ron hatte immer eine Entschuldigung bei der Hand. »Das meiste sind Rechnungen.»

»Etwas vom Captain?«

»Weiß nicht, aber ein Luftpostbrief war dabei, glaube ich. Ich habe alles ins Haus gebracht. Wo ist Yaz?«

»Verschwunden.«

»Was ist gestern Nacht passiert?«

»Alles in Ordnung«, sagte Paul. »Da hast du uns was Schönes eingebrockt. Wie konntest du dich bloß auf so etwas einlassen – gegen jemand wie Mrs. Oldcastle?« Er schielte über die Schulter. Aber der Farmer stand draußen oben auf der Heuladung.

»Ich hab es dir doch gesagt. Sie sollte mal was rausrücken. Von sich aus wollte sie doch nichts geben, als ich sie drum gebeten hab, oder? Daher wollten wir ihr in gewisser Weise einen Gefallen tun. Wollten ihr helfen, uns was Gutes zu tun.«

»Uns?« Doras Gesicht erschien am Rande des Heubodens.

»Na ja … Follyfoot. Seit Ewigkeiten hör ich doch bloß, wie arm wir sind. Arm, arm und nochmals arm. Können die Futterrechnungen nicht bezahlen, können keine weiteren Pferde aufnehmen, müssen Slugger entlassen. Mickey hat mir einen Anteil von der Beute versprochen, wenn ich ihm helfe, Yaz zu verstecken. Und weil ich wusste, wie nötig wir Geld brauchen …«

»Aber doch kein gestohlenes«, widersprach Dora hastig. »Wie konntest du bloß, Ron.«

»Und ich dachte, ihr würdet stolz auf mich sein.« Ron blickte in die verblüfften Gesichter von Paul und Dora hinauf, die oben über den Rand des Heubodens hingen. »Ich hab es doch für Follyfoot getan.«

29

Yaz kam nicht wieder.

»Bin ich froh darüber«, sagte Dora. »Bloß dass wir nicht wissen, wo sie Pony herhat. Muss doch fürchterlich sein, ein so gutes Pony zu verlieren – jedes Pony«, korrigierte sie sich, um nicht das alte Shetland zu beleidigen, das, in seinem zotteligen Winterfell und die Stirnlocke halb über der Nase, blind über das Gras stakste. »Aber Pony wird doch bestimmt irgendwo vermisst. Muss ja die Hölle für den Besitzer sein.«

Bei dem Wort ›Hölle‹ knackte es in Pauls Hirn. ›Meine Tochter macht mir die Hölle heiß, Sie wissen ja, wie das ist …‹

»Lady Dillingham Joynes«, sagte er laut.

»Was ist mit der?«

»Bloß eine Möglichkeit. ›Nicht richtig zu beschreiben‹, hat sie gesagt. ›Scruffy‹. Aber bei ihren vielen Klassepferden hat sie vielleicht doch andere Maßstäbe. Wenn Yaz durch Locksley und an Grymsdytch vorbei das Tal vom Kanal aus heraufgekommen ist, kann sie gut und gern …«

Über dem Telefonapparat im Arbeitszimmer des Captains häufte sich ein Durcheinander aus Briefen, Rechnungen, Zeitschriften und Katalogen, die unterschiedslos auf seinen Schreibtisch geworfen worden waren. Der Captain sortierte die Post nach seiner Heimkunft gern selber, damit er weder die Rechnungen noch die Werbeschriften über Pferdehaltung hintereinander zu lesen brauchte.

Paul wühlte sich durch die Papiere, wobei einige auf den Fußboden flatterten, und fand schließlich die Visitenkarte.

Die Lady war persönlich am Apparat. »High Pastures«, meldete sie sich näselnd.

»Mrs., eh, Lady Dillingham – eh, Joynes?«, begann Paul krächzend. »Es geht um das Pony, nach dem Sie gesucht haben.«

»Jaaa – bit – tää, und?«

»Suchen Sie es noch immer?«

»Wer spricht denn da?«, fragte sie misstrauisch.

»Paul. Von der Follyfoot-Farm. Sie baten mich, die Augen offen zu halten.«

»Sagen Sie bloß, dass es etwas Neues gibt.«

»Deshalb rufe ich doch an«, erklärte Paul gelassen. »Wir haben hier, eh, wir haben ein Pony gefunden. Er entspricht zwar nicht genau Ihrer Beschreibung, aber – braun ist er, besser gesagt, dunkelbraun. Sieht sehr gut aus. Zwei weiße Fesseln und ein kleiner Stern. Auf dem Hinterteil eine halbmondförmige alte Narbe.«

»Mehr brauchen Sie nicht zu sagen. Da hat ihn einer meiner Vollblüter getreten. Vollblüter können Ponys einfach nicht ausstehen, Sie wissen ja, wie das ist. Wo haben Sie ihn denn gefunden?«

»Ach – er ist rumgestromert, und –«

»Ist ja Ewigkeiten her, seit er ausgerissen ist. Er muss sich in einem furchtbaren Zustand befinden. Meine Tochter wird mich umbringen.«

»Er sieht recht gut aus«, sagte Paul. »Wahrscheinlich war er bei Leuten, die für ihn gesorgt haben, ehe er wieder ausgerissen ist.«

»Kann einen geradezu krank machen, wie manche Leute einfach die Tiere anderer entführen oder behalten, ohne im Traum daran zu denken, die Polizei zu informieren – nicht dass die Polizei von irgendwelchem Nutzen wäre. Bitte bringen Sie das Pony sofort her«, verlangte ihre Ladyship gebieterisch.

»Haben Sie einen Transportwagen?«

»Die Batterie ist tot. Ich muss ihn am Halfterseil führen.«

»Und mein Transportwagen ist ein paar Tage unterwegs. Holt ein paar Fohlen. Wenn Sie das kleine Biest herbringen, werde ich Ihnen die Zeit vergüten.«

»Nicht nötig«, sagte Paul, bedauerte seinen Stolz aber sofort, als sein Blick auf den Berg Rechnungen fiel, der sich auf dem Schreibtisch türmte.

Er nahm Cobblers Dream und führte Pony am Halfter. Für den Ritt brauchte er zwei Stunden.

High Pastures war ein beeindruckendes Anwesen. Ein großes, altes Ziegelhaus mit einem Jaguar und einem Mercedes in der Zufahrt, weiß eingezäunten Koppeln und langen Stallgebäuden mit untadeligen Laufboxen. Sie flankierten beiderseits einen Hof, der aussah, als würde er alle fünf Minuten gefegt.

Als Paul durch das Tor kam, schoben Pferde, die grüne und gelbe Decken trugen, die Köpfe über frisch gestrichene Halbtüren und forderten ihn und die Ponys wiehernd heraus.

Pony gab keinen Laut von sich. Cobby warf den eckigen Kopf mit dem blinden Auge hoch und gab auf die Herausforderung so stolz Antwort, als wäre auch er perfekt gepflegt.

Ein Mädchen in einem Stallkittel kam aus einer der Boxen und rief: »Mein Gott, es ist Scruffy. Wo hast du dich denn rumgetrieben, du böser Kerl?«

»Er ist in Ordnung«, sagte Paul.

»Natürlich, war er immer.« Das Mädchen langte nach dem Halfterseil, um Pony von Cobby, den er gut leiden mochte, fortzuziehen. »Los, komm. Der Boss wird dir schon was erzählen!«

»Ist das der Bursche mit dem Poneeh?«

Lady Dillingham Joynes kam vom Garten durch einen von Efeu überzogenen Bogen; sie trug einen Tweedanzug im Herrenschnitt, die ausgestellten Hosenbeine schwangen breit über die handschuhengen Schuhe. »Komisch, dass gerade Sie ihn ›gefunden‹ haben. Ich habe das eine und andere über ihr Collywobble oder wie der Fleck heißt, gehört. Der Captain ist ja wohl irgendwie übergeschnappt.«

»Der Captain ist auf Reisen«, sagte Paul, »und das Pony ist auf unsere Weide gewandert.«

»Das da ist vermutlich auch einfach so auf ihre Weide gewandert, wie?«

Sie musterte mit hervorquellenden Augen Cobblers Dream, der bei dem leicht verschwitzten Winterfell und der dicken, roten Mähne, die ihm beiderseits über den muskulösen Hals fiel, nicht den besten Eindruck machte. Sie streckte die Hand aus, um ihn auf seiner blinden Seite zu berühren, und er zuckte zusammen.

»Bisschen nervös, wie?«

»Er ist blind auf dieser Seite.«

»Er sieht gar nicht so schlecht aus«, sagte ihre Ladyship, »wenn man sich die ganze Wolle wegdenkt.«

»Er kommt mir irgendwie bekannt vor«, sagte das Mädchen in dem Stallkittel. »Ich habe das Pony bestimmt schon gesehen – ja doch, beim Springreiten.«

»Offene Pony-Springkonkurrenz«, erklärte Paul. »Ehe er blind wurde, kam ihm keiner gleich.«

»Cobblers Dream!«, rief Lady Dillingham Joynes laut. »Er hat den Grafschaftswettbewerb gewonnen, ehe ihn diese aufdringlichen Leute mit der fetten Tochter gekauft haben. Ich kannte sie obenhin. Nicht auf gesellschaftlicher Basis, verstehen Sie. Da war doch ein Unfall, nicht wahr? Und ein Junge, dem sie zu helfen versuchten, hat dann das Pony gestohlen und –« Sie musterte Paul scharf. »Waren Sie das?«

»Wer? Ich? Aber nein!«

Paul spielte den Unschuldigen und log, wünschte aber, er hätte es nicht getan, als Lady Dillingham Joynes erklärte: »Nun, ich war jedenfalls froh, dass er es getan hat. War eine gute Tat, dieses vorzügliche Pony diesem kleinen Monstrum zu entreißen.«

Das Mädchen schlang einen Strick um Ponys Hals und gab Paul das Halfter zurück.

»Vielen Dank, dass Sie ihn hergebracht haben«, sagte ihre Ladyship lebhaft. »Ich bin mächtig erleichtert. Also zieren Sie sich nicht, mein lieber Junge.« Sie zog eine Zehnpfundnote aus der Hosentasche, faltete den Geldschein und schob ihn unter den Riemen hinter Cobbys Ohr. »Ich habe eine ganze Menge über Ihre Pferdefarm da oben gehört.« Sie lächelte und wirkte unvermittelt völlig verändert. »Und mir gefällt, was ich so höre.«

Yaz kam überhaupt nicht wieder zurück. Sie war einfach für immer verschwunden, auf genauso sonderbare Weise, wie sie seinerzeit aufgetaucht war.

Viel später, der Captain und Anna waren bereits wieder daheim, kam ein Brief, adressiert »An euch alle«, in einer flüchtigen, krakligen Schrift, ohne Absender. Innen fanden sie ein Passbild aus einem Fotoautomaten: ein schmales Kindergesicht, eingerahmt von lang fallendem, dunklem Haar.

»So hab ich mal ausgesehn. Werde ich wieder, wenn mein Haar erst nachgewachsen ist und seine Farbe zurückhat. In der Nacht damals bin ich per Anhalter weg. In Richtung wo ich wohne, und weil ich Hunger gehabt hab, da dachte ich, dann kannst du auch gleich nach Hause machen. Ich geh wieder zur Schule. Vielleicht 'ne Plage. Was gibts sonst Neues? Vielleicht hau ich auf 'nem Frachter nach Kanada ab. 'Ne Freundin von mir kennt einen, der uns 'nen Job als Köchin in 'nem Holzfällercamp besorgen will.

Danke für alles.
In Liebe
Yaz

30

Der Sturm, der in der Nacht von Callies Kreuzzug so wild getobt hatte, war noch immer nicht abgezogen. Er lief lediglich in Kreisen. Einige Zeit später erschien er von neuem in voller Stärke und lud zehn Zentimeter Schnee auf den Bergen ab.

Als man die Pferde morgens hinausließ, wurden sie halb verrückt vor Freude. Sogar die sehr alten beugten die steifen Knie und ließen sich grunzend in den Schnee fallen, um sich in der erfrischenden Weiße zu wälzen. Dann kämpften sie sich wieder hoch und schlingerten, Eiskristalle im Fell, schwächlich buckelnd und wiehernd davon.

Robin, aus Amerika an tieferen Schnee im Winter gewöhnt, wälzte sich so gründlich, erst auf der einen Seite, dann auf der anderen und wieder zurück, dass der Schnee nur so unter ihm knirschte. Danach galoppierte er dampfend zur fernsten Ecke der Koppel, stoppte, schnaubte, Kopf und Schwanz hochgestellt wie ein Hengst, ehe er den Kopf senkte und mit dem Huf gleichsam geschäftsmäßig den Schnee wegscharrte, um an das Gras zu kommen.

Der Schnee war die letzte Botschaft des Sturms. Die Sonne strahlte von einem leuchtenden Himmel, und zwei Tage später war der Schnee geschmolzen. Es war fast frühlingshaft, obgleich der Winter gerade erst begann. Dora wurde von Ruhelosigkeit gepackt. Nach dem aufregenden Abenteuer mit Yaz schien die Routine der Arbeit auf der Pferdefarm mehr als langweilig.

»Unternehmen wir doch etwas!«, drängte sie Paul. »Können wir nicht irgendwohin? Wie wäre es mit einem großen Ausritt?«

»Nicht wieder mit vielen Kindern und Ponys.«

»Na gut, dann bloß wir beide. Machen wir einen weiten Ritt – irgendwohin, wo wir noch nie waren.«

Sie beschlossen, in die Berge hinaufzureiten, die sich zur See hin erstreckten, bei einem Onkel Doras, der dort eine Farm hatte, zu übernachten, und dann über die Ecke des Moorgebiets zurückzukehren.

Slugger hatte sich im Krankenhaus den Gipsverband abnehmen lassen und konnte wieder beide Arme gebrauchen. Callie rekrutierte in der Schule ein paar pferdeverrückte Mädchen, die bei der Arbeit helfen wollten. Ron schwor bei seinem Leben – »wie viel das auch immer wert ist« –, rechtzeitig aufzukreuzen, sogar sonntags. Noch immer verschreckt durch die Yaz-Geschichte, schwor er darüber hinaus, sich künftig von Mickey und der Kohlenplatzbande fernzuhalten. »Besser an Langeweile zu sterben, als von Mrs. Oldcastle erschossen zu werden.«

Der lange Ritt wurde ein wundervolles Erlebnis. Paul und Dora brachen sehr früh auf. Hufklappernd ging es durch das noch im Schlaf liegende Dorf. Als der kleine Toby von der Schenke die Hufe hörte, riss er die Fenster seiner Dachkammer auf, lehnte sich hinaus und rief: »Wo geht's denn hin?«

»Weit weg.«

»Aber ihr kommt doch wieder?« In Tobys ungewisser Welt konnte alles passieren. Sein Vater oder seine Mutter gingen nach einem Ehekrach manchmal einfach auf und davon. Er wusste nie, wann die Menschen seiner Umgebung für eine Weile verschwanden.

»Wir sind in zwei Tagen wieder zurück«, rief Dora.

Das Fenster unter Tobys Dachkammer wurde aufgestoßen, und sein Vater blickte mit rotangelaufenem, wütendem Gesicht, das Bart und Haar wild einrahmten, heraus. »Guten Morgen.« Dora winkte glücklich, und sie trabten weiter. Bestimmt würde die ganze Welt liebend gern aufwachen, wenn sie diese Glückseligkeit teilen könnte.

Dora und Paul ritten den ganzen Tag: Über den breiten Bergrücken, einen langen, waldbestandenen Hang hinab und hinaus auf flacheres Land, über das salziger Wind strich, der von den weiten Weiden am Meer heranwehte. Es wurde schon dunkel und kalt, als sie die Farm erreichten, die Doras Onkel Fred seit Jahren bewohnte. Fred war ihr Lieblingsonkel, auch wenn die Familie nicht viel von ihm hielt, weil er nichts von dem erreicht hatte, was die anderen Familienmitglieder als wichtig ansahen.

Er war arm und abgerissen, da er aus der Farm, die er kurz nach der Heirat mit seiner jungen Frau bezog, kaum das nackte Leben herauskratzte. Anfänglich war es halbwegs gelaufen, doch jetzt hatte er nur noch ein paar schwere Zugpferde und einige Kühe; er hielt sie nicht wegen der paar Liter Milch, die sie noch gaben, sondern weil er sie als alte Freunde betrachtete. Einen Teil seiner Weideflächen hatte er verpachtet; durch diesen Erlös, die Hühner, etwas Gemüse und einen großen Apfelgarten brachte er gerade so viel zusammen, um sich über Wasser zu halten. Seit dem Tode seiner Frau nahm er alles gemächlicher und ließ vieles laufen, wie es wollte. Er lebte wie ein Einsiedler in der Küche, die anderen Räume waren verschlossen. Sein Bett stand in einer Ecke der niedrigen Küche mit der Balkendecke. Ein ideales Arrangement, da er schlafen gehen konnte, wenn das Feuer im Herd noch brannte.

Nach Onkel Freds Eintopf aus Zwiebeln, Karotten, weißen Rüben und gutem fettem Speck gingen sie hinaus, um nach den Pferden zu sehen.

Robin und Miss Amerika waren in der großen Scheune untergebracht, wo Onkel Freds Kühe und Ziegen in tiefer Streu standen. Die Pferde drängten sich in einer Ecke der Scheune so dicht zusammen, als wäre es ihr erster Schultag, und beäugten die schläfrigen Kühe aus der Ferne.

»Vielleicht sollten wir auf Follyfoot auch ein paar Kühe halten.« Dora mochte den süßen Duft nach Milch und den scharfen Geruch der Kühe, die mit mädchenhaft gesenkten Lidern auf der Streu lagen.

»Ihr könnt die beiden alten Mädchen kriegen, wenn ihr wollt«, sagte Onkel Fred. »Die gelben da. Stehen seit langem trocken. Zu alt, um noch zu kalben.«

»Warum hältst du sie dann ?«

»Wahrscheinlich, weil sie immer hier gewesen sind.«

Dora hockte sich hin und hob den schweren Kopf der Kuh mit der rechteckigen, triefenden Nase und dem platten Gesicht. Die wiederkäuende Kuh öffnete die feuchten Augen und sah Dora ohne die Neugier eines Pferdes an.

»Ob sie in eine Pferdebox passen würden?«, fragte sie.

»Dora!«, warnte Paul.

»Warum nicht? Der Captain hat gesagt ›Keine Pferde mehr!‹ Aber –«

»Stimmt. Keine Kühe, hat er nicht gesagt, ich weiß, aber wir brauchen keine weiteren Heumotoren.«

Dora tätschelte die Hornansätze auf dem Kopf der Kuh. »Ich wünschte –«

»Ich habe mir auch gewünscht, dass ich Geld hätte«, sagte Onkel Fred einfühlsam. »Aber ich hatte nie welches, also begrub ich meine Wünsche. Das hat mir zwar auch nichts eingebracht, aber eine Menge Energie gespart.«

Auf dem Rückweg gingen die Pferde womöglich noch besser. Miss Amerika fiel auf den letzten Kilometern etwas ab, aber Robin griff so frisch aus wie je. Er ließ die Ohren spielen, und seine großen, dunkelblauen Augen nahmen jeden Wechsel der Szenerie auf. Bei einem Ausritt benahm er sich nicht so, als wäre das nur Arbeit. Ein Ritt machte ihm ebenso viel Spaß wie Dora.

Es war bereits dunkel, als sie heimkamen, und im Stall brannte Licht.

Callie kam herausgestürzt, als wären sie wochenlang fort gewesen. Slugger folgte langsamer. Callie musterte kritisch die Pferde und brachte Robin in seine Laufbox, wo sie ihm eine tiefe Streu geschüttet hatte.

»Na, wie war's bei Onkel Fred?«

»Prima«, sagte Dora. »Wir haben in der Küche auf Matratzen geschlafen, weil die anderen Räume so kalt waren. Er hat Kühe, Hühner und Ziegen, ein Schwein, ein paar Tauben, zwei Hunde und eine Meute struppiger Katzen. Er will uns zwei alte Kühe schenken. Glaubst du, sie würden die Fahrt im Pferdetransporter überstehen?«

»Hör gar nicht erst hin!«, rief Slugger aus Miss Amerikas Box. »Wenn der Captain nächste Woche zurückkommt, wird's kein neues Tier auf dieser Farm geben, klar?«

»Wie schade«, sagte Callie, die Robin mit einer Bürste abrieb. »Wegen meiner Mitschülerin, meine ich. Ihre Mutter schickt sie auf ein Internat, weil sie mit ihr nicht zurechtkommt, und sie hat mich gefragt, ob wir ihr Pony nehmen würden.«

»Nein!«

»Es ist ein Showpony, und mit dem kommt bestimmt niemand mehr zurecht, wenn es nicht geritten wird.«

»Vergiss es.« Slugger trat mit Pauls Sattel in die Tür. »Und du vergiss deine Kühe, Dora. Und die Ziegen und Schweine auch, wenn wir schon grade dabei sind. Bitte, und das gilt für jeden: Schleppt mir nichts an, weder Tiere noch Menschen, ehe der Captain wieder da ist.«

31

Nach dem Rückflug verbrachten Anna und der Captain eine Nacht bei seinem Bruder, der in der Nähe des Flugplatzes wohnte. Dort hatten sie auch den Wagen eingestellt.

Sehr spät an diesem Abend läutete auf Follyfoot das Telefon.

»Oh, Captain!«, sagte Dora. »Wie schön, Ihre Stimme zu hören.«

Die Stimme des Captains klang ziemlich nervös. »Ja, eh … ha …« Er war kein guter Telefonierer. »Deine auch, meine Liebe. Ich – eh, hör zu: Ist Paul da?«

»In seiner Kammer. Soll ich ihn holen?«

»Mach dir keine Umstände. Richte ihm nur etwas aus, ja? Bitte ihn, eh … na …« Der Captain sprach am Telefon noch unzusammenhängender als sonst. »Na ja – bitte ihn, mit dem Transporter herzukommen«, schloss er dann mit einem Ruck.

»Weswegen?«

»Oh, na … ich muss da etwas nach Hause schaffen.«

Was konnte das sein? Der Captain sammelte in Italien für gewöhnlich keine Antiquitäten.

Und ein Pferd konnte es doch nicht sein.

Es war aber ein Pferd. Als der Captain mit dem Transporter anlangte, wieherte Cobblers Dream von der Koppel einen Willkommensgruß. Ein Exemplar der gleichen Tierart antwortete aus dem Pferdetransporter.

Als der Wagen auf den Hof schaukelte, starteten Dora, Callie und Slugger von verschiedenen Winkeln der Farm. Der Captain sah ihnen aus dem Fenster entgegen, das gebräunte Gesicht zu einem munteren Grinsen verzogen.

»Captain –« begann Slugger.

»Ich weiß«, sagte der Captain, »ich weiß … Aber gestern erzählte mir mein Bruder von diesem – eh, diesem Pony, das in seiner Nachbarschaft in einem dreckigen Schuppen verkommt. Hat einem Trödler gehört, aber die Beine des Ponys wollten nicht mehr. Er kann keinen Wagen mehr ziehen, aber der Trödler dachte anscheinend anders darüber. Meinte, das Pferd müsste es noch schaffen. Daher, eh … habe ich ihn – eh, versteht doch: Ich habe das Pony gekauft.«

»Völlig in Ordnung«, stimmte Dora zu; Callie sagte: »Oh, prima!« und Slugger murmelte: »Natürlich!«

Callie schlüpfte durch die Seitentür in den Transportwagen, um das Pony loszubinden. Paul und Dora ließen die Rampe herunter, und das traurige Exemplar eines Trödlerponys wankte rückwärts heraus, mit kaputten Füßen und geschwollenen Gelenken, die an den Knien Mitleid erregend dick waren. Man konnte alle Rippen zählen, und der Bauch baumelte wie eine Hängematte von den ausgemergelten Hüften.

Der Captain legte Slugger den Arm auf die Schulter. Die beiden Männer betrachteten schweigend, wie Callie das Pony langsam über den Hof führte, wobei die Hinterbeine des Tieres wie lose Wagenräder wackelten und die langen Ohren tapfer nach vorn und hinten zuckten, um die neuen Geräusche und Eindrücke aufzunehmen.

Paul holte Spot aus seiner Box und brachte ihn erst einmal in den Stand zu seinem Kumpel Hero, denn beide Pferde waren Zirkusveteranen. Callie schob das Pony in Spots Box, und das Tier stolperte geradewegs auf die leere Krippe zu.

»Warmen Kleiebrei?«, fragte Dora den Captain.

»Mit ein bisschen Leinsamen und Melasse vermengt – und fürs Erste nur eine Hand voll Hafer. Und vielleicht fangt ihr auch gleich mit dem Vitaminextrakt an.«

Der Arm des Captains lag noch immer auf Sluggers Schulter, der tief seufzte.

»Ist ja bloß, weil wir so Obacht gegeben haben«, sagte er. »Ich war so stolz, dass wir bei Ihrer Rückkehr keinen neuen Patienten hatten.«

»Solltet ihr ja auch«, erwiderte der Captain. »Nun ist Platz für diesen armen Burschen. Mach dir keine Sorgen.«

»Wir schaffen es schon«, versicherte Dora und ging zum Futterschuppen. »Haben wir ja immer.«

Als Dora dem Captain den Tee ins Arbeitszimmer brachte, sortierte er gerade den Haufen Papier auf seinem Schreibtisch.

»Rechnungen, Rechnungen und noch mal Rechnungen. Kaum wert, dass man nach Hause kommt.« Dann bemerkte er Doras Gesichtsausdruck, lächelte schnell und setzte hinzu: »Du weißt, dass ich es nicht so meine. Es ist wunderbar, wieder heimzukommen, sogar zu diesem ganzen unvorstellbaren Papierkram. Welch Durcheinander! Sieht aus, als wäre einer der jungen Hunde auf dem Schreibtisch gewesen.« Er bückte sich nach einigen heruntergefallenen Briefen.

»Was ist das? Hier, der ist für dich, Dora. Hast du ihn nicht gesehen?«

Es war der Luftpostbrief, den Ron an dem Tag nach dem Yaz-Abenteuer mitgebracht hatte – gerade als sie das Heu stapelten. Hinterher war Dora so erschöpft, zerkratzt und durstig gewesen, dass sie den Brief total vergessen hatte. Er kam von dem amerikanischen Bekannten des Captains, von Doras gutem Freund Earl Blankenheimer. Der übliche Betrag für Robins Unterhalt. Üblicher Betrag! Die Zahl auf dem Scheck war bedeutend höher als sonst. Sie hatte eine zusätzliche Null vor dem Komma.

»Hatte ein bisschen Glück«, hieß es in seinem Brief. »Meine Firma erhielt den Zuschlag, den neuen Landclub zu bauen, und ich möchte, dass Follyfoot an diesem Glücksfall teilhat.«

»Na also, sehen Sie.« Dora reichte dem Captain den Scheck. »Habe ich nicht gesagt, dass wir es schaffen.«

Inhalt